KB017859

이 원 수

李元壽

글누림 작가총서

이원수

세계의 겹과 틈을 응시하는 작가

장영미 엮음

글누림

한국아동문학의 보고(寶庫)를 목도하는 시간

동원(冬原) 이원수는 1911년에 태어나 1981년 타계할 때까지 굴곡진 한국의 근・현대사를 체험하고 이를 작품화한 작가다. 그의 대표작 <고향의 봄>은 오랜 시간이 흐른 지금도 우리 국민 모두의 가슴에 남아 있으며, 그 외 수많은 작품 역시 살아 숨 쉬고 있다. 동시・동요, 동화, 소년소설, 동극 등 1000여 편이 넘는 방대한 작품은 한국아동문학사에서 결코 쉽게 발견할 수 없을 것이다. 작품 처처에서 발견되는 어린이 중심의 아동문학과 세계에 대한 탁월한 통찰은 한국아동문학의 보고(寶庫)나 다름없다.

특히 이원수는 아동문학의 필요성과 중요성을 강조한 작가다. 가령, 아동문학은 어린이의 정신적 양식을 제공한다는 점에서 그 무엇보다 훨씬 더 필요하고 중요하다는 것이다. 아동문학은 단지 어린 시절에 대면하는 물리적 시간과 찰나적 즐거움이 아니라, 한 인간의 인격과 가치관을 형성하는 '정신적 양식'이 되기 때문에 주요한 자리에 있다는 것이다. 이원수의 이러한 아동문학 존재 이유는 작가로서의 강한 사명감을 갖는 데서도 엿볼 수 있다. 즉, 동원(冬原)이라는 호(號)는 '비바람이 부는 추운 겨울에도 늘 겨울 들판에 서서 자리를 지키며 어린이들이 겪은 어려움을 먼저 맞겠다'는 뜻으로 지은 것이라고 한다. 익히 아는 바처럼, 호는 자신이 목표로 삼거나 지향하고자 하는 바를 담아 짓는 것이다. 이런 점에서 이원수의 호는 그가 추구하는 아동문학관을 읽을 수 있는 지점이기도 하다. 한평생 어린이를 중심에 두고 어린이를 위해 문학을 실천하는 작가가 되고자 한 것이 이원수의 호에서 드러나기 때문이다.

하지만 현재 이원수에 대한 평가는 양분화 되었다. 친일시가 발견된 이후부터 그에 대한 평가는 이전과 달리 그 존재감이 엷어지고 있다. 그러나 한국아동문학사에서 한국의 근・현대사를 관통하고 이를 형상화한 이원수를 배제하고 아동문학을 논한다는 것은 불가능하다. 이는 이원수에 대한 우상화 작업이 아니라, 대승적 시야에서 그가 남긴 방대한 작품과 무수한 업적에 대한 온당한 평가가 필요하기 때문이다. 다시 말해 이원수의 작품들은 '작품으로 한국의 사료(史料)'를 보는 것이라고 할 수 있다. 따라서 그의 친일시에 대한 과오 또한 적실히 평가되어야겠지만 그가 이룬 업적 역시 상쇄시켜서는 안 될 것이다. 이러한 점이 지금, 여기서 이원수를 다시 보는 이유이다.

사실 한국아동문학사에서 이원수의 성취에 필적할 만한 작가를 찾는 일은 거의 무망하다. 그의 작품은 냉철한 세계 인식과 해석, 사상성 등에서 여타의 작가와 변별된다고 할 수 있다. 이는 이원수가 어린이를 세계 속에 존재하는 인격체로 간주하고 어린이 세계를 놓지 않은 투철한 아동문학관에서 비롯된 것이다. 이원수는 아동문학의 주인은 아동이요, 아동문학의 권리는 아동에게 있다고 하였다. 그러므로 어린이 주체, 어린이 중심의 세계를 주창한 이원수는 한국아동문학사에서 영원히 잊히지 않을, 잊혀서는 안 될 작가다. 한평생 아동문학에 헌신한 이원수의 작품을 다시 확인하고 평가해야 할 필요성을 강렬하게 느끼게 된다. 이러한 취지 아래 이원수 관련한 글을 엮었다. 여기서 한국 아동문학의 보고(寶庫)인 이원수의 문학 세계를 목도할 수 있도록 원고 재수록을 허락해 주신 필진 선생님들과 자료를 보내주신 이원수 문학관, 오랜 시간 지체하였음에도 기다려 주신 편집진들께 깊이 감사드린다.

엮은이 장영미

차 례

머리말 · 5

제 1 부 | 이원수의 '아동', 아동문학'관'

한국아동문학의 초석과 시금석 / 장영미 _ 17

제 2 부 | 주제론 : 도저한 삶, 희망 지향의 문학

이원수의 현실주의 아동문학 / 원종찬 _ 35

나라잃은시대 후기 이원수의 아동문학 / 박태일 _ 59

이원수의 해방기 동시에 관하여 / 김명인 _ 111

1950년대 아동산문문학에 드러나는 이념과 윤리의식 / 박성애 _ 139
—이원수의 『아이들의 호수』를 중심으로

이원수 소년소설에 나타난 현실인식과 서사적 지향 / 장수경 _ 167
—『아이들의 호수』, 『민들레의 노래』를 중심으로

이원수 소년소설 서사성 연구 / 최미선 _ 193
—『민들레의 노래』를 중심으로

제 3 부 | 작품론 : 생동하는 세계 갈구, 그리고 휴머니즘

해방기 이원수 동시 연구 / 김종헌 _ 221

이원수의 동화 연구 / 이승후 _ 241
—장편 동화 『숲 속 나라』를 중심으로

이원수 동화의 그림자 모티프 연구 / 배덕임 _ 261
—「꼬마 옥이」를 중심으로

이원수 소년소설 『잔디 숲 속의 이쁜이』 연구 / 정진희 _ 287

이원수 아동극 연구 / 박종순 _ 315

이원수 아동극에 나타난 아동관 연구 / 오판진 _ 359

제 4 부 | 부 록

생애 연보 _ 393

작품 연보 _ 399

연구 목록 _ 435

어머니 진순남 여사와 누이들과(1927년, 마산) ⓒ 자료 제공 : 이원수 문학관

『소년세계』 주간 시절 대구에서(1952년) ⓒ 자료 제공 : 이원수 문학관

최요안, 김태형, 김영일, 장수철, 박홍민 씨와(1956년10월, 서울) ⓒ 자료 제공 : 이원수 문학관

〈고향의 봄〉 노래비 제막식(1968년, 마산) ⓒ 자료 제공 : 이원수 문학관

한정동 선생 묘소에서(1977년) ⓒ 자료 제공 : 이원수 문학관

〈세계 아동의 해〉 및 제57회 〈어린이날〉 기념 전야제 때(1979년) ⓒ 자료 제공 : 이원수 문학관

대한민국문학상 아동문학부분 본상 수상(1980년, 서울) ⓒ 자료 제공 : 이원수 문학관

서울어린이공원 문학비(1984년) ⓒ 자료 제공 : 이원수 문학관

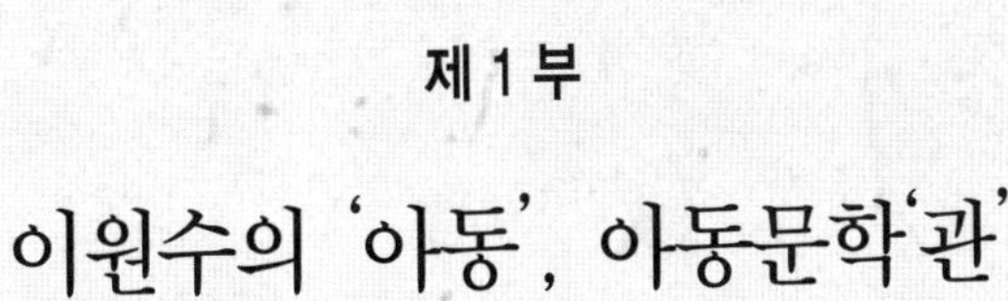

제1부

이원수의 '아동', 아동문학'관'

한국아동문학의 초석과 시금석

1. 작가, 독자, 텍스트 그리고 이원수

사르트르는 작가와 독자를 동일한 양면이라고 하였다. 작가와 독자는 동일한 역사 속에 투입되어 있고, 역사를 만들어나가는 데 다 같이 이바지하는데 텍스트를 매개로 접촉이 성립된다고 하였다. 즉, 작가와 독자가 공유하는 제도, 풍습, 억압, 가치 등 모든 세계가 텍스트 밑에 깔려 있다는 것이다. 결국 하나의 세계인 텍스트를 통해서 작가와 독자는 서로 영향을 주고받는 밀접한 관계에 놓여 있다는 의미이다. 다시 말해 작가의 산물인 텍스트는 독자를 통해 그것이 의미를 갖고, 독자 역시 작가의 산물을 통해 하나의 세계를 알아 간다는 점에서 상호 연관되어 있다고 할 수 있다. 그러므로 작가와 독자를 동시에 이해하는데 텍스트

* 장영미 / 한국체육대학교 강사

는 긴요한 매개체인 것이다. 이런 관점에서 이원수의 작품을 읽고자 한다.

이원수는 1924년 『신소년』에 「봄이 오면」을 발표하지만, 본격적인 활동은 15살인 1926년 『어린이』에 발표한 「고향의 봄」을 통해서다. 등단 초기 일제시대에는 동요·동시 창작에 몰두하다가 해방 후 산문으로 장르를 확장하면서 현실 참여적 경향의 작품들을 배태한다. 이원수는 작가와 독자, 특히 아동은 하나의 세계를 통해서 영향을 받는 것으로 보았다. 예컨대 그는 소설은 어른들의 사회와 심리를 그리는 어른을 위한 일이지 어린이를 위한 것은 아니라는 생각을 갖고 아동문학을 하게 된다. 아울러 성인문학보다 어린 시절 읽는 아동문학이 지대한 역할을 한다고 여기고 어린이만의 문학을 창작한다. 아동문학이 존재하는 이유는 어린이들이 일생을 살아갈 정신적 행복을 추구하고 마음의 양식을 쌓는다는 점에서 작가와 독자는 밀접하다고 보았다. 이러한 그의 사상은 어린이를 사회인으로 간주한 데서도 알 수 있다. 어린이들은 단지 어른들의 사회에 직접 관계하지 않을 뿐이지 사회의 한 분자로 생활한다고 하였다. 어린이들이 하나의 사회인으로서, 혹은 인격체로서 존재하기에 사회 속에서 빚어지는 사건과 역사의 현장에서 예외일 수 없다는 것을 작품으로 형상화한다. 특히 해방 이후 소년소설에서 이러한 사상을 역력히 발견할 수 있다. 앞에서 언급한 것처럼, 이원수는 해방 이전의 운문 창작에서 해방 이후 산문에 주력한다. 작가 역시 해방 이후를 산문 시대라고 명명하였듯이, 이 시기 시적 상상력을 기반으로 자신의 뚜렷한 문학관을 소년소설을 통해 발현한다.

여기서 이원수의 해방 이후 소년소설 주력은 좀 더 눈여겨보아야 한다. 단순히 운문에서 산문으로의 표현 형식 변이가 아니라, 그의 아동문학관 및 작가와 독자의 관계성에서 주목을 요하기 때문이다. 이원수는 공상 세계를 가지고 있는 동화는 동심을 자아낼 수는 있지만, 현실에서 살아 숨 쉬고 있는 어린이들의 복잡다단한 세계를 작품화하기에 어렵다는 점을 들어 소년소설을 창작하게 된다. 작가는 이전에 어린이를 동심을 지닌 존재 혹은 훈육의 대상으로 보던 차원에서 벗어나 사회의 한 분자로 여기고 세계 속에 존재하는 주체로서 호명하기 위해 소년소설에 주력하는 것이다. 따라서 그의 소년소설을 통해 아동관, 아동문학관, 작가와 독자의 관계성을 생각해 볼 수 있다는 점에서 주목할 가치가 있다.

다음에서 이러한 이원수의 문학관을 소년소설을 중심으로 살펴보고자 한다. 작중 인물을 통해 어린이들이 사회 질서와 유기적 관계를 맺고 있는 양상을 살피고 이를 기반으로 작가가 염두에 두는 아동관, 아동문학관은 물론 작가와 독자의 관계성을 규명하고자 한다. 그 대상은 『5월의 노래』(창작과비평사, 2002), 『민들레의 노래』(사계절, 2001), 『메아리 소년』(창작과비평사, 2002) 등이다. 이 세 작품은 일제 식민치하를 비롯해 6·25전쟁, 4·19혁명이라는 한국의 근·현대사를 배경으로 시대의 비극과 역사의 진실을 담아냈다는 공통점이 있다. 이 세 작품을 통해 작가 이원수의 아동관과 아동문학관을 이해할 수 있을 것으로 여겨진다.

2. 슬픈 역사 속에 작은 거인(들)

어린이는 현실을 떠난 비상한 존재가 아니다. 그들은 부모 형제와 함께 복잡다단한 사회 속에서 엄연히 근저하고 있다. 이러한 현실에서 어린이를 위한 문학이 되려면 사회와 세계 속에 존재하는 작품과 어린이를 형상화하여야 한다.

이원수의 자전적 소설 『5월의 노래』는 일제 식민치하 우리 겨레가 헤쳐 나온 역사를 훤히 들여다 볼 수 있다. 식민지 백성이 겪었던 아픔과 설움을 통해 우리 겨레가 얼마나 핍진한 삶을 살아왔는지를 조망할 수 있으며, 나아가 식민치하에서도 굴하지 않고 일제에 당당히 맞서는 능동적인 어린이를 발견할 수 있다.

이 작품에서 주인공 노마는 작은 동네에서 살다가 조금 더 큰 고장으로 이사를 가면서 보다 넓은 세계를 접한다. 노마가 이사를 가서 가장 먼저 접한 사건은 조선인 일꾼이 일본인에게 막대기로 두들겨 맞는 장면이다. 그 일꾼은 논밭전지 다 뺏기고 노동판에 찾아든 사람으로, 일삯 적단 말을 했다가 두들겨 맞은 것이다. 일꾼은 자신이 일한 것에 대한 정당한 요구를 했음에도 불구하고 오히려 순사에게 붙잡혀 간다. 이 시기 우리 민족의 애환은 이 뿐 아니라, 어린 학생이 꽃을 꺾었다는 이유로 도둑놈이라고 불리고 총질을 당한다. 이는 "꽃보다 못한 조선 사람, 천한 사람"(157면)이기에 일제의 잔인하고 악랄함이 스스럼없이 묘사되는 것으로 해석할 수 있다. 또한 나라를 잃었기 때문에 "넓은 땅에다 농사를 지어도 배를 곯아야 하고…… 일본 사람들한테 뺏기고 구박받"(60면)는데 이러한 고달픈 현실은 어른뿐 아니라 어린이도 예외가 아님을 표출하고 있다. 가령 학생들은 "국어(그때는 일본말을 국어라고 부르라 했다)를 안 쓰면 학교에서 벌"(105면)을 받고 학교 안에서는 언제나 일본말을 사용하여야 한다고 한다. 이렇듯 이원수는 식민치하 나라 잃은 설움을 어른, 아이 모두가 감내해야 하는 것으로 역사의 현장을 재현하고 있다.

하지만 『5월의 노래』에서 보다 주목하여야 할 것은 일제의 비인간적인 행동과 대비되는 노마 누나와 노마 아버지의 가르침이다. 가령, 노마 누나는 마당에서 새끼 참새를 잡으면서 즐거워하는 노마를 보고 혼낸다. 노마는 아기 참새를 잃은 슬픈 어미새를 생각해 보라는 누나의 말에 반성을 한다. 여기서 노마의 행동과 반성은 무력으로 식민지화 한 일제와 식민치하 우리 민족의 약한 모습 비유라고 할 수 있다. 즉, 노마가 처음에 약한 새끼가 괴로워하는 것을 보고도 아무런 가책을 느끼지 못하다가 강자가 약자를 괴롭힌다는 누나의 말을 듣고 자신을 반성하게 되는 것은 결국 일제와 우리 민족을 비유한 것으로, 작가가 인류애와 휴머니즘을 배면에 녹이고 있는 것으로 해석할 수 있다.

또한 노마 아버지는 노마에게 인간으로서의 기본을 가르친다. 노마 아버지와 노마는 비탈길에서 나무꾼을 만난다. 나무꾼은 헌 누더기 옷을 입고 짐을 지고 있었고, 노마는 깨끗한 옷에, 새 모자에, 반짝이는 새 모표를 달고 있었다. 좁은 길에서 노마와 마주친 나무꾼은 지게를 옆으로 돌리다가 발을 헛디뎌 비틀거리게 된다. 뒤에서 따라 오던 노마 아버지가 이 광경을 보고 "일하는 사람을 아껴야 한다. 헌 누더기 옷을 입어도 짐을 진 사람이면 미리 길을 비켜드려야 하는 법"(68면)이라고 한다. 이는 자신의 차림을 으스대고 아랫사람을 함부로 대하는 노마의 행동을 꾸짖는 것이다. 즉, 노동의 가치와 인간애를 엿볼 수 있는 대목인 것이다. 이처럼 작가는 노마 누나와 노마 아버지를 통해 인간으로서의 올바른 행동과 기본을 제시하고 있다. 이는 노마 한 개인에게 해당되는 가르침이 아니라, 비인간적인 행동으로 나라를 빼앗고 타민족의 삶을 피폐하게 한 일제에게 격침을 가하는 것이기도 하다. 즉, 이원수는 『5월의 노래』에서 식민치하에서 우리 민족의 애환을 통해 역사를 조망하고 있다. 이러한 어두운 역사 조망을 통해 더 이상 비극적인 역사를 되풀이 하지 않으려는 작가의 의도를 엿볼 수 있다. 이는 희망을 예견하고 이를 추동할 수 있는 인물로 주체적이고 능동적인 인물들을 설정하고 있기 때문이다. 소년회에 가입한 노마와 소년회 회원들이 이를 보여주고 있다.

노마에게 소년회는 새로운 세계를 알게 해준다. 가령 노마는 소년회에 가입하여 어린이 잡지를 만드는데, 실제로 당시 어린이 잡지는 읽을거리가 부족한 상황에서 가장 큰 매체로서 역할을 하였으며 그 의미 역시 중요하다. 노마 역시 "어린이 잡지는 일본 사람들만이 잘났다는 것으로 알아 온 사람들에게, 조선 사람의 좋은 것을 알려 주는 글이 구석구석에서 반짝이고 있음을 알"(142면)게 되면서 새로운 세계로 진입하게 된다. 새로운 세계 즉, 상징계로의 진입을 통해 노마는 "간교한 일제의 민족정신 말살 교육 아래서, 선생님들의 눈을 피해 가면서도 일주일에 한 번씩 소년회 신문의 비밀 배달"(173면)을 한다. 아울러 소년회 가입을 통한 어린이들 역시 "나라를 빼앗겼다고 할지라도 죽는 날까지 조선 사람으로 살아야 하고, 그러기 위해서라도 우리말을 쓰고 우리 혼을 단단히 가져야 한다"(109면)며 다짐한다. 이들의 다짐은 "우리 끝까지 일본 사람들한테 머리 숙이지 말고 살아가자. 우리 소년회도 씩씩하게 해나"(208면)가자는 굳은 결의는 당대의 암울한 현실에 노마를 비롯해 소년회 회원들의 주체적이고 능동적인 인물들을 통해 희망을 담지하는 것이기도 하다. 노마와 소년회 회원들은 슬픈 역사 속의 작은 거인(들)이라고 할 수 있다.

여기서 이원수의 말을 빌려보자. 작가는 "『5월의 노래』에서 다룬 아동들 가운데 일제의 우리 국어 사용 금지와 사상적 탄압의 거센 물결 속에서 자라는 소년 노마의 생활을 들여다보려는 것은 여러 가지 의미에서 편리하리라 생각했기 때문"이라고 한다. "사치와 허식에 물들어 가난하면 비굴해지고 비관하는 소년, 불합리한 경제 상태와 부정이 날뛰는 곳에서 부유함을 자랑하고 뻐기는 소년들이 근래의 형편과 비교해 볼 때, 작가는 한심한 생각을 갖게 되는 때가 있다"(이상 이원수, 『아동문학』, 243면)고 한다. 이런 측면에서 이원수는 일제 식민치하 속에 고달픈 시간을 살았던 소년 소녀의 모습에서 진실의 길을 찾는 노력과 정신을 발견하기를 고대한 것으로 여겨진다. 『5월의 노래』는 한편으로 우리의 슬픈 역사를 통해 더 이상 비극을 재현하지 않기를 바라며, 다른 한편으로 시대의 굴곡 속에서도 당당하고 주체적인 아동상을 구현한 것이라 할 수 있다.

3. 역사의 진실 규명과 시선의 균형

『민들레의 노래』는 한국 현대사의 큰 사건인 6·25전쟁과 4·19혁명을 배경으로 한다. 이 작품은 4·19혁명 후, 부정축재로 부를 축적한 정미 아버지 한경렬을 중심으로 한 어른(들) 축과 주인공 현우를 중심으로 한 어린이(들)를 축으로 한다. 전자가 4·19 이후 정국의 혼란을 틈타 부정부패로 부를 축적하고 이권 앞에서는 신의를 저 버리는 비정한 인물(들)이라면, 후자는 정의와 순수를 내재하고 바른 세상을 꿈꾸는 인물(들)이다. 어른과 어린이로 양분된 구도를 통해 비극적인 역사가 끊임없이 우리의 삶을 관장하고 있다는 것과 묻힌 역사의 진실을 규명하고 있다. 아울러 정의란 무엇이며 이를 실천할 수 있는 것은 자라는 어린이들에게서 가능하다는 것을 내재하였다.

여기서 먼저 정미 아버지를 주목하고자 한다. 정미 아버지는 시대를 관장하는 이데올로기와 그에 규합하는 이중성을 여실히 담고 있기 때문이다. 정미 아버지는 6·25전쟁 이후 한경렬에서 한동욱으로 이름을 바꾸고 고아 현우를 보살핀다. 정미 아버지가 개명한 것은 6·25전쟁 당시 양민학살 사건에 가담한 자신의 신분을 감추려는 것이고, 현우를 거두는 것 역시 양민학살 사건 때 현우 부모를 죽인 양심의 가책 때문이다. 현우를 진심으로 아끼는 것이 아니라, 단지 자신의 죄를 덮으려는 행동이다. 이는 정미 아버지가 "반공사상만 똑똑히 가지고 있으면 말야, 다 머리 숙이고 오게 돼. (……) 무슨 일이든지 돈만 있으면 문제없이 다 된다. 더구나 반공 사상만 가지고 있으면 세상에 무서울 게 없다"(209면)는 것처럼 반성의 기미가 없는 데서 알 수 있다. 그리고 정미 아버지의 이러한 언행은 한편으로 한 개인의 문제이면서 다른 한편으로 시대의 강변(强辯)으로 해석할 수 있다. 『민들레의 노래』는 4·19혁명 직후를 배경으로 한 것인데, 당시 이승만 정권은 정권 유지를 위해 반공을 국시로 내세워 모든 것을 관장하였다. 그런 측면에서 정미 아버지가 반공사상만 있다면 무서울 것이 없다는 표현은 당대의 정세를 여실히 구현한 것으로 여겨진다. 따라서 이원수는 『민들레의 노래』를 통해 사건의 표면보다 그 이면을 포착하여 한 시대를 관통한 이데올로기 규명이라고 할 수 있다.

다음으로 눈여겨 볼 인물은 주인공 현우다. 현우는 양민학살 사건으로 아버지를 잃고 이후 어머니마저 잃는다. 정미 아버지 혜택(?)으로 동년배인 정미네 집에 더부살이를 하면서 항상 죄인 아들이라고 생각하며 주눅 들어 산다. 이 작품에서 현우는 고아라는 처지보다 양민학살 사건에 연루된 아버지의 죽음 때문에 더 힘들어 한다. 사실 양민학살 사건은 실체가 분명하지 않은데도 불구하고 "공산군한테 협력을 했다"(194면)는 이유로 소시민들을 마구잡이로 죽인 것이다. 그럼에도 당시 대부분의 사람들은 양민학살 사건에 연루된 가족을 부인하고 외면하였다. 여기서 작가는 역사의 진실을 밝혀야 한다는 것을 보여 주고 있다. 이는 6・25전쟁이 한쪽의 일방적인 폐해와 죽음이 아니라는 데 초점을 둔 것에서 발견할 수 있다. "국군이 들어와서 동네 사람들을 마구 잡아 산골짜기에 몰아넣고 총을 쏘아 죽이고, 동네를 불 질러 태워 버"(194면)렸다는 대목을 주목할 수 있다. 보편적으로 6・25전쟁은 우리 국군만 희생된 것으로 여기지만, 앞의 서술처럼 전쟁은 아군과 적군 모두의 잘못이 자행된 잔인한 시간이었음을 생각할 수 있다.

이렇듯 6・25전쟁 당시 양민학살 사건은 당시 뿐 아니라 이후에도 많은 사람의 삶을 피폐하게 하였다. 전쟁으로 인해 동족간의 비극은 물론 가족 해체, 불신 등을 자아내며 역사의 현장에 있지도 않은 인물들에게도 폐해를 주는 것이다. 이처럼 하나의 사건을 다각도로 포착하기 때문에 작가 이원수를 조명하여야 하는 것이다. 즉, 이원수는 6・25전쟁을 소재로 하는 작품에서 그 접근방식이 여타의 작가들과 다른 시선을 견지한다. 6·25전쟁 이후 무조건적인 반공 호소, 교과서적 반공 이념과는 또 다른 관점으로 접근하고 있다. 그리고 작가는 6·25전쟁 당시 모습을 구현하여 더 이상의 비극적인 역사 방지를 그리고 있다. 그것은 어린이들의 힘으로 가능하다고 한다. 가령 어른들이 4·19혁명을 부정적으로 보거나 비판하는 것과 달리 어린이들은 그러한 기성세대를 향해 일침을 가하는 것에서 이를 알 수 있다. 즉, 4·19혁명의 본원적 이념인 자유 수호를 염두에 두고 작가의 시선을 따라가 보자. "원수인 정미 아버지를 미워하려고 애를 써도, 정말 원수를 갚을 각오가 생기지 않았다. 먼 세월이 지나갔기 때문이 아니라, 현우에게는 그 옛날의 이야기가 모두 하나의 전설 같기만 했기 때문이다."(198면) 이렇듯 이원수는 오랜 시간이 지났음에도 6·25전쟁은 우리의 뇌리에 남아 육체와 정신을 황폐화시키고 있다는 것을 보여주었다. 그리고 작가는 한국 역사의 비극 6·25전쟁은 그것만의 문제가 아니라 다른 문제들도 야기 시켜 우리 국민 모두를 슬프게 한 사건이라고 한다. 정권 유지를 위해 반공을 국시로 삼는 이승만 정권과 부패한 정권·사상에 규합하여 자신의 죄를 덮으려는 정미 아버지의 행동을 통해 이를 보여주었다. 그리고 작가는 슬픈 역사를 방관하고 묵인하지 않고 자라나는 세대인 어린이를 통해 또 다른 역사를 만들어 나가길 희망하고 있다.

4. 객관적 거리 감각과 이데올로기 극복

6·25전쟁 이후 사회는 곳곳이 대립과 충돌이 가득하였다. 특히 주류

계층은 그들의 권력과 이해관계를 위해 상대를 끊임없이 타자화 하고 주변화 시키면서 권력을 유지하려 하였다. 이러한 상황을 이원수는 『메아리 소년』에서 작가만의 독특한 관점으로 전쟁이 남긴 흔적을 가감 없이 드러내고 있다.

『메아리 소년』은 온갖 곡식이 무르익는 풍요로운 계절인 가을부터 시작된다. 여기서 계절의 의미는 전쟁으로부터 일정 시간이 지났다는 것과 전쟁의 폐허가 어느 정도 복구되어 풍성한 수확물을 거둘 수 있게 되었다는 것이다. 그러나 그 이면에는 전쟁의 상흔이 여전히 내재하고 있는데, 인물 형상화에서 이를 알 수 있다.

『메아리 소년』에서 민이 아버지는 정신적 외상을 안고 살아가는 인물로, 이 작품을 해석하는 데 중요하게 작용한다. 민이 아버지는 공산당원이었던 동생을 죽이고 처음에 생각했던 사상과 이념 문제가 아닌 혈육을 떠올리며 괴로워한다. 가령, 6·25 전쟁 당시 민중들은 참혹한 전쟁을 겪으며 공산주의에 대한 분노와 적개심을 내면화하고 그것을 부정적으로 여긴다. 전쟁은 상대방을 제거하는 것만을 종국의 목적으로 하기 때문에 동족, 혈육이 중요한 것이 아니었다. 그러나 형제를 죽이는 일을 성전이라고 불러야 하는 상황을 정상인으로서는 감당하기 힘든 것은 당연하다. 당시 국민들은 비인간적 재난에 직면하여 겪은 죽음과 상처, 가치의 붕괴, 지표와 방향 상실, 수난과 굶주림, 이데올로기의 힘 등 전사 체험과 전후 삶을 두드러진다. 이들의 모습은 시간이 지나면서 내성화된 후유증의 환기라든가 기억에의 탐색화 현상이 나타나게 된다. 이 현상에서 간과할 수 없는 것은 전쟁과 그 경험적 사건이 기억의 시공 내용으로 남아, 현재까지 잠복하여 개인의 상처로 남아 있다는 점이다. 이러한 정신적 외상은 어떠한 사건으로 인해 즉자적으로 발현되는 것이 아니라 일정기간 의식하지 못하는 가운데 서서히 피폐해져 가는 한 인간의 또 다른 모습으로 드러난다. 이런 점에서 『메아리 소년』의 민이 아버지는 결국 동생을 죽인 정신적 충격으로 죽게 된다. 민이 아버지의 죽음은 가정 해체와 주변 인물의 연속적인 고통 등 악순환이 반복된다. 따라서 『메아리 소년』은 민이의 일상이 표면적인 주제라면 동생을 죽인 괴로움으로 고뇌하는 민이 아버지의 정신적 외상 등 전쟁의 상흔이 이면적인 주제이다. 가령, 6·25전쟁은 단지 전쟁의 참혹 뿐 아니라 많은 사람들에게 자리하면서 삶을 황폐화시키고 있다. 이는 함흥에서 월남한 정님의 외삼촌에서 발견할 수 있다.

정님의 외삼촌은 1·4 후퇴 때 유엔군의 지휘에 따라 월남하지만, 남한 땅에서 갖은 고초를 겪는다. 북에 두고 온 처자식 걱정과 경제적 궁핍 뿐 아니라 같은 민족이면서 말투가 다르다는 이유로 공산당이라는 억울한 누명까지 쓰는 등 월남민으로서 핍진한 삶을 산다. 특히 월남민들에게 가하는 남한 사람들의 그릇된 시선은 이전의 전후 아동소설이 반공주의를 표방하던 것과 달리 『메아리 소년』은 좀 더 객관적인 시선을 확보하고 있는 것으로 보인다. 동족임에도 불구하고 흑백논리를 앞세워 배타적인 시선을 가진 남한 사람들 역시 비난받아야 한다는 것이다. 그러나 이 작품에서 주목하게 되는 것은 월남민과 소시민의 대립이다. 이들의 대립은 한편으로 불신이 팽배한 전후 사회의 한 단면이면서 다른 한편으로 이념과 무관한 사람들의 전쟁이 남긴 폐해이기 때문이다. 엄밀히 말해 전쟁 발발은 소시민과는 아무런 상관이 없다. 그러나 6·25전쟁으로 인해 가장 큰 피해를 입은 것은 월남민과 소시민들이며,

이들은 대립하고 있다. 결국 현재 남과 북은 휴전 상태이지만 국민들의 정신사에 여전히 관류하고 있다는 것으로 해석할 수 있다.

그리고 6·25전쟁으로 인한 희생은 모두에게 해당되는 것이다. 평범한 여성들 역시 예외는 아니다. 여성들은 폭력과 겁탈 등으로 나락에 떨어지는데 『메아리 소년』에서 이를 발견할 수 있다. 먼저 정님이 약수터에서 만난 벌거숭이 여인을 들 수 있다. 벌거숭이 여인은 약수터 근처에서 기거하며 아무데서나 옷을 벗고 심지어 입지 않고 다닌다. 온전한 정신이 아니기 때문에 창피한 것을 모르는 인물이다. 어린이를 대상으로 하는 작품에서 벌거숭이 여인의 등장은 전쟁, 이데올로기와 무관한 사람들의 희생을 적실히 드러내어 현재를 사는 우리들에게 비극적 참상을 되풀이 하지 않게 하려는 의도인 것이다. 이런 측면에서 이원수는 역사를 소환하여 단지 과거사만을 조망하는 것이 아니라, 현재와 미래로의 시간을 그리고 있다.

아울러 민이 새어머니 역시 전쟁으로 인해 희생당한 인물이다. 평범한 가정이었던 민이네는 전쟁이 발발하면서 아버지는 군대에 끌려가고 어머니는 병을 얻어 죽게 된다. 새어머니가 들어와 다시 가정이 꾸려지지만, 민이 아버지의 계속된 정신 이상으로 인해 새어머니가 집을 나가게 된다. 민이는 새어머니의 가출로 또다시 가정 해체를 맞게 된다. 그러나 여기서 주목해야 할 것은 민이 새어머니 가출이 전쟁으로 인해 빚어졌다는 것이다. 즉 전쟁으로 인해 한 여성의 삶이 파괴되는 것으로 전쟁이 남긴 폐해를 짚고 있기 때문이다. 가령, 작품 전체에서 새어머니가 민이와의 갈등은 전혀 없고, 민이 아버지가 정신적 이상을 가졌음에도 가정을 지키려한 것에서 새어머니의 삶이 파괴되는 것은 전쟁의 상흔으로 해석할 수 있다. 결국 벌거숭이 여인과 민이 새어머니는 전쟁이 남긴 상흔인 것이다.

이처럼 『메아리 소년』은 전쟁으로 인해 희생된 무고한 소시민들을 통해 그 비극을 엿볼 수 있다. 정신적 외상을 안고 괴로워하다 죽은 민이 아버지, 월남민으로 갖은 고초를 감내하며 사는 정님 외삼촌, 벌거숭이 여인, 민이 새어머니 등이 그러하다. 그러나 전후라는 자장 속에서 가장 큰 상처를 안고 살아야 하는 인물은 민이로 보인다. 전쟁, 이념과는 먼 거리에 있던 민이가 받은 상처는 누구에게도 보상 받을 수 없다. 민이는 전쟁을 직접 경험하지 않고 시간상 전쟁으로부터 한참 떨어져 있는 인물이다. 그러나 민이 가족이 해체되고 일상이 피폐해져 가는 모습을 형상화함으로써, 전쟁의 폐해가 전쟁을 직접 경험한 세대 뿐 아니라 이후 세대에게도 되물림 된다는 것을 나타내고 있다. 전쟁 이후의 삶이 전쟁과 무관한 어린 소년의 일상을 파괴하는 것은 결국 전쟁의 참혹성을 여실히 보여주는 것으로 전후 한국 사회 비극을 좀 더 넓은 시각으로 재현한 것이라 여겨진다.

5. 어린이 중심, 어린이 삶의 세계 확장

이원수는 작가로서 평론가로서 왕성하게 활동하였다. 동시・동요, 동화, 소년소설, 동극, 평론 등 다양한 장르에서 수많은 작품을 남겼다. 여러 장르, 방대한 작품 양은 한국아동문학의 보고(寶庫)라고 할 수 있다. 하지만 여기서 그를 조명하는 것은 외적인 추산 때문이 아니라, 주변부에 있던 아동문학을 일정 정도 궤도에 올려놓았기 때문이다. 이원수는 취미로 시작한 문학을 나이 사십이 지나면서 직업으로 마음먹고 아동문학에 대한 사명감을 갖는다. 그래서 어린이들 세계에 국한된 문학, 그들의 가슴에 일생 잊히지 않을 감동을 주는 문학을 하기로 한다. 이러한 그의 '아동문학관'은 결국 한평생 어린이들 세계를 놓치지 않고, 어린이를 세계 속에 존재하는 인격체로 하여 어린이가 중심이 되는 작품을 양산하게 된다.

앞에서 살핀 것처럼 이원수 작품은 대개가 역사를 소환 하여 현실 참여적인 경향을 띠는데, 이들 외에도 『명월산의 너구리』, 『불새의 춤』 역시 사회의 부정부패를 그려 어린이들에게 세계를 보여주고 세계 속에 존재하는 어린이로 자라게 하고 있다. 결국 어린이 중심, 어린이 세계, 어린이를 위하는 문학이 이원수가 주창하는 '아동문학관'과 맥을 같이 한다고 할 수 있다. 따라서 문학이 인간의 삶을 그린다는 유구한 명제는 이원수가 주창한 아동문학관과도 동일하다. 어린이를 대상으로 하는 좋은 작품이라면 어린이를 중심으로 하여 어린이들에게 미적 가치를 주는 것이어야 한다. 비현실적인 세계가 아니라, 현실의 어린이들의 생활을 묘사하고 거기서 이상을 찾아내며, 이를 통해 어린이들이 삶의 세계를 확장시킬 수 있어야 한다. 즉, 어린이들의 생활을 돌아보지 않고 추상적 개념이나 사고만으로 좋은 작품이 될 수 없을 것이다. 이런 측면에서 이원수는 문학의 유구한 명제를 염두에 두고 작가와 독자는 서로 밀접한 영향을 주고받는 관계로 보고 어린이를 중심에 둔 아동문학가다. 그러므로 한국아동문학사에서 이원수를 배제하고 아동문학을 논한다는 것은 불가능하다. 문학가 이원수에 대한 우상화를 요하는 것이 아니라 그가 남긴 무수한 업적과 작품에 대한 적실한 평가가 필요하기 때문이다. 이러한 점이 지금, 여기서 이원수를 다시 보아야 하는 이유이며, 보아야 할 당위성이다.

제 2 부

주제론

도저한 삶, 희망 지향의 문학

이원수의 현실주의 아동문학

1. 머리말

이원수(李元壽, 1911~1981)는 한국 현대 아동 문학의 진정한 출발을 알리는 『어린이』지에 동요 「고향의 봄」(1926)을 발표하면서 작품 활동을 시작하였다. 타계하기까지, 그는 아동 문학의 모든 장르에 걸쳐 쉬지 않고 작품 활동을 전개하였다. 이로 보아 그는 일제 강점기에서 분단 시대를 가로질러 반세기 이상 활동하였고, 그가 생전에 쌓아놓은 문학적 높이를 감안하면 한국 현대 아동 문학의 가장 큰 산맥을 이룬 것으로 평가된다.

아동 문학에 대해서는 이재철(李在徹, 1978)의 방대하고도 선구적인 업적이 있긴 하지만, 그 외에는 이렇다 할 뚜렷한 연구 성과가 없고 학계

* 원종찬 / 인하대학교 한국어문학과 교수

에서도 그다지 큰 관심의 대상이 되지 못하였다. 이는 이원수에 대해서도 거의 비슷한 사정이라고 할 수 있다. 그런 가운데에서도 눈에 띄는 성과를 들자면, 그의 문학사적 위치는 이재철이, 동요와 동시에 대해서는 이오덕(李五德, 1977, 1984)이, 그리고 동화와 소년소설에 대해서는 나카무라(仲村修, 1993)가 잘 정리해 놓고 있다. 이재철은 이원수 아동 문학의 현실주의적 특색과 그의 여러 활동들이 아동 문학계에 끼친 문학사적 의의를 규명하였다. 이오덕은 이원수의 비평관을 이어서 발전시킨 이로, 이원수가 특히 서민적 어린이, 일하는 아이들의 생활을 그의 작품 세계로 하고 있는 것에 대해 높이 평가하였다. 그리고 가장 최근의 성과인 나카무라의 논문은 이원수의 전기를 자세히 구성해 놓은 점이 돋보인다.

이원수 문학의 성과를 말할 때, 흔히 해방 이전 시기에는 그의 동요와 동시를, 그리고 해방 이후 시기에는 동화와 소년소설을 지적한다. 이는 그가 실제로 발표한 작품의 장르별 수량과 대표 작품으로 직접 확인되거니와, 그 스스로도 8·15 해방 이후를 자신의 산문 시대라 규정한 적이 있다.(「노래 고개 넘는 데 예순 해가」, 1971. 『전집』 30권, 웅진출판, 248면. 이하 이 글의 『전집』 인용은 모두 1992년판임) 물론 그는 해방 이후에도 시작 활동을 계속하는 한편, 동화와 소년소설 외에 평론, 수필, 아동극 등 폭넓은 작품 활동을 전개하였다. 그가 타계한 직후 그의 작품들은 모두 30권의 『이원수 아동 문학 전집』(백석기 편, 1984)으로 편집 출판되었다.

이 글은 이원수 아동 문학의 성격을 구명하는 데에서, 나아가 한국 현대 아동 문학을 연구하는 데에서, 그 중요도에 비해서는 거의 빈 지점이라 할 수 있는 이원수의 아동 문학 비평 활동에 대한 연구이다. 본론에서 살펴보겠지만, 이원수의 아동 문학 작품은 그의 아동 문학론과 뗄 수 없는 관계이며, 한국 현대 아동 문학의 역사에서 그의 비평 활동이 차지하는 위치는 양으로 보나 질로 보나 가히 독보적이라 할 만하다. 따라서 이 글은 이원수 아동 문학론의 요체를 살펴, 그의 비평 활동이 아동 문학계에 끼친 영향을 검토하려는 것이다.

2. 이원수의 아동관과 아동시의 '동심천사주의' 문제

아동 문학은 일차적으로 아동을 대상으로 한 문학이다. 이 명칭은 문학의 외적인 한 분류인데, 아동 문학을 일반 문학과 구별 짓는 이유에 대해 이원수는 "문학이 가지는 본뜻을 달리하는 것이 아니고, 아동의 이해력이 어른들의 그것과는 큰 차이를 가지고 있으므로 아동이 쉬 이해할 수 있는 형식과 내용을 필요로 하기 때문"이라고 하였다.(「아동 문학 입문」, 1965, 『전집』 28권, 9면)

그런데 아동을 대상으로 한 문학이라는 것이, 아동 자신이 쓴 문학과는 구별되면서도, 아동을 주체로 한 문학과 대립하는 것은 아니다. 아동을 주체로 의식하느냐, 아니면 아동을 단순히 객체로 취급하느냐의 문제는 작가의 태도와 아동관에 달려 있는 문제라고 할 수 있다.

이원수는 우선 아동 문학이 동심의 문학임을 주장한다.

> 아동 문학은 동심을 가지고 해야 하는 문학입니다. 동심이란 아이의 마음이고, 이 아이의 마음이라는 동심은 순박하고 맑은 마음을 가리켜 붙여진 이름입니다.

이 동심 없이는 아동 문학을 하지 못합니다. 그것 없이 쓴 아동 문학 작품이란 참된 아동 문학이 아닙니다. 겉으로만 그렇게 보이지 속은 아동 문학이 아닌 가짜가 될 수밖에 없습니다.

아동 문학이란 것은 문학예술이면서도 그 중에서도 동심이란 정신을 바탕으로 해서 이루어지는 문학예술입니다.

-「내 생활과 문학」, 1966, 『전집』 26권, 312면.

그는 한국 현대 아동 문학의 진정한 출발을 방정환의 『어린이』(1923)에서 구한다. 이는, 최남선의 『소년』(1908)이 민족 계몽에 쏠리기는 해도 아동성의 발견 혹은 아동 인격 해방이라는 측면에서의 근대 의식과는 거리가 있다고 파악한 데에서 말미암은 것이다. 최남선의 근대 의식은 아동 문제에 국한해서 본다면 그 이전의 천도교 사상에도 미치지 못하는 것으로서, "소년의 생활이 없고 민족의 자각이나 추상적인 정열이 있을 뿐"인데 비해, 방정환은 "아동의 인격 존중과 아동을 위한 동시 운동"을 일으킴으로써 한국 현대 아동 문학의 진정한 효시를 이루었던 것이다.(「아동 문학 입문」, 69면)

그렇지만, 아동의 위치와 그 독자성에 대해 비로소 주목을 한 1920년대의 아동 문학에서도 이원수는 비주체적인 아동관의 문제를 들어 그 한계를 날카롭게 지적한다. 그것은 다름 아닌 정형 동시·동요의 문제였다.

방정환, 유지영(柳志永), 윤극영(尹克榮), 한정동(韓晶東) 등의 동요는 소년의 국가적 활동을 기대하는 공리적 시보다도 소년소녀의 자유로운 위치에서의 아동 자체의 기쁨과 슬픔을 노해하는 인격 해방의 태도에서의 시 운동이 되었다.

그리고 그러한 동요는 아동의 자기 심화나 성장 발전이나, 그런 본격적인 생활의 응시보다는 우선 사회적으로 무시되었던 아동의 발견과 아동의 애호에 치중된 소년 운동과 마찬가지로 심화된 시의 세계나 아동 생활의 구체적인 표현보다는 자연에서의 미의 발견, 개인적인 애환의 노래, 유희적인 노래 등이 주요 내용을 이루었고 따라서 오랜 구속에서 해방되는 아동들에게 베풀어 주는 즐거운 노래의 화원으로서 정형 동시 – 즉 동요로서 성황을 이루었다.

성인 시가 자유율 시로서 발전해 가는 가운데서도 동시는 오랫동안 정형 동시–동요로서의 형태를 가지게 된 것은 아동 사회의 현대화가 늦었던 때문이요, 시인들의 아동관 역시 아동에게는 노래부를 수 있는 동요로써 그들을 즐겁게 해주겠다는 비주체성을 벗어나지 못한 까닭이었다.

–같은 글, 69~70면.

이처럼 1920년대의 "동심 존중이나 아동을 천사와 같은 것으로 보고 현실 사회와는 격리시켜 놓고 노래한 동요"는 아동을 '대상화'한 것으로서, 아동 자신의 눈을 중시하는 '주체로서의 아동관'과는 다른 것이다. 이원수는, 초창기라면 어느 정도 이해될 수 있는 이러한 태도가 그 이후에도 계속되었을 뿐만 아니라, 분단 시대 한국 아동 문학의 큰 흐름을 이루고 마침내 하나의 아성을 쌓게 되자, 이를 '동심천사주의'라면서 그 비현실성에 대해 줄곧 비판을 가한다.

한편, 1930년을 전후해서는 프로 문학 운동과 함께 프로 아동 문학이 성행하였다. 이원수는 프로 아동 문학의 공과(功過)도 아주 정확하게 짚어내는데, 우선은 그것이 "현실주의적인 동시"였고 "자유시로서의 동시" 운동이었다는 데에 문학사적 기여가 크다고 본다. 그러나 "목적의식이 앞서서 문학으로서의 가치를 가지기보다 계급투쟁의 한 수단으로서의 가치가 더 큰 것"이었다는 점에서는, 특히 아동 주체의 문제에서 또 다른 편향이 아닐 수 없다고 판단하였다.(같은 글, 70~71면) 이런 판단은 그가 프로 문학의 현실 의식에는 십분 동의했더라도 그의 작품 활동을 하나의 관념 토로에서 벗어나게 한 주된 근거일 터이다.

이원수가 아동 문학을 하게 된 동기는 동시대에 "소년 운동의 횃불을 든 소파 방정환 선생의 감화를 받은 데 있다"고 한다.(「소파 선생의 감화를 받고」, 1959. 『전집』 30권, 239면) 그는 1925년에 천도교 조직을 배경으로 하고 방정환의 아동문화 운동의 일환으로 만들어진 '신화소년회(新化少年會)'에 가입했고, 1928년에는 『어린이』지의 집필 동인이 되었으며, 1931년에 소파 방정환이 작고하자 조시(弔詩) 「슬픈 이별」을 쓰기도 했다.(「연보」, 『전집』 30권 참조) 이런 면에서 그는 아동 문제와 관련해서 천도교와 방정환의 사상적 계보를 잇고, 나아가 현실주의 아동 문학 및 그 이론을 확립한 공로가 인정된다. 그런데, 그의 아동 문학 비평 활동은 해방 이후 특히 6·25 동란 이후에 본격적으로 전개된 것이다. 그는 가뜩이나 허약한 한국 아동 문학 비평의 빈자리를 메우는 큰 역할을 하지만, 그것을 비평사에서 바라보자면 현실주의 아동문학론이라는 점에서 프로 아동 문학 비평에 맞닿아 있는 것이기도 하다. 일제 강점기의 아동 문학은 적어도 비평 부문에 관한 한, 프로 아동 문학의 그것 말고는 이론다운 이론이 존재하지 않았기 때문에 더욱 그러하다고 볼 수 있다.

그러나 일제 강점기 이원수의 대표 작품들로 미루어 보건대, 그는 아동관에서 프로 아동 문학과 뚜렷이 구별된다. 그럼 프로 아동 문학의 아동관은 어떠했는가? 프로 아동 문학에서는 아동 현실의 모순을 주목했지만 그것을 계급 모순 일변도로 대응해 버리는 환원주의의 오류가 발견된다. 가령, 아동들 사이에서도 계급 적대가 나타나는가 하면, 아동의 특수한 위치는 도외시한 채 아동을 현실 사회에 불만케 하고 어린 투사로 묘사하려는 의도가 과잉 노출되고 있다.(이재철, 189~190면) 그렇지만 아동의 의식과 행동이 아무리 현실 사회의 모순 관계를 반영하는 것일지라도, 아동은 사회화의 초기 과정에 있기 때문에 그 반영 정도가 성인처럼 직접적이요 고정적이라 하기 힘들 것이다. 이원수의 작품들은, 아동 세계를 뛰어 넘어 성인 사회의 생활 감정을 노출시킨 대부분의 프로 아동 문학 작품들과는 달리 아동의 처지에서, 다시 말하면 어린이다운 눈으로 아동 자신의 현실을 그려내었다는 특징을 보인다. 이는 아동을 사랑하는 마음이 없이는 불가능한 것으로, 아동의 특수한 심리 구조에 대해서도 그가 남다른 관심을 가졌다는 사실을 말해 준다. 또한, 이원수는 아동 현실의 모순을 바라보는 데에서 그것이 계급적·민족적 모순과 무관한 것이 아니라고 파악하면서도 아동 인격을 제약하는 봉건적 구속, 곧 성인과 아동 사이의 모순 관계에도 주목하였다. 올바른 여성 해방 운동이 그러한 것처럼, 어린이 해방 운동의 특수성과 상대적 독자성에 유의했던 것이다. 이것은 프로 아동 문학(론)에서 한 발 나아간 이원수 아동 문학(론)의 현실주의적 성격을 더욱 돋보이게 해 주는 요소이다.

실제 작품 활동에서 이원수는 누구보다도 앞장서서 시대 상황으로 말미암아 불행해진 어린이의 삶과 생활을 생생하게 그려내었다. 그는 자유시로서의 동시를 개척한 사람 중의 하나인데, 1929년에 쓴 「가시는 누나」는 "과거의 동심주의나 어린이 애호주의 그것과는 다른 아동의 현실적이요, 주체적, 자아적인 내용"을 담은 자유율의 동시라고 스스로 해석한 바 있다.(「아동 문학 입문」, 71면) 그는 설사 동요를 쓰더라도 대부분의 작품들이 자유율에 가까운 생활 동요라고 할 수 있는 것들이었다. 「헌모자」(1929), 「일본가는 소년」(1930), 「찔레꽃」(1930), 「잘가거라」(1930), 「그림자」(1930), 「교문 밖에서」(1930), 「장터 가는 날」(1931), 「눈 오는 밤에」(1931), 「이삿길」(1932), 「벌 소제」(1932) 같은 작품들은 모두 당대적 상황이 짙게 반영된 아동 현실의 동요와 동시들이다. 이들 작품이 당대 프로 아동 문학의 영향을 받은 것은 인정되지만, 프로 아동 문학의 관념적 공식주의로부터 벗어나고 있는 것은 바로 아동관의 문제라고 할 수 있다. 아동의 관점에 서지 않고는 아동 현실의 문제를 올바르게 극복할 수 없는 것이다.

일제의 탄압에 의해 프로 아동 문학이 수그러들던 1930년대의 중·후반에도 그의 이런 작품 경향은 계속된다. 그는 집안 형편이 어려워서 상업학교를 나와 경남 함안군에서 금융조합에 취직하는데, 거기서 조그만 문학 연구 모임 활동이 사상적으로 문제되어서 1935년경에는 1년 가까이 일제에 의해 감옥살이를 하게 된다. 그 직후라고 볼 수 있는 1930년대의 중후반에는 윤석중이 주간을 한 『소년』(1937~1940)지에 비교적 많은 작품을 발표한다. 흥미로운 것은 이 『소년』지에 발표된 여러 사람의 작품 가운데서 이원수의 아동시와 현덕(玄德, 1912~? 1950년에 월북함)의 아동소설들만이 동심천사주의에 기울지 않고 있다는 사실이다. 『소년』지에 발표된 대부분의 작품 경향은, 아동 문학이란 으레 이런 것이거니 하는 동심천사주의의 상투성을 뚜렷이 내비치고 있다. 이런 상투성이 얼마나 비현실적인 것이었느냐 하는 점은 『소년』지의 맨 뒷면에 실린 '애독자 사진첩'란에서도 확인된다. 거기에 실린 대부분의 독자들은 16세에서 20세가 가장 많고, 15세 미만은 어쩌다가 간혹 찾아볼 수 있을 뿐이다. 그런데도 『소년』지에 가장 많이 실린 윤석중, 박영종(木月)의 작품들을 비롯한 대부분의 것들은, 심지어 청소년 독자의 투고 작품들까지도 한결같이 '짝짜꿍' 동요였다. 이로 보아 아동 문학에 대한 그릇된 인식에서 비롯된 동심천사주의가 프로문학의 전성기를 제외하고는 얼마나 지배적이었던가를 실감하게 된다. 그런 중에도 이원수는 「오빠의 자전거」(1937), 「아카시아」(1937), 「보오야 넨네요」(1938) 등의 명편을 이곳에 발표하고 있다.

이원수의 첫 평론은 해방 직후 『아동문화』 제1호에 발표한 「동시의 경향」(1948)이란 글이다. 그는, 해방 직후에 조선 프롤레타리아 문학 동맹(1945.12)에 이어 당시 광범위한 문화통일전선의 일환으로 성립한 조선문학가동맹(1946)에 참여했으나(권영민, 1989), 6・25동란 때의 행적으로 보아 주위 사람들과는 좌우익을 가리지 않고 친분이 퍽 두터웠던 것으로 생각된다.(나카무라, 22~25면) 『아동문화』는 좌파 문인들의 활동이 두드러지게 나타나고 있다. 『전집』에는 실리지 않았기 때문에 「동시의 경향」이란 글의 내용을 구체적으로 파악할 수는 없지만, 같은 잡지의 좌담회에서 그가 발언한 것으로 미루어 추측할 때, 그는 거기에서도 '아동 세계를 현실적으로 이해해야 하며, 말장난이나 기발한 것들을 추구하기보다는 아동들의 진실한 생활을 표현해야 한다.'는 요지의 주장을 했던 것으로 보인다.(「아동문화를 말하는 좌담회」, 『아동문화』 1호, 1948 참조. 『한국현대시이론자료집』 43권)

동란 이후, 아동 문학의 최대 약점인 평론 부문에서 그는 수많은 평필을 들어 아동시의 동심천사주의라는 상투적인 경향과 홀로 맞선다. 반공주의가 맹위를 떨치고 있었고, "아동들의 생활을 리얼하게 그리려는 작가들에게 사회 폭로라는 비난의 화살이 심"한 때였다.(「아동문학의 결산」, 1968년, 『전집』29권, 240면) 때문에 오락적인 아동들의 완구물로 전락한 아동시들이 아동 문학계에 그 어느 때보다 더욱 풍미했다. 그는 아동 문학의 '동심성'을 긍정하는 가운데서도 "시정 없는 어른 취미의 어린이 묘사, 혀 짧은 유아어의 흉내, 세상 물정 모르는 어린이의 마음, 허황된 생각의 어리석음을 동심이란 허울로써 미화시키려는 기교― 그리고 그보다 더 현실 생활의 감정을 덮어 버리는 부유자 취미, 사색을 막는 오락적 태도 등등"을 거론하면서 "철학이 없는 동시인, 꿈만 붙들고 노는 동시인, 말재주 놀이를 시인의 사명으로 여기는 동시인"들을 통렬하게 공박한다. 그러한 작시 태도는 "성인 사회에서 보는 우민책에 어울린 시인들의 태도"와 다를 바 없는 것이니, 그들이 아동에게 끼치는 악영향을 무시할 수 없다는 지적이다.(「동시와 유아성」, 1975. 『전집』 28권, 358~359면)

이처럼 동심천사주의의 작품 경향이 갖는 낡은 아동관의 문제점을 들어, 아동 문학의 급선무는 다름 아닌 "아동의 재인식"이라고 그는 강조한다.

> 흔히 우리들은 귀엽기 그지없는 어린이들의 언행에 미소 짓는다. 그리고 그러한 것을 여실히 나타낸 작품을 귀여운 것으로 보고 즐거움을 느끼기도 한다.
>
> 그러나 그것은 아동의 모습을 보는 어른의 마음이요, 아동들의 마음은 아니다. 우리가 찬탄하는 귀여움은 아동들 자신에게는 지극히 평범

한 것이요 당연한 것이므로 거기서 어떤 미를 느끼게 까지 되지는 않는 것이다. 이를테면 그러한 미는 성인을 위한 것이지 아동 독자를 위한 것이 아니라는 말이다.

이러한 사실을 고려치 않고 유소년의 재롱이나 언동에 반해서 그러한 것을 잘 표현한 작품을 높이 평가하는 경향은 확실히 아동 문학의 본성을 망각한 것이라 아니 할 수 없다. 그것은 아동 문학이라는 이름 아래 어른들이 잠깐 즐겨 보는 비아동 문학이라고도 할 수 있을는지 모르겠다.

–「아동 문학 프롬나드」, 연대 미상, 『전집』 28권, 215면.

이상에서 살펴본 바와 같이 아동시에서의 동심천사주의를 비판하는 자리에서 이원수는 '현실주의적 작시 태도'를 중시했고, 이는 '아동 주체의 아동관'과 긴밀히 호응하는 것임을 알 수 있다. 그의 이런 아동 인식과 아동 중심의 관점을 작품 곳곳에 스며 있으며, 수필 등에서는 '어린이 문화'와 '어린이 교육' 문제에 대한 남다른 관심 표명으로 나타나고 있다.

3. 이원수의 문학관과 아동소설의 '교육주의' 문제

그릇된 아동관이 아동시에서 '동심천사주의'를 낳았다면, 아동소설에서는 이른바 '교육주의'를 낳았다. 그런데 이 두 경향은 모두 아동의 실제 현실과 동떨어진 관념적이고 보수적인 사상에 기반하고 있다는 점에서 현실주의 아동 문학과 대립하는 커다란 흐름이 되어 왔다. 이원수는 아동시의 동심천사주의와 아동소설의 교육주의가 서로 다른 것 같으면서도 실제로는 한 뿌리인 사실에 대해 늘 지적하는 한편, 아동 문학을 정당한 문학의 본도(本道)에 올려놓고자 노력하였다. 그런 노력은 올바른 아동관과 함께 진보적 세계관으로서의 작가 의식에서 비롯한 것으로, 현실주의 아동 문학론의 기본 뼈대가 되는 것이다.

앞에서 이미 살펴본 것처럼, 1920년대의 방정환에 이르러, 즉 개별 자녀라기보다는 아동 전체에 대한 사회적 자각에서 아동 문학은 싹틀 수 있었다. 그것은 처음에 아동 애호와 보호 운동에서 영향 받은 만치 그때의 문학 형태로서는 동요와 동화가 가장 소용되었다고 이원수는 판단했다. 따라서 그 시대에는, "아동과 현실을 구별해서 안전한 성벽 안에서 즐겁게 자라게 하고자 한 소위 동심주의, 아동 천사주의"가 어느 면에서는 "필연적인 요구"일 것이었다.(「아동 문학 입문」, 103면) 그가 1920년대의 동요 운동을 한국 현대 아동 문학사에서 획기적이고 긍정적인 것으로 평가한 이유는 바로 여기 있었던 것이다.

그렇지만 아동들이 부르는 노래를 보급하는데 주력했던 초창기의 동요운동은 아동을 현실 사회의 일원으로 보고 현실 사회 속에서 살아가는 한 인간으로 보는 데에서는 한계를 지닐 수밖에 없었다. 때문에 이원수는 아동 자체의 자주적인 발달과 그 아동 자체의 가지가지 심정의 변화 성장을 아동 자체의 처지에서 작품화하는 데에는 불충분한 동요와 동화에서 소설의 문학 형식을 지닌 소년소설이 나타났다고 하면서, 이러한 사실이 아동문학을 한 단계 발전시킨 현대적 의의를 지니는 것이라고 평가하였다.(같은 글, 104면) 이원수가 동요보다는 생활 동시를 즐겨 다루고, 해방 이후로 와서는 장편 소년소설을 개척하며 더욱 산문에 치중한 것은 이런 판단에 따른 것으로 보인다. 그는 첫 장편 동화 「숲 속 나라」(1948)와 「5월의 노래」(1949)가 정치 사상적 혼란기에 시로서는 담아내기 힘든 역사와 사회풍속 등의 내용을 아동의 관점에서 사실적으로, 그러나 새로운 사회의 이상과 함께 나타내 보이려 했던 것이라고 술회한 바 있다.(「나의 문학 나의 청춘」, 1974. 『전집』 30권, 257면)

아동 문학관 및 창작 태도의 문제를 말하는 대목에서도 그는, "문학에 있어서의 동심이란 것을 편협하게 평가하여 아동 자체를 실사회에서 분리하려 하거나 혹은 아동의 소박한 사고와 범위 좁은 생활권에 구애되어 깊이 파고들어야 할 세계가 없는 것처럼 착각하거나, 데모크라틱하고 자유로운 아동의 성장을 위하는 일보다는 논의하지 않고 어른의 말을 잘 듣는 복종·충효·예의적인 백성을 만들려거나 하는 작가가 많다"고 지적하고, 아동 문학은 우선 동심에서 비롯된 것이지만 동심을 현실 가운데서 파악해야 한다고 주장한다.(「아동 문학의 당면 과제」, 1961, 『전집』 28권, 132면) 자유와 민주주의의 가치를 정면으로 부정하던 독재정권 아래서, 동시대의 평론 활동을 수행하면서 아동소설에 주력했던 그는, 아동시의 동심주의가 그래도 "선의의 과오"인데 비해서, 아동소설에서의 그것은 이를테면 '교육주의'의 가면을 쓰고 아동을 더욱 왜곡된 현실로 이끌 우려가 있기 때문에 작가로서는 절대 용납할 수 없다는 태도를 보인다.

> 소위 '교육적 가치'니 하는 것을 방패삼아, 작품에 아동 세계의 진실묘사, 아동 생활의 리얼한 표현, 절실한 사상의 내포 등을 금기하여, 기존 도덕이나 권력에 배치되지 않으려 드는 봉건적 우민화 사상으로서 그것을 아동문학의 정도인 듯이 착각시키려는 반민주적인 아동 문학관의 소유자들이 있는 일이다.

> 이러한 문학은, 과거 – 특히 독재 정치하에서 아동에게 현실을 이상적인 것으로 거짓 가르치고, 아동들이 몸소 겪고 있는 불행과 사회악에 대해서까지 이를 은폐하기 위하여 허위와 기만으로 현실을 긍정하려는 아부주의자들의 소행과 동일한 것이 될 것이다.
>
> –같은 글, 133면.

그는 '교육적'이라는 것의 중요한 목표가 "아동의 자유 민주적인 발달을 도모하여 낡은 것, 비민주적인 것에서의 해방을 돕고 보다 나은 사회를 이룩하려는 새롭고 진실한 인간으로 성장케 하는 것"에 있다고 보았다. 아동 문학이라고 해서 현실악의 문제를 다루는 것에 반대하거나 기피하는 것은 "문학이 생활과 유리해야 한다는 것이며 결과적으로는 현실악과 공모"에 빠지는 일과 다름없다는 주장이다.(같은 글, 133~134면)

그렇기 때문에, 이원수는 교육주의의 미명 아래 봉건적인 관념을 아동 문학에 거리낌 없이 적용하려는 보수적 태도와 명백히 대립하였다. 그는 한국적인 '교육적 아동 문학'의 주장이 강소천의 작품에서 근원한다면서, 강소천의 소년소설에 대해서도 "철학의 빈곤과 사회성의 왜곡"을 본다고 평한다.(「소천의 아동 문학」, 1964, 『전집』 29권, 141면) 그리고 한번은 자신의 작품에서 불의한 교사에게 항거하는 아동을 그린 것을 두고, 서석규가 「비교육적인 것에의 시비」란 제목으로 비판을 가하자, 이것은 아동 문학에서는 리얼리티와 진실의 묘사를 제한해야 한다는 주장이라며 반론을 폈다. 그는 "반민주적 봉건적 교육 관념으로서 교육적이니 비교육적이니 논란할 것"은 아니며, "아동 문학의 특수성 중 '아동에게 이해되는 방법과 범위'라는 것은 작품에서 아동이 악에 전염될 우려가 있는 것, 아동들의 생활과 거리가 멀어 이해가 곤란한 것들을 의미"할 뿐이라고 반박하였다. 아동 문학도 '아동에게 이해되는 방법과 범위' 내에서는 하등의 진실이나 리얼리티에 제한을 받을 수 없는 것이며, 그것은 '아동의 세계에서의 모랄'에 의하여 창작되어야 한다는 말이다.(「모랄과 리얼리티」, 1961, 『전집』 28권, 137~139면)

모랄의 문제에 대해서, "모랄의 정의는 그 시대의 발전적 진보적인 사상에서 내려져야 하며 보수적인 사상에서 내려져서는 안 될 것"(「아동 문학 입문」, 24면)이라면서 그는 문예상의 진보적 사상 의식을 분명히 했다. "문학은 언제나 선험적 역할을 하는 것이지 어떠한 기존 제도나 사상에 예속되어 낡은 것을 보위하는 경비병은 아니"라는 것이다.(「아동 문학이 교육에 미치는 영향」, 1964, 『전집』 28권, 209면) 그는 아동 문학이 동심에 바탕을 둔 것이면서도 관념적으로 파악된 동심을 경계해야 하는 것처럼, 넓게 보아서 문학은 교육적 가치를 가진 것이지만, 문학 본유의 교육 가치가 아니라 그릇된 사유에서 출발한 소위 '아동 문학의 교육적 가치론'을 다음과 같이 경계하였다.

> 즉 좁은 눈에서 측량된, 혹은 낡고 굳은 도덕관념에 비춰 본 교육적……이다. 그것은 극히 고정적이요, 보수적이며 또 때로는 관료적인 점이 특색이다. 그리고 극히 소승(小乘)적인 교육, 퇴영적인 교육을 의미하는 경우가 많다
>
> 예컨대, 어른들의 현실 사회를 이상적인 것, 혹은 당연한 것으로 고정시켜 놓고 아동을 일률적으로 거기다 우겨 넣으려는 생각으로 씌어지는 문학을, 그러한 작가나 동조자들은 그것을 교육적인 문학이라고 한다. 그러나 이것은 참으로 비교육적인 문학이다.
>
> –「아동 문학의 방향」, 연대 미상. 『전집』 28권, 178면.

그는 또한 "오랜 동안 여러 사람의 보증을 얻을 선－이미 굳어져 있는 윤리야말로 안심하고 가르칠 수 있는 것"이라는 주장에 대해서도 "이것이 곧 보수성이요, 바로 아동 문학의 사상성을 배격하는 이들의 사상적 근거"가 되어 왔다고 비판한다.(「아동 문학의 문제점」, 1966, 『전집』 28권, 239면) 이런 진보적 세계관으로서의 작가 의식은 교육주의 아동 문학론의 금과옥조, 가령 "아동은 순진한 것이며 사회의 악에 물들게 해서는 안 되므로 실사회의 나쁜 제도나 생활에서 분리해야 하며, 그렇게 하는 것이 아동 교육에 유리하다"는 논리(「아동 문학」, 1961, 『전집』 28권, 156면)에 맞선 다음과 같은 현실주의 아동 문학의 논리를 낳는다.

> 아동은 현실에서 떠난 천국의 천사가 아니며 비상한 고통과 쓰라린 생활 속에 있는 것이다. 그들은 부모 형제와 함께 부정과 사회악에 희생되고 있는 것이다. 이러한 우리나라 현실에서 아동을 위하는 문학이 되려면 현실 속의 아동을 작품 속에 그려야 하는 것이다.
>
> 아동 문학은 그것이 문학이므로 진실이 필요하며 이상과 휴머니즘이 필요하다. 성인 문학이 문학 사조에 있어서 현대엔 낭만주의에서 벗어났다 하더라도 아동 문학은 낭만적인 요소를 가졌다는 것이 한 특징이 될 수 있으므로 구극에 가서는 휴머니즘은 물론 낭만주의와 리얼리즘이 조화되어야 할 것이다.
>
> －같은 글, 155면.

오락물이 아닌 문학은 현실 생활을 정시(正視)하고 아동 세계의 이상을 추구하는 데서 얻어질 것이다. 그것은 아동은 미성년이라 하여 가만히 앉혀 놓고 부모가 모든 것을 제공하고 보호하면 된다는 생활 방식과는 달리, 아동이 자력(自力)을 길러 가는 과정을 그리는 일이요, 그들의 이상을 찾기 위한 노력을 그리는 일이며, 현실 사회에 참여하고 있는 모습을 그리는 가운데서 생겨나는 것이다.

그러기 위해서는 작가는 우선 곧은 사람이 되지 않으면 안 된다. 적어도 선악을 바로 구별할 수 있고 역사적인 인간 사회의 발달을 짐작할 수 있어야 한다. 정의에 편할 수 있고 불의와 싸울 수 있어야 한다.(「아동 문학의 방향」, 181면)

> 부모와의 관련도 없고, 그 아동의 작년도 어제도 없는 위치에서의, 한 장면이란 것을 생각할 수는 없다. (……) 아동이 처해 있는 시간적 공간적 지점은 당연히 사회— 즉 부모와 이웃과 더 나아가서는 국가와 세계와의 연관하에서 만들어진 것이다.
>
> 그러한 위치에 있는 아동이, 일부 아동 애호가들이 생각하듯 사회와는 단절된 어떤 낙원에 있는 귀여운 천사일 수는 없다. 귀여운 천사로 생각하고 즐거운 이야기로 그들을 즐겁게만 해주자는 생각은 세정 모르고 자랄 수 있는 극히 일부 아동에게는 좋을지 모르나, 우리나라 전 아동에게는 맞지 않으며 오히려 해독을 끼치는 것이 될 것이다.
>
> 이 무사상적인 작품은 무사상적인 것같이 보이면서 표면에 극히 봉건적이요, 비인도적인, 그리고 반민주적인 사상을 내포하고 있는 것이다. 이를테면 그것은 가면을 쓴 것이요, 꼭두각시 노릇을 하는 것이라고도 볼 수 있을 것이다.
>
> 여기서 필자는 문학에 사상이 있다는 대원칙을 의심할 수 없는 동시에, 사상이 없는 것같이 가장한 보수 사상의 문학에 대항하여 민주주의에 입각한 사상의 아동 문학의 확립을 위해 작가는 분발해야겠다는 것을 말하고 싶은 것이다.
>
> —「아동 문학의 문제점」, 1966. 『전집』 28권, 244면.

평론 부재의 아동 문학계에서 이는 과연 탁견이 아닐 수 없다. 그의 동화, 소년 소설의 대표작들은 바로 이런 투철한 사상 의식의 소산이었다. 해방 직후의 정치적 혼란기에 씌어진 「숲 속 나라」는 외세와 상업자본에 맞선 민족 자주 사상, 평등 박애와 민주주의 정신에 바탕을 둔 '아동들의 이상 사회'를 그린 작품이다. 그리고 반민특위의 활동이 와해되고 일제 강점기의 친일 앞잡이가 다시 활개를 치던 바로 그 시점에 발표된 「5월의 노래」는 주인공 소년이 식민지 민족 현실에 눈뜨는 과정과 함께, 일제의 탄압 속에서도 정의롭게 펼쳐지는 '소년회'의 애국적 활동을 담은 작품이다. 두 작품 모두 아동들의 현실 세계를 위한 '생활의 설계와 실천'이 전개되는 특징을 보인다. 동한 후에도 그는, 오락이나 유희가 아니면 반공주의 혹은 봉건적 관념이 지배했던 아동소설계에서 전쟁의 피해상과 휴머니즘, 분단의 극복 의식을 주제로 한 작품을 많이 썼고, 빈부의 문제, 당대의 정치 사회적인 문제를 때로는 정공법으로 때로는 우화적으로 그린 작품들을 많이 낳는다. 가령, 「땅 속의 귀」(1960), 「어느 마산 소녀의 이야기」(1960), 「벚꽃과 돌멩이」(1961) 등은 4·19혁명 정신을 아동 문학에 곧바로 수용한 예이고, 「토끼 대통령」(1963)은 5·16 군사쿠데타 세력의 정권 연장을 우화적으로 비판한 작품이다. 역시 우화적 수법을 사용한 「불새의 춤」(1970) 같은 작품은 바로 그 해에 발생한 '전태일 노동자 분신 사건'을 즉각적으로 그리고 탁월하게 작품에 수용할 만큼 민감한 그의 시대정신과 작가 의식을 엿보게 해주는 것이다.

한편, 동란 이후 아동 문학계에는 상업주의가 극성에 달하였다. 그래서 이원수는 사이비 아동 문학에 맞서 아동 문학의 예술성을 수호하는 일에도 온힘을 기울여야 했다. 그는 "동요는 성인 사회의 유행가와 비슷한 비시적인 가사로 전락해 갔"고, "소설에 있어서 무국적인 아동, 부모의 직업을 짐작할 수 없는 아동들이 등장하여 작자의 괴뢰로 움직인 소위 한국적인 교육적 아동 소설"이 범람하고 있다면서(「아동문학 개관 1」, 1965, 『전집』 29권, 200~201면), 사이비 작가들은 아동 문학의 특수성인 단순 소박의 울타리에 의지하여 주로 "조작된 미담식으로 사실성과 휴머니티를 결"한 작품들을 양산한다고 비판하였다.(「아동 문학의 결산」, 1968, 『전집』 29권, 240면) 그는 "아이들의 장난기를 자극해 주는 명랑 소설, 필연성 하나 없이 엮어 나가면서도 재미만 노리며 끝에 가서는 교훈이나 받아 가라는 식의 통속 소설"적 경향과 꾸준히 대립하였는데,(「아동과 문학」, 1971, 『전집』 30권, 149면) 이런 "수준 이하의 작품이 버젓이 행세하는 등 옥석 혼동의 상태를 보이는" 원인 중의 하나는 바로 "아동 문학 부문의 커다란 약점인, 평론의 개무 상태"라고 보았다.(「현실 도피와 문학 정신의 빈곤」 1959, 『전집』 30권, 290면) 그래서 그는 자신이 회장으로 있는 '한국 아동 문학가협회'에서 연 1회씩 아동 문학 평론집을 마련하기도 했다. 『아동 문학의 전통성과 서민성』(1974), 『동시, 그 시론과 문제성』(1975) 등은 그의 의도대로 평론 부재의 아동 문학계에 새로운 자극을 불어넣어준 각성제가 되었다.

그는 상업주의 아동잡지의 범람이 가져온 통속 소설의 오락적 '재미'와 진정한 문학이 주는 '재미'를 구별하는 데에서도 탁견을 보인다. 즉 '재미'를 얻을 수 있는 종류로, "(1) 진리를 알게 될 때 (2) 깊은 감동을 느낄 때 (3) 사람의 바른 길과, 세상의 이치를 깨달을 때 (4) 아름다움을 느낄 때" 등을 열거한 뒤, "재미있다는 말을 좁게 생각해서, 우습고 아슬아슬하고 기묘한 것을 보는 것으로 생각해서는 안 될 줄 안다. 책의 재미란 훨씬 높은 뜻의 재미이며 그것은 우리들의 이성과 감성의 만족감이요, 자기의 발달－확충에서 느끼는 만족감"이라고 밝힌 것이다.(「독서의 생활화」, 1978, 『전집』 30권, 158면) 물론 그는 창작상의 기법을 가지고도 통속 문학과 본격 문학을 구별하고자 했는데, 소년소설을 말하는 다음의 대목들이 바로 그러한 사실을 보여주는 것들이다.

> 공상의 세계가 자기들의 실생활에서 완전히 분리되지 않는 시기에 아동에게 감상될 동화는 그 본질인 초자연성이 가장 적절한 효과를 올릴 수 있을 것이다.
>
> 그러나 유년 동화에서도 그 공상적이요, 초자연적인 이야기라 할지라도 합리적인 것, 필연적인 것이 반드시 요구된다. 의인화된 동물이나 식물이나 무생물이라 할지라도 그것들이 불합리한 행동을 할 수는 없다. 과학적 계산은 어디서나 되어 있어야 하며 그 내용은 리얼한 정신에 서 있지 않으면 안 된다.(「아동 문학 입문」, 88면)
>
> 아버지의 직업을 알 수 없는 소년, 넉넉하게 쓰는 돈이 어디서 생겼는지 알 수 없는 소년 소녀가 나오는 소년 소설은 올바로 짜이지 못한 소설이다. 현실은 어디까지나 현실이다. 모두가 부모나 형제나 이웃이나 우리 나라적인 생활 속에 있는 인간이다. 공상적인 동화의 수법을 소설에 가져오는 것도 좋으나 이러한 사실적인 것을 무시하는 수법은 소설을 그르칠 것이다.(같은 글, 106~107면)
>
> 소설은 인간의 성격을 나타내는 것이 중요한 조건이 된다고 보아야 할 것이다. (……) 특히 장편, 단편을 막론하고 선행을 보여주기 위해 억지로 만들어진 허수아비 같은 인물이 등장하는 일을 자주 보는데 이야말로 소설이란 이름을 붙인 교훈담에 지나지 않는 것이다.
>
> －같은 글, 112면.

그는 또한 매카시적 반공 작품을 비판하는 자리에서도 "리얼리즘의 여과를 거쳐서 비로소 가령 정치적인 내용의 작품이나 사상적 투쟁을 그린 작품이라도 생생한 산 인간의 소설로 될 수 있"는 것이라면서(「1966년의 아동 문학 개관」, 1967, 『전집』 29권, 226면), 그 관념편향적 창작방법의 문제점을 지적한다. 정치 사회적인 문제를 다루더라도 언제나 현실주의적 창작방법에 대해 유념했던 것이다.

같은 맥락에서 그는, 1930년대의 프로 아동 문학이 "아동을 어른들의 투쟁에 가담시키려는 지나친 의식"으로 말미암아 좋은 작품을 생산하지 못하였다고 평가한다.(「아동 문학」, 154면) 그러나 프로 아동 문학이 탄압과 함께 자취를 감추게 되자 "도시 소시민 가정의 아동의 유희적인 생활에 윤기를 주는 즐거운 이야기 흥겨운 노래를 주는 정도의 작품으로서 우리 나라의 아동 문학은 연명해 왔다."(같은 곳)면서, "부유한 가정의 아동보다 애써 살아가는 서민층, 농촌 아동들의 생활을 그리고 그들의 심정을 그리는 것을 무슨 불온한 일이라도 되는 듯이 말하는 사람"들이야말로 더욱 문제가 아닐 수 없다고 지적한다.(「아동 문학과 교육」, 1961, 『전집』 28권, 172~173면)

1974년, 한국 아동 문학가 협회의 기관지격인 『아동 문학의 전통성과 서민성』에는 「서민 아동과 문학」(권두언), 「민족 문학과 아동 문학」(한국 문인 협회 주최 세미나 강연 원고)이라는 두 편의 그의 글이 실려 있는데, 중요하리하고 생각되는 이 글들을 『전집』에서는 모두 빠뜨리고 있다. 이오덕(1977, 144~145면)은, 「서민 아동과 문학」이 "아동 문학의 지향점을 명쾌히 밝혀 놓은 글"이라 했고, 「민족 문학과 아동 문학」은 "민족 문학으로서의 아동 문학이 가야 할 길"을 뚜렷하게 제시한 글이라 했으니, 그 내용을 짐작하기 어렵지 않다. 아무튼 이런 사실들은 우리가 그를, '민중 · 민족 아동 문학의 현실주의적 성격을 수호하고, 계승 발전시킨 장본인'이라 평가하기에 조금도 손색이 없음을 보여준다.

이원수는 아동 문학 작품을 비평하는 자리에서는 마해송, 이주홍과 같은 현실주의 작가와 작품을 높이 평가하였는데, 그 스스로도 현실주의에 입각한 작품 활동을 꾸준히 전개함으로써 한국 현대 아동 문학, 특히 분단 시대 아동 문학의 수준을 민족문학의 반열 위에 올려놓은 것이다.

4. 맺음말

지금까지 이원수의 아동 문학 비평 활동에 관해 살펴보면서, 이 땅에 아동 문학이 등장한 이래 가장 큰 논점이 되어온 아동관의 문제, 교육성의 문제는 아동 문학에서도 현실주의 문학관에 기반할 때 그 본질이 온전히 해명될 수 있다는 사실을 확인하였다. 아동을 주체로 의식하고 현실 속에 살아있는 아동들의 세계를 그려내는 데에 '현실주의' 아동 문학이 자리하고 있다면, 아동을 관념적으로 파악하고 어른의 꼭두각시 인양 그려내는 데에 '동심천사주의'와 '교육주의' 아동 문학이 자리하고 있었다.

따라서, 방정환의 아동 애호 사상과 동심성을 수용한 반면에 윤극영식의 동심천사주의를 극복하고, 프로 아동 문학의 현실주의를 수용한 반면에 그 관념적 도식성을 극복하였으며, 현덕의 사실주의적 기법을 수용한 반면에 강소천 식의 통속적 교훈주의를 극복한 자리에서 이원수의 문학사적 위치를 가늠해 볼 수 있다. 이런 이원수의 현실주의 아동 문학론과 그 작품 경향은 현재 이오덕, 권정생 등에 의해 계승 발전되고 있다고 할 것이다. 결론적으로, 평론이 허약한 아동 문학계에서 평론의 명맥을 잇게 하고, 아동 문학의 올바른 방향 제시에 가장 직접적 영향력을 끼친 이원수의 아동문학 비평은 민족문학론의 이론 확립에 기여한 공적으로서도 실로 커다란 몫이었음을 알 수 있다.

이 글에서 아쉬운 점은 이원수 문학 비평의 전사(前史)가 되는 일제 강점기와 해방 직후의 아동 문학 비평, 특히 프로 아동 문학론을 충분히 다루지 못한 점이다. 동심지상주의의 비현실성과 동심의 계급성에 관해서는 일찍이 프로 아동 문학에서 맹렬이 주장한 바 있다. 탈냉전의 시각에서 그 내용의 전모에 대한 구체적인 연구가 아직까지도 나오지 못한 것은 부끄럽고 아쉬운 현실이다. 또한 프로 아동 문학이 수그러들었던 1930년대 말에 현실주의 아동 문학을 주장하면서도 동심의 문제와 교훈성의 문제를 프로 아동 문학과는 약간 다른 각도에서 제기한 이구조(李龜祚, 1918~1942)를 주목할 필요가 있다. 그의 아동 문학론도 이원수 아동 문학론과의 상관 관계를 고려하면서 검토해야 할 주요 대상이다.

마지막으로 이 글이 주로 의존한 자료 『이원수 아동 문학 전집』은 여러 가지로 보충해야 할 점이 많다는 사실이 확인되었는데, 그 일을 남겨둔 것이 또 하나의 과제다. 이 글에서는 구체적으로 언급하지 않았지만, 이 글을 쓰면서 『전집』에서 빠뜨린 몇몇 작품과 주요 평론들을 부분적이나마 확인할 수 있었다. 그리고 『전집』은 발표 당시의 내용을 신지 않고 고쳐 쓴 제일 나중의 작품을 싣고 있는데, 이점도 연구하는 데에 많은 곤란을 준다. 특히 일제 강점기와 해방 직후의 작품들은 발표 당시의 원본에서 더욱 치열한 작가 의식을 엿볼 수 있었다. 아동 잡지와 도서의 원자료를 구하는 일이 쉽지 않음을 고려할 때, 『전집』을 보완하는 작업은 앞으로 이원수 아동 문학 연구의 중요한 기초가 될 것이다.

출전 : 「이원수의 현실주의 아동문학」, 『인하어문연구』 창간호, 1994.

나라잃은시대 후기 이원수의 아동문학*

1. 들머리

한국 근대 아동문학 연구는 그리 짧지 않은 전통을 쌓아 왔다. 그럼에도 아직까지 마땅한 궤도에 들어섰다 보기 힘들다. 그 까닭은 여러 곳에 있다. 중요한 한 가지는 문단 현장에서 만들어진 명성이나 고정관념에 대한 헤아림이 꾸준하게 이루어지지 않았다는 점이다.[1] 그러다 보

* 이 글은 2007년도 경남대학교 학술연구장려금의 도움을 받아 이루어졌다.

** 박태일 / 경남대학교 국어국문학과 교수

1) 다른 점도 두 가지 더 들 수 있다. 첫째, 근대 아동문학의 줄거리를 넓고 깊게 바라볼 수 있게 이끌 실증 자료의 발굴・보존・공개가 제대로 이루어지지 않았다. 다루기에 따라서는 파급력이 매우 클 문헌과 정보가 한결같이 묻힌 채 잊혀져 있다. 둘째, 문학사회를 바라보는 연구자의 눈길이 좁다. 아동문학이 지닌 고유한 경계를 강조하고 강화하다 보니 다채로운 실상을 읽어내는 눈길을 갖추지 못했다. 작가의 갈래 넘나듦이나 가장자리 작가에 대해 눈길이 미칠 턱이 없다. 이러한 문제는 서로 맞물려 들면서 새 연구 풍토를 마련하는 데 걸림돌이 된다.

니 충분한 학술 검증이나 사회의 동의를 거치지 않은 통념이 적지 않게 자리 잡게 되었다. 물론 이 문제는 선불리 해결될 일은 아니다. 왜냐하면 그것은 아동문학계가 지닌 역량이나 독자사회의 취향과도 맞물려 있기 때문이다.

남다른 사랑을 받아온 아동문학가 이원수에 대한 이해 또한 이러한 문제에 걸쳐 있다. 광복기에 현실주의 아동문학을 내세우면서 좌파 문단 가까이서 목청을 드높였던 이원수다. 그는 1950년대 전쟁을 앞뒤로 한 시기, 좌파 문인들이 월북하거나 묻혀 간 문단 재편성 과정을 거치면서 어렵사리 살아남았다. 그리고 1970년대를 넘어 서면서 마침내 아동문학의 대가로 탈바꿈하기 시작했다. 게다가 오랜 분단 체제로 말미암아 월북・월남・재북 작가에 대한 상대적인 무관심 속에서 이원수는 민족 아동문학의 표상으로 올라서기에 이른 것이다.

오늘날 이원수나 그의 아동문학은 누구도 이의를 달지 못할 신화로까지 나아간 느낌이다. 그리고 그것은 크게 두 가지 고정관념에 도움을 받고 있는 듯싶다. 첫째, 이원수는 1935년 왜로제국주의[2]에 의해 체포,

2) 이 글에서는 통념으로 알려진 것과 다르게 쓰는 역사 용어가 있다. 보기를 들어 '일본제국주의'에 견주어 '왜로제국주의', '식민지시대'보다 '나라잃은시대'와 같은 것이다. 이들에 대한 기본 인식틀은 려증동에 바탕을 둔다. 그러면서 글쓴이 나름의 마땅한 길을 찾아 다듬었다. 그가 제시한 역사용에에 대한 몇 가지 전제는 아래와 같다. 첫째, 역사용어는 보편을 지향하는 과학용어와 달리 만국공통어가 아니다. 역사적 사건에는 손해 보는 쪽과 이익 보는 쪽이 나뉘고 그 이해관계에 따라 그것이 다르게 붙여지게 된다. 우리를 식민지로 삼았던 제국주의자 모국에서 볼 때에는 그들의 침략 야욕과 실상을 숨기기 위해 보다 완화된 용어인 '한일합방'을 쓰게 되고, 이에 맞서 우리 선인들은 그들에게 나라를 빼앗긴 치욕을 잊지 말고 다시는 그런 일을 거듭하지 않아야겠다는 뜻에서 '경술국치'라 쓰게 되는 이치다. 둘째, 근대 산업화사회의 시간 구획과 계량적 사고에 터를 둔 용어

투옥 당한 항쟁 작가로 출옥 뒤 자신을 올곧게 지키며 시대의 어려움을 이겨냈다. 그의 고난상에 초점을 맞춘 줄거리다. 둘째, 이원수는 민족 현실과 늘 하나가 되려 했던 현실주의 아동문학가, 정의로운 문학인이라는 생각이다.[3] 1960년 경자년 시민의거를 다루고, 분단 극복의 의도까지 작품 안에 담아낸 점들을 곧잘 그 터무니로 제출한다.[4] 널리 알려

명명보다 오랜 세월 우리 전통으로 이어져왔던 바, 간지에 따르되 사건의 앞뒤가 밝혀지는 길로 용어를 만드는 방법이 바람직하다. 역사적 사건의 시발과 종점이 뚜렷하게 날자에 따라 나뉠 수 없는 이치에서 말미암는다. 따라서 '3.1절'이라는 말보다 '기미만세의거'라는 말이 보다 마땅한 용어다. 셋째 역사 용어는 그 말을 쓴 이들이 역사관이나 관점 변화에 따라 거듭 달라진다. 고정 불변하는 것이 아니다. 이즈음 우리 사회에서 파시즘 용어라 하여 '국민학교'가 '초등학교'로 바뀐 것이나, '을사보호조약'이 '을사늑약'으로 바뀌고 있는 사실은 좋은 본보기다. 무엇보다 삶의 가치를 문제 삼는 인문학에서는 어느 영역보다 상대적으로 학문적 방법론으로서 용어학이 지니는 무게가 무겁다. 중요한 것은 일반적이니 객관적이니 하는 말로 관습적 편의성을 따르기보다 자신이 쓰고 있는 역사 용어가 담아내고 있는 이념적 일관성과 합리성이 문제다. '일본'보다 '왜로(倭虜)'라 쓰는 것은 침략과 지배, 그리고 수탈을 반성하지 않는 타자에 대한 마땅한 대접인 셈이고, '식민지시대'라 쓰지 않고 '나라잃은시대'라 쓰는 것이 피해를 본 동일자 쪽이 주체가 되는 마땅한 일컬음이다. 적어도 제국주의 피식민지 경험을 다루는 자리에서 '일본'이니 '식민지시대'라는 중성적인 말은 그것을 저지른 쪽의 잘못을 숨기고, 피해를 입은 쪽이 그 사실을 잊어버리게 만드는 잘못된 일컬음이기 십상이다. 우리 국어국문학계에서 용어학의 문제를 실천적으로 고심했던 사람은 1970년대 윤성근에서부터 려증동, 김수업, 조동일로 이어진다. 이 글은 통념과 달리 쓰고 있는 역사 용어 하나하나에 대한 꼼꼼한 터무니를 다 밝힐 자리가 아니니 만큼 줄이거니와, 다만 국어국문학 기술에서 용어학의 중요성과 그 바른 쓰임새를 따지고 든 아래 두 책을 본보기로 들어 둔다. 려증동, 『한국역사용어』, 시사문화사, 1986. 김수업, 『배달말꽃』, 지식산업사, 2002.

3) "그리하여 (이원수의 문학은 : 글쓴이 기움) 거짓과 아부와 불의에 충만했던 세상에서 민족의 한 사람으로서의 자기를 최소한도로 확보하게 할 수 있었던 거의 유일한 아동문학의 길이 아니었던가 생각되는 것이다." 이오덕, 「시정신과 유희정신」, 『시정신과 유희정신』, 창작과비평사, 1977, 194면.

4) "외세의 간섭을 반대하고 자주적인 근대 독립국가 건설의 염원을 담은 장편판타

진 「고향의 봄」에 대한 일반 사회의 사랑과 추억은 이 점들을 든든하게 뒷받침해 주는 상수였다.

그러나 그의 체포와 투옥의 정황에 대해서는 깊은 조사가 이루어져야 한다. 산술적으로만 보더라도 경남·부산지역 다른 아동문학인, 곧 신고송이나 강호, 박석정과 같은 이가 겪었던 투옥 경험과 견주어 볼 때 그 내용이나 강도, 기간에서 뚜렷하게 못 미친다.[5] 게다가 출옥 뒤인 나라잃은시대 후기 이원수는 문학 생애 어느 시기에 못지않게 활발한 활동을 벌였다. 그 가운데는 부왜 작품 다섯 편까지 있다. 이런 사실에 대한 의도적/비의도적 기억 훼손과 은폐 현상까지 나타난다.[6] 이 점만

지 『숲 속 나라』(1949), 6·25전쟁체험과 분단의 비극을 다룬 「꼬마 옥이」(1953), 「호수 속의 오두막집」(1949), 4·19혁명정신의 계승과 5.16 군사쿠데타 정권에 대한 저항을 다룬 「땅 속의 귀」(1960), 「어느 마산소녀의 이야기」(1960), 「토끼 대통령」(1963), 전태일 노동열사의 분신사건을 재빠르게 수용한 「불새의 춤」(1970) 등에서 보듯이, 그의 동화와 소년소설 들은 동심의 표현이면서도 분단시대 리얼리즘 아동문학의 특성을 드러내고 있다. 그의 수많은 아동문학평론들은 바로 리얼리즘 아동문학의 정신을 일관되게 옹호하는 데 바쳐진 것이다.//이원수의 아동문학은 수난의 민족현실에 아로새겨진 서민 어린이 삶의 역사이다." 원종찬, 「이원수와 마산의 소년운동」, 『아동문학과 비평정신』, 창작과비평사, 2001, 337면.

5) 이원수는 '독서회' 일로 검거된 뒤 1935년 4월부터 1936년 1월까지 열 달의 형(집행유예 5년)을 치렀다. 일의 경중으로 말미암아 단순 비교가 힘들지만, 햇수만 따져도 신고송이 세 차례에 걸쳐 세 해 남짓, 박석정은 두 차례에 걸쳐 세 해 여섯 달, 강호가 두 차례에 걸쳐 일곱 해에 걸친 투옥의 고초를 겪었다는 점을 떠올릴 필요가 있다.

6) "중일전쟁에서 미·영 격멸을 외치고 나선 일본이 한창 기세를 올리고 있었지만 실력 없는 악만 가지고 국민을 도탄에 몰아넣었을 뿐 아니라 식민지인 조선에서 온갖 물자를 거둬 가고 인력을 쓸어 가서 우리들 모두가 가히 거지꼴의 생활을 하게 되었을 때다. 우리말을 쓰지 말고 일본말을 쓰게 했고, 창씨 제도를 만들어 한민족의 성까지 일본 사람 성처럼 고치게 한 압정 아래서의 나는, 동시인이란 이름도 모르고 사무원으로만 엎드려 있었다." 「군가를 부르는 아이들에게」, 『솔

으로도 이원수 아동문학에 대해 잘못된 고정관념이나 부풀려진 자리는 뚜렷해진 셈이다.

이 글은 이원수 아동문학을 두고 글쓴이가 쓰는 세 번째 것이다.[7] 중심 목표는 두 번째 글에서 살피지 않았던 나라잃은시대 후기 이원수 아동문학의 됨됨이에 대한 해명이다. 이 일을 빌려 그의 부왜 활동이 놓여 있는 밑자리를 읽어낼 수 있을 것이다. 그것이 어두운 시대에 살아남기 위한 개인의 어쩔 수 없는 굴절이었던가, 그렇지 않으면 이원수 문학 안에 부왜문학으로 나아갈 개연성과 자발성이 있었던 것인가. 만약 뒤쪽에 더 가깝다면 오늘날 그가 누리고 있는 높은 명성의 느슨한 뿌리는 확연하게 드러나게 되는 셈이다.

논의는 세 매듭으로 이끌고자 한다. 첫째, 나라잃은시대 후기 이원수 문학에 나타나는 계기적 흐름과 그 뜻을 살핀다. 둘째, 이 시기 한 차례 발표했던 작품들을 광복기에 재발표 형태로 내놓은 뒤, 그것을 평생 광복기 작품으로 밀고 나갔던 이원수의 작가적 전략이 어떤 것이었는가를 짚는다. 셋째, 이원수 사후까지 미발굴 상태로 남아 있었던 이 시기 작품의 됨됨이를 따져 그 일이 지닌 속뜻을 찾는다. 이 과정에서 작가 이원수의 명성을 중심으로 알게 모르게 이루어졌을 기억 관리의 논리

바람도 그 날 그 소리』(이원수 아동문학 전집 27 ; 뒤부터는 모두 전집으로 줄여 적는다) 웅진출판사, 1983, 130면. 이 글에서 보는 바와 같이 그는 "압정 밑에서" "온갖 물자를 거둬 가고 인력을 쓸어가는" 행위를 거들었던 '조선금융조합연합회' 사무원으로서, "압정" 아래서도 남달리 "우리말로" 많은 작품 발표를 할 수 있었던 얼마 되지 않은 시혜를 입었던 사람이다.

7) 「이원수의 부왜문학 연구」, 『경남·부산 지역문학 연구 1』, 청동거울, 2004 ; 「나라잃은시대 후기 경남·부산지역 아동문학—이원수와 남대우를 중심으로」, 『한국문학논총』 40집, 한국문학회, 2005, 237~279면.

를[8] 찾을 수 있을 것이다.

2. 나라잃은시대 후기 이원수 문학의 네 층위

왜로제국주의자들의 중국침략전쟁, 이른바 '중일전쟁'에 뒤이어 태평양침략전쟁, 이른바 '대동아전쟁'으로 이어지는 때가 나라잃은시대 후기다. 이 시기 저들은 침략전쟁 승리를 위해 일본 '내지'의 이른바 '총후 보국'뿐 아니라 식민지 조선을 병참기지로 만들어 '국민정신총력'에다 '국민총력'까지 꾀했다. '신체제'[9]라 일컬었던 이 무렵 우리 문학은 뚜렷하게 부왜의 길로 들어서거나, 적어도 조선총독부의 획책에 걸림이 되지 않는다는 판단이 선 경우에만 발표, 유포될 수 있었다. 그러므로 이 시기 문학은 처음부터 부왜의 자장에 놓고 따져보지 않을 수 없는 원죄에 가까이 닿아 있는 셈이다.

이원수 또한 통념과 달리 이 무렵 많은 작품을 발표했다. 글쓴이가

8) 문학사회학에서 볼 때 작가란 개인 재능에 따라 타고 난다기보다 문학 제도 안에서 만들어지는 존재다. 문화 생산, 유통 제도 안의 역할 수행자인 셈이다. 따라서 작가의 개성이나 명성이란 '거시 역사적 과정 안에서 그 역할을 수행하고자 하는 미시 전력의 상호작용'에서 마련된다. 문학사회 집단의 구속 안에서 작가가 이룬 전략적 선택의 결과인 셈이다. 예술가 일반을 다룬 글이지만 아래 글에서 작가의 사회적 생산에 대한 이해를 넓힐 수 있다. 현택수, 「문학예술의 사회적 생산」, 『문화와 권력』(현택수와 여럿 지음), 나남출판, 1998, 19~72면. 졸버그(현택수 옮김), 『예술사회학』, 나남출판, 2000, 163~165면.

9) 나라잃은시대 후기는 이른바 '국민정신총동원운동'(1938~1941)과 '국민총력운동'(1942~1945)으로 나아가면서 '내선일체'를 명분으로 조선민족말살과 전쟁동원을 꾀했던 시기를 일컫는다. 그 구체적인 내용에 대해서는 아래 두 글을 참조 바란다. 최유리,『일제 말기 식민지 지배정책연구』, 국학자료원, 1997, 65~178면.

발표 사실을 찾아 굳힐 수 있었던 것만 하더라도 서른 편에 이른다. 이 가운데 이원수 동시를 가장 많이 모아 놓고 있는 『전집 1』에 실리지 않은 작품이 열두 편이다. 부왜 작품 다섯 편을 비롯한 나머지 미발굴 작품 일곱 편은 글쓴이가 찾아냈다. 그런데 서른 편 가운데서 이 시기에 이미 발표했으나 광복기에 재발표하고 그것을 바로 잡지 않아 이원수의 광복기 작품으로 잘못 알려져 왔던 것이 일곱 편이다.[10)]

이제껏 통념은 나라잃은시대 후기로 가면서 이원수의 문학 활동이 뜸해지고 소극적이 되어간다는 것이다. 제국주의에 의한 민족 수탈이 극에 이르렀던 억압기, 이원수 또한 시대의 고난과 함께 문학 활동을 위축당했을 것이라는 암시가 자연스럽게 이어져 있었다. 그러나 실상은 그렇지 않다. 현재 확인되는 서른 편만으로도 이원수는 나라잃은시대 후기 손가락에 꼽힐 만큼 왕성한 활동을 했다.[11)] 1935년 투옥과 출옥에

---

10) 기록된 것에만 따른다면 이 시기 이원수가 발표한 작품은 마흔세 편으로 잡힌다. 그 가운데서 손수 확인할 수 있었던 것만 모두 서른 편이다. 그 죽보기는 박태일(「나라잃은시대 후기 경남·부산지역 아동문학－이원수와 남대우를 중심으로」, 『한국문학논총』 40집, 한국문학회, 2005, 241~243면)을 참조 바란다.『전집 20』에 실린 '이원수 연보'에는 1938년과 1945년 사이에 열한 편을 발표한 것으로 적고 있다.

11) 이 시기는 알려져 온 바와 달리 나라잃은시기 이원수의 작품 활동 가운데서 두 번째로 왕성했던 때다. 원본을 확인할 수 있는 작품을 중심으로 살펴보면, 첫 작품을 발표한 1924년부터 1945년 을유광복까지 한 해에 가장 많은 작품을 발표한 때는 스물세 편을 발표한 1930년이다. 그리고 1940년이 열두 편, 1926년이 열 편, 1929년이 아홉 편으로 뒤를 잇는다. 나머지 해는 한 해 둘에서 다섯 편 정도 발표를 했다. 상대적으로 활발했던 1940년도의 모습을 쉬 짐작할 수 있다. 『전집 20』의 이원수 죽보기에서 "1940년 30세 동시 「종달새」, 「빨간 열매」 등을 발표하다"라고 짧게 적고 지나친 자리다. 박태일. 「나라잃은시대 후기 경남·부산지역 아동문학－이원수와 남대우를 중심으로」, 『한국문학논총』 40집, 한국문학회, 2005, 243~244면.

이어 민족 아동문학가로서 이원수의 명성 생산에 중요한 상수 가운데 하나였던 점이 잘못임이 밝혀진 셈이다. 그리고 그러한 잘못은 이원수의 직접 진술에 의해 이제껏 더욱 강화되어 왔다. 스스로 "동시인이라는 이름도 모르고 사무원으로만 엎드려 있었다"[12]고 한 시기, 그는 유능한 "동시인"으로서 누구 못지않은 활동과 의욕을 보였다.

그런데 이 시기 이원수 문학은 작품이 담아내고 있는 현실에 초점을 두고 볼 때 모두 네 층위에 걸치고 있다. 생활 동시, 부왜 작품, 유희 동시 그리고 미학 동시가 그것이다. 숫자로 보자면 서른 편 가운데서 생활 동시가 여덟 편, 부왜 작품이 다섯 편, 유희 동시가 열다섯 편, 그리고 미학 동시가 두 편이다.[13]

생활 동시란 나날살이를 묘사하거나 재현하고자 하는 의도가 전경화되어 있는 작품이다. 이원수의 문학이 흔히 가난한 아이의 현실에 초점을 둔다고 할 때는 바로 이러한 생활 동시의 자리를 일컫는 것이다. 부왜 작품은 제국주의자의 이른바 '신체제' 현실에 복무하고자 한 작품이다. 일상 현실 위에 있는 사회 제도적 현실[14]에 놓이는 작품이다. 유희

12) 각주 5)에 옮긴 이원수의 수필 참조.

13) 이름만 들면 아래와 같다. ① 생활 동시 : 「보-야, 넨네요」, 「설날」, 「전기때」, 「애기와 바람」, 「돌다리 노차」, 「나무간 언니」, 「니 닥는 노래」, 「어머니」. ② 부왜 작품 : 「지원병을 보내며」, 「낙하산」, 「보리밧헤서—젊은 농부의 노래」, 「농촌아동과 아동문화」, 「고도감회」. ③ 유희 동시 : 「고향바다」, 「부헝이」, 「야웅이」, 「밤눈」, 「염소」, 「눈오는 밤」, 「안즌뱅이꼿」, 「공」, 「밤시내」, 「자장노래」, 「기차」, 「언니 주머니」, 「빨래」, 「종달새」, 「봄바람」. ④ 미학 동시 : 「저녁노을」, 「밤」.

14) '일상 현실'과 '사회 제도적 현실'이란 하버머스의 체계와 생활세계라는 2단계 사회 개념에서 끌어 온 말이다. 하버머스는 맑스의 상부/하부라는 도식적, 건축학적 모델을 넘어서기 위해 체계/생활세계라는 2단계 사회 개념을 마련하여 그 둘의 상호작용을 빌려 바람직한 사회통합 과정을 밝히고자 했다. 체계란 국가,

동시는 기존 아동문학 사회의 문학 제도와 그 전통 안에서 마련된 낯익은 양식적 상상력에 기댄 작품이다. 흔히 '짝짜꿍 동요'라 비판받곤 하는 것으로 아동의 앳되고 순수한 동심에 대한 추체험을 바탕으로 삼는다.[15] 그 위에 미학 동시가 놓인다. 동요적 유희를 벗어나 시로서 나아갈 바 보다 자유로운 미학적 성취도에 눈길이 가 있는 경우다.[16] 층위로 볼 때 현실 층위의 생활 동시를 첫 자리로 부왜 작품과 유희 동시, 그리고 미학 동시가 위로 올라선다. 위로 오를수록 구체적인 현실 재현력은 떨어지지만 시적 자율성은 더욱 높아지게 된다.

① 저녁이면 성뚝에 애기 업고 나와서
「보—야 넨네요」「보—야 넨네요」
잔등에 업은 애기 칭얼칭얼 우냄이
해질녘엔 여기 와서「보—야 넨네요」

권력이나 제도, 교육과 같은 추상 이데올로기이다. 생활세계란 일상적 삶의 영역을 말하는 것으로, 의사소통행위자들이 서로 만나는 선험적 장소다. 세계 안쪽 삶이란 체계세계와 생활세계의 두 측면이 얽힌 상호주관적이고도 역동적인 체험 현실이다. 박태일, 「한국 근대시의 공간체험」, 『한국 근대시의 공간과 장소』, 소명출판, 1999, 14~15면.

15) 아동문학사가 마련해 온 관습적 상상력에 갇혀 있는, 낯익은 듯한 동시가 그것이다. 나라잃은시대 후기 동시의 중심은 1920년대 후반부터 계급문학인에 의해 비판 받았던 이른바 동심천사주의 작품이다. 노랫말을 지향하는 오락적 동시가 그것이다. 전래 동요에서 근대 동요로, 다시 그것이 동시로 진화하는 과정에서 맑고 착하기만 한 동심에 바탕을 두고자 한 유형이다. 그 무렵 넓게 독자사회가 기대하고 있고, 창작 집단에게도 널리 참조틀이 된 동시인 셈이다.

16) 현실 모사나 재현과 같은 구체 현실에 눈길을 주기보다는 시적 형상의 완성도나 완결성에 초점을 두고 쓰인 것이다. 당대 문학 층위로 볼 때 가장 위쪽에 놓인다. 말하자면 그 무렵 유희 동시가 지니는 아동 문학사회의 주류 위에서 시인의 개성이나 미적 세련성을 극대화하여 독창성을 보여 주려는 작품이 이 범위에 든다.

귀남아
귀남아

너이 집은
어디냐
저 산 넘어 말이냐
엄마 아빠 다 있니

나무나무 늘어선
서산머리는
샛빨간 샛빨간 저녁놀빛
귀남아 네 눈에도 저녁놀빛

주 ◇보-야, 넨네요 = 아가야 자장자장/◇우냄이 = 울보

—「보-야, 넨네요」[17]

② 오늘부터 나도 열 살
나이 하나 더 먹고,
오늘부터 너도 열 살
나이 하나 더 먹고.

모두 모두 키대보자
누가 많이 컸나.
눈밭에 뛰어보자
누가 힘이 세졌나.

---

17) 『소년』, 10월치, 조선일보사, 1938, 40~41면.

울보도 골샌님도 하하하
이 집에도 저 집에도 하하하.
새해니까 그렇지
설이니까 그렇지.

오늘부턴 우리 모두
서로 좋게 지내고,
오늘부턴 우리 모두
착한 아이 된다나.

—「설날」[18)]

①과 ②는 생활 동시에 넣을 만한 작품이다. 둘 다 나날살이 현실 층위를 겨냥했다. 그러나 둘은 바탕에서부터 다르다. ①은 겉보기로 가난한 아이의 나날살이를 다루었다. 그러니 어린이 현실을 향한 속 깊은 눈길이 드러낸 작품으로 읽히곤 한다. 그런데 이 작품은 속속들이 현실 삶을 드러냈다고 보기 힘들다. 시인이 지닌 범상한 연민의 눈길이 두드러질 뿐이다. 게다가 일본인 집에서 아이보개하는 "귀남이"로 대표되는 가난한 어린이 현실보다 오히려 뒤 도막 "서산머리는/ 샛빨간 샛빨간 저녁놀빛/ 귀남아 네 눈에도 저녁놀빛"이라는 자리에 작품의 눈이 가 있는지 모른다. 말하자면 현실 묘사나 구체적인 인식보다 시적 완성이라는 미학적 의장에 무게가 더 놓인 작품이라는 뜻이다.

실제 이원수의 이 무렵 생활 동시에 담긴 바는 흔히 믿어온 것과 같이 농민이나 노동자 계층의 가난한 아이들이 겪었음직한 구체 현실이

18) 『소년』 1월치, 조선일보사, 1939, 10~11면.

아니다. 이 일은 생활 동시가 지닌 정조를 살피면 금방 알 수 있는 일이다.[19] 그것은 가난한 현실이나 고통 받은 어린이에 대해 "슬퍼하고 괴로워하는 것"보다 거꾸로 그와 무관한 낙천적이고 긍정적인 이미지와 내용, 곧 "즐겁고 유쾌한 시"로 한결같다.[20] 위에 옮긴 ②는 이원수의 생활 동시가 지니고 있는 그 점을 잘 보여준다. 설날을 맞이하여 "오늘부턴 우리 모두/서로 좋게 지내고,/오늘부턴 우리 모두/착한 아이 된다나"라는 진술이 지니고 있는 반시대적, 비현실적 낙천성은 쉽게 짐작할 수 있다. 이 시기 생활 동시라 일컬을 수 있을 작품 여덟 편 가운데서 여섯 편[21]이 시대 현실에서 멀찍이 떨어진 밝은 희망을 다루고 있다.

---

19) 이원수 작품 모두를 두고 다룰 필요가 있지만, 한눈에 살펴도 그의 동시에 담긴 가난이란 뚜렷하게 자각된 방법적 현실이라기보다 개인의 버릇된 감상성(sentimentality)에 가깝다는 느낌을 준다. 생활 동시에 넣을 수 있을 이 시기 작품 「전기째」나 「나무 간 언니」와 같은 작품에 드러나는 어린이 현실이란 기껏 "날마다 기대려도 아니오시는/울 아버지"나 "이 치운 날도/언니는 지게 지고 나무 가셨다./호— 호— 손 불면서 나무 가셨다."와 같은 시줄에 대한 과잉 해석으로 말미암은 바가 크다. 이원수 동시에 나타나는 현실 인식과 감상성의 관계는 깊이 있게 다루어질 필요가 있다.

20) 이런 점에서 아래와 같은 이원수의 진술 또한 거짓이다. "이 산(함안 여항산 : 글쓴이)을 넘어 다니며, 나는 농촌 아이들의 노래를 생각했었다. 나는 그런 농촌 아동들을 위해 즐겁고 유쾌한 시를 써서 그들을 기쁘게 해 줄 마음을 먹지 못했다. 그들과 같이 슬퍼하고 괴로워하는 것이 그들을 위해 바른 길이라 생각했던 것이다./1936년에 발표한 「보오야 넨네요」는 역시 슬픈 시였다./(…줄임…)/친구들과 문학 서클을 만들었다가 경찰에 피검되어 1년 동안 옥살이를 하면서 나의 동시의 세계는 이런 길로 굳어져 갔고, 해방 이후에 쓰기 시작한 소년 소설과 동화 역시 서민 아동의 세계만이 그 중심이 되었다. "이원수, 「나의 문학 나의 청춘」, 『이동과 문학』(전집 30), 웅진출판사, 1993(3쇄), 253~254면.

21) 이 시기 이원수 동시에서 생활 동시라 일컬을 수 있는 작품은 「밤눈」, 「보-야, 넨네요」, 「설날」, 「전기째」, 「애기와 바람」, 「돌다리 노차」, 「나무 간 언니」, 「니 닥는 노래」, 「어머니」다. 이 가운데서 식민지 현실에서 고통 받는 어린이 모습과 끈을 대고 있는 작품이라 볼 만한 것은 「보-야, 넨네요」, 「나무 간 언니」 두

이원수 동시에 대해 일컬어졌던 가난한 현실에 대한 관심이라는 고정 관념이 얼마나 잘못된 일인가는 자명하다.

생활 동시 위에 놓이는 것이 부왜 작품이다. 소년시 두 편, 농민시 한 편, 그리고 수필 두 편이 그것이다. 나라잃은시대 후기 피식민지 조선인의 삶과 나날을 뒤덮고 있었던 정치적, 제도적 현실, 곧 '신체제'에 대한 동조를 보여주는 이들이 이원수에게서는 그 됨됨이가 열정적이고 뜻이 분명하다. 어떠한 머뭇거림이나 도덕적 멈칫거림도 보이지 않는다. 이런 쪽에서 이원수 부왜 작품이 지니고 있는 자발성과 적극성은 그들 가운데서도 앞자리에 놓을 만하다.

③ 나라를 위하야 목숨 내놋코
전장으로 가시려는 형님들이여
부대부대 큰 공을 세워주시오.
우리도 자라서, 어서 자라서
소원의 군인이 되겟습니다.
굿센 일본 병정이 되겟습니다.

—「志願兵을 보내며」 가운데서[22)]

④ 聖戰의 내 나라에 목숨 비록 못 밧첫서도
우리 힘 나라를 배불리 못할거냐,
모든 努力 왼갓 窮理로

편뿐이다. 나머지는 식민지 민족 현실과 무관하게 낙천적인 유희 동시나 미학 동시에 끈을 대고 있다. 게다가 나머지 일곱 편 가운데 「돌다리 노차」, 「니 닥는 노래」, 「어머니」는 교묘하게 부왜 작품들과 이어져 있다. 이 점은 3장에서 다루어질 것이다.

22) 『半島の光』(선문판) 8월치, 朝鮮金融聯合組合會, 1942, 37면.

올 一年 이 때에 豊年을 이뤄노코
지난 해의 그 恨을 풀고야 말리라.

(…줄임…)

모다 나와 밭골을 매고 또 매자
올해야 말로 決戰의 해!
勝利를 위해 피흘리는 一線의 將兵을 생각하며
生産의 戰士들, 우리도 익여내자
올해야말로 豊作과 勝利의 즐거운 해 되리라.

—「보리밧헤서—젊은 農夫의 노래」 가운데서[23)]

두 편이 담고 있는 생각이나 화자의 목소리는 곡진하기 이를 데 없다. 서울에서 멀리 떨어진 시골 함안 지역에 살고 있었던, 그리 들나지도 않을 젊은이인 그[24)]는 자신의 표현대로 조용히 "엎드려" 있었으면 될 터였다. 그런데 그렇지 않았다. 온 나라 안에 나돌 서울 매체에 힘껏 부끄러운 작품을 남기고 있다. 남다른 발표 욕구에다 버릇처럼 허명을 은 결과가 아니었다면 그의 부왜 작품은 민족 현실에 대한 전망 부재나 몰현실성을 증명할 따름이다.

이러한 부왜 작품 바로 위에 놓인 것이 유희 동시다.

⑤ 종달새

23) 『半島の光』(선문판) 5월치, 조선금융조합연합회, 1943, 1면.
24) 서울에 머물면서 언론이나 매체 활동에서 이저런 사회적 연결망에 얽혀 있었을 다른 이들과 달리 그는 누구보다 상대적으로 중심 문단사회에서 비껴 설 수 있는 입장이었다.

종달새
밭에도 내려 오너라
파란 보리 자라서
숨박곡질 조켓다
너도 숨고 종종종
나도 숨고 종종종—

—「종달새」 가운데서[25)]

⑥ 뒷산 부헝이
부헝 부헝 운다
동무 동무 업다고
부헝 부헝 운다

깜 깜 밤중에
울면 누가 가—나
엄마새 아가새
모두 코— 잠자지.

—「부헝이」 가운데서[26)]

③은 종달새의 "숨바꼭질"하는 듯한 몸짓을 중심으로 글자수와 숨길을 맞추어 가락을 이루었다. 되풀이하는 낱말과 말마디, 그리고 종달새 동무들을 향해 어린이들이 지녔음직한 맑은 동심을 강조했다. 함께 올린 ④ 또한 밤새인 "뒷산 부헝이"가 왜 이 밤에 깨서 울고 있는가라는 어린이다운 호기심을 틀로 그에 대한 답을 마련하는 수수께끼 형식으

25) 『半島の光』(선문판) 6월치, 조선금융조합연합회, 1942, 28면.
26) 『소년조선일보』, 조선일보사, 1939. 12. 17.

로 짰다. 동무도 없이 혼자 깨어 울고 있는 부헝이에 대한 깜찍한 생각을 3음보 가락을 바탕으로 삼은 반복법을 빌려 노랫말로도 마땅하게 만든 유희 동시다.

이러한 유희 동시는 당대 아동문학 관행을 벗어나는 참신하고도 새로운 울림을 갖기 힘들다. 따라서 어딘가에서 본 듯한, 누군가가 앞서 말했을 법한 낯익은 통념이나 상상력에 호소하는 특징을 지닌다. 나라잃은시대 후기 이원수 아동문학에 핵심적이고도 가장 많은 작품이 바로 이들이다.[27] 흔히 알려져 온 바와 같이 가난한 민족 현실에 대한 한결같은 관심이라는 평가나 시인 자신의 진술, 곧 '서민 아동의 세계'와는 거리가 있는 유형화된 틀 안에 그의 동시가 놓여 있는 셈이다. 이러한 유희 동시는 그 무렵 여느 동시의 주류였다. 이원수는 이미 쓰인 바 있는 문학사 위에 다시 덧칠을 하는 이러한 유희 동시 창작을 빌려 자신의 바깥 환경으로부터 오는 긴장을 줄이면서 문학제도 안에서 편히 활동할 수 있었다.

이러한 양식화된 유희 동시 위에 놓을 수 있는 작품이 미학 동시다. 이원수 동시에서는 둘이 보인다.

⑦ 저녁놀이 곱－다
비단보다 곱－다
밤－아, 오지마
이쁜 놀이 죽는다.

－이원수, 「저녁노을」[28]

27) 전체 서른 편 가운데 유희 동시에 넣을 수 있는 작품은 따놓은 두 작품을 포함해서 모두 열다섯 편에 이른다. 각주 12) 참조.

⑧ 밤이 어데서 오나
밤이 어데서 오나

나무 밋헤서도 밤이 나오고
담벼락 밋헤서도 밤이 나오고
내 모자 안에서도 밤이 나오고

─「밤」 가운데서[29]

따놓은 작품 ⑦, ⑧은 전형적인 미학 동시다. 이원수 작품으로도 드문 본보기를 이룬다. 이 시기 30대 젊은 시인 이원수의 문학적 고심을 엿볼 수 있는 작품이다. 이른바 동심이라 유추될 수 있을 세계를 그리기보다는 시인의 창조적 상상력에 더 기울어진 바다. 작품 ⑦은 김영일이 주장했던 자유시형의 단형 동시에 영향 받은 작품이다. 동심과는 거리를 두고 이원수 동시의 주조 가운데 하나인 감상성이 "저녁 노을"을 만나 아름답게 옹글었다. ⑧은 얼핏 유희 동시로 보인다. 밤은 어디서 와서 이렇듯 세상을 덮어버리는가라는 물음에 대한 답으로 마련한 작품이다. 그러나 진술의 중심은 유희적 동심을 드러내는 데서 한 발 더 올라선 자리에 있다. 그만큼 작품의 개별성이 높다.

앞에서 살핀 바와 같이 나라잃은시대 후기 이원수 문학은 생활 동시에서부터 부왜 작품, 그리고 유희 동시를 거쳐 미학 동시 층위에까지 걸쳐 있다. 그 작품들은 서로 넘나들기도 하면서 이원수 문학의 밑그림을 이룬다. 이원수가 여러 차례 자신의 문학 회고에서 진술한 것이나,

28) 『소년조선일보』, 조선일보사, 1940. 6. 30.
29) 『매일신보』, 매일신보사, 1941. 11. 2.

그에 대한 후대의 평가와 달리 이 시기 이원수 아동문학은 가난하고 헐벗은 민족 현실에 대한 관심을 들낸 구체적인 작품을 지니지 않고 있다. 오히려 몰현실적으로 양식화된 유희 동시가 작품 수에서 가장 많다. 미학 동시도 거든다. 생활 동시라 하더라도 긍정적이고 낙관적인 현실 인식이 중심이다. 거기다 제국주의 수탈 현실에 대해 적극적인 동조를 보여준 부왜 작품이 있을 따름이다.

나라잃은시대 후기 여덟 해 동안 이원수에게서 나타나는 이러한 네 유형의 작품 서른 편에서 뚜렷한 통시적 변화는 찾을 수 없다. 그러나 환한 사실은 이른바 '신체제' 민족 수탈 체제가 더욱 기승을 부린 말기로 넘어가면서 그의 작품 또한 거기에 발맞추어 부왜로 나아가는 궤적을 볼 수 있다는 점이다. 아울러 이원수는 동시에 머물지 않고 소년시 · 성인시 · 수필로까지 갈래를 넓혀가면서 문학 활동에 적극성을 더한다. 이 점이야말로 나라잃은시대 이원수 문학의 비현실성뿐 아니라 반민족적 자발성까지 엿보게 한다.

이원수 스스로 "암흑기"[30]로 표현하고 있는 시기가 나라잃은시대 후기다. 아마 광복이 몇 해만 더 늦게 이루어졌다면 이원수는 피식민지

30) "1938년의 초등학교에서의 조선어 과목의 폐지와 1939년의 어용문화단체 '조선문인협회' 결성 등에서 볼 수 있는 조선인의 황국 신민화 정책은 아동 문학에 큰 영향을 미치게 했다. 그것은 아동들에게 우리 문학의 접근을 막았고 지하운동이나 다름없는 것으로 만들어 버렸다./아동 잡지의 연이은 폐간, 일본어 상용 운동, 전쟁 선동, 찬양의 풍조에 억눌려, 이 시기의 문학 활동은 일간 신문의 한 귀퉁이에 동시를 발표하는 것으로 가냘픈 명맥을 이어온 셈이다./발표 지면이 없는 대신 작품집으로 이 암흑기를 조금씩이나마 밝혀 준 작가들이 있었으며 기억할 만한 것을 들면" 이원수, 「아동 문학의 결산」, 『동시 동화 작법』(전집 29), 웅진출판사, 1993(3쇄), 236~237면.

한국 아동문학계에서 가장 뛰어나면서도 문학적 영향력이 많은 부왜 작가로 자랄 수 있었을지 모른다. 이런 점에서 1945년 을유광복은 왜로 제국주의자들에게는 두고두고 패전을 떠올리게 하는 치욕스런 날이겠지만, 작가 이원수에게는 민족에 대한 죄를 더 저지르지 않도록 도와준 큰 은혜를 베푼 날이다. 그리고 그 죄는 아래 줄글에서 드러나는 바와 같이, 자신을 향해 오랜 세월 저지른 거짓과도 나란하다.

> 그때(함안 금융조합에서 일할 때 : 글쓴이) 나의 동시는 즐거움을 노래하기보다는 농촌 어린이들의 괴로움과 슬픔을 노래하고 있었다.
>
> 현실 사회를 보는 눈을 밝게 해야 한다는 것은 내 소년 시절부터의 생각이었다. 겉만 보고 속을 모르는 눈으로는 세상일을 바로 인식할 수 없으며, 그런 눈과 정신으로 옳은 문학 작품을 쓸 수 없다는 생각은 일생을 두고 변하지 않았다.
>
> 더구나 겉으로 보아도 옳지 않은 것을 안 본 체하고 덮어 두며, 옳지 않은 것은 없는 듯이 어린이들을 그리고 노래하는 문학은 건전하지 못한 오락에 불과하다고 생각했다.
>
> 이러한 나의 생각과 맞서서 행복을 구가하는 사람들이 있고, 그런 이들은 항상 권세와 가까이하여 편할 수 있다는 현실을 보며, 그러한 문학의 태도를 비양심적인 것으로 확신하기까지 나의 문학 수업은 외고집처럼 한 길로만 걸어온 것 같다.
>
> (…줄임…)
>
> 그래서 나는 내 자신의 생활을 진실하고 선량한 것으로 하려는 생각이 굳었다.
>
> 생각하면 내가 작품을 쓰기 때문에 내 자신의 생활도 깨끗하고 거짓 없는 것일 수 있었는지 모른다.[31]

---

31) 이원수, 「나의 수업기」, 『솔바람도 그 날 그 소리』(전집 27), 웅진출판사, 1983(3

나라잃은시대 이원수 문학은 안타깝게도 위에서 스스로 적은 바와 날카롭게 맞선다. 그는 "농촌 어린이들의 괴로움과 슬픔을 노래"하지 않고 "즐거움을" 노래했다. 왜로제국주의 억압 기구와 권력 "가까이"서 그들을 위해 복무하거나, 그들에게 "옳지 않은 것은 없는 듯이 어린이들을 그리고 노래"했다. 이원수 자신이야말로 "겉만 보고 속을 모르는 눈으로 세상일"을 보면서, "옳지" 않고 "건전하지 못한" 문학을 했음에도 "비양심적"으로, "깨끗하고 거짓 없는" "생활"을 했다고 오랜 세월 스스로 강조하고 과장했던 셈이다.

3. '생활 동시'와 광복기 재발표의 논리

광복기 공간은 작가 이원수에게 나라잃은시대 후기 못지않은 무게를 지닌 자리다. 그에게 몇 가지 큰 변화가 이루어졌다. 첫째, 그의 삶터가 고향 마산에서 서울로 바뀌었다. 둘째, 이제까지 지역 문인으로 있었던 그가 중앙 문학사회 안쪽에 들어설 수 있었다. 게다가 문학 매체 발간과 출판업에 직접 끼어듦으로써 아동문학의 중심 가까이 머물 수 있을 바탕을 얻었다. 셋째, 나라잃은시대 말기에 이미 조짐이 있었던 바 갈래 확대 현상이 두드러졌다. 동시보다 동화와 산문, 비평에 무게가 실리기 시작한다.[32] 넷째, 앞선 1930년대와 달리 좌파 계급문단과 일정하게 이

쇄), 251~252면.

32) 광복기 이원수 아동문학의 중심은 앞선 시기와 마찬가지로 동시였다. 다만 1947년과 1948년 평론을 한 편씩 발표하고, 짧은 단문이 있을 따름이다. 1949년 5월 동화 「노마의 망원경속」에 이어 6월에 장편동화 「즐거운 숲속 나라

어진 활동을 시작했다.

이렇게 본다면 「고향의 봄」을 쓴 소년, 청년 시인 이원수에서 민족 현실에 대한 관심을 남달리 지닌 중견 아동문학가로서 뚜렷하게 자리를 굳히게 된 계기는 바로 광복기에 있었다. 우리가 알게 모르게 따르고 있는 이원수에 대한 명성의 한 중요한 뿌리다. 그리고 이 일에는 작가 바깥에서 주어진 명성뿐 아니라, 스스로 키워낸 개성 또한 없잖다. 작가는 스스로 독자사회로부터 기대되어진 바를 확대 재생산하기 위해 애쓴다. 이원수는 그 점에서 볼 때 다른 이와 나뉘는 독특함이 있다. 스스로 암흑기라 말했던 나라잃은시대 후기에 내놓았던 작품을 무슨 까닭인지 몇 해 지나지도 않아 첫 발표인 양 다시 광복기에 내놓은 일이다.

이 일은 단순히 원고 청탁에 쫓겼거나 새 작품을 마련하지 못한 땜질이었을 수도 있다. 아니면 지난 시기 발표했던 작품에 크게 손질할 만한 잘못이 있어 바로 잡아 다시 내놓은 것일 수 있다. 그러나 이원수 경우는 이런 쪽과 거리가 있다. 일회적인 일로 그치지도 않았다. 광복기 동안 일정한 경향을 띠고 이어졌다. 다시 말해 그의 재발표 현상은 자신의 명성 생산과 확대를 위해 의도된 선택의 결과로 말미암은 것일 수 있다.

이름	첫 발표 매체	재발표 매체	손질 내용	됨됨이
빨래	半島の光(1942.6)	주간소학생 (1946.3)	무수정	유희 동시

애기」를 『어린이나라』에 발표하면서 동화작가로 선뵈기 시작했다.

니 닦는 노래	매일신보(1941.10.26)	주간소학생 (1946.3)	대폭 수정	생활 동시
돌다리 노차	소년조선일보 (1940.4. 28)	주간소학생 (1946.3)	「돌다리」로 제목 바꿈. 무수정	생활 동시
어머니	아이생활(1943.9)	주간소학생 (1946.6)	「밤중에」로 바뀜, 중폭 수정	생활 동시
애기와 바람	소년조선일보(1940.3.17)	주간소학생 (1946.11)	소폭 수정	생활 동시
밤시내	소년조선일보(1940.6.9)	소년(1948.7)	중폭 수정	유희 동시
전기째	소년조선일보(1940.2.25)	소학생(1948.12)	소폭 수정	생활 동시

재발표한 나라잃은시대 후기 이원수의 동시는 위에 그려 보인 일곱 편이다. 손질된 내용도 작품에 큰 영향을 미치지 않는 정도에 그친다. 중심을 이루는 것은 생활 동시라 일컬을 수 있는 유형이다. 창작 의도에서부터 구체적인 현실주의 작품으로 읽힐 수 있을 가능성이 높은 작품들이었던 셈이다.

① 전기째 전기째
바람 부는 들에 나란이 서서
손에 손 맛잡고
어디까지 이엇나

산 넘고 들 건너
어디까지 이엇나
눈 오는 함경도는 아버지 가신 곳
게까지도 이엇나!

전기때는 먼데말도 전해 준대지
귀대고 千里박게 말두 한 대지

전기때 전기때
날마다 기대려도 아니오시는
울 아버지 소씩 좀 전해 주려마.

―「전기때」33)

② 바람 불면 빨래들이 춤을 춘다
어머니 파랑치마 찰랑찰랑
조꼬만 내 치마도 팔랑팔랑

빨래줄 놉히 놉히 매달려서
무섭지도 안나 봐. 내 앞치마

바람 불면 빨래들이 춤을 춘다
빨래 따라 꼿닢파리 팔랑팔랑
꼿닙따라 노랑나븨 팔랑팔랑
모두 가치 춤춘다 팔랑팔랑

―「빨래」34)

①은 멀리 "함경도"에 가 계신 아버지를 그리는 마음을 담은 생활 동시로 볼 수 있다. 그러나 "날마다 기대려도 아니오시는" "울 아버지"에 대한 아이의 절박한 심정이나 그 아이의 구체적인 환경을 담고 있지는 않다. 오히려 "천리박게 말두" 하고 그 "먼데말도 전해" 준다고 믿어지

---

33) 『소년조선일보』, 조선일보사, 1940.2.25.
34) 『半島の光』(선문판) 6월치, 조선금융조합연합회, 1942, 28면.

는 "전기째"에게 "아버지 소씩 좀 전해" 달라고 재치 있게 말하는 아이의 오락적인 목소리에 초점이 가 있다.[35] 다시 말해 생활 동시와 유희 동시 사이에 걸친 작품으로 읽힐 가능성이 크다는 뜻이다. ②는 이와 달리 유희 동시다. "팔랑팔랑" 매달려 있는 빨래와 함께 "쏫닢파리"와 "노랑나 "까지도 "모두 가치" 춤춘다는 생각은 다소 작위적이다. "놉히 놉히 매달려서/무섭지도 안나 봐"라고 내뱉는 어린이의 깜찍한 깨달음에서 그 점이 더한다. 그런데 이 작품은 보기에 따라서는 바람에 팔랑거리는 빨래를 빌려 낙천적이고 건강한 어린이의 나날살이를 담고자 한 생활 동시 쪽에 놓을 수도 있다. 말하자면 나라잃은시대 후기 이원수의 작품 가운데는 읽기에 따라서 그 기대 영역이 넓은 작품이 많다.

문제는 이들 작품 읽기에 작품 바깥 쪽 문맥을 끌어다 놓고 보면 그 울림이 단순하지 않다는 점이다. ① 경우 생활 동시와 유희 동시 사이에 걸친 작품으로 읽히지만, 만약 이 작품이 가난하고 고통 받는 조선 아이의 현실 삶을 직접 그린 생활 동시였다면 나라잃은시대 후기에 발표되기는 힘들었을 것이다. 겹겹이 검열을 거쳐야 했던 시기에 이 작품

35) 나라잃은시대 후기 이른바 '국민총력운동'의 목표인 '내선일체'를 꾀하기 위한 중점이 '생활간소화', '건강생활', 그리고 '국방훈련'이었다. 특히 건강생활에 따른 실시요점은 위생사상의 철저, 영양식 보급에다 심신단련이 핵심이다. 三田芳夫 엮음, 『朝鮮に於ける國民總力運動史』, 國民總力運動聯盟, 1945, 55면. 이 무렵 아동문학과 아동담론에 나타나는 국가 전체주의의 국민 편입 담론의 양상을 김화진은 넷으로 나누어 보았다. 이른바 대동아공영권 전쟁동원론의 선전도구로 쓰는 아동문학과 아동담론, '총후미담'을 통한 전시체제의 일상화, 건강한 몸의 중요성, 전쟁의 일상화를 통한 전쟁의 놀이화가 그것이다. 김화선, 「일제말 전시기의 아동문학 및 아동담론 연구」, 『친일문학의 내적 논리』, 역락, 2003, 194~207면. 국가의 미래 자산인 어린이, 곧 '소국민'의 강건한 몸과 마음, 불패의 믿음에 뿌리한 낙천적, 긍정적 생활 태도는 '신생활'의 기본 덕목이었다.

의 발표가 용인될 수 있었던 까닭은 유희적 요소 덕분이었을 것이다. 그런데 이 작품을 광복기 민족 현실이라는 문맥 위에 놓고 본다면 어려운 아이의 가족 현실을, 그것도 뚜렷하게 묘사하고 있는 현실주의 생활 동시로 읽히기 십상이다.

②의 경우 작품 안쪽 문맥으로 볼 때는 나라잃은시대 후기건 광복기건 앙증스럽게 빨래가 걸린 모습을 노래한 유희 동시로 읽힌다. 그러나 작품 바깥 문맥을 끌어다 놓고 볼 때는 생활 동시에도 걸칠 자리가 있다. 광복기에는 그것이 진취적이고 긍정적인 어린이 동심과 맞물릴 수 있겠지만 나라잃은시대 후기에는 전혀 다른 뜻을 얻을 수 있다. 이른바 '신체제'의 '신생활' 덕목으로 요구되고 있었던 긍정적, 진취적 환경 묘사와 맞닿은 작품으로 보이는 까닭이다.

이원수가 광복기에 재발표한 작품은 외적 문맥을 끌어다 놓고 본다면 작품 주제나 의의에서 전혀 다르게 이해될 수 있는 여지가 있음을 살핀 셈이다. 그리고 다른 시인들에게서 보기를 찾을 수 없을 정도로 많은 일곱 편에 이르는 재발표 작품이 거의 생활 동시 쪽이거나 그에 가까이 놓을 수 있는 작품이라는 점에 눈길이 꽂힌다. 스스로 자신의 문학적 명성에 걸맞은 작품을 발표하려 하거나, 뜻하는 명성을 얻는 쪽으로 작품을 발표할 가능성이 높다면 이원수에게서 그 길은 생활 동시 쪽일 것이 분명하다. 목청을 높이고 있는 광복기 이원수의 아래 목소리에서 그 속내를 짐작할 수 있다.

> 여기에는 작가의 적극적인 노력의 부족과, 작가의 현실파악 부정확에 의한 그릇된 아동관으로 말미암아 작품제작 태도가 비현실적인 점등에

도 원인하고 있다.

이렇듯 부진하는 아동시나마 그것이 타당한 방향으로 발전하고 있어야할 것임에도 불구하고 그렇지 못한 것이 지금의 현상이다.

그러면 오늘날 조선이 요구하는 동시의 방향은 어떤 것인가?

그건 무엇보다도 민주적인 내용이라야 할 것이다.(여기 민주적이라 함은 무슨 정치사상을 내용으로 하라는 건 물론 아니다.) 아동의 세계를 현실적으로 이해하고 그들 역시 사회인의 일분자라는 것을 아는데서 그들의 생활감정이 현실과 끊을 수 없는 관련을 가지고 있다는 것을 확인한다면 어찌 아동이라고 해서 사회의 모든 사정과 동떨어진 사고와 감정에서 살 수 있으며 더구나 인민대중이 도탄에서 헤매고 있는데 아동만이 안락할 수 있으며 또 풍월을 노래하고만 있을 것인가?

(…줄임…)

현실 도피적인 사이비 동시에서 탈각(脫却)할 역작을 내기에 동시인이 노력할 것은 물론 시단(詩壇)의 협력이 있어 주기를 갈망하는 바 또한 크다.

(…줄임…)

우리는 아동들과 더불어 이상의 추구와 고난과의 백절불굴의 투쟁을 배우고 단련해 가는 정신으로 현실을 노래하고 생활을 시화(詩化)해서 순진무구라고까지 불리우는 아동의 세계를 영구히 참되게 빛나게 할 어렵고도 성스런 사명을 띠우고 있음을 자각해야 할 것이다.[36]

광복기 이원수의 동시관을 고스란히 보여준다. 이 글에서 그가 강조한 점은 분명하다. "현실도피적인 사이비 동시"에서 벗어나기 위해 "아동의 세계를 현실적으로 이해하고 그들 역시 사회인의 일분자라는" 깨달음을 가질 필요가 있다. 그리고 그 위에서 "현실을 노래하고 생활을

36) 이원수, 「동시의 경향」, 『아동문화』, 동지사아동원, 1948, 94~98면.

시화"하여 참된 "아동의 세계"를 담아내야 한다. 오락 유희에 빠진 비현실적인 동시가 아니라 아동의 현실이 잘 옹근 현실주의 작품이 그것이다. 그가 민족 현실과 나란히 걸어왔다든지, 가난한 어린이의 생활을 담았다느니 하는 외부 평가나 자술한 문학관과 맞물린 생각이다.

광복기 이원수의 재발표 작품은 자신을 그러한 현실주의 시인으로 만들게 하는 데 도움이 되는 생활 동시 쪽이다. 현실주의 아동문학인으로 명성을 강화할 수 있는 쪽에 도움이 되는 작품들만 의도적으로 가려 뽑아 재발표 형식을 취한 것이다. 문제는 첫 발표 시기인 나라잃은시대 후기와 재발표 시기인 광복기 사이에 가로 놓인 외적 문맥의 차이가 작품 해석에 엄청난 거리를 예고한다는 점이다. 특히 그 점에서 살필 작품이 아래 셋이다.

③ 사악 삭 닥는다
웃니 아랫니
삭삭 닥는다
압니 어금니.

니 잘 닥는 아이는
하얀니 이쁜니
우슬때 반작 반작
보기 조와요.

써억썩 닥는다
햇님도 니 닥는다
산 우에서 벙글 벙글

우스면서 닥는다.

니 잘 닥는 햇님은
빗나는 하얀니
왼 세상 번적 번적
밝기도 해요.

—「니 닥는 노래」[37]

④ 사악 삭 닥는다
웃니 아랫니
삭삭 닥는다
압니 어금니.

니 잘 닥는 아이는
하얀니 이쁜니
우슬때 반작 반작
보기 조와요.

—「니 닥는 노래」[38]

어린이의 이닦기를 다룬 생활 동시가 「니 닥는 노래」다. ③은 나라잃은시대 후기에 처음 발표했던 모습이다. ④는 광복기에 재발표한 모습이다. 뒤 두 도막은 줄인 채 내놓았다. 그런데 이 작품을 처음 발표된 이른바 '신체제' 아래서 보자면 뜻이 단순하지 않다. 왜냐하면 이 작품이야말로 앞으로 이른바 '천황'을 위해 기꺼이 목숨을 바칠 '군신(軍神)'

37) 『매일신보』, 매일신보사, 1941. 10. 21.
38) 『주간소학생』 5호, 조선아동문화협회, 1946. 3., 5면.

으로 자랄 '소국민'인 조선 어린이에게 부과, 강조되었던 건강한 '신생활' 지침[39]을 홍보하는 작품일 수 있기 때문이다. 식민 체제에 대한 긍정적 지향성이 물씬 묻어나는 시다. 게다가 이른바 조선총독부 기관지 『매일신보』에 실렸다는 점도 함께 떠올릴 필요가 있다.

그러나 이 시를 ④ 꼴로 광복기 공간에서 처음 발표한 작품인 듯 읽을 경우는 사정이 매우 달라진다. 새로운 광복 현실 아래서 건강하고 진취적인 아동관, 아동상을 제시한 작품일 수 있는 까닭이다.[40] 이원수는 비록 드러난 부왜 동시라고 하기는 어려우나, 넓은 뜻으로 이른바 '신체제' 수탈 체제에 동조하는 부왜적인 작품을 광복기 새 환경 아래서 건강한 아동상을 제시하는 모습으로 작품 바꿔치기 또는 이념 세탁을 꾀한 셈이다. 이 점은 처음 발표했던 ③에서 볼 때 유희 요소로 보이는 -그러나 그 점 때문에 어린이의 이닦기가 지니는 긍정적 측면을 더욱 재치 있게 강조한 뜻을 지닌다- 뒤 두 도막을 줄인 데서도 엿볼 수

39) 이른바 '총후'(후방)의 국민은 몸을 강건하게 지녀 '황민'으로서 국가를 위한 '후생보국'을 다해야 한다. 따라서 강건한 몸과 마음은 그 뿌리다. 특히 이닦기의 중요성은 남다르다. "이가 건강해야 웬 몸뚱이가 건강할 수 있다." 장문경, 『가정보건독본』, 성문당서점, 1943, 228~229면.

40) 김종헌은 광복기 이원수의 아동문학을 파악하는 자리에서 광복기 이원수 동시의 특성으로 "해방정국의 이념의 혼란과 가난 속에서도 어른의 눈이 아닌 용기를 잃지 않고 꿋꿋하게 현실에 적응해 가는 아동의 모습을 담아내고 있다"고 썼다. 이런 맥락에서 이 글에서 다루지 않았지만 광복기 재발표 작품 가운데 하나인 「애기와 바람」은 암울한 현실을 아동들에게 그대로 보여 주었고, 이를 극복하고자 하는 의지와 이겨내는 아동의 모습을 나타냄으로써 아동을 객관적으로 인식"하고 있는 작품으로 읽고 있다. 이 맥락을 고스란히 나라잃은시대 후기 '성전'의 '신체제' 현실 아래로 옮겨다 놓고 본다면 「애기와 바람」의 뜻이 바로 잡힐 것이다. 김종헌, 『해방기 동시의 담론 연구』, 대구대학교 대학원 박사학위 논문, 2004. 149~150면, 170면.

있다. 광복기 공간에서 볼 때 뒤의 두 도막을 줄인 ④로 읽는 것이 아이의 현실 감각을 더욱 돋보이게 만든다. 이원수가 의도했던 현실주의 쪽으로 손질이 이루어졌다.

⑤ 비는 개엿건만 물이 불어서
건너가는 이마다 옷 적시는 시내물,
영차, 영차 돌을 모하서
팔짝, 팔짝 딋고 가게 돌다리 노차.

일하넌 귀남이도 울지 안코 건느고
꼬부랑 할머니도 발안 떼고 건느고
밤이면 깡충깡충 산토끼도 건느게
돌다리 노차 노차 꼬마 돌다리.

－「돌다리 노차」41)

⑥ 달 달 달 달
어머니가 돌리는
재봉소리 들으며

저는 먼저 잡니다.
어머니도 어서
주무세요, 네.

41) 『소년조선일보』, 조선일보사, 1940. 4. 28. 이 작품을 광복기에 재발표하면서 몇 군데 손질을 했다. 첫도막 첫줄 '개엿건만'을 '개였지만'으로, '불어서' 다음에 쉼표를 더했다. 그리고 둘째 줄 "영차, 영차"를 "영차영차"로 넷째 줄 "팔짝, 팔짝"을 "팔짝팔짝"으로 바꾸었다. 그리고 둘째 도막에서는 첫줄과 둘째 줄 끝에 쉼표를 더 넣었다. 셋째 줄 끝자리 "건느게"는 "건느네"로 고쳤다.

밤중에 잠이 깨면
달 달 달 달
아직두 어머니는 안 주무시고
밤중까지 삯바누질 하시는구나

달 달 달 달
「왜 잠 깻니
어서 자거라.
어서 자거라.」

재봉 소리와
어머님의
고마우신 그 말씀
잠이 들면 꿈속에도
들리웁니다.

달 달 달 달
「왜 잠 깻니
어서 자거라
어서 자거라」

–「어머니」[42]

---

42) 『아이생활』 9월치, 아이생활사, 1943, 17~18면. 이 작품은 「밤중에」로 제목을 고치고 본문을 손질해 1946년 『주간소학생』에 다시 실었다. 지면 배치에 따른 시 형태의 변개가 있어 정확한 모습을 재구하기는 힘들지만, 고쳐진 것을 보이면 아래와 같다. “달달달 돌아가는/ 미싱 소리 들으며,/ 저는 먼저 잡니다./ 책 덮어 놓고// 「어머니도 어서/ 주무세요, 네」// 밤ㅅ중에 잠이 깨면/ 달달달 그 소리,/ 어머니는 혼자서/ 밤이 늦도록/ 잠 안자고 삯바누질/ 하고 계서요./ 돌리시던 미싱을/ 멈추시고 「왜 잠 깼니?/ 어서 자거라, 응」// 재봉틀 소리와/ 어머님의/ 정다우신 말소리/ 생각하면서,/ 잠자면 꿈 속에도/ 들려옵니다.// 「왜 잠 깼니?/

⑤와 ⑥ 둘 다 생활 동시다. 이들 또한 광복기 재발표 형식을 빌림으로써 작품의 뜻과 의의가 크게 달라진 작품이다. ⑤는 나라잃은시대 후기나 광복기나 다 생활 동시로 읽힌다. 그러나 작품 바깥 문맥을 가져다 놓고 보면 뜻은 크게 다르다. 광복기에서 보자면 이 시는 새로운 나라 건설이나 사회 재건을 위한 단결과 협동을 노래한 작품이다. 어린이 주체의 긍정적 역량을 강조하는 시일 수 있다. 그러나 이 작품이 처음 발표된 나라잃은시대 후기에는 사정이 거꾸로다. 이른바 '신체제' 아래서 이 작품은 '소국민'인 어린이의 협동과 '총후' '근로보국'을 부추기고 추켜세우는 작품인 까닭이다.[43] 내놓은 부왜 동시는 아니지만 식민 체제에 동조하는 뜻이 뚜렷한 부왜적인 작품이다.

⑥ 또한 다를 바 없다. 광복기 재발표 상태 작품과 나라잃은시대 후기 첫 발표 작품 사이 거리는 뚜렷하다. 광복기에는 이원수 스스로 한 말처럼[44] "인민의 대다수가 빈한"한 우리 현실에서 그 "빈한의 생활상"

어서 자거라, 응」"

43) 이른바 신체제 '생활진로' 가운데 하나로 "협동성은 중요한 덕목으로 강조되었다. 한정된 인적, 물적 자원을 효과적으로 활용하여 '가정총동원', '국가총동원'에 효과적으로 이바지하기 위한 일이다. 오억, 『생활진로』, 신생활사, 1945, 280면.

44) 이원수는 「동시의 경향」에서 자신의 동시 「밤중에」를 문교부에서 초등학교 교과서에 올리면서 '삯바느질'을 '바느질'로 고쳐 올린 일에 대하여 비난했다. 그 자리를 들면 아래와 같다. "인민의 대다수가 빈한함에도 불구하고 빈한의 생활상이 나타난 작품은 기피되고 있는 일례로서도 이것을 알 수 있다./ 이런 일이 있다. 필자 졸작 중에/(작품 본문 생략)/이 동시가 문교부 발행의 국어교본(四의二)에 실리면서 제2연의 '어머니는 혼자서 밤이 깊도록/ 잠 안자고 삯바느질 하고 계서요.//'가 '삯바느질'의 '삯'이 삭제되고 그냥 '바느질'로 무단 변경되어 있다./이것은 무엇을 의미하는가?/이는 대중생활 부인(否認)의 태도요, 안일한 생활만이 시의 내용이 될 수 있다는 그릇된 인식이 아니면 일종의 기만이다./삯바느질과 그냥 바느질과의 차이로 이 조그만 시에 얼마나 판이한 느낌을 주는가?

을 나타낸 작품임에 틀림없다. 게다가 이원수가 목청을 높여 짚은 대로 "삯바느질"을 의도적이든 비의도적이든 "바느질"로 고쳐 실은 문교부의 태도는 비난 받아 마땅하다. 그리고 목소리가 높은 만큼 광복기 이원수 자신의, 민족의 가난한 현실과 서민들을 향한 사랑과 관심이 더욱 두드러지게 되는 것은 사실이다. 그러나 첫 발표 시기 안에서 보자면 이 작품은 "왜로제국주의의 태평양침략전쟁기 이른바 '총후'(후방) '봉공'의 한 덕목으로서 모성의 희생에 대한 강조・찬양"을 꾀한 자리에 당당히 놓인다.[45] 어머니에 대한 자식의 사랑이라는 보편 윤리에 초점이 있지 않다. 이른바 식민지 수탈 체제 아래서 우리 민족 어머니와 아이들이 겪은 빈궁상을 다룬 작품 또한 아니다. 나라잃은시대 후기 이원수에게 '삯바느질'과 '바느질' 사이 차이는 단순히 입에 익은 낱말 선택에 따른 차이에 지나지 않았을 가능성이 크다.[46]

삯바느질을 하는 게 아동에게 알릴 수 없을 만한 비참사도 아니며 정말 비참한 것은 삯바느질할 재봉틀조차 없는 빈한한 가정에 더욱 많을 것이다./꿈 많고 순박한 아동의 눈에도 인민의 아들딸들의 당면하는 그 생활은 현실이라는 엄연한 사실에서 그 색광을 통해서 비춰는 것이다./현실 도피적인 사이비 동시에서 탈각(脫却)할 역작을 내기에 동시인 이 노력할 것은 물론 시단(詩壇)의 협력이 있어 주기를 갈망하는 바 또한 크다." 이원수, 「동시의 경향」, 『아동문화』, 동지사아동원, 1948, 94~98면.

45) 박태일, 「나라잃은시대 후기 경남・부산지역 아동문학—이원수와 남대우를 중심으로」, 『한국문학논총』 40집, 한국문학회, 2005, 253면.

46) 양보해서 보자면 '삯'은 그 무렵 이원수에게 '가난함'을 뜻하는 것이라기보다는 '어려움'이라는 뜻을 품은 접두어였을 듯싶다. 가난하게 살고 있는 '우리 민족'의 어머니가 아니라 '총후'의 어려움을 견디며 애쓰시는 '일본 제국'의 어머니가 그것이다. 그러나 광복공간에서 새롭게 현실주의자로서 명성을 생산, 관리하고자 했던 그로서는 '삯'의 위치가 새로 뚜렷하게 자각되고 보이기 시작했을 것이다. 뒤늦게 비평문 「동시의 경향」에서 '삯'을 삭제한 문교부의 일처리에 이원수가 크게 흥분하고 있는 까닭이다. 사실 문체론 쪽에서 본다면 이원수 문학

앞에서 살핀 바와 같이 나라잃은시대 후기 이원수 동시 가운데 광복기에 이르러 다시 내놓은 작품은 단순한 수정 발표와는 거리가 있다. 그 두 시기 상황이 지닌 차이는 묻어버리고 현실 층위에 관심을 둔 현실주의자로서 이원수 자신의 명성 확산에 도움이 될 만한 생활 동시[47]를 중심으로 가려 발표했다. 꼼꼼하게 의도된 일은 아니었다 하더라도 방기된 의도는 충분히 드러난 셈이다. 어두운 시대 끝자리를 부끄럽게 걸어온 이원수에게 광복기에 중요했던 점은 새롭게 자신의 명성을 굳혀나가는 일이었을 것이다.[48] 왜로제국주의 수탈 체제의 이른바 '황민

은 꼼꼼하게 낱말을 고르고 말길을 다듬는 일급작가의 솜씨와는 거리가 있다.

47) 재발표 작품 일곱 편 가운데서 「밤시내」 한 편만 유희 동시에 든다. 이 작품은 밤시내의 앙징스러움을 맑고 긍정적으로 표현하고 있다. "우리 가서 놀 때는/ 말없든 시내물, 조꼬만 시내물,/ 꿋납파리 실꼬/ 돌돌돌 숨어가든/ 동네압 시내물.// 밤 기퍼 우리 모두 잠들고 나면/ 목소리 노피 노피 노래 부르네.// 키장다리 포푸라는/ 니파리 찰랑 찰랑 장단 마치고,/ 새까만 하눌엔/ 별들이 가뜩 나와 안자서,/ 귀를 종깃 종깃—/ 시내물이 부르는 노래 듯는다"—「밤시내」(『소년조선일보』, 조선일보사, 1940.6.9) 본문에서 다루지 않았지만, 「애기와 바람」 또한 생활 동시로서 나라잃은시대 신체제 아래서는 아이들의 건강한 삶이라는 요구와 맞물려 있다. 그리고 광복기에도 아이들이 주체가 된 진취적인 생활 동시로 읽힐 가능성이 크다. 작품 외적 문맥에 따라 작품 의미 해석에 큰 차이가 생기는 것이다. "찬바람이 제아무리 만히 불어도/ 애기는 꼭, 박게 나가 놀—지.// 「감감기 들라 가지 마라」 할머니가 부뜰면/ 고개를 잘래 잘래 도래질하고/ 「오냐, 아냐, 감기 업쩌」// 문 열고 내다보면 바람마지 밧길에/ 아, 우리 애기는 뛰어 댄기네./ 떼지어 몰려가는 겨울바람 속으로/ 저기 우리 애기는 뛰어 댄기네"—「애기와 바람」(『소년조선일보』, 조선일보사, 1940.3.17). 「전기때」 한 편만 빼놓고 재발표 작품 모두가 긍정적이고 낙천적이다. 흔히 이원수 동시에서 떠올리는 바가난한 서민 아동의 현실과는 크게 갈라진다.

48) 광복기 이원수 아동문학에 대한 전모는 아직까지 죄 밝히기 힘들다. 다가설 수 있는 수록 매체에 한계가 있는 까닭이다. 이런 점을 감안하고 살피면 현재까지 1945년 을유광복에서 1950년 5월까지 발표를 확인할 수 있는 동시는 모두 서른 한 편이다. 재발표된 작품 일곱 편이 지니는 무게는 22.3%가 된다. 그러나 이원수가 동화로 나아가기에 앞서, 마지막 재발표 동시인 「전깃대」가 실린 1948년

화'를 향한 '신생활' 현실이나 '총후' '근로보국'의 삶, 또는 제국주의자가 요구했던 긍정적인 '소국민'의 모습을 담은 작품은 그의 부왜 작품과는 달리 언제까지고 묻어버려야 할 정도는 아니다. 새 계기가 마련된다면 거듭 나도 될 작품이다. 광복기 "서민 아동의 세계"를 중심에 둔[49] 현실주의 문학을 지향한 이원수로는 그 작품에 선뜻 손이 가지 않을 수 없었을 것이다.

문제는 이러한 재발표 사정은 깡그리 묻힌 채 이제까지 그의 현실주의자로서 지닌 바 명성 증폭에는 광복기 작품으로 둔갑해 있었던 그 작품들이 덜어낼 수 없을 무게로 작용하고 강화시킨 터무니였다는 점이다. 이원수 한 개인을 두고서라면 나라잃은시대 후기의 반민족 현실과 광복기 민족 현실 사이 엄청난 차이를 아무렇지도 않게 지울 수 있었던 차가운 몰현실주의자라고 비난해 버리면 될 일이다. 그러나 이런 사정은 전혀 모른 채 그를 대표적인 현실주의 아동문학가, 민족문학가라는 통념을 키우는 데 기꺼이 나섰던 담론 주체나 이원수를 향한 대중들의 문학적 추억이 겪을 심각한 좌절은 보상 받기 힘들다.

4. 미발굴 '유희 동시'로 본 지역 관리

나라잃은시대 후기 이원수가 발표한 작품이 모두 서른 편이라는 점

12월까지만 헤어 보면 발표 동시는 22편으로 준다. 재발표 작품이 지닌 무게는 31.8%로 훌쩍 올라선다.

49) 이원수, 「나의 문학 나의 청춘」, 『아동과 문학』(전집 30), 웅진출판사, 1993(3쇄), 253~254면.

은 이미 2장에서 밝혔다. 그 가운데서 동시는 부왜 소년시 두 편을 포함해 모두 스물일곱 편이다. 이원수가 생전에 냈던 아동문학 작품집 가운데서 동시를 싣고 있는 책은 모두 다섯 권이다.[50] 이 가운데서 작품의 발표 연대나 간행처를 밝히고 있는 책은 『종달새』가 처음이다. 그리고 여기에 실린 작품과 발표 연대 고증은 그 뒤 다른 작품집의 시기 편성에 그대로 반영되었다. 그런데 『종달새』에는 나라잃은시대 후기 작품이 일곱 편 실렸다.[51] 이 가운데서 「염소」 한 편만 발표 연대가 바로 적혔을 뿐, 나머지 여섯 편은 모두 발표 연대나 매체 사항에서 잘못을 저질렀다.[52] 게다가 광복기에 재발표한 일곱 편은 고스란히 광복기의 생활동시나 현실주의 작품으로 둔갑해 그 뒤 작품집에 실리면서 이원수의 명성 확대에 쓰였던 점은 앞 장에서 살핀 바다.

남아 있는 열세 편 가운데서 1964년에 낸 두 번째 동시집 『빨간 열매』에서 찾아 실은 것은 「나무 간 언니」 한 편이다. 그것도 1940년 발표 작품을 광복기 작품으로 잘못 잡아 실었다. 그리고 이러한 작품 수록 상황은 1979년에 낸 '이원수 동시전집' 『너를 부른다』에도 고스란히 이어졌다. 나라잃은시대 후기 작품 가운데서 열두 편은 이원수가 임종할 때

50) 『종달새』, 『빨간 열매』, 『이원수작품집(한국아동문학전집 5)』, 『이원수아동문학독본』, 『너를 부른다』가 그것이다.

51) 「부엉이」, 「보오야 넨 네요」, 「밤눈」, 「앉은뱅이 꽃」, 「염소」, 「종달새」, 「자장노래」가 그것이다.

52) 나라잃은시대 작품 일곱 편에만 기록 잘못이 있는 것이 아니다. 실제로 『종달새』에 실린 작품 서른두 편 가운데서 발표 매체를 얻어 볼 수 있는 것을 중심으로 살필 때도, 「염소」 한 편만 기록이 올바를 따름이다. 박태일, 「나라잃은시대 후기 경남·부산지역 아동문학—이원수와 남대우를 중심으로」, 『한국문학논총』 40집, 한국문학회, 2005, 241~244면.

까지 미발굴 상태로 있었던 셈이다. 그러다 이원수 사후 1984년『전집』을 내면서 세 편을 새로 찾아 실었다. 미발굴 상태로 남아 있던 아홉 편 가운데서 두 편의 부왜 동시는 부왜 수필 두 편, 농민시 한 편과 함께 글쓴이가 찾아내 학계에 알렸다.[53] 남아 있는 미발굴 동시가 모두 일곱 편이었다. 그리고 그들의 존재와 서지사항은 글쓴이가 한 차례 밝혔다.[54] 다시 말해 나라잃은시대 후기 이원수 동시 가운데서 그의 사후까지 세상에 알려지지 않은 작품은『전집 1』에서 발굴한 세 편, 부왜 동시 두 편, 그리고 미발굴작 일곱 편이었던 셈이다. 이제까지 우리가 알게 모르게 받아들이고 있는 이원수 아동문학에 대한 평가는 이렇듯 작품에 대한 기억 훼손이나 망각 위에서 이루어진 것이었다. 이들 미발굴 작품의 됨됨이에 따라서는 이원수 아동문학에 대한 평가가 달라질 가능성은 늘 있어왔던 셈이다. 두 편의 부왜 동시가 그 점을 웅변하고 있다. 먼저『전집 1』에 찾아 실은 동시 세 편의 됨됨이를 살펴보자.

① 눈 위에 아침 해
밝기도 하다.
새해니까 그렇지
설이니까 그렇지.

(…줄임…)
울보도 골샌님도 하하하

53) 박태일,「이원수의 부왜문학 연구」,『경남・부산 지역문학 연구 1』, 청동거울, 2004, 165~201면.
54) 박태일,「나라잃은시대 후기 경남・부산지역 아동문학—이원수와 남대우를 중심으로」,『한국문학논총』40집, 한국문학회, 2005, 247면.

이 집에도 저 집에도 하하하.
새해니까 그렇지
설이니까 그렇지.

오늘부턴 우리 모두
서로 좋게 지내고,
오늘부턴 우리 모두
착한 아이 된다나.

–「설날」[55] 가운데서

② 자장 우리 애기 어서 자거라
잠 잘자면 오신다네 둥그런 달님
우리 애기 잠자는 벼개머리에
달나라 꿈을 가득 실꼬 온다네
자장 우리 애기
어서 자거라.

–「자장노래」[56] 가운데서

③ 전등 내놓고 눈보자
송이 송이 쏟아지는 눈, 눈, 눈,
발가숭이 나뭇가지 솜옷입고
밤눈이 좋아라고 춤 추네
차디찬 눈옷입고 춤 추네

–「밤눈」 가운데서

---

55) 『소년』 1월치, 조선일보사, 1939, 10~11면.
56) 『소년』 7월치, 조선일보사, 1940, 44~45면.

①은 유희 동시다. 설날을 맞이한 어린이의 마음을 그렸다. 나라잃은 시대 후기의 어린이 상황과는 어울리지 않는 낙천적인 현실 인식이다. 그 무렵 어려웠을 어린이들을 위한 당위론적 바람을 담았다고 강변할 수 있을 것이다. 그러나 이원수가 거듭 강조한 서민의식, 현실 감각이라는 쪽에서 보면 턱없이 오락 요소가 두드러진다.[57] 자장노래 꼴로 된 ②도 ①과 다르지 않은 유희 동시다. 아이들 잠자리의 실정이 담기지 않고, 널리 굳어진 자장노래의 틀만 되풀이되고 있다. 눈 오는 밤을 그린 ③ 또한 마찬가지로 유희 동시다. "발가숭이 나뭇가지"가 "솜옷 입고" "좋아라고 춤" 춘다는 오락적, 관념적 낙천성은 이원수 작품이 지니고 있는 명성에서 한참 떨어져 있다. 나라잃은시대 후기 이원수 작품이 가난한 아동의 현실과 맞닿아 있으려 했다는 본인의 진술[58]이나, 문학사회의 통념과는 날카롭게 맞서는 자리에 이들 작품이 놓여 있는 셈이다. 그리고 이러한 사정은 글쓴이가 찾아낸 일곱 편을 살피면 더한다.

④ 살랑 살랑 봄바람이
불어옵니다
남쪽 들판 어린 보리
머리 만지며.

---

57) 이 작품을 두고 김화선은 "일제가 장차 국가의 주인이 될 아동의 내면을 철저하게 교육시키면서 '명랑하고 쾌활한' 아동을 요구했던 시대적 맥락과 닿아 있다"고 보았다. "단순히 현실의 맥락이 거세된 낭만적 동심을 가진 아동을 그린 것이 아니라 일제가 요구한 아동상에 어울리는 동심을 형상화하고 있다." 김화선, 「이원수 문학의 양가성」, 『친일문학의 내적 논리』, 역락, 2003, 221면.

58) "그때(함안금융조합에서 일할 때 : 글쓴이) 나의 동시는 즐거움을 노래하기보다는 농촌 어린이들의 괴로움과 슬픔을 노래하고 있었다." 이원수, 「나의 수업기」, 『솔바람도 그 날 그 소리』(전집 27), 웅진출판사, 1983(3쇄), 251면.

봄바람엔 제비들도
안겨 오고요
나무끝의 봄노래도
타고 옵니다.
복사꽃 핀 건너 말엔
닭이 쏘기요—.
버들숲엔 피리소리
흔들닙니다.
병든 애도 봄바람엔
머리 날리며
햇빗 바른 잔디에서
웃고 놉니다.

—「봄바람」[59)]

⑤ 기차가 온다 온다
연기를 품—고
모두 나와 보자고
소리치며 운—다

칙칙 쿡쿡
칙칙 쿡쿡
파—란 철뚝으로
우루루루 딱딱딱
기차는 빠르다
번개가치 빠르다.

---

59) 『半島の光』(선문판) 6월치, 조선금융조합연합회, 1942. 28~29면.

애기 손님 내다보고
손을 손을 친-친
기차 타고 가는 애는
어데까지 가-나

칙칙 쿡쿡
칙칙 쿡쿡
아빠 가신 서울로
잘 가거라 기차야
올 때는 아버지도
태가지고 오너라

-「기차」[60]

④는 유희 동시다. '봄바람'에 대한 유형화된 상상력을 볼 수 있다. '남쪽 들판 어린 보리'와 '제비', '나무순의 봄노래'와 '복사꽃', '버들숲'으로 이어진 시상은 범상하고도 신선함을 잃었다. 마무리 쪽에 "병든 애"를 끌어들인 점이 눈에 뜨인다. 그러나 이 점도 "봄바람"이 지니고 있음직한 긍정적 치유력을 보여주기 위한 데 초점이 두어진 자리다. 어린이의 삶이나 환경에 중심이 주어지지 않았다. 이원수 동시에서 흔히 나타나는 바, 결핍된 삶의 분위기를 드러내는 버릇이 되풀이했을 따름이다. 피식민지 민족 현실과는 멀리 떨어져 제국주의의 이른바 '신체제' 안에서 낙천적 인식을 즐기고 있는 작품인 셈이다.[61]

60) 『소년조선일보』, 조선일보사, 1940.7.28.
61) 봄바람에 대한 이러한 시상은 다시 부왜 농민시, 「보리밧헤서-젊은 농부의 노래」에서 비슷하게 되풀이한다. "바람이 분다/ 옷속엘 들어도 보드럽기만한,/ 이

옮긴 시 ⑤「기차」 또한 유희 동시다. "칙칙 쿡쿡/ 칙칙 쿡쿡" "번개가치" 빠른 "기차"의 모습을 깜직한 아이의 목소리로 그려 담았다. 뒤두 단락에 생활 동시로서 아이의 실정이 끼어들 조짐이 있었지만, 시의 초점이 "기차"에 있었던 까닭에 "올 때는 아버지도/태 가지고 오너라"는 아이의 재치 있는 건넴말로 마무리되었을 따름이다. '신체제' 시기 비현실적인 오락성을 넓히고 있는 시다. 대상이 "기차"로 바뀌었을 뿐 긍정적이고 낙천적인 분위기는 앞서 본 ④와 달라진 바가 없다. ④와 마찬가지로 암울했을 어린이들에 대한 사랑과 공감을 지닌 작가라는 이름 앞에 내려놓기 어려울 작품이다.

⑥ 이뿐이,
이뿐이,
엄마 말 잘 듯고
자는 애긴 이뿐이.

미움보
미움보
심술 피고 잠 안 자면
미움 보ㅡ지.

야ㅡ웅 야웅아.
심술 피는 애기 물러게 왓니.

른 봄 三月에 南風이 불어온다.// 南風은 불어온다/ 산과 들을 건나 보리밧흐로 보리밧흐로,/ 봄 실은 그 바람은 내 품에도 안겨든다." 『半島の光』(선문판) 5월치, 조선금융조합연합회, 1943, 1면.

울애긴 코— 잔다,
야웅아 가거라
어이 멀리 가거라.

—「야웅이」[62]

⑦ 공—아
이쁜 공아
잔디바틀 뛰고, 다름질하며
인제 나는 자—ㄴ다.

공—아
내 품에 안긴 공아
이불 포옥 덥고
자장 자장 해주께
너두 자거라

가치 자야 꿈에도
너구 나구 놀—지.

—「공」[63]

⑧ 자는 언니 주머니를 뒤저라
알밤이 한 개 나왔네

자는 언니 주머니를 뒤저라
빼서간 내 딱지가 나왔네

---

62) 『소년조선일보』, 조선일보사, 1939.1.14.
63) 『소년조선일보』, 조선일보사, 1940.5.26.

텅 빈 주머니엔 뭘 너두랴?
욕심쟁이 언니 얼굴 그려넣지

―「언니 주머니」[64)]

위에 옮긴 세 편은 유희 동시면서도 어느 정도 나날살이 감각이 묻어나는 작품이다. ⑥은 자장노래 꼴이다. 아이가 잠을 잘 자게 "야웅아 가거라/ 어이 멀리 가거라"라 한 입말투에서 오락적 감각이 더한다. 낙천적인 분위기는 한결같다. ⑦도 전형적인 유희 동시다. 그러면서 이른바 '신체제' '소국민' 훈육의 하나였던 '교련'이나 '체조'의 단련 학습을 위한 필수 도구였을 공을 다루어, 은근히 '신체제'와 친연성이 드러나고 있다.[65)] 그렇지 않더라도 공이라는 운동 도구를 이용한 현실 긍정적 분위기가 뜬금없다. ⑧도 낙관적인 유희 동시로 한결같다. 아이들의 나날살이 감각이 드러나긴 하지만 생활 동시로 잡기는 어렵다. 아이가 보여주고 있는 재치와 작위적인 유희성을 뛰어넘기 어려운 까닭이다. 나라잃은시대 후기에 쓰인 이러한 작품이 널리 알려진다면 이원수 아동문학의 명성에서 볼 때 누가 될 것은 뻔한 일이다.

유희 동시 자리 위에 놓여 있는 작품이 미학 동시다. 여기에는 이미

64) 『매일신보』, 매일신보사, 1941.10.19.
65) 왜로제국주의의 이른바 '신체제' 국가 전체주의 통제에 복종하여 '후생보국'을 위한 실천 요목 가운데 하나가 '경기의 대중화'였다. 그것은 '국민(소국민)'의 체위 향상을 꾀해 궁극적으로 제국 국민의 직분을 다하기 위한 길이다. 체위 향상을 꾀하기 위해 여러 경기를 확충하고, 전쟁기 시설과 물자 부족 아래서도 경기의 새로운 진로를 개척하기 위하여 노력할 것이 강조되었다. 윤승한, 『신생활의 상식보고』, 남창서관, 1944, 180~181면. 오억, 『생활 진로』, 생활과학사, 1945, 221~222면.

1장에서 잠깐 살핀 바 있는 「저녁노을」과 「밤」, 두 편이 든다. 공교롭게도 현실 시각이 끊기는 저녁이나 밤을 배경으로 삼고 있다는 공통점이 있는 둘 가운데서 「밤」을 아래에 죄 옮긴다.

> 밤이 어데서 오나
> 밤이 어데서 오나
>
> 나무 밋헤서도 밤이 나오고
> 담벼락 밋헤서도 밤이 나오고
> 내 모자 안에서도 밤이 나오고
>
> 조고만 밤들이 물숙물숙 자라선
> 왼 동네를 까-마케 덥허버리네.
>
> 순 아
> 가서 자라
> 보-얀 네 얼골도
> 밤이 와서 덥는다.
>
> ―「밤」66)

미학 동시와 유희 동시에 맞물린 자리가 넓은 미학 동시다. 비록 어린이 말할이의 입을 빌린 목소리지만, 어른 시점자가 지닌 개연적인 동심 표현이 중심이 된 작품이다. 현상적 청자로 드러나 있는 “순”에게 “순 아/ 가서 자라/ 보-얀 네 얼골도” “와서 덥는다”라 한 데서 그 점이

66) 『매일신보』, 매일신보사, 1941.11.2.

잘 드러난다. 어른 시점자의 미학적 성취도에 초점이 놓인 작품인 셈이다. 부왜 매체 『매일신보』에 실린 이 작품은 나라잃은시대 후기 이원수가 그 '신체제' 현실 속으로 내놓고 몸을 던지기 앞서 올라가 보았던 미학적 허공이 잘 드러나는 시다. 그리고 이들에 뒤이어 그의 부왜 작품들이 나오기 시작한다.

앞에서 살핀 바 나라잃은시대 후기 이원수 작품 가운데서 새로 찾아낸 동시의 됨됨이를 한 그림으로 그려 보면 아래와 같다.

이름	매체	연도	됨됨이
「야웅이」	『소년조선일보』	1939	나날살이 감각이 밴 자장노래 꼴. 유희 동시
「공」	『소년조선일보』	1940	이른바 신체제의 신생활 감각이 배어나는 유희 동시
「저녁노을」	『소년조선일보』	1940	김영일류의 자유시형 단형 동시와 맞물린 미학 동시
「기차」	『소년조선일보』	1940	나날살이 감각이 배어 있는 유희 동시
「언니 주머니」	『매일신보』	1941	나날살이 감각이 배어 있는 유희 동시
「밤」	『매일신보』	1941	유희 동시 감각이 드러나는 미학 동시
「봄바람」	『半島の光』	1942	전형적인 유희 동시

그림에서 알 수 있듯이 이들의 됨됨이는 이원수가 말하고 있는 아래와 같은 발언과는 뚜렷하게 맞선다.

> 우리나라 아동 문학 작품들 가운데에도 그러한 가짜 아동 문학은 없지 않았습니다. 그러한 작품들은 우선 동심이 없으면서도 있는 것처럼 보이기 위하여, 작품의 소재나 내용의 묘사에서 어린이의 재롱이나 앳된 점을 잘 그립니다.

그래서 그러한 재롱스런 장면을 보고 동심의 문학인 줄 알게 합니다. 그러나 아동 문학의 동심은 그러한 기술이나 치장에서 나타나는 것이 아니고, 어디까지나 하나의 인생관과 관련되어 있는 것입니다. 그것은 요새와 같은 어지러운 세상에서는, 실로 심각한 인생관에 속합니다. 어찌 재롱스런 아이들의 모습이나 그려서, 그것으로 동심을 바탕한 문학이라 할 수 있겠습니까.[67]

이원수 자신의 말을 그대로 따른다면 이들은 "가짜 아동 문학"이거나 그에 가까운 작품임에 틀림없다. 왜냐하면 적어도 "동심이 없으면서도 있는 것처럼" 꾸미지는 않았다 하더라도 "작품의 소재나 내용의 묘사에서 어린이의 재롱이나 앳된 점"을 줄기차게 그리고자 한 유희 동시가 중심인 때문이다. 그렇지 않으면 "동심의 문학"을 내세우면서도 뛰어난 시적 "기술"을 드러내고자 한 미학 동시인 까닭이다. 행복하고도 낙관적인 분위기로 한결같다. 이원수는 이러한 유희적 동시들을 이른바 왜로제국주의의 '국민총력운동'이 저질러지고 있었던 시기, 곧 그때같이 "어지러운 세상"에 내놓고 있다.

따라서 스스로 의도했든 그렇지 않았든 이들이 은폐되어 온 점은 예사롭지 않은 뜻을 지닌다. 광복기에 재발표한 일곱 편과 달리 이 작품들은 광복기에 재발표하지 않았다. 게다가 그 뒤에도 실재가 알려지지 않았다. 이 작품들은 이원수가 나아가고자 했던 민족적, 서민적 현실주의자라는 명성 생산이나 관리에 전혀 도움이 되지 않을 작품이다. 게다가 이들 한가운데 빼어나게 '신체제' 현실을 지향한 작품이라 할 그의

67) 이원수, 「내 생활과 문학」, 『이 아름다운 산하에』(전집 26), 웅진출판사, 1993(3쇄), 312~313면.

부왜 문학이 놓여 있다. 이원수가 끝까지 알려지지 않았으면 했을 그들을 둘러싸고 있는 이 자장이야말로 이원수 문학에서 철저하게 망각의 칼날을 맞고 있었다.[68] 그리고 이 망각의 맞은 쪽 높은 곳에 「고향의 봄」 작가라는 국민적 지명도와 민족주의자, 현실주의자 이원수라는 기억의 보존과 강화, 그에 따른 명성 재생산이 거듭되었던 셈이다.

4. 마무리

작가는 문학사회의 인증제도 안에서 개성과 명성을 키우고 그것을 되살아가는 존재다. 이런 점에서 이원수는 매우 행복했다. 15세 어린 나이에 발표했던 「고향의 봄」이 그 이듬해 노래로 불리면서 널리 세상에 이름을 알리게 된 그다. 그 뒤 이원수에게는 「고향의 봄」 작가라는 명성이 늘 따라 다녔다. 그 「고향의 봄」이 추억이 되고, 다시 그것이 대를 물린 세월도 한참이다. 따라서 이원수라는 이름은 우리 근대문학 독자사회의 오랜 집단 경험과 맞물렸다. 이 일만으로도 이원수의 명성에 대한 의의 제기나 변화는 손쉽지 않을 전망이다.

> 이 책은 소위 나의 동시 전반에 걸쳐 초기에서부터 근년에 이르기까지의 작품 중에서 대충 모은 것으로 빠진 것이 적지 않지만 그래도 나의 동시의 전모를 보여줄 수 있게 되었다. 그래서 나의 동시전집이라

---

68) 이러한 의도적 망각 현상은 이원수보다 더한 부왜 아동문학가라 할 수 있을 김영일이 "자신의 첫 발표 작품 곧 입선작품은 잘 기억이 되지 않는다고 말하고 있는" 기억실조 현상과도 묶어서 살필 수 있겠다. 유경환, 『한국현대동시론』, 배영사, 1979, 186면.

이름 붙여도 무방하리라 믿는다.[69]

'동시전집'을 내면서 이원수가 쓴 후기 첫 단락이다. "작품 중에서 대충 모은 것"으로 "빠진 것이 적지" 않다는 진술과 "나의 동시의 전모를 보여 줄 수" 있는 "나의 동시전집이라 이름 붙여 무방하리라"는 두 진술 사이에는 뚜렷한 모순이 있다. "대충'과 '전집'이라는 말 사이에 가로 놓인 이러한 모순이 아무렇지 않게 받아들여지고 있는 곳에 오늘날 이원수에 대한 명성이나 이원수 연구가 지닌 허술함이 있다. 이 글에서 글쓴이는 이제까지 제대로 알려지지 않았던 나라잃은시대 후기 이원수 아동문학의 됨됨이를 따져 보고자 했다. 이 일로 이원수 문학에 대한 새로운 이해가 깊어지기를 바랐다.

제국주의 민족 수탈 체제가 극에 치달았던 나라잃은시대 후기, 이원수는 통념과 달리 서른 편이나 되는 작품을 발표하며 자신의 문학 생애에서도 보기 드문 왕성한 작품 활동을 벌였다. 그것들은 생활 동시, 부왜 작품, 유희 동시, 미학 동시라는 네 층위에 걸친다. 그리고 그 중심은 가난한 서민 어린이의 현실을 다루었다는 이원수 본인 진술과 달리 낙천적인 생활 동시나 오락적인 유희 동시다. 거기다 나라잃은시대 후기에서도 끝자락으로 가면서 이른바 '내선일체'를 꾀한 '신체제'에 대한 적극적인 동조를 숨기지 않은 부왜 작품을 발표해 스스로 선 자리를 분명히 했다. 이원수 문학이 지닌 몰현실성뿐 아니라 자발적 반민족성까지 보여 준 셈이다.

그리고 이 시기 작품 가운데서 제국주의 '신체제' '신생활' 지침에 맞

---

69) 이원수, 「나의 동시와 생활」, 『너를 부른다』, 창작과비평사, 1984(4판), 209면.

닿아 있거나 그 안의 긍정적인 '소국민' 모습을 담은 생활 동시들을 가려 뽑아 이원수는 광복기 새로운 민족 현실 앞에 재발표 형식으로 내놓고 있다. 광복기에 그것은 오히려 건강하고 진취적인 민족 아동상으로 바뀔 수 있었다. 이원수는 광복기 새 문학 환경 아래서 "서민 아동의 세계"를 지향한[70] 현실주의 아동문학인으로 새롭게 자신의 명성을 생산하고 강화할 수 있는 전략을 펼쳤다. 거기에 도움이 될 작품만 가려 뽑아 재발표 형식을 취한 것이다. 작품 외적 문맥은 무시한 채 작품 바꿔치기 또는 이념 세탁을 꾀한 셈이다. 문제는 이러한 재발표 사정은 깡그리 묻힌 채 이제까지 현실주의자, 민족주의자라는 명성 증폭에 그 일이 덜어낼 수 없을 터무니로 작용해 왔다는 사실이다.

거기다 나라잃은시대 후기 동시 가운데서 이원수 생전에 끝까지 알려지지 않았던 작품 열두 편은 모두 유희 동시나 미학 동시다. 재발표 전략으로 가려 뽑힌 작품들과 달리 이 미발굴 동시는 거꾸로 서민적, 민족적 현실주의자라는 이원수 자신의 개성이나 명성을 키우는 데 전혀 도움이 되지 않을 쪽에 놓인다. 게다가 그 한가운데는 부왜 작품까지 있다. 의도했건 의도하지 않았건 이원수가 끝까지 세상에 알려지지 않았으면 했을 이 작품들을 둘러싸고 있는 자장이야말로 공교롭게도 이원수 문학에서 철저하게 잊혀 있었다. 오랜 세월 이 작품들에 대한 은닉이나 기억 은폐가 자연스러울 수 있음을 짐작하게 하는 대목이다. 그리고 이러한 망각 맞은 쪽 높은 곳에 「고향의 봄」 작가라는 너른 지명도와 민족주의자, 현실주의자 이원수라는 기억 보존과 강화, 그에 따

70) 이원수, 「나의 문학 나의 청춘」, 『아동과 문학』(전집 30), 웅진출판사, 1993(3쇄), 253~254면.

른 명성 재생산이 놓인 셈이다.

이러한 기억 관리력이야말로 이원수 아동문학의 통념을 굳히는 중요 추진력이었다. 학계의 많은 이원수 연구 또한 그에 터를 두고 있었다. 개인 이원수는 시골에 살았던 조선금융조합 직원이었다. 붓을 꺾거나 다른 활동을 빌려 부왜의 길로 들나지 않을 수 있었다. 그런데도 그는 나라잃은시대 막바지로 나아가면서 부왜문학인으로서 "민족의 수치"[71]가 될 일에 강도를 더했다. 이 일이 이원수가 지녔던 현실 인식의 한계나 나약한 사람됨만을 보여주는 증거일까. 실상 이원수가 생전에 자신의 좌우명으로 가장 많이 되풀이한 바가 오점 없이 깨끗한 삶이었다[72]

---

71) "나는 우리의 자존심을 가져 달라고 애원하고 싶어진다. 자존심이 아예 없다면 없더라도, 민족의 수치로 보이는 일만은 삼가 줬으면 하는 것이다." 이원수, 「의상(衣裳)적 표현」, 『솔바람도 그 날 그 소리』(전집 27), 웅진출판사, 1993(3쇄), 156면.

72) ① "그래서 나는 이런 짧은 시를 적어 놓고 싶어지는 것이다. // 풀잎 끝에 맑은 아침 이슬방울/ 영롱하게 빛남은 곧 그의 행복이리./ 사라진 뒤에 추한 흔적 남기지 않는/ 아, 나도 한 개 아침 이슬이고저." 이원수, 「가장 아름다운 것」, 『솔바람도 그날 그 소리』(전집 27), 웅진출판사, 1983(3쇄), 183면. ② "이슬방울이라도 좋다. 그 이슬방울이 깨끗하고 맑은 이슬이어서 영롱한 빛을 발하는 것이 곧 행복 아니겠는가?/ 아침 햇볕에 찬란히 빛나다가 사라질지라도 이슬방울로 있는 동안 오색영롱하게 빛나기 위해 탁한 물방울이 아니기를 바란다. 더러운 오수(汚水)가 아니기를 바란다. 그 이슬이 오탁(汚濁)한 물이어서 햇볕에 마르고 난 뒤에 어리어 있던 풀잎에 더러운 오점(汚點)을 남기지 않기를 바란다./ 이 잎에 남은 더러운 흔적은, 그 어느 아무개 이슬의 자국이라고 뒷사람들이 말하지 않게 되기를 바란다." 이원수, 「내가 좋아하는 말―끝까지 맑은 이슬방울로」, 『솔바람도 그날 그 소리』(전집 27), 웅진출판사, 1983(3쇄), 157~158면. ③ "아침 이슬같이 맑게 살아 사라져도 추한 흔적 없기를……/ 아침에 풀잎 끝에 맺힌 이슬방울은 햇볕을 받아 보석보다도 더 영롱하게 반짝인다./ 그 혼탁한 물방울이 아닌 맑은 이슬같이 살 수 있으면, 그보다도 더 깨끗할 수가 있을까. 그렇게 살아서, 아침 이슬이 사라져도 더러운 자국을 남기지 않듯이, 사람도 아무 누추한 흔적이나 더러운 뒷소리를 갖지 않는 것이 얼마나 좋은 것일까./ 이것이 나의

는 사실이 새삼스럽다.

그런데 작가 이원수 한 개인은 그렇다쳐도, 그를 민족 아동문학의 드높은 대가로 끌어 올려놓고 그 어떠한 반성도 진실 구명도 마다 않았던 아동 문학사회가 책임질 부분은 없는 것일까.

> 이원수 선생의 수필은 소박하고 선량한 어린이의 마음을 끝까지 고집하면서 모든 불의와 부정에 타협하기를 거부한 사람이, 다만 마음 속에 간직한 이 땅과 동족을 사랑하는 뜨거운 불씨를 우리들의 가슴마다 안겨 주는 글이다.73)

이원수 수필을 대상으로 삼은 글이며, 전문 연구가의 글도 아니다. 그러나 "이원수 선생의 수필은"이라는 말마디를 "이원수 선생의 아동문학은"이라 고쳐 읽으면 오늘날 이원수 담론의 틀거리를 보여주는 데 모자람 없을 모습을 갖추었다. 과연 일이 그러한가? 이러한 허깨비 같은 수사와 상찬으로 겉칠해서 이원수의 삶과 문학을 저 위쪽, 보통 독자들이 손닿지 않을 자리에 마냥 올려놓고 말 것인가. 이에 대한 반성과 방향 전환이야말로 이원수뿐 아니라, 우리 근대 아동문학을 제대로 사랑하기 위한 한 걸음마가 될 것이다.

출전 : 「나라잃은시대 후기 이원수의 아동문학」, 『어문논총』 제47호, 2007.

소망이요, 또 그날 그날의 삶의 지표가 되어야 한다고 생각하고 있다." 이원수, 「나의 좌우명–아침 이슬같이 맑게, 추한 흔적 없기를」, 『솔바람도 그날 그 소리』(전집 27), 웅진출판사, 1983(3쇄), 193~194면.

73) 이오덕, 「인간애의 서정과 윤리」, 『솔바람도 그 날 그 소리』(전집 27), 웅진출판, 1983(3쇄), 370면.

이원수의 해방기 동시에 관하여

1. 머리말

이원수(李元壽 : 1911~1981)는 열다섯 살 소년시절에, 이제는 우리 겨레가 가장 즐겨 부르는 노래 중의 하나가 되어버린 「고향의 봄」을 지은 이래 50년 이상 수많은 동시, 동화, 소년소설, 아동문학평론을 남긴 한국아동문학사의 거목이라고 할 수 있다. 아직 그의 작품세계 전반을 본격적으로 고찰한 연구성과가 제출되지 못하고 있는 실정이기는 하지만[1] 그의 문학사적 위치는 일단 다음과 같이 정리되고 있다.

---

* 김명인 / 인하대학교 국어교육과 교수

1) 1984년 그의 전집이 30권에 이르는 방대한 규모로 출간되어 그에 관한 연구가 한층 용이해졌음에도 불구하고 연구 성과는 아직 빈약한 편이다. 이는 아동문학에 대한 전반적인 무관심과 무지가 미만한 우리의 문학연구풍토에서 기인하는 것으로 보인다. 참고로 그간의 연구 성과를 발표 연대순으로 소개하면 다음과 같다.
이종기, 이원수론, 『횃불』, 1969.2.

첫째, 그는 저항적 현실주의 동요・동시 선구적 공적을 남겼으며, 해방 뒤 평론부재의 아동문학계에서 계속 평필을 잡음으로써 아동문학을 옹호하고 아동문학의 기초이론을 확립하는데 크게 공헌했다.

둘째, 그는 동화와 아동소설 부분에 있어서도 최초의 본격적 소설 수법을 도입하여 고발적 사실주의문학을 확립하는데 큰 기여를 했다.

셋째, 그의 작품은 언제나 어둡고 짓눌리고 가난한 약자 편에 서서 전개됨으로써 비판적 리얼리즘 아동문학에 입각한 하나의 방향을 제시했다.

넷째, 그는 작품과 평론을 통하여 비시적・비문학적 아동문학과 통속적 상업주의 아동문학 및 교육적 아동문학에 맞섬으로써 이 땅에 현실주의 아동문학을 토착시키는데 다대한 기여를 하였다.[2)]

이처럼 동시・동화・동극・소설・비평을 아우르는 아동문학 전분야에 걸쳐져 있는 그의 방대한 문학세계는 한국아동문학사에 있어서 민족문학적・리얼리즘적 전통을 지탱해왔다는 점에서 보다 적극적인 관

박홍근, 희유의 문재－고 이원수선생의 문학과 인간, 『월간문학』, 1981.4.
김용성, 이원수, 『한국현대문학사탐방』, 현암사, 1984.
채찬석, 이원수 동화 연구, 숭실대, 1986.
김용순, 이원수 시 연구, 성신여대 교육대학원, 석사, 1988.
공재동, 이원수 동시 연구, 동아대 교육대학원, 석사, 1990.
仲村 修, 이원수 동화・소년소설 연구, 인하대, 석사, 1993.
원종찬, 이원수의 현실주의 아동문학, 『인하어문연구』창간호, 1994.
김성규, 이원수의 동시에 나타난 공간구조 연구, 한국교원대, 석사, 1995.
조은숙, 이원수의 동화 『숲속 나라』 연구, 고려대, 석사, 1996.
이균상, 이원수 소년소설의 현실 수용 양상 연구, 한국교원대, 석사, 1997.
박동규, 이원수 동시 연구, 계명대 교육대학원, 석사, 2001.
박종순, 이원수 동화 연구 : 사회의식을 중심으로, 창원대, 석사, 2002.
김용문, 이원수 문학 연구 : 동시와 동화의 제재 연관성을 중심으로, 전주교대, 석사, 2002.

2) 이재철, 『한국현대아동문학사』, 일지사, 1978, 234면.

심과 평가를 요한다고 할 수 있다.

이 글은 이원수의 해방기(1945.8.15~1950.6.25) 동시를 다룬다. 이원수 문학의 총체적 평가와는 거리가 먼 것이지만 특정 시기의 작품들을 집중적으로 고찰하는 것도 이원수 문학세계의 핵심에 어느 정도 근접하는 길이 될 수 있을 것이다. 흔히 이원수의 작가적 생애에서 이 해방기를 '산문으로의 전환기'[3]로 본다. 해방 전 18~9세 무렵에도 「어여쁜 금방울」, 「은반지」 등 동화를 창작한 바는 있지만 습작 수준을 넘지 못했고, 그의 본령은 의연 동시였다. 그러던 것이 해방을 맞고 3년 정도를 보낸 후, 소년소설 「새로운 길」(1948), 「눈뜨는 시절」(1948), 자전적 장편소설 『오월의 노래』(1949)와 한국최초의 장편동화인 『숲 속 나라』(1949) 등의 문제작들을 발표하기 시작하였다. 이러한 전환에 대해 중촌 수는 "좌우익의 정치적 대립을 정점으로 한 격동기의 사회와 아이들의 모습을 그리기 위해서는 운문만으로는 부족하다고 생각했기 때문"[4]이라고 했으며 이재철은 이를 다음과 같이 이원수 문학의 보다 결정적인 전환으로 보고 있다.

> 그의 작품 계보를 보면 해방 전에는 동요·동시가 절대로 우세한 반면에 해방 후에는 동화·아동소설이 각각 작품활동의 주류를 이루고 있음을 알 수 있다. 이것은 그의 작품활동의 변모를 잘 말해주고 있는데, 이것을 요약하면 율동적이며 감각적인 것에서 사실적이며 자유로운 형식에로의 변모이며, 식민지하의 감상적·저항적 문학에서 예술적·산문적 문학으로의 전이라고 할 수 있다.

3) 중촌 수, 위의 논문, 21면.
4) 중촌 수, 앞의 논문, 22면.

> 이러한 변모는 해방 후, 특히 6·25를 전후한 각박한 현실에 의해 더욱 자극되어, 문제의식 속에서 사회에 대한 비판의 눈초리를 떼지 않고 있던 그로서는 당연한 귀결이었는지 모른다. 다시 말하면 이 시대의 아동은 동요나 동시가 주는 순간적인 감동만으로는 자신들이 가진 너무나 비참한 환경과 살벌한 현실과의 접촉에서 오는 정서적 불행을 메울 수 없었기 때문이기도 했다.[5)]

운문과 산문, 시와 소설 간의 이른바 장르선택이론에 비추어볼 때, 이런 평가는 설득력을 가진다. 운문, 특히 서정시가 정서의 무시간적이고 일회적인, 그리고 다분히 상징적인 표현이라 한다면 그것이 비참한 시대를 살아가는 어린이들에게 줄 수 있는 것은 '순간적인 감동' 이상일 수는 없을 것이다. 반면 산문, 특히 소설은 현실적인 시간의 진행을 축으로 하는 서사양식으로서 '순간적인 감동'을 넘어서 인생과 세계의 필연적 인과관계와 그 전망까지도 보여줄 수 있으므로 그 교양적 의의와 효과가 훨씬 크다고 할 수 있다. 그리고 국권상실이라는 상황이 폭력적 식민지체제에서는 산문적으로 설명될 수 있는 것이 아니라 시적으로, 상징적으로 표현될 수밖에 없는 것이라는 점도 일제하에서 이원수가 운문을 택했던 주요한 이유로 작용했을 것이며 해방기 이후는 어쨌든 이러한 극한적 상황적 제약이 약화되어 서사양식으로서의 소설을 창작하고 널리 읽히는 일이 좀더 용이해졌다는 점도 이 '전환'을 가능하게 한 요인일 것이다.

하지만 이원수에게 있어서 이러한 '산문으로의 전환'이 곧 '시적인

5) 이재철, 위의 책, 227~228면.

것'의 포기는 아니었다. 그가 해방 이후 장편동화와 소년소설을 쓰기 시작했으며 그것이 그 나름의 문학적 필요의 결과이기는 했지만 '시적인 것'이 그 유효성을 상실한 상황은 아니었고 이원수 역시 그 점을 잘 알고 있었다. 해방 이후 그는 산문(소설 · 동화)의 세계에 눈을 돌리지만 동시 창작을 중단하거나 게을리 하지는 않았다. 그의 동시세계 전반에 있어서 확실한 변모가 보이는 것은 한국전쟁 이후라는 사실이 명확히 인식되어야 한다. 이재철의 평가처럼 이원수의 일제하와 해방기의 동시들은 감상적이면서도 강렬한 현실비판의식을 지녔음[6]에 반해 6 · 25전쟁 이후의 동시들은 비판의식이 현저히 약화되고 대신 추상적인 서정 동시들이 주류를 이루게 된다. 그리고 애초의 비판의식은 대체로 산문 쪽으로 이전되어 가게 된다. 이런 면에서 본다면 그의 '산문으로의 전환'은 해방기에 준비되기는 했지만 1950년대 이후에 비로소 확립되었다고 하는 것이 정당할 것이다.

엄밀히 말하면 이원수문학의 산문으로의 전환은 1948년 이후이며 적어도 해방의 격동이 휘몰아치던 1946년과 1947년, 그리고 1948년까지도 그의 본령은 여전히 동시였다. 그리고 1948년에 비로소 쓰여진 「새로운 길」과 「눈뜨는 시절」은 단편소설에 불과했고, 본격적인 장편소년소설인 『5월의 노래』와 장편동화인 『숲 속 나라』가 쓰여진 것은 1949년이었다. 자리를 달리하여 언급해야 하겠지만 이 네 편의 동화 · 소설들을 검토해보면 그것들이 아직은 본격적인 산문정신의 결과물이라고 보기에는 미흡한 점들이 없지 않다는 사실 또한 이 시기를 '산문으로의 전환

6) 이재철, 위의 책, 228~230면.

기'로 확정하는 것을 주저하게 만든다. 중학교 입학을 포기하고 서울로 올라가 점원생활을 시작하게 된 소년의 심정과 각오를 다룬 짧은 이야기인 「새로운 길」, 해방의 혼란 속에서 모리배로 축재를 한 가정의 소년이 빈궁한 이웃들의 삶을 보면서 죄의식과 사회의식을 느끼게 되는 이야기인 「눈뜨는 시절」의 경우 소년들의 눈에 비친 해방기의 그릇된 현실을 보여준다는 점에서 당대성을 지니지만 단편이라는 한계가 있는 것이고, 『5월의 노래』는 일제시대를 배경으로 하여 당대성이 현저히 약할 뿐 아니라 어느 작가나 본격적인 산문문학의 초입에서 시도하게 마련인 자전적 소설로서 '당대 현실의 치밀한 탐구'로 성격지어질 수 있는 본격적인 산문성에는 미치지 못한다고 할 수 있다. 또한 『숲 속 나라』는 당대, 즉 해방기의 현실을 담고 있지만 판타지를 도입한 동화로서 '시적인 것'과 '산문적인 것'이 뒤섞여 있다는 점에서 역시 본격적인 산문문학, 소설문학으로 보기는 어렵다는 생각이다.

다시 말하면 해방기의 이원수 문학은 '산문으로의 전환기'라기보다는 '시적인 것'과 '산문적인 것'이 뒤섞여 점차 후자로 이행하는 과정이며 '시적인 것'이 오히려 한 절정에 다다라 있었다고 보는 것이 더 타당할 것이다. 이런 맥락에서 본다면 이원수의 해방기 동시는 산문으로의 전환기의 부차적 산물이 아니라 일제 강점기부터 발전해온 이원수의 시의식이 본격적으로 만개한 결과로서 보다 적극적으로 수용되고 평가되어야 할 것이다. 대략 40편[7]이 남아있는 이원수의 해방기 동시들을 고

---

7) 웅진출판사 간 이원수아동문학전집 1권 『고향의 봄』에 의하면 이 시기의 동시 편수가 40편으로 되어 있으나 그 중 한 편인 「웃음」이 발표연대가 불확실한 것으로 되어 있다.

찰함으로써 그가 해방기의 현실을 어떻게 보았고, 그것을 어떻게 어린이들의 시선으로 재구성하고 형상화하였는지 살펴보고 이것이 이원수의 전체 아동문학의 세계에서 차지하는 의미를 짚어보는 것이 이 글의 목적이다.

2. 이원수의 해방기 동시에 나타난 시의식

1) 일제하(와) 해방기 동시의 전반적 성격

동시가 일반 성인시와 구별되는 가장 큰 변별점은 바로 '어린이의 눈', 즉 아직 오염되지 않은 채 세계를 본질직관할 수 있는 시각을 전제로 하고 있다는 점일 것이다. 주어진 세계를 우선 긍정하고 받아들이는 어린이의 시각이 지닌 본질적 순수함은 동시의 미적 · 세계관적 근거를 형성한다. 동시는 여기서 출발한다. 하지만 이 순수한 긍정의 세계에만 머물러 있게 되면 그것은 이른바 '동심천사주의', 즉 어린이적인 것의 무매개적이고 즉자적인 화석화를 낳는다. 진정 '어린이의 눈'이 의미 있을 때는 그 순수함에 '불순한 세계'가 투영될 때이다. 가장 단순하고 순수하고 본질적인 어린이의 입장에서 복잡하고 불순하고 훼손된 세계를 볼 때 동시는 강렬한 대비를 낳고 그럼으로써 가장 효과적인 미학적 · 윤리적 충격을 산출한다.

중촌 수는 이원수의 일제하의 동시 58편을 주제의 특징에 따라 '가난 속에 사는 사람들이나 아이들을 다룬 작품군(A군 31편), 바다 · 별 · 새 · 초목 등 자연을 찬미하는 작품군(B군 14편), 그리고 설 · 자장가 · 가축 기타(C군 13편)' 등 세 개의 군으로 나누고 있는데 절대다수를 차지하는 A군의 세계를 '눈물에 찬 헤어짐과 기다림의 세계'이며 소극적인 세계라고 봄으로써 이재철의 '감상적'이라는 평가와 비슷한 입장에 서 있다.[8] 하지만 이 A군에 속한 작품들을 자세히 보면 거기에는 식민지현실에 대한 강한 비판적 인식이 바탕에 깔려있는 것을 알 수 있다. 궁핍화되는 현실 속에서 뿔뿔이 흩어져 살아야 하는 가족들, 학비가 없어 학교에 가지 못하는 아이, 월세를 못 치러 밤 이사를 가는 가족, 임금인상을 요구하며 파업에 참여하는 엄마 등, 이 헤어짐과 기다림의 세계는 곧 식민지 현실에 의해 강제된 것이라는 사실을 드러내고 있는 것이다. 이런 작품들에서 나타나는 감상성 혹은 소극성은 어쩌면 '어린이의 눈'이라는 동시적 특성에서 본다면 피할 수 없는 것이라 할 수 있다. 잘못된 현실에 대해 적극적이고 공격적인 작용을 가할 수 없는 어린이의 입장에서 그 잘못된 현실에 대한 반응은 애상성 혹은 감상성을 넘어서기는 힘든 것이 아닌가. 만일 그것을 넘는다면 그것은 작위적인 것이며 오히려 정서적 실감을 해치는 결과를 가져올 것이다. 그러니까 동시에 있어서 엄혹한 현실에 대한 비판성은 곧 감상성을 수반하지 않을 수 없는 것이라고도 할 수 있다. 결론적으로 일제하와 해방기의 엄혹한 현실에서 이원수의 동시들은 민족적 억압과 계급적 수탈에 시달리는 어린이들의 현실을 '비판성이 내재된 감상성'을 기조로 하여 그려나가는 한편, 자연과 인간사의 아름다운 부분들을 찬미함으로써 그런 혹독한 현실에 일종의 유토피아적 대안의 세계를 제시한 것이라고 할 수 있다.

---

8) 중촌 수, 앞의 글, 16~19면.

이원수의 해방기 동시들 역시 이러한 '비판성이 내재된 감상성'을 기조로 하고 있다는 점에서 일제하 동시들과 같은 맥락에 놓여 있다. 하지만 해방기의 동시들에는 일제하의 작품들과 거의 동일한 기조가 유지되고 있으면서도 중대한 차이가 있는데 그것은 어린이를 감상적으로 대상화하는 데서 벗어나 어린이들에게 강한 주체의식을 불어넣고 나아가 비극적이면서도 적극적인 전망과 결의를 제시하는 등 일제하의 동시에서는 좀처럼 찾아보기 힘들었던 내용들이 들어있다는 점이다. 이는 해방기가 격동의 시기이기는 했지만 어쨌든 주체적 선택의 폭이 확대된 상황이었다는 점이 작용했기 때문일 것이다. 하지만 이러한 비판적 감상성이나 적극적 결의를 담고 있던 것이 1949년을 고비로 현저하게 추상적이고 내면적인 방향으로 기울고 있는데 이는 그가 1949년 들어 보도연맹(保導聯盟)에 가입하게 되었던 사실과 일정하게 관련이 있는 것으로 보인다. 이는 일제하에서도 1935년 '경남문청동맹사건'에 연루되어 10개월의 형기를 마친 이후 그의 동시 작품이 '자연이나 인사를 다룬 무난한 시'로 바뀐 것과 유사한 경우라고 할 수 있다.[9)]

2) 순진한 희망의 좌절

8・15 해방 직후부터 1945년 말까지는 이원수의 동시를 찾아볼 수 없다. 해방 이후 첫 작품은 1946년에 쓴 「버들피리」이다. 양식을 공출해 빼앗기고 어린애들이 굶어죽었던 작년 봄을 생각하며 이제는 다시 그런 일이 없도록 하자는 내용이 담겨 있다.

9) 중촌 수, 앞의 글, 13~15면.

버들피리 불자.
뒷산에 자는
지난 봄에 죽은 애들
무덤에 불자.

(…중략…)

버들피리 불자.
보리밭에서
다같이 잘 사는 봄
오라고 불자.

–「버들피리」(1946)

이 시에는 아직도 안타깝게 죽어간 어린이들에 대한 연민이 강하고 상대적으로 '다 같이 잘 사는 봄'에 대한 기대에는 큰 힘이 실려 있지 않다. 해방의 순수한 기쁨과 희망을 온전하게 그린 시는 「연」이다.

하늘에서 새 세상
내려다보면

집집마다 국기
거리마다 애국가

해 저물면 장안의 불이 또 좋아
저녁바람 추워도 연은 날은다.

–「연」(1946)

하지만 이원수의 현실인식도, 해방 이후 전개된 현실 자체도 처음부터 이같은 소박한 낙관주의를 허락할 수 없었다. 해방이 되었지만 아무것도 제대로 해결된 것은 없고 외세와 친일잔재세력 등에 의해 진정한 자주적 민족국가 수립의 길은 점점 더 요원하게 되어갔다. 건설과 희망을 다룬 동시들도 1947년에 들어서면 당면한 시련의 극복이라는 측면에 더 무게가 주어진다.

언니도 누나도 모두 어려운 일 많아
걱정꾸러기 되어 버린
우리나라 마을 마을에
오월은 '어린이날'과 함께 찾아온다.

때묻은 헌 누더기로
그냥 맞이할 그 날을
동무야 기다리느냐
너희도 손꼽아 기다리느냐?

–「어린이날이 돌아온다」(1947)

남은 눈 찬서리는
우리들이 막아내고
거칠었던 동산에다
가지가지 꽃 피우고
어린 내 동무들
기쁜 노래 불러보자
꽃 핀 동산에서
우리 세상을 노래하자.

–「새봄맞이」(1947)

'어려운 일 많아 걱정꾸러기가 되어버린' 언니, 누나들을 생각하며 맞는 어린이날은 그 기다림 만큼 무거운 부담으로 다가오며, 동산에 꽃 피우고 기쁜 노래 부르기 위해선 '남은 눈 찬서리'를 막아내야 한다. 이 시들은 더 이상 순진한 희망이 불가능해진 현실에서 희망을 현실화하기 위한 정서적 각오의 표백으로 쓰여진 것이다.

3) 해방기 현실과 어린이의 수난

이원수의 현실인식은 곧 그 현실로 인해 어린이들이 어떤 처지에 놓이는가 하는 판단과 동시에 이루어진다. 이것이 바로 '비판성이 내재된 감상성' 혹은 감상적 비판성을 낳는 원인이 되는데 그에게 있어서 현실의 그릇됨은 곧 어린이들의 수난으로 이어진다는 생각이 그만큼 철저하기 때문이다. 해방기의 현실들도 그것이 어린이들을 고통에 빠뜨린다는 점에서 그릇된 것이다. 이원수의 이 시기 동시들은 현실의 여러 불합리와 부조리 때문에 고통 받고 수난 받는 어린이들의 모습을 다양하게 담고 있다.

나뭇잎이 손짓하며
너를 부른다.
운동장 느티나무
가지마다 푸른 잎새
바람에 한들한들
너를 부른다.

꽃이파리 꽃잎마다

너를 부른다.
울타리엔 찔레꽃
향기마저 피우며
바람에 하늘하늘
너를 부른다.

순희야
순희야,

양담배 양사탕
상자에 담아 들고
학교엔 안 나오고
행길로만 도느냐.
우리도 목메이며
너를 부른다.

-「너를 부른다」(1946) 전문

이 시는 학교도 못나오고 양담배 양사탕 장사를 나서야 하는 순희라는 소녀의 불행과 새봄을 맞아 피어나는 느티나무 잎새와 찔레꽃 향기와의 강렬한 대비를 통해, 어째서 이 현실은 이 잎새처럼 꽃향기처럼 아름답게 피어나야 할 어린 소녀를 거리로 내몰고 있는지를 묻고 있다. 또한 '너를 부른다'는 표현의 반복을 통해 비정한 해방의 거리가 이 소녀가 있을 자리가 아님을, 어서 제자리로 돌아와야 함을, 즉 무언가 크게 잘못되어 있음을 증언하고 있으며, 잎새와 꽃잎과 아이들의 합창은 그 증언을 강한 힘을 실어주고 있다. 이 시야말로 비판성을 내재한 감상성이 가장 성공적으로 시적 형상을 입은 경우라고 할 수 있다.

이 골목 저 골목에
좋은 것도 많구나.

연필도 많구나.
공책도 많구나.

과자도 빵도
신발도 많구나.

우린 아직 못 샀는데
누가누가 사 가나.

공책도 많구나.
과자도 많구나.

–「이 골목 저 골목」(1947) 전문

방공호 문 엶 따슨 볕 보고
민들레 노오란 꽃이 피었네.

문밖에 나와서 볕 쬐던 애가
노란 꽃 가만히 만지어 보네.

저 아이 살던 곳은 일본이던가?
독립만세 물결 속에 돌아왔겠지.

바라보면 서울엔 집도 많건만
내 나라 찾아와서 방공호살이

'봄이 왔으면' 기다린 듯이
노란 꽃 가만히 만지어 보네.

–「민들레」(1947) 전문

「이 골목 저 골목」에서는, 생필품들이 생산되는데도 분배의 불평등으로 말미암아 학용품도 과자도 가질 수 없는 어린이의 마음을, 「민들레」에서는 귀국을 했음에도 방 한 칸 얻을 수 없어 방공호에서 생활할 수 밖에 없는 전재민 아이의 바람을 그리고 있다. 이렇듯 해방기 이원수 동시에는 해방이 기쁨이나 행복이 아니라 수난의 연장일 뿐인 어린이들의 고통스런 현실이 구체적인 상황 속에서 제시되고 있다. 이런 인식은 굶주림에 지쳐 잠든 아이를 보며 '우리 애들 노래할 날 언제 오려나' 하고 눈물지으며 삯바느질 하는 엄마를 그린 「가을 밤」, 밀가루 수제비에 지친 아이를 달래다 못내 화를 내는 엄마를 그린 「저녁」 등에도 나타나는데 '정부 없는 나라 아이들은/ 서러웁다 서러웁다. / 누가 어쩌기에/ 우리 모두 헐벗고 굶주리나.'라고 한탄하는 「첫눈」에 이르면 이러한 어린이와 민중의 수난이 결국 아직 자주적 독립 국가를 수립하지 못한 정치적 현실에서 연유함을 보여주고 있다. 하지만 이원수의 수난 받는 어린이에 대한 연민과 사랑은 해방기의 우리 어린이에게만 향해있는 것은 아니었다.

일본 오끼나와의 어린 아이들은
남의 나라 뺏으려는 도둑질 전쟁 끝에
악마 같은 명령을 좇아
폭탄을 지니고 연합군의 진지로

죽음의 진지로
가엾이 뛰어들어 무참히도 죽어갔다.

5학년의 어린 아이도 있었단다.
너와 같은 열 두 살짜리도 있었단다.

(…중략…)

우리는 그 흉악한 나라에서 빠져나왔지만,
독립만세 부르며 기뻐 뛰는 가운데에서도
가엾이 죽어간
오끼나와의 어린 동무들을 생각하자.

다 같이 잘 살 줄 모르는
욕심장이들을 없애지 않고는
즐거운 나라는 될 수 없단다.

—「오끼나와의 어린이들」(1946)

이 시는 잘못된 세계, 잘못된 나라에서는 모든 어린이가 수난 받을 수밖에 없다는 사실을 깨닫게 해주는 한편, 해방된 독립국가의 건설이 그저 한 나라의 배타적인 수립이 아니라 어떠한 폭력과 수탈에도 근거하지 않는, 어린이들을 더 이상 죽이지 않는 그런 나라를 만드는 일이라는 사실을 보편적 인류애와 어린이에 대한 사랑에 기초하여 역설하고 있다.

4) 부재하는 아버지에 대한 그리움의 역사적 변용

보통학교 4학년이던 1925년 1월 부친을 여읜 탓인지 이원수의 동시에는 아버지의 부재를 다룬 작품들이 적지 않다. 우선 일제하의 작품으로는 「설날」(1930), 「전봇대」(1935), 「개나리꽃」(1945) 등이 있는데 이 시들에서 아버지는 각각 '하얀 산 멀리 너머 돈벌이'를 가거나, '눈오는 함경도'에 계시거나, '보국대'에 끌려간 것으로 나타난다. 하지만 해방기에 쓰여진 아버지의 부재를 다룬 시들에서 아버지가 계신 곳은 구체적이지는 않지만 그와는 다르게 나타난다.

송화 날리는 날
닭 소리, 바람 소리.
가신 지 벌써 반 년
만나뵙진 못하여도,

어머닌 밭을 매고
저희들은 잘 큽니다.
못 오시는 아버지,
염려말고 잘 계세요.

-「송화 날리는 날」(1947)

오늘도 저물어 하루 하루
아버지 뵈올 날이 가까워 옵니다.

-「저녁」(1948)

오늘밤엔 들에도 먼 산에도

아빠 계신 지붕에도 눈이 올 테지.

—「눈」(1948)

이 시들에서 보면 명확하지는 않지만 아버지는 돈 벌러 가거나 단지 집을 나가 안 들어오는 것이 아니라 일정한 기한을 두고 어떤 '지붕'밑에 격리되어 있는 것이다. 다시 말하면 모종의 이유로 영어의 몸이 되어 있는 것이다. 이원수의 시 속에서 돌아가신 아버지는 어느덧 그저 못 돌아오시는 아버지에서 꼭 돌아올 아버지로, 절망의 표상에서 희망의 표상으로, 개인사적 존재에서 공적 역사의 한 중요한 구성원으로 변용된 것이다. 이는 다음 시들에서 더욱 명확하게 드러난다.

오빠가 오시면 토마토 드리려고
뜰 앞에 심은 남게 열매가 붉어졌네.

(…중략…)

언제나 오시려나, 언제나 오시려나.
날마다 안타까이 기다려 지우는 해

(…중략…)

높은 성, 그 안에 문마저 닫아 걸고
얘기책 왕자처럼 앉아 계실 우리 오빠

잘 있다 오세요, 잘 있다 오세요.
기다려질 때마다 토마토를 가꿉니다.

—「토마토」(1948)

아버지 산소 가는 길엔
도라지꽃이 피어 있었다.
억새풀 우거진 고개 넘으면
온 산에 들국화 한창이었다.

조그만 비석에 그리운 글자
그 밑에는 조용한 벌레의 울음

아버지 산소 찾아가면
말없어도 나는 늘 맹세했었다.
애쓰다 못 이루고 참혹히 가신
아버지를 쫓으리라 맹세했었다.

—「성묘」(1948) 전문

「토마토」에서는 높은 성에 왕자처럼 앉아 나올 기약 없는 사람은 오빠이지만 그것은 서정적 주체가 소녀이기 때문이지, 그 관계는 소년에 대한 아버지의 관계나 같은 것이다. 아버지건 오빠건 집을 떠난 가장은 시대와 타협하지 않고 싸우다 영어의 몸이 되어 있다. 「성묘」에서는 더 나아가 아버지가 돌아가셨는데 그냥 돌아가신 게 아니고 '애쓰다 못 이루고 참혹히 가신' 것이며 성묘를 간 아들은 그 아버지를 좇으리라 맹세한다. 여기서 아버지는 한갓 아버지에서 뜻을 못 이루고 좌절한 모든 아버지, 즉 독립투사, 민족주의자, 사회운동가 등의 표상으로 극적으로 변용되며 아들은 그저 집나간 아버지를 기다리는 어린 아이에서 아버지의 뜻을 이어 나갈 것을 맹세하는 투사의 후예로 변용되는 것이다.

5) 민중적 세계인식과 비극적 결의

이 시기의 시편들 중에는 소외되고 억눌린 사람들을 단순히 연민과 감상의 대상으로 간주하는 것이 아니라 바로 그렇게 억눌리고 소외되었기 때문에 역사의 주체일 수 있다는 민중주체적 세계인식을 표백한 시들을 볼 수 있다.

울타리 밖에 선 해바라기는
갓났을 때부터 버림받았다.

꽃밭에 물 주는 누나도
이까짓 게 꽃이냐고 본체만체

뜰 쓸던 할아버지가 몇 번이나
빼 버리려다 두셨다는 해바라기

해바라기야
너는 혼자 외롭게 자랐건만
커다란 커다란 꽃이 폈구나.

–「해바라기」(1946)

출출출 쿨이 넘치는 모내는 논가에서
우리는 비 맞으며 밥을 먹는다.
다 해진 삿갓 밑에 둘씩 셋씩 둘러앉아.
숟가락 쥔 손등에도 비는 줄줄,
젖 달라고 보채다가
엄마 품에 들러붙는

아가, 네 등에도 비는 줄줄

어머니는 비 맞으며
지줏댁 논에 모를 심고,
엄마를 찾아 젖먹이 내 동생은
예 와서 비를 맞고
나는 어머니 곁에서 비 맞으며 점심을 먹는다.
비에 왼통 젖은 어머니, 아주머니들

젖을 찾아온 아가
점심밥을 같이 먹는 동무들
비 맞는 이 자리를 잊지 말자, 잊지 말자.
순이, 돌이, 성길이 또 누구 누구
우리는 다 씩씩한 농사꾼의 아이들이다.

—「빗속에서 먹는 점심」(1946) 전문

이 시들은 주체의식이 확고하다는 점에서 수난 받는 아이들에 대한 감상적 연민을 표현하는 그의 다른 시들과는 대조적인 시의식을 보인다. 「너를 부른다」나 「민들레」 같은 시들이 수난 받는 어린이들을 대상화했다면 이 시들은 그들을 주체화한 것이다. 특히 「빗속에서 먹는 점심」은 일견 비참하고 초라하게 보일 비오는 논두렁에서의 농촌여성들과 아이들의 점심 장면을 비극적인 충일감과 역동감이 넘치는 아름다운 장면으로 바꾸어 놓은 뛰어난 시이다.

이러한 민중적 주체의식과 비극적 감수성의 획득은 앞서의 「성묘」에서와 같은 맥락에서 열악한 상황을 극복하는 비극적 결의의 확인으로 이어진다.

바람아,
빈 산과 들을 지나
차가운 강물처럼 내려오느냐.
우리들 벗은 종아리에
엷은 옷 속에
너희들은 달려드느냐.

해마다 겨울이면
연을 날리며 너를 맞던
우리들.

이제 더러는 거리에 장사치 되어
바람 속에 가냘픈 소리 외치고
더러는 집안 걱정 노나 가져
공부 대신 근심에 빠져 있다.

차가운 바람아,
너마저 나무 끝에 우지 마라.
우리를 휩싸고 소리 소리 질러라.
자라는 우리
너희들과 싸우며
슬픔 속에서도
봄맞이 준비해 가련다.

–「바람에게」(1948) 전문

이러한 주체의식의 획득과 비극적 결의를 통해 이원수 동시 속의 어린이는 이제 더 이상 동심의 테두리에 갇힌 순진 소박한 '모자란 존재'가 아니라 혹독한 시련 속에서 단련되면서 자신의 운명을 개척해 나가는 '작은 인간'이 된다. 이런 경지는 이원수의 해방기 동시가 다다른 새로운 경지로서 아마도 우리 아동문학사상 그 대상인 어린이를 가장 높은 지위로까지 끌어올린 경우가 아닌가 한다.

6) 순수한 세계에의 동경

이원수의 해방기 동시가 이제까지 본 것처럼 어린이들을 당대의 역사적·사회적 맥락 속에서 그린 것들로만 이루어져 있었던 것은 아니다. 이러한 역사적·사회내적 존재로서의 어린이는 그 본래의 속성인 순수하고 소박하고 즉자적인 상태와 대비되지 않으면 그 본질이 심하게 훼손될 것이다. 해방기의 어린이들도, 다른 모든 혹독한 시련의 시대를 살아온 어린이들과 마찬가지로 '어린이적인 것'을 하나의 유토피아로 그 내면에 지니고 있는 그런 존재이다. 그리고 바로 그렇기 때문에 어른들의 잘못을 근원적으로 비판하고 그 잘못의 연쇄고리를 끊어낼 희망을 가질 수 있다. 그러므로 이원수의 해방기 동시에서 순수·소박한 세계나 그에 대한 동경을 그린 작품들도 정당한 의미를 부여받을 수 있는 것이다.

> 마알가니 흐르는 시냇물에
> 발벗고 찰방찰방 들어가 놀자.

조약돌 흰 모래 발을 간질고
잔등엔 햇볕이 따스도 하다.

송사리 쫓는 마알간 물에
꽃이파리 하나 둘 떠내려온다.
어디서 복사꽃 피었나 보다.

–「봄 시내」(1946) 전문

찬바람이 제 아무리 많이 불어도
애기는 꼭 밖에 나가 노올지.

"감기 들라, 가지 말라." 할머니가 붙들면
고개를 잘래잘래 도래질 하고
"아냐, 아냐, 감기 없쪄."

문 열고 내다보면 바람맞이 발길에
아, 우리 애기는 뛰어다니네.

떼지어 몰려가는 겨울바람 속으로
저기 우리 애기는 뛰어다니네.

–「애기와 바람」(1946)

이런 아름답고 흐뭇한 아이들의 세계는「이 닦는 노래」(1946),「빨래」(1946),「밤시내」(1948),「삘기」(1948),「누가 공부 잘하나」(1948),「가을 밤」(1948) 등 해방기 전체에 걸쳐서 고르게 쓰여지고 있다. 다만 1949년에 쓰여진 동시들은 3·1절을 맞아 격한 심정으로 쓴「들불」을 제외하고는 거의 전부 내면적 감상주의가 두드러지게 나타나고 있다는 점이 주목된다. 기다리던 진달래꽃을 보고 그리운 동무를 생각해내는 이야기가 담긴 「진달래」나 오랑캐꽃 옆에서 쉬어가겠노라는 「오랑캐꽃」에는 시인의 지치고 고달픈 내면이 그대로 드러나고, 「고향은 천리길」이나 「산길」, 「내 그림자」, 「웃음」 등에는 역사적 · 사회적 지향성과는 무관한 막연한 그리움과 외로움의 심사가 지배적이다. 아마도 시세계의 이런 급격한 내면화와 추상화는 머리말에서도 언급했듯이 그가 해방기에 나름대로 활발한 진보적 활동을 하다가 남한 단독정부 수립 이후 좌익으로 몰려 1949년 들어 보도연맹에 가입하게 된 것과 무관하지 않은 것으로 보인다. 그리고 이와 함께 이원수의 '시의 시대'는 종막을 고했다고 보아도 좋을 것이다.

3. 맺음말

이 글은 이원수 아동문학에 있어서 '산문으로의 전환기'라고 평가되어 온 해방기에 이원수가 쓴 40편의 동시를 분석한 결과 이 시기에 그가 '시적인 것'을 포기하지 않았을 뿐 아니라 일제시대 이래 전개되어 온 그의 시적 노력이 본격적으로 만개하여 한 절정에 이르렀다는 결론에 도달할 수 있었다.

이원수의 동시들은 남달리 사회적 맥락이 강하게 개입되어 있으면서도 상당한 감동을 주고 있는데 이는 그의 시들이 '어린이의 눈'이 지닌 본질적 순수함에 '불순한 세계'가 투영될 때 야기되는 미학적 · 윤리적 충격과 대비라는 미학적 효과에 근거해 있기 때문이다. 또한 그의 동시들에 비판성과 감상성이 공존한다는 평가가 있지만 동시에서의 현실비판은 곧 그 수난자로서의 어린이에 대한 감상적 태도를 수반한다는 점에서 불가피한 것이며 이는 곧 이원수의 시전략이라고도 할 수 있다. 또한 그는 이런 사회적 맥락이 강한 시들 외에도 순수하고 아름다운 어린이의 세계를 그린 시들을 씀으로써 한편으로 유토피아적 대안의 세계를 구축하는 작업도 게을리 하지 않았다.

이원수의 해방기 동시들은 그 내용상 다음과 같이 대별될 수 있다.

첫째, 해방과 새로운 나라의 건설을 노래한 시들인데 처음엔 순수한 기쁨으로 이를 받아들이지만 곧 건설이나 희망은 '시련의 극복' 없이는 이룰 수 없는 것이라는 인식이 자리 잡는다.

둘째, 왜곡된 현실 때문에 받게 되는 어린이들의 수난을 그린 시들인데 이 어린이 수난의 인식은 일국적 경계를 넘어 인류애적 차원으로까지 발전하게 된다.

셋째, 부재하는 아버지를 그리워하는 시들인데 일제하의 시들과는 달리 부재하는 아버지가 절망과 곤궁의 표상이 아니라 고난과 희망의 표상으로 나타나며 그런 아버지의 유업을 계승하겠다는 각오로까지 나아간다.

넷째, 민중주체적 세계인식을 담지하는 시들인데 억눌리고 소외된 사람들이 역사의 주체가 된다는 생각을 나타내고 있다. 그리고 이런 생각은 고난을 정면으로 맞받아 극복하겠다는 비극적 감수성과 결의의 표명으로까지 이어진다. 여기서 어린이는 '모자란 존재'가 아닌 주체적으로 비극적 운명을 개척하는 '작은 인간'으로 고양된다.

다섯째, 순수한 어린이의 눈과 그에 투영된 훼손되지 않은 세계가 그려진 시들인데 이는 훼손된 세계, 타락한 세계와 대비됨으로써 이원수의 동시세계에 유토피아적 근거를 마련해 준다.

이렇듯 거친 고찰과 빈약한 근거에 의한 것이기는 하지만, 이 글은 이원수의 해방기 동시들이 충실한 리얼리티와 미학적 뒷받침, 견고한 민중적 세계인식과 어린이에 대한 깊은 사랑이 어우러져 이원수의 문학적 역정에서뿐만 아니라 한국 아동문학사, 나아가 한국문학사 전체에서도 기억할만한 시적 성취를 이루어냈다고 잠정적으로 결론내리고자 한다. 다만 이러한 평가가 객관성을 얻기 위해서는 이 시기의 동시들과 다른 시기의 동시들에 대한, 그리고 다른 동시작가들의 작품들에 대한 보다 면밀한 비교검토가 충분히 뒤따라야 하며, 무엇보다 그의 문학 전체에 대한 보다 심도 있는 연구가 일정한 수준에 이르러야 할 것이다.

출전 : 「이원수의 해방기 동시에 관하여」, 『한국학연구』 제12집, 2003.

1950년대 아동산문문학에 드러나는 이념과 윤리의식

—이원수의 『아이들의 호수』를 중심으로

1. 서론

1950년대는 전쟁이라는 "난 데 없는 폭력"[1]으로 시작되었다. 이 불가항력적인 시대의 폭력은 해방 후 여러 방향의 목소리를 내던 문인들에게 단선적인 목소리를 요구하였다. 주지하다시피 이러한 억압은 작가들에게 뿐 아니라 사회의 전체 영역으로 퍼져 나갔고, 이는 왜곡된 문학과 문화를 생성해 내었다. 이처럼 이 시기의 문학은 "전쟁을 발생론적 기반[2]"으로 한 것이었고 이 시대 아동문학도 이러한 분위기에서 존재

* 박성애 / 서울시립대학교 국문과 강사

1) 김윤식 · 정호웅, 『한국소설사』, 문학동네, 2000, 347면.

2) 김장원, 「1950년대 소설의 트로마 연구」, 서강대학교 박사논문, 2004, 139면.

하였음은 당연한 일이다.

또한 아동문학의 특수성을 생각할 때, 당시의 작가들에게 갑작스럽게 다가온 폭력적 현실에 대한 설명과 대안 제시의 의무가 주어졌음은 쉽게 짐작할 수 있다. 이는 우선적으로는 작가들에게 아동의 피폐한 삶에 대한 핍진한 재현을 요구하였을 것이며, 그와 함께 현실에 놓인 아동에게 대안적인 길을 제시해줄 것을 함께 요구하였을 것이다. 이때, 현실을 재현하는 관점과 대안 제시의 자세는 작가의 이데올로기와 밀접한 관계를 맺게 된다. 아동이라는 대상은 속성을 지니지 않는 존재이지만, 그들을 바라보는 시대의, 작가의 관점에 따라 아동은 순진무구한 존재로도, 계몽의 대상으로도, 혹은 성장하는 인간으로도 지정될 수 있기 때문이다.

기존의 연구에서 이미 밝혀졌듯이 1950년대의 아동문학은 반공이데올로기에서 자유로울 수 없었다.[3] 전쟁으로 인해 현실의 질서 바깥으로 쓸려나간 당시의 아동들을 다시 현실의 질서 속으로 편입시키기 위한 이데올로기의 작동에서, 반공 이데올로기와 억압적 이데올로기는 전쟁 이후의 현실에서 말해질 수 있는 것, 즉 사회적으로 용인될 수 있는 담론이었다. 그러나 전쟁은 아동뿐 아니라 성인인 작가들에게도 정신적 육체적 폭력이었기에 말해진 것에는 다분히 작가의 정신적 외상이 담겨있을 수밖에 없다. 따라서 객관적인 시각으로 스스로의 상황을 돌아보기 전, 아동들에게 일방적으로 전달된 메시지, 그 중에서도 말해질 수

3) 선안나, 「1950년대 동화・아동소설 연구」, 성신여자대학교 박사논문, 2006. 선안나는 50년대의 아동 산문문학 작품을 통해 반공주의 이데올로기의 발생과 정착 과정을 깊이 있게 천착하였다.

있었던 강자의 이데올로기를 전하는 메시지는 한편으로는 견제되어야 할 것이었다고도 볼 수 있다.

당시의 왜곡된 현실에서도 밖으로 표현될 수 있었던 '말해진 것' 아래에는 '말해지지 않은 것'이 존재한다. 반공 이데올로기, 혹은 억압적 이데올로기라는 "명시적 언설"[4] 아래에 존재하는 은닉된 메시지를 찾는 것은 이 시기의 문학을 왜곡되지 않은 시각으로 바라볼 수 있는 하나의 방법이라고 할 수 있다. 더 나아가 이러한 작업을 통해 당시의 강압적 이데올로기에 대항했던 문학적 언설을 발견하는 것은, 1950년대의 문학을 새롭게 바라보는 길이 될 수 있을 것이다.

이 글에서는 이를 위해 이원수의 1950년대 작품과 1950년대에 발표된 다른 작가들의 작품들을 비교하여 고찰하고자 한다. 이원수의 작품을 '말해지지 않은 메시지'라는 관점에서 분석하고자 하나 이는 다른 모든 작품을 '말해진 것'의 입장에 위치시키려는 시도가 아님을 밝혀둔다. 다만, 이는 이원수 작품을 세밀하게 살펴보고, 그 위치를 선명하게 하기 위한 거친 구분이 될 것이다. 또한 '말해지지 않은 것' 또한 전혀 표현되지 않은 메시지라는 뜻이 아니며, 은닉된 것을 파헤쳐야 좀 더 분명해지는 목소리라고 볼 수 있다. 이와 함께 1950년대 이원수의 작품에 드러나는 변화를 추적하여, 이 시기의 윤리의식에 대해 좀 더 면밀히 고찰해보고자 한다. 이를 위해 선안나의 논의에서 밝혀진, 반공이데

4) 미셸 푸코, 이정우 역, 『지식의 고고학』, 민음사, 2009, 49면.
푸코는 "명시적 언설은 그가 말하지 않은 것은 억압적 현재일 뿐"이고 "말해지지 않은 것은 말해지는 모든 것을 내부로부터 파내는 구멍"이라고 말한다. 즉, 억압적 현재로 인해 말해지지 않은 것을 추적하는 것은 그것을 내부로부터 와해시킬 수 있는 가능성을 배태하는 것이라 할 수 있다.

올로기가 당시에 말해질 수 있었던 것이라는 입장을 수용하고 그 연구 성과를 기반으로 하여, 이 전체주의적 이념 아래 드러나지 않는 목소리를 추적하고자 한다.

2. 1950년대의 문학담론과 자기반성적 주체

1950년대 아동소설에서 말해질 수 있었던 부분은 즉각적으로 반공이데올로기를 반영하는 것이라든가, 전쟁이라는 배경을 삭제한 채 아동의 일상을 묘사하는 것, 그리고 전쟁으로 인한 강력한 억압의 이념이 아동의 시선을 통해 고스란히 드러나는 것들로 나누어 볼 수 있다.[5] 이는 당시 사회의 지배적 이념을 적극적으로 수용하는 것이거나, 어떤 저항도 없이 수동적 태도로 아동의 현실을 피해가거나 교사의 입장에서 지시하듯 가르치고자 하는 자세로 아동 독자 위에 스스로 위치하는 것, 이 두 방향의 작품들이라 볼 수 있다. 이에 반해 말해질 수 없었던 것들을 말하기 위해 동원된 수단 중 하나가 환상이라고 볼 수 있는데, 이는 현실 도피적인 외형을 하고 있지만, 실제적으로 전쟁의 폭력에 대해 대

5) 선안나, 앞의 논문, 136~137면 참조.
저자는 이 시기 아동문학에 나타난 반공주의적 아동 산문문학의 태도를 네 가지로 정리하고 있는데, 그 구분은 아래와 같다.
첫째, 반공 체험의 즉자적 수용 작품, 둘째 일상 세태 묘사 작품, 셋째, 환상과 상징의 세계가 드러나는 작품, 넷째, 현실도피적 자의적 작품. 저자는 이 중에서 환상과 상징의 세계가 드러나는 작품들을 "겉으로 볼 때는 현실을 회피한 듯 보이지만, 반공주의가 지배하는 현실의 폭력성에 대응하는 개인의 내면 풍경이 가장 잘 드러"나는 것이라고 평가한다.

응할 수 있는 방법이기도 했다.

전쟁과 함께 반공이데올로기의 수용은 전체주의적이고 억압적인 이념의 파생을 낳게 하는데, 이때 그 대상이 되는 것은 여성과 아동 등 사회적 약자이다. 전쟁은 기존에 유지되어오던 현실의 질서를 파괴시켰고, 이때 생존의 위협 아래 놓여있던 여성과 아동은 가장 먼저 질서의 바깥으로 떠밀려나갈 수밖에 없었다. 이때 이들을 강제하는 논리는 반공이데올로기라고 하는 전체적인 이념 아래 수용된 "체제순응성을 강제하는 정치 사회화 과정"[6]에서 찾을 수 있다. 이 글에서는 반공이념이 드러난 작품이나 현실을 회피한 채 아동의 일상을 다룬 작품 등을 모두 다루지 않고, 강자의 억압적 시선을 은폐한 채 전달하는 작품을 간단히 살펴보고자 한다. 이는 위의 두 가지 유형에 속하는 작품들에 비해 은밀하지만 더욱 강력한 이념적 재편성을 보여주는 것이면서 표면적으로 잘 드러나지 않는 것이라 판단되기 때문이다.

현실 질서로의 재편입을 강제적으로 종용하고자 하는 시각은 이 시기 작품 곳곳에서 찾아볼 수 있는데, 그 중에서도 특징적인 것은 아동 인물을 중심에 내세워 아동의 시각을 통해 여성에 대한 억압을 말하고 있는 것이다.

6) 선안나, 앞의 논문, 20~28면 참조.
"전쟁으로 적지 않은 한국의 어린이들이 적절한 시기에 적절한 심리 발달을 이룰 기회를 박탈당했으리라 짐작되며, '결정적 위기'까지는 아니더라도 집단적으로 겪은 전쟁의 생생한 원초적 체험은 그 이후에 익힌 어떤 학습보다 강고한 영향을 50년대 주체들에게 미쳤을 것"이다. 아동이 이러한 상황에 놓여있었기에, 당시의 지배적 담론이었던 반공이데올로기는 "체제순응성을 강제하는 정치 사회화 과정"을 통해 순응하는 아동을 만들어 냈다.

> 나는 고생을 하면서도 어머니말씀대로 학교엘 다니며 공부를 하고 있읍니다. 학교 성적도 남에게 빠지지 않읍니다. (…) 어머니는 서울 살 때 바깥 출입도 안했읍니다. 내가 구경을 갔다 온 것을 알면, 학생이 공부만 하면 제일이지 구경은 무슨 구경이냐고 꾸짖고 하였읍니다 그리고 요새 여자들이 남자와 춤을 춘다는 말이 나오면, 어머니는 혀를 차면서 그런 여자를 나쁘게 말씀하였읍니다. 그러나 그 속에서 내가 외국사람과 춤추는 어머니의 얼굴을 보았을 때 나는 정말 눈물이 났읍니다. (…)
>
> 만약 아버지가 돌아오시면 어떻게 하시겠읍니까? (…) 그 때 어머니와 내가 같이 기다리고 있다가 만나면 얼마나 즐겁겠읍니까?[7]

위의 인용문에서 볼 수 있듯이 여성은 어머니, 아니면 타락한 여성이라는 이분법에 의해 나뉜다. 위의 작품에서 소년은 자신의 어머니가 정숙한 '엄마'의 자리로 되돌아올 것을 끊임없이 종용하는데, 이 소년의 시각에 의해 여성은 "바깥 출입도 안"하는 '엄마'와 홀에서 춤을 추는, 가부장적이고 억압적인 질서에 순응하지 않는 '여성'으로 구별된다.[8] 소년이 '엄마'를 선의 위치에 '여성'을 그 반대편에 두고 있음은 아주 분명히 드러난다. 그러나 여성을 바라보는 이중적 시선이 소년의 것이라고 보기에는 무리가 있다. 이는 오히려 소년이 아버지의 시선을 내면

---

7) 박영준, 「푸른 편지」, 『소년세계』 4, 1952.10, 12~14면.

8) 물론 '엄마'의 위치에 있는 여성들의 모습이 모든 작품에서 집안에만 머무는 것으로 그려지지는 않는다. 생계를 책임지기 위해 힘겹게 노동하는 어머니의 모습도 이 시기 작품에서 많이 등장하는데, 이들은 이 글에서 말하고자 하는 두 유형의 여성 중, 가정을 위해 희생하는 여성이기에 전통적 여성상에 더 근접한 것이라 볼 수 있다. 즉, 여성은 가정을 위해 희생하는 모습으로 그려지거나, 반대로 타락한 모습으로 그려지는 경우가 많은데, 이는 기존의 억압적 이데올로기를 현시하는 것으로 볼 수 있다.

화한 것이라 볼 수 있는 것으로, 당시의 강압적 이데올로기가 소년의 시각을 통해 여성에게 억압적 기제로 작용하고 있는 것이다.

이러한 선과 악의 잣대는 아동을 향해서도 드리워져 있는데, 학교라는 제도 속에 들어가기 위해 어떻게 해서든지 노력하는 학생과 그렇지 않은 아동이라는 구별이 그것이다. 위의 작품에서 드러나는 것처럼 중심인물인 소년은 자신은 어려운 상황에서도 현실 질서의 외부로 나가지 않고 자신의 자리에서 최선을 다하고 있다는 것을 강조함으로써, 선과 악의 뚜렷한 구분점을 제시하고 있다. 이 소년인물은 자신의 어머니까지 기존 질서에 편입되기를 바라며 '아버지'라는 절대 권위자를 내세운다. 여기서 아버지는 법과 질서의 상징이 되는 존재로, 아버지로 대표되는 강력한 이데올로기의 힘을 의미한다.

이러한 시각은 아무런 고민 없이 소년인물에게 내면화되고, 또 아무런 고민 없이 독자로 상정된 아동에게 전파된다. 즉 작가는 스스로 교사의 자리에 섬으로써 아동에게 일방적으로 가야할 길을 제시하는 것이다. 이는 반공이데올로기가 지시적으로 드러나는 작품에서도 마찬가지로 발견되는 부분이다.

이러한 지시적 윤리교육의 성격을 직접적으로 드러내지 않고 아동의 일상을 묘사하는 작품들도 이 시기 많이 나타난다. 그러나 전쟁이라는 꼭 설명되어야할 폭력을 제거한 상태에서 아동의 일상을 재현해내는 것은 단순한 도덕관념만을 노출시키는 일일 뿐, 일그러진 세상과 아동의 삶에 대해 눈감는 것과 다르지 않다.

이원수의 1950년대 작품은 이러한 모든 부분의 '말해진 것'과 다른 길을 걷는다.[9] 전쟁 직후 그의 작품에 가장 빈번히 드러나는 중심인물의 특질은 바로 전쟁에 대해 책임을 느끼는 성인으로서의 '반성적 주체'라고 할 수 있다.

> "옥아, 내게도 그림자가 있지? 내 그림자가 아까 그 불쌍한 그림자들처럼 그런 신세 한탄을 하고 있지나 않을까? 나를 따라다녀야 할 것을 슬퍼하지나 않을까? 그런 걸 생각하니 두려워지는구나. 세상에 남을 속이기 잘하는 사람도 제 그림자만은 속이지 못하리라. 내 그림자가 나와 같이 있기를 싫어하는 날에는 나는 이 세상에 살아 있을 아무 가치도 보람도 없지 않겠니?"[10]
>
> (…) 남을 괴롭혀 놓고도 내혼자 그런 괴로움을 애써 잊어버리고 모

---

9) 김상욱, 「다문화시대, 동화의 서사」, 『아동청소년문학연구』 6, 2010.6 206~207면. 저자는 논문에서 다음과 같이 밝히고 있다. "어린이문학은 희망과 계몽에 사로잡혀 문학 고유의 현실성을 놓쳐서도 안 된다. 문학은 언제나 계몽의 기획 그 자체를 목적으로 삼을 수는 없기 때문이다. 비록 성장의 서사를 포기할 수는 없을지라도, 그 성장은 현실에 깊이 착근한 성장이 아니면 안 된다. 어린이문학의 정치적 함의가 여하히 공공연한 비밀일지라도, 다문화주의를 향한 정치적, 사회적, 교육적 기획 역시 여하히 정치적으로 온당한 것일지라도 문학의 본질을 도외시할 수는 없는 노릇인 것이다. 계몽의 담론과 문학의 본질이란 날카로운 벼랑에서 어느 한 쪽도 포기하지 않아야 하는 소임이 어린이문학에는 의당 존재하며, 다문화주의라는 교육적 기획 역시 이로부터 자유로울 수는 없는 노릇이다." 저자는 '다문화'를 주제로 아동문학이 나아가야하는 균형 잡힌 길에 대해 밝히고 있지만, 이는 어떤 주제에도 동일하게 적용될 수 있는 것이라 본다. 계몽의 기획이 목적이 될 수 없기에 무조건적인 이데올로기의 주입은 아동문학에서 분명히 경계되어야 할 것이다. 이러한 계몽적 시선의 일방적인 주입이라는 관점에서 이원수가 어느 정도 거리두기를 하고 있었음은 분명해 보인다. 그러나 이는 오히려 그의 작품이 '말해질 수 있는 것'의 위치에 오르는 데 방해가 되었을 것이다.

10) 이원수, 「꼬마 옥이」(『소년세계』, 『학원』, 1953~1955), 『이원수아동문학전집』 3, 웅진출판, 1986, 38면. 이후 이원수의 작품은 『이원수아동문학전집』(이하 『전집』)에서 인용할 것이며, 제목, 발표지, 그리고 첫 출판 년도를 함께 표시한다. 이 글에서는 전집의 페이지를 명기한다.

큰척 지내온 일과, 모든 불행을 내 자신의 소치로 생각하지 않고 남을 비난하려드는 마음 한구석이 나쁜 때문에, 내 가슴 속에 있던 아름답소 착한 마음은 어디로 사라져 가 버린 것인지도 모르겠읍니다. (…)

나는 내 마음의 귀한 한 조각을 잃어버렸구나. 내가 못나고 사람답지 못해서 내 마음의 아름다운 한 조각이 나를 버리고 달아나 버렸구나. 이런 생각을 하니 지금의 나는 산송장이나 다름없는 것으로 생각이 들었습니다.

–「뻐꾸기 소년」, 『소년세계』, 1954, 『전집』 3, 114~115면.

위의 인용문에서 알 수 있듯이 두 작품의 특징은 서술자가 '나'라고 하는 성인이라는 데에 있다. 이원수의 50년대 작품들 중에는 성인인물에 의한 1인칭 시점의 서술이 많다. 물론 '나'를 제외하면 중심인물은 모두 아동이지만, 작가와 아주 가까운 거리를 유지하는 서술자가 중심인물로 등장하는 것은 이원수 작품의 특징이라고도 볼 수 있다. 또한 이 작품들은 당시의 아동들을 그 독자로 하는 아동 잡지에 실린 것이므로, 전쟁 이후의 힘겨운 현실에 놓여있는 실제 독자와 작품의 내포독자 사이의 거리도 거의 무시되어도 좋을 만큼 가깝다. 그러므로 이러한 작품들은 서술자인 작가가 아동들에게 직접적으로 건네는 고백적이며 반성적인 서술이라고 볼 수 있는 것이다.

그러면 작가는 무엇을 반성하고 있는가.

(…) 그 정순이를 용감하게 구하지 못한 내 뼈아픈 과실의 기억이 되살아 오르는 내용이다. 모든 양심의 죄는 여기서 비롯한다. 그림 4에서 사탕을 팔고 있는 청년, 그것도 나다. 이롭지 못한 과자를 팔아서 내 호주머니를 불리는 장사치의 내 꼴이 거기 또렷이 그려져 있다. 그리고

맨 나중의 그림 5에서 나는 완전히 고독한 인간으로 나이만 먹고, 내 옛날의 아름답던 시절과 떨어져서 저기 우두커니 서 있는 것이 아닐까?

슬픈 마음이 나를 사로잡는다.

―「그림 속의 나」, 『새벗』, 1954, 『전집』 3, 122면.

「그림 속의 나」의 '나'는 자기반성적 고백을 통해 자신의 죄의식의 원인을 찾는다. 그 원인은 어린 시절의 동무였고 현재도 '나'의 꿈속에서 여전히 아동으로 남아있는 정순이를 용감하게 구해내지 못했다는 것과, 아이들을 이용하여 자기 배를 불렸다는 것, 그리고 자신도 어린 시절이 있었고, 자신도 아동이었던 때가 있었음을 잊고 동심을 잃어버린 채 살아왔다는 것이다. 이는 전쟁의 와중에 있었던 아동에 대해 기성세대가 책임을 간과한 것에서 오는 죄책감이라 말할 수 있다. 또한 이 시기 이원수 작품의 전반에서는 전쟁 중에 생명을 잃은 아이들에 대한 안타까움과 책임의식도 함께 드러난다. 물론 이원수가 겪은 개인적 아픔에서 그 원인을 찾을 수도 있지만, 아동이라는 독자에 대해 교사로서의 권위적 위치를 고집하지 않고, 오히려 그 자신이 기존세대를 대표하여 아동을 전쟁의 고통 속으로 몰아넣었음에 대해 마음 깊이 우러나오는 반성을 표현하고 있다는 것은 개인적인 경험을 넘어 깊은 자아 성찰의 결과로 나타나는 특기할 만한 사실이다.

이 부분에서 이원수 작품은 동시대의 작품들과 우선적으로 차이점을 갖는다. 기존 세대의 잘못이나 스스로의 잘못을 돌아보지 않고, 교사의 자리에 서서 강압적 윤리를 드러내는 것은 오히려 쉽고 편리한 선택이다. 많은 기존의 작가들은 이러한 선택을 했고, 그 길로 나아간다. 그러나 진정성을 묻는 자리에서 이원수는 스스로를 반성한 이후에야 독자들에게 권면할 수 있었다. 그리고 그는 철저히 아동에게 공감하고, 그들의 고통을 마주하고 기억함으로써 아동에 대한 권면의 자리로 돌아온다.

> '나는 인제 죽는다. 이렇게 죽음으로써 내 과거의 잘못이 모두 씻어 나졌으면……' (…)
>
> "(…) 나를 생각해 주면 나는 언제나 나타나 줄 수 있어."
>
> —「그림 속의 나」, 『전집』 3, 124~125면.

> "우리를 사랑해 주는 지구 위의 사람들이 우리를 잊어버릴 때면 우리도 종잇장이 돼서 저렇게 실려 가게 될 거야." (…)
>
> "(…) 이미 가 버린 사람을 생각해 주는 사람들이, 별을 보고 그리운 이름을 불러 주는 것은 참으로 고마운 일이 아니겠어요?"
>
> —「꼬마 옥이」, 『전집』 3, 60~61면.

「빼꾸기 소년」과 「그림 속의 나」는 연계되어 있는 작품이다. 「빼꾸기 소년」의 '나'는 '소년'에 의해 자신의 과오를 깨닫고 스스로를 "산송장"(「빼꾸기 소년」, 115면)처럼 느끼게 되는데, 이런 '나'를 다시 세상 속으로 돌려보내주는 역할을 하는 것이 바로 자신에 의해 잊혔던 소녀이다. 소녀는 '나'에게 자신을 기억해 줄 것을 요청한다. 또한 「꼬마 옥이」에서도 기억은 지난 상처를 바라보며 앞으로 나아가기 위한 필요조건이다. 옥이라는 환상적 존재 자체가 '나'에게는 상처를 치유하기 위해 꼭 마주해야 하는 대상이며, 옥이를 통해 펼쳐진 세계에서 희생당한 아이들은 산자들의 기억이라는 장치를 통해 영원히 살아갈 수 있는 존재로 묘사된다. 반대로 과거를 잊는 것은 모든 불행을 일으키는 원인이 된다. 작가는 이러한 상황에서 고통스럽지만, 적극적으로 과거를 환기시키고 시대적 폭력에 의해 희생된 존재들을 기억해냄으로써 세상 속으로 돌아오게 된다.

> (…) 옥이가 친구들과 팔을 끼고 가벼운 걸음으로 걸어가고 있었다. 그리운 마음이 내 가슴을 찢을 것 같이 용솟음쳤다. 옥이를 따라가고 싶은 마음이 불길처럼 일어났다. 그러나 내가 옥이를 따라가서는 안 된다는 생각이 앞을 가로막았다. 그러자 이상하게도 내 옆에 또 하나의 내가 생겨나서 나란히 섰다. 내가 갑자기 둘이 된 것이다. 그 중의 하나가 옥이를 부르며 따라가고 있었다. (…) 가로수를 잡고 울던 내가, 땅 속으로 스며들어가 버리는 또 하나의 나를 바라보며, "잘 가, 잘 가." 하고 하직의 인사를 했다.
>
> –「꼬마 옥이」, 『전집』3, 77~78면.

희생된 아동에 대한 죄책감은 기억이라는 장치의 필요성을 일깨운 후, 자신의 일부분과 함께 사라진다. 즉, 기억이라는 장치를 통해 작가로서의 스스로를 바라볼 수 있게 된 그는, 희생되고 핍박받는 아동의 존재를 마주함으로 일종의 정화의식처럼 찾아왔던 고통을 통해 새로운 주체로 세워질 수 있게 된 것이다. 이후 작가는 윤리적인 성격이 강하게 드러나는 작품을 생산하게 된다. 동심에 의해 정화된 주체인 작가는 특징적인 윤리의식을 드러내는데, 이는 다음 장에서 살펴보고자 한다.

3. 이원수의 『아이들의 호수』에 드러나는 윤리의식과 은닉된 메시지

1) 『아이들의 호수』에 드러나는 강박적 윤리의식

『아이들의 호수』는 1950년대 쓰인 이원수의 작품 중에서 가장 긴 장편이며, 가장 나중에 창작된 것이다. 이 작품이 그 전 시기나 이후 시기의 작품들과 구별되는 특징 중 하나는 작품 속에 지나치다싶을 만큼의 강박적 윤리의식이 드러나고 있다는 점이다. 이 작품에서는 아동들의 작은 잘못, 혹은 양심의 가책마저도 처벌과 용서의 과정을 거쳐야만 하는 것이 된다.

> 용이는 고개를 젖혀 높이 떠오른 잠자리와 아이를 쳐다보았다. 이때, 잠자리는 커다란 입을 벌름벌름하더니,
> "허리를 잘라 줄까? 머리를 잘라 줄까? 어서 대답을 해라. 너는 내 꼬리를 잘랐으니까 너도 잘려야 하지 않아?"
> 하고 귀에 쨍쨍 울리는 소리로 말을 했다.
> 아이가 힘없는 소리로 겨우 대답을 했다.
> "싫어요. 제발 그러지 말아 줘요. 난 죽기 싫어요."
> "(…) 나는 죽고 싶어서 내 꼬리를 잘라 달라고 네게 부탁이라도 했단 말이냐? 나도 꼬리를 잘릴 때 얼마나 아프고 쓰렸는지 모른다.(…)"
> (…)
> 잠자리는 아이를 공중에서 발로 이리저리 뒹굴리더니, 커다란 입으로 아이의 어깨를 물고 흔들흔들 흔들어 댔다. 발가숭이 아이의 아랫도리가 공중에 뒤룽뒤룽 흔들렸다. 용이는 가엾은 생각을 참을 수 없었다. 아이의 어깨와 등을 질겅질겅 씹는 잠자리의 입에서 피가 흐른다. 피를

보자 용이는 갑자기 가슴이 떨리고, 눈에 불이 번쩍이는 것 같았다.

—『아이들의 호수』, 『새벗』, 1959~1960, 『전집』 4, 211~212면.

용이는 갑작스러운 죽음을 맞은 후 정의로 다스려지는 환상적 세계에 들어간다.[11] 이 신비한 세계에서 용이는 커다란 잠자리에게 고통을 당하고 있는 아이를 보게 된다. 이 아이의 잘못은 잠자리를 가지고 놀다가 꼬리를 잘랐다는 것인데, 아이에게 가해지는 체벌은 "어깨와 등을 질겅질겅 씹"히는 것이며, 이리 저리 발에 채여 뒹굴리는 것 등, "차마 볼 수 없는"(『아이들의 호수』, 217면) 정도의 것이다. 이런 극심한 고통 속에 놓여있는 아이의 죄라는 것은 또래의 아이들이 한번쯤 저지를 수 있는 아주 일상적인 것이다. 이 소년이 저지른 잘못은 부모나 학교의 교사에게서도 체벌의 대상이 아니었을 것임을 짐작할 수 있는데, 본문에서는 고통을 당하는 소년들이 현실세계에서 이러한 부분에 대해 죄의식을 느껴본 적이 없는 것으로 묘사되고 있기 때문이다. 즉, 이 환상세계에서 당하는 체벌은 너무나 의외의 것이며, 또 당황스러운 일인 것이다. 왜냐하면 이는 한 단계 높은 차원의, 모든 생명 있는 것을 아껴야 한다는 차원의 윤리적인 기준이기 때문이다. 이러한 층위의 윤리는 교육에 의해 생겨나는 의식이거나, 그에 준하는 심성을 가진 아이들이 자발적으로 실천할 수 있는 것으로, 모든 생명체를 귀하게 여겨야 한다는

11) 이 세계는 현실세계의 왜곡된 논리나 권력이 아니라 정의를 통해 잘잘못을 평가하는 곳으로, 현실 세계에서 용이가 부조리하다고 느꼈던 힘의 조건들이 모두 제거된 곳이다. 따라서 이 세계와 뒤이어 등장하는 유토피아적 공간인 '호수'는 함께 존재함으로써 용이의 실재계가 될 수 있다. 이에 대한 논의는 뒤에 더 기술한다.

윤리의식의 부재가 이러한 극단적인 체벌의 대상이 되기에는 무리가 있다고 보여진다.[12] 이후 용이가 만나는 소년들도 이와 비슷한 상황에 놓여있으며, 죄에 비해 무거운 형벌을 받고 있다는 인상을 준다. 이처럼 작가는 아이들이 윤리적으로 순결한 존재가 되도록 그들의 죄라면, 아주 작은 것 하나라도 찾아내어 털어버려야 할 것 같은 결벽성을 보인다.

『아이들의 호수』의 용이는 성인인물들에 의해 그 죄를 낱낱이 고백받는 상황에 이르게 된다. 물론 여기서 성인인물들이 현실세계의 어른은 아니지만 절대 선의 자리에 위치하며, 소년인물들의 죄를 파헤쳐내고 그들로 하여금 그 죄를 인정하도록 한다. 따라서 소년인물들은 이들에 의해 커다란 수치심을 느끼게 된다.

---

12) 이러한 모든 생명 있는 것은 소중하게 여겨야 한다는 식의 윤리는 이원수의 다른 작품에서는 동일한 내용으로 드러나지 않는다. 「구름과 소녀」(『소년세계』, 1950~1955)에서 구름은 바다에서 고기를 잡는 어부의 모습을 보며 "아! 사람들이란 독하기 한이 없는 것이구나. 인정 한푼어치 없는 것이구나. 즐거이 놀고 있는 고기들을 잡아가는 도둑들이구나. 수없이 남의 생명을 빼앗아 그걸로써 편히 살려고 하는 침략자들이구나."(『전집』3, 177면)라고 생각하지만, 이후 어부 가족들의 삶을 엿본 후에는 "내가 잘못했구나. 고기를 잡아 갔다고, 괜히 지나치게 미워한 내 마음이 옳지 않았구나."라고 생각하며, "고기보다 사람의 생명이 더 중하다는 것을 깨"(『전집』3, 180면)닫게 된다. 이처럼 「구름과 소녀」와 『아이들의 호수』(『새벗』, 1959~1960)의 서술자는 생각의 차이를 드러내는데, 인간이 자신의 삶을 위하여 자연을 이용하는 것에 대해 정죄하지 않던 작가의 시각이 『아이들의 호수』에 오면 모든 자연물에 피해를 주는 인간의 행동에 대해 정죄하는 시각으로 바뀌는 것이다. 이는 두 작품의 창작 사이(1955년부터 1959년 사이의 시간동안을 의미함)에 작가의 의식에 변화가 생겼음을 의미하며, 그 변화는 작가 스스로의 정화의식이 끝났음을 드러내 주는 것으로, 작가는 윤리적 주체로 변모되었기에 아동의 행동에 대해 좀 더 엄격한 윤리의식(좀 더 높은 층위의 윤리의식)을 적용하게 되는 것이다.

물론 용이를 비롯한 소년인물들은 윤리적 잘못을 범하고 있다. 대표적으로 용이는 물건을 훔쳤고, 나쁜 아이들과 어울렸으며, 그 사실이 탄로날까봐 자기를 알아본 아이를 물속으로 밀어 넣기까지 한다. 그러나 정작 용이는 자신의 잘못에 대해 민감하게 느끼고 있지 못하다.

> 집으로 가는 길로 걸어가던 용이는 다시 되돌아서서 강건너 마을로 향해갔다. 밤이 되어 잘 곳이 없으면, 낮에 낮잠을 자던 산이나, 아니면 강가 모래밭이나 아무데나 자면 된다 싶었다. 그러나 갑자기 배가 고팠다. 지금까지는 시장한 줄을 몰랐는데, 배가 고프다는 것을 느끼자마자, 먹을 것이 몹시 생각났다. 다리를 다 건넌 용이는 가게 앞을 지나며, 빵이라도 하나 사 먹었으면 하고 기웃거렸다.
>
> —『아이들의 호수』, 『전집』 4, 177면.

용이는 자신이 나쁜 친구들과 함께 강도짓을 했다는 기사가 신문에 났음에도 집에 가지 못하는 것이 서운하고, 배가 고픈 것이 힘들 뿐 윤리적 죄의식은 아직 느끼지 못하고 있다. 다만, 용이의 고민은 어디서 몸을 쉬고 배고픔을 면할까에만 집중되어 있다. 용이의 이러한 모습은 그가 죄의식도 없는 비윤리적인 인물임을 드러낸다기보다 지극히 아이다운 모습을 나타내는 것이다. 사실 용이가 저지른 잘못이라는 것도 상황에 의해 생겨난 것일 뿐 자의적인 것은 없었기 때문에 용이는 상황에 의해 자신이 죄인이 될 수 있음을 인식하지 못한 채 막연한 불안감을 느낄 뿐이다. 더구나 그 상황에서 자신이 선택할 수 있는 최선이 무엇인지도 잘 모르기에 상황이 되어가는 대로 그 자리에 머물기만 한다. 그러므로 그가 학교와 가정에서 이탈하게 된 것은 자의적 선택이 아니다.

이처럼 자신의 잘못을 민감하게 느끼지 못하던 소년인물들이 수치심을 느끼게 되는 과정에는 위에서 살펴 본 것처럼 성인인물들이 개입한다. 소년인물들은 자신들의 상황에서 무엇이 옳고 그른지를 판단할 수 없었는데, 성인인물의 윤리적 잣대는 소년인물들의 행동과 심지어는 겉으로 드러나지 않은 생각까지도 재단하고 있다. 급기야 소년인물들은 성인인물들의 윤리적 잣대를 내면화하고 스스로를 성인인물들과 동일시한다. 이들은 자신을 진심으로 대하는 성인인물들과 자신을 동일시함으로써 윤리적 과오를 깨닫게 된다.

> 어떠한 심판이, 이 자리에서 용이의 운명을 정해주는 것이라 생각했다. 아! 나를 여기서 집으로 돌아갈 수 있게 해 준다면……. 그런다면 집에 가서 어머니와 아버지를 만나 뵙고, 그리고 제가 지은 죄를 용서해 줍시사고 빌리라 생각했다. 어머니의 품이 한없이 그리웠다. 이제라도 집으로 돌아가게만 해 준다면……. 그러고 나서는 어떤 벌을 받아도 좋을 것 같은 생각도 들었다.
>
> –『아이들의 호수』, 『전집』 4, 234~235면.

용이의 운명은 "어떠한 심판"에 의해 타의적으로 결정된다. 용이가 처한 상황 자체가 타의에 의해 주어진 것이었으며, 그가 죄인이 되는 것 또한 다른 이들에 의해서이다. 이후 용이는 환상세계에서의 고난을 거친 후 누구보다도 윤리적인 인물이 되어 다른 이들의 생각에 일정한 영향력을 행사하는 인물이 되는데, 이렇게 변한 데에는 그가 느낀 최초의 수치심이 가장 크게 작용했다고 볼 수 있다. 용이는 자신의 잘못을 깨닫고 나자, 자신이 원래 속해있던 질서, 즉 자신이 불만으로 여겼던 가정과 학교로 돌아가고 싶은 강렬한 욕망을 느낀다. 즉, 어떠한 상황에 의해 현실 질서에서 이탈했던 소년인물은 윤리적 교육의 세례를 받은 후 다시 현실 질서 속으로 들어가고자 하는 것이다.

이처럼 용이는 심판자의 윤리적 기준을 내면화하고 스스로의 모습을 타자의 입장에서 바라보게 된다. 소년의 상징적 동일시 곧, 스스로에 대한 심판자적 시선은 자신의 행동을 제약하도록 만든다. 자신이 윤리적 기준에 부합하는지를 끊임없이 반문하고, 그렇지 않은 면이 발견되면 스스로에게 끊임없이 폭력을 행사하는 것이다.

『아이들의 호수』의 용이는 자기가 죽인 소녀를 보며 끊임없이 죄의식을 느끼는데, 그 소녀가 보이지 않는 상황을 참을 수 없어할 정도로 소녀에게 집착한다. 용이는 반복적으로 소녀에게 용서를 구하고 그의 "괜찮다, 다 용서했다"는 반응을 얻어내고자 한다. 그의 이러한 집착은 소녀와 어머니의 동일시를 통해 그가 원래부터 속해있었던 세계에 대한 집착으로 반복되어 나타난다.[13] 그렇기에 그는 즐거운 나라에 속해 있음에도 불구하고 불안과 두려움이라는 폭력에 스스로를 지속적으로 노출시키게 된다.

이처럼 소년인물 스스로가 가진 윤리의식과 그들을 바라보는 심판자의 윤리 기준은 처음에는 큰 차이를 보였으나, 소년인물들의 심판자에

13) "왜 그러냐 말이다!"
(미애가) 재우쳐 묻는 말에, 용이는 겨우 기운을 내어 대답했다.
"난, 널 잃어버렸나 하고……." (…)
옛날 어머니에게 안겨 놀던 일이 생각나고, 지금 용이는 어머니 아닌 어머니에게 안겨 있는 것이라 싶었다(『아이들의 호수』, 『전집』 4, 279면).

대한 상징적 동일시를 통해 그들은 곧 심판자에 준하는 윤리적 주체로 거듭난다. 이들은 윤리적 주체가 됨과 동시에 불완전한 곳일망정 기존에 그들이 속해있던 곳-가정과 학교-, 즉 현실세계의 질서 속으로 되돌아 갈 것을 열망하게 된다. 또한 이후에도 지속적으로 스스로에 대한 타자의 시선을 거두지 않음으로써 자신에게 폭력을 행사한다. 이러한 강박적 윤리의식은 그들을 현실의 질서 속으로 되돌려 놓는 기능을 하지만, 동시에 자신에 대한 폭력을 스스로 생산하게 하고 그것을 수용하는 모습을 보이게 하는 것이다.

이를 통해 작가가 전후의 아동들에게 가장 먼저 말하고 싶었던 것이 무엇이었는지 짐작이 가능해진다. 작가는 전쟁이라는 예상치 못한 폭력 속에서 방황하는 이들에게 다시 한 번 상징계의 질서를 부여함으로써 비록 강박적 성격을 띠게 된다고 할지라도 아동들로 하여금 일상에의 복귀를 서두르도록 만들고 싶었던 것이다. 그러나 작가는 아동들이 복귀해야할 현실이 그리 아름답지도, 올바르지도 않다는 것을 알고 있었다. 그렇기에 작가는 작품 속에 새로운 세계를 그려 넣으려 한다. 그러면 이들이 복귀되기를 바라는 세계는 어떠한 곳인가.

『아이들의 호수』의 용이가 죽은 후, 정의의 심판을 거쳐 도착한 곳이 바로 '호수'라는 유토피아적 공간이다.

> 어째서 이렇게 모든 것이 슬플까?
>
> -『아이들의 호수』, 『전집』 4, 266면.

> "어머니! 심판을 받으면 죄가 다 없어지나요? 용서만 받으면 죄 없는 몸이 될 수 있어요? 그러면 세상에서도 제일 나쁜 죄를 지은 사람들이

다 맘 편하고 죄 없는 사람이 되었게요?" (…) 용이의 죄는 그대로 제목에 걸려 있는 것 같았다.

―『아이들의 호수』, 『전집』 4, 268면.

불행한 아이들에게 걱정과 괴로움을 씻어 주고, 안락만을 주는 곳― 그것이 바로 이 아이들의 호수다. 이 얼마나 고마운 일인가! 그러나 용이는 어쩐지 무엇 하나가, 모자라는 것 같은 생각이 들었다.

―『아이들의 호수』, 『전집』 4, 292면.

위의 인용문에서 알 수 있듯이 호수는 "불행한 아이들에게 걱정과 괴로움을 씻어 주고, 안락만을 주는 곳"임에도 불구하고, 이곳에는 여전히 슬픔과 허전함, 그리고 불안함이 존재한다. 즉, "증상이 없는 보편성이 가능"한 유토피아라고 보기에 호수는 "자신에 대해 내적인 부정으로서 기능하는 예외의 지점이 없는 보편성의 가능성"[14)]을 충족시키지 못하고 있는 것이다. 이 세계는 일정한 불안과 그리움, 허전함과 죄의식이라는 증상이 존재하는 곳으로 아동의 유토피아는 되지 못한다.

집은 정말 재미없는 곳이다. (…) 집에는 아버지의 호령 소리뿐이다. 어머니는 앓고만 있고……. (…)

용이는 선생님한테 회초리로 다섯 대나 맞았다. 그런데 일봉이는 두 대밖에 때리지 않으셨다. (…) 아이들이 나중에 수군거렸다.

"일봉이 아버지는 무섭다더라. 선생님도 꼼짝 못 해. 일봉이 아버진 굉장한 분이래."

―『아이들의 호수』, 『전집』 4, 148~149면.

---

14) 슬라보예 지젝, 이수련 역, 『이데올로기라는 숭고한 대상』, 인간사랑, 2003, 51면.

위의 인용문에서 보듯이 현실세계에서 용이의 일상은 안전하지 못한 가정과 정의롭지 못한 교사가 있는 학교, 자본주의의 대상으로 취급당하는 아동이라는 신분 속에서 펼쳐진다. 이러한 상황의 소년인물이 일상에서 꿈꾸었던 세상은 안전한 가정과 경제력에 의한 불평등이 없는 학교-소년에게 있어 사회 그 자체-로 간단히 말하면 '정의로운 사회'였다.

이러한 "일상의 사회적 현실에 대립하는"[15] 실재, 곧 용이가 꿈꾸던 정의로운 사회는 그가 죽은 후 가게 되는 세계에서 실제로 나타난다. 그러나 이 작품에서 유토피아적 공간(실재)은 '정의가 구현되기 위해서 꼭 필요한 처벌과 시련'이라는 끔찍한 폭력 속에서 발견된다. 용이가 원하던 모두가 평등한 사회란 곧 지극히 강박적인 윤리의식에 의해 조금의 오차도 없이 정의가 실천되는 폭력적 공간이었던 것이다. 이렇듯 "실재는 환멸을 낳는 현실의 층위들에서 벗어나기 위해 치러야 할 대가에 해당하는 극단적 폭력 안에서 경험된다."[16]

이는 곧 외상(trauma)과 실재가 모두 현실에서 어떤 증상을 만들어내는 것이라는 점에서 동일하다는 차원에서만 이해가 가능하다.[17] 전쟁이라는 정신적 외상은 이를 겪은 아동이 타의에 의해 현실 질서에서 이탈하는 경험을 하도록 만들었다. 이러한 상징계의 질서에서 이탈하는 아

---

15) 슬라보예 지젝, 김상환 역, 「실재의 열망, 가상의 열망」, 『탈이데올로기 시대의 이데올로기』, 철학과 현실사, 2005, 16면.

16) 위의 책, 16면.

17) 이진경, 『철학의 외부』, 그린비, 2007, 18면.
저자는 실재적인 것(실재계)은 "외상(trauma)과 같이, '상징적인 것'으로 표현될 수 없지만, 환자의 반복적인 증상을 만들어내는 어떤 것을 뜻한다."라고 하였다.

동의 증가는 곧 사회 질서의 유지에 부정적 요소였음에 틀림없다.[18] 이에 시대적 담론은 새로운 계몽의 대상이자, 당시 가장 강력한 이념이었던 반공이데올로기의 포섭 대상자였던 아동을 다시 현실의 질서 속으로 편입시키기 위해 작동하기 시작하였다. 이러한 상황에서 작가들에 의해 꼭 반공이데올로기에 편승하는 작품들이 아니더라도 현실 질서의 이탈을 부정적으로 해석하고, 현실로의 복귀에 희망을 걸도록 하는 작품들이 씌어졌다.

> 지육(知育)에만 관심이 컸음인지 덕육(德育)에 커다란 공백이 간취(看取)됩니다. 근자에 와서 소년 범죄의 격증으로 비로소 학교의 도의 교육이 강화되어야 한다는 논의는 들었으나 필자가 보기에는 이러한 소년 소녀의 정신적 불량화는 벌써 오래 전부터 그 원인이 조성되어 온 것이라 생각합니다. 전후(戰後)라는 하나의 사실만으로써도 교육가의 의도는 아동의 정서 교육에 각별한 유의와 열성스런 지도가 필요했던 것입니다.[19]

위의 인용문에서 알 수 있듯이 이원수는 아동 범죄의 증가를 불안한 시선으로 바라보며, 이것이 덕육(德育)의 공백 탓이라고 말한다. 따라서

---

18) 선안나, 앞의 논문, 20~28면 참조.
"전쟁으로 적지 않은 한국의 어린이들이 적절한 시기에 적절한 심리 발달을 이룰 기회를 박탈당했으리라 짐작되며, '결정적 위기'까지는 아니더라도 집단적으로 겪은 전쟁의 생생한 원초적 체험은 그 이후에 익힌 어떤 학습보다 강고한 영향을 50년대 주체들에게 미쳤을 것"이다. 아동이 이러한 상황에 놓여있었기에, 당시의 지배적 담론이었던 반공이데올로기는 "체제순응성을 강제하는 정치사회화 과정"을 통해 순응하는 아동을 만들어 냈다.

19) 이원수, 「어린이를 위하는 길－학교와 사회에 드리는 말씀」(『자유』, 1958), 『전집』 30, 웅진출판사, 1986, 17~18면).

아동의 교육에 일정의 역할을 하는 이들은 모두 "아동의 정서 교육에 각별한 유의와 열성스런 지도"를 기울여야 한다는 것이다. 덕육, 즉 도덕교육은 탈선한 아동을 세상의 질서 속으로 다시 편입시키기 위해 무척 중요한 것으로 인식되었던 것을 알 수 있는데, 작가들의 도덕 교육에 대한 의무감은 여기서 기인한다. 이처럼, 전쟁에 대한 외상과 그 증상의 치료에의 관심은 이원수에게도 아주 중요한 것이었다. 그 독자 대상이 비교적 뚜렷하게 설정되는, 그리고 문학의 교육적 측면을 전혀 부정할 수 없는, 그렇기 때문에 현실의 질서를 공고히 하는 일에 도움이 되는 아동문학의 특성과 작가의 의무감은 이렇게 만나는 것이었다.

따라서 작가는 타의에 의해 현실 질서 외부로 쓸려나간 소년인물들로 하여금 그들을 떠민 일상에 반하는 실재의 모습을 구현하여 보여줌으로써 다시 상징적 질서 속으로 인물들을 편입시키고자 하였다. 그러나 이때 작가들에 의해 그 틈새를 보여준 실재는 윤리적 강박 속에서 폭력을 수반한 세계였던 것이다.[20)]

소년인물들을 상징계의 외부로 떠밀었던 외상(trauma)의 증상은 강박적 윤리에 의해 치유되었으나, 이들은 다시 실재의 경험을 통해 강박적

20) 슬라보예 지젝, 『이데올로기라는 숭고한 대상』, 58면.
저자는 "선에 대한 지나친 집착은 그 자체로 대단한 악이 될 수도 있"으며, "선에 대한 우리의 강박증"은 "선 관념에 일치하지 않는 모든 것에 대한 파괴적인 증오라는 형태로 변해버릴" 가능성을 포함하고 있다고 말한다. 이는 1950년대라고 하는 특별한 시기, 전체주의 이념이 가진 속성이기도 하지만, 가장 순수한 선을 추구하는 모든 이들이 빠질 수 있는 함정이기도 하다. 이원수는 이 작품에서 이러한 정도의 순수한 선을 추구하고 있는 것처럼 보이지만, 곧 이면에 지니고 있는 용서의 메시지가 전면에 등장하여, 결벽증적 선의 추구가 전부가 아님을 보여준다. 이러한 부분은 이원수의 작품이 다른 작품들과 갈라서는 지점 중 하나임을 알 수 있다. 이는 다음 절에서 자세히 기술하고자 한다.

정의와 윤리에 노출됨으로써 생기는 증상을 동반하게 된다. 그러면 작가는 이러한 "폭력 안에서 경험된" 실재, 그리고 그것을 경험함에 의해 수반된 증상을 그냥 방치하고 있는가. 여기서 우리는 작가가 말하지 않은 듯 숨겨놓은 부분에 귀를 기울여야 한다.

2) 윤리의식 아래에 은닉된 메시지

『아이들의 호수』에서 고통 받는 모습으로 나타난 소년들보다 용이는 더 많은 잘못을 한 인물이라고 볼 수 있다. 기존 사회의 윤리에 의하면, 집과 학교를 무단으로 이탈하여, 강도짓을 하는 패거리와 어울렸으며, 사람을 죽이기까지 한 용이는 잠자리를 괴롭혔다거나, 식모를 못살게 구는 정도의 잘못을 저지른 인물들과는 비교할 수 없는 죄를 지은 것이라 볼 수 있다. 그러나 용이에게 주어진 체벌은 다른 이들의 고통을 공감하라는 것이다. 이는 언뜻 잘 이해가 되지 않는 부분인데, 한 치의 오차도 없이 정의가 구현되는 사회가 바로 이 환상세계였기 때문이다. 이 부분에 대해서는 다음의 내용을 주목해 볼 필요가 있다.

작품에 그려지는 여러 죄와 체벌은 1950년대가 만들어낸 특수한 시대적 상황 속에서 지을 수 있는 죄와 시대를 초월하여 평범한 일상 속에서 아동이 지을 수 있는 죄의 여러 유형을 보여주며, 그것이 모두 엄격한 체벌의 대상이 됨을 나타낸다. 일하는 아이를 못살게 군 죄, 전쟁 중 명령을 받고 총을 쏜 죄 등 시대적 특징을 드러내는 죄와, "짐승을 죽이는 아이, 초목을 꺾는 아이, 괜히 남을 때리려 드는 아이"(『아이들의 호수』, 『전집』 4, 220면)로 표현되는 아이들의 일상에서 언제든지 일어날

수 있는 죄가 모두 엄격한 체벌의 대상이 되는 것이다. 그러나 작품에 등장하는 아동들의 잘못, 즉 특수한 상황에서 저지른 잘못이나 일상생활에서 지은 잘못이나 어느 것도 다른 아이를 물에 밀어 넣어 죽게 한 용이의 죄만큼 크다고 볼 수는 없다.

용이는 작품의 처음부터 순결한 선으로 무장한 소년이 아니라 지극히 평범한 소년에 불과했으며, 불평과 미움을 행동으로 표출하는 아이였다. 즉, 이원수의 시선은 주변에서 볼 수 있는 보통의 아동에게 머물며, 평범한 아동이 상황에 따라 어떠한 모습으로까지 변할 수 있는가를 추적하고 있는 것이다. 이때 작가는 이 보통의 윤리의식을 지닌 주인공을 내세워 겉으로는 강박적 윤리를 말하고 있지만, 그 이면에서는 끊임없이 용서를 말하고 있다. 따라서 용이의 시선을 통해 죄와 체벌에 대해 보여주면서도, 정작 대다수 독자들의 모습과 가까운 인물인 용이는 용서를 받게 되는 것이다.[21] 이러한 용이에 대한 용서는 따라서 어떠한

21) "(…) 잠자리를 죽일 때의 민이의 마음을 용서하고 싶으냐?"
"그건 나빴어요."
"짐승을 죽이는 아이, 초목을 꺾는 아이, 괜히 남을 때리려 드는 아이, 모두 나쁜 짓이야."
용이는 잠자리가 남을 죽이는 아이의 이야기를 할까 봐, 간이 조마조마했다. (…)
"너는 네 집에서 부리는 아이를 곧잘 물어뜯었지? 너는 그 이빨을 뽑아 버려야 돼. 이빨을 내놔라."
그러면서 막대기로 소녀의 이빨을 마구 탁탁 두들긴다. 그러니까 소녀의 이빨에서 새빨간 피가 좔좔 흘러내린다. 용이와 민이는 보다못해, 하아 하고 한숨을 쉬었다(『아이들의 호수』, 『전집』 4, 220~224면).
위에 인용한 것처럼, 작가는 용이의 시선을 통해 무엇이 죄가 될 수 있는지와 그 체벌의 엄격함을 보여준다. 그러나 정작 가장 큰 죄를 지었다는 것을 스스로 알고 있는 용이는 용서를 받게 되며, 용이에 의해 그의 친구들까지 용서를 받는다.

잘못도 용서받지 못할 것은 없음을 말하는 것이 된다. 앞에서 언급했듯이 시대적 상황이 만들어낸 잘못이든, 일상에서 저지른 잘못이든 다른 인물들의 잘못은 용이만큼 큰 잘못이라고 볼 수는 없기에, 용이가 용서받을 수 있다는 것은 그보다 작은 잘못을 저지른 일반 아동들이 모두 용서받을 수 있다는 것을 의미한다.

작품 속에서는 용이가 용서되면서 고통 속에 있던 다른 소년들까지도 용서를 받게 된다. 그리고 서로의 고통에 공감함을 통해 이들은 새로운 세계로 나아갈 수 있게 된다. 이처럼 용서는 겉으로 드러나 말해지는 것은 아니지만, 작품의 이면에 흐르는 강력한 메시지라고 볼 수 있다. 즉, 작가는 절대적인 정의를 말함으로써 오히려 용서를 말하고 있는 것이다. 이렇게 이원수는 자기반성적 주체를 완성하고 규율과 이념 대신 용서를 말함으로써 '저자'의 자리에 오른다.[22)]

또한 작품에 드러나는 강박적 윤리의식은 작가에 의해 말해지는 것이 아닐 수 있다. 이원수는 오히려 작가라는 지점에 있었을 뿐, 윤리를 말하는 것은 기존 사회의 담론이다.[23)] 즉 전체주의적이고 강압적인, 그렇기 때문에 일방적으로 아동들에게 전해진 윤리를 수용하는 일에 동

22) 물론 이원수만이 이 시기 '저자'의 모습을 갖추고 있다고 볼 수는 없다. 이 시기 작가들 중에서 이원수뿐 아니라 김요섭 등의 다른 작가들도 함께 고찰되어야 한다고 본다. 이들에 대한 연구는 다음으로 미룬다.

23) 김현, 『미셸 푸코의 문학 비평』, 문학과 지성사, 1989, 13면.
김현은 "푸코가 언술 행위라고 부르는 것은 곧 지식과 권력이 담합하여 만들어 놓은, 그래서 우리의 사고 체계를 지배하는 말하기와 글쓰기라고도 할 수 있을 것이다." 라고 말하고 있다. 즉, 작가가 글쓰기를 하고 있는 것처럼 보이지만, 이는 "지식과 권력이 담합하여 만들어 놓은" 당시의 담론 체계 하에서 이루어지는 것이기에, 시대의 전면에 드러나는 이념은 작가에 의한 것이기 보다 담론에 의한 것이다.

조하지 않았던 이원수였지만, 자기 정화의 과정을 거친 후, 아동의 현실을 바라보고 권면해야하는 자리로 돌아오자, 윤리성을 강조해야하는 작가의 자리(담론 전달자의 자리)에 앉을 수밖에 없었던 것이다. 그리고 철저히 자기반성과 정화의식을 거친 작가였기에, 오히려 더 강박적일 정도로 순전한 윤리의식을 표출하기에 이른 것이다.

그러나 위에서 언급했듯이 이는 작가의 한계라고만 볼 수는 없다. 시대의 강압적 이데올로기에 쉽게 편승하기보다 꿈과 환상의 세계를 통해 당시의 억압적 폭력에 맞서고자 했던 이원수였으므로, 『아이들의 호수』에서 드러나는 결벽증적 윤리의식은 시대의 한계에 더 가깝다고 볼 수 있다. 다만, 과거를 마주하고 정화의식을 거친 후 더욱 순결하게 아동을 사랑하고자 한, 그래서 그들에게 최선의 것을 주고자 했던 이원수의 작가의식도 50년대를 마감하는 자리에서는 기존의 담론을 전달하는 작가의 위치에 놓일 수밖에 없는 것이었다. 이에 반성적 주체의 낮고 겸손한 목소리를 좀 더 유지하지 못한 작가에 대한 아쉬움이 더욱 크게 다가온다고 하겠다.

4. 결론

1950년대는 말할 수 있는 것과 말할 수 없는 것이 분명하게 나눠지는 공간이었다. 이때 작가가 아동을 어떠한 위치에서 바라보는가가 중요해진다. 이 시기 대다수의 작가들이 아동에게 억압적으로 기존의 이데올로기를 교사의 입장에서 설파하고 있는 것과 달리, 이원수는 자기반성과 정화의 과정을 작품을 통해 드러내며, 쉽게 아동 위에 권위자로 서지 않고 윗세대로서의 잘못을 인정하고 사과하며 겸손한 반성적 주체의 모습을 보인다.

그러나 작가는 이 과정이 지난 후, 『아이들의 호수』에서 강한 윤리의식을 드러낸다. 중심인물인 소년은 죄를 짓고 죽은 후 가게 되는 환상세계에서 심판자의 시선을 내면화하여 끊임없이 자기 자신을 돌아보는 강박적 윤리의식을 갖게 된다. 이는 실재의 폭력을 드러내는 것이며, 이를 통해 소년은 상징계에서 이탈했던 자신을 다시 현실세계의 질서 속으로 편입시키고자 하지만, 실재의 폭력에 노출되어 증상을 수반하게 된다.

비록 이원수가 이 작품에서 강박적 윤리의식을 드러내고는 있지만, 그는 보통의 평범한 아동이 현실의 상황에 의해 현실의 질서 외부로 쓸려나간 데에 대한 안타까움을 표현하면서, 좀 더 중요한 메시지를 드러내고자 한다. 즉 이면에 흐르는, 말해지지 않은 메시지는 곧 아동에 대한 용서였음을 알 수 있다. 또한 작가가 드러내는 강박적 윤리는 이원수에 의한 것이기보다는 당시의 지배적 담론에 의한 것으로 볼 수 있기에 이는 작가의 한계라기보다는 시대적 한계로 읽는 것이 적절하다고 하겠다. 이러한 의식은 이후 60년대의 작품들로 나아가는데 발판이 되어주기도 한다. 이에 대한 더 자세한 고찰은 다음을 기약하기로 한다.

출전 : 「1950년대 아동산문문학에 드러나는 이념과 윤리의식
– 이원수의 『아이들의 호수』를 중심으로」, 『아동청소년문학연구』 8호, 2011.

이원수 소년소설에 나타난 현실인식과 서사적 지향

—『아이들의 호수』, 『민들레의 노래』를 중심으로

1. 들어가며

해방 이후 한국에서 '자유'에 대한 용어가 유행했지만 그 이념적 구체성은 확보되지 못했다. 많은 논자들은 '자유'에 대한 개념을 경제, 정치, 문화 등에 두루 사용하였다. 1947년 조선일보 부사장 겸 주필이던 홍종인은 '자유'란 프랑스 혁명과 미국 독립에서 비롯된 법적 관심사로서 신체 및 거주이전, 재산권, 언론출판 등을 중심으로 한 인민의 기본권리로 인식하고 있다.[1] 고전적 자유주의자인 프리드먼에 의하면 '자

* 장수경 / 목원대학교 교양교육원 조교수

1) 해방이후 신문이나 잡지를 보면 '자유'에 대한 내용이 심도 있게 논의됨을 확인할 수 있다. 종합지인『신천지』에도 여러 차례 '자유'와 '민주주의'에 대한 내용

유'의 개념에서 '경제적 자유는 정치적 자유의 원천이자 조건이 된다'고 강조한다. 19세기 후반으로 오면 '자유'의 개념은 다원주의를 강조하는 정치적 의미로 기울어진다.[2] 1950년대 한국에서 '자유'란 "경제적인 용어라기보다 정치적인 용어이자 철학적이고 문화적인 용어"였다.[3] 그렇다면 문학에서 '자유'란 어떤 의미를 지녔을까? 전쟁의 참상과 부조리한 현실에 대한 공포와 환멸을 느낀 작가들에게 '자유'란 결단할 수 있는 주체로서 개인이 "양심과 신앙의 이름"으로 "권력에 향하여 <노우>라고 말하고 반항할 용기"였다.[4] 폭력과 공포, 절망 그 자체인 전쟁과 4·19 민주화 운동에 대한 교훈은 작가들에게 아동문학을 통해 아동에게 무엇을 어떻게 가르쳐야 할 것인가에 대한 고민을 하는 계기가 되었다.

들이 당대 정세에 대한 논의와 함께 중요한 자리를 차지한다. 조선일보 주필이던 홍종인은 『신천지』에서 인민의 기본적 권리 중에서도 자유권의 보장이 입헌민주정치의 본질이라고 주장한다. 법치국은 자유권에 대한 법제적 보장이 있는 국가를 말하는 것으로 신체(혹은 人身)의 자유, 거주의 자유, 직업의 자유, 재산의 자유, 신앙의 자유, 통신의 자유, 언론의 자유, 집회의 자유, 결사의 자유 등이 지켜져야 한다고 말한다. 그는 또 오늘날 민주주의 국가에서는 인민의 자유가 규정되지 않은 나라가 없다고 한다. 자유권과 관련하여 평등의 사상도 강조하는 데 그는 미국독립과 불란서혁명에서 비롯된 2대 권리를 가장 중시한다. 그리고 자유와 평등은 반드시 헌법에 포함되어야만 한다는 게 그의 주장이다. 인민은 자유권과 함께 남녀, 성별, 종교, 계급, 직업의 별(別)을 불문하고 헌법상 모두 평등해야 한다. 이처럼 '자유'는 현대 민주주의 국가에서 가장 중요한 원리로 부각되었음을 알 수 있다. 홍종인, 「인민의 권리·의무」, 『신천지』, 1947.7, 34면.

2) 김성우, 「로크, 자유주의, 신자유주의」, 『시대와 철학』 Vol. 12, No 2, 2001, 305면.
3) 권보드래, 「실존, 자유부인, 프래그머티즘」, 『아프레걸 사상계(思想界)를 읽다』, 동국대학교 출판부, 2009, 68면.
4) Erich Fromm, 홍순범역, 『반항과 자유』, 문학출판사, 1984, 14~19면.

이원수는 1924년 13살의 나이로 『신소년』 4월호에 「봄이 오면」을 발표한 이래, 1926년 15살 때 『어린이』에 「고향의 봄」을 발표하면서 본격적인 작품 활동을 시작한다. 일제 강점기 동시와 동요 창작에 몰두해온 이원수는 해방 후 산문으로 범위를 확장하고 현실 참여적인 작품들을 내놓는다. 그는 "압제자는 갔으나 감시자가 더 많아진 조국"[5]의 현실에 대한 비판의식을 동화와 소설을 통해 문학적으로 형상화하고자 했는데, 1947년부터 장편 『숲속 나라』, 『5월의 노래』, 『아이들의 호수』, 『메아리 소년』, 『민들레의 노래』 등을 창작한다. 이 시기 작품들은 "산문 시대"[6]라고 그가 명명하였듯이 시적 상상력이 아닌 서사적 상상력을 기반으로 자신의 뚜렷한 지향을 드러낸다는 점에서 주목할 가치가 있다. 이와 관련해 김상욱은 해방 이후 이원수가 시 정신에서 산문 정신으로 장르적 변신을 시도했으나, 「새로운 길」과 「눈뜨는 시절」에서는 시와 산문의 경계에서 벗어나지 못하였다고 지적한다. 그는 이원수가 장편 『숲속 나라』에서 판타지를 통해 현실의 결핍을 담아내고 산문 정신을 보여주기는 하지만, 현실을 중층적으로 형성화하는 데는 실패하였다고 보았다.[7] 최미선은 『민들레의 노래』를 분석하면서 이원수가 현대사의 주요한 역사적 서사와 서정성을 긴밀하게 연결해 문학적 형상화를 구현했다고 평하였다.[8] 오판진과 장영미는 이원수의 『메아리 소년』에 대해 주

---

5) 이원수, 「나의 문학 나의 청춘」, 『이원수 아동문학전집－아동과 문학』 30권, 웅진출판, 1984, 255~256면.
6) 이원수, 위의 책, 248면.
7) 김상욱, 「정치적 상상력과 예술적 상상력」, 『청람어문교육』 28집, 청람어문교육학회, 2004, 1~21면.
8) 최미선, 「이원수 소년소설 서사성 연구－민들레의 노래를 중심으로」, 『한국아동

목했는데, 통일 지향성과 분단을 소재로 하는 작품의 근간으로 논의를 전개하고 있다.9) 이 같은 몇몇의 논의를 제외하면 해방이후 창작된 이원수의 소년소설에 대한 본격적인 연구는 이뤄지지 못하였다.10) 이 시기 창작된 이원수의 소년소설에는 '자유', '민주주의', '자주' 등 당대 사회전반을 아우르는 공통된 용어들이 자주 등장한다. 이런 현상은 이원

문학연구』17, 한국아동문학학회, 2009, 110~129면.

9) 오판진, 「이원수의 '메아리 소년'에 나타난 통일 지향성」, 『문학교육학』 Vol.10, 한국문학교육학회, 2002.
장영미, 「1960년대 아동문학의 분화와 위상연구－아동소설을 중심으로」, 성신여대 박사논문, 2011.

10) 그동안 이원수에 관한 논문은 현실주의 입장에서 다룬 것, 판타지의 세계에 주목한 것, 친일에 관한 문제를 다룬 것으로 나뉘는데, 그 대표적인 글은 다음과 같다. 김상욱, 「정치적 상상력과 예술적 상상력」(『청람어문교육』 28, 청람어문교육학회, 2004) ; 박상재, 「한국 판타지 동화의 역사적 전개－1920년대부터 1960년대까지」(『한국아동문학연구』16, 한국아동문학학회, 2009) ; 오판진, 「이원수의 '메아리 소년'에 나타난 통일 지향성」(『문학교육학』 Vol.10, 한국문학교육학회, 2002) ; 원종찬, 「이원수와 70년대 아동문학의 전환」(『문학교육학』 Vol.28, 한국문학교육학회, 2009) ; 이재철, 「이원수의 문학세계」(『아동문학평론』 Vol.6. No.1, 한국아동문학연구원, 1981) ; 채찬식, 「이원수 동화의 현실 대응 양상」(「아동문학평론」 Vol.12. No.1, 한국아동문학연구원, 1987) ; 정진희, 「이원수 소년소설 『잔디 숲속의 이쁜이』 연구」(『한국언어문화』 Vol.23, 한국언어문화학회, 2003), ; 최미선, 「이원수 소년소설 서사성 연구 : 민들레의 노래를 중심으로」(『한국아동문학연구』 Vol.17, 한국아동문학학회, 2009) ; 최정원, 「한국 SF 및 판타지 동화에 나타난 아동상 소고」(『한국아동문학연구』 Vol.14, 한국아동문학학회, 2008) 등이 있다. 이원수의 친일 문학에 대해 다룬 논문은 다음과 같다. 김화선, 「이원수 문학의 양가성－『半島の光』에 수록된 친일 작품을 중심으로」(『친일문학의 내적논리』, 역락, 2003), 권오삼, 「1943년의 이원수와 안태석 청년」(『아동문학평론』 Vol.29, 한국아동문학연구원, 2004) ; 박태일, 「이원수의 부왜문학 연구」(『배달말』 32호, 2003) ; 박태일, 「나라 잃은 시대 후기 경남·부산지역 아동문학 : 이원수와 남대우를 중심으로」(『한국문학논총』 40집, 한국문학회 8, 2005) ; 조은숙, 『이원수 친일 아동문학과 작가론 구성 논리에 대한 재검토」(『우리어문연구』 40집, 우리어문학회, 2011).

수가 동시에서 산문으로 영역을 확장하면서 개인적인 서정보다는 사회적이고 역사적인 문제로 관심을 이동한 후 분단기 아동문학의 서사적 지향을 보여주기 위한 시도로 보인다.

해방이후 리얼리즘 문학의 기수로 인식되어온 이원수에 관한 논의가 활발한 이때에 그의 소년소설을 면밀히 검토하는 작업은 작가의 내면을 들여다볼 수 있는 기회가 될 것이다. 텍스트를 읽는다는 행위는 과거와 현재 사이에서 작가의 내면과 능동적인 교호작용을 하는 것이다. 이원수는 첫 장편동화 『숲속 나라』를 시작으로 1960년대 초반까지 「달나라의 어머니」, 「꼬마 옥이」, 「구름과 소녀」, 『아이들의 호수』, 『민들레의 노래』 등 현실 참여적인 작품들을 지속적으로 발표한다. 이 중에서 『아이들의 호수』와 『민들레의 노래』는 6・25전쟁과 4・19라는 역사적인 사건과 이원수의 현실 인식의 중요한 흐름을 담아낸 장편소설이다. 두 작품에 나타난 내적 논리를 규명하는 것은 이원수의 작품 세계를 이해하는 데 논의의 폭을 넓혀줄 수 있다는 점에서 중요한 작업이 된다. 여기에서는 이원수가 산문을 통해 도달하고자 한 지향은 무엇이고, 그것이 어떠한 양상으로 나타나는지를 구체적으로 살펴볼 것이다. 따라서 이 글은 해방이후부터 1960년대 초반까지 창작된 이원수의 소년소설을 주요 분석 대상으로 삼는다. 이 글은 이원수의 현실인식이 뚜렷이 나타난 『아이들의 호수』와 『민들레의 노래』를 주 텍스트로 하고, 「꼬마 옥이」, 『숲속 나라』, 「강물과 음악」, 『잔디 숲속의 이쁜이』 등을 보조 텍스트로 활용할 것이다. 이들 작품에 나타난 성과와 한계는 격변의 역사를 관통하는 과정에서 이원수의 시대에 대한 갈등과 내면의 흐름, 아동문학에 대한 지향 등을 두루 살피는 유용한 작업이 될 것이다.

아울러 이 글은 향후 이원수의 작가론을 연구하는 것뿐 아니라 해방이 후 한국아동문학의 장을 이해하는데도 기여할 것이다.

2. 부조리한 현실폭로와 낭만적 공간에서의 자유

『아이들의 호수』[11]는 어린이 잡지 『새벗』(1959.7~1960.11)에 총 15회에 걸쳐 연재된 장편 동화이다. 『아이들의 호수』는 용이의 현실에 대한 부정의식과 일탈 욕망을 두 개의 큰 의미 단위로 나누어 서사를 전개하고 있다.

전반부의 서사에서 가장 주목할 것은 용이의 '자유'에 대한 열망과 충돌 양상이다. 작품의 초반, 용이는 문지기에게 '캐러멜'[12]이라는 코드를 거부하는 것으로 '낯선 것'에 대한 반항행위를 표현하는 인물로 그려진다. 용이는 끊임없이 감시와 통제의 시선을 보내는 문지기에게 캐러멜 갑을 집어던지는 것으로 반항한다. 용이의 반항은 외제품인 캐러

11) 『아이들의 호수』는 1959년 7월부터 1960년 11월까지 총 15회로 어린이잡지 『새벗』에 연재된 동화이다. 매호마다 백영수가 삽화를 그렸다.

12) 당대 외래품인 럭키 치약과 해태 캐러멜은 아동·청소년 잡지뿐 아니라 성인잡지의 광고에도 자주 등장하는 상품이다. 청소년 잡지 『학원』 1958년 1월호에는 "승리치약"－東亞特産藥化學會社(속지광고), "럭키치약"－아침에 일어나서 럭키치약, 공부하다 새 기분을 럭키치약, 잘 때에 또 한 번 럭키치약 이라는 광고가 나온다(『학원』 1958.1, 6면). / "오리온 밀크 캬라멜"－왜 이렇게 맛이 있을가요? 신선한 밀크와 빠다가 담뿍 들어 있기 때문이다(『새벗』, 1957, 4, 겉표지 광고). 이러한 당대 현상에 대해 최인훈은 『회색인』에서 가락엿과 치아에 쓰던 소금 대신 해태 캐러멜과 럭키치약이 일상생활을 지배한다는 것이 '한국이라는 풍토에 이식된 서양'이라고 하였다(최인훈, 『회색인(최인훈전집 2)』, 문학과 지성사, 1992, 101면).

멜과 어른들의 잘못된 권위로부터 자유를 얻고자 하는 주체적이고 능동적인 행위다. 하지만 용이의 일시적 자유는 곧바로 좌절된다. 용이는 권위를 지닌 문지기에게 쫓기는 몸이 된다. 「꼬마 옥이」에서 나쁜 사람의 그림자가 자신의 신세를 한탄하지만 '자유'를 얻지 못하는 것처럼[13) 용이는 권위를 가진 문지기에게 '아니오'라고 말할 수 있는 자유조차 허락받지 못한다. 이러한 '말할 수 없는 서발턴(subaltern)'[14)]으로서의 인식은 일제 때부터 지속되어 온 인식론적 폭력과 지향 사이에서 갈등과 좌절을 반복하던 이원수 스스로의 위치 설정과 한계를 용이의 모습에 투영해서 보여준 것이라 할 수 있다. 일제 강점기에 성장기를 보낸 이원수는 소년소설에서 고아나 보호받지 못하는 하위주체를 내세워 자신의 모습을 투영시키고 자유에 대한 열망과 좌절의 양상을 반복·변주함으로써 현실의 부조리를 폭로한다.

자유를 얻기 위해 숲으로 간 용이는 장난감 권총 사건에 휘말리게 되어 더 큰 위기로 내몰린다. 미군레이션 상자와 과일상자로 대충 지어진 판잣집에서 용이는 결국 죽음을 맞이하게 되는데, 이는 내 것도 타인의 것도 아닌(미군레이션 상자와 과일 상자로 지은) 판잣집에서 자유를 열망하던 용이를 죽게 함으로써 모순으로 가득 찬 전후의 현실을 폭로한다. 위악한 현실은 용이로 하여금 거부할 수 있는 권리, 즉 '선택의 자유'조차 허락하지 않고 오히려 점점 더 큰 죄를 짓게 만든다는 점에서 폭력적이다. 처음에 '캐러멜'이라는 코드에 대한 거부행위는 용이를 강탈범으로 쫓기게 하고 결국 그를 죽음에 이르게 한다는 점에서 점층적인 서

13) 이원수, 「꼬마 옥이」, 『학원』, 1954.2, 162~169면.
14) Morton. stephen, 이운경역, 『스피박넘기』, 앨피, 2005, 24면.

사구조를 띠고 있다. 이처럼 사건은 '캐러멜－권총－공기 바퀴－미군레이션 상자'로 소재가 이동할 때마다 어린이가 겪어야 할 현실의 가혹함을 극대화해서 보여준다. 이러한 점층적 서사구조는 이원수가 해방이후 서양에서 이식된 문화와 일상을 수용하는 과정에서 당대 사회와 불화하는 지점을 보여주기 위한 극적 장치로 기능한다. 왜냐하면 이 텍스트 안에서 외래품은 하위주체들에게 안락함과 풍요로움의 추구라는 이면에 자신들의 터전과 생명을 위협하는 악의 상징으로 기능하기 때문이다.

1950년대 한국사회는 캐러멜, 양담배, 서부영화, 권총, 껌, 케이크, 아이스크림, 미군레이션 상자, 모터보트, 공기 바퀴, 빵 등 외래품에 의해 일상뿐 아니라 정신까지 잠식당하고 있었다. '정신적인 것에서부터 물질적인 것까지 모두 외래품'[15]으로 변색된 현실에서 용이는 '한국적인 것', '서구적인 것' 중 어느 한 곳에도 귀속되지 못한다. 1945년 이후 한국은 그야말로 급속도로 '미국화'되기 시작한다. "1950년대 미국은 한국사회가 역사적으로 형성해 온 '민족문화', '민족주의'를 변형하고자"[16] 했고, 이러한 전략은 한국에서 개인들의 일상과 문화적인 차원에서 급속도로 수용되었다. 미국화의 문화적 차원은 미국식 자유주의 혹은 자유민주주의가 정치·사회적 이상의 자리를 차지하게 되었다는 것을 의미한다. 하지만 문학작품을 면밀히 살펴보면 아직까지 당대인들은 전통과 이식의 경계 지점에서 완전히 벗어나지 못한 상태임을 알 수 있다. 특히 『아이들의 호수』는 이러한 심리적 경계 지점에서 갈등하는 자아를 보여줌으로써 작가의 시대적 고뇌를 담아낸다. 주인공인 용이는 시

15) 최인훈, 『회색인(최인훈전집 2)』, 문학과지성사, 1992, 101면.
16) 허은, 「미국의 대한 문화 활동과 한국사회의 반응」, 고려대박사논문, 2004, 4면.

장을 돌아다니며 구경꾼으로 관망하는 자세를 취함으로써 경계인으로 살아간다. 용이의 눈에 비친 낯설고 신비로운 '서양 것'은 일상의 모습과 정신까지 공포와 경외의 대상으로 다가온다. '엿'과 '캐러멜' 그리고 '떡'과 '빵'의 유혹이 뒤엉킨 용이의 내면은 사유하는 주체로서 '자유'를 추구하지만 전통과 이식의 경계에서 멀리 달아나지는 못한다. 이러한 갈등으로 인한 배회는 문화, 정치, 경제 사회 전 분야에서 자기 것을 잃어버린 하위주체들의 '심리적 유랑민화'를 상징한다. 해방이후 '국가=민족'의 등식이 성립되었지만 무엇이 올바른 삶이고, 질서인가에 대한 사고의 충돌로 당대인들은 혼란의 파도에 휘말렸다. 이러한 혼돈은 용이가 집이나 학교에서 붙박이로 살지 못하고 유랑민처럼 떠도는 것으로 상징화된다. 이식된 서양의 물질문명은 주체로서 '자유'를 얻고자 갈망하는 개인을 파멸시키고 죽음에 이르게 한다는 점에서 현실의 부조리와 폭력성을 표현한다. 이처럼 전반부는 전후의 혼돈 속에서 경계인으로 살아가는 하위주체의 방황과 죽음을 통해 부조리한 현실을 폭로하는 데 목적이 있다.

후반부는 낭만적 공간에서 '자유'에 대한 욕망을 직설적으로 발화한다는 점에서 전반부와 차이를 드러낸다. 용이가 도달한 공간은 현실 지배원칙에서 벗어난 거꾸로 된 환상세계다. 총을 쏠 때마다 자신의 몸에 총알이 박히는 기이한 장면이 연출된다.

> 눈앞에 열 살쯤 돼 보이는 소년이 총을 들어 이 편을 겨냥하고 있었다. 아이들은 모두 그 소년이 저희들을 쏘려는 것이라 생각하고 겁결에 두 손으로 얼굴을 가렸다.

(…중략…)

소년의 몸에는 어느 한 군데 성 한데가 없이 피자욱이 보였다. 보고 있던 아이들은 총을 쏠 때마다 총 쏜 사람의 몸에 총알이 와서 박히는 것을 한참 후에야 알았다. 괴상한 총이었다. 총 끄트머리가 꼬부라져 있는 것이다. 그러니까 총알은 총을 쏘는 사람에게로 돌아온다.[17)]

피투성이 소년은 "나는 총을 메고 나가서 내 친척 내 동포를 쏘았단다."라며 자신의 죄를 고백한다. 이 장면은 상관의 명령 때문에 총을 쏘았다 하더라도 살인은 모두 죄가 된다는 비판적 인식을 보여준다. 이런 설정은 전쟁 같은 폭력적인 상황 하에서도 잘못된 권력에 대해 '아니오'라고 반항하지 못했다면 자유 의지를 지닌 주체로서 죄가 된다는 점을 강조하기 위한 것이다. 이 부분에서 주목할 점은 '전쟁'이 하위주체에게 얼마나 폭력적인 것인가를 희생자인 아이들의 입을 통해 직접 발화한다는 것이다. 다음은 이런 사실들을 확인시켜준다.

"저기 어른들이 말을 타고 달려오고 있죠? 지금 전쟁이 일어난 거예요. 내가 지금 집안으로 뛰어 들어가지 않아요? 비행기가 날아오고…아이 무서워!"

"호오! 정말 전쟁이 났구먼. 저편에는 불이 일어나서 막 타고 있는데……."

"폭탄이 떨어진 거예요. 폭탄 뿐인 줄 아셔요? 총알, 대포알, 마구 쏟아져요. 아! 인제 우리 집에도 포탄이 떨어졌어요. 저것 봐요. 집이 무너지고 불이 이러나고 하지 않아요?"

용이는 불꽃이 활활 붙는 집에서 어린 아이의 아우성치는 소리를 들

17) 이원수, 『아이들의 호수』 8회, 『새벗』, 1960.3, 122면.

었다.

(…중략…)

"나는 뜨거워 버둥거리다가 잿더미 속에 묻혀 버렸다오. 왜 전쟁을 할까? 전쟁은 내가 아무리 싫다고 해도 소용이 없었어요. 마구 죽이고 죽고 타고 하는 게 싫어도 전쟁은 해야 한 대요. 그런데서 사는 건 싫었어요. 나는 그런 사람들이 싫고 물이 그리웠어요. 뜨거워 못 견디던 그 불속에서 나는 이런 시원한 물을 생각했지요……."[18]

위와 같이 전쟁은 '뜨거워 못 견디던 그 불속'으로 어린이의 입을 통해 지옥으로 묘사된다. 여기서 전쟁과 전쟁을 수행하는 주체들을 증오하는 아이들이 호수로 도피한다는 점에 주목할 필요가 있다. 호수로 온 아이들은 '물'의 신성함으로 정화되어 자연적인 존재로 변모를 시도한다. 김동리의 「무녀도」에서 '물이 재생의 이미지'로 기능하듯이[19] 이 작품에서 '물'은 전쟁의 폭력으로 상처받은 영혼을 물망초, 물오리 등으로 변화시키는 재생공간으로 작용한다. 기독교에서 물로 인한 정화 의식이 '초월성'과 '회복성'을 상징한다면[20] 현실세계와는 다른 존재로 생명을 얻고자 한다는 점에서 '호수'는 정화된 "생명을 잉태하는"[21] 낭만적 공간으로서 의미를 지닌다. 이처럼 『아이들의 호수』에서 '호수'의 이미지는 아이들이 꿈꾸던 유토피아의 물화된 모습이다. 하지만 용이는 호수에서 다른 아이들처럼 정화되기를 거부한다. 무엇이든 "되고 싶은 것으

18) 이원수, 『아이들의 호수』 10회, 『새벗』, 1960.5, 126~127면.
19) 김윤식, 『한국 근대 문학사와의 대화』, 새미, 2002, 396면.
20) 이영지, 「물의 초월성과 현실성과 회복성에 관한 연구」, 서울기독대학교 박사논문, 2008, 1~172면 참조.
21) Gaston Bachelard, 이가림 역, 『물과 꿈』, 문예출판사, 1998, 83면.

로 될 수 있"지만 용이는 민이에게 "우리는 사람으로 있자."고 제안한다. 죄를 짓고 온 용이는 "죄 없는 세상을 만들자."[22]고 언술함으로써 새로운 질서 회복이라는 전후 현실의 문제를 직접적으로 발화한다. 이러한 비판적 인식은 아이들이 호수 위를 걷거나 우주에서 유영을 하듯 자유롭게 날아다니는 장면에서도 반복된다. 『아이들의 호수』에서 호수가 지닌 우주적 역동성은 시간과 공간을 초월함으로써 유토피아적 영역을 표상한다. 호수의 생활은 감시와 통제의 시선에서 벗어난 아이들이 자유롭게 타인을 만나고 소통한다는 점에서 '자유'를 억압하는 현실의 폭력성을 역으로 강조하는 기능을 한다. 이 작품은 추위와 굶주림, 지옥 같은 입학시험, 목숨을 위협하는 자동차, 어른을 위한 어린이날 행사, 돈벌이만을 위한 장사, 어린이 학대에 대해 주인공이 직접 발화함으로써 현실 세계를 비판한다. 하지만 이 모든 과정은 현실이 아닌 판타지의 공간에서 이루어지는 것이다. 이처럼 후반부는 이상화된 공간에서 현실의 문제를 비판하고 해결하고자 한다는 점에서 낭만적인 양상을 띤다. 이는 「강물과 음악」에서 "행동의 자유를 빼앗긴" 정훈이 "절해의 고도거나 아라비아의 사막"[23]으로 자유를 찾아 떠나야 한다고 생각하는 낭만적 해결 방식과 유사한 맥락이다. 이처럼 이원수는 소년소설을 통해 "사람들을 수백명씩 쏘아 죽이고 불태워 죽인" 사람들, 그리고 "바다에 쓸어 넣어 죽인 악마들이 나라에서 높은 자리에 앉아 있는"[24] 부조리한 현실을 반복·변주한다. 『아이들의 호수』의 전반부에서는 전통과

22) 이원수, 『아이들의 호수』 10회, 『새벗』, 1960.5, 129면.
23) 이원수, 「강물과 음악」, 『학원』, 1958.10, 45면.
24) 이원수, 『아이들의 호수』 12회, 『새벗』, 1960.7, 131면.

이식의 경계에서 배회하는 자아의 좌절을 통해 현실의 모순을 폭로한다면, 후반부에서는 '호수'라는 낭만적 공간을 설정해 진실에 대해 말할 수 있는 자유조차 거세당한 전후의 억압된 현실을 비판한다는 게 차이점이다.

해방이후 이원수는 6·25전쟁과 주체를 상실한 채 서구의 것만 쫓는 현실, 악인들이 지배하는 사회에서 '자유'를 박탈당한 하위주체들의 강요된 침묵에 천착한다. 부조리한 현실에서 '자유'란 "협력"하지 않으면 박탈당하는 "자유"로만 존재한다.[25] 용이는 굴복이 아닌 자유를 얻고 싶지만 그 지향을 실천할 용기는 아직까지 없다. 『아이들의 호수』와 「꼬마 옥이」, 그리고 「강물과 음악」 등에서는 전쟁과 서구화, 사회적인 모순에 대해 항거할 자유조차 빼앗긴 하위주체의 삶을 폭로하지만 구체적인 자유의 지향점을 서술하는 데는 실패한다. 이는 이원수가 현실이 아니라 '호수'라는 판타지의 공간을 통해 '자유'라는 지향을 낭만적으로 해결하려고 한 데서 한계를 드러낸 것이다. 하지만 이원수는 『민들레의 노래』에서 당대 현실인식과 자유에 대한 지향을 인물들의 구체적인 행동을 통해 보여줌으로써 이러한 한계를 극복하려는 시도를 보여준다.

3. 공적기억의 재구성과 역사 복원으로서의 자유

『민들레의 노래』[26]는 『새나라 신문』에 연재된 소년소설로 총 22장으

25) 이원수, 「강물과 음악」, 위의 책, 39~45면.
26) 『민들레의 노래』는 1960년부터 1961년까지 일간지인 『새나라 신문』에 연재된

로 구성되어 있다. 일간지에 연재된 소년소설이라는 점에서 『민들레의 노래』는 각각의 장들이 다음 장과의 분절점에 새로운 위기와 갈등을 부여하는 방식으로 다음호에 대한 기대심리를 자극한다. 이 작품은 모험서사와 '추리기법의 활용',[27] 극적 장면에서의 분절 등을 통해 독자의 관심과 흥미를 증폭시키는 신문소설의 특징을 그대로 담아낸다. 『민들레의 노래』는 두 개의 역사적 사건을 축으로 서사가 전개된다. 하나는 6·25 때 억울하게 죽은 아버지를 둔 현우를 통해 잘못된 사적기억을

것으로 기록되어 있다. 이러한 서지사항은 『이원수 전집』뿐 아니라 2001년 사계절에서 출간된 것, 연구자들이 밝힌 서지 등에서도 반복된다. 하지만 학원사의 연표를 보면 국민학생부터 중학생까지를 주 독자로 한 『새나라 신문』은 1960년 9월부터 1960년 12월까지 약 3개월간 발간된 것으로 나온다. 『민들레의 노래』는 청소년잡지 『학원』에도 연재되었는데 1961년 3월부터 1961년 8월까지 연재되다 중단되었다. 그 후 1961년에 학원사에서 『민들레의 노래』가 단행본으로 출간된다. 하지만 『새나라 신문』에 대한 원자료를 확인할 수 없다는 게 가장 큰 문제이다. 『이원수전집』을 간행할 때 유족들이 『새나라 신문』을 보관한 것이 아니라 작품이 실린 부분만 오려서 보관하고 있었다는 점에서 사실 확인에 어려움이 따른다. 단, 학원사에서 1961년에 학원명작선집으로 발간한 『순정소설 : 민들레의 노래』의 「머리말」을 보면 이원수는 "어린이들의 순정적인 소설을 써달라는 『새나라신문』의 청탁을 받고 창간호부터 쓰기 시작한 『민들레의 노래』는 그 후 『학원』 잡지의 연재를 거쳐 끝 부분을 써 붙이는 등, 격동적인 과정을 밟아 이제 책으로 내놓게 되었읍니다."는 대목이 나온다. 이런 내용을 보면 1회(가정오락회)부터 10회(숲속의 집)까지는 『새나라 신문』에 연재되었고, 그 후 11회(호야의 활동)부터 16회(꿈과 현실)까지는 『학원』에 연재하다 중단되었음을 알 수 있다. 17회(원수는 외다무다리에서)부터 22회(사랑의 강)까지는 1961년에 학원사에서 단행본으로 출간하면서 마무리를 지은 것으로 보인다. 서지사항의 오류를 바로 잡는 것은 차후 『새나라 신문』을 찾은 후에 보완할 것이다. 이 글에서는 「호야의 활동」에서 「꿈과 현실」까지는 『학원』에 연재된 것을 참고로 하고, 그 외의 서사는 1961년에 학원사에서 출간된 『순정소설 : 민들레의 노래』와 2001년 사계절에서 출간된 『민들레의 노래』 1·2권을 기본 텍스트로 삼는다.

27) 최미선, 「이원수 소년소설 서사성 연구－「민들레의 노래」를 중심으로」, 『한국아동문학연구』 Vol.17, 한국아동문학학회, 2009, 118~120면 참조.

올바른 공적기억으로 되돌리는 과정을 서술하는 방식이다. 다른 하나는 4·19로 가족을 잃은 아픔을 간직한 경희 모녀의 삶을 통해 역사적 기억에 대한 인식의 지향점을 서술하는 방식이다. 현우의 기억 속에서 아버지의 존재란 '빨갱이'로 처형당한 죄인으로 남아 있을 뿐이다. 이같은 인식은 현우가 경희 모녀에게 아버지의 죽음을 전달하는 다음의 장면에서 확인할 수 있다.

> "아주머니, 저희 아버지는 동네 사람들이랑 함께 죽었대요. 빨갱이는 총살을 당해야 하는 거라죠?"
>
> "총살?"
>
> 경희 어머니가 놀란 소리를 하셨다.
>
> (…중략…)
>
> "어른 아이 모두 한꺼번에 죽였대요."
>
> "에이그 참혹도 해라! 그래 어디서 누가 그렇게 죽였니?"
>
> "제 고향에서죠. 경상○도 에이치읍에서 가까운 산골이어요. 6·25가 터졌을 때 우리 동네엔 공산군이 들어왔거든요.
>
> "오! 그래서……."
>
> "공산군이 들어와서는 여러 날 동안 주둔을 했대요. 그러다 공산군이 쫓겨 가고 난 뒤에……."
>
> "오오! 그런 얘기 신문에서 본 것 같다. 그래서?"
>
> "국군이 들어와서 우리 동네 사람들이 공산군한테 협력을 했다고 마구 잡아 산골짜기에 몰아넣고 총을 쏘아 죽이고, 동네를 불 질러 태워 버렸다지 않아요?"[28]

---

28) 이원수, 앞의 책, 194면.

위의 장면에서 대화는 주로 현우와 경희 어머니 두 사람 사이에서 이루어진다. 현우는 역사적인 살인 현장에 있었지만, 세 살 때라 어머니의 기억에 의존해서 사건을 전달하는 기능을 할 뿐이다. 또 경희 어머니는 전쟁을 체험한 존재지만 객관적인 제 삼자의 입장에서 현우의 말에 대응한다. 경희 어머니는 H읍 양민학살 사건에 대해 '신문에서 본 것 같다.'는 식의 구경꾼처럼 대화를 이어간다.[29] 이는 당대인들이 역사를 기억하는 보편적인 방식으로 공적 기억에 대해 억압된 자로서 구경꾼처럼 발화하는 방식이다. '발화자가 자신의 뜻대로 진술하기를 주저하고 자신의 말에 책임을 지지 않으려 하면 진정한 교감'[30]이 불가능하다. 그럼에도 불구하고 현우와 경희 어머니의 대화는 객관적인 차원에서 머무른다. 자신이 한 말이 고통을 부를 수 있다는 피해의식은 현우

---

29) 6·25전쟁을 전후로 발생된 민간인 학살 문제에 대한 관심은 1960년 4·19 직후인 5월 11일 거창에서 전쟁 당시 신원면 면장이던 박영보 타살 사건과 함께 그 실체가 세상에 모습을 드러내기 시작했다. 제주도, 경북, 경남, 전남, 전북 등의 지역에서 일어난 민간인 학살 문제가 공론화되자 4대 국회에서 진상 조사가 착수되었다. 그러나 1961년 5·16이후 등장한 군사정권은 유가족과 관련자들을 이적행위자로 몰아 구속 탄압함으로써 다시 이 사건은 수면 아래로 잠겨버린다. 오히려 유족들은 같은 해 12월 혁명재판소에 의해 징역형을 선고받는 사태까지 벌어졌다. 이에 관한 자세한 내용은 이강수, 「1960년 양민학살사건 진상조사위원회의 조직과 활동－「조사보고서」분석을 중심으로」(『한국근현대사연구』, 한국근현대사학회, 2008, 169~200면) 참조.
이원수의 『민들레의 노래』에 나오는 H읍 사건은 논자들마다 거창 또는 마산 사건이라는 의견이 서로 엇갈리고 있다. 이 작품에서는 특정 지역이나 사건으로 규정짓기 보다는 아무리 전쟁 중이라 하더라도 법적 절차 없이 빨갱이로 몰아 민간인을 학살하고 오히려 그들을 이적행위자로 만든 국가 폭력에 주목하고 있다. 따라서 이 작품은 이원수가 동시에서 산문 창작으로 이동하게 되는 중요한 내적 계기를 담아낸 작품이라는 것이 중요하다.
30) 강헌국, 「감시와 위장－최인훈의 「크리스마스캐럴」론」, 『우리어문연구』 No.32, 우리어문학회, 2008, 358면.

에게 피해자인 '나'의 진술이 아니라 사건을 전달하는 삼자적인 위치로 바꿔놓는다. 현우는 '~했대요', '~버렸다지 않아요.' 등 사건을 전달하는 자의 입장에서 객관적으로 발화한다. '죽고 죽이는 일이 흔하'던 시절을 살아온 사람들에게 감시에 대한 공포는 그들의 대화조차 자기검열 안에서 행해지도록 만든다. 이는 박철보가 공산당일지도 모른다는 이야기를 들은 호야의 반응에서도 확인된다. 호야는 정미 큰오빠가 보낸 깡패들에게 죽도록 매를 맞았을 때 육체적 고통보다 박철보가 '빨갱이'일지도 모른다는 사실에 경악한다. 전후 한국사회를 공포의 도가니로 몰아넣은 '빨갱이'라는 단어는 호야에게 그동안 절친한 친구인 현우마저 의심하게 만든다. 급기야 호야는 현우도 스파이의 끄나풀일지 모른다며 감시의 시선으로 바라본다. 호야의 반응은 현우가 빨갱이라면 "나중엔 무서운 형벌!"을 받게 될지도 모른다는 차후 폭력에 대한 피해의식과 결부되어 있다. 이처럼 전후 "감시에 대한 공포"는 감시의 기관이 외부에 있는 것이 아니라 자기의 정신 속에 설치되어 있다. 억압된 현실은 사람들뿐 아니라 어린이에게조차 나와 타인에 대한 감시를 보편적 삶의 조건으로 여기도록 한 것이다.[31] 이처럼 억압은 인간을 왜곡시키고, 단편화하고, 전인간적인 인간애를 빼앗아버린다. 의식이 주어진 사회에 의해 결정되는 사회적 인간의 표현이라면, 무의식은 우리들의 내부의 보편적인 인간의 표현이라 할 수 있다.[32] 따라서 호야를 비롯한 인물들의 자기검열은 일제시대부터 1950~1960년대까지 지속되어 온 "감시와 위장"[33]의 의식적인 행위에 속한다. 하위주체들은 6·25나

31) 강헌국, 같은 책, 359면.
32) Erich Fromm, 같은 책, 101면.

4・19에 대한 공적 기억의 진실이 되살아나면 과거의 역사적 폭력이 재현될지도 모른다는 공포로 끊임없는 자기검열을 해야만 했다. 그러므로 경희 어머니의 제 삼자적인 태도와 대사는 말할 자유를 억압하고 통제하는 한국사회에서 하위주체들의 역사인식과 자기검열의 양상을 보여준다. 폭력적인 현실은 현우와 경희 어머니처럼 역사적 기억마저 망각하거나 타인의 사건으로 전이하도록 '자율성을 지닌 주체'로서의 감각조차 마비시킨 것이다. 억압된 사회에서 '나'와 '타인'에 대한 폭력적인 기억은 현재적이고 역사적인 의미를 상실한 것으로 개인의 내면에서 자기 검열을 통해 침묵할 것으로 강요되는 과거의 사적기억일 뿐이다.

하지만 현우의 사적 기억은 죽음의 현장에서 살아난 외삼촌을 통해 새롭게 재조명된다. 외삼촌은 현우의 왜곡된 사적 기억을 다음과 같이 바로 잡아준다.

> 이날까지 현우는 아버지의 죽음을 죄인의 처형(處刑)으로만 생각해왔다. 죄 없이 죽은 억울한 아버지를, 아들인 현우 자신이 죄인으로 생각해 온 엄청난 이 잘못을 뼈아프게 뉘우치기도 했다. 그러나 그것보다도 현우의 마음을 흔들어 주는 것은, 아버지와 많은 고향 사람들을 잔인하게도 죽인 그 엄청난 범인이 어떤 사람일까? — 하는 것이다. 얼마나 악독한 인간이기에 젖먹이 어린애까지 함께 몰아가서 총탄의 세례(洗禮)를 받게 했으며, 얼마나 권세가 있었기에 그러한 악인이 10여 년 동안이나 끄떡하지 않고 재산을 모아 잘 살아왔는가 하는 일이었다.[34]

---

33) 강헌국, 같은 곳.
34) 이원수, 「민들레의 노래」, 『학원』, 1961.7, 26~27면.

현우는 지금까지 공산군에게 협력해서 아버지가 총살당했다는 어머니의 잘못된 기억을 믿어왔다. 하지만 외삼촌은 현우의 기억을 "자유 없는 백성"[35]의 뒤틀린 기억으로 규정한다. 외삼촌은 현우에게 전쟁 때 동네 사람들을 빨갱이로 모함하고 "동포를 대량 학살한 살인범"을 잡아 처벌해야 한다는 입장을 밝힌다. 이는 4·19 이후 국회의 '양민학살 사건 조사 특별위원회'의 진상조사가 시작된 당대의 상황을 담고 있다.[36] 여기서 현우는 전쟁 중 '죄인의 처형(處刑)'으로 기억했던 아버지 죽음 사건에 대한 사적 기억을 '전쟁 피해자'라는 공적 기억으로 내면화를 시도하는 계기를 마련한다. 왜곡된 역사에 대한 인식은 '악마 같은 인간을 이 세상에 두고, 그들의 지배를 받고, 그런 자들의 친구가 되어 사는 것이 위험하고 욕된 일'로 현우를 각성하도록 만든다. 여기서 현우의 권력에 대한 반항은 '행복'과 '자유'를 추구하고자 하는 태도로 확장된다. 현우는 6·25의 역사적 진실을 보는 능력, 본 사실을 전달하는 능력, 그리고 왜곡된 사실을 거부하는 능력을 '자유'의 이미지와 연결시킨다. 여기에서 현우에게 '자유'란 굴절된 사적 기억이 아니라 올바른 공적 기억으로 '역사'를 새롭게 복원하는 행위를 수반한다. 이원수는 외삼촌의 대사를 통해 자유에 대한 의지를 보여준다. 프로메테우스(Prometheus)가 신의 지배에서 벗어나기 위해 불을 훔치고 가혹한 형벌을 선택함으로써 '자유'를 획득했듯이,[37] 현실 지배원칙에 대한 반항과 기억의 재구성을 통해 이원수는 역사 복원으로서의 '자유'를 강조한다. 실존주의

35) 이원수, 「민들레의 노래」, 『학원』, 1961.6, 179면.
36) 이강수, 앞의 논문 참조.
37) Erich Fromm, 앞의 책, 13~22면 참조.

에서 "인간의 지적 발달도 반항의 능력에 달려 있"다고 했듯이 인물과 제도 그리고 권력에 대한 복종은 단순한 굴복으로 대치된다. 그러므로 현우가 기존의 권력과 기억에 반항하는 행위를 통해 '굴복'이 아니라 '자유'를 지향하고 실천한다는 점에서 이 작품이 전후 소년소설로서 새로운 위치를 부여받는다. 현우는 역사적 기억의 허구성을 폭로하고 공적기억으로 재구성하는 것이 "휴머니즘적 양심"을 지키는 행위라는 것을 깨닫고 실천한다. 현우의 각성은 뒤틀린 역사 속에서 주체가 자기 자신을 회복하고, '자유'를 획득하는 과정이다.

이 작품에서 두 번째 서사의 축은 4·19 때 오빠를 잃은 경희의 이야기를 통해 '자유'에 대한 인식의 확장을 보여주는 데 초점이 맞춰져 있다. 이원수는 경희를 통해 어떻게 역사를 기억할 것인가의 문제를 제기한다. 경희는 처음 현우를 만났을 때, 죽은 오빠와 닮았다는 이유로 친근감을 느낀다. 경희는 갈 곳이 없어진 현우를 자기 집에 머물게 하고 이야기를 들어준다. 하지만 현우의 아버지가 총에 맞아 죽은 사건에 대해 말할 때 "우리 오빠도 총에 죽었지만 난 안 울지."라고 말한다. 경희의 이러한 대사는 4·19를 기억하는 주체로서 폭력적인 현실을 올바로 기억하는 것이 진정한 '자유'의 지향과 실천임을 보여준다. 윤 사장이 경희 어머니가 만든 인형을 '4월 혁명의 용사'가 아닌 '6·25 방공의 용사'로 제목을 바꿔 자유 중국에 선물로 가져가고 싶다고 말하는 대목이 나온다. 경희 어머니는 죽은 아들이 이룬 "혁명의 명예를 손상시"키고 싶지 않아 그 제안을 거절한다. 하지만 경희는 어머니에게 새로운 복제품을 만들면 된다고 말한다. 경희의 복제품 제안은 현실적으로 궁핍을 해결하기 위한 수단이지만 한편으로 제 아무리 대량 복제를 하는 시대라 하더라도 역사적 진실만은 불변한다는 것을 의미한다. 여기서 중요한 것은 역사적 사건을 경험한 자로서 어떻게 역사를 기억할 것인가의 문제를 제기하고 있다는 점이다. 현우는 죽은 경희 오빠의 모델을 해주고, 경희 어머니는 새롭게 인형을 제작하게 된다. 4·19의 주체인 경희 오빠와 6·25의 피해자인 현우의 모습을 하나의 인형 속에 담아내고 제작하는 장면은 두 역사적 사건이 공적기억을 부여받는 정화의 과정이다. 이것은 왜곡된 6·25의 사적 기억을 4·19 정신으로 정화시키고 원형 그대로 복원시키고자 하는 주체의 자율적 의지의 표출이다. 이는 인형의 제목이 '4월의 용사'가 아니라 '4·19의 남매'로 변모되는 지점에서 확인할 수 있다. 인형 전시장은 6·25의 폭력 속에서 생존한 현우와 4·19의 아픔을 간직한 경희를 모델로 한 작품이 주제로 설정된다는 점에서 역사적인 시공간으로 탈바꿈한다. 여기서 제시된 4·19는 단순한 당대적 사건이 아니라 6·25나 일제 강점기까지 소급해서 '자유'를 향한 투쟁으로 전치됨으로써, 당대인들의 역사적 복원으로서의 '자유'에 대한 욕망을 보여준다. 이원수 소년소설에 나오는 악인들은 「유리성 안에서」의 "식민지 백성을 짓밟는 사나운 병정들"[38]이거나 「민들레의 노래」에서 "제 욕망을 채우려고 무고한 사람을 공비라고 고발한 놈",[39] 『아이들의 호수』에서 "사람들을 수백 명씩 쏘아 죽이고 불태워 죽인" 악마의 모습으로 표현된다. 따라서 이 작품은 역사적 맥락에서 '옳은 것'과 '악한 것'을 어떻게 구분하고[40], 기억해서 기록할 것인가의 문제로 나아간

38) 이원수, 「유리성 안에서」, 『새벗』, 1971.10, 31면.
39) 이원수, 「민들레의 노래」, 『학원』, 1961.6, 179면.
40) 이원수, 「민들레의 노래」 위의 책, 178면.

다는 점에서 역사의 복원으로서의 자유를 담아낸다.

4. 역사의 주체로서 '자유'를 지닌 아동상의 제시

이상에서 살펴 본 것처럼 이원수의 서사적 지향은 굴절된 역사 속에서 하위 주체들이 정의와 진실을 찾는 여정을 통과하면서 자유를 획득하는 것이다. '탈정치화되거나 미학화된 복종이 냉담함이나 좌절의 형태를 취한다'[41]면 『민들레의 노래』에서 현우와 정미의 '자유' 추구는 역사에 대한 반성적 태도로 나아간다는 점에서 긍정적인 아동상을 보여준다. 길가에 피는 '민들레처럼 꽃을 피우자'는 경희의 말은 어떤 협박과 압력에도 굴하지 않는 자유를 지닌 주체로서의 아동의 성장을 의미한다.

> "민들레처럼 길가에서 발에 밟히고 있는 거나 다름없다고 생각해. 그렇지만 우리는 꺾이지 말고 꽃을 피우잔 말야." (…중략…)
> "아! 사랑의 소년 소녀들아! 노래 불러라! 어른들은 가지지 못하는 드높은 애정의 세계를 이 땅에 펼쳐 놓아라!"[42]

'6·25 전쟁'과 '4·19'에 대한 공적기억은 진실과 거짓의 경계 위에 놓인다고 하더라도 퇴행적인 결과를 낳지는 않는다. 두 작품은 "한강물이 푸른 하늘을 품고" 흐르는 것처럼 역사에 대한 기억은 정당한 방식

41) Edward W. Said, 김정하 역, 『저항의 인문학 : 인문주의와 민주적비판』, 마티, 2005, 191~192면.
42) 이원수, 『민들레의 노래』 2권, 사계절, 2001, 227면.

으로 공적 기억을 재구성하는 방향으로 흘러간다는 점을 강조한다. 이원수는 이러한 역사법칙의 과정이 인간이 '자유'를 획득하고 성장하는 과정이라며 다음과 같이 쓰고 있다.[43)]

> 장편 동화 『숲속의 나라』는 나의 산문 작품으로 처음의 것이요, 그건 어린이들의 나라를 그린 것이었다. 자유와 사랑과 자주의 날, 외세를 배격하고 참된 독립의 나라를 환상적인 이야기로써 만든 동화였다. 나는 이 작품에서 내 심중에 바라는 사랑과 자유의 나라를 만들어 보려 했던 것이다.
>
> –『월간문학』, 1974.2.

위의 글에서 확인할 수 있듯이 이원수는 산문을 통해 '자유'와 '사랑', 그리고 '자주'의 나라에 대한 염원을 담고자 했음을 알 수 있다. 『아이들의 호수』에서 미애는 "사랑이란 것이 남보다 더 발갛게 빛나고 있는 걸" 용이에게 발견한 후 자기를 살인한 죄조차 용서하는 초월적인 사랑을 보여준다. 나아가 미애는 피해자에서 조력자로 위치를 변모시킴으로써 '사랑'과 '자유'에 대한 지향을 실천한다. 이러한 인물의 변모 과정은 이원수가 유토피아적인 기획의 차원에서 수동적인 아동상을 추구한 것이 아니라 현실에서 주체적인 '자유'를 지닌 아동상을 제시한 것으로 이해할 수 있다. 이는 이원수가 1971년 9월부터 1973년 12월까지 『카톨릭 소년』[44)]에 연재한 『잔디 숲속의 이쁜이』에서도 확인된다.

---

43) 이원수, 『아동과 문학(이원수전집 30권)』, 웅진출판사, 1984, 260면.
44) 1960년대부터 카톨릭 소년사에서 발간하던 『카톨릭 소년』은 1972년 7월부터 소년사로 바뀌면서 『소년』으로 개명된다. 『잔디 숲속의 이쁜이』는 1971년 9월부터 1972년 6월까지 『카톨릭 소년』에 연재되었는데, 1972년 7월부터 1973년 12

> 근작 장편 동화 『잔디 숲속의 이쁜이』는 자유와 사랑의 이야기다. 획일적이요 전체주의적인 생활을 싫어하고 자유와 사랑을 누릴 생활을 위해 도망친 이쁜이의 생활을 그려 보았다.
>
> ―『월간문학』, 1974.2.

이원수는 『잔디 숲속의 이쁜이』에서 인물들의 '자유'와 '사랑'의 투쟁과정을 설정함으로써 관념이 아니라 판단하고 행동하는 '이성'을 제시한다. 이 작품에서 이쁜이와 똘똘이는 개미사회의 관습을 버리고 이상적인 공동체를 만들기 위해 분투한다. 『잔디 숲속의 이쁜이』는 전쟁/평화, 굴복/자유, 참/거짓, 미/추, 역사성/반역사성 등의 이항대립을 통해 독자로 하여금 어떠한 지향과 실천을 해야 하는지를 앞의 두 작품보다 더욱 구체적으로 보여준다. 이원수는 "이상"이란 "부정적인 것과 싸워서 비로소 얻는 것"[45]으로 『잔디 숲속의 이쁜이』에서 "자유를 주창하는 사회"[46]를 이상적인 공동체의 모델로 제시한다. 이러한 공동체는 이쁜이와 똘똘이처럼 행동하는 자유와 사랑을 지닌 주체적 인물에 의해 가능해진다.

이와 같이 해방이후 이원수는 동시에서 산문으로 확장하면서 '투철한 눈으로 미와 추를 식별하고 진실을 찾아내는 부단한 마음의 투쟁'[47]을 담아내고자 하였다. 그는 역사의 주체로서 '자유'를 지닌 아동상을

월까지는 『소년』에 연재되었다.

45) 이원수, 『아동문학입문』, 소년한길, 1984, 242면.

46) 정진희, 「이원수 소년소설 『잔디 숲 속의 이쁜이』 연구」, 『한국언어문화』 Vol.23, 한국언어문화학회, 2003, 315면.

47) 이원수, 같은 곳.

반복적으로 제시하는데, 이는 이원수가 '자유'를 지닌 아동상을 아동문학의 최대 과제로 삼았음을 의미한다. 이원수 작품에 나타난 자유에 대한 지향이나 굴절은 1950~1960년대에 한정된 문제가 아니라 현재까지도 유효한 문제라는 점에서 현대 아동문학사에서 그의 인식은 중요한 의미를 가질 수 있다. 이 글은 이원수 초기 소년소설에 나타난 작품을 중심으로 현실인식과 서사적 지향을 밝히고 있지만, 이원수 전체 문학과의 관련성을 밝히는 데까지 나아가지는 못하였다. 이러한 문제는 이원수의 중·후기 작품들을 연구하는 과정에서 보완할 수 있도록 추후 과제로 남기고자 한다.

출전 : 「이원수 소년소설에 나타난 현실인식과 서사적 지향
-『아이들의 호수』, 『민들레의 노래』를 중심으로」, 『비평문학』 제43호, 2012.

이원수 소년소설 서사성 연구

—『민들레의 노래』를 중심으로

1. 머리말

인간은 서사화 행위를 통해 의미를 만듦으로써 살아가는 존재이고, 그래서 본질적으로 서사적 존재라고 한다. 그런 점에서 서사는 사람들에게 관심의 대상일 수밖에 없는 것이다.

이 글은 1961년 발간된 이원수의 『민들레의 노래』[1]를 스토리로서의 사건, 초점화 양상, 담화 재현 방식[2] 등을 분석함으로 이원수 초기 소년

* 최미선 / 경상대학교 국문과 강사

1) 이원수 전집, 제13권(서울 웅진출판사, 1984)을 텍스트로 삼음. 이후 이 책은 전집 권수로 표기하고자 함.

2) 리몬 케넌은 서사물을 스토리, 텍스트, 서술이라는 세 층위로 나누어 고찰하였는데, 서사 구조를 3원론적으로 파악하는 관점은 바르트, 주네트, 미케 발 등에 의해서도 제안된 바 있다. 서사 이론에서 스토리, 텍스트, 서술이라는 세 층위는 허

소설이 어떻게 서사성과 대중성을 획득해 나갔는지를 구명(究明)해보고자 한다.

한국현대아동문학사적으로 보면, 『민들레의 노래』가 발표된 1960년대는 비로소 아동문학시대가 시작되어[3] 장편 소년소설, 창작동화 등이 문학적 형태를 갖추고 발표되었다는 것[4]은 주지의 사실이다.

이원수의 창작 활동은 크게 시, 산문으로 대별될 수 있고, 산문은 다시 동화, 소년소설,[5] 아동문학평론, 수필[6] 등으로 구분 지을 수 있다. 이원수는 등단한 이후부터 해방이전까지는 주로 동시, 동요 창작에 치중[7]하였다. 그러나 한국 현대사 변혁의 큰 사건들은 겪은 1960년 이후,

---

구서사 텍스트를 잘 이해하기 위한 세 가지의 시각을 보여주는 것이라 하겠다.
리몬 케넌, 최상규 옮김, 『소설의 현대 시학』, 예림기획, 1999, 10~14면 참조.
박진, 『서사학과 텍스트 이론』, 랜덤하우스중앙, 2005, 95~96면, 참조.

3) 이재철은 이 시기를 '정리형성기'로 보면서 본격 문학 생성을 위해 움직인 시대라고 설명했다.
이재철, 『아동문학개론』, 서문당, 1983, 86~87면 ; 이재철, 『한국현대아동문학사』, 일지사, 1978, 532~533면에서 이런 내용을 다루고 있다.

4) 박상재, 『한국창작동화의 환상성 연구』, 집문당, 1998, 40면 이하에서는 1961~1975년까지를 정리성장기로 보았다.

5) 이원수 소년소설 연구는 권영순(이화여대, 1984), 중춘수(인하대, 1993), 이균상(한국교원대, 1997), 김혜정(서강대, 2008) 등의 논문이 있다. 주제와 형식, 장르구분의 문제 등에 초점을 맞추고 있다.

6) 『이원수 아동문학 전집』 전30권(웅진출판주식회사, 1984)은 그의 사후에 발행되었다. 제1권 동요・동시, 제2권~제8권 동화, 제9권~제18권 소년소설, 제19권 아동극, 제20권 수필, 제21권 전래동화, 제23권 고전동화, 제24권~제25권 역사 전기소설, 제6권 시, 수필, 수상, 제27권 수필, 수상, 제29권~제30권 아동문학론으로 편집되어 있다.

7) 이원수는 동요, 동시 창작에서 산문창작으로 전환하게 된 소회를 자신의 저서에 그대로 밝혔다.
이원수, 『이원수 아동문학전집 30』, 서울웅진출판주식회사, 1984, 255면.

산문에 전념하는 변모를 보여주었다. 그는 동요・동시로는 모두 담아내지 못하는 시대적 이야기들을 동화와 소년소설에 담아내겠다고 했다. 특히 동화라는 공상의 세계에서 막 벗어난 소년(소녀)들에게 소설로 현실의 질곡한 이야기들을 들려주고자 했다.

『민들레의 노래』를 주목하게 된 주된 이유는 한국 현대사의 주요한 역사 사건을 배경으로 다루고 있는 작품일 뿐만 아니라 담화에서 드러난 독특한 양상과 매우 다각적인 시각으로 사회상을 살피면서도, 대중의 취향에 맞추려는 작가의 의도 등을 문제로 읽었기 때문이다.

이 글에서는 텍스트에 담긴 이러한 문제성을 서사학적인 방법[8]으로 분석해보고자 한다. 서사학적 방식이라 함은 서술자와 스토리의 관계, 서술자와 인물의 관계, 담론의 분석 등을 통해서 소설 양식적 특성을 설명함을 말함이다. 『민들레의 노래』에서는 하나의 사건을 두고 인물들이 보여주는 태도와 담화가 매우 다양하게 나타나는데, 이런 양상은 서사학적 방법으로 분석이 가능할 것이라고 본다.[9] 이와 함께 대중성 획

8) 김용희(2008)는 마해송의 「박과 봉선화」 담화구조를 통해 이야기를 서사로 만드는 서술기법은 우리나라 초기 창작동화의 현대화 진입가능성을 보인 것이라고 설명했다.
김용희, 「韓國 創作童話의 形成過程과 構成原理 硏究」, 경희대학교 대학원, 2008, 133~134면.
나병철, 『소설과 서사문학』, 소명출판, 2006, 14~16면.
나병철은 문화패러다임의 변화로 인해 역으로 문자적 서사(성)이 강조된다고 하면서 소설의 위기를 벗어나려면 다른 서사형식들과의 긴밀한 교섭이 필요하다고 했다.
문화적 전환기에 서사가 중시되고, 기능을 강해지는 것은 주목해볼 필요가 있다.
9) 이 글에서는 리몬 케넌의 허구적 서사물의 삼원론적 구분을 일부 원용하고, 채트먼의 서사텍스트 이론을 부분적용하기로 한다.

득을 위한 서사전략이 텍스트에서 어떻게 실현되는지도 함께 살필 것이다. 서술자가 중시되는 이 방법론은 어느 아동문학가보다 굴곡이 많았던 작가 이원수 생애[10] 일부분을 설명하는 통로가 될 것으로 본다.

『민들레의 노래』가 이처럼 문제적인 까닭으로 그간 연구가 지속되었으나, 몇 몇 논문에서 연구자의 오독(誤讀)으로 인한 결함을 찾을 수 있었다. 이 때문에 『민들레의 노래』에 더 주목하게 되었는데, 다음 연구자들의 무분별한 추수(追隨)를 차단하기 위해 이 내용을 밝혀둔다.

『민들레의 노래』 본문 양민 학살의 만행이 일어난 장소는 '거창'이 아닌 'H'읍이다. 이 내용은 본문 현우의 담화에서 "내 고향 경상X도 에이치 읍"(158면)으로 증언되었음에도 이균상, 김혜경의 글에서는 '거창 양민학살사건'으로 명기하고 있다.[11] 이런 오류는 전집 13권 『민들레의 노래』 김종철의 해설 「어른도 감동시키는 소년소설」을 잘 못 읽은 결과로 보여 진다. 김종철의 해설에서 "그것은 양쪽 군대 사이의 싸움이 아

10) 이원수는 1935년 당시에 근무하던 함안금융조합 '독서회' 사건으로 2년간 옥고를 치렀고, 일본경찰로부터 고초를 겪는다. 1940~1945년 조선금융조합연합회 기관지 「半島の光」 동시 「지원병을 보내며」 외 4편의 친일작품을 발표했다. 2003년, 박태일, 「이원수의 부왜문학 연구」(배달말 Vol.NO.32)에서 이원수의 친일행적 밝혔다.(2008년 민족문제 연구소에서 친일인명사전 수록예정자로 지정) 광복 이후 이원수는 일관되게 전쟁과 독재를 추방해야한다고 주장하고 가난한 어린이, 소외된 어린이들을 위한 작품 활동에 매진한다. 작가 이원수의 생애의 굴곡과 좌절을 짐작할 수 있는 연대기적 기록이다. 그러나 작가 이원수를 대변할 모든 시대 역사적 자료와 작품을 동원해서 2년간의 옥고와 5편의 친일작품의 功過, 경중의 비교를 꼼꼼하게 따져봐야 할 것이다. 보다 깊이 있는 작가론적인 연구는 과제로 남겨져 있다고 해야 할 것이다.

11) 이균상(27면 표2, 40면), 김혜경(60, 63면)은 논문에서 소설의 공간적 배경을 '거창사건'으로 단정하고 썼는데 이는 김종철의 해설을 제대로 파악하지 못한, 안일한 독법의 결과로 보여진다.

니라 전쟁의 혼란을 틈타서 자기의 욕심을 채우려던 자들 때문에 생긴 비극이었다. 경남 거창에서 군인들이 양민들을 무자비하게 학살한 사건이 대표적인 것이다. 이 소설의 주인공 현우의 아버지는 바로 그렇게 죽었고"(…생략…)라고[12] 썼다. 김종철은 소설 속 사건이 거창 양민학살 사건이라고 명시하지 않았고, 다만 "거창양민 학살 사건이 대표적인 것"이라고 밝혔을 뿐이다. 그럼에도 불구하고 일부 연구자들이 이를 오인하여 소설 본문의 양민학살 사건을 '거창사건'으로 단정 짓고 있다. 이는 연구자들의 안일한 독법에서 비롯된 것으로 본다.

주인공 현우가 밝힌 "경상X도 에이치 읍"은 이원수가 젊은 시절 많은 시간을 보냈던 함안일 수도 있고, 또 함양일 가능성도 배제할 수 없다.[13]

2. 『민들레의 노래』 서사적 특성

『민들레의 노래』에서는 우리 현대사의 큰 변혁의 사건을 다룬다는 점에서 이원수의 단편 「어느 마산 소녀의 이야기」(1960, 세계일보)와 비교해 볼 수도 있다. 3·15부정선거를 소재로 한 「어느 마산 소녀의 이야기」는 외적초점화인 서술자 화자 시각으로 일관되어 있으나, 『민들레

12) 전집 13권, 396면.
13) 한국전쟁 당시 양민이 억울하게 죽음을 당한 양민학살사건은 경남의 여러 곳에서 자행되었다. '거창사건'이 대표적이라 할 수 있다. 함양에도 동일한 사건이 있었고, 희생자 추모식도 열린바 있다.(경남도민일보 2006.11.4 보도) 그 외 함안 등의 곳에서도 유족모임이 만들어져서 진상을 확인하고 있는 중(경남도민일보, 2009, 11.5, 함안참여연대 대표 인터뷰)에 있는 것으로 알려지고 있다.

의 노래』에서는 보다 내면화시켜 정치적, 사회적 문제를 한층 긴밀하게 서술하고 있다. 그는 현대사의 큰 변혁의 사건을 청소년 문학에 직접 다루면서, 접근방식에 있어서도 당시 대부분의 작가들과는 태도의 차이를 보였다. 6・25전쟁에 대한 그의 관념은 '단순히 북괴군이 먼저 쳐들어 왔기 때문'이라는 반공교과서적 이념과는 다른 사고를 했다.[14] 전쟁의 원인을 다른 데서 찾으려했고, 전쟁으로 인한 인간성 말살, 인성파괴, 가정 해체, 가족이산,[15] 가정 붕괴로 인한 어린이들의 순수성 상실, 어린이들의 곤고한 삶 등을 더 크게 우려했다.

『민들레의 노래』는 현우, 정미, 경희, 호야 네 소년들이 역사적 변혁의 혼돈스러운 공간에서 순수성을 잃지 않으려고 고군분투하고 있는 것이 거시적 줄거리다. 전쟁 이후에 발표된 그의 작품에 등장하는 주요 인물 대부분이 고아[16]인데 주인공 현우 역시 고아인 것은 이 사실을 뒷받침 해준다.

1) 역사적 서사성과 서정성

1960년부터 1961년까지 새나라 신문에 연재되었다가, 학원사(1961, 12)에서 간행된 『민들레의 노래』는 시에서 산문으로 전환한 초기작으로 이원수의 서사적 역량을 보여주는 장편이다. 『민들레의 노래』는 6・25

14) 仲村修, 「李元壽 童話, 少年小說 硏究」, 인하대학교 석사논문, 1993, 40면.
15) 이원수는 1・4후퇴 때 장녀 영옥을 잃었다가 다음 해 제주도의 어느 고아원에서 찾았다. 이때의 일을 바탕으로 「꼬마 옥이」라는 작품을 썼다. 전집 10, 『박꽃 누나』 연보 참조, 316~330면.
16) 권정생, 『내가 살던 고향은』, 웅진출판주식회사, 1996, 73면.

전쟁과 4 · 19혁명이라는 현대사의 구체적 사건을 배경으로 하고 혼탁하고 부패한 사회 분위기를 틈타 부정축재, 거짓, 사기 등이 난무하는 속에서도 끝까지 순수성을 상실하지 않으려는 인물들의 역학관계로 짜여져 있다. 4 · 19 이후 혼란의 틈바구니에서 어른들은 부정부패로 부를 축적하고, 이권 앞에서는 신의도 저버린다. 불량배들은 어린이들을 유괴해서 부모에게 금품을 요구하고 심지어 경찰을 사칭해 어린이들을 감금하기도 한다. 이런 어른들을 바라보는 소년소녀들[17]은 마치 시험대 위에 서 있는 것처럼 불안하다. 정미는 허영, 사치, 거짓을 일삼고, 호야는 일부분 배금주의자로 행동하기도 한다. 작가는 이런 혼탁한 세태 상을 작품 전면에 드러내면서 어른, 어린이들의 타락과 그것에 대비되는 순수성의 문제를 생각하게 한다.

『민들레의 노래』 심층구조는 전쟁고아인 소년 현우가 어려운 환경 속에서도 꿋꿋하게 자기의 삶을 살아간다는 것을 내용으로 한다. 그러나 표층 구조에서는 다기(多岐)하게 확장된다. 우선 현우가 고아가 된 것은 전쟁보다 더 참혹한 양민학살사건의 결과라는 것이 드러난다. 그 양민학살사건을 주도한 사람은 고아 현우를 거두어서 양육해준 정미 아버지라는 사실이 서사진행 과정에서 밝혀진다. 이 같은 구체적 역사사실의 서사성과 주요등장 인물들이 부르는 『민들레의 노래』[18]의 서정성

---

17) 근대 '아동의 발견'(필립 아리에스, 『아동의 탄생』, 새물결, 2003) 이후 독자적 아동으로의 인식 전환이 일어났고, 20세기에 들어서는 어린이론이 분야를 초월하여 주목을 받고 있는 것(혼다 마스코, 『20세기는 어린이를 어떻게 보았는가』, 한립토이북, 2002, 145~147면 참조)은 사실이다. 이와 함께 아동, 어린이, 청소년 등의 호칭에 대한 세미한 논의도 있으나 이 글에서는 독자수용측면에서 소년소녀(청소년)와 어린이를 혼용하기로 함.

은 씨실과 날실로 직조되어 서사체를 형성하고 있다.

허구적 서사물은 일련의 사건들을 재현시킨다는 것은 리몬 케넌의 설명이다. 사건들은 시간적인 연속과 인과관계 두 가지 주요한 결합의 원리에 의해 스토리를 만들어 낸다.[19] 스토리의 주된 성분으로는 사건과 인물로 논의되는데, 『민들레의 노래』에서 사건은 <어른들의 사건>과 <어린이들의 사건>으로 나눌 수 있다. 각각의 서사단락은 다음과 같이 정리할 수 있다.

가) <어린이들의 사건>

① 정미는, 현우가 쓴 동시 『민들레의 노래』를 학교 숙제로 낸다. 이 동시는 신문사 현상 모집에서 첫째로 당선되고 한정미의 작품으로 발표된다. 그리고 유명 작곡가 석영재 씨가 동시 『민들레의 노래』에 곡을 붙인다. 동요 『민들레의 노래』가 만들어진다.

② 방송국 학생합창단 단원 경희가 『민들레의 노래』를 부르기 위해 정미 집(현우가 함께 살고 있는 집) 잔치에 초대된다. 경희는 현우를 보면서 4·19혁명에 희생된 오빠와 닮았다고 생각하면서 현우에게 친밀감을 느낀다.

③ 납치범을 신고해서 보상금을 탈 계획으로 호야와 현우는 납치범들의 비밀 집을 알아내고 납치범들을 추적하지만 오히려 납치범들에게 붙잡혀 감금된다.

④ 정미 아버지가 부정축재라는 혐의를 받게 되자 정미네 가족들은 현우가 감금되어 있는 사이에 이사를 간다.

---

18) 이 글에서 '민들레의 노래'는 중의적이다. 현우가 쓴 동시가 동요로 불리워지는 <민들레의 노래>와 텍스트로써의 『민들레의 노래』가 있다. 문자부호로 구분함을 밝혀둔다.

19) S. 리몬 케넌, 최상규 옮김, 『소설의 현대시학』, 예림기획, 2005, 24~37면.

⑤ 호야는 현우외삼촌이 현우를 찾는다는 신문광고를 보게 되고, 직접 현우외삼촌 집을 찾아 나선다.

⑥ 현우는 외삼촌(박철보)을 만나게 되고, 그동안 자신을 맡아 키워준 정미의 아버지가 자기 아버지 처형 사건(양민학살사건)의 책임자라는 사실을 알게 된다

⑦ 정미는 폐렴을 앓게 되고, 현우의 소중함을 알게 되어 반성하고 아이들은 화해한다.

나) <어른들의 사건>

① 현우 아버지는 6・25전쟁 때, H읍 양민학살사건에서 처형당한다. 이 사건의 책임자는 정미 아버지다.

② 정미 아버지는 고아가 된 현우를 데려와서 양육자 겸 보호자의 행세를 한다.

③ 4・19 이후 정미아버지는 부정축재자로 알려져 피신을 하게 된다. 정미 네는 현우가 납치범에게 감금된 사이 이사를 간다.

④ 정미 아버지는 정릉 산골짜기에서 피신을 하며 술로 시간을 보내며 낙담하고, 4・19를 원망하고 있다.

⑤ 현우 외삼촌 박철보와 정미 아버지와 정미 집에서 맞닥뜨린다. 정미아버지는 이름까지 바꾸고 있었던 것이 밝혀진다.

⑥ 박철보는 정미아버지 한경렬을 양민학살 범으로 신고하려고 하지만, 한경렬은 오히려 박철보에게 공산당부역자라는 죄명을 씌워 감옥에 보낸다.

⑦ 현우 외삼촌 박철보는 감옥에 가게 되고, 현우 외숙모는 남편의 구명운동을 하러 다닌다.

『민들레의 노래』에서 사건은 이처럼 중층적인 구조를 보이는데, 어린이들의 사건은 시간적인 순차성으로 진행되고, 어른들의 사건은 인과성

의 결과로 진행되고 있다. 가) ①부터 ⑦까지에서 보는 것처럼 시간적 순차성으로 진행되는 어린이의 사건에 인과적 계합체인 나) ①부터 ⑦까지의 어른들의 사건이 끼어들기하면서 서사가 진행되다가 순환구조로 결말에 이른다.

특히 『민들레의 노래』에서 놓쳐서 안 되는 것은 민들레라는 자연물이다. 현우가 쓴 노랫말 <민들레의 노래>에서 민들레는 소설의 발단에서부터 대단원의 전 과정을 관통하는 중심제재로 소설 전체를 관류하고 있으며, 서정성을 확보하는 매개물이다.

이원수의 많은 소년소설 중에서도 초기 작품인 『민들레의 노래』를 주목하게 되는 또 하나의 이유는 여기에 있다. 냉엄한 역사적 현실, 구체적 상황을 바탕으로 한 서사성을 추구하면서도 서정성을 융화시키고 있기 때문이다.

> "민들레란 것이 겨울 얼음판에서도 죽지 않고 견디다가 봄이 오자 남먼저 피지 않어? 우리도 민들레처럼 끈기 있게 살아야겠어. 고생이나 슬픔이나……, 그런 걸 견디고, 봄이 오자 피어나는 민들레처럼 활짝 꽃을 피워야겠어. (…중략…) 우리가 민들레처럼 길가에서 발에 밟히고 있는 거나 다름없다고 생각해. 그렇지만 우리는 꺾이지 않고 꽃을 피우잔 말야."(389면)

경희의 말을 옮겼다. 이 인용문에는 인간 순수성의 회복을 바라는 작가의 염원이 그대로 드러나 있다. 이원수는 순수성 회복을 곧 동심의 회복으로 보았는데, 동심의 회복에 대한 변함없는 동경을 보여주고 있는 작가의식의 결과라고 할 수 있을 것이다.

<어른들의 사건>을 추동하는 힘은 6·25전쟁과 4·19 의거. 큰 변혁의 두 사건이다. H읍 양민학살 사건에 직접 가담했던 정미 아버지 한경렬은 6·25전쟁 이후 한동욱으로 이름을 바꾸고 철저히 자신을 숨기며 살아간다. 한경렬은 양민학살 사건에 아버지를 잃고, 나중에 어머니까지 잃게 된 현우를 자식처럼 거두어 키워주지만, 자신을 위장하기 위한 방편이다. 전쟁 직후 일본으로 피신했던 현우 외삼촌은 우여곡절 끝에 현우와 해후하게 되고 한경렬을 찾기에 혈안이 된다. 이처럼 어른들의 사건은 역사적 현실이 빚어낸 원한의 인관관계를 풀기 위해 추적해 가는 과정에 놓였다. 이러한 대립을 자연물 민들레를 통해 서정으로 조화, 융화시키고 있는 것이 소설 『민들레의 노래』가 담아낸 서사적 특성이다.

『민들레의 노래』에서는 이처럼 어린이들의 사건과 어른들의 사건, 두 가지의 스토리－선이 교직되어 서사를 발전시키고 있다. 어른들의 사건은 역사적 서사를 형성하였고, 어린이들의 사건은 『민들레의 노래』를 핵으로 하여 서정적으로 엮여나가는 서사구조를 보인다. 더욱이 '민들레'라는 자연물은 문화적 가치를 획득하기 위해 기호화된다.[20] 기표로써의 민들레는 밝고 선명하고 노란 꽃을 피우는 식물의 한 종류이지만, 얼음판에서도 죽지 않는 강인한 생명체라는 기의를 내포하고 있다. 그

20) 로트만은 문화적 가치를 획득하기 위해서 사물은 기호화 되어야한다고 했는데, 글의 출현이 문화의 기호학적 구조를 복잡하게 하는 것이 아니라 실제로 그것을 단순화했다는 것은 역설처럼 보일 수도 있다. 기호화와 코드적인 신성한 상징들을 재현하는 물질적 대상들은 언어적 텍스트들이 아니라 의식텍스트들 속에서 발견된다고 했다.
Y M. 로트만, 유재천 옮김, 『문화기호학』, 문예출판사, 1998, 365～378면.

리고 민들레는 어려운 여건 속에서도 굴하지 않고 꿋꿋하게 자신의 몫의 삶을 살아나가면서 빛을 발하는 현우로 직접 환유되기도 한다. 이런 서정성은 역사적 서사성과 맞물려 단단한 구조를 만들어낸다.

그러나 사건의 진행과정에서의 몇 몇의 시퀀스는 핍진성을 저해하고 있다. 예를 들어 호야가 '바람에 굴러온 신문지 조각에서 현우를 찾고 있는 광고(195면) 발견하는 장면이라든가 현우 외삼촌 박철보 씨 집을 찾아가는 길에, 동네 친구들로부터 놀림을 당하고 있는 어떤 아이를 구해주었는데, 그 아이가 현우의 외사촌 동생인 길남인 것, 길남이를 집까지 데려주다가 외삼촌 박철보 씨 집까지 바로 알게 되는(205~210면) 것과 같은 우연의 남발은 현대적 서사물에서 동기화로 작용되기는 어려울 것이다

2) 추리기법 서사와 대중성

『민들레의 노래』 전편에 걸쳐 현우와 호야, 두 소년이 펼치는 탐색은 대중성 획득을 위한 두드러진 서사적 전략이라고 할 수 있다. 탐색은 추리 서사의 원형이라고 할 수 있는데, 추리서사는 다른 서사체에 비해 월등한 가독성을 지니고 있다. 이 가독성은 대중에의 흡인력을 확보하기 위한 서사적 전략으로 이용된다. 다시 말해 문제에 대한 탐색이라는 인간 본원적인 욕망을 서사학적 차원에서 수용한 것이 추리서사이고, 서사적 욕망으로 인해 대중들은 추리서사에 능동적으로 참여하게 된다는 설명이다.[21]

21) 김영성, 「한국 추리서사의 서사성과 대중성에 관한 연구 1」, 한국언어문화, Vol.29,

작품 전반에 걸쳐 현우와 호야, 두 소년은 행동이 우세한 모험적 탐색활동을 펼친다. 탐색과 수수께끼 풀기는 전형적 추리소설의 구성원리라 할 수 있는데, 두 소년이 펼치는 탐색에 독자들은 본원적으로 능동적인 참여를 하게 되는 것이다.

다)

① 현우는 산비탈 길을 오르면서 이런 곳에 무슨 판자 집이있나 하고 살펴보았다. 2층집들이 많은 동네를 지나 석벽이 있는 데까지 올라가니 허름한 집들이 보이기 시작했다. 판자집 같은 것도 몇 있었다. 현우는 가슴이 죄기 시작했다. 이제 무서운 모험이 시작되는 것 같았다.(57~58면)

② 거기서부터 큰길 아래로 내려가면 판자집이 있을 것이다. 어두운 비탈을 살금살금 내려갔다. 석벽이 있는 곳에까지 가서 호야는 형사들에게 손가락질을 해 보이며 속삭였다.

"저 집이어요."

"틀림없겠니?"

"틀림없어요. 저 집 안에 들어가면 굴이 있어요."(111~112면)

③ 그러한 악마 같은 인간을 이 세상에 두고, 그런 자들의 지배를 받고, 그런 자들의 친구가 되어 사는 것은 위험하고 욕된 일이다. 갈피를 잡을 수 없는 현우의 마음 가운데 이런 뚜렷한 생각이 떠올랐다. 이제부터 호야와 같이 그 한 대수라는가 하는 사람을 찾아

No.2006, 한국언어문화학회, 186~188면 참조.

추리서사는 재현하는 이야기와 그것이 독자들에게 전달되는 방식인 담론이 어떤 방식으로 구분되는가를 명시적으로 드러낸다고 토도로프는 설명했는데 이러한 서사적 특성과 의미를 이해하기 위해서 고려되어야하는 것은 대중의 서사적 욕망이고, 추리서사가 독자들의 능동적인 참여를 전제한다는 사실과 연관성이 있다고 했다.

볼까? (……) 이건 집 잃은 어린아이를 찾는 것과는 아주 다르다. (261면)

위의 인용문 다) ①은 현우와 호야 두 소년은 신체적 위험을 무릅쓰고 유괴범들의 은신처를 찾아낸 장면이다. 소년들은 스스로 혼란스러운 당시 사회의 문제점을 알아채고, 그 문제를 해결 하려고 나선다. 소년들은 감금, 폭행의 위난을 겪고도 다) ②에서처럼 유괴된 어린이들을 구출해내는 공을 세운다.

작품 전반부가 소년들의 모험적 탐색이라면 후반부는 현우의 정체성 회복을 위한 탐색이라고 할 수 있다. 다) ③은 아버지 죽음의 전모를 알게 된 현우가 사건의 주모자를 찾아 나서려는 결의를 보이는 장면이다. 이는 억울하게 죽은 아버지 권위의 회복일 뿐 아니라 현우에게는 자아 정체성의 각성인 것이다. 아버지의 죽음이 억울했다는 것을 밝혀냄으로써 현우는 자신의 정체성을 찾고 올바른 정신적, 사회적 지위를 확립하게 되는 것이다.

탐색의 과정은 성장서사에서 매우 중요하게 다루어지고 있는데, 작품 후반부에서 보여준 탐색은 제의(祭儀)적 성장서사에서 필수적인 탐색[22]의 유형과도 다르지 않다.

22) 소년(소녀)들은 삶의 새 관문, 인생의 새 문턱을 넘기 위해, 사회적 소임을 맡기 위해 난제를 해결한다. 주된 임무는 탐색(Quest)이다. 탐색담(Quest story)은 숨겨져 있는 것을 찾아내서 자신의 신분을 입증하는 것이다. 유리태자가 七嶺七谷石上松 문제를 해결하고 단검을 찾는 것, 바리데기가 생명수 찾아오는 것, 오이디푸스가 왕위에 오르기 전 스핑크스와의 대결에서 수수께끼 답 찾는 것, 이들 모두는 탐색의 주인공들이다. 이들은 문제를 해결한 뒤 자신의 지위를 차지한다. 김열규, 『한국의 신화』, 일조각, 1976, 67~76면.

고대문학으로부터 현대 소설에까지 성장을 위한 탐색은 여전히 중요하게 다루어지고 있다. 소년(소녀)들은 탐색을 통해 난제를 해결하고, 그 과정에서 성장하는 것이다. 그런 탐색은 사회의 새로운 일원이 되기 위해 반드시 거쳐야 하는 시련의 과정이며, 자신에게 알맞은 지위를 획득하기 위한 시험의 과정인 것이다.[23] 그러나 『민들레의 노래』에서의 탐색은 원한 해결에 초점이 맞추어져 있다. 현우의 정체성 회복, 정신적 성장의 문제로 까지 나아가지는 못하고 있다.

작품 전반부에서 범인을 찾아내는 추리기법적인 탐색은 서사의 진행을 매우 흥미진진하게 끌어간다. 이는 작가가 대중성 확보를 위해 선택한 서사전략으로 볼 수 있겠는데, 『민들레의 노래』가 처음 발표될 때 새나라 신문에 연재로 실렸던 점까지 감안한다면 추리기법의 서사는 대중의 호기심을 불러일으키는데 중요한 전략이 되었을 것이다.

3) 주관적 서술성과 초점화

초점화란 허구적 서사물 안에서 일어나는 사건과 행위에 대해서, 보는 주체와 보여 지는 시각의 관계를 설명하는 하는 말이다. 초점화의 유형을 초점자의 위치가 스토리에 대해 내적이냐 외적이냐에 따라 내

23) 오늘날에 와서 왜 탐정소설이 유행하고 있는가는, 말하자면 왜 파르마코스를 찾아내서 응징하는 문학 형식이 유행하고 있는가 하는 문제는 현대가 아이러니 문학의 단계에 와 있다는 사실에 의해서 주로 그 해답을 찾을 수 있다. 셜록 홈즈 시대의 탐정소설은 하위모방 양식을 더욱 철저화하는 것에서 시작한다. (…중략…) 탐정소설은 점차 이 형식을 떠나 일정의 제의적인 드라마에 가까워지고 있다.
N, 프라이, 임철규역, 『비평의 해부』, 한길사, 1982, 260~262면.

적 초점화와 외적 초점화로 나눈다. 내적 초점화는 초점자의 위치가 재현되는 사건의 내부에 있는 경우로서 주로 '인물－초점자' 형식을 취하고 있다.[24] 초점화 이론을 적용해보면 『민들레의 노래』 내적초점화 형식이 주를 이루는 가운데 가변 초점화 서술양상이 두드러지게 드러나 있다. 다음 인용문에서는 이런 내용들을 확인할 수 있다.

라)

① 현우는 속으로 몹시 싫었다. 심부름 하는 건 어렵지 않으나, 지금 합창단 아이들을 데려오는 일에서 마음에 괴로움을 겪은 것도 그랬지만, 지금 곧 음악을 시작하려는 모양인데, 그 자리에 못 있게 될까 싶어 정미의 하는 소리가 원망스럽기도 했다.(19면)
현우는 현우대로 남에게 말하지 못하는 자기의 작품이 어떤 곡으로 불리나, 그게 듣고 싶었다.(21면) 현우는 지금쯤 집에서는 재미있는 노래와 이야기가 벌어졌으리라 생각해보았다. 아니 이미 놀이가 끝이 났을지 모른다고 생각했다.(23면)
㉠ 아버지를 위해서는 정미를 미워해야한다! 정미 아버지뿐 아니라 정미도 미워해야한다! 미워하자, 미워하자, 미워하자……, 이렇게 중얼거리며 나뭇가지에 얼굴을 이리저리 얻어맞으면서 마구 아래로 아래로 내려갔다. 뒤도 돌아보지 않았다. (…중략…) 학교로 갈 마음은 영 없었다. 이촌동으로 갈까……, 그렇다. 이촌동 집으로 가자. 내가 갈 곳은 정미네 집도 아니고, 정미가 있는 곳도 아니다. 지금 내 편이 되어줄 사람은 외삼촌이다.(303~304면)

② 정미는 재빨리 실내를 돌아보았다. 그리고는 창 너머로 바깥도 내다보았다. 현우가 아직 오지 않았다는 것을 확실히 살펴보고는 안심한 듯이 노래 부를 소녀들에게 눈길을 주었다. (…중략…) 정미

24) 리몬 케넌, 앞의 책, 135~137면.

는 그 노래 소리에 제 몸이 실려서 둥둥 높은 데로 떠오르는 것 같은 생각이 들었다. (…중략…) 정미도 소녀들을 웃는 얼굴로 바라보며 손뼉을 마구 쳤다. (…중략…) ㉡ 다음 순서는 오빠의 기타와 언니의 피아노 합주였다.(32~34면)

정미는 몸이 편치 못해 누워서 듣고 있었다. 정미는 요새로 늘 앓는다. 날씨가 싸늘해지면서 정미는 학교를 쉬는 날이 많아졌고, 집안에서도 늘 말이 없이 누워만 있다. 정미는 제이 미워한 아이를 큰오빠가 더 미워하는 게 싫었다. 아버지이 무사해야겠다는 생각은 누구에게도 지지 않았다. 아버지이 남에게 봉변을 당하거나 잡혀가거나 해서는 큰일이다. 그렇지만 ㉢ 아버지에게도 무언지 잘못한 일이 있으신 것 같다.(359~360면)

③ 소녀는 이상스런 소리를 들었다. 한길 쪽에서 나는 듯한 여러 사람의 고함소리가 들려왔다. 담장을 발돋움해서 밖을 내다보았다. 고함 소리는 띄엄띄엄 들려왔다. (…중략…) 소녀는 그것이 데모하는 학생들이란 것을 알자 가슴이 찌릿하여 대문으로 달려갔다. 대문에서는 한길이 더 잘 보였다. (…중략…) 오빠가 저 행렬 속에 섞여 있지 않을까? 이 속에 오빠가 있다면 얼마나 좋을까? 오빠가 주먹을 쳐들고 고함을 지르며 다가오는 것 같은 생각이 들기도 했다. (…중략…) "앗!" 오빠를 본 것 같았다. 그러나 소년에게로 달려간 것은 물론 허깨비를 본 때문이 아니었다. (…중략…) ㉣ 소녀는 연거푸 투정을 하였다. ㉤ 현우는 이 아이가 왜 집에서 나와서 이러는지 그것이 궁금했다.(39~41면)

위의 인용문은 『민들레의 노래』에서 내적초점화 양상 즉 인물-초점자의 서술태도를 보여주는 단위들이다. 외적 초점화냐 내적 초점화냐 하는 것을 분간할 수 있는 한 가지 테스트는 주어진 분절을 1인칭으로 고쳐 쓸 수 있느냐 없느냐 하는 것이다. 이것이 가능하다면 그 분절은 내적 초점화되어 있는 것[25]이다. 위의 인용문에서는 그 사실을 확인할 수 있다. 라) ①부터 ③ 인용문의 초점자는 현우, 정미, 소녀(경희)이고, 서술은 이들을 '보고 있'는 서술자가 수행하고 있다. 이때의 3인칭 서술은 표면적으로 3인칭 서술일 뿐, 실제로는 1인칭 서술과 다를 바가 없다. 그러한 내용은 ㉠, ㉡, ㉢과 같은 서술에서 확인할 수 있는데, ㉠에서처럼 현우의 내적독백문과 같은 패러프레이즈가 가능해지는 것이고, ㉡에서처럼 오빠와 언니로 호칭되어, 초점화 주체가 정미임을 나타내는 서사지표 기능을 하고 있다. 심지어 ㉢에서는 문장의 주체를 높이는 주체높임법이 사용되고 있는데, 이는 순전히 정미 입장에서 사용된 존대의 선어말 어미이기도 하다. 내적초점화는 ㉣과 ㉤에서도 드러나고 있다. 한 장면 안에서 초점주체가 바로 이동되고 있는 상황이다. 이처럼 『민들레의 노래』에는 현우, 정미, 경희 등 여러 인물들 사이에서 자유롭게 이동하고 있는, 가변 초점화 양상을 보이고 있다.

라) ①은 현우를 초점자로 하는 인용문이다. 현우는 정미의 계략으로 '가정 오락회'에 자리에 있지 못하고 심부름을 가게 된다. 자신이 쓴 노랫말이 어떻게 작곡이 되었는지 간절히 듣고 싶어 하는 현우의 마음을 내적 초점화하고 있는 장면인데, 현우가 심부름을 가기 싫어하는 이유와 정미에 대한 원망의 심리상태가 드러나 있다. 이는 현우의 감정이 일정부분 서술자에게 이입된 것으로 볼 수 있다. 내적 초점화에서는 이처럼 심리적인 국면에까지 밀접하게 개입되는 것을 볼 수 있다.

25) 리몬 케넌, 앞의 책, 136면 참조.

4) 다성성적 담화와 사실성

작가가 자신의 서사물을 구축할 때 자신의 직접적인 관찰을 서술할 수도 있고, 또는 거기에 가담한 사람들의 정신 상태와 그들의 행동을 지배한 동기들을 재구성할 수도 있을 것이다. 다시 말하면 작가는 여러 의식의 지각에 대한 기본 자료를 사용해서 서사물의 사건과 인물들을 구조화할 수 있고, 아니면 그에게 알려지는 사실들을 사용할 수도 있다.[26] 이런 두 가지 기법을 이용해서 작가는 서술을 구성하는데, (내포)작가를 대리하는 서술자는 독자가 관례적으로 인물의 행위가 눈앞에 펼쳐지고 있다는 미메시스의 환영을 받아들이게 하는 역할을 하고 있는 것이다. 서술자는 인물의 움직임을 숨어서 지켜보면서 그들의 비언어적 행위를 언어로 번역하는 역할을 담당하고 있다. 결국 작가의 제2의 자아로 지칭되는 내포작가는 목소리가 없어 직접적인 소통수단을 가지고 있지 않기[27] 때문에 대리자인 서술자를 통하여 사상이나 신념, 정서를 작품 속에 구체화할 수 있고 허구적 서사물 안에서 서사적 의사소통을 형성할 수밖에 없는 것이다.

『민들레의 노래』에서는 4·19에 대한 다성성적 담화양상은 매우 특이하다. 기성세대로 분류되는 어른들의 담화와 소년소녀들의 담화가 뚜렷한 대비를 이루고 있다. 이에 반해 서술자의 목소리는 텍스트 안에서 거의 약화되어있다. 이점 또한 특이사항으로 볼 수 있다.

---

26) B. 우스펜스키, 김경수 역, 『소설구성의 시학』, 현대소설사, 1992, 137면.
27) S, 채트먼, 한용환 역, 『이야기와 담론』, 푸른사상, 2003, 164면.

마)

① "또 무슨 데모야?"

"학생들이 공부는 언제 하려고 저러나?"

하고 한마디씩 하는 걸 듣고 소녀는 그 어른들을 말끄러미 쳐다보았다.

'웬 참견이요?'

하고 쏘아 붙이고 싶은 마음이 불일 듯 했지만 참았다.(40면)

② "그, 터놓고 말씀 드리지요. 4월 혁명은 독재 정권을 타도했읍니다만, 그걸 내심 원망하고 있는 세력이 아직도 있이지 않습니까? 여기뿐 아니지요. 대만에도 그런 걸 싫어하는 양반이 있을 게고, (…중략…) 허허허, 세상이 단순하지가 않거든요."(141면)

③ "저는 4월 혁명의 용사를 생각하고 그의 모습 하나를 만들어 보았을 뿐입니다. 사상이기 전에 현실의 모습 하나를 만들었을 뿐이어요. 총 맞아 다리병신이 된 학생을 만들었지요. 왜 발바리 데리고 노는 노인네라도 만들지 않고, 이 박사를 내쫓은 학생의 인형을 만들었느냐고 따진다면 그건 별문제예요."(142면)

④ "4·19가 다 뭔가! 낙망하지 말게. 난 이래봬도 태연하네. 그저 이럴때엔 잠시 드러 엎드려 술이나 먹고…. 좋지 않나? 하하하."(…중략…) "암만 어떤 놈이 찧고 까불어도 돈이면 안 되는 일이 없지 않던가? 뭐 혁명이라고? 혁명꾼들 많이 좋아하라지! 난 돈 앞엔 머리 숙일걸세."(167~169면)

⑤ 무슨 죄를 지었기에 아버지가 이 꼴이 되셨는지는 정미에게도 짐작이 갔다. 모두 4·19 때문이다. 4·19 전에는 당당하고 옳던 것이 그 후로 나쁜 것, 죄 되는 것으로 변했기 때문이다. 정미는 마음속으로 4·19가 원망스러워졌다.

⑥ "이게 다 뭐하는 짓인가 말야. 내가 거지처럼 이렇게 웅크리고 있어야 해? 왜? 왜? 대답을 하란 말야!"(…중략…) "얼마나 나를 잘 만드나 볼 테다! 4·19 덕택에 모두 편히 잘 사나 볼 테다!"(178면)

위 인용문 마) ①~⑥은 4·19라는 역사적 사건을 바라보는 시각이 인물의 입장에 따라 얼마나 다양하며, 다른 가치를 가지고 있는지를 보여주는 문장들이다. ①은 데모에 대해 무조건 부정적으로 생각하는 어른들을 향해 "쏘아 붙여"주고 싶어 하는 경희의 말이다. 경희의 오빠는 4·19에 직접 가담해 부상을 입었고, 부상의 후유증으로 결국 죽음을 맞았다. 경희는 오빠의 희생으로 인해 독재 정권이 물러났고, 일말의 자유를 되찾을 수 있었다는 자긍심을 가지고 있다. 그런데 기성세대인 어른들이 학생들의 저항정신을 폄하하고, 데모에 대해 부정적인 말을 하고 있는 것에 대해 정면으로 '쏘아 붙이지'는 못하지만 오빠를 포함한 학생들의 저항정신의 가치는 결코 무시되어서는 안 될 것이라는 강한 부르짖음을 속으로 말하고 있는 것이다. ②는 경희 어머니에게 인형을 구입하러 온 윤 사장의 말이다. '독재 정권을 타도' 한 것에 일편 동조하는 것과 같으나, 4·19에 대한 직접적인 평가를 회피하면서 이웃나라 대만의 거래처에서 싫어할 수 있다는 말로 자신의 마음을 대변하고 있다. 이는 사회적 현상에 대해 직접 판단을 내리지 못하는 우유부단한 기성세대의 목소리를 대변하고 있다. 사회 혼란자체를 경원하면서도 시류에 따라 자신의 생각도 급격히 수정해가면서 세상에 편승해 살아가려하는 기회주의적인 인물이다. ③은 경희 어머니의 말로써, 4·19의거로 아들이 희생된 어머니답지 않은 냉정한 태도로 4·19를 말하고 있다. '사상이기 전에 현실'이라는 말로 객관화시켜 가치판단 유예적인 발언을 하고 있다.

④와 ⑥은 정미 아버지 친구와 정미 아버지의 담화내용이다. 이들은 4·19를 직접적으로 비판하고 4·19의거를 사회적 혼란인 것으로 폄하

하고 있다. 정미 아버지의 친구는 혼란한 시기에는 "조용히 엎드려있다"가 피하면 된다는 보신주의적인 발언도 서슴지 않는다. 정미 아버지는 4·19로 인해 와해된 자신의 사회적 위치, 경제력 상실을 비관하면서 4·19와 그 주동세력을 비판하고 있다. 오직 자신의 영욕만을 위해, 진정한 사회로 나가려는 변화 자체를 두려워하고 피하려고 하는 전형적인 이기주의자의 모습이다.

⑤는 정미가 4·19 이후에 급변하는 가정형편과 기울어가는 가세를 보면서 4·19를 원망하고 있지만, 아버지에게 어떤 혐의가 있을 것이라는 짐작을 한다. 열악한 환경에 놓이게 된 것, 변혁의 사건 이전과 이후의 변화를 보면서 아버지, 혹은 어른의 세계를 부정적인 관점으로 짐작하고 있는 것이다.

앞서 밝혔듯이 『민들레의 노래』에서 4·19를 평가하는 담화양상은 유독 다성성적이다. 세대별, 계층별 다성성적인 목소리는 소년소설에서 담화의 질적 내용을 한결 향상시켜 줄 뿐 아니라 현대소설의 양식이라고 할 수 있는 디플레이션 양식[28)]을 통해 사실성을 획득한 것으로 해석할 수 있다. 무엇보다 4·19의거라는 사건으로 오빠를 잃은 경희의 아픔을 통해 시대의 아픔[29)]도 사실적으로 드러냈다.

어른들은 4·19를 부정적으로 보거나 비판하거나, 가치중립적인 태

28) M.Z. Shroder, 『소설 장르론』, 조남현, 『소설원론』, 고려원, 1982, 55면 재인용 참조.

29) 자료에 의하면, 4·19 민주화운동 진압과정에서 희생된 사람 중에 고등학생 36명, 초, 중학생 19명으로 청소년들의 희생이 컸다. (강만길, 『고쳐 쓴 한국현대사』, 창비, 2006, 351면 참조) 이원수는 이런 청소년들의 희생에 대해 주목했던 것으로 보여진다.

도를 보이는 반면 어린이들의 시각은 경희가 보여준 태도처럼 4·19를 폄하하는 기성세대를 향해 "쏘아 붙여주고 싶어 하는 마음이 불일 듯 일어나"는 가하면, 정미처럼 4·19를 직접 원망하는 듯 하지만, 변화에 대해 새로운 시각으로 짐작하려고 한다. 이는 이들 주인공 청소년들은 아직도 타협하지 않은 순수한 동심의 일면이 있음을 드러내고 있는 것이다.

이처럼 4·19에 대해 어른들과 소년(소녀)들은 양분되어 각기 그 목소리를 내고 있지만, 서술자의 목소리는 매우 약화되는 역설적인 형태다. 이것은 어떻게 설명할 수 있을까.

채트먼이 말한 서사물의 공통되는 서사적 진술의 전달과정[30]처럼 실제 작가가 텍스트 밖에 있음을 보여주는 확연한 표지라고 설명할 수 있겠다. 허구적 서사물에서 서술자는 실제작가를 대리하는 내포작가의 인격화로 대부분 간주하고 있다. 『민들레의 노래』 경우 그것을 확연히 보여주고 있다. 4·19를 평가하는 목소리가 매우 약화되었다는 점에서 그렇다. 그런 점으로 볼 때 『민들레의 노래』에서 서술자는 어른으로 인격화되었음을 짐작할 수 있고, 텍스트 밖의 실제작가와 동일인격으로 연

30) 채트먼은 서사적 의사소통의 구조를 다음과 같이 정식화 했다.
<서사텍스트>
실제작가 → [(내포작가) → (서술자) → (수화자) → 내포독자] → 실제독자
채트먼이 제시한 표에 의하면 실제 작가와 실제 독자는 텍스트 바깥에 위치한다. 실제 작가는 서사 텍스트 안에서 내포작가에 의해 대리된다. 그러나 리몬케넌은 "수화자와 서술자가 있을 수도 있고 없을 수도 있"는 채트먼의 견해와는 달리 "서술자를, 서사의 필요에 부응하는 행위를 하는 행위자라고 최소한 한정한다."라고 수정해서 설명하면서 서사물 안에서의 서술자의 역할을 강조했다. 채트먼 앞의 책, 167~168면.

장선을 그을 수도 있을 것이다.

여기서 실제작가 이원수의 고민을 읽을 수 있는 부분이다. 누구보다 일찍 작가로서의 삶을 시작한 이원수는 젊은 시절 이념적으로 상반된 모습을 보인 것은 사실이다. 『민들레의 노래』에서 인물의 목소리를 그대로 담아내면서 가치판단을 유보하고 있는 것은, 결말을 열어둠으로써 독자의 참여를 유도하고 있는 것으로 보여 진다.

그러나 중심인물인 소년(소녀)들의 목소리가 그 누구보다 분명했던 것은 인성파멸, 사회혼란, 그 어떠한 경우에도 어린이들은 순수함을 잃지 말고 자기 목소리를 내기를 바라는 실제작가의 바람이 투영 된 것으로 읽을 수 있겠다.

3. 맺음말

『민들레의 노래』는 현우, 정미, 경희, 호야 4명의 청소년을 중심으로 <어른들의 사건>과 <어린이들의 사건> 이 중층적 구조를 형성하면서 서사가 진행되었다.

서사학적 특성으로는 첫째, 역사적 서사성과 서정성이다. 스토리로써의 사건은 <어린이들의 사건>과 <어른들의 사건>으로 구분되었고, 두 사건은 역사적 서사와 서정성으로 긴밀하게 짜여져 있음을 보았다. 무엇보다 민들레로 상징되는 생명력은 주인공 현우로 환유되어 서정성을 확립하는 기능을 한다.

두 번째 특성으로는 대중성 획득을 위해 추리기법의 서사를 전략적으로 동원하고 있다는 것이다. 추리 서사체는 어떤 서사체보다 가독성이 높은데, 이런 가독성은 대중에의 흡인력을 확보하기 위한 서사적 전략으로 이용된다. 더욱이 민들레의 노래는 처음 연재물로 발표되었는데, 인간 본원적인 욕망을 서사학적 차원에서 수용한 추리기법 서사체를 연재물로 발표한 것은 대중성 획득을 위한 전략이었음을 알 수 있었다.

세 번째 특성으로는 내적초점화에 충실하면서 가변초점화양상이 지배적으로 나타나며 주관적 서술방식을 취하고 있는 것이다. 이는 서술자가 인물의 심리에 밀접해 있어서 인물의 주관적 심리를 전달할 수 있는 이점이 있다.

네 번째 특성으로 다성성적인 담화 재현 양상을 취하고 있는데, 작중인물들의 견해를 병치해놓음으로 역사적이고 사회적인 문제에 대한 논의의 장을 열어 놓음과 동시에 당시대의 사실성 전달에 충실하고자 한 것으로도 볼 수 있다. 담화 내용을 분석해보면 우호적인 인물들은 4·19 민주화운동을 긍정적인 판단을 내리는 반면, 비우호적인 인물은 4·19를 부정하거나 폄훼하고 있는 것을 볼 수 있었다. 무엇보다 서술자의 목소리가 약화되어 있는 것은 어른으로 인격화된 서술자임을 나타내주는 표지였고, 역사 사건 앞에서 실제작가의 고민이 교차되어 있는 것으로 해석 할 수 있었다.

이원수 자신은 문학적으로 형상화되지 못한 작품을 매우 경원시하였고, 문학적으로 승화시키지 못한 작품을 어린이들에게 주는 것을 매우 싫어했던 작가였다. 『민들레의 노래』는 (청)소년 문학에서 다루기에 어렵다고 할 수도 있는 민감한 사안까지 문학적으로 형상화하려고 했던 그의 노력이 보이는 작품이었다.

출전: 「이원수 소년소설 서사성 연구」, 『한국아동문학연구』 17권, 2009.

제 3 부

작품론

생동하는 세계 갈구, 그리고 휴머니즘

해방기 이원수 동시 연구

1. 문제 제기

1920년대 초 방정환의 아동문화운동[1]으로 출발한 아동에 대한 관심은 해방 이후 아동잡지의 속출로 표면화된다. 이와 더불어 문단에서도 아동문학은 건설하기 시작했으며, 아동을 성인과 대등한 인격적인 존재로 인정하기에 이른다. 그러나 아동문학은 아동이 가지는 속성 중의 하나인 미성숙 때문에 아동문학 자체도 미성숙문학으로 취급받아 온 것이 사실이다.

방정환의 아동문화운동 이후 팽배한 동심천사주의 경향은 아동을 보

* 김종헌 / 대구대학교 외래교수

1) 이재철, 『한국현대아동문학사』, 일지사, 1978.
이재철은 현대아동문학사를 정리하면서 아동문화운동과 아동문학운동으로 크게 시대구분을 했다.

호의 대상으로만 생각한 측면이 강했고, 사회주의 계열에서는 지나친 계급의식을 아동들에게 강조한 나머지 어린 투사를 만들려는 정치적인 의도를 가지고 있었다. 따라서 아동문학은 분명한 개념정리 없이 어른들의 이해에 의해서 그 인식이 달랐다.

따라서 이 글에서는 아동에 대한 제대로 된 인식과 아울러 아동문학을 단계적인 습작수준으로 보는 시각을 없애려는 시도를 포함하고 있다.

아동문학은 아동을 중심에 두고 작품 활동을 하여야 한다. 이러한 노력을 펼친 작가로 이원수를 꼽을 수 있다. 아동의 특수성을 바탕으로 한 아동문학을 정의함에 있어 그는 일제 식민시대와 해방을 거치면서 좌우의 이데올로기에 휩쓸림 없이 작품 활동을 했다. 따라서 이원수를 살펴보는 것은 지금까지 동심을 잘못 이해하면서 아동문학 작품을 어떻게 써 왔는가를 역설적으로 살펴보는데 도움이 될 것이다. 그는 해방 직후 조선문학가동맹의 맹원이었으면서도 계급주의적 이데올로기에 부합하는 선전·선동적인 동시를 쓰지 않는다. 대신 아동의 현실을 그대로 비추어 내려는 치열함이 있을 뿐이다. 따라서 그의 동시는 동심과 이데올로기 사이에서 어느 한 쪽으로 치우침 없는 균형감을 유지하고 있다. 바로 이런 점이 계급주의 아동문학가의 선전·선동적인 동시나 동심천사주의 아동문학가의 유희적 동시와 구분되는 점이라 할 수 있다. 즉 그의 동시는 동심을 주체로 한 현실 속의 아동을 미적 기반에 두고 있다.

따라서 이 글에서는 이원수의 동시가 해방기의 사회적 이데올로기 속에서 어떻게 동심을 표현하는지를 살펴볼 것이다. 이는 아동문학에 대한 분명한 개념 확립은 물론이고 아동문학의 온전한 시각을 마련하는 기초가 될 것이다.

그동안의 이원수 문학에 대한 연구는 문학사적 측면에서 이재철이 그가 아동문학계에 끼친 현실주의적인 영향을 개괄적으로 언급한 것이 있다. 그리고 이오덕, 나카무라, 이제복, 채찬석, 김용순, 공재동 등에 의한 몇 몇 연구가 있을 뿐이다.

이원수가 해방이후에 동시보다는 동화를 더 많이 발표하였으나 본 논문에서는 해방기에 간행된 『주간 소학생』, 『소년』 등의 아동잡지에 발표한 그의 동시를 중심으로 시적 사유구조를 살펴보고자 한다.

2. 이원수의 현실인식과 시적 사유구조

1) 타자로서의 아동관

이원수는 해방을 새로운 사회건설을 위한 이데올로기 대립의 장으로 이해했다. 이러한 시대적 배경과 함께 그의 문학도 변화를 가져왔다. 해방이 자유롭고 복된 세상이 됨직도 하지만 그가 본 현실은 그렇지 못했다. 따라서 즐거운 노래가 아닌 어려운 생활 속에서 자라는 아이들의 모습을 통해서 미래에 대한 의지를 나타내려 했다. 즉 해방 전에 쓴 그의 동시가 일제의 억압으로 인한 암울한 현실을 보여주는데 그치고 시적 화자인 어린이들은 현실을 수용하는 소극적인 태도를 보인 것과는 달리 이 시기에는 망설임이나 주저함 없이 현실을 극복하고자 하는 의지를 담고 있다.

그는 해방이후 프롤레타리아문화건설의 이념적 전통성과 사상적 선

명성을 내세우며 이기영, 한설야, 한효, 송영 등이 조선문학 건설본부(1945.8)에서 탈퇴하여 만든 조선프롤레타리아문학동맹(1945.12)에 가입한다. 이후 그는 조선문학건설본부와 조선프롤레타리아문학동맹이 통합하여 새로 결성한 조선문학가동맹(1946.2.8 이하 '문맹'으로 표기)에 참여한다. 좌익문인 단체로 분명하게 성격을 드러낸 문맹은 일제 잔재의 청산과 봉건적 잔재 청산을 표방하였다.[2] 따라서 아동문학에서도 무산계급의 이데올로기를 강조하게 된다. 그러나 이원수는 문맹의 맹원이면서도 그의 동시가 이러한 문맹의 이데올로기에 휩쓸리지 않고 일정한 방향을 가졌다. 그것은 동심이라는 확고한 아동관 때문이다.

즉 그가 가지고 있었던 동심은 어린이들을 계급주의 이데올로기에 내몰리지 않게 하는 '주체로서의 아동관'이었다. 이러한 그의 사유구조는 해방공간에서 그려진 작품에 고스란히 반영되어 있을 뿐 아니라 그를 다른 아동문학가들과 구별 짓는 요인이 된다. 즉 해방기의 이원수 동시는 당시의 유희적인 동시와 구별되고 또 문맹의 중심에 있던 계급주의 동시와도 구별된다.

이원수는 방정환의 동심주의 문학관에 대해서 "아동을 천사와 같은 것으로 보고 현실사회와는 격리시켜 놓고 노래하"는 것은 아동을 대상화 한 것으로서 아동자신의 눈을 중시하는 '주체로서의 아동관'과는 다르다고 지적하고 있다.[3] 그는 1920년대 방정환이 아이들을 너무나 단순하게 보아 아이들의 현실적 존재 가치를 거세해 버리고 '동심 존중이나 아동을 천사와 같은 것으로 보고 현실사회와는 격리'시킨 점을 동심천

2) 이재철, 앞의 책, 330면.
3) 이원수, 「아동문학 입문」, 『전집 28』, 웅진, 1988, 103~104면.

사주의라면서 배현실성을 비판하였다. 그리고 아동 자신의 눈을 중시하는 '주체로서의 아동관'을 강조하였다.[4)]

> 흔히 우리들은 귀엽기 그지없는 어린이들의 언행에 미소 짓는다. 그리고 그러한 것을 여실히 나타낸 작품을 귀여운 것으로 보고 즐거움을 느끼기도 한다. 그러나 그것은 아동의 모습을 보는 어른의 마음이요, 아동들의 마음은 아니다. 우리가 찬탄하는 귀여움은 아동들 자신에게는 지극히 평범한 것이요 당연한 것이므로 거기서 어떤 미소를 느끼게까지 되지는 않는 것이다. 이를테면 그러한 미는 성인을 위한 것이지 아동 독자를 위한 것이 아니라는 말이다.
>
> 이러한 사실을 고려치 않고 유소년의 재롱이나 언동에 반해서 그러한 것을 잘 표현한 작품을 높이 평가하는 경향은 확실히 아동 문학의 본성을 망각한 것이라 아니할 수 없다. 그것은 아동 문학이라는 이름 아래 어른들의 잠깐 즐겨 보는 비아동 문학이라고도 할 수 있을는지 모르겠다.[5)]

위의 인용에서 보듯이 이원수는 동심천사주의 작품 경향이 갖는 낡은 아동관의 문제점을 들어, 아동문학의 급선무는 '아동의 재인식'이라 강조한다.

> 아동의 재인식, 이것이야말로 급선무다. 아동은 장님이요, 귀머거리며, 앉은뱅이가 아니며, 비록 자기의 느낌이나 생각을 성인들처럼 잘 나타내지 못하는 바가 있다 해도 그들은 직감으로 느끼는 우수한 힘을 가지고 있다는 것을 알아야 하겠다. 그리고 그들을 울타리 안에 가두고,

4) 이원수, 위의 책, 115면.
5) 이원수, 「아동문학 프롬나아드」, 위의 책, 1988, 215면.

희락만을 맛보이는 일이 장래의 정신적 약자를 만들게 되고 혹은 비뚤어진 난폭자를 만들게 되기 쉽다는 위험성을 깨달아야 한다.[6]

또한 그는 '동심이란 것을 편협하게 평가하여 아동 자체를 실사회에서 분리하려 하거나 혹은 아동의 소박한 사고와 범위 좁은 생활권에 구애되어 깊이 파고들어야 할 세계가 없는 것처럼 착각하거나, 데모크라틱하고 자유로운 아동의 성장을 위하는 일보다는 논의하지 않고 어른의 말을 잘 듣는 복종·충효·예의적인 백성을 만들려고 하는 작가가 많다'[7]고 지적하면서 '동심의 존중'에 대해서도 분명한 정의를 내리고 있다.

동심 존중은 인간의 순박하고 자유스런 생활의 존중과도 통한다. 사회를 이루고 있는 주인이 성인이라 하여, 모든 일이 성인의 뜻에 따라 결정·운영된다 하여, 아동의 아름다운 정신이나 성스런 권리를 무시당해서는 안 되겠는데, 하물며 아동의 세계를 그려 아동 문학의 작품을 쓰는 아동문학가가 아동의 마음을 멸시하고 어른 앞에 굴복시키려 한다면, 이건 문학의 이름으로 아동의 세계를 더럽히고 해치는 결과가 될 것이다.[8]

이는 이원수가 아동을 타자로 인정하고 동일자의 논리에 환원되지 않는 아동을 주체적으로 설정했기 때문에 가능하다고 볼 수 있다.

6) 이원수, 「한국의 아동문학」, 『전집 29』, 1988, 웅진, 225면.
7) 이원수, 「아동문학의 당면과제」, 앞의 책, 1988, 132면.
8) 이원수, 「아동문학의 방향」, 위의 책, 1988, 177면.

2) 현실의 구체성과 역동적 아동

아동문학은 아동의 특수성을 고려하여야 한다. 즉 아동은 어른들의 생각에서 빚어지고 어른들의 생각에 맞는 문학을 받아들일 단계에 있지 않고 또 문학을 이해하고 감상할 지적 준비도 되어 있지 않다. 따라서 아동문학은 아동들과 관계되는 소재나 이해할 수 있는 문장으로 표현하여야 한다. 즉 아동의 이해력이 어른의 그것과 차이가 있으므로 어린이들이 쉽게 이해할 수 있는 내용을 중심으로 해야 한다. 그러나 동시가 반드시 유아적인 상태나 아동의 심리 상태로 돌아가야 하는 것은 아니다. 사물을 동심으로 파악한다는 것은 그것이 반드시 어린이의 상태로 돌아가 시를 써야 한다는 것을 의미하지는 않는다. 동시는 적어도 어른이 뚜렷한 주제를 가지고 어린이들이 쉽게 이해할 수 있는 언어로 표현해야 하며, 어린이들의 삶을 중심으로 나타내야 한다. 그런데 대부분의 동시들이 어린이나 유아의 의식 상태를 말재주를 부려 흉내 내는 것으로 되어 있다.[9)]

이원수는 “아동이 아직 어린 사람이라 하여 모든 괴로운 일, 어려운 일을 모르게 하고 행복하게만 해 주려는 어른의 마음은 고마운 것이기는 해도, 그것은 일종의 감상주의요, 또는 맹목적인 애정이다”라고 하며 현실 속에서의 아동에 대한 인식을 강조하였다. 따라서 이원수 동시에 나타나는 아동은 가족을 기다리고 해방된 조국이 안정되기를 기다리는 현실적인 아동들이다. 즉 배고프고 돈이 없어서 고생하는 아이들의 양상이 그대로 드러나 있다. 그러나 그 속에서 아동은 현실의 슬픔을 수

---

9) 이오덕, 『시정신과 유희정신』, 창비, 1997, 177면.

동적으로 슬퍼하지만 않고 적극적으로 현실을 고발하고 용감하게 대응하며 미래에 대한 강한 기대를 하고 있다. 그래서 그의 동시에는 기다림, 가난, 분노, 등과 함께 그 현실을 이겨내고자 하는 역동적인 동심이 들어있다.

해방직후는 기존 이데올로기의 해체와 새로운 이데올로기의 구성이 동시에 이루어지는, 즉 주체를 재구성하는 상황이었다.[10] 이런 상황에 대해서 이원수는 "압제자는 갔으나 감시자가 더 많아진 조국의, 자리 잡혀지지 않은 질서 위에 利慾에 눈이 시뻘개진 사람들, 이들이야말로 노예근성을 가진 벼락장군처럼 사방에서 큰 소리들을 치고, 또 권세와 재물을 쌓아 올리고 있었다."[11]고 표현하고 있다. 그러나 다른 한편에서는 이러한 현실과는 동떨어진 채 아동들의 생활과는 관계없이 동심지상 주의와 천사주의 사상으로 즐겁게 노래하는 태도를 보이고 있다.

이러한 태도에 맞서 이원수는 아동들에게 기쁨을 주려면 현실 생활과 부합해야 하고 그러기 위해서는 아동 대중의 생활을 잘 알며, 또 그 아동 대중의 기분과 소망을 내 것과 같이 생각해야 한다[12]고 주장한다. 이원수는 해방직후의 정치적·사상적 혼란 속에서 '감시자가 더 많아진 조국'의 현실에서 자라는 '아동들의 형편을 보고 울분과 탄식'을 토했다. 해방 직후 또 다른 외세에 매달려 자기 욕심만을 채우려 하는 사람들에 의해 정국이 어지러워졌을 때 이런 잘못된 사회 속에서 자라나는

10) 조두섭, 「이병철의 삶과 시」, 『향토문학 연구』 제2호, 대구경북 향토문학 연구회, 1999, 187면.
11) 이원수, 「나의 문학 나의 청춘」, 『전집 30』, 1988, 255면.
12) 이원수, 「아동문학입문」, 앞의 책, 1988, 55면.

불행한 어린이들을 그는 모른 척 할 수가 없었다.

> 나뭇잎이 손짓하며/ 너를 부른다./ 운동장 느티나무/ 가지마다 푸른 잎새/ 바람에 한들한들/ 너를 부른다// (…중략…) 순희야/ 순희야,/ 양담배 알사탕/ 상자에 담아들고/ 학교엔 안 나오고/ 한길로만 도드냐,/ 우리도 목메며/ 너를 부른다.//
>
> ―「너를 부른다」 일부

「너를 부른다」에서는 희망찬 해방을 맞이했으나 양담배와 알사탕을 들고 거리로 나오는 어린이를 매우 흥분된 목소리로 부르고 있다. 이는 해방기의 가난한 현실을 구체적으로 묘사하면서도 그 속에 순응하는 나약한 동심이 아닌 적극적으로 이겨내려는 의지를 담고 있다고 볼 수 있다. 그러나 무산계급의 아동으로서 암울한 사회를 부정하는 선전·선동성은 없다.

> 버들피리 불자/ 보리밭에서/ 동무 동무 나란히/ 서서 불자/ 작년 봄 이맘때는/ 양식 다 뺏기고// 동네마다 굶는 사람/ 말 아니었지.// 버들피리 불자/ 뒷산에 자는/ 지난봄에 죽은 애들/ 무덤에서 불자// 우리 동네 안에서도/ 어린애가 셋/ 꽁보리밥 나물죽에/ 병 나 죽었지// 버들피리 불자/ 보리밭에서/ 다같이 잘 사는 봄/ 오라고 불자.//
>
> ―「버들피리」 전문

해방된 그 이듬해에 맞이하는 봄을 노래한 동시 "버들피리"에서도 따뜻한 봄이 오지만 아이들은 즐겁지만은 않다. 이는 해방이 우리의 힘으로 된 완전한 해방이 아니라는 이원수의 현실인식에서 나온 것이다. 그래서 희망의 새봄에 신나게 부는 버들피리가 아니라 지난봄에 "굶어 죽은" 친구들의 비극적인 상황에서 부는 슬픈 버들피리다. 그러나 이 동시 속의 아동은 좌절하지 않고 오히려 친구들 무덤 위에서 영혼을 달래며 "다 같이 잘 사는 봄"이 왔으면 하는 미래의 의지를 간절히 담고 있다.

이러한 현실 극복의 의지는 시적 화자인 아동들에 의해 구체적인 실천으로 이어지기도 한다. 불행한 현실에 대한 직접적인 어린이의 대응은 들어 있지 않으나 기대에 못 미치는 해방기의 현실적 좌절을 작가 자신의 분노의 목소리로 나타내고 있다. 그의 목소리는 아이들의 마음 속으로 고스란히 스며들어 부정적인 현실 속에서도 희망을 가지고 이를 극복하는 성숙된 어린이의 모습으로 나타난다.

> 비는 개였지만 물이 불어서,/ 건너가는 이마다 옷 적시는 시냇물./ 영차 영차 돌을 모아서/ 팔짝팔짝 딛고 가게 돌다리 놓자.// 일 학년 귀남이도 울지 않고 건너고,/ 꼬부랑 할머니도 발 안 빼고 건너고,/ 밤이면 깡충깡충 산토끼도 건너네./ 돌다리 놓자 놓자 꼬마 돌다리.//
>
> –「돌다리」 전문[13)]

당시 문맹의 이데올로기는 아동들에게까지도 계급적인 적대관계를 부각시키고자 했다. 따라서 문맹의 아동상은 유물사관에 입각하여 모두가 무산계급 출신으로 생활의욕에 불타고 기존 사회질서를 부정하는 어른스런 아동이다.[14)] 그러나 그는 생활 의욕에 불타는 역동적인 아동

---

13) 주간소학생 1946.3.18, <동요>라는 표시가 있음.
14) 이재철, 앞의 책, 1978, 330면.

과 기존 사회질서를 부정하는 투사적인 아동을 구분하고 있다. 위의 시에서 보는 바와 같이 그는 해방을 '비는 개었지만 물이 분' 시냇물에 비유를 했다. 그리고 옷을 적시는 불행한 현실 속에서 "영차영차 돌을 모아서" "꼬마 돌다리"를 놓는 적극적인 아동을 중심에 두고 있다.

> 출출출 물이 넘치는 모내는 논ㅅ가에서/ 우리는 비 맞으며 밥을 먹는다./ 다 해진 삿갓 밑에 둘씩 셋씩 둘러앉아./ 숟가락을 쥔 손등에도 비는 줄줄,/ 젖 달라고 보채다가/ 엄마 품에 들러붙은/ 아가 네 등에도/ 비는 줄줄.// 어머니는 비 맞으며/ 자주ㅅ댁 논에 모를 심고,/ 엄마를 찾아 젖먹이 내 동생은/ 예 와서 비를 맞고./ 나는 어머니 곁에서 비 맞으며/ 점심을 먹는다./ 비에 왼통 젖은 어머니, 아주머니들,/ 젖을 찾아온 아가,/ 점심밥을 같이 먹는 동무들,/ 비 맞는 이 자리를 잊지 말자.잊지 말자./ 순이, 돌이, 성길이 또 누구 누구,/ 우리는 다 씩씩한 농사ㅅ군의 아이들이다.//
>
> —「빗속에서 먹는 점심」 전문15)

1946년에 발표된 동시 「빗속에서 먹는 점심」은 비가 오는 가운데서도 지주댁의 모내기를 하는 어머니, 아주머니들을 시적 화자가 바라보고 있다. 어머니는 "다 해진 삿갓 밑에 둘씩 둘러앉아 숟가락을 쥔 손등에도 비가 줄줄" 흐르는 가운데 점심을 먹고 있다. 젖 달라고 보채던 아기의 등에도 비가 줄줄 흐르고 있다. 그런데도 엄마는 "비 맞으며 지줏댁 논에 모를 심고" 있다. 그러나 이원수는 문맹의 이데올로기대로 지주와 소작인의 계급관계로 현실을 파악해서 투쟁적 선동을 하지 않고

15) 『주간 소학생』 제22호, 1946.7.8. <소년시>로 표기되어 있음.

"농사꾼의 아이들"이라는 사실을 잊지 말자고 외치고만 있다. 이는 아동들에게 가난하고 불행한 현실을 보여 주지 않으려고 한 '동심천사주의' 아동관에서 완전히 벗어났다고 볼 수 있다. 또 한편으로는 가난한 현실을 계급적 대립으로만 파악하려는 측면에도 치우치지 않고 있다.

가난하고 불행한 현실을 리얼하게 어린이들에게도 보여 주어야 한다는 측면에서는 그가 맹원으로 있던 '문맹'의 이데올로기와 일치한다고 볼 수 있으나 그 대응 방식에서는 그가 말하는 '주체로서의 아동'을 통해서 아동들이 스스로 느끼고 해결책을 찾기 위한 성숙된 사고를 유도하고 있다고 볼 수 있다. 그래서 불행한 현실을 이겨내기 위해서 지금 당장 투사의 위치에서 감정적인 폭발을 하는 것이 아니라 현실을 충분히 인식한 후 이를 극복할 수 있는 힘을 키우기를 바라는 주체적인 아동을 나타내고 있다.

> 찬바람이 제 아무리 많이 불어도/ 애기는 꼭, 밖에 나가 노올지.// "감기 들라 가지 마라" 할머니가 붙들면/ 고개를 잘래 잘래 되래질 하고/ "아냐, 아냐, 감기 없쩌"// 문 열고 내다보면 바람마저 밭길에/ 아, 우리 애기는 뛰어 다니네.// 떼지어 몰려가는 겨울바람 속으로/ 저기 우리 애기는 뛰어다니네.//
>
> —「애기와 바람」 전문[16]

같은 해에 발표된 「애기와 바람」에 나타나는 아동은 냉혹한 현실도 아랑곳 하지 않는 강인한 아동을 나타내고 있다. 그래서 "찬바람이 제

16) 『주간 소학생』 제32호, 1946.11.18.

아무리 많이 불어도" "떼지어 몰려가는 겨울 바람 속으로" 아기는 감기도 걸리지 않고 뛰어 다닌다. 이원수에게 있어서 해방은 "비가 갠 시냇물"이나 "찬바람"이었다. 그는 이런 암울한 현실을 아동들에게도 그대로 보여주었고 이를 극복하고자 하는 의지와 이겨내는 아동의 모습을 나타냄으로써 아동을 객관적으로 인식했던 것이다. 아동이 객관적으로 존재한다는 것은 누구에게나 자명한 것이지만, 그러나 많은 아동문학가들은 어른의 입장에서만 생각하고 어린이의 입장에서는 생각하지 않는 오류를 범한 것이 사실이다.

> 바람아,/ 빈 산과 들을 지나/ 차거운 강물처럼 내려오느냐./ 우리들 벗은 종아리에 엷은/ 옷 속에/ 너희들은 달려드느냐.// 해마다 겨울이면/ 연을 날리며 너를 맞던 우리들,/ 이제 더러는 거리에 장사치 되어/ 바람 속에 가냘픈 소리 외치고/ 더러는 집안 걱정 논아가져/ 공부 대신 근심에 빠져있다.// 차거운 바람아/ 너마저 나무 끝에 우지마라/ 우리를 휩싸고 소리소리 질러라./ 자라는 우리 너희들과 싸우며/ 슬픔 속에서 봄맞이 준비해 가련다.//
>
> —「바람에게」 전문[17]

1948년 『소년』지에 발표한 이 동시는 해방을 맞고도 3년이 지났으나 아직도 찬바람이 "엷은 옷 속에" 달려드는 현실을 구체적으로 표현했다. "해마다 겨울이면 연을 날리며" 찬바람도 아랑곳하지 않던 우리들은 "이제 더러는 거리의 장사치가 되어" 또 "더러는 집안 걱정 때문에 공부대신에 근심"을 하고 있다. 그러나 그 속의 아동은 "너희들과 싸우

17) 『소년』 제5호, 1948.12. 이 동시에는 <소년시>라고 장르를 표시하고 있음.

며 슬픔 속에서도 봄맞이 준비"를 하는 치열한 꿈을 가진 아동들이다.

이러한 그의 시적 사유는 일정한 방향으로 호출 표상체계가 흐르고 있음을 볼 수 있다. 즉 당시 '문맹'의 이데올로기에 호출 당하면서도 다시 '주체로서의 동심'이 확고하게 자리하고 있다. 그의 작품을 항시 따라다닌 것은 바로 '주체로서의 아동'이었다. 즉 해방공간에서 다른 작가들이 아동문학에도 성인 사회의 생활 감정을 그대로 노출시킨 것과는 달리 그는 동심을 중심으로 아동의 현실을 작품 속에 그리고 있다. 그는 당시의 어렵고 괴로운 현실 속에서 이러한 두 가지의 타자로부터 호출되어 동시(童詩)를 썼기 때문에 다른 아동문학가와는 구분된다 할 수 있다.

> 내 연은 하늘에 놀고/ 나는 언덕에 논다// 연은 가물가물 높이 떠서도/ 언덕에 서있는 내말 잘 듣고,// 나는 단 한길을 날지 못해도/ 내 연과 함께 공중에 논다.// 하늘에서 새 세상/ 내려다보면/ 집집마다 국기,/ 거리마다 애국가.// 해 저물면 장안의 불이 또 좋아/ 저녁바람 추워도 연은 나른다.//
>
> -「연」 전문[18]

동요 「연」에서는 "나는 단 한길을 날지 못해도 연과 함께 공중"에 올라 "새 세상"을 내려다보며 "집집마다 국기, 거리마다 애국가"가 울려 퍼지는 벅찬 감동을 노래하고 있다. 그러나 현실은 저녁바람같이 춥다. 이러한 희망적인 감동 속에 "저녁바람 추워도" 나는 연은 역시 미래를

18) 『주간 소학생』 第34호, 1946.12.2. <동요>로 분류되어 있음.

위한 의지를 안고 난다고 볼 수 있다.

> 송홧가루 날리는 날/ 하늘은 부우옇고/ 흐린 볕이건만/ 이마엔 땀이 나고,// (…중략…) 아득한 산과 산에/ 멀리 가는 바람 소리,/ 험한 산 고개 넘어/ 아버지 행여 오시잖나,// (…중략…) 어머닌 밭을 메고/ 저희들은 잘 큽니다./ 못 오시는 아버지,/ 염려 말고 잘 계세요.//
>
> –「송화 날리는 날」 일부

「송화 날리는 날」에서는 아버지가 떠나신 지 반년이 지나도록 만나지 못하는 그리움 속에서도 절망하지 않고 어머니와 함께 잘 크고 있다고 오히려 아버지를 위로하는 성숙된 동심이 들어 있다.

> 오빠가 오시면 토마토 드리려고/ 뜰 앞에 심은 남ㄱ에 열매가 붉어졌네.// (…중략…) 오시면 드리려고 심었던 나무에/ 탐스런 열매는 빨갛게 익었는데// 높은 성, 그 안에 문마저 닫아걸고/ 얘기책 왕자처럼 앉아 계실 우리 오빠.// 잘 있다 오세요. 잘 있다 오세요./ 기다려질 때마다 토마토를 가꿉니다.//
>
> –「토마토」 일부

「토마토」에서도 역시 극심한 이데올로기의 대립 속에서 감옥에 가 있는 오빠의 모습을 “높은 성안에서 문을 걸고 동화 책 속의 왕자처럼 앉아 있”다고 의젓하고 망설이지 않는 동심을 표현했다.

이원수는 이처럼 어렵고 힘든 현실을 겪어 가는 아동들의 모습을 그대로 동시에 반영했고 그 속에서 도피하는 동심이나 나약한 동심이 아니라 적극적으로 이겨내거나 오히려 멀리 떠난 아버지를 위로하는 성숙된 동심을 표현하고 있다. 이러한 시적 표현은 그의 어린이에 대한 사랑에서 출발했다고 볼 수 있다. 그 사랑은 어른들의 보호 속에서 자기의 의지와는 상관없이 세계를 인식하고 대응하게 하는 것이 아니라 현실 속에 고생하는 어린이의 자세를 씩씩하게 그려내어 우뚝 선 주체적 동심을 찾아 낸 것이라 볼 수 있다.

이러한 그의 시적 표현은 이데올로기에 동화되어 어린이들에게 현실에 대한 적대감이나 투쟁적인 마음을 고취 시려는 작가의 의도를 뺀 상태에서 어린이들에게 현실의 문제를 인식시키고 또 그 속에서 자주적으로 극복하도록 하는 의지와 희망을 불어넣었다는 점에서 오히려 '적극적인 아동상' 내지는 '성숙된 아동상'으로 볼 수 있다.

이처럼 이원수는 아동문학을 "불우케 하는 원인과 싸우는 것을 그리는 문학"으로 보고 모순과 불합리로 가득 찬 현실을 동시에 반영함으로써 아동문학이 그동안 가지고 있던 동심천사주의에서 벗어나게 하였다. 이는 '문맹'이 현실의 부정을 저항하는 투쟁적인 어린이를 그린 것과는 달리 어린이들에게 정확한 현실 인식을 시킴과 동시에 그 속에서 어린이들 스스로 판단하고 헤쳐 나가게 하는 용기와 희망을 심어 주었다는 점에서 계급문학의 시각과 다르다고 하겠다.

이처럼 이원수는 아동 현실을 바라보는데 그것이 계급적, 민족적 모순과 무관한 것이 아니라고 파악하면서도 아동의 인격을 제약하는 봉건모순(성인과 아동 사이의 모순)도 함께 주목하였다. 이러한 관점에서 그는 현실을 어른의 눈이 아닌 아동의 눈으로 대응하는 속에서 아동문학의 본질을 찾고자 했다.

3. 맺음말

유교문화의 영향아래에서 개체적 인간으로 존중받지 못했던 아동의 인격을 옹호하는 일은 그동안 우리 문학에 잠재되어 있던 또 하나의 주체를 새로 발견하는 작업이다.

아동문학은 바로 동심을 바탕으로 하는 문학이다. 그것이 아무리 훌륭한 시인과 작가에 의해 꾸며진 작품이라 해도 동심이 살아있지 않으면 그 작품은 어린이의 것이 될 수 없다는 것이다. 그래서 아동문학은 천진한 동심의 바탕에서 진실을 그려야 하고 인간적인 아동을 리얼하게 나타내어야 한다.

이원수는 당시 '문맹'이 호출한 계급주의적인 아동관에 영향을 받은 것은 사실이지만 그의 '주체로서의 아동관'으로 당시 아동이 처한 현실을 올바로 바라볼 수가 없었던 것이다. 이처럼 이원수는 일제시대 때 방정환의 동심주의 문학관의 비판과 해방기 문맹의 계급주의 문학관의 극복으로 동심에 대해서 균형된 감각을 가지게 되었다.

이는 아동을 천사주의적인 시각에서 귀엽게만 보고 이러한 현실을 보여 주지 않는 유희적 동시와도 구별된다. 그러면서 투쟁을 위한 선동으로 내몰지도 않고 있다. "물이 분 시냇물"에 "꼬마 돌다리"를 놓고 "비 맞는 이 자리를 잊지 않"는 "씩씩한 농사군의 아들", "떼지어 몰려가는 겨울바람 속에" 뛰노는 강한 아기, "저녁바람 추워도" 나는 연은 해방정국의 이념의 혼란과 가난 속에서도 어른의 눈이 아닌 아동의 눈으로 용기를 잃지 않고 꿋꿋하게 현실에 적응해 가는 아동의 모습을 담고 있다. 이처럼 이원수는 어린이들에게 현실직시 속에서 희망과 용기를 심어주려고 애쓰고 있다. 즉 아동 스스로의 눈으로 현실을 바라보고 문제를 해결하려는 동심을 가운데에 두고 있다. 이것이 그가 끈질기게 고민한 '주체로서의 동심' 이라고 볼 수 있다.

이재철은 이러한 이원수의 시적 화자인 아동을 '불행한 요소를 가진 아동상(兒童像)'이라 하며, 이 불행한 요소의 가장 으뜸이 되는 것은 빈곤이라 했다. 그러면서 이 빈곤으로부터 오는 불행을 가진 아동(시적 화자)은 그 주어진 환경에 정면으로 도전하여 이를 극복하려는 정신적 자세가 결여되어 있으며, 현실의 불행을 감상적 넋두리로 호소하고 있다고 평했다. 이러한 평가는 이원수의 시적 표상체계를 고려하지 않은 채 이데올로기의 대립으로만 파악한 것이라 보여진다. 이원수는 문학과 아동을 동시에 파악하려고 했으며, 해방공간의 이데올로기 대립과정에서도 어느 한쪽으로 치우침이 없이 문학의 한 가운데에 동심을 두고 있었다. 그러면서 '아동에 대한 재인식'과 '주체로서의 아동'의 관점을 견지했다고 볼 수 있다. 따라서 그의 동시에 나타나는 아동상은 감상적이고 소극적인 것이기보다는 정확한 현실 인식을 바탕으로 한 스스로 일어서는 아동의 모습이다.

오락물이 아닌 문학은 현실생활을 정시(正視)하고 아동세계의 이상을 추구하는데서 얻어질 것이다. 그것은 아동이 미성년이라 하여 가만히 앉혀 놓고 부모가 모든 것을 제공하고 보호하면 된다는 생활방식과는 달리, 아동이 자력을 길러 가는 과정이며, 그들의 이상을 찾기 위한 노력을 그리는 일이며, 현실사회에 참여하고 있는 모습을 그리는 가운데 생겨나는 것이다.

이러한 그의 인식이 해방정국의 계급적 현실인식과는 다른 동심의 재발견이 가능했던 것이다. 이점에서 이원수 동시는 해방기 이데올로기의 호출에 일방적으로 동일화되지 않고 동심이라는 주체와 갈등을 겪는 비동일화 과정으로 이해된다. 이원수 동시에 대한 특성을 이해하는 것은 아직도 아동을 교육의 대상으로만 인식하고 있는 일부 아동문학가, 일반 문학가, 교육계 종사자들에게 관념 속의 아동이 아닌 현실 속의 주체적인 아동을 파악하는 계기가 될 것이라는 점에서 본 연구의 의의가 있다.

출전:「해방기 이원수 동시 연구」, 『우리말글』 25호, 2002.

이원수의 동화 연구

—장편 동화 『숲 속 나라』를 중심으로

1. 머리말

이 글의 목적은 이원수 최초의 장편동화 『숲 속 나라』를 중심으로 그의 문학과 사회에 대한 인식을 조명하는 것이다. 이원수는 동화보다는 동시작가로 문학적 역량을 쌓아왔으며 또한 동시로 생을 마감한 작가인데, 광복 직후부터는 동화를 창작하기 시작한다. 광복은 그에게 이전과는 전혀 다른 의미를 부여한 것이다.

광복 직후의 문학양상은 개인의 자유의지에 의한 행동방식이 관철되었다는 점에서 주목된다. 전대의 억압되었던 사상과 문학에의 지향이 자유로운 공간을 확보한 것이다. 그런데 이는 이념 선택의 문제에 한정

* 이승후 / 인천재능대학교 아동보육과 교수

되었을 뿐, 문학적 전망에 대한 다양한 실험은 기대하기 어려웠다. 문학자에게는 정당한 민족문학의 수립과 함께 자주적인 조국건설이라는 이중 과제가 부여되어 있었던 것이다. 문학적 과제 자체는 문학적인 영역에서만 해결될 성질이 아니었다. 오히려 당대의 정치적 과제가 문학적 과제였던 셈이다. 따라서 광복 이후의 문학을 살필 때, 정치적 변화양상에 대한 이해는 필수적인 것이고, 정치적인 함의에서 문학은 결코 자유롭지 못했던 것이다. 이것은 광복 이후의 문학을 단선적으로밖에 이해하지 못하는 결과를 초래하는 바, 당대 문학적 의미마저도 제약하는 요소로 작용하는 것이다.

이러한 과정에서 이원수는 "나뭇잎이 손짓하며/ 너를 부른다./ 운동장 느티나무/ 가지마다 푸른 잎새,/ 바람에 한들한들/ 너를 부른다.// 꽃이파리 꽃잎마다/ 너를 부른다./ 울타리엔 찔레꽃/ 향기마저 피우며/ 바람에 하늘하늘/ 너를 부른다.// 순희야,/ 순희야,// 양담배 양사탕/ 상자에 담아 들고// 학교엔 안 나오고/ 행길로만 도느냐./ 우리도 목메이며/ 너를 부른다."(「너를 부른다」(1946))라는 동시로 당시의 모습을 형상화한다. 그런데 이러한 탄식조의 동시는 당대를 상황을 제대로 포착하여 핍진하게 그려내는데 상당한 제약이 있었다. 즉 울분과 탄식의 수준에 머물러 있었던 것이다. 따라서 그는 "이런 동시로써 내 가슴이 후련해질 까닭이 없었다. 동화를 쓰자. 소설을 쓰자. 그런 것으로 내 심중의 생각을 토로해 보자는 속셈이었다."[1]라고 말하며 동화의 세계를 그려 나간다.

실제로 『숲 속 나라』를 김구의 『나의 소원』과 관련한 논의도 제출되

1) 이원수, 「나의 문학 나의 청춘」, 『이원수아동문학전집』 30권(웅진출판, 1984), 156~157면.

어, 이 속에 나타난 그의 사상을 어린이 해방 사상, 반전평화사상, 민족주의사상, 민주주의사상, 생명공동체사상, 일－교육－놀이 합일사상으로 분석한 바도 있다.[2)] 이 같이 이원수에게 동화는 자신의 지향성을 담는 하나의 그릇으로 작용하는데, 『숲 속 나라』는 이러한 측면에서 그의 현실인식과 지향성을 파악하는 좋은 계기가 된다.

기존 『숲 속 나라』에 대한 인식에서 문제점은 판타지 양식의 가능성을 둘러싼 논의나 동화와 소년소설의 구분에 관한 문제, 문학주의와 사회학주의의 지양에 관한 것이다. 이것이 그 작품을 이해하는 중요한 틀임에는 의심의 여지가 없지만, 이 글에서는 광복 직후 사회의 흐름과 그의 현실인식 속에서 『숲 속 나라』가 어떻게 기능하고 있는지를 살피려 한다. 당시 동화는 그에게 목적의식성을 실현하는 틀로써 작용했고 그의 세계관을 표출하는 하나의 통로였기 때문이다.

2. 이원수의 현실인식과 행동원리

이원수는 경상남도 양산에서 출생한다. 마산공립보통학교와 마산공립상업학교를 졸업한 후에는 주로 마산에서 활동한다. 그는 창원과 김해를 거쳐 드디어 마산에 정착한 것이다. 한 작가의 활동 근거지가 그의 세계관을 끼치는 영향은 새삼스러울 것도 없을 터, 마산은 이원수의 현실인식에 중요한 단초를 제공한다.

---

2) 이주영, 「이원수의 문학과 사상」, 『동화 읽는 어른』 100호(어린이도서연구회, 2000.12), 230~255면.

마산에서는 1907년에 전국 최초로 마산노동야학이 설립되었고 1920년대에는 노동야학운동이 활발히 전개되었다. 3·1 운동, 광주학생운동에 발맞춘 학생동맹 휴교, 노동운동, 청년운동, 사회운동, 신간회운동, 적색노조와 교조운동 그리고 민족주의자, 무정부주의자, 사회주의자들의 비밀 결사 운동 따위가 끊이질 않던 곳이 바로 마산이었다. 강력한 사회 운동의 분위기가 감도는 마산에서 이원수가 소년기와 청년기를 보냈다는 사실은 그의 문학에 짙게 배인 현실성을 설명해 주는 요소이다.[3] 특히 1931년 그는 함안금융조합에 취직하는데, 여기서 일명 '함안독서회' 사건에 연루되어 징역 10개월의 형기(집행유예 5년)를 치르게 된다.[4] 이 독서회에 카프 중앙위원이 끼여 있는 것으로 보아 그가 프로문학과도 일정하게 연결되고 있었다는 사실을 알 수 있다.

이와 같이 그는 현실의 문제에 적극적인 인식을 가지고 대처했는데, 여기에는 그가 선생님으로 믿고 따르던 소파 방정환의 영향도 다분했다. 이원수는 1926년 방정환이 주재하는 『어린이』에 동요 <고향의 봄>을 발표하여 등단하고 윤석중과 『기쁨사』 동인으로 활동영역을 넓히게 되는데, 이 과정에서 방정환은 그의 문학세계에 깊게 침투한다.

최근 방정환에 대한 인식을 교정해야 한다는 문제제기가 있다. 그를

---

3) 원종찬, 「이원수와 마산의 소년운동」, 『아동문학과 비평정신』(창작과비평사, 2001), 235면.

4) "1935년 25세, 2월에 반일(反日)문학 그룹 '독서회(讀書會)'사건으로 함안에서 피검되다. 나영철(羅英哲)·김문주(金文株)·제상목(諸祥穆)·양우정(梁雨庭)·황갑수(黃甲洙) 등과 함께 치안유지법 위반으로 징역 10월, 집행유예 5년을 언도 받고 마산과 부산에서 1년간 영어생활(囹圄生活)을 하다. 옥중에서 동시 <두부 장수>를 쓰다(발표는 1981년에 하다). / 1936년 26세, 1월30일에 출옥하다."(『이원수 문학전집』(웅진출판, 1984)의 연보)

단순한 민족주의자로 볼 수만 없다는 것이다. 당시 카프의 성원이었던 박세영과 송영의 『별나라』에 맞선 방정환의 『어린이』 혹은 동심의 계급성과 동심천사주의(童心天使主義)의 이분법적인 사고로 방정환을 재단할 수 없는 노릇이라는 것이다. 왜냐하면 방정환은 3·1운동 이후 천도교의 후원으로 동경으로 유학을 가 그곳에서 사회주의 세례를 받은 것으로 보인다. 그는 천도교 동경 지회장과 개벽사의 동경 특파원으로 활동하며 『개벽』지에 사회주의 의식을 드러내는 풍자적인 소설을 연재하기도 한다.[5] 방정환은 『어린이』를 창간 후에 백조파에 가담하기도 하는데 이 백조파의 주요성원들이 신경향파운동을 전개하다 염군사를 거쳐 카프를 결성한 것은 주지의 사실이다. 그리고 방정환이 참여했던 『개벽』도 신경향문학 운동의 중요한 기반이었다.[6]

방정환의 이 같은 맥락을 더듬어 보면 이원수는 방정환에게서 단순히 어린이에 대한 인식만을 교정한 것이 아닐 것이다. 하나의 인격체로서의 어린이에 대한 따뜻한 시선과 함께 현실적인 인식과 실천적 의지도 그를 통해 정립하였을 것이란 사실이다.

이러한 인식이 보다 선명하게 드러난 것은 광복 이후이다. 광복의 의

5) 방정환, 「풍자기」, 『개벽』 6~10호, 1920.12~1921.4.

6) 염희경은 「소파 방정환과 사회주의」, 『아침햇살』(2000년 봄호)에서 방정환을 사회주의와 대립한 좁은 범위의 민족주의자로 바라보는 편협하고 경직된 기존의 논리를 비판한다. 이는 그가 남긴 다양한 형태의 글과 어린이 문화운동의 실천과정에서 확인할 수 있거니와 사회주의자들까지 아우르는 그의 교우관계로도 알 수 있다는 것이다. 또한 방정환이 천도교(동학)의 근대 민족·민중사상에 튼실한 뿌리를 두고 활동했다는 점도 이를 증거한다고 판단한다. 따라서 방정환에 대한 대립적 인식은 특수한 전략적 구도의 산물로 실상과 많은 거리를 노정하고 결국 방정환뿐만 아니라 한국 근대아동문학사를 바라보는 데에도 하나의 편견으로 작용한다는 것이다.

미는 일차적으로 정치적 속박으로부터 벗어났다는 정치적 맥락이 우선시 되겠지만, 우리말 즉 모국어의 회복이라는 측면도 중요하다. 가정과 학교에서 드디어 우리말로 교육할 수 있게 되었다는 사실은 광복의 의미를 가장 현실적인 영역에서 인지하는 것이라 하겠다. 따라서 광복 직후 어린이의 모국어교육을 위한 동화가 쏟아진 것은 당연한 수순이었다. 이는 당시 여러 지향을 표방한 어린이 잡지의 출간[7)]에서도 반증하듯이 비로소 정당하게 말할 자유가 보장되었던 것이다.

이원수도 이 계기를 보다 적극적인 기회로 삼고자 했던 것으로 보인다. 광복 후 서울로 터전을 옮겨온 것을 시작으로 그는 좌익문학단체인 조선프롤레타리아문학동맹(1945)과 조선문학가동맹(1946)에 연이어 가담한다. 조선프롤레타리아문학동맹은 임화와 카프 해소파 중심의 조선문학건설본부에 대항해 조직된 것으로, 노동자 중심의 통일전선을 구축하여 프롤레타리아 정권을 수립할 것을 목적으로 하는 좌익문학운동단체였다. 보다 진보적인 사상과 문예운동의 전개양상을 보였다는 것이다.[8)]

---

7) 다시 창간된 주요 잡지는 『어린이신문』, 『새동무』, 『별나라』, 『소학생』, 『어린이』, 『어린이나라』, 『아동구락부』(이후 『진달래』로 개제), 『소년』, 『아동문학』, 등이다. 이 잡지들은 작품 경향에 따라 다음과 같이 나눌 수 있다. 첫째, 순수한 어린이잡지로써 기능한 『소학생』, 『어린이 나라』 중심의 잡지 둘째, 어린이의 계급성을 인정하고 광복 직후의 감격과 불투명한 정치상황의 주장하다 정치적 선전과 공격성을 띤 작품을 발표한 『새동무』, 『별나라』, 『아동문학』 등 셋째, 흥미 본위의 작품을 주로 소개한 『소년』등이 있다(김요섭, 「광복 40년 오늘의 문화예술 문학・兒童文學―혼란 속에서 자리 잡힌 환상과 현실 속의 동심」).

8) 이후 조선프롤레타리아문학동맹은 남로당의 주선으로 조선문학건설본부와 통합되어 조선문학가동맹을 결성하게 된다. 그러나 조선프롤레타리아문학동맹의 주요 성원은 이 통합의 과정에서 월북을 단행하게 된다. 현실인식과 문학론의 차이에 기인한 것이다.

이러한 현실에 대한 적극적인 참여는 이후 그의 동화에서도 잘 드러난다. 『숲 속 나라』를 비롯하여 한국전쟁 체험과 분단의 비극을 다룬 『꼬마 옥이』(1953~1955), 『호수 속의 오두막집』(1969), 4·19혁명 정신의 계승과 5·16 군사 쿠데타 정권에 대한 저항을 다룬 『땅 속의 귀』(1960), 『어느 마산 소녀의 이야기』(1960), 『토끼 대통령』(1963), 전태일 노동 열사의 분신 사건을 형상화한 『불새의 춤』(1970) 등이 그것으로, 분단 시대 리얼리즘 아동문학의 특성을 뚜렷이 드러내주고 있다.[9)]

그러나 이원수를 이념에 침윤된 작가라 보기엔 무리가 있다. 그의 사고의 중심에는 기본적으로 동심이 굳게 자리하고 있기 때문이다.

> 나는 이 아동문학에서 떠나지 못하는 걸 나의 성격과 목적의식 때문이라 말하고 싶다. 성격이란 한 건, 내가 동심의 세계를 좋아하고, 순백한 어린 마음을 나 자신 오래 오래 지니고 싶어 하는 까닭이다.
>
> 동시나 동화를 쓰고 있으면 나는 때 묻지 않은 소년으로 돌아가는 것 같아 즐겁다. 이렇게 즐겁고 맑은 상태에서 작품을 쓰는 행복을 버리고 싶지 않은 것이다.
>
> 다음 목적의식이라 한 건, 이 세상 동심을 옹호하고 싶은 것, 순결한 아동들의 세계를 그려서 어린 사람들의 가슴에 일생 잊혀지지 않을 감동을 줄 수 있게 되기를 바라며 쓰는 것이다.[10)]

이원수는 이와 같이 자신의 문학적 지향을 동심의 순결한 세계를 구축하는 것이라고 밝힌다. 그는 항상 현실과 동심의 적절한 균형감각을 유지하려고 노력했던 것으로 판단한다. 광복 이후 창작한 동화에 나오

---

9) 원종찬, 「이원수와 마산의 소년운동」, 앞의 책.
10) 이원수, 앞의 책.

는 주인공이 거의 모두 어려운 환경 속에서 온갖 고난을 당하고 시련을 겪는 어린이들이지만, 이런 고난과 역경 속에서도 그대로 쓰러지지 않고 용기와 희망을 잃지 않고 꿋꿋하게 살아가는 모습을 그린 것이 이를 증거한다. 그의 동화 속에는 아이들의 순진하고 정직한 마음, 약하고 불행한 이웃을 제 몸같이 여기는 마음이 곳곳에 잘 나타나 있다.

『숲 속 나라』는 바로 이러한 지점에서 이원수의 현실인식과 문학론을 적실하게 표출하고 있다. 다시 말해 그의 현실적인 지향성이 가장 잘 드러나고 있다는 것이다. 그러나 이 작품이 그의 지향성에 얼마나 부합하는가 하는 문제는 다른 차원이다. 왜냐하면 광복 이후 조선문학가동맹에서의 활동은 문학적 목표 혹은 지향성보다는 조직의 문학적 논리가 우선시되었기 때문이다. 당시 문학가동맹은 우리사회의 당면 과제를 반제반봉건과 친일잔재 청산을 주장하였던 바, 이원수의 행동반경 역시 이것에서 그리 먼 거리에 있지는 않았을 것이다. 이러한 과정에서 그의 『숲 속 나라』가 이념성이나 도식성을 얼마나 극복하여 균형감각을 획득하고 있는지에 대한 하나의 지표가 될 것이다.

3. 현실적 도식성 극복과 환상성의 한계

이원수의 『숲 속 나라』(웅진, 1995)는 노마라는 아이가 집나간 아버지를 찾아 숲 속에 이르렀다가 노랫소리를 듣고 모든 사람들이 다 어려지는 이상적이고 환상적인 숲 속 나라에 들어가게 된다. 이곳은 모든 어린이가 차별 받지 않고 마음껏 공부하며 놀 수 있는 어린이의 낙원이다. 여기서 어려진 아버지마저 만난 노마는 즐거운 나날을 보낸다. 그러나 망원경으로 현실 세계를 바라보고 난 이후 여전히 사과를 팔고 있는 영이와 신문을 돌리고 있는 정길 등 동무들의 고단한 삶에 가슴 아파하며 이들과 함께 살기를 원한다. 노마의 바람대로 이들은 곧 다시 만나게 되고 즐거운 마음으로 놀이와 노동을 병행하며 지내다 현실에 있는 부모님을 모시러 가기 위해 숲 속 나라를 나온다. 이때 오시탐탐 숲 속 나라에 사치스런 물건을 팔려는 불량배들인 쇠방망이라는 괴수와 무지막지한 놈, 잘난 체 떠드는 놈, 간사스런 놈 등 세상에서 누구나 싫어하는 놈들에게 노마가 잡혀가 숲 속 나라의 위치와 그 곳을 망쳐놓을 수 있도록 도우라는 협박을 받는다. 목숨을 위협하는 상황 속에서도 노마는 굴하지 않음으로써 푸른 바위로 변하게 된다. 그러나 영이의 간절한 바람과 사과나무의 도움으로 드디어 노마가 있는 곳을 찾고 괴수 일당을 물리치게 된다. 다시 부모와 함께 숲 속 나라에 온 어린이들은 꿈꾸던 생활을 영위하던 중 현실세계에서 각각 관리와 큰 장사를 통해 부자로 살던 순희와 순동이의 부모가 이곳에서의 생활을 거부함으로써 다시 현실로 돌아가고, 나머지 아이들은 그들만의 자치지역인 '노래하는 마음'을 건설하는 등 기쁨에 넘쳐 살아가게 된다.

동화의 세계는 시적인 환상과 초자연적인 공상의 세계를 그리는 환상의 세계이다. 어린이들은 환상의 세계에 들어가 그 세계의 일부가 되는데, 이때 현실보다 환상의 세계를 더 사실적으로 느낄 수도 있다.[11]

『숲 속 나라』는 구체적인 현실을 기반하지 않은 어느 때 어느 시기를

11) 한혜선, 『아동문학 창작론』(푸른사상, 2000), 14면.

배경으로 고난과 가난이한 현실의 공간과 기쁨과 즐거움의 공간인 숲속 나라를 대비하여 그려내고 있다. 이 동화에서는 현실과 환상의 경계가 선과 악이라는 이분법으로 나뉘고 있다. 어린이를 중심으로 이들에게 힘든 노동을 강요하고 해악을 끼치는 현실의 공간과 즐거움과 희망을 주는 환상적 공간으로 대비된다. 그런데 문제는 이러한 경계가 오히려 구체적인 현실적 욕구의 강한 투사 때문에 무너지고 있다는 데에 있다. 이오덕 선생의 "우리나라가 36년 동안 강도 일본제국의 종살이를 하는 식민지로 있다가 해방이 되었지만, 나라 땅과 남과 북으로 두 조각이 나서 외국의 간섭을 받게 되었고, 굶주리고 헐벗은 사람들이 살길을 찾아 헤매어도 정치를 하는 사람들은 외국 세력에 매달려 제 욕심만 차렸습니다. 그래서 온갖 더러운 장사꾼들과 친일파와 사기꾼들과 도적들이 득실거렸습니다. 이때 이원수 선생님은 나라의 앞날을 다만 어린이들에게만 기대하면서 이 동화를 썼습니다."라는 추천의 발언을 통해서도 알 수 있듯이, 이 작품에서는 상황에 대한 무게가 너무나 크게 작용하고 있다. 따라서 환상성이라고는 하지만 현실의 메타포와 상징의 무게 때문에 환상성이 훼손되고 있다. 이 작품에서 환상성의 장치는 그나마 동화라는 성격을 유지하는 틀로 작용한다. 즉 과도한 현실의 개입을 걸러주는 하나의 여과장치이다.

뒤에 남아 있는 노마를 보고 파란 모자 쓴 아이가,
"너도 같이 들어가야 할 텐데……."
하며 잠시 무얼 생각하더니 노마에게 이런 질문을 했습니다.
"노마야, 넌 동무들과 같이 지내는 것 좋아하니?"
"응! 같이 지내면 재미있을 것 같아."

노마는 지금 아이들과 함께 노래 부른 일을 생각하고 재미있겠다고 대답했습니다.

"불쌍한 사람이나 너보다 약한 사람을 도와줄 수 있니?"

"난 아무것도 가진 게 없어서 도와줄 수는 없지만……."

노마는 딱한 듯이 말했습니다. 그러니까 파란 모자 쓴 아이가 싱긋 웃으며,

"가진 게 없어도 힘써 줄 수는 있지?"

하고 물었습니다.

"있어."

노마도 자신 있다는 듯이 웃으며 말했습니다.

"됐다. 그럼 우리 숲 속 나라에 들어갈 수 있어. 날 따라와."[12)]

이는 노마가 숲 속 나라에 들어가기 위한 일종의 시험을 받는 장면이다. 숲 속 나라는 현실과 대비되는 세상이다. 그런데 이 세계에 들어갈 수 있는 자격의 요건은 오직 착한 마음만 있으면 된다. 즉 환상의 세계로 접어드는 절차가 지극히 간다하게 처리되고 있다. 어쩌면 이 작품에서 이런 절차 자체는 무시되고 좋을 것이다. 앞에서도 지적했듯이 이 작품에서 드러나는 환상성은 동화라는 틀을 유지하는 데에만 기능하기 때문이다.

이는 갈등을 드러내는 측면에서도 그러하다. 갈등의 설정이 지극히 현실적인 맥락에서 이루어지고 있고, 이를 해결하는 방법으로만 환상적인 수법이 등장한다. 현실적인 의도가 강하게 투사되어 있는 것이다. 이 작품에서 가장 골이 깊은 갈등은 숲 속 나라와 이 나라를 호시탐탐 노

12) 이원수, 『숲 속 나라』(웅진닷컴, 1995), 17~18면.

리는 괴수 일당과의 대립이다.

> "영감! 제가 보기에는 숲 속 나라에서는 남의 나라 사치품을 안 사들이려고 별별 계획을 다 하나 봅니다. 요새는 과자, 학용품, 옷감 같은 것도 저희들이 부지런히 만들어 내고 기름을 안 쓰려고 전기까지 발전한다는 소문을 들어 왔어요. 그러니까 지금은 우리 물건을 비싸게 팔려고 들게 아니라 그냥 거저 주다시피 싸게 풀어 먹입시다. 거저 주는 것이야 안 받겠어요? 그렇게 해서라도 우리들의 물건이 많이 들어가서 화려하고 좋은 것만 알게 되면 나중에는 가만히 있어도 막 사려 들 것 아닙니까? 장난감도 이런 게 제 놈에게 있겠어요?"
>
> (…중략…)
>
> "흠! 자네 생각도 좋아. 그럼 이 배에 있는 상품은 모두 무료 제공이다. 그러나 이것들을 받아들이게 하기 위해서는 수단과 방법이 필요해. 대포나 총만으로만 위협해서는 안 된단 말이야."[13]

이 작품에서의 갈등은 크게 "어떠한 나라의 어떤 물건을 사고 팔고 하든 모두 자유다. 일을 하든 아니하든, 공부를 하든 놀음을 하든 모두 자유다. 이 자유를 속박하는 모든 것을 때려 부순다"는 논리의 괴수 일당과 숲 속 나라 사람들의 대립이라 할 수 있다. 현실의 제국주의가 투사되어 적대적인 관계를 형성하고 있다. 즉 지키려는 쪽과 수단과 방법을 가리지 않고 물건을 팔아 숲 속 나라를 해치려는 쪽의 관계인 것이다. 이원수가 인식한 광복 이후 우리 사회의 갈등이 가장 집약적으로 드러난 것으로 외세의 개입이나 간섭 없는 자주적인 민족국가의 건설이 하나의 당위로 제시되어 있는 것이다. 이는 당시 조선문학가동맹의

13) 위의 책, 34~35면.

과제와도 상통하는 바 현실적인 맥락을 그대로 유지하고 있다고 할 수 있다.

사실『숲 속 나라』 자체가 가지는 환상적인 요소는 미미하다. 오히려 적대적인 갈등관계에 이끌려 흥미를 유발하고 긴장을 형성하고 있다. "우리들은 우리나라를 튼튼히 하기 위해서는 사치스런 물건을 쓰지 않기로 했으니까 재들이 암만 그래도 허탕이지!"와 같은 말은 제국주의의 위협에 맞서 어린이들이 실천 가능한 과제를 제시하고 이를 실천하는 것에 다름 아니다.

그리고 다른 갈등의 축은 어린이와 어른들 혹은 가난한 자와 부자인 자의 갈등이라 할 수 있는 순희와 순동이의 부모와 어린이들 간의 갈등이다.

> "얘, 너 생각해 봐라. 우리가 이런 데 와서 뭘 하겠니? 너의 아버지는 남부럽지 않은 높은 관리가 아니시냐. 그런 자리를 버리고 이런 델 오면 어떻게 살아간단 말이냐. 단박 거지꼴이 된다. 엄마 말대로 어서 돌아가자."
>
> 순동이 아버지도 그랬습니다.
>
> "얘, 보아하니 여기서는 장사가 안 될 것 같다. 우리 집이 얼마나 큰 장사를 해 오는 집인데 이런 데 와서 무슨 벌이로 살아가겠느냐?"
>
> (…중략…)
>
> 아버지가 벌어 주시는 돈으로 편히 공부를 하고, 높다랗고 좋은 집에서 나보다 낫게 산다는 것은 결코 싫지는 않을 것 같습니다. 순희와 순동이는 섭섭하긴 했지만, 고향으로 돌아가기로 맘속에 작정을 했습니다.[14]

---

14) 위의 책, 120~121면.

이는 숲 속 나라에서 살고 싶은 아이들과 세속적인 어른들의 갈등으로 숲 속 나라는 누구에게나 이상적인 낙원으로만 비추어지지 않는다는 사실이다. 현실의 공간에서 높은 관리와 부자이던 사람이 모든 지위가 평등하고 자급자족하는 숲 속 나라에서 별다른 역할을 할 수 없는 것은 자명할 터이다. 모두가 평등하게 놀이하고 노동해야 한다는 사실이 전혀 비교우위를 가질 수 없는 것이다. 이는 아이들에게도 마찬가지다. 생각해보니 당장 친구들과 헤어지는 것은 아쉽지만 이전의 안락하고 보장된 삶을 살아가는 것이 훨씬 현실적이라는 계산인 셈이다.

이 작품에서 어른과 아이, 아이와 아이들과의 갈등이 전면적으로 드러나지는 않는다. 그럼에도 작품의 말미에 이 갈등을 배치함으로써 숲 속 나라에서도 현실의 계급적 계층적 한계를 극복하지 못하고 있다. 광복 이후 현실에 대한 분명한 상징이 아닐까 싶다.

그런데 이러한 갈등을 해소하는데 결정적인 역할을 하는 것이 바로 자연물이다. 일테면 사과라든지 달과 시냇물 등이 그것이다. 노마 아버지의 집에 서 있는 사과나무는 말을 할 줄 안다. 어린이들이 맛있게 먹어주는 것을 최대의 기쁨으로 알고 있는 사과는 괴수 일당을 물리치고 노마를 위기에서 구해내는데도 결정적인 역할을 수행한다. 노마와 영이는 사과를 나누어 먹는데 각자의 몸속에 있던 사과의 도움으로 노마의 행방을 찾아 괴수를 구출하게 되는 것이다. 여기서는 나누어 먹는 것의 미덕을 칭송하려는 의도가 농후한 바, "한 개의 사과라도 노나 먹는/ 정다운 동무들에게 복이 있으라"는 것에서 알 수 있다.

사과는 아이들에게 끊임없이 어떤 동기를 부여하기 위해 힘쓰는 것으로 드러난다. 이는 작가의 의도와도 맞닿아 당대 우리에게 시급한 과제인 지혜와 과학적 사고, 저항의식을 지향하고 있다. 사과가 자신의 이력에 대하여 아이들에게 설명하는데, 일테면 기독교에서 말하는 지혜의 과실로서의 사과, 뉴턴의 사과, 빌헬름 텔의 사과 등 사과와 관련된 이야기를 들려주는 과정에서 사과의 의미는 주제를 형성하는데 상당히 기여하고 있음을 확인한다.

또한 달은 일반적으로 원망 충족과 실현의 대상으로 또는 세상을 밝혀주는 혜안으로서 기능한다. 『숲 속 나라』에서도 예외가 아닌 바, 막내에게는 그리운 엄마의 얼굴이 되어주고 현실에서 신문을 팔던 정길에서는 아름다운 꿈을 담은 신문을 만들어 나누어주는 미래를 비추어주기도 한다. 노마는 전기기사, 순희는 훌륭한 색시, 순동은 회전의자에 앉아 안락하게 생활하는 모습을 비추어준 것이다. 하지만 이러한 미래의 모습 또한 현실의 투사에서 그리 먼 거리에 있지 않다. 달이 훌륭한 사람의 조건을 말하는 대목에서도 그렇지만 순희와 순동이가 금붕어로 변하여 낯선 사람에게 잡혀가는 장면은 부자유한 현실의 투사에 다름 아니다.

또한 시냇물은 갈등 해소에 직접적으로 개입하지 않지만 현실의 다양한 이야기를 들려줌으로써 숲 속 나라에 대한 강한 믿음을 제공한다. 다시 말해 숲 속 나라의 안과 밖을 선과 악으로 구조화하여 숲 속 세계에 대한 강한 긍정을 이끌어 내고 있는 것이다. 이처럼 갈등의 해소 차원에서 환상적인 수법이 주로 활용되지만 근본적인 갈등을 해소하는 역할을 못하는 것을 확인한다. 즉 부차적인 문제에서 환상성이 가능함으로써 이 작품에서 이원수는 현실과 환상의 사이에서 균형을 잡기가 무척이나 힘겨웠던 것으로 판단한다.

이는 이 작품에서 드러나는 시대의 과제를 설정하는 것에서도 그대로 드러난다. 즉 아이들이 수행하는 단순한 놀이가 아니라 시대의 과제로 설정된다는 점이다. 『숲 속 나라』는 일반적인 의미에서의 낙원은 아니다. 공부와 놀이뿐 아니라 노동도 해야 하는 단순히 편안하게 잘 살 수 있는 곳이 아니기 때문이다. 그러나 아이들은 이 모두를 즐거운 놀이로 인식한다.

> 우리들이 건너다닐 다리를 놓자.
> 영차영차 다리를 놓자.
> 밤이면은 산토끼도 건너다니고
> 영차영차 다리를 놓자.
>
> 우리들의 나라는 우리 손으로!
> 영차영차 다리를 놓자…….15)

아이들의 노래에서 자주 나오는 구절도 "굼벵이의 편안을 바라지 말고/ 이마에 땀 흘리며 즐거이 살자"이다. 냇가에 다리를 놓는다든지 농사짓고 추수하는 행위가 숲 속 나라에서는 아주 즐거운 행위이다. 이는 아이들에게 근면과 성실의 즐거움을 일깨우려는 의도로 판단되는 바, 현실의 불평등을 환상 속에서 해소하려는 것으로 이해된다. 강한 초자아를 바탕으로 개인 내부에 자리하고 있는 욕망을 억누름으로써 시대적 의미를 우선적으로 선취하는 것이다.

또한 망원경과 전화, 트랙터 등으로 대표되는 문명의 이기는 아이들

---

15) 위의 책, 22면.

의 흥미의 대상이자 동시에 어떤 희망을 의미하는 것으로 부상한다. 노마는 숲 속 나라에서 상으로 망원경을 선물 받는데 이는 현재와 앞날에 대한 혜안 구실을 한다. 괴수일당의 침입으로부터 숲 속 나라를 보호한다든지 여전히 고통 받고 있는 아이들을 이를 통해 바라봄으로써 현 공간의 우월성을 입증하는 역할을 수행한다.

> "저 물레방아는 곡식을 찧는 방아가 아니라, 조그마한 수력발전기를 돌려서 전기를 일으키는 것이에요. 여러분은 아까 전기에 대한 이야기를 들었으니까 잘 알겠지만, 우리나라에 저런 수력발전소를 많이많이 만들어서 전등도 켜고 기계도 돌려야 합니다."[16]

이러한 역할에는 전화와 트랙터 역시 마찬가지이다. 아이들이 "사람이란 너무 보호만 하면, 스스로 연구하고 힘써서 뻗어나가는 힘이 줄어들고, 남만 믿는 약한 사람이 되는 것"을 막기 위해 각 자치구를 만들어 생활할 때 전화기는 서로 소통할 수 있는 유용한 도구이자 동시에 장난감 구실을 한다. 추수할 때 쓴 트랙터도 어른들은 불편해하지만 아이들과 청년들에게는 중요한 농사 수단이 되고 있다.

이와 같이 문명을 대표하는 새로운 물건은 내일의 희망인 아이들에게 긍정적이 것으로 다가서 앞으로 광복 이후의 사회가 지향해야 하는 방향을 강력하게 보여주고 있다. 더불어 함께 사는 것에 강한 집착을 보여주고 있는 『숲 속 나라』는 이러한 의미에서 현실과 환상의 세계를 선과 악으로 강력하게 대비시키며, 시대적인 요구를 전반에 드러내 놓

---

16) 위의 책, 46면.

고 있다고 하겠다. 사실 "현실 차원에서 제시된 숲 바깥 나라와 초현실 차원에서 제시된 숲 속 나라의 상반된 모습은 새로운 민족국가 건설의 과제를 두고 첨예한 이념대립의 길로 치닫던 해방기 민족현실"17)을 그려놓은 것에 다름 아니다. 이와 같이 『숲 속 나라』는 강한 현실의 투사로 환상과의 경계가 애매해졌다고 하겠다.

4. 마무리

이원수 장편동화 『숲 속 나라』를 중심으로 그의 문학과 사회에 대한 인식을 조명하였다. 이원수는 광복을 계기로 동화를 창작하기 시작하였고, 생활근거지도 마산에서 서울로 옮겼다. 광복은 그에게 새로운 의미를 부여한 것으로 『숲 속 나라』에는 그의 현실과 사회에 대한 지향성이 강하게 투영되었을 것이란 판단이다. 이원수에게 동화는 자신의 지향성을 담는 하나의 그릇으로 작용하는데, 『숲 속 나라』는 이러한 측면에서 그의 현실인식과 지향성을 파악하는 좋은 계기가 된다.

이 글에서는 주로 환상성을 중심으로 이원수의 현실적인 맥락과의 관련성을 조명하였다. 현실과 환상의 세계를 선과 악으로 강력하게 대비시키며 시대적인 요구를 전반에 드러내 놓고 있기 때문이다. 『숲 속 나라』에서는 갈등의 설정이 지극히 현실적인 맥락에서 이루어지고 있고 이를 해결하는 방법으로 환상적이 수법이 제시된다. 그러나 현실의 메타포와 상징의 무게 때문에 환상성이 상당히 훼손되고 있다. 현실에

17) 원종찬, 「이원수 판타지동화와 민족현실」, 앞의 책, 134면.

대한 강한 환기 혹은 목적의식 때문이다. 따라서 이 작품에서 환상성의 장치는 그나마 동화라는 성격을 유지하는 틀로 작용한다.

결국 이원수의 『숲 속 나라』는 그에게 목적의식성을 실현하는 틀로써 작용했고 그의 세계관을 표출하는 하나의 통로로 작용하여, 현실과 환상의 팽팽한 균형이 무너지고 있음을 알 수 있다.

출전 : 「이원수의 동화 연구」, 『새국어교육』 제68호, 2004.

이원수 동화의 그림자 모티프 연구

—「꼬마 옥이」를 중심으로

1. 서론

이원수는 1925년 「고향에 봄」을 『어린이』지에 투고하여 입선 된 후부터 작품 활동을 시작하여 평생을 아동문학가로 활동하면서 방대한 작품[1]을 남겼다. 그는 우리나라 아동문학 발전에 선구적인 역할을 했으며 더불어 아동문학의 초석을 다져놓았고 할 수 있다.

한국 아동문학 역사가 어느덧 백년[2]에 육박해가는 현재, 무수한 작품

* 배덕임 / 조선대학교 강사

1) 『이원수 아동문학 전집』 전30권—동요·동시 293편, 동화 163편, 소년소설 56편, 아동극 23편, 수필 172편, 시 56편, 아동 문학론 97편, 계 860편으로서 역사 전기소설과 전래동화는 제외한 총계이다.
2) 한국 아동문학의 최초 창작 동화를 마해송이 1923년 『샛별』지에 발표한 「바위나라와 아기별」로 보고 있다.

이 쏟아져 나오고 있으나 발표된 작품에 비해 학문적인 연구는 아직까지 미진한 상황이다. 아동문학 부문에 대한 연구는 미흡한 중에도 이원수와 그의 작품에 대한 연구가 부분적으로 이루어지고 있는 점은 다행이 아닐 수 없다. 그나마 맥이 끊이지 않고 이원수 연구가 면면히 이어져 오고 있는 점은 선행 연구자[3])들이 그의 아동문학사적 중요성을 깨닫고 작품에서 문학적인 가치를 발견했기 때문일 것이다.

필자는 이원수의 대표작 중의 하나인 「꼬마 옥이」[4])의 드러난 그림자 모티프가 단순한 소재로만 쓰이지 않고 중요한 기능을 하고 있다는 것을 깨닫고 연구에 관심을 기울이게 됐다. 그래서 그림자 모티프는 이원수 문학에 있어 중요한 요소 중의 하나임을 밝히는 데 연구에 목적을

3) 단행본으로 나온 몇 편의 연구를 살펴보면 이재철의 『한국아동문학사』나 『한국아동문학작가론』에서 이루진 연구는 아동문학에 기여한 공헌을 높이 평가했을 뿐 본격적인 작품 분석이나 평가는 이루어지지 않아 아쉬움이 크다 하겠다. 석용원, 『한국아동문학원론』, 이상현의 『아동문학강의』 속에서는 이원수의 전기를 바탕으로 단편적으로 다루어져 있다. 인물전으로는 이영호의 『현대인물전기』 이원수 편, 이종기의 『이원수론』이 있다. 이외에 정기간행이나 잡지, 단행본 등에서는 짧은 서평수준에 머무르고 만다.
학위 논문 연구는 동시 연구와 동화와 소년소설 연구, 동화와 동시를 아우른 연구 등으로 구분해 볼 수 있다. 학위 논문에서 이루어진 연구는 주제 분석과 형식상의 특징, 현실 대응방식과 공간 구조가 동시 부문에서 주로 연구되어졌다. 동화와 소년소설의 연구는 시대의식과 주제에 초점을 맞춘 채찬석, 조은숙, 박종순의 연구가 있고, 생애를 중심으로 작품을 연구한 중촌수 연구를 찾아 볼 수 있다. 최근에 이원수의 장편 판타지를 중심으로 연구된 정연미의 연구가 있고 환상성을 중심으로 권나무, 송지현 등의 연구가 이루어졌다. 이원수의 동화와 동시를 아우른 제재 관련성을 중심으로는 이원수의 의식세계와 문학관을 연구한 김용문의 연구 논문 등을 찾아볼 수 있다.

4) 이원수,『이원수 아동문학 전집 3』, 웅진출판사, 1983.
「꼬마 옥이」는 1953~1955, 『소년세계』, 『학원』에 연재한 중편 동화 작품이지만 연구 대상 텍스트는『이원수 아동문학 전집 3』으로 삼았다.

두고자 한다. 본 연구를 작품 분석적인 측면에서 접근을 시도하려고 앞선 연구물들을 살펴본 결과 지금까지 우리 문학 전 장르에 걸쳐 그림자 모티프에 대한 연구가 거의 이루어지지 않은 점을 발견하게 됐다. 그동안 연구된 몇 편의 논문들도 외국문학을 대상으로 이루어졌거나[5], 미술대학에서 자신의 미술 작품 속 무의식을 소개하는 정도에 그치고 말았다.[6] 이처럼 미미한 연구 속에서도 그나마 다행인 것은 최근 들어 우리나라 작품을 대상으로 그림자 모티프를 연구한 논문이 두 편 발표된 점이다.

한민주[7]는 현대소설에 나타난 그림자 모티프를 중심으로 인간의 내면속의 아니마와 아니무스의 관계를 통해 섹슈얼리티의 발화과정을 첨예하게 보여주고 있다. 한민주는 그림자 모티프가 인물내면의 자의식을 드러내는 관계를 파헤치고 정신분석학적 자아의 분열상임을 밝히고 있다. 그는 정상인과 비정상인을 구분하는 사회의 기준은 섹슈얼리티를 통해 작동하기도 한다는 주장을 내세웠다. 하지만 이런 주장은 다소 모호한 면이 없지 않다 하겠다.

김현규[8]는 무의식과 그림자와의 관계를 토대로 전래동화에 나타난

5) 박계수, 「E.T.A Hoffmann의 작품에 나타난 이중자아 모티프 연구」, 이화여자대학교 박사학위논문, 1994.
정웅주, 「셸리 시에 나타난 이중적 자아의 통합의 비전」, 호서대학교 박사학위논문, 2003.
6) 유승민, 「무의식의 인식과 그림자의 의식화를 통한 내면 표현 연구」, 경희대학교 미술학과 석사논문, 2003.
7) 한민주, 「현대소설에 나타난 그림자 모티프와 섹슈얼리티의 수사」, 『시학과 언어학』, 시학과 언어학회, 2005.
8) 김현규, 「전래동화 속의 그림자 탐색」, 대구교육대학교 석사논문, 2006.

그림자모티프를 탐색해 갔다. 그림자 탐색에 대한 융의 분석심리학을 바탕으로 무의식을 탐구했지만 전래동화 속의 그림자들과는 자연스럽게 연결되지 못하고 다소 거리감이 느껴진 게 가장 큰 한계라 하겠다.

그림자는 예로부터 다양한 의미로 해석되어왔다. 원시인들에게도 많은 관심이 있었던 그림자는 현대에 들어 그 의미가 더욱 커지고 있다고 해도 결코 틀림이 없을 것이다. 프로이트에 의해 무의식의 세계가 발견되고, 융에 의해 자아 속의 그림자에 대한 연구가 이루어지면서 그림자는 그 의미가 더욱 확고해지고 있는 것이다.

필자는 본 연구에서 그림자 모티프가 「꼬마 옥이」에 반영된 의미적 측면을 살펴갈 것이다. 그림자 모티프의 분석에 융의 무의식에 대한 이론을 토대로 끌어와 그림자의 다양한 의미를 찾아갈 것이다. 그래서 이원수 문학에 거대하게 자리매김 되고 있는 죽음은 삶의 단절이 아닌 도정에 놓인 것이라는 세계관과 범인류적인 사랑으로 형상화된 주제를 밝히는데 단초를 제공하게 될 것이다.

2. 그림자 모티프의 변형 모델

1) 문화 속의 그림자

원시인들에게 있어 그림자나 영상은 자기의 영혼이나 자기 자신의 생명적인 부분으로까지 받아들여져 왔다. 그림자가 영혼과 완벽하게 동일하지는 않았지만 인간이나 동물의 살아있는 일부로 간주되어 왔던 것이다. 때문에 그림자에 가해진 피해를 실지로 자신의 육체에 가해지는 것같이 느끼면서 민감한 반응을 보이기도 했다. 적도 부근에서는 점심 무렵이 되면 그림자가 전연 없거나 있어도 매우 적으므로 사람들은 영혼의 그림자를 잃을는지도 모른다는 상상 때문에 대낮에 바깥에 나가지 않는 것을 계율로 삼기도 했다.[9]

그래서 원시인들은 그림자를 한 인간이나 사물에 근본적으로 속한 것으로 여겨왔으며 생의 원칙,[10] 영혼,[11] 금기[12]에도 적용하는 문화를 남겨왔다. 또한 신탁에도 예시가 돼 왔는데 그림자가 흐려지면 병을 의미했고, 그림자가 없는 것은 죽음의 의미로 받아들일 만큼 그 의미가 매우 중대하고 컸던 것이다.

그림자 의미는 단절되지 않고 문화 속에 내재되어 오면서 계승과 더불어 다양한 의미 층을 가미 확장해 왔다. 이는 고대인들 역시 그림자를 죽음으로 받아들여 왔던 부분에서 계승 측면을 쉽게 찾아 볼 수 있으며, 좀비들의 존재가 그림자로 묘사되어 등장하는 것들을 통해 확장되는 의미를 어렵지 않게 파악할 수 있다 하겠다. 이밖에도 그림자는

---

9) 프레이저, 『황금가지 I』, 장병길 역, (주)삼성출판사, 1990, 259~261면.

10) 그림자나 영상이 자신으로부터 분리되면 죽는다고 믿었다.

11) 그림자가 인간의 영혼과 매우 밀접하게 결부되어 영혼의 상실이 병약이나 죽음을 일으킨다고까지 생각되는 곳에서는 영혼의 손실은 그 사람의 생명력을 그만큼 소모하는 것을 가리키고, 걱정 근심으로 간주하였다.

12) 중국에서는 장례 때 관에 뚜껑을 덮을 단계가 되면 가장 가까운 사람을 제외한 대부분의 사람들은 두서너 발짝 물러선다. 그들의 그림자가 관 속에 들어가면 건강이 위험하다고 믿기 때문이다. 또 루마니아인들은 집을 세울 때 인간의 그림자 길이를 재서 몰래 그것을 주춧돌 밑에 파묻는 풍습이 있었다. 그림자를 파묻는 것은 그의 영혼이나 생명을 파묻는 것과 다름이 없어 그림자를 빼앗긴 사람은 반드시 죽는다고 믿었다. 그래서 건축 중에 있는 집을 통과할 때는 그림자를 빼앗기지 않도록 조심하자는 경고를 외치기도 했다(프레이저, 위의 책, 259~261면).

어둠의 상징과 야만적이거나 부정적인 것, 숨기고 싶은 어두운 부분 등 다양한 방식으로 의식 속에까지 반영되어왔다.

민간신앙에서는 혼령이나, 혼령의 세계에 속하는 인간이 그림자로 표상되기도 했다. 그림자가 없는 것은 악마로 인식됐던 것이다. 동양의 민속신앙에 죽은 사람은 그림자가 없다고 받아들였던 의식들을 찾아볼 수 있는데 이처럼 그림자는 단순한 의미를 넘어 생(生)과 사(死)를 구분하는 인식의 잣대가 되기도 했던 것이다. 아직도 아시아 몇 나라에 민속놀이로 그림자밟기가 전해져오고 있다. 이것은 그림자가 단선적이고 표피적인 의미를 뛰어넘어 주술성과 보호성에도 관계한다는 것을 의미하고 있는 점을 잘 보여준다 하겠다.

또한 고대 그리스와 동양 미술에서도 "후광[13]과 부정적인 연관을 가진 것은 그림자로서, 이것은 천상으로부터 지상으로의 빛의 흐름을 차단하는 인간의 모습"[14]으로 탁하고 영(靈)과는 반대의 개념으로 상징되어 나타나기도 했다. 그림자는 단순한 죽음, 어두운 면을 넘어 새로운 의미 등을 내포하고 있는 것을 깨달을 수 있다. 그림자는 정(淨)과 부정(不淨), 삶과 죽음, 무신으로 숭배의 대상이 되는 치유의 신과 그 그림자, 나쁜 것은 모두 밖에 있다는 그림자 투사까지 그 의미가 한층 확대되고 다양하게 형성 되어 문화 속에 잠재해 있다.

우리의 옛이야기 속에도 집단적 무의식의 원형으로 대변되는 그림자의 다양한 모티프들이 등장하고 있는 것을 찾아 볼 수 있다. 무속의 그

13) 신의 광휘, 신들의 지혜, 그리고 머리로부터 뿜어 나오는 생명력 등을 상징한다. 또 에너지 장(場)이라고 믿고 있으며 영기(靈氣)를 나타내기도 한다.
14) 데이비드 폰태너, 『상징의 비밀』, 최승자 옮김, 문학동네, 1998, 130면.

림자 풀이인 무당이 신이 되어 내리는 신탁은 유교문화 그림자로서 비판을 받기까지[15] 했지만 아직도 소수의 사람들에 의해 맥이 끊이지 않고 이어져 오고 있는 것 또한 사실이다. 이런 측면들은 바로 우리나라 역시 민간신앙과 문화기층에 그림자 모티프가 다양하게 형상화 돼 있다는 것을 잘 보여주고 있는 것들이다.

2) 아동문학작품 속의 그림자

그림자는 문학의 주제와 모티프, 상징 등에 많이 사용되고 있다. 하지만 필자는 본 연구에서 그림자가 나온 텍스트를 문학 일반에 적용하는 것을 배제하고 아동문학작품에 한정하여 선택적으로 살펴볼 것이다. 아동문학 작품 속에서 그림자 모티프는 동서양을 막론하고 쉽게 찾아볼 수 있다.

전 세계 어린이들에게 널리 읽힌 『피터팬』 도입부에 그림자 모티프가 등장한다. 피터팬의 몸에서 떨어져나간 그림자를 웬디가 아무런 거리낌 없이 자연스럽게 실로 꿰매주는데 이것은 그림자가 몸과 분리 될 수 있다는 것을 보여주며, "어린 소년에게 '현실'의 단계를 부여해 주는 웬디를 떠올리게"[16]하는 기능을 수행하고 있다.

이밖에도 안데르센과 미하엘 엔데의 작품에서 그림자 모티프를 발견할 수 있다. 안데르센의 작품 『그림자』[17]에서는 그림자가 그 사회로부

15) 이부영, 『우리 마음속의 어두운 반려자-그림자』, 한길사, 1999, 230~238면.
16) 빅토르 I. 스토이치타, 『그림자의 짧은 역사』, 이윤희 옮김, 현실문화연구, 2006.
17) 주인의 몸에서 분리된 그림자가 주인을 떠나 돌아오지 않는다. 그림자가 돌아오지 않자 주인은 실망하지만 다행히 그림자가 새로 생겨난다. 주인은 새로 생겨

터 없어서는 안 되는 것으로 형상화 된다. 그렇기 때문에 성공한 그림자가 인간처럼 행동하고 사고하면서 인간의 제도와 사고의 허상을 고발하기에 이른다. 미하엘 엔데의 『오필리아의 그림자 극장』[18]에서는 어둠 속에 숨어 있던 그림자들이 오필리아의 도움을 받아 주체적인 행동체로 활동하기에 이른다.

또 우리 오를레브[19]의 『그림자 동물』에서는 그림자가 불안의 대상에서 고통과 어려움을 이겨내 주는 다정한 친구로 등장하기도 한다. 소년은 어려운 일이 있을 때마다 그림자 동물과 의논하고, 싸우기도 하면서 점점 슬픔을 이겨내고 다른 사람의 아픔을 이해하고 감싸 안을 줄 아는 따뜻한 어른이 되어간다.

아델베르트 폰 샤미소[20]의 작품 『그림자를 판 사나이』는 우리나라에서 아동용 책으로도 번역 소개됐다. 폰 샤미소의 작품에서는 인격의 본

난 그림자를 키워 사용한다. 몇 년 후 주인을 떠났던 그림자가 성공해서 주인을 찾아온다. 그림자는 경제적으로 실패해 곤경에 처해있는 주인을 돈으로 고용한다. 그림자가 주인이 되고 인간인 주인이 그림자의 그림자 역할을 하게 되는 것이다. 그림자는 자신의 신분을 망각하고 마치 자신이 인간인 것처럼 한 나라의 공주와 결혼을 하려고 음모를 꾸미게 된다. 그림자의 본 주인이 그림자의 실상을 밝히려하자 그림자가 자신의 주인인 인간을 죽이게 한다.

18) 그림자들은 주인 없이 떠돈다. 그림자는 소외 받으며 살고 있던 오필리아의 도움으로 연극을 배워 공연을 하게 된다. 그림자들은 오필리아에게는 삶의 의미와 희망을 주게 되고 더 이상 어둠의 대변인들이 아닌 활동의 주체로 등장하여 인간들에게 즐거움을 선사한다.

19) 1931년 폴란드 바르샤바에서 태어났다. 대부분의 성장기를 제2차 세계대전 중, 나치 치하에서 보냈다. 1996년에 안데르센 상을 수상했으며 『뜨개질 할머니』, 『희망의 섬 78번지』 등 다수의 작품이 있다.

20) 1781년 프랑스에서 태어났지만 그가 8세 때 집안이 프랑스 혁명에 연류되어 재산을 몰수당하고 독일로 망명했다. 그의 작품으로 『그림자를 판 사나이』, 『여자의 사랑과 생애』 등이 있다.

질적인 부분인 그림자를 잃어버린 모티프가 독자적으로 발전되기도 했다. 이 작품은 주인공이 그림자를 팔고 불행으로 치닫는 이야기를 통해 "그림자 상실은 완전한 인간관계의 상실로 이끌어지며 그림자가 없이는 어떤 진실한 인간적인 행복이나 현실적인 삶의 충족은 기대할 수 없는"[21] 상황에 처하기도 한다.

서양뿐 아니라 우리나라의 전래동화 『흥부와 놀부』나 『콩쥐 팥쥐』등에서도 그림자의 원형을 찾아 볼 수 있다. 이밖에도 그림자 모티프가 등장한 작품들이 많이 있다. 하지만 연구 방향과 분량의 규정을 핑계 삼아 그 작품은 대상에서 제외하고자 한다.

정신분석학에서는 인간의 사고영역을 의식과 무의식으로 나누고 있는데 융은 그림자를 무의식의 한 부분으로 규정하고 있다. 융이 다루는 그림자는 "우리가 가진 본성의 어두운 면, 우리 자신이 볼 때 열등하고 야만적인 면"[22]에 더 많은 비중을 두고 있다. 융의 규정처럼 "그림자가 어떠한 형태를 취하든지 그것은 자아와 대립하는 측면을 보이고, 남에게서 가장 싫어하는 성격들을 실제로 드러내"[23] 보이고 있는 것들이다.

그림자의 의미를 부정적인 것 악한 것으로 대변 했을 때 『흥부와 놀부』나 『콩쥐 팥쥐』같은 작품은 바로 인간의 무의식에 내재해 있는 그림자의 의미를 표출해낸 작품들인 것이다. 이처럼 어린이들이 쉽게 접하고 있는 아동문학 작품 속에 다양한 의미로 그림자 모티프들이 내재해 있기 때문에 그림자 모티프는 어린이 독자들에게 결코 낯설지만은 않

21) 박계수, 앞의 글, 38면.
22) 루스 베리, 『30분에 읽는 융』, 양혜경 옮김, 렌덤하우스중앙, 2004, 66면.
23) 카알 G. 융, 조승국 역, 『인간과 상징』, 범조사, 1991, 210면.

은 것이 분명하다하겠다.

3. 「꼬마 옥이」에 나타난 그림자 모티프

1) 환상의 매개체

주인공 '나'는 피난길에서 만난 부모 없는 어린 소녀 옥이를 딸처럼 보살펴주게 된다. '나'는 붙임성이 좋은 옥이를 친딸처럼 데리고 다니며 친구들 앞에 자랑을 하기도 한다. 옥이는 이런 '나'를 아버지같이 잘 따르기만 하는 게 아니라 '나'가 하는 일은 무엇이든 도와준다. 그러던 옥이가 어느 날 갑자기 죽고 만다. 옥이의 죽음으로 슬픔에 빠진 '나'는 죽은 옥이를 안고 흐느껴 울다가 옥이의 주머니 속에서 예쁜 인형을 발견하게 된다. '나'는 옥이의 인형이 마치 옥이인 냥 소중히 간직하기에 이른다.

그 후로 '나'는 옥이를 잃어버린 슬픈 마음으로 그 인형을 들여다보고 들여다보고 한다. 이런 '나'에게 옥이의 인형이 옥이 환영으로 변해 '나' 앞에 나타난 것이다. 이때 죽은 옥이 환영은 단순히 죽은 자의 환영의 의미가 아니다. 옥이 환영은 「꼬마 옥이」 작품 속에 등장하는 인물들의 자의식을 드러내는 방식과 연관되어 있기 때문에 그림자의 의미[24]로 해석 된다 하겠다.

24) 분석심리학에서 그림자 이미지란 살아 있는 것이다. 인간내면의 무의식 그림자를 뜻하며 살아 있는 그림자란 원시인의 그림자관이나 정령관과 맥을 같이 한다. 원시인들은 그림자 또는 거울이나 물에 비친 영상을 그들의 영혼으로 보았다.

> 인형은 보는 새, 점점 커지더니 잠깐 동안에 정말 사람이 되는 것이다. 그게 바로 옥이였다.
>
> 희미한 불빛에도 발그스름한 볼이며, 반짝이는 눈동자며, 오뚝한 코며, 자그마한 입술이며……, 모두가 옥이와 조금도 다름이 없는 귀여운 소녀였다.(29면)

> 나는 상희가 보고 싶은 생각에 자장가를 치고 있으면 내 눈엔 어둠이 깃든 텐트 안에 악보로써 수놓은 오선의 무지개가 곧잘 나타나 보이고, 그러면 내 딸 상희의 얼굴이 방긋이 웃으며 나타나는 것이었다.(45면)

옥이와 어린 나이에 죽은 딸 상희는 환영으로 '나' 앞에 나타난다. 두 환영의 등장은 두려움의 존재가 아닌 희망과 기쁨을 주는 존재로 재현되고 있다. 어린 소녀 옥이와 딸 상희의 환영이 주인공인 '나' 앞에 나타난 것에 대해 아무런 거리낌 없이 수용하는 '나'의 행동은 죽음과 삶이 미분화 상태에 놓여 있던 원시인들의 민간신앙으로 받아들이는 모습과 같은 의미로 작용한다하겠다. 즉 주인공 '나'의 삶과 죽음이 분리되지 않는 세계관이 드러나고 있는 것을 확인 할 수 있는 것이다.

더군다나 옥이 환영은 주체로서 '나'와 소통을 희망한다. "한번 죽어서 다시 살아나지는 못해도 그림자만으로도 선생님 앞에 나타나서 선생님과 재미있는 이야기를 하며" 지내기를 소망하는 옥이의 모습을 통해 생물학적 죽음이 단절을 의미하지 않음을 알 수 있다. 주인공 '나'의 '열린 세계관' 때문에 옥이 환영은 「꼬마 옥이」 작품 내에서 다양한 의미로 작용하지만 그중 하나가 '환상의 매개체'로 발현되고 있는 점을 찾아 볼 수 있다.

작품 속에서 환영이 환상의 매개체로서 기능을 하는 것은 살아 있는 사람은 결코 다가갈 수 없는 환상세계로 이끌어 주기 때문이다. 옥이 환영은 주인공인 '나'에게 천상세계와 별의세계, 그림자의 세계, 꽃의 정령세계 등 환상세계에 대해 인식이 가능하게 해준다. 더불어 무의식의 세계까지 보여주는 데 이것들은 죽은 자의 환영이기에 가능한 것들이다.

옥이 환영은 천사가 데려간 천국이 따분하기만 하다. 사람들 모두 천사같이 아름답고 착하지만 천국에 적응하지 못하고 불지옥 속에 허덕이고 있는 엄마와 뱀에게 감겨 있는 친구가 있는 지옥으로 향한다.

> 내 눈에서 눈물이 비 오듯 쏟아졌습니다.
> 그러자 이게 웬일입니까?
> 활활 타던 불길이 모두 붉은 꽃으로 보였습니다. 그리고 괴로워하시던 어머니가 꽃송이 틈에서 웃으며 팔을 벌렸습니다.
> "아! 내 딸 옥아, 너는 천국보다도 이 어미가 좋으냐?"
> "어머니, 어머니가 보구 싶었어요."
> 어머니는 나를 끌어안고 눈물을 흘리셨습니다.
> 나는 너무나 좋아서 그런지 자꾸만 눈물이 쏟아졌습니다.
> 눈물은 분수처럼 반짝이며, 무서운 뱀에게 감겨 있는 내 동무 아이에게도 떨어졌습니다.
> 그러자 갑자기 내 동무 아이의 벗은 몸뚱이를 감고 있던 무서운 뱀이 아름다운 비단 띠로 변했습니다.(52~54면)

옥이 환영은 지옥으로 내려갔다온 이야기를 들려준다. 환영을 통해 진술되는 세계는 더 이상 가상세계라 할 수 없다. "죽은 후에 들은 이야기들을 하나하나 선생님께 들려 드릴게요.” 하는 옥이 환영의 말들에서 찾아볼 수 있듯이 옥이 환영으로 인해 가상세계의 실체에 대해 직접 인식이 가능하게 된 것이다. 이렇듯 환영의 말들은 인간들이 가상세계라고 인식하고 있는 공간을 경험하게 만들어 주는 요소로 작동하고 있다. 즉 환영은 환상의 매개체로서 현실세계와는 다른 환상세계에 대해 발견이 가능하도록 인도하는 역할을 하고 있는 것이다.

바로 옥이 환영의 이야기는 천국과 지옥이 가상세계가 아니라는 것을 가시화하는 역할을 해 내고 있다. 현실세계로 끝나지 않고 천상과 지옥의 세계가 존재하는 것은 현실과 불가분의 관계에 놓이게 된 것이다. 사후 세계에 대한 인식은 살아있는 ‘나’에게 삶을 반성하고 되돌아보게 하는 기능을 수행하기 때문이다.

> “옥아, 내게도 그림자가 있지? 내 그림자가 아까 그 불쌍한 그림자들처럼 그런 신세 한탄을 하고 있지나 않을까? 나를 따라다녀야 할 것을 슬퍼하지나 않을까? 그런 걸 생각하니 두려워지는구나. 세상에 남을 속이기 잘하는 사람도 제 그림자만은 속이지 못하리라. 내 그림자가 나와 같이 있기를 싫어하는 날에는 나는 이 세상에 살아 있을 아무 가치도 보람도 없지 않겠니?”(38~39면)

위의 예시문은 옥이 환영이 만난 그림자들이 했다는 이야기를 전해 듣고 주인공 ‘나’가 자신의 그림자에 대해 재인식을 하게 된 부분이다. 그동안 그림자를 한낱 의미 없는 존재로 생각해 왔는데 그림자가 진정한 ‘나’를 알리는 참 모습임을 깨달은 것이다. 개별의 그림자들이 자신의 주인을 부끄러워하거나 따라다니기 싫어하기도 한다는 옥이 환영이야기들은 환상의 매개물로서 사고의 전환과 더불어 '나'의 인식을 확대시켜 놓은 것이다.

인식의 확대 부분은 별세계 이야기를 듣고 나서 행동하는 부분에서도 나타난다. 지구에 있는 사람으로부터 사랑을 받으면 별이 살아서 빛을 낼 수 있고 잊히면 소멸이 된다는 말을 듣고 '나'는 비록 알지는 못하지만 죽은 아이들의 영혼이 별로 살아남기를 바라며 생각하고 불러준다. 이 부분에서 인간들의 심리 상태에 남아 있는 무형적인 사랑까지 별빛으로 가시화될 수 있다는 것을 깨닫게 된다. 옥이 환영은 '나' 또한 모르는 아기들의 환영인 별에게 존재할 수 있는 역할을 하게 한 것이다. 이처럼 환영은 환상의 매체로서 현실과 별세계의 연결 관계에서 서로에게 영향을 주고받으며, 인식 부분의 변화를 시키고 있다.

2) 무의식의 매개체

주인공 '나'는 그동안 옥이를 죽은 딸 상희의 대리적 표상으로 생각해 왔다. 그래서 어린 옥이에게서 애욕적인 충동을 느끼지 못 한 것이다. 하지만 '나'는 옥이 인형을 어린이에서 처녀로 다 꾸미고 난후 "참으로 아름다운 아가씨를 지어낸 것처럼 스스로 자랑스럽기도 했다. 조각가가 훌륭한 조각품을 창작해 냈을 때처럼" 하고 무한한 기쁨을 느끼게 된다. 옥이 인형을 처녀로 꾸며놓자 옥이 환영 또한 어린이 모습에서 처녀모습으로 탈바꿈해서 '나' 앞에 나타난다.

> 그러자 이상하게도 내 옆에 또 하나의 내가 생겨나서 나란히 섰다. 내가 갑자기 둘이 된 것이다.(77면)

‘나’한테서 멀어져가는 처녀인 옥이를 따라가고 싶은 ‘나’와 따라 가면 안 된다는 ‘또 다른 나’가 생겨나서 갑자기 내가 둘로 나뉘게 된다. “내가 갑자기 둘이 된 것”은 무의식의 세계를 표출하고 있는 것이라 하겠다. 그렇기 때문에 성인이 된 옥이를 보고서 ‘나’는 자신도 모르게 억압시켜왔던 성적 본성이 불길처럼 일어나고 만 것이다. 여기서 또 다른 ‘나’는 융이 두드러지게 강조하며 주장했던 무의식의 세계에 잠재해 있는 아니마를 지칭하고 있는 것이다. 아니마 이미지 중에서도 애욕의 수준에 있는 아니마상이라 하겠다.

이로써 옥이 환영은 무의식을 드러내기 위한 매개체로서 기능하고 있다는 것을 알 수 있다. 즉 무의식의 영역, ‘나’ 자신의 어두운 부분의 한 일면이던 그림자 아니마가 밖으로 모습을 드러내도록 유도하는 매개체 인 것이다. 일반적으로 아니마는 남자에게 어느 특정의 여성성격으로 나타난다고 한다. 아래 인용문에서도 확인할 수 있듯이 남자인 내가 여자처럼 가로수를 붙들고 울고 있다.

> 그 중에 하나가 옥이를 부르며 따라가고 있었다. 그리고 또 하나의 나는 가로수를 붙들고 여전히 울고 있었다.
>
> 옥이를 따라가던 하나의 내가, 어느 골목에서 픽 쓰러졌다. 그러자 곧 숨이 끊어지더니 몸뚱이가 물처럼 스르르 녹아 땅바닥에 스며들어가 버린 것이다.
>
> 가로수를 잡고 울고 있던 내가, 땅속으로 스며들어가 버리는 또 하나의 나를 바라보며,
>
> “잘 가, 잘 가.”
>
> 하고 하직의 인사를 했다. (77면)

'땅속으로 스며들어가버리는'은 물의 이미지를 연상시킨다. 또 다른 나의 몸뚱이가 물의 이미지를 획득한 후 소멸되어 가는 데 물은 "지상적인, 만질 수 있는 것이며 충동이 지배하고 육체의 액체, 혈액이자 피비린내 나는 성질, 동물의 냄새이며 열정이 가득찬 육체성"[25]으로 대변된다. 이런 '나'를 바라보며 하직 인사를 하는 행동은 애욕적인 욕구에서 벗어나는 계기가 된 것이다. 바로 충동에 의해 이끌리는 육체성을 탈피하고 승화의 꽃을 피워 올리게 했다. 융의 해석처럼 "아니마는 모든 범주 너머에 있는 삶이라는 인식에 도달하게 되고 모욕이나 칭찬에서 벗어나 영혼의 인도자(psychoompos)로 나타나"[26]고 있는 것이다.

이원수는 의식과 무의식의 세계를 인식하고 선과 악, 미와 추, 밝음과 어두움이 함께 존재한다는 것을 깨닫고 있었기에 그림자 모티프를 끌어온 것이라고 할 수 있다. 이원수는 보편적인 인간들의 무의식 속의 그림자 가시화를 통해 불완전함을 인정하고 인간적인 완전한 관계를 꿈꾸고 싶어 했다. 그림자들은 악의 표출을 통해 새로운 의미로 변환되어 나타나기도 하기 때문이다.

> 내주인은 날마다 이곳저곳 돌아다니면서 나쁜 장난만 하는 심술궂은 아이랍니다. 남의 집 유리창에 돌팔매질하기, 남의 강아지 목에 새끼를 매어 끌고 다니며 괴롭히기, 골목길에 허방다리를 놓아 길 가는 사람을 곯려 주기……, 이런 나쁜 짓만 하고 돌아다니면서 공부는 도무지 하려 들지 않으니 학교엘 가면 선생님께 꾸중을 듣고, 집에서는 아버지 어머니

25) 카알 G.융, 한국융연구원 C.G.융 저작 번역위원회 옮김, 『원형과 무의식』, 솔출판사, 2003, 126면.
26) 카알 G.융, 앞의 책, 139면.

한테 야단을 맞죠. 동네 사람들이나 학교 아이들이나 보는 사람마다 싫어하는 아이의 그림자가 된 나는 참으로 남부끄러워 다닐 수가 없어요.

(…중략…)

나는 여기서 말을 하기조차 부끄러운, 도둑의 그림자라오. 내 주인은 전차나 버스 속에서 남의 가방이나 주머니에 든 돈을 몰래 꺼내 가는 소매치기요. 그 몹쓸 짓을 싫어하면서도 나는 늘 그를 따라다니면서 그 몹쓸 짓의 흉내를 내야 하니 이런 기막힌 신세가 또 어디 있겠소? 정말이지 나는 죽고만 싶어요. 죽고 싶어도 죽어지지 않는 이 신세가 원망스럽다오.(36~37면)

심술궂은 아이와 도둑 그림자의 푸념들은 비록 악한 인간이라 할지라도 내면은 둘로 나뉘어 대립하고 있다는 것을 보여주고 있다. 인간들은 무의식 가운데서 이 어두운 자아를 만날 수도 있다. 그림자의 이야기는 어두운 자아가 어떻게 자신의 또 다른 모습을 보고 있는가에 대해 실체를 투영해낸 것이다. 「꼬마 옥이」 속에 등장하는 (그림자의 이야기)[27]는 어두운 자아를 형성하고 있던 무의식의 매개체인 것이다.

이것은 (3월의 무도회)에서 3월 초하룻날 독립만세를 부르며 일본 헌병에게 짓밟히며 흰 옷깃을 붉은 피로 물들이던 조상님들과 정신이 같은 민들레, 교회당 안에 사람들을 가둬놓고 불태워 죽이던 광경을 본 개나리, 포악한 일본 헌병에게 욕보이지 않기 위해 젊은 여자들이 얼굴에 검정 칠하여 늙은 할머니처럼 꾸미던 혼을 받아 가진 할미꽃, 3·1 운동 때 피 흘리고 쓰러져 죽은 혼을 달래기 위해 봄이면 횃불처럼 앞

27) 「꼬마 옥이」 작품은 7개의 소제목으로 나뉜 작품이다. 소제목에 대한 논문 규정의 표시가 따로 언급되어 있지 않아 본 연구에서는 소제목을 ( )안에 명기함을 밝힌다.

장서서 피는 진달래, 3·1 정신을 시로 읊조린 오랑캐꽃들. 이들은 모두 잔인하게 짓밟히고 죽임을 당한 원혼들로 격한 연설을 하는 듯한 어조로 자신들의 한을 털어낸다.

즉 '희생양'의 위치에 있는 이들의 대변자로서 반도덕성, 반사회성의 일면을 부각시킴으로써 윤리적 기능을 꿈꾼다하겠다. "왜냐하면 진정한 윤리(Ethos)란 융에 의하면 전체성 그 자체이며 전체성이란 대극의 갈등을 거쳐서 비로소 이루어지기 때문이다."[28]

> "오랑캐꽃아, 지금은 그 원통한 역사를 가진 이 나라도 드디어 독립을 했다.
> 그렇지만 역사를 모르고 저만 제일인 체하는 사람들이 너무나 많아서 이 3월에도 엉터리 애국자들이 뻐기고 다니기도 한단다.
> ……아, 어느새 헤어질 시간이 됐구나. 우리 손잡고 춤을 추자."
> (69면)

엉터리 애국자들에게 그림자 투사를 통해 강력한 감정반응을 일으키게 하고 자아가 그 대상에 집착하게 만들고 있는 것이다. 사람들은 그림자 투사를 통해 좋지 않은 것들은 모두 남에게 있고 자기에게는 없다고 생각하고 싶어 한다. 그렇기 때문에 이원수는 그림자 투사를 통해 비록 애국자라고 뻐기고 다니지는 않지만 각자의 마음속에 내재해 있는 무의식의 그림자까지 되돌아보도록 환기시키고 있는 것이다. 투사된 그림자를 자기 것으로 인식하고 개선할 때만이 진정한 윤리가 가능하

28) 이부영, 앞의 책, 233면.

기 때문이다.

4. 사랑의 구현과 문학적 장치

이원수가 「꼬마 옥이」에서 그림자 모티프를 환상의 매개체와 무의식의 매개체로 활용한 것은 주제를 드러내고 문학성을 획득하려는 장치였다. 이원수 문학의 주제는 대부분 사랑으로 압축된다고 할 수 있다. 이원수 문학은 영원불멸의 생으로 나아가기 위해 필요한 조건이 사랑이란 것을 드러낸다. 영구히 이어지는 생은 넓은 의미에서 화합의 세계라 할 수 있다. 조화로운 세계 속에서 서로 사랑할 때 주체와 객체는 기쁨과 행복을 느끼기 때문이다. 세계 속의 인간들의 관계도 마찬가지다. 분리보다는 화합과 조화 속에서 이해하게 되고 통일감을 느낀다.

환상의 매개체인 옥이 환영이 주인공 '나'에게 들려준 이야기 속에는 사랑의 중요성이 내포되어 있다. 사랑은 '나' 같은 인간이 살고 있는 이승에도 필요하지만 환영만이 자유롭게 넘나들 수 있는 저승과 별과 사물들의 세계에까지도 필요하다는 것은 알 수 있다. 이런 점을 살펴볼 때 「꼬마 옥이」작품 속에서 환상의 매개체는 사랑을 대해 강조하기위한 구현물로 기능하고 있는 것이다.

사랑은 부정적인 것들의 가치를 탈바꿈 시키는 기능까지 수행하게 된다. 지옥의 뜨거운 불길은 붉은 꽃으로 변하고 무서운 뱀은 아름다운 비단 띠로 바꾸어 놓는다. 여기에서 사랑으로 가득한 옥이 환영의 주체적인 행동은 긍정적인 면에서 기능을 하고 있다. 또한 천국과 지옥이라는 이분법적인 세계를 하나로 통합하는 역할까지 수행해 내고 있어 엄청난 힘을 발휘하는 '사랑의 구현물'이라는 것을 확인 할 수 있게 된다.

> 멀리서 하느님이 내려다보시며 말씀하셨습니다.
> "옥아, 너는 죄인들과 살고 싶으냐. 그들에게 네 아름다운 눈물을 뿌려 주었느냐. 깨끗한 마음의 눈물을……. 아무 데서나 사랑이 있는 곳이 곧 천국이니라."(54면)

하느님의 "아무 데서나 사랑이 있는 곳이 곧 천국"이라는 말을 통해 천국과 지옥이 수직의 공간에서 층위가 같은 공간으로 탈바꿈하게 된 것이다. 보편적으로 지옥은 부정적인 공간이며 가게 될 까봐 두려워하는 공간으로 인식하고 있다. 하지만 사랑만 있으면 지옥 같은 공간까지도 결코 두려워하거나 겁낼 필요가 없다는 것을 확인 시켜주고 있는 것이다.

작품 속에 '소멸' 이미지가 등장하기도 한다. 하지만 소멸 이미지 또한 사랑의 중요성을 되살리기 위한 보조물로 차용하고 있는 것을 파악할 수 있다. 하늘에서 영롱하게 빛나던 별이 쓸모없는 종잇장에 비유되어 폐기처분되는 존재로 대치되어 나타나고 있기 때문이다. 우리가 보편적으로 받아들이는 죽음과 단절의 이미지를 그대로 차용함으로써 사랑의 중요성이 강조되고 있는 것을 확인 할 수 있다.

아래 인용문에서 사랑의 유무에 따라 죽음으로 형상화 되어 나타나지만 이것 또한 사랑을 강조하는 투영의 산물로서 등장한 것이라는 것을 알 수 있다. 즉 사랑은 소멸과 죽음을 극복하기 위해 필요조건임을 알려주고 있는 것이다.

그 사람은 그림자처럼 걸어 나와서 땅바닥에서 야들야들한 종이쪽 하나를 집어 들었습니다.

그것은 아까 본 별아가씨의 얇은 몸뚱이였습니다.(59면)

그림자처럼 걸어 나온 사람에게 들린 별아가씨의 얇은 몸뚱이는 살아 있는 사람들의 마음속에서 지워졌기 때문에 별의 기능을 잃고 야들야들한 종이쪽으로 변한 것이다. 사랑을 얻지 못했기 때문에 시체와 같은 존재로 전락한 것이다. 이처럼 사랑의 부재는 보편적인 죽음의 의미를 극복하지 못 한다는 것을 알 수 있다. 곧 사랑의 무는 여기서 소멸을 뜻하는 죽음 이미지로 발현되기에 사랑의 존재 유무가 작품 내에서 매우 크게 작용하고 있는 것이다.

"우리도 이 담에 저런 신세가 될지 모르지. 우리를 사랑해 주는 지구 위의 사람들이 우리를 잊어버릴 때면 우리도 종잇장이 돼서 저렇게 실려가게 될 거야."

"그렇지, 사랑이란 것은 영원히 변치 말아야 해. 변하는 건 싫어."(60면)

종이쪽이 되어 사라진 별의 죽음은 단순한 죽음과 소멸이 아니며 생(生)과 밀접하게 연결되어 있는 것으로 사랑 또한 인간의 삶 속에서 결코 분리될 수 없는 것을 드러내기 위한 상징화라 할 수 있겠다. 이것은 아기별들의 "사랑이란 것은 영원히 변치 말아야 해. 변하는 것은 싫어." 하는 절규에서도 나타나듯 사랑을 통해 행복으로 충족한 삶을 꿈꾸고 있다는 것을 알 수 있다.

> 선생님이 저를 귀애해 주시는 마음이 식어져서 저를 모른 체하면 저도 종잇장이 될지도 모릅니다.
>
> 어머니가 아기를 영원히 사랑하는 것이나, 언니가 동생을, 동무가 동무를, 남편이 아내를 영원히 사랑한다는 것은 얼마나 행복하고 위대한 일일까요? 이것이 그렇게 되지 못할 때 세상에서나 하늘에서나 눈물과 괴로움의 날이 오는 것이 아니겠습니까? 더구나 동포가 동포를, 온 세계 사람이 온 세계 사람을 서로 다 사랑한다는 것은 얼마나 위대한 일일까요.(60면)

위의 인용문은 옥이 환영이 불안한 마음을 드러내 보이고 있다. 옥이 환영의 불안의 근원도 사랑을 상실하게 될지도 모른다는 것에 있다는 것을 알 수 있다. 엄마와 친구를 찾아 갈 때는 모두들 두려워하는 지옥까지 망설이지도 않고 내려갔던 옥이 환영이다. 하지만 사랑이 없으면 지옥보다 더 고통스러운 눈물과 괴로움의 날이 될 거라고 말하고 있다. 이것은 환상의 매개체를 통해 현실에서 살아가는 사람에게 뿐 아니라 죽은 영혼에게까지 사랑은 아주 중요한 것임을 확인 시키고 있는 것이다.

인간의 무의식 세계의 "그림자원형은 우리가 말하는 '악한 것'의 문제와 당연히 결부된다. 왜냐하면 의식은 어떤 문화를 막론하고 선을 장려하기 때문에 무의식에는 악의 그림자가 있게 마련이고 그것은 개인적으로나 사회적으로 자신을 여러 모습으로 노출시키고"[29] 있는 것이다.

이원수는 그림자 원형이 자리하고 있는 한, 아니 자아가 깨닫고 받아

---

29) 이부영, 앞의 책, 251면.

들이지 않는 한 사랑은 결코 이루어질 수 없다는 것을 말하고 싶었던 것이다. 그렇기 때문에 인간 개개인의 차원에 머무르지 않고 사회적 책임과 역사적인 책임까지 넓게 확장시키는 의식세계의 확장은 그림자 모티프를 통해서야 가능했던 것이다. 인간 개개인의 삶은 인류전체의 세계관, 우주관, 인생관을 두루 포괄하지 않고는 전체성을 상실한 채 그 일부분에 그친다는 것을 깨닫게 한다. 그래서 우리가 배제하고 도외시하는 무의식의 한 영역을 차지하고 있는 그림자 모티프는 전체성으로 다가갈 수 있는 기능까지도 수행하고 있는 것이다.

또한 꽃의 정령 세계까지 자유롭게 드나들 수 있기에 꽃들의 정령한테 듣고 와서 들려준 옥이 환영의 이야기들은 우리 역사의 숨겨지고 왜곡된 부분을 고발하는 기능을 수행하고 있다. 이것은 무의식의 매개체로 그림자 투사를 통해 진실은 절대로 왜곡될 수 없다는 것을 보여주는 것이다. 인간이 아닌 꽃들의 정령들에 의해 현실세계의 모순을 강하게 비판하고 질타하는 기능을 담당하게 함으로써 이원수의 작품 경향인 현실 비판의식이 자연스럽게 도출되고 있으면서도 문학성을 획득하게 되는 것이라 하겠다.

이원수는 이처럼 환상의 매개체와 무의식의 매개체를 통해 인간들의 삶과 죽음의 세계를 넘어 별과 꽃들에 이르는 사물의 세계까지 아우르고 인간의 무의식의 세계까지 당도한 것이다. 그렇기 때문에 그의 사랑은 개인적인 차원을 넘어서 사회적인, 민족적인 차원을 뛰어넘어 범인류적인 차원으로 나아갈 수 있는 것이다.

이로써 이원수는 그림자 모티프를 차용해서 주제 사랑의 범위를 확장 시켜 놓았다는 것을 알 수 있다. 이원수 문학의 주제 사랑이 개별적이고 자애적인 협의의 사랑이 아닌 포괄적이고 이타적인 광의의 사랑이란 것을 효과적으로 드러나고 있다. 때문에 그림자 모티프는 주제의 도출 방식 뿐 아니라 서술 구조 방식에서도 매우 중요한 위치를 차지하고 있다.

이원수의 작품 중에 「꼬마 옥이」 외에도 그림자 모티프가 나오는 작품[30]이 몇 편 더 있다. 그림자 모티프가 나오는 다른 작품들에도 공통적으로 단절되지 않고 영구히 이어지는 생에서 꼭 필요한 사랑의 중요성이 강조되고 있다. 이런 점 등을 살펴봤을 때 이원수는 그림자 모티프를 자신의 주제를 효과적으로 드러내면서도 문학성을 획득하기 위해 차용한 것을 알 수 있다.

5. 결론

옥이는 환영을 통해 죽음을 극복하고 현실 세계에 진입해 살아있는 인간들이 인식하지 못하는 세계에 대해 소개를 해준다. 환상의 매개체인 옥이 환영이 작가인 '나'에게 들려준 이야기들은 아직 경험해 보지 못한 세계에 대해 깨달음을 던져주고 있는 것이다. 그림자 모티프를 통해 생(生)은 단절되지 않고 또 다른 세계와 연결 되어 있다는 것을 보여줌으로써 주인공인 '나'에게 사고의 전환점을 가져다주기도 한다. 이원수의 분리되지 않은 '화합의 세계관'은 그림자 모티프를 차용하게 되고

30) 「쑥」, 「소라 고동」, 「그림자 사람들」, 「나무 혼」 등에서도 그림자 모티프가 등장한다. 하지만 이번 연구에서는 「꼬마 옥이」에 등장하는 그림자 모티프로 대상을 한정한다. 다른 작품 연구는 아쉽지만 다음 기회로 미루겠다.

그림자 모티프는 영원불멸의 생, 즉 영생[31]을 위한 환상의 매개체와 무의식의 매개체로 이원수 작품 속에서 의미 있는 역할을 하고 있다.

이원수는 아동문학은 무엇보다도 문학이어야 하며 아동문학 작가의 실력 부족이 느껴지지 않도록 보강해야 한다며 강조해왔다. 그는 자신의 주장처럼 작품에서 문학성을 획득하기 위한 한 방편으로 지금까지 살펴본 바와 같이 그림자 모티프를 차용한 것이다. 영혼, 환영의 이미지로 등장한 그림자 모티프는 선과 악, 진실과 거짓, 추와 미 등을 판가름하는 소재를 가져오게 되고 무의식 속에 내재해 있는 아니마를 불러내게 만든 역할을 수행함으로써 주제를 드러내는 방식으로 서사성을 획득하기도 했다. 「꼬마 옥이」전체에 걸쳐 등장하는 그림자 모티프는 사랑의 투영 산물의 방식으로 이야기를 진행시킴으로써 이원수 문학의 주제 형성의 토대를 견고하게 구축해 주는 기능을 담당하고 있는 것이다.

「꼬마 옥이」에서 그림자 모티프는 또 무의식의 그림자를 드러내는 것으로서 그림자는 단지 어둡고 우리가 회피해야하는 존재를 넘어 내 안에 잠재해 있는 것임을 일깨워주기도 했다. 눈에 거슬리고 불쾌한 것들은 그림자의 투사로 자아가 받아들여 개선해야 할 문제점임을 정확하게 보여주었던 것이다. 한 개인의 차원을 뛰어넘어, 사회의 범인류적인 어두운 그림자로서의 원형이 바로 그것 들이라 하겠다.

「꼬마 옥이」에서 그림자의 어두운 실체를 드러냄은 이성의 본모습을 깨닫게 하는 직접적인 표현 방식을 사용한 것이다. 선, 악 등의 가치에

31) 이 논문에서는 영생의 의미는 생물학적 죽음을 생의 단절로 받아들이지 않고 어떤 형태로든 계속 이어져서 나타난다는 의미로 사용함을 미리 밝혀둠으로써 특정 종교에서 사용하는 의미가 아님을 분명히 언급한다.

의해 강조되어 온 윤리적 세계관에 그림자의 표출은 밝음과 어둠, 기쁨과 슬픔, 죽음과 삶이 어우러져 인간 속에 전체성을 포괄하고 있다는 의미를 부여하고 있다. 이런 의미에서 그림자는 인간들의 이성에 의해 강하게 억압되어 있는 본성적 욕구의 배출구 역할을 해낸 것이다.

이원수 문학을 통해 그림자는 더 이상 부정적인 것, 부끄러운 것, 숨겨야하는 것, 악을 대표할 수는 없다는 것을 깨닫게 된다. 아무리 부정하려 해도 자아 속에, 사회 속에 분리되지 않은 채 서로 얽혀야만 삶이 가능하기 때문이다. 이런 깨달음이 바로 의식의 확장이며 문학성의 획득인 것이다.

그러므로 「꼬마 옥이」에 나타난 그림자 모티프는 상징들이고 상징언어인 것이다. 그림자 모티프는 의식과 무의식의 세계를 포괄하는 그러면서도 다른 대상에게 투사를 통해 깨닫게 되는 자아의 참모습을 보여주는 다층적이고 비유적인 '상징언어'라 하겠다.

이번 연구는 이원수 문학 중 「꼬마 옥이」에 나타난 그림자 모티프에 한정하여 연구하는 데 그쳤다. 이점은 비록 아쉬움이 적지 않지만 이원수 동화작품 속에 내재해 있는 환상의 기능에 대해 연구를 계속 진행하고 있기에 이점을 들어 아쉬움을 달래본다. 이번 연구는 그림자 모티프 연구를 통해 아동문학이 문학적인 평가에서 다소 이로운 위치를 되찾았으면 하는 바람이 크다 하겠다. 이점에 이번 연구의 의의를 두고자 한다.

출전 : 이 글은 「꼬마 옥이 내의 그림자모티브 연구」,
『동화와번역』 제16집, 2008을 일부 수정하여 수록하는 것임을 밝힌다.

이원수 소년소설 『잔디 숲 속의 이쁜이』 연구

1. 서론

아동 문학 연구와 일반 문학 연구 사이의 근본적인 차이점으로 자주 지적되어 온 점은 아동 문학이 교육과 관련되어 있다는 점이다. 아동기 독서의 교육적인 측면은 아동 문학의 전개에 지대한 영향을 미쳤고, 교육적 독서 대상으로서의 문학은 어린이 교육의 강력한 도구로서 작용해 왔다. 그리하여 아동 문학 작품은 아동의 독서를 위해 적합한가 하는 관점에서 연구되었다. 이러한 모델에 의하면 아동 문학 작품들은 오로지 현실과의 실용적·기능적 관계만을 지니고 있을 뿐이다.

그러나 아동 문학 연구에는 지금까지 경시되어 왔던 또 다른 관점이 존재한다. 그것은 아동 문학을 문학을 간주하고 접근하는 것이다.[1] 문

* 정진희 / 성신여자대학교 교양교육원 강사

학은 어느 예술 장르보다도 인간과 사회를 탐구하는 가장 구체적인 예술 양식이다. 특히 소설은 인간과 사회를 언어 구조에 의해 형상화해 내놓았기 때문에 그 세계에 대한 탐구가 다른 예술 양식보다 더 구체적이다. 문학에서 '진실'은 인간과 사회와 자연의 실체를 의미한다. 그러므로 그 범위와 한계는 다층적이고 다양하다.[2] 문학 텍스트에서 그 문학성이 드러나는 것은 텍스트 안에 존재하는 언어로부터이다. 기호학적 접근은 문학 텍스트가 갖는 문학성에 초점을 맞춘 것이므로, 작품의 문학성을 드러내는 데에 도움을 줄 것이다. 아동 문학에 대한 기호학적 접근이 필요한 이유가 바로 여기에 있다.

이 연구에서는 이원수[3]의 소년소설[4] 『잔디 숲 속의 이쁜이』를 텍스

---

1) 마리아 니콜라예바, 김서정 역, 『용의 아이들』, 문학과지성사, 1998. 15~28면 참고.
2) 현길언, 『한국 현대소설론』, 태학사, 2002, 346~348 참고.
3) 이원수(1911~1981)는 1926년 『어린이』 4월호에 동요 <고향의 봄>을 발표하며 본격적으로 아동문학 창작을 시작하였다. 그는 수많은 동요와 동화를 창작하였고, 아동극과 평론활동, 그리고 아동문학이론 정립에까지 자신의 의견을 피력하였다. 대표작으로 「고향의 봄」, 「겨울 물오리」 등의 동시, 『숲속 나라』, 『잔디 숲 속의 이쁜이』, 「꼬마 옥이」, 「호수 속의 오두막집」 등의 동화, 그리고 평론서 『아동문학입문』 등이 있다.
4) 이오덕에 따르면, 동화를 분류할 때 독자의 연령층에 따라서 그리고 그 내용에 따라서 구분한다.
   1. 연령별 구분
   · 유아동화—초등학교 1학년까지의 어린이를 대상으로 한 동화. 주로 글을 읽지 못하는 어린이들을 대상으로 하여 읽어주거나 얘기해주는 동화.
   · 유년동화—초등학교 2학년에서 4학년에 이르는 정도의 어린이들이 읽는 동화.
   · 소년동화(소설)—초등학교 5학년 이상을 대상으로 하는 동화.
   2. 내용별 구분
   · 공상동화—현실에서 있을 수 없는 것을 공상해서 쓴 것.
   · 생활동화—현실의 삶을 리얼하게 그려 보이는 동화.
   이오덕, 「동화를 어떻게 쓸 것인가?」, 『어린이를 지키는 문학』, 백산서당, 1984,

트로 선정, 분석할 것이다. 『잔디 숲 속의 이쁜이』는 1971년 9월부터 1973년 12월까지 『가톨릭 소년』[5]에 연재되었던 작품으로, 『숲 속 나라』와 함께 이원수의 사상이 집약되어 드러나는 작품으로 알려져 있으며 이원수 생애의 최대 걸작이라고 평가되고 있다.[6] 그러므로 『잔디 숲 속의 이쁜이』를 분석하는 것은 이원수 문학 세계를 이해하고, 나아가서 이원수에 대한 문학사적 평가를 새롭게 하는 시발점이 될 수 있다고 하겠다.

필자는 이 연구에서 『잔디 숲 속의 이쁜이』를 인간 사고에 근본적으로 내재한 의미론적 세계를 드러내는 그레마스(Greimas)의 서사기호학적 방법[7]을 원용하여 분석할 것이다. 그레마스는 이야기를 표층구조와 심

62~62면 참조.

5) 『가톨릭 소년』은 1972년 7월부터 『소년』으로 개명되었다.

6) 이재복, 『우리 동화 바로 읽기』, 한길사, 1995, 266면.

<행위소 모형>

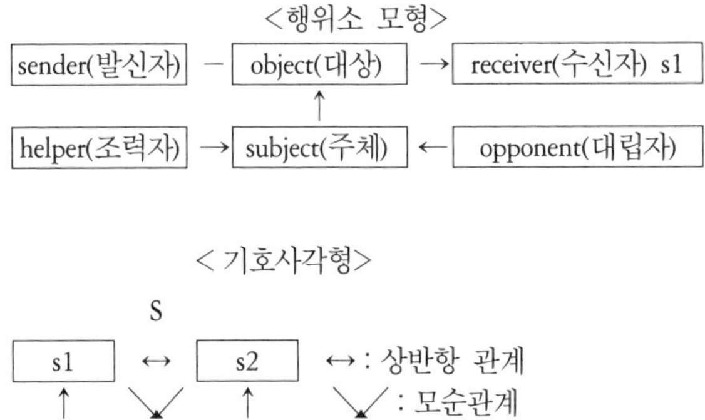

A.J.Greimas, 김성도 역, 『의미에 관하여』, 인간사랑, 1997, 179~186면 참고

translated D.McDowell, *Structual semantics*, University of Nebraska Press, 1983, 207면 참고

층구조로 구분하여 표층구조는 언어적인 구조로, 심층구조는 서사적 구조로 명명한다. 서사적 구조는 다시 개념적 작용을 하는 기본 문법과 인간 행위 적인 동작을 하는 표면문법으로 나뉜다. 필자는 이들의 관계 속에서 이 작품 속에서의 이야기의 규칙을 찾아내는 작업을 할 것이다. 문학연구가 작품 속에 내재된 다양한 인간의 진실을 찾는 것이라 할 때, 서사 구조의 분석을 통해 찾을 수 있는 이야기의 규칙은 곧 문학적 질서에 의해 언어의 구조에 숨어있는 작가가 제시하는 인간의 진실이라고도 할 수 있다. 작품 속에 내재하는 인간의 진실은 곧 세계의 실상이다.[8] 그러므로 이야기의 규칙을 찾는 작업은 인간과 세계를 이해하는 작업이라 할 수 있을 것이다.

2. 이성적 인간형의 구현—표층구조 분석

『잔디 숲 속의 이쁜이』는 두 주인공 이쁜이와 똘똘이의 성장 과정으로 이야기가 전개되는 일종의 성장동화다. 이 작품은 공동체를 이루어 조화롭게 사는 법에 대해 말하고 있다. 조화로운 삶이란 개인과 개인간의 조화, 개인과 집단 간의 조화, 개인과 환경간의 조화를 획득한 삶을 말한다. 조화로운 삶을 획득함으로써 도달하게 되는 궁극적인 목표는 바로 개인과 전체의 행복이다. 개인과 전체의 조화로운 삶을 방해하는 요소는 바로 억압과 구속, 압제, 공격 등의 요소들이다. 개인과 집단의 의식이 함께 성숙해야만 조화로운 삶을 획득하여 진정한 행복을 느낄

8) 현길언, 위의 책, 353면 참고.

수 있다. 또한 이 작품은 의인동화로 개미 사회를 통하여 이상적인 인간상과 이상사회에 대해서 제시하는데, 이와 같은 요소들이 등장인물의 일대기를 통하여 드러난다. 이 작품은 크게 전반부와 후반부로 나뉜다. 전반부는 이쁜이의 성장과정에, 후반부는 똘똘이의 성장과정에 서술의 초점이 놓인다. 두 개인의 내적, 외적 성장을 통하여 조화로운 삶을 추구할 수 있게 되며, 그들의 목표인 이상사회 건설을 이루는 것이 이 작품의 주된 줄거리이다. 등장인물의 내적 성장의 기준은 '자유로운 삶의 추구'에 놓인다. 또한 주인공들의 내적 성장이 이루어짐으로서 공동체적인 삶 역시 획득하게 된다. 그러므로 필자는 우선 이 작품을 통합체적인 측면에서 '등장인물의 성장'과 '공동체적인 삶'을 기준으로 하여 크게 전반부와 후반부로 나누어 분석하겠다. 또한 이 작품은 총 14개의 에피소드로 분할된다. 따라서 이 장에서는 계열체적인 측면에서 '자유로운 삶의 추구'를 기준으로 전반부 7개의 에피소드, 후반부 7개의 에피소드로 나누어 분석을 시도한다. 14개의 에피소드를 나열하면 다음과 같다.[9)]

전반부	후반부
1. 이쁜이의 도망과 정착	8. 똘똘이의 도망과 정착
2. 사회규범의 위반과 형벌(이쁜이)	9. 사회규범의 위반과 형벌(똘똘이)
3. '날개'를 소망함	10. '날개'가 돋음
4. 새 집 짓기	11. 결혼
5. 무력에 의한 손상과 복구	12. 미니의 훈계
6. 식객 내쫓기	13. 미니를 물리침
7. 마약 중독에서 벗어난 이쁜이	14. 새나라 건설

9) 이 글에서는 14개의 에피소드 중 등장인물의 행위구조가 명확한 에피소드만을 선정하여 분석하였다.

Episode 1. 이쁜이의 도망과 정착
s1. 이쁜이가 늦잠을 잔 후 일하러 늦게 가다.
s2. 이쁜이가 반장에게 호되게 야단맞다.
s3. 이쁜이는 똘똘이의 도움으로 무사히 도망가다.
s4. 이쁜이가 새 집에 정착하다.

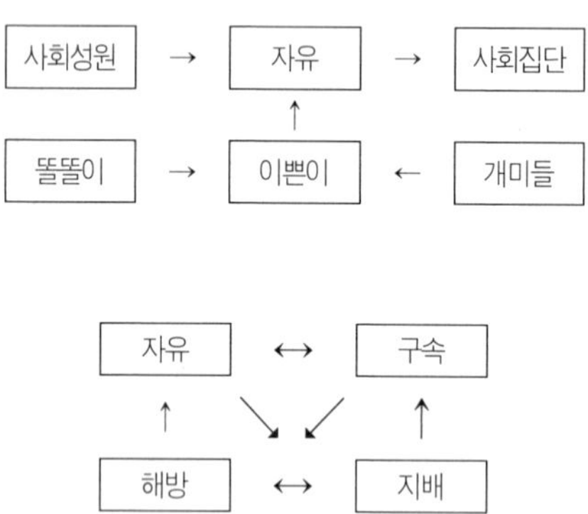

두 등장인물 이쁜이와 똘똘이는 늦잠을 자서 야단맞을까봐 두려워하는 평범한 어린아이에 불과하다. 그러나 등장인물들이 살아가는 개미사회에서는 어린아이도 한 사회의 일원으로서의 몫을 담당해야 한다. 그들이 담당하는 몫의 일은 상상을 초월할 정도로 많다. 게다가 개미사회는 엄격한 규율로 지배하는 사회이므로 아직 미성숙한 등장인물들은 사회의 조직원으로 살아가는 데에 무리가 있다. 이쁜이는 자유를 갈구하며, 자신이 억압받는 사실을 인식한다는 면에서 볼 때 긍정적 인물로 평가할 수 있다. 반장이나 다른 개미들은 자유로운 삶을 '한가한 삶'이라 여긴다. 한가하게 노니는 것은 곧 게으르다는 말과 같다. 부지런한 개미들의 사회에서 '게으름'은 곧 크나큰 죄악이다. 그러나 이러한 인식

역시 자율적이며 자유로운 삶을 영위하는 것을 바탕으로 하여 이루어져 하는 것이다. 그러므로 반장과 다른 개미들은 부정적 인물로 볼 수 있다. 이븐이의 도망을 도와준 똘똘이는 아직 자유로운 삶에 대한 확신이 없다. 억압당하는 것은 싫지만 그렇다고 해서 집단을 벗어나서 새로운 삶을 누리고 싶은 마음 역시 없다.

> "나, 아기 보는 데로 가있게 됐어. (…중략…) 특별히 봐준 모양이야. 까다로운 일자리래."
> 하며 팔을 들어 완장을 보였습니다.
> (…중략…)
> "그럼, 너도 자수하고 용서받아라."(1 : 34)[10]
> 똘똘이는 처음엔 함께 도망가자고 했다가, 자신의 문제가 해결되자 '자수하고 용서받아라'라고 말한다. 이처럼 이쁜이의 도망을 도와주는 면에서 본다면 긍정적 인물로 평가할 수 있지만, 자유로운 삶을 추구하였는가의 여부에 따르면 부정적 인물로 평가할 수 있다. 이쁜이는 자유로운 삶을 원하지만 획득하지는 못하고 있다. 엄격한 사회규율에 지배받

---

10) 이원수, 『잔디 숲 속의 이쁜이』 1, 웅진닷컴, 1998.
이 작품은 1971년부터 1973년까지 『가톨릭 소년』에 연재된 것을 모아서 1973년에 계몽사에서 단행본으로 발행하였고, 이원수 사망 이후 출판된 『이원수 전집』(웅진, 1982)에 수록된다. 이 연구의 텍스트는 이것을 다시 현재의 맞춤법으로 바꾸어 새롭게 출판한 것이다. 판본을 비교해보면, 『가톨릭 소년』에 수록된 작품에는 소제목과 장 구분이 없다. 그러나 계몽사판에서부터 소제목과 장이 등장한다. 계몽사 판과 가톨릭 소년 판의 내용을 비교해 보았으나 개작된 부분은 없었다. 이원수 전집 판은 소제목과 장 구분이 있으며 목차 역시 계몽사 판과 동일하다. 즉, 계몽사에서 발행된 단행본을 판본으로 하여 출판한 것으로 볼 수 있다. 1998년에 출판된 단행본을 이원수 전집 판을 현행 맞춤법으로 바꾸어 1,2권으로 나누어 재편집, 출판도니 것이다. 필자는 가장 최근에 출판된 판본으로 연구 텍스트로 선정한다. 에피소드1에서 7까지의 본문 인용은 1998년 출판본 1권에서, 에피소드 8에서 14까지는 2권에서 인용함을 미리 밝힌다.

고 있으며, 구속되어있다. 이쁜이는 마침내 집단에서 일탈하며 억압적인 사회에서 해방되어 자유로운 삶을 얻게 된다.

Episode 4. 새 집 짓기

s1. 홍수 때문에 이쁜이의 집이 허물어져서 이쁜이가 집을 다시 짓다.

s2. 노예잡이가 이쁜이를 잡아가려 하지만, 이쁜이가 노예잡이를 물리치다.

s3. 똘똘이가 이쁜이를 찾아오다.

s4. 이쁜이와 똘똘이가 여자와 남자가 되어 나중에 결혼하기로 약속하다.

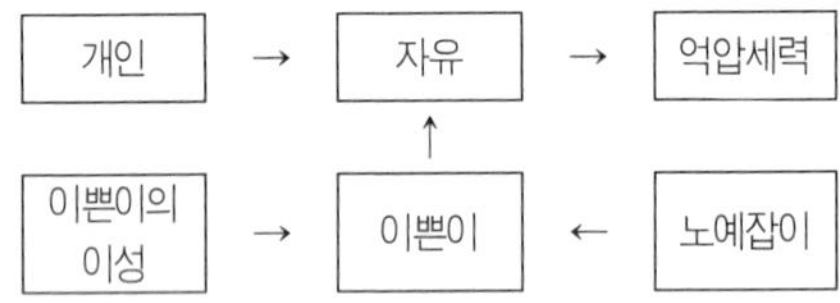

집이란 비나 바람과 같은 자연의 피해로부터 자신의 몸을 보호하는 하나의 도구이다. 집에서 사람들은 밥도 먹고 잠도 자고 공상에 빠지기도 한다. 이런 행동을 통하여 사람들은 신체적 건강과 정신적 안정을 얻는다. 그러므로 집을 짓는 행위는 자신만이 누릴 수 있는 안락하고 평온한 공간을 영위하고자 하는 마음에서 비롯된다. 또한 집은 인간의 몸과 정신을 상징한다.[11] 첫 번째 시퀀스에서 홍수 때문에 이쁜이는 집을 잃어버린다(훼손). 그러나 이쁜이는 오로지 '나 자신을 위하여' 다시 집을 짓는다(복구). 자신을 보호하고 자신을 키우는 공간을 스스로 만드

11) 이승훈, 『문학상징사전』, 고려원, 1995, 444면.

는 것이다. 두 번째 시퀀스에서 '노예잡이'는 자유로운 삶을 통제하고 억압하는 존재이다(공격). 노예잡이의 공격은 홍수로 인하여 침수되는 집을 연상시킨다. 이쁜이는 노예잡이를 힘을 물리친다(방어). 이것 역시 훼손된 집을 복구하는 행위와 일맥상통함을 알 수 있다. 두 시퀀스의 흐름을 정리하면 다음과 같다.

s1. 집(몸)의 훼손 → 집(몸)의 복구
s2. 노예잡이의 공격(몸을 공격함) → 이쁜이의 방어(몸을 방어함)

세 번째 시퀀스와 네 번째 시퀀스는 '결혼'에 관한 이야기이다. 두 개미가 다시 만나서 서로에 대한 마음을 확인하고 훗날 남자와 여자가 되어[12] 결혼할 것을 약속한다. 결혼은 새로운 가정의 형성됨을 뜻한다. '가정'이란 남녀 간의 사랑의 산물이므로 안락함과 평온함이라는 속성을 지닌다. 그런데 '안락함'과 '평온함'이라는 속성은 곧 '집'의 속성과 통한다. 그러므로 '결혼의 약속'은 새로운 집의 탄생을 암시한다. 새로운 가정의 형성은 개미 사회에서는 곧 새로운 국가의 형성과 같다. 이들이 추구하는 국가는 집단적 억압과 통제가 없는 평화롭고 자유로운 나라이다. 결과적으로 '결혼'은 곧 이들이 추구해온 자유로운 삶을 완성하는 기제가 됨을 알 수 있다.

Episode 5. 무력에 의한 손상과 복구
s1. 똘똘이네 나라에 전쟁이 터져서 똘똘이가 급하게 집으로 되돌아

12) 개미의 성별은 생식능력을 갖추는 시점에서 결정된다.

가다.

s2. 이쁜이가 똘똘이네 나라로 찾아가다.

s3. 이웃나라 군대가 똘똘이 나라의 아기들을 모두 훔쳐가다.

s4. 이쁜이가 약초를 뜯어 부상병을 치료하다.

s5. 이쁜이가 집으로 돌아가는 길에 개미지옥을 만나다.

s6. 이쁜이가 부상병이 개미귀신에게 잡혀 먹히는 것을 보다.

s7. 이쁜이가 소년들이 개미귀신을 죽이는 것을 보다.

s8. 이쁜이가 집으로 향하는 길에 학자 할아버지를 만나다.

s9. 이쁜이가 학자 할아버지에게 삶과 죽음에 대해 가르침을 듣다.

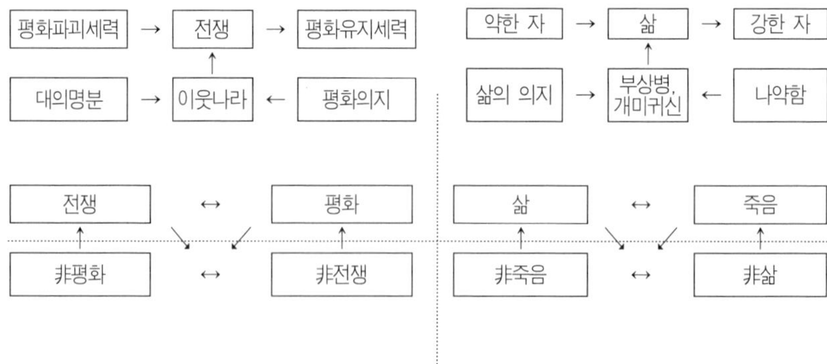

에피소드 5에서는 앞의 에피소드에 이어 집의 훼손과 복구의 의미가 확장되고 있다. 전쟁은 단순히 평화를 위협하는 행위일 뿐 아니라, 국가의 존망에 그리고 나라 구성원 개개인의 삶을 위협하는 행위이다. 전쟁을 일으키는 쪽은 나름대로 정당한 이유를 가지고 전쟁을 시작한다. 그러나 전쟁은 자국민 개개인의 삶 역시 국가의 명분 아래에 희생시키는 것이다.

이웃나라에서는 노예로 쓸 노동력이 부족하자 똘똘이네 나라를 침략하여 아기를 탈취한다. 앞의 에피소드에서는 '노예잡이'가 개인적으로 공격을 시도하지만, 에피소드 5에서는 노예잡이와 같은 행위가 집단적으로 이루어지고 있다. 탈취된 아기는 자라서 노예로 전락한다. 아기는 스스로 자신의 몸을 보호하지 못하므로 아직 외부의 보호를 받아야만 하는 나약한 존재이다. 또한 아기 자체가 생명과 사랑, 미래, 잠재력을 상징한다.[13] 그러나 아기의 탈취는 곧 부정적 의미로 작용해 생명, 사랑, 미래 등의 긍정적 의미들이 파괴되는 양상으로 드러난다.

국가 간의 명분이 다른 것이고, 국가 성원들은 각각 자신이 속한 나라의 명분에 지배될 뿐이다. 그들은 각각의 명분에 따라서 살인도 서슴지 않는다. 부상당한 이웃나라의 병사를 함부로 때리고 살해하려 하면서도 조금의 망설임이나 죄책감 같은 것을 요하지 않는다.

> "나라를 사랑하려고 우리 동무들을 죽였다고? 그깟 놈의 나라 사랑은 지옥에나 가서 하거라. (…중략…) 나는 나라가 없어서 나라를 위해 남을 죽일 필요는 없는 몸이야. 너를 위해 복수를 하려고 했었지만, 죽이는 건 불쌍해. 어서 가서 다친 네 친구들이나 보아주자."(1 : 117~120)

이쁜이 역시 처음에는 친구들의 원수를 갚기 위하여 이웃나라 부상병을 죽이려고 한다. 그러나 곧 다른 사람을 죽이는 행위가 잘못된 것임을 깨달으며, 약초를 구해서 다친 사람들을 돌보려 한다. 이에 비해 똘똘이는 아직 이쁜이의 마음을 이해하지 못한다. 이쁜이의 말에 따르지만, 마음속으로는 이쁜이가 이상하게 변했다고 생각한다.

강한 힘을 가진 존재일수록 나약한 존재를 하찮게 여긴다. 이웃나라

---

13) 이승훈, 앞의 책, 354~355면, 358~359면.

가 똘똘이의 나라를 침략, 약탈했듯이, 개미귀신은 함정을 만들어 놓고 개미들을 유인, 함정에 빠진 개미를 잡아먹는다. 이웃나라는 노예로 쓸 아기가 필요하고, 개미귀신은 먹이가 필요하다. 이런 것이 행위자 자신에겐 정당한 이유가 되지만 공격받는 존재에게는 치명적으로 작용한다. 그러나 개미귀신은 다시 개구쟁이소년들에게 곤충 채집용으로 죽음을 당한다. 이쁜이는 순식간에 강한 개체가 약한 개체의 목숨을 앗아가는 광경을 연달아 지켜보면서 삶과 죽음의 문제에 대해 관심을 갖게 된다.

> "이건 죽음에서 삶으로 가는 길이지마는, 삶에서 죽음으로 가는 길도 알아 두어야 한다."
> (…중략…) 이쁜이가 어리둥절했습니다. 할아버지는 점잖은 태도로 말했습니다.
> "사랑하는 이를 위해 죽고 싶어서 죽을 때."
> (…중략…) "혼자면 제일인 줄 아나? 누구나 서로 같이 힘을 모으고 서로 의지하고 서로 사랑 하고 살면, 즐겁고 또 적을 막을 수도 있단 말이다."(1 : 143~144)

작품 속에서는 삶과 죽음의 문제에 대해 두 가지를 언급한다. 첫째, 죽음에서 삶으로 가는 길이다. 싸움에서 절망적인 상황이 닥치더라도 약한 사람들끼리 단결하면 힘이 센 쪽에는 언제나 약한 고리가 생기게 마련이며, 그쪽을 치고 나가면 죽음에서 삶으로 나갈 수가 있다는 것이다.

또 하나는, 삶에서 죽음으로 가는 길이다.[14] 이것은 사랑하는 사람을 위해 내 몸을 던지는 행위를 말한다. 자신의 몸까지 내던질 수 있는 사

---

14) 이재복, 앞의 책, 268~269면.

랑은 사랑 중에서도 매우 고귀한 감정이다. 이것은 어머니가 자식을 위하는 사랑과 같이 지고지순한 감정을 말한다. 두 가지의 삶의 길은 모두 혼자서는 다다를 수 없는 길이다. 서로 함께 힘을 모아서 의지하고 사랑 할 때만 이를 수 있는 길이다. 이쁜이는 학자 할아버지와의 대화를 통하여 공동체를 이루고 살아야겠다는 생각을 굳힌다. 사랑할 사람을 찾고, 결혼하여 가정을 꾸리겠다고 결심한다.

Episode 8. 똘똘이의 도망과 정착

s1. 똘똘이가 대문을 고치다.

s2. 똘똘이가 왕눈이에게 야단맞다.

s3. 똘똘이가 무리에서 도망치다.

s4. 똘똘이가 이쁜이를 찾아가다.

s5. 똘똘이와 이쁜이가 함께 살기 시작한다.

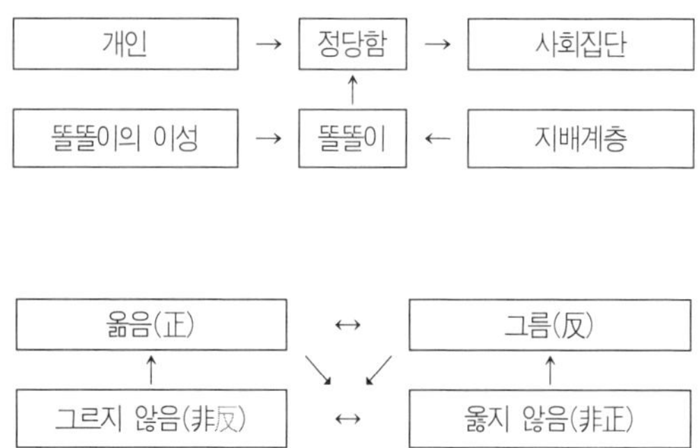

똘똘이는 이쁜이처럼 자유를 갈망하는 마음을 지니고 있지 않았다. 현제에 대해 만족을 느끼고, 당연히 개미는 그렇게 살아야 하는 거라는 생각을 가지고 있다. 그래서 똘똘이는 도망치는 이쁜이를 만류하기도 했다. 그러한 똘똘이도 작업반장의 거친 어투와 폭력을 감당하지 못하고 도망을 결심한다.

> 1) "이 새끼! 죽겠으면 죽으렴. 너 같은 태만자(게으른 자)는 죽고 없는 게 낫다."
> 하며 또 발길질을 합니다.
> 똘똘이는 화가 나서 혼자 씨근씨근했습니다.(2 : 192)

> 2) 달아나자! 멀리멀리 달아나자 똘똘이는 절름거리며 위쪽으로 기어 올라갔습니다.
> 올라가면서 똘똘이는 후회를 했습니다. 괜히 도망해 나왔다는 생각이 들었습니다.
> 이제는 되돌아가도 더 큰 벌을 받을 것입니다.(2 : 194)

인용문 1)에서처럼 작업반장은 집단의 구성원들에게 폭언과 구타를 일삼는다. 구타와 폭언의 수위가 단체생활을 원활하게 하기 위한 일종의 규제라는 한계를 넘은 지는 이미 오래이다. 지배계층의 폭력과 독선적인 행동 때문에 똘똘이는 불만을 품게 된다. 그러나 똘똘이의 도망은 순간적인 감정을 참지 못하고 행한 것이다. 인용문 2)에서 볼 수 있듯이, 똘똘이는 작업반장이 무서워서 달아났지만 이내 후회한다. 하지만 되돌아가서 받을 벌에 대한 두려움 때문에 되돌아가지 않고 이쁜이에게로 발길을 돌린다. 이러한 똘똘이의 행위는 이쁜이의 도망과는 다른 층위의 것이므로 이쁜이처럼 자유를 향한 탈출로는 볼 수 없다. 똘똘이의 행위는 자신의 행동을 책임지지 못하고, 죄를 짓고 도피하는 사람의 모습이다. 똘똘이는 태만하게 행동하지 않았으며 부당한 처사에 대해 저항하는 마음을 지녔다. 그러나 똘똘이의 생각은 자신이 속한 사회집단이 모순된 구조를 지니고 있다는 데까지 이르지 못했다. 그러므로 '자유에 대한 갈망'이라는 측면에서 볼 때 똘똘이는 아직 부정적 인물에 속함을 알 수 있다.

Episode 11. 결혼
s1. 이쁜이가 미니의 청혼을 거절하다.
s2 똘똘이가 날아오르다.
s3. 이쁜이와 똘똘이가 결혼하다.
s4. 이쁜이가 아기를 낳기 위해 땅 속으로 파고 들어가다.
s5. 똘똘이가 이쁜이를 만나기 위해 아기 낳는 방을 부수려 한다.
s6. 학자 할아버지가 똘똘이의 돌출 행동을 막다.

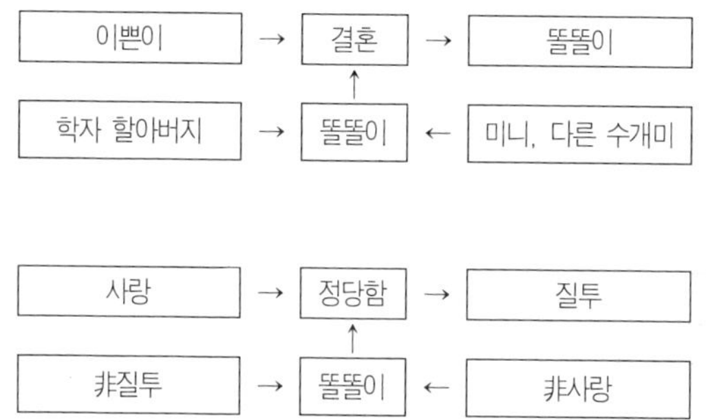

결혼은 흔히 새로운 인생의 시작이라 한다. 개미들은 공중에서 비행하면서 짝짓기를 한다. 이것을 일컬어 '혼인비행'이라 한다.[15] 미니는 이쁜이와 결혼하기 위하여 이쁜이의 등에 날개가 돋을 때까지 기다렸

15) 최재천, 『개미제국의 발견』, 사이언스북스, 1999, 112~118면 참고.

다가 똘똘이를 기다리고, 마침내 날개가 돋아서 하늘로 날아오른 똘똘이와 함께 혼인비행을 한다. 개미들은 항상 날개를 달고 지내는 것이 아니다. 오로지 날개는 결혼을 위해서 필요한 것이다. 혼인 비행을 하는 기간이 대략 정해져 있고, 그 기간이 지나면 날개는 자동적으로 떨어지므로 '날개의 한 시간은 발의 1년'[16]이라 할 수 있다. 사람들처럼 아무 때나 혼인할 수 있는 것이 아니고, 누구나 짝을 이룰 수 있는 것이 아니다. 보통 여왕개미 한 마리에 많은 수개미들이 따라붙는다. 미니가 이쁜이와 결혼하기 위하여 일부러 기다리기까지 한 이유가 바로 여기에 있다.

이쁜이는 결혼한 후 바로 알을 낳기 위하여 땅 속으로 굴을 파고 들어간다. 이쁜이는 결혼식을 하기 위하여 하늘로 수직 상승했다가, 알을 낳기 위하여 다시 수직 하강한다. 하늘[17]은 일반적으로 남성적인 공간으로, 힘과 권력 역동적인 공간이다. 혼인비행을 하는 개미들의 움직임 역시 매우 역동적이다. 개미들은 매우 적극적으로 짝짓기를 한다. 시한폭탄을 몸에 달고 있는 것처럼 생존시간이 이미 거의 자연적으로 계산되어 정해져 있으므로 한정된 시간에 움직이기 위하여 개미들은 더욱 적극적으로 몸부림친다. 그에 비하여 땅은 매우 정적인 공간이며 여성적인 공간이다. 그 속에서 시간은 마치 정지되어 있는 듯하다. 비옥한 땅에서 풀이 자라며 생명이 자란다. 굴 역시 어머니의 자궁과 같은 안온하고 편안한 공간이다. 새끼가 어미의 보호 속에 자라나는 것처럼 알을 낳을 개미 역시 튼튼한 집 속에서 보호받으며, 배속의 새끼를 낳아

16) 본문(2:73)
17) '하늘'과 '땅'에 관한 설명으로 이승훈, 위의 책, 511면 참고.

서 기르는데 전념해야 한다. 이쁜이는 땅 속에서 알을 낳고 부화시키는 데에 혼신을 다한다.

이쁜이는 점차 어미로서 여왕개미로서의 면모를 갖추고 있는데 반해, 똘똘이는 여전히 미성숙한 모습을 드러낸다. 교미 후 다른 수개미처럼 죽을까봐 두려움에 떨며, 마을에 물난리가 나자 '이쁜이를 만나고 죽는다.'며 땅을 파헤쳐 아기 낳는 방을 부수려고 한다. 자유로운 삶을 얻기 위하여 살던 나라에서 도망치고 여러 고난을 겪어온 이쁜이와 똘똘이가 마침내 결혼하여 새로운 나라를 세우는 일이 눈앞으로 다가왔는데, 똘똘이의 감정적인 행동 때문에 지금까지의 고생이 모두 수포로 돌아가게 될 위기에 놓인 것이다. 똘똘이의 행동은 똘똘이가 아직 이성보의 지배를 받고 있음을 드러낸다. 자유를 갈망하고 획득해야 한다는 입장에서 볼 때 똘똘이는 아직 부정적인 인물로 평가할 수 있다.

Episode 13. 미니를 물리침.
s1. 이쁜이가 아니들과 함께 굴에서 나오다.
s2. 미니가 찾아오는 아이들의 아빠가 되겠다고 떼쓰다.
s3. 똘똘이가 흙구덩이에서 살아나오다.
s4. 똘똘이가 집을 찾아가다.
s5. 미니가 달아나다.
s6. 미니가 깡패들과 함께 찾아와 행패부리다.
s7. 미니를 귀양보내다

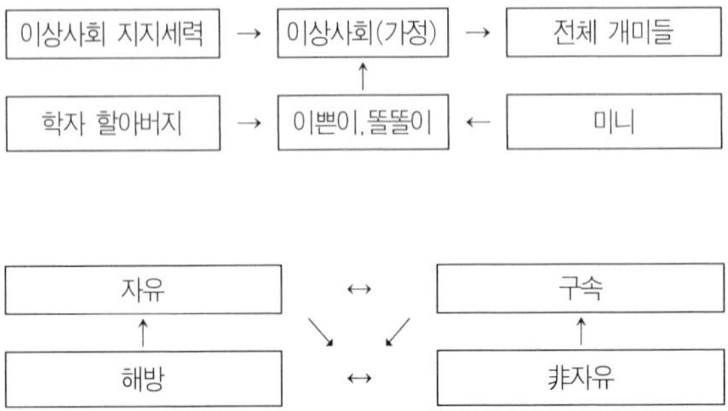

새로운 공동체를 형성하기 위하여 이쁜이와 똘똘이는 많은 고난을 겪었다. 미니의 계략은 그들이 겪은 어려움 중 가장 어려운 시험에 속한다. 그들은 미니로 인하여 서로에 대한 사랑과 신뢰에 대해 공격을 받는다. 이쁜이는 굴속에서 고생하며 새끼를 낳아 부화시킨 후 새끼들을 거느리고 땅 위로 올라온다. 그런데 남편 똘똘이는 보이지 않고 미니가 자신을 기다리고 있다. 미니는 이쁜이에게 똘똘이의 부음을 전한다. 게다가 미니는 자신이 남편으로 적임자라고 나선다.

> "똘똘이 같은 친구는 아무런 힘도 없는 무능한 자야. 남의 밑에서 착실하게 살아가면 그나마 다행했을 친구거든. 한 나라를 이루는 데는 그런 인물로써는 아무 소용이 안 돼요. 어디까지나 강한 힘으로 부하를 엄하게 부릴 수 있어야 한다 그 말야. 부하들을 꼼짝달싹 못 하게 휘어잡을 줄 알아야 해. 그런 데는 내가 적임자니까……."(2:141)

위와 같은 미니의 말은 자유롭고 평등한 세상을 건설하고자 하는 이쁜이와 똘똘이의 이상을 짓밟는 것이다. 이쁜이는 미니의 말에 깜짝 놀라며 '내 귀여운 아기들이 압제 당하는 꼴을 볼 줄 아[18]'느냐며 반발한다. 미니는 이쁜이의 반발에 슬쩍 말머리를 돌리고는 아이들을 잘 돌봐주는 척 하면서 집에 눌러앉으려 한다.

똘똘이의 경우, 생사의 갈림길에 놓여있으므로 일차적으로 죽음의 위협으로부터 벗어나야만 한다. 똘똘이는 땅 속에 파묻혀 있다가 구사일생으로 살아난다. 간신히 살아나서 집으로 돌아와 보니 미니가 아이들의 아빠처럼 행세하고 있다.

> "애들아, 내가 우는 건 좋아해서가 아니란다. 너희들의 아빠가 어디서 죽었다니 슬퍼서 울게되고, 아빠 아닌 분을 너희들의 아바로 삼게 되니 기가 막혀서 우는 거다."
> 똘똘이는 이미 자기가 죽은 것으로 되어 있는 걸 생각하면서, 이쁜이가 그래도 미니를 좋아해서 남편으로 정한 건 아니구나 하고 힘없는 턱을 끄덕였습니다.(2:159)

똘똘이를 향한 이쁜이의 마음은 똘똘이의 마음을 움직이게 한다. 똘똘이는 있는 힘을 다해서 자신이 살아있음을 알린다. 이쁜이는 똘똘이를 발견하고, 미니가 지금까지 자신과 아이들에게 거짓말을 해왔음을 알게 된다. 그리고 미니를 잡아 가두지만, 미니는 몰래 도망친다. 이쁜이와 똘똘이는 이제 서로를 완전하게 신뢰하게 되었으므로 미니가 저질러온 그동안의 악행은 그리 문제시되지 않는다. 오히려 똘똘이는 자신을 죽이려했던 미니에게 사형을 내리는 대신 먼 나라로 귀양을 보낸다.

> "……엄마는 어려서 집을 나와 새로운 집안을 이루었다. 무엇 때문에

18) 본문(2:141).

그랬는가 하면, 첫째 생명을 소중히 하고, 남을 괴롭히는 일이 싫어서였다. 명령하나에 죽고 살기가 달린 세상이 싫어서였어. 그래서 너희 아빠와 같이 새 집안을 꾸민 거야. 나쁜 짓을 한 자에게는 벌을 주지만, 함부로 목숨을 끊는 일은 피하고 싶다……."(2:180~181)

위의 인용문은 똘똘이와 이쁜이의 이상을 집약적으로 보여준다. 명령이 싫고, 생명을 경시하는 개미 사회의 관습이 싫어서 그들은 집을 나온다. 혼자서 사는 생활이 결코 쉬운 일은 아니었지만 여러 가지 고난을 겪으면서 그들은 성숙한 자아를 얻게 되었고 마침내 그들이 소망하는 사랑이 넘치는 새 나라를 건설하게 된다.

3. 이상사회 구현을 위한 의미작용으로서의 글쓰기－심층구조 분석

이 작품의 전반부에서는 이쁜이가 인식주체를 확립하여, 공동체를 이루고 살아야 한다는 결론에 도달한다. 후반부에서는 똘똘이가 다시 자신의 주체성을 확립하고, 생명을 존중하며 자유로운 삶을 영위해야 한다는 결론을 스스로 도출시킨다. 이와 같은 과정이 14개의 에피소드로 등장하고, 전반부와 후반부가 대칭적인 양상으로 전개되고 있음을 우리는 앞 절에서 이미 확인하였다. 필자는 작품의 각 에피소드를 그레마스의 기호 사각형을 원용하여 분석하였다. 표층구조 분석을 통하여 도출된 기호 사각형과 행위소 모형을 통하여 다음의 이항대립들로 정리할 수 있음을 알 수 있다. '삶 : 죽음(에피소드 5)', '자유 : 구속(에피소드 1, 4, 13)', '전쟁 : 평화(에피소드 5)', '옳음 : 그름(에피소드 8)'의 문제들이 바로 그것이다. 여기서는 앞에서 언급된 이항대립항들을 분석하여 작품 속에 내재하는 이야기의 규칙을 찾아낼 것이다.

1) '삶 : 죽음', '전쟁 : 평화'의 이항대립

이 작품은 삶과 죽음의 문제에 대해 끊임없이 언급하고 있다. 등장인물 이쁜이와 똘똘이는 계속해서 삶과 죽음의 위기를 접한다. 이들의 삶이 죽음과 항상 인접하여 있다는 것은 이들이 매우 미약한 존재이며 때문에 이들의 삶이 매우 위태로움을 의미한다.

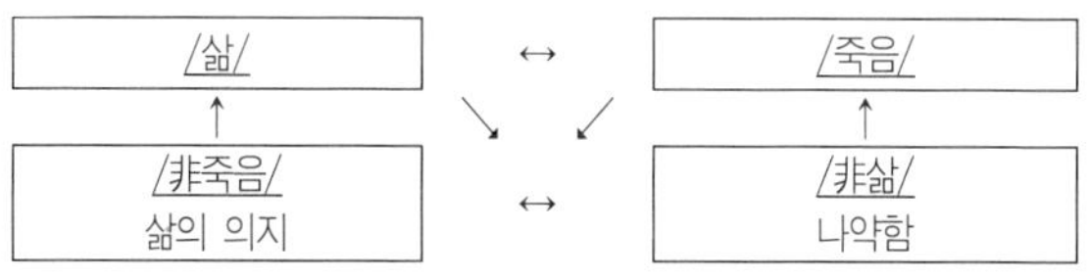

위의 분석은 동물 세계의 먹이사슬 구조를 보여주는 것 같다. 몸집이 작고 힘이 약한 개체가 작은 개체를 잡아먹고 사는 것은 '약육강식'이라는 동물세계의 법칙이다. 약한 개체(부상병, 개미귀신)들은 /삶/을 끊임없이 강한 개체(개미귀신, 아이들)에게 발신한다. 강한 개체가 약한 개체를 죽이는 데에는 특별한 이유가 없다. 개미귀신은 잡아먹기 위하여 개미를 죽이고, 아이들은 재미 삼아 개미귀신을 그냥 죽인다. 약한 개체를 살도록 도와주는 것은 다름 아닌 '삶의 의지'이다. 작고 볼 것 없는 존재이지만 오로지 살아야 한다는 마음으로 버둥거린다. 이러한 삶과 죽음의 문제는 등장인물의 윤리적 의미층위에서 다시 분석된다.

약육강식의 의미 구도에서 약한 자는 /선/을, 강한 자는 /악/을 대변하고 있다. 그러나 이것은 상대적인 개념이므로 선했던 존재가 자신보다 더 나약한 존재 앞에서는 /악/한 존재로 돌변하기도 한다. 개미귀신의 경우도, 부상병의 경우도 그러하다. 부상병은 상대방 군인들을 무차별하게 죽인다. 개미귀신은 함정을 파놓고 개미들을 잡아먹는다. 경우에 따라서 /선/과 /악/의 항이 뒤바뀔 수 있으므로 이것은 지극히 상대적인 개념임을 알 수 있다. 여기서 중요한 것은 /선/으로 가는 매개항인 /非악/의 항이다. 죽음에서 삶으로 이끌어주는 요인은 외적인 힘이 아니라 바로 '삶의 의지', 즉 살고자 하는 마음인 것이다. 삶과 죽음의 문제는 '전쟁 : 평화'의 문제로 확대된다.

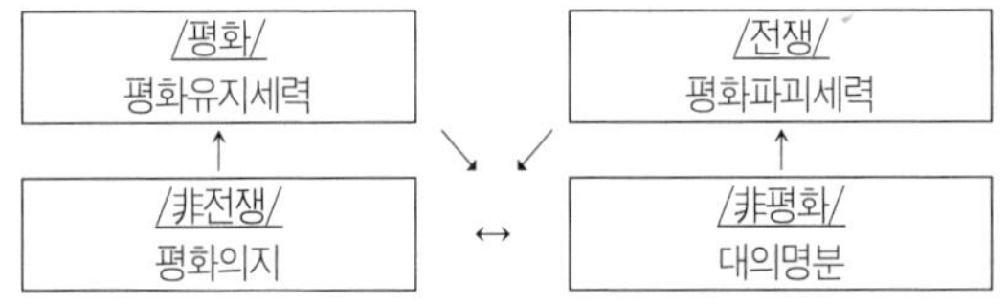

이 작품에는 나라와 나라 사이의 전쟁이 중요한 모티브로 등장하는데, 이것은 평화를 유지하려는 세력(방어자)과 평화를 파괴하려는 세력(공격자)으로 볼 수 있다. 평화 파괴 세력은 /전쟁/을, 평화 유지 세력은 /평화/를 대변한다. 평화를 파괴하려는 세력은 '대의명분'을 의미의 매개

항으로 갖는다.

이것을 다시 윤리적 의미층위로 분석하면 다음과 같다.

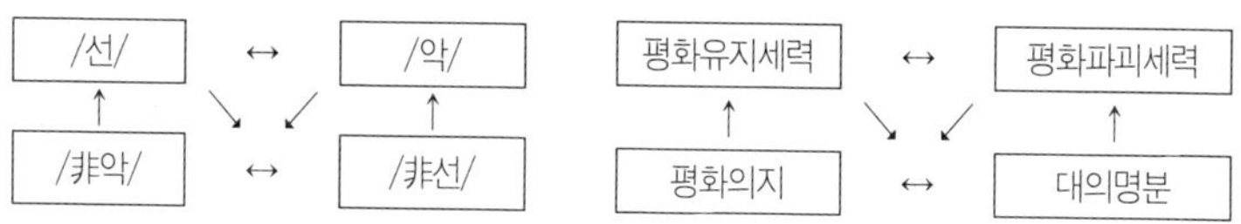

평화 파괴 세력은 /악/의 축에, 평화 유지 세력은 /선/의 축에 놓인다. 여기서, 평화 유지 세력은 '평화의지'를 수용함으로서 /선/의 축에 위치한다. /선/과 /악/으로 가는 중재항으로 '대의명분 : 평화의지'의 이항대립항이 존재한다. '대의명분'은 한 집단의 이익을 기초로 한 것이므로 그 집단이 어떠한 집단의식을 지녔는가에 따라서 옳고 그름이 판별된다. '대의명분'은 위의 분석에서 '평화의지'의 반대항에 놓이므로 /非선/의 항에 놓인다.

위의 두 분석을 통하여 상위항은 '약한 자 : 강한 자', '평화유지세력 : 팡화파괴세력'과 같이 '방어자 : 공격자'의 항으로, 하위항은 '삶의 의지 : 나약함', '평화 의지 : 대의명분'과 같이 인간의 내적 성장에 의거한 항으로 정리된다. 강한 자는 약한 자를 항상 공격하려 한다. 평화를 유지하려는 세력은 평화를 파괴하려는 세력에 의해 공격받는다. 공격받는 이들은 강한 삶의 의지를 통하여, 강렬한 평화 의지를 통하여 자신을 보호한다. 살고자 하는 의지는 이상적 인간이 지녀야 할 하나의 내적 조건이다. 또한 평화를 지키고자 하는 의지는 큰 이상사회가, 혹은 집단의 통치자가 지녀야 할 덕목이다. 이와 같은 결과는 다음의 분석으로 이어진다.

2) '자유 : 구속', '옳음 : 그름'의 이항대립

'삶 : 죽음', '전쟁 : 평화'의 문제들은 결국 '자유 : 구속', '옳음 :그름'의 항으로 연결된다.

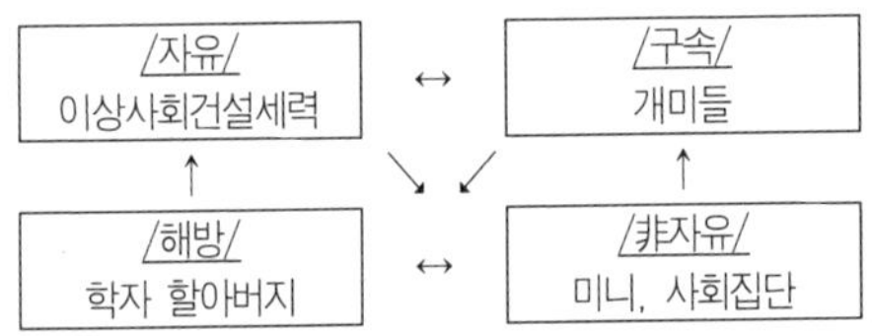

/자유/의 항에 이상 사회 건설 세력이 놓인다. 이것은 이 작품에서 나타나는 이상사회가 곧 '자유'를 주창하는 사회임을 말한다. 자유를 내세운다는 것은 곧 자기 자신이 스스로를 하나의 지체로서 보존하고 유지한다는 것을 의미한다. 또한 자신이 속한 사회가 다른 사회의 간섭을 받지 않고 사회 성원의 자유로운 생활을 보장할 수 있는 사회라는 것을 의미한다. 왼쪽 항에는 이상 사회를 건설하려는 세력들이, 오른 쪽 항에는 이상사회 건설을 반대하는 세력들이 놓여있다. 앞 절의 분석에서 상위항의 경우, '방어자 : 공격자'로 정리되었다. 이 작품의 분석에서 상위항은 행위 주체로 드러난다. 이 작품은 결국 '이상사회'에 관한 이야기이다. 기존의 사회에 대한 문제를 깨닫고, 새로운 사회를 찾아 나서는 이야기이다. 그러므로 상위항의 경우, '이상사회건설세력 : 이상사회반대세력'으로 정리된다. 하위항은 이상사회 건설을 위한 중재항이 자리

해야 한다. 앞 절의 분석에서, 하위항에는 계속 '삶의 의지 : 나약함'과 같은, 인간의 내면적 세계에 관련한 항들이 도출되었다. '자유 : 구속'의 분석에서는 하위항에 학자 할아버지와 미니, 사회집단이 등장한다. 학자 할아버지는 이 작품 속에서 이성적인 인간으로, 똘똘이와 이쁜이를 이성적인 인간으로 거듭나도록 이끌어주는 존재이다. 미니와 사회집단은 억압적이며 폭력적인 모습으로 드러난다. 이들의 행위는 모두 사회의 질서를 유지하는 하나의 수단으로부터 비롯된 것으로, 이들의 행위는 모두 사회의 질서를 유지하는 하나의 수단으로부터 비롯된 것으로, 이들의 행위는 자신의 판단에 의한 것이 아니라 사회의 통치 이념을 대변하고 있음을 알 수 있다. 그러므로 '자유 : 구속'의 분석에서 하위항은 '이성적 인간 : 비이성적 인간'으로 정리할 수 있다.

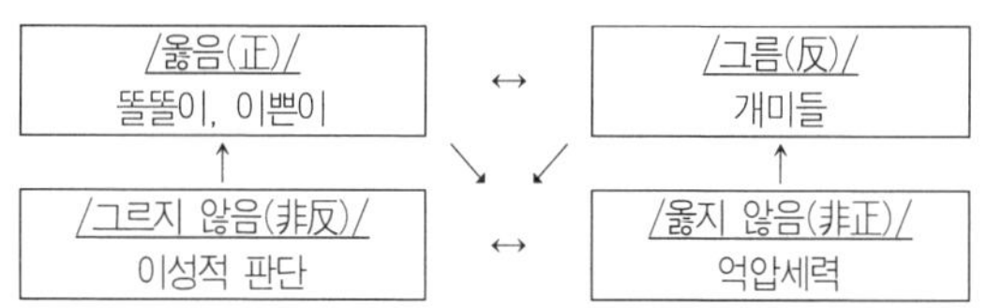

위의 분석은 에피소드5에서 똘똘이가 자신의 정당성을 주장하는 모티프를 분석한 것이다. 우선 하위항부터 보자. 앞 절에서부터 계속 하위항은 인간의 정신적 판단을 드러내는 항으로 도출되었다. 이 이야기에서 등장인물들의 이성 획득은 매우 중요한 문제이다. 이성적 존재와 그렇지 않은 존재 사이의 갈등이 이 이야기를 엮어내는 중요한 축이다. 하위항의 오른쪽 항들을 보면, '나약함, 대의명분, 비이성적 인간'으로,

사회에 존재하는 근본적인 문제들을 드러내고 있다. 이러한 문제들은 '근원적 본능'으로 정리할 수 있다. 그러므로 하위항은 '이성적 판단 : 근본적 본능'으로 도출된다.

그런데 앞의 분석에서 이상사회에 대한 구체적인 언급이 부족하다. 앞의 분석에서, 이상사회가 '자유'를 지향하는 사회라는 것만 언급되어있다. 하위항의 왼쪽 항에서 '이성적 판단'이라는 의미가 도출되었다. 이항은 '이상사회건설'항으로 넘어 가는 중요한 매개항이다. 이성적 판단은 위의 분석을 통하여 옳고 그름을 판별하는 항이 됨을 알 수 있었다.

다시 말하면, 옳고 그름을 판별하고 사용하는 것은 이상사회의 특징이 된다. 이성적 판단에 의해 옳게 판단된 일들을 그대로 수용하고 실천하는 사회가 바로 이상사회이다. 또한, 이상사회는 그렇게 이성적 판단을 할 수 있는 사람들의 사회가 된다. 그러므로 위의 분석을 통하여 상위항은 '이상사회 건설 세력 : 이상사회 반대 세력'에서 '옳음 : 그름'으로 귀결됨을 알 수 있다. 위에서 도출된 의미항을 정리하여 이 작품의 심층구조를 정리하면 다음과 같다.

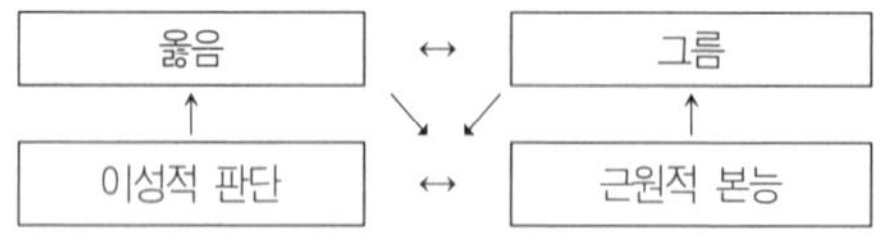

이상의 분석을 정리하면 다음과 같다. 이원수의 『잔디 숲 속의 이쁜이』는 이상사회에 관한 이야기이다. 이 작품에서 말하고자 하는 이상적인 사회는 옳고 그름을 판별할 줄 아는 사회이고, 옳고 그름을 행할 줄 아는 사회이다. 옳고 그름은 이성적 판단에 의해서 판별된다. 인간은 누구나 근원적 본능을 지니고 있고, 많은 사람들이 근원적 본능에 지배받는다. 본능에 따른 결정은 그름으로 향하고, 이성적 판단에 의한 결정은 옳음으로 향한다. 이성적 판단을 할 줄 아는 사람이 바로 이성적 인간이다. 그리고 이성적 인간들에 의해서 형성된 사회가 바로 이상사회이다. 이 이야기는 '옳음→근원적 본능→그름→이성적 판단→옳음'으로 의미작용이 이루어지며, 바로 이것이 『잔디 숲 속의 이쁜이』가 내재하고 있는 이야기의 규칙임을 알 수 있다.

4. 결론

문학은 인간과 사회를 탐구하는 예술 장르이다. 아동문학이라고 하여 이와 같은 정의에서 예외가 될 수는 없다. 이 연구에서는 이원수의『잔디 숲 속의 이쁜이』를 인간 사고에 내재한 의미론적 세계로 분석하는 그레마스의 서사기호학적 방법을 원용하여 분석하였다. 우선, 표층구조의 분석을 통하여 '삶 : 죽음', '전쟁 : 평화', '자유 : 구속', '옳음 : 그름'의 이항대립항을 도출하였다. 이것은 다시 심층구조 분석을 통하여 '옳음→근원적 본능→그름→이성적 판단→옳음'의 의미작용 구조를 도출한다. 이원수의 『잔디 숲 속의 이쁜이』는 이상사회를 건설하고자 하는 개미 이쁜이와 똘똘이의 이야기이다. 이 작품 속에서 이상사회라는 것은 이성적인 인간들에 의하여 정당한 것을 정당한 것으로 받아들일 수 있는 사회를 말한다. 이성적인 인간이란 곧 옳고 그름을 판별하는 능력을 지닌 인간을 의미한다. 이 작품에서 똘똘이와 이쁜이가 학자 할아버지의 도움으로 이성적 인간으로 거듭나는 과정을 보여준다. 또한 이들에 의하여 이상사회가 건설되고 구현되는 것을 그리고 있다. 작품이 내재하고 있는 이야기의 구조는 인간과 사회, 자연이 지니고 있는 진실을 의미한다. 곧 이야기의 구조를 찾는 것은 작품 속에 내재한 인간과 세계의 진실을 찾는 것이다. 이 작품은 옳음(正)과 그름(反)에 관한 이야기임을 알 수 있다. 올바른 것, 정당한 것은 이성적인 판단에 의해 결정된다. 바르지 않은 것은 지배하고 싶은 욕심, 소유하고 싶은 욕구와 같은 근원적 본능에 의한 것이다. 이와 같은 의미들은 각각 모티프 속에 내재하여 인물과 인물 사이의 갈등, 인물과 사회의 갈등, 사회와 사회 사이의 갈등을 형성한다. 그러므로 『잔디 숲 속의 이쁜이』는 이와 같은 의미들이 '옳음(正)→근원적 본능→그름(反)→이성적 판단→옳음(正)'으로 진행되는 이야기의 규칙을 지녔으며, 이와 같은 규칙을 통하여 이성적 인간과 이상사회를 논하는 이야기임을 알 수 있다.

출전 : 「이원수 소년소설 『잔디 숲 속의 이쁜이』 연구」, 『한국언어문화』 제23집, 2003.

이원수 아동극 연구

1. 머리말

이원수는 일제 강점기부터 1970년대 말까지 동화, 동시, 소년소설, 평론에 이르기까지 방대한 작품을 남긴 한국 아동문학의 대표적인 작가로 잘 알려져 있다. 그래서 이원수 문학에 대한 연구는 아동문학 연구자들에 의해 비교적 다양하게 이루어져 왔다.[1] 일제 강점기와 해방 정국의 현실인식, 한국전쟁의 참상과 그 현실을 극복하려는 의지, 4월 혁명의 계승의식, 반공 정책에 대한 문제의식, 그리고 서민 아동에 대한 연민과 사랑의 정신을 다루는 작품을 분석하며 그가 리얼리즘적 시각

* 박종순 / 창원대학교 강사

1) 이원수의 동시, 동화, 소년소설에 대한 연구는 그동안 석사, 박사논문을 비롯하여 소논문으로도 다양하게 이루어졌다. 특히 동시와 동화에 대한 연구는 다른 아동문학인에 비해 많은 연구 결과를 얻었다고 할 수 있다.

으로 현실을 형상화한 작가라는 데에 합의가 되는 것으로 보인다.

그런데 이원수 문학에 대한 연구의 풍요성에 비해 그의 아동극에 대한 연구는 아직 접근을 하지 못하고 있는 실정이다. 다른 장르에 비해 극문학에 대한 경시가 그 요인으로 작용했으리라 본다. 그러나 그가 남긴 아동극 작품의 양[2)]이나 내용을 보더라도 결코 경시할 장르는 아니다. 따라서 이원수 문학에 대한 균형 있는 연구를 위해서도 필요한 일이거니와, 장르간의 교섭을 통해 그가 드러내 보여준 현실인식과 주제의식에 대해 논하는 것에서도 아동극에 대한 연구는 요청되는 일이다. 이에 이 글에서는 그와 같은 인식을 바탕으로 이원수 동극에 나타난 인물의 형상화와 주제의식을 살펴 그 교육적 효과에 대해 고찰하고자 한다.

극은 그 자체가 문학이 아니다. 그것은 시간적 공간적 예술로서 또 종합적인 것이다. 그러나 그 극을 상연하게 하는 내용이 되는 각본은 그것 자체로서는 문학인 것이다. 극의 각본은 문학에 있어서는 희곡이라는 한 장르를 이루고 있으며, 그것은 설령 무대에 상연하여 극으로 나타나지 않는다 하더라도 문자로 표시된 이상 문학 작품으로서 영원히 존재할 가능성을 가진다.[3)]

이 글에서는 웅진출판사의 『애기책 속의 도깨비(이원수아동문학전집 19)』에 수록된 희곡 작품을 연구의 대상으로 한다. 희곡은 무대 상연을 전

2) 『애기책 속의 도깨비(이원수아동문학전집 19)』에 수록된 아동극 각본은 모두 23편인데, 무대극 2편, 방송극 17편, TV극 3편, 대화극 1편이 있다. 이 작품들이 모두 실제 상연이 되었는지는 확인할 수 없었으므로 각본 그 자체로서의 문학을 분석의 대상으로 한다.

3) 이원수, 「아동문학입문」, 전집 28, 211~122면.

제로 한 공연예술이기 때문에 조명, 의상, 음악 등 무대 메커니즘이 총체적으로 집결되어 있다. 그래서 다른 갈래에서 표현하지 못하는 대중적 직접성과 현장성을 지니게 된다. 희곡 전체적인 성격을 분석하는 데는 극으로 상연되는 부분까지 다루어야 하나, 이 논의에서는 극본 그 자체의 문학성에 한정하여 다루기로 한다.

이원수가 아동 극본을 활발하게 쓴 시기는 1950년대 중반부터 1960년대 후반으로 보인다. 이 시기는 전국 학생극 각본 현상 모집에 '토끼전(3막)'으로 주평이 당선(1953년)되고, 이어 1958, 1959년에 연달아 현상 공모에서 당선, 천료되면서 극작에로의 길로 접어들던 때이다. 그리고 주평에 의해 1962년 아동 전문 극단인 '새들'과 한국아동극협회가 창립되었다.[4] 희곡사에서도 1960년대는 내용과 형식면에서 커다란 변화를 이룩한 시기로, 시대 상황에 민감하게 반응하였던 시기였으며, 그래서 현실사회의 정치적 경제적 문화적 현상에 대한 비판을 풍자와 우회적 방법으로 대치하여 서사극이나 부조리극 형식으로 담아내는 데 주저하지 않았다.[5] 이를 전후한 시기에 이원수 역시 아동 극본을 발표하게 되는데, 주로 방송극을 발표했던 것으로 보인다. 무대극보다 대사에 의존할 수밖에 없는 방송극을 주로 발표했다는 것 때문에 희곡의 요소를 갖춘 드라마투르기가 미약한 한계를 가지지만, 이 연구를 통해 주제의식을 구현하는 이원수 아동극의 교육적 효과와 극적인 특색을 찾을 수 있기를 기대해본다.

4) 고성주, 「주평과 아동극」, 『아동문학평론』 제115호, 125~126면 참조.
5) 한옥근, 「노경식의 희곡 연구」, 『韓民族語文學』 제47집, 446면.

2. 인물의 전형성과 극적 기능

희곡에서 인물의 유형을 보면 하나의 정황 속에서 극히 섬세한 떨림판처럼 역동하는 모습을 보인다. 최근의 작품들에서 그려지는 인물들에서도 장르를 가리지 않고 섬세하게 다루어지는 것을 볼 수 있다. 아동극의 경우는 아동이 이해하기 쉬워야 한다는 특수성을 감안하여 인물의 성격은 분명해야 한다고 말한다. 아동은 선인과 악인을 확연히 구별해버리는 경향이 많아서 선인으로 보인 인물이 하는 일은 모두 착한 것으로 보고, 악인으로 보인 인물의 행동은 악한 것으로 섣불리 단정하기 때문이다. 그러나 그런 점을 인정한다고 하더라도 연극의 등장인물들은 치밀한 계산속에서 서로 차이 나게 창조해야 한다. 이에 대해 이원수는 「아동문학입문」에서 아동극 각본의 특질적인 면으로 다루고 있다.

> 극 자체가 아동에게 하나의 생활 체험의 소설로까지 해야 하는 이상, 권선징악적 극으로서 만족할 것이 아니며, 선과 악에 대한 건실한 관찰을 할 수 있게 희곡에서 고려를 가해야 할 것이다.
>
> 그러기 위해서는 악인이 선행을 하게 되는 경우라든지, 선인이 악행을 하게 되는 경우의 인상적인 표현과 심리 변화의 뚜렷한 경로 등을 보여 주어야 한다.[6]

연극은 궁극적으로 주인공이 겪는 사건, 체험들을 통해 성숙된 인물로 나아가는 과정을 그리는 것이다. 아동극은 특히 성장기에 있는 아동을 대상으로 하기 때문에 극중 사건이 주인공의 성장을 꾀하면서 관객

---

6) 이원수, 「아동문학입문」, 이원수아동문학전집 28, 123면.

으로서의 어린이도 함께 성장하도록 하는 중요한 역할을 하게 된다. 그 점을 위해 연극의 등장인물은 먼저 기능[7]을 가져야 하며, 그 기능을 일관되게 갖도록 그려야 한다. 그리고 등장인물의 성격은 변해야 하며, 사건에 대해 서로 다른 반응을 보이도록 하는 것이 필요하다. 이런 점을 염두에 두고 이원수 아동 극본에 등장하는 인물에 대해 살펴보기로 한다.

이원수 아동극에 등장하는 주인공은 동화나 소년소설에서처럼 대부분 가난하게 살아가는 서민 아동이다. 그리고 하나같이 착한 아동이다. 6·25전쟁에서 다리를 다쳐 절뚝발이가 되어 가게를 보고 있는 아버지를 둔 만복이(「6월 어느 더운 날」), 아픈 어머니가 찹쌀떡 장수를 해서 겨우 판잣집에서 살아가는 준식(「산 너머 산」), 어머니가 앓아누워 있어 국민학교 6학년인 누나가 담배 장사를 해야 하는 희웅(「음악회 전날에 생긴 일」) 등에서 보듯이 주인공으로 등장하는 아동의 집안 형편은 몹시 나쁠 뿐만 아니라 많은 작품에서 아버지 부재로 인한 고난은 심각하다. 그리고 모래를 눈에 뿌려 눈을 상하게 한 오빠인데도 그 벌로 아저씨 집에 가있는 오빠가 가엾게 여겨지고 보고 싶어 오빠가 타고 지나가는 기차를 향해 오빠를 불러보는 아이(「초록 언덕을 가는 전차」), 아버지가 없어 할아버지와 힘들게 짐수레를 밀며 이사를 가지만 불평하지 않고 할아버지를 돕는 아이(「매화분」) 등의 모습을 보면 그의 아동극에 등장하는 아동 대부분은 한없이 착하기만 하다.

---

7) '기능'이란 등장인물이 플롯에서 수행하는 역할을 말하는데, 각 등장인물은 연극에서 꼭 필요한 인물이라는 느낌을 주도록 줄거리에 기여하는 역할을 가져야 한다. 그리고 그 기능은 혼란스럽게 이랬다저랬다 해선 안 되고 처음 설정된 역할을 일관되게 유지해야만 인물의 성격이 두드러진다. 김영학, 『희곡창작 그 낯선 매혹의 시학』, 연극과인간, 2004, 81면.

1) 서민 아동의 애환상

1950년대 이원수는 「꼬마 옥이」를 비롯하여 40여 편의 동화를 쓰면서 전쟁과 죽음에 관계되는 이야기를 하고 있는데, 전쟁통에 부모나 형제를 잃어버린 아동이나 집을 잃어버린 아동을 형상화 했다. 그에게 전쟁은 고아, 굶주림, 이별 등과 같은 고통의 원인이었으며, 세상에서 부정되어야 할 모든 것들의 집합체일 수밖에 없었다. 그러기에 전쟁의 참상은 작품의 중심소재가 되었고, 평화를 열망했던 그의 정신이 작품 곳곳을 메웠다.

그런데 아동 극본에서는 전쟁의 참상을 직접적으로 다루는 작품보다 가난으로 힘들게 살아가야만 하는 아동의 모습을 많이 다루고 있다. 전쟁으로 폐허가 된 1950, 1960년대 현실은 아동의 삶을 힘들게 했기에, 그 당시 서민 아동의 애환을 담은 각본으로 말하고 있다. 특히 주인공의 누나가 어린 나이에 돈벌이를 해야 하는 현실이 나타나는 「음악회 전날에 생긴 일」, 「버스 차장」, 그리고 어머니가 힘든 일을 하면서도 가족을 위해 헌신하는 모습을 그린 「어머니가 제일」, 「영희의 편지 숙제」, 가난한 생활에서도 정직하고 성실하게 살아가는 아동의 모습을 그린 「매화분」, 「나비를 잡는 사람들」 등이 이에 해당한다.

① 어머니 : 애, 그렇게 타일러도 못 알아듣겠니? 헌 옷이라도 다려 입고 가면 그만이지 꼭 남들처럼 좋은 옷을 입어야 한단 말이냐? 내가 병만 나지 않았더라도 그만한 양복쯤 한 벌 사 입힐 수 있겠다만……. 네 누나가 저녁마다 하고 싶지 않은 담배 장사도 하고 있는데 너는 철없이 옷타령만 하니?

희웅 : 난 안 나갈 테에요. 남들 보는데 꿰맨 양복 입고 어떻게 나

가요? 난 싫어요.

어머니 : 싫으면 그만이지. 그렇지만 학교에서 뽑아서 내보내는데 그래 새 옷 못 입었다고 음악회에 출연 안 했다면 선생님이 오죽 섭섭해 하시겠냐 말이다.

희웅 : 시내 여러 학교에서 모두 나오는데 나 혼자 거지꼴 하고 노래 부르긴 싫어요.[8)]

② 순호 : 누나도 버스 차장 하는 거 싫지?

차장 : 왜 싫으니?

순호 : 그럼 재미있어?

차장 : 재미야 뭐……. 재미가 있어야 꼭 하나? 그것도 일이니까 하지.

순호 : 누난 그런 일 그만둬.

차장 : 얘는! 그만두면 돈 못 벌지 않아?

순호 : 그까짓 돈 안 벌면 어때?

차장 : 아버지도 없는 우리 집에서, 그거라도 벌어야 네 공부도 하게 되는 거야. 잔소리 말고 그림이나 그려.

순호 : 난 누나 차장 하는 거 싫어……. 돼먹지 못한 손님도 있을 거 아냐? 괜히 놀려주는 사람도 있고, 누나보고 흉보는 사람도 있을지 모르지 않아?[9)]

위에 인용한 두 작품에서 주인공은 국민학교에 다니는 남학생 어린이인데, 가난하여 음악회에 나갈 옷 한 벌 못해 입는 일을 불평하고, 차장을 하며 남자 어른들에게 놀림 받고 욕 듣는 누나의 일을 불평한다. 그리고 두 작품에서는 아버지 부재를 보이는데, ①에서는 어머니마저

8) 이원수, 「음악회 전날에 생긴 일」, 전집 19, 61~62면.
9) 이원수, 「버스 차장」, 전집 19, 223면.

앓아누워 있으니 국민학교 6학년밖에 안 된 누나가 어머니를 대신해 길거리에서 담배를 팔고 있다. ②의 순호 누나는 차비를 내지 않는 남자 손님들에게 차비를 받으려다 '시집가면 접시깨나 깨뜨리겠쉬다.', '여자란 얌전해야지.', '이거 너무 느려서 시집가서 살림 살겠나?'라는 욕을 듣는다. 이러한 형편이지만 동생인 두 남자 어린이는 누나에게 불평을 한다.

①의 작품에서 뒤에 이어지는 장면을 보면 음악회에 입고 갈 희웅의 옷을 사기 위해 담배를 팔고 있는 누나에게 술 취한 아저씨가 담배를 사러 왔다가 보따리를 두고 갔다. 누나는 거기서 2천환을 꺼내 담배 판 돈에 보태어 양복을 사고 돈 임자를 만날 때까지 메꾸어 놓으리라 생각한다. 그런데 다음 날 아침에 찾아온 아저씨는 누나 친구의 아버지였으며, 힘들게 살아가는 누나에게 어머니 약값에 보태라며 다시 돈을 주고 간다.

손님이 두고 간 가방을 발견할 때도, 그 돈을 보태어 희웅이 양복을 살 때도 섬세한 심리를 드러내주지 못한 상태로 진행되고 있어서 극적 긴장감이 떨어지는 한계를 보인다. 뿐만 아니라 누나를 찾아온 아저씨가, 어제 자신의 딸이 생일에 초대하고 싶다고 말한 친구가 어렵게 살아가는 희웅이 누나라는 것을 알게 되자 그 돈을 모두 어머니 약값으로 쓰라면서 주어버린다. 이러한 결말 처리는 자연스럽지 못해서 억지 화해를 하는 것으로 느껴지며, 극을 통해 교훈을 얻고 대리 만족에 의해 긴장을 완화하는 효과를 얻기는 힘들 것으로 보인다. 더구나 남의 돈을 허락 없이 썼음에도 가난하다는 처지 하나만으로 쉽게 용서가 되고, 필요 이상의 도움까지 받는다는 결말처리를 하는 것은 어린이 관객에게 미칠 교육적 영향에서 볼 때 문제가 된다. 좋은 의도로 한 것이면 잘못도 용서를 받는다는 해결방식은 자칫 아동에게 과정보다 결과를 중시하는 생각을 키울 수 있기 때문이다.

②의 작품에서는 그림 숙제를 하고 있는 순호에게 누나가 다가와서 이야기를 나누는데, 손님들에게 무시당하면서 욕을 듣는 누나의 차장 일을 조금 전까지만 해도 싫다고 했던 순호가 갑자기 마음을 풀어버린다. 그런 나쁜 손님만 있는 것이 아니라 '얘, 너 참 고단하지? 애쓴다.' 고 말씀해주시는 고마운 손님도 있어서 종일 시달린 몸이 아주 가벼워지는 것 같이 기뻤다는 누나의 말 한 마디 때문이다. 그리고 바로 그림 숙제에 떳떳하게 '차장 누나'라는 제목을 붙이며 자랑스러워한다.

희곡에서는 관중을 끌고 나가게 하는 위기가 뚜렷이 있어야 하며, 그 위기는 클라이맥스에 가서는 다시 다른 분기를 덧붙이지 말고 해결의 방향으로 가도록[10] 해야 한다. 그런데 위 두 각본에서는 관객이 기대를 갖고 다음 장면으로 나아갈 수 있도록 하는 긴장감이 부족하여 아동을 높은 곳으로 끌어올리기가 어렵다. 긴장이란 다음에 무슨 일이 일어날지를 모르지만, 그러나 다음에 무슨 일이 일어날지를 알고 싶어 하는 강한 욕구에 의해 생겨난다. 그리고 이 욕구는 바로 먼저의 사건에 자극되어 발생하는 것이다.[11] 물론 아동극이라는 특성상 사건을 복잡하게 꾸미는 것이 힘들 뿐만 아니라 인물의 관계를 복잡하게 만들어갈 수도 없다. 그러나 충분한 갈등의 고조 없이, 긴장에 의한 욕구 없이 갑작스럽게 화해를 하는 결말 처리를 하게 되면 교육적 효과는 반감될 수밖에

10) 이원수, 「아동문학입문」, 전집 28, 124면.
11) 양승국, 『희곡의 이해』, 연극과인간, 2000, 52면.

없다. '가난'이라는 현실 속에 서민 아동이 사랑의 마음으로 살아가면서 그 현실을 극복하고자 하는 상상력을 충분히 보여주는 것이 필요한 지점이다.

「매화분」과 「나비를 잡는 아버지」는 가난하지만 착한 마음씨로 살아가는 주인공과 그 가족이 주위 사람들의 이해와 도움을 받는 플롯으로 되어있다. 「매화분」에서는 할아버지와 함께 살고 있는 순옥이가 등장하며, 「나비를 잡는 아버지」에는 리어카로 연탄을 나르는 아버지와 함께 어려운 일을 겪는 만복이가 등장한다. 할아버지와 순옥이는 이삿짐을 싣고 가다 개구쟁이들이 만든 허방다리에 속아서 낭패를 당하지만, 다른 사람을 원망하지 않는 긍정적인 태도로 어려움을 극복해간다. 그러나 순옥이 아버지의 부재로 인해 두 사람이 힘들게 살아간다는 사정을 대사를 통해 들려줌으로써 관객의 마음을 끈다.

> 순옥: 할아버지, 짐수레꾼을 시킬 걸 그랬어요. 할아버지가 짐수레를 끌고 나왔으니까 첨부터 잘못이에요.
>
> 할아버지: 잘못이라? 내가 이삿짐을 싣고 가는 게 잘못이지. 그렇지만 다 어쩔 수 없는 사정이 아니냐. 너희 아범이 살아 있었으면 내가 이삿짐 짐수레를 끌지 않아도 됐을 거야. 짐꾼 삯 하나를 아껴서라도 너희들이 살아가는 데 써야 하게 됐으니까 어떡헐 도리가 없지 않니?[12]

이원수 아동극 중 여러 편에서 유난히 아버지의 존재가 드러나지 않는다. 「음악회 전날에 생긴 일」, 「버스 차장」, 「매화분」에서도 아버지

12) 이원수, 「매화분」, 전집 19, 187면.

부재를 보이는데, 특히 어머니는 편찮으시고 아버지마저 계시지 않으니 누나가 힘든 일을 해야 한다. 이러한 현실에 놓여있는 아동의 생활을 다룬 작품에는 작가의 자전적인 요소가 짙게 배어 있다는 것을 생각할 수 있다. 그는 가난하지만 열심히 살아가는 서민, 그렇지만 남을 위해 힘써줄 줄 아는 마음씨를 가진 건강한 서민의 모습을 아동극을 통해 보여주고자 했다.

그러나 어린이 주인공이 갈등의 중심에 있지 못하고 주인공의 누나가 중요한 자리를 차지함으로써 어린이 주인공이 그 기능을 다하지 못하는 것은 한계로 보인다. 특히 「음악회 전날에 생긴 일」, 「버스 차장」에서 극의 중심인물이 남자 어린이인데 실제 작품 전편에서는 오히려 누나에게 초점이 맞춰져 있다. 이것은 어린이들의 공감을 얻는 데 어려움이 따랐을 것으로 보이며, 주인공 남자 아이들의 변화된 모습이 뚜렷하지 않다는 것도 문제가 된다. 어린이는 자기중심적이어서 자기를 중심으로 해서만 극의 줄거리를 따라[13]가기 때문에 어린이 주인공이 갈등을 풀어가는 중심에서 극을 이끌어가는 것이 필요하다.

2) 주변 인물의 기능

이원수 문학에서 중요한 인물로 등장하며 아동의 삶에 많은 영향을 미치는 기능을 하는 것으로 어머니와 누이가 자주 등장한다. 아동극에서도 역시 어린 나이에 일하는 누이, 노동에 시달리는 어머니, 앓아누워

13) 富田博之, 「學校劇の脚本」, 『兒童文學入門』, 兒童文學者協會, 牧書店, 1957년 9월 18일, 226면(김영순 역).

있는 어머니, 따뜻한 사랑으로 자신을 희생하는 어머니가 등장한다. 찹쌀떡 장수를 하는 어머니가 앓아누워 있어서 준식이 그 일을 해야 하고(「산 너머 산」) 담배를 파는 어머니가 아파서 국민학교 6학년 누나가 장사를 해야 하며(「음악회 전날에 생긴 일」) 죽어서 하늘의 별이 되어 있는 어머니를 그리워하는(「노래하는 여름밤」) 장면이 그것이다. 그리고 버스 차장을 하는 누나, 멀리 시집간 누나를 그리워하는 아동의 모습에서도 그러한 사실을 확인할 수 있다.

「어머니가 제일」, 「영희의 편지 숙제」에서는 어머니의 모습을 통해 가난하지만 남을 위하는 마음으로 열심히 살아가는 마음을 전한다. 밤중에 안 주무시고 삯바느질 하시는 어머니, 가족에게 핀잔을 들으면서도 가족을 위해 묵묵히 일하시는 어머니가 등장하는데, 이 작품들에서 어머니는 서로 비슷한 모습을 보이기도 하고 기왕에 동시 문학에서 보여주었던 어머니가 그대로 등장하기도 한다.

① 철이 어머니 : (혼잣소리) 얘는, 이불을 차 던지고만 자?
철이 : 더워.
철이 어머니 : 덮어라. 감기 들라.
철이 : 어머니, 여태 안 자?
철이 어머니 : 인제 곧 잘 테다. 이불 덮고 자.
(E－재봉틀 소리 B.G.)
철이 : (낭독하듯) 나는 이불 속에서 자면서도 그 소리를 들었다. 달달달달 돌아가는 재봉틀 소리를……. 밤은 깊어 모두 잠자는 때에도 어머니는 주무시지 않고 바느질을 하셨다. 어머니는 내일 아침에 바느질삯을 받아 내가 졸라 댄 운동화를 사주려 했던 것이리라.

철이 어머니 : 왜 잠 깼니? 어서 자거라. (사이)
(휠터로 조용히) 왜 잠깼니? 어서 자거라. 어서 자거라.[14]

② 달 달 달 달……//
어머니가 돌리는/ 미싱 소리 들으며/ 저는 먼저 잡니다/ 책 덮어 놓고./ 어머니도 어서/ 주무세요, 네?// 자다가 깨어 보면/ 달달달 그 소리./ 어머니는 혼자서/ 밤이 깊도록/ 잠 안 자고 삯바느질/ 하고 계세요.// 돌리시던 미싱을/ 멈추시고/ "왜 잠 깼니?/ 어서 자거라."// 어머니가 덮어 주는/ 이불 속에서/ 고마우신 그 말씀/ 생각하면서/ 잠들면 꿈속에도/ 들려옵니다.// "왜 잠 깼니?/ 어서 자거라/ 어서 자거라……."[15]

위에 인용한 ①은 1961년에 HLKA[16]에 발표하였던 아동 극본이며, ②는 1948년에 『아동문화』에 발표하였던 동시이다. 아동극 「어머니가 제일」은 동시 「밤중에」와 장르교섭을 하고 있다. ①의 동시에서 어머니는 밤늦도록 삯바느질을 하고 있는데, 아동극에서도 역시 어머니는 밤늦도록 주무시지 않고 재봉틀을 돌린다. '내일 아침에 바느질삯을 받아 내가 졸라 댄 운동화를 사주려'는 것이다. 그 옆에서 철이는 잠들고, 자면서도 그 재봉틀 소리를 듣고 있다. 동시는 1948년에, 아동극은 1961년에 발표되었으니 동시가 선행 텍스트로서 아동극의 소재가 되고 있다.

---

14) 이원수, 「어머니가 제일」, 전집 19, 124~125면.
15) 이원수, 「밤중에」, 『아동문화』, 1948.
16) 무선통신의 기점인 무선국을 식별하기 위한 신호가 call sign인데, 전파에 의하여 다양한 정보를 주고받는 무선국이나 방송국의 개설허가에 즈음하여 정부통신부 장관이 지정하는 것이었다. 그것에는 중앙무선국에 배정되는 HLG, KBS 방송국에 지정되는 HLKA가 있었다.

이원수 문학에는 동일한 화소가 여러 작품에 장르를 넘어 사용되고 있는 것이 자주 발견된다. 시기적으로 앞서거니 뒤서거니 하며 같은 이야기를 장르만 달리 하여 쓰고 있다는 것이다. 전쟁 중에 죽은 아이들을 동화로 형상화하였다가 시간이 흐른 뒤 동시로 다시 쓰는가 하면, 4월 혁명에 죽은 오빠를 생각하며 열심히 살아가려는 아동의 다짐 역시 동시와 동화, 아동극에서 같은 화소로 장르만 달리 하여 그대로 쓰고 있다.[17)]

어머니에 대한 부분은 아동극 안에서도 여러 각본에 같은 모습으로 되풀이 사용되고 있다. 「어머니가 제일」에는 철이 어머니뿐만 아니라 영이 어머니와 순이 어머니에 대한 이야기도 함께 나오는데, 이들은 다른 각본에서도 비슷한 성격으로 등장하고 있다.

영이 어머니는 아이들 명절인 어린이날을 맞아 가족을 위해 맛있는 쑥떡을 만든다. 오빠와 아버지에게도 비밀로 하고 열심히 만들어 저녁에 함께 먹으려는데, 오빠는 빵이 더 좋다고 서운해 하고 아버지는 돌을 씹었다.

> 아버지 : 여보, 아이들 이빨 상하겠소. 음식에 모래가 들게 하면 어떡하오? 이빨만 상하나? 맹장염 걸려요, 맹장염.
> 영이 어머니 : 얘들아, 조심해라.
> 아버지 : 여보, 밥 있으면 내오오. 점심을 안 했더니 어째.
> 영이 어머니 : 저녁은 아직 안 했는데……, 어떡하나. 내 곧 밥 해 드릴게요.

17) 박종순, 「동원의 아버지 되기에서 서정적 자아 찾기」, 현대아동문학작가회, 『아동문학 담론』, 2009 참고.

오빠 : 나도 밥 먹을 테야.

영이 어머니 : 너도 시장하니? 괜히 밥을 먼저 지을 걸 그랬구나.

아버지 : 다들 좋아할 걸 만들어야 보람이 있지, 원 모래 섞인 쑥떡이라서야 되겠소?

오빠 : 우리 어머니 솜씨가 그렇지. 난 과자라도 만드나 했지.[18)]

'온 집안 식구들을 즐겁게 해주려고 혼자 애써서 만든 쑥떡이건만 핀잔만 받고 아무 말도 못하신' 어머니는 다시 저녁밥을 지으러 나간다. 이와 같은 화소는 아동극 「영희의 편지 숙제」에서도 쑥떡을 칼국수로 바꾸기만 하여 다시 등장한다. 여기에서도 어머니는 가족을 위해 혼자 애써 칼국수를 만든다. 그동안 해먹어보지 못한 음식을 하느라 시간이 꽤 걸렸다. 한참 뒤에 들어온 칼국수를 먹었는데 영희는 맛이 없다.

영희 : 에이! 이게 뭐가 맛있다고…….

어머니 : 왜, 좋지 않으냐?

영희 : 미끈미끈해서……. 어머니 괜히 이런 걸 뭣하러 해?

아버지 : 여보, 그 찬밥 남은 것 있거든 주오. 밀가루 음식은 싫여.

어머니 : 아이, 그런 줄도 모르고 괜히 했네. 저녁 지어 드릴게, 좀 기다려요.

영희 : 나도 밥 먹을 테야. 어머닌 괜히 칼국순 뭣하러 했어?[19)]

두 작품에서 어머니는 가족을 위해 열심히 특별 음식을 준비했지만 환영받지 못하고 핀잔만 듣는다. 아이들만 그러는 것이 아니라 특히 아

18) 이원수, 「어머니가 제일」, 전집 19, 130~131면.
19) 이원수, 「영희의 편지 숙제」, 전집 19, 177면.

버지의 반응이 더 크게 빗나간다. 그리고 어머니는 가족을 설득하여 그 음식으로 저녁을 대신하는 것이 아니라 몹시 미안해하며 다시 저녁밥을 지으러 나간다. 어머니는 가족 모두에게 순종하는 이미지로 그려지고 있다는 것이다. 이 모습은 가족을 위해 헌신하는 아름다운 어머니로서 당대의 여성상을 보여주는 것이라 볼 수도 있겠지만, 성 역할에 대한 고정관념을 심어줄 가능성 또한 안고 있다.

순이 어머니는 무서우면서도 다정하다. 순이의 대사를 통해 순이 어머니는 아버지보다도 훨씬 무서운 존재라는 사실을 알 수 있다. 산수를 못한다고 순이를 몹시 야단치는데, 약이 오른 순이가 말대꾸를 했더니 어머니는 순이를 때린다. 그리고 공부 안 하려 드는 아이는 집을 나가란다. 어디 가서 거지가 되든 남의 집 식모 아이가 되든 하라고 쫓아낸 것이다. 순이는 집을 나와 산까지 올라갔다가 무서워 아무도 몰래 아버지방 벽장 속에 숨어 있었는데 그것을 모르는 어머니는 어둠 속에서 늦도록 순이를 찾는다. 「꼬마 미술가」에 나오는 어머니도 역시 정이가 공부를 못한다고 혼을 낸다. 그리고 "네까짓 계집애는 없는 게 낫겠다."고 말하며 집을 나가라고 한다. 정이는 그 말이 서운해 밖에 나갔는데 돌아오지 않는다. 공부를 못한다고 혼을 내는 두 작품 속의 어머니는 같은 인물이라고 해도 될 만큼 그 대사 내용이 닮았다.

집을 나간 딸을 찾는 어머니 모습도 같다. 정이 어머니도 어두워지자 정이 오빠와 함께 애를 태우며 찾아다니고, 순이 어머니도 온 동네를 찾아다닌다. 그리고 어머니가 딸을 사랑하는 마음, 딸이 어머니를 사랑하는 마음을 서로 확인하며 따뜻하게 막을 내리는 결말처리도 비슷하다. 이처럼 누이와 어머니의 모습은 늘 희생적이고 순종적인 이미지로 그려지며 한없이 따뜻한 역할을 담당하고 있다.

3. 주제 의식과 교육적 효과

1) 어린이 과열 교육에 대한 해답

1960년대까지는 입학시험을 치러야 중학교에 입학할 수 있었다. 이 과정에서 기성세대들은 중학교를 서열화하고, 소위 명문 중학교와 그렇지 않은 중학교를 구분했다. 그리고 10살 전후 어린이들에게 명문 중학교에 진학하도록 치열한 경쟁을 강요했다. 입시 지옥이라 불리던 당시 교육 제도의 첫 번째 1관문인 중학교 입시는 전기, 후기로 나눠 학교별로 필기시험과 체력장을 치렀는데 학부모들의 열기는 물론 사회적 관심도가 지금의 대학 입시와 견주어 결코 덜하지 않았다. 당시 국가고시였던 중학교 입학시험에서 일어났던 '무즙 파동'이나 '입시문제 누설 소동', '초등학교 학구 위반사건', '창칼파동' 등으로 인해 결국 1970년대 들어 시험제가 폐지되었다[20]는 것을 보아도 알 수 있다.

이원수 아동극 몇 편에서도 어린이들이 교육 과열에 시달리고 있는 현실이 보인다. 공부를 하지 않는 아동을 걱정하는 부모, 그림이나 음악과 같이 시험과 무관한 활동을 하는 것에 대해 걱정 하는 부모, 학생들

20) 김정현, 『역사 속의 오늘 1－오늘, 세상에는 어떤 일이 벌어졌는가』, 생각의나무, 2005, 95면 참고.
동아일보 64년 4월 6일 기사 "再採點 있을 수 없다"에서 65년도 서울시 전기중학 공동출제 중 말썽이 난 18번의 답 '무즙파동'에 대해 문교부의 입장을 밝히고 있다.

의 성적을 올리기 위해 안간힘을 쓰는 교사의 모습이 나타나는 것에서 알 수 있다.

① 어머니 : 담임선생님 말씀이 산수도 낙제 점수요, 과학도 낙제 점수, 국어도 신통치 않다니, 그 계집애 그래 가지고 뭣에 쓴담!
정웅 : 어머닌 낙제 점수 조사만 하셨군요. 만점짜리도 있지 않아요?
어머니 : 만점이 있다고? 왜 하필 미술만 만점이냐 말이다. 그까짓 그림 잘 그려서 무슨 환쟁이가 되려나? 아무 쓸데 없는 짓이지……. 얘 정웅아, 네 동생 공부 좀 부지런히 가르쳐 주어. 어디 갔나 좀 찾아오지 못하니?
(…중략…)
어머니 : 네까짓 계집애는 없는 게 차라리 낫겠다. 아버지도 우등만 했고 어미도 우등생이었어. 네 오빠도 공부 좀 잘 하니? 너뿐이야. 낙제 점수 맞은 건 너뿐이야. 우리 집안에 너 같은 게 있으면 남부끄럽다. 아주 나가![21]

② 순이 어머니 : (표독스럽게) 그래 요것아, 네가 뭐가 잘났다고 말대꾸냐? 5학년 때에도 산수 점수가 제일 나빴지. 네 오라비한테 배우라고 그렇게 일러도 들은 체 만 체하고. 그래 가지고 중학교엔 어떻게 들어갈 테야?
순이 : 왜 못 들어가. 난 들어갈 테야. 봐요.
순이 어머니 : 어이구, 너 같은 바보를 받아줄 학교나 있을 줄 알고?
순이 : 안 받아주면 겁날 줄 아나?
(…중략…)
순이 어머니 : 썩 나가거라. 내 눈에 보이지 마라. 그래, 너같이 공

21) 이원수, 「꼬마 미술가」, 전집 19, 52~55면.

부 안 하려 드는 아인 첨 봤다. 네 오라비도 공부는 잘 하지, 시키는 말 잘 듣지. 넌 계집애가 돼 가지고 어미 말 그렇게도 안 들으니 그게 내 딸이냐? 어디 가서 거지가 되든 남의 집 식모아이가 되든 해라.

순이: 거지가 돼도 좋아. 엉엉……. (울면서 나가 버린다)[22]

③ **해설**: 일요일 오후였습니다. 모처럼 순희와 영희 두 동무는 공원에 놀러 갔습니다. 일요일이라서 학교에 가지 않는 날도 언제나 숙제하기에 바빠 아무 데도 나가질 못했는데 그날은 두 아이가 약속이나 한 듯이 공원에 놀러 가게 된 것입니다.

(…중략…)

순희: 우리 선생님이 지독해서 그렇지 뭐냐. 우리 선생님은 정말 지독해.

영희: 나도 그렇다고 생각해. 아, 참, 웬 숙제는 그렇게도 많고 공부는 무슨 공부가 새벽부터 가서 해가 지도록 하는 거냐?

순희: 글쎄 말이다. 그렇게 많이 해놓고 나면 중학교 고등학교 대학교에서는 뭘 배워야 하니? 대학교에서 배울 것까지 모조리 미리 배우나 봐.

영희: 순희야, 난 자꾸 이런 생각만 난다. '공부는 왜 하나?' 이런 생각이 나.

순희: 애, 난 그보다도 공부를 하면 했지 왜 그 어려운 걸 외어야 하냐 말이다. 뭐 우리가 앵무새냐?

영희: 정말 그래. 우리는 인류에 속한다고 하지 않았어? 앵무새과에 속하지는 않았는데 덮어놓고 외어야 한다니 참 골치가 아파서 죽을 지경이야.[23]

---

22) 이원수, 「어머니가 제일」, 전집 19, 132~133면.
23) 이원수, 「우리 선생님」, 전집 19, 71~74면.

위 ①, ②의 어머니 대사에서 알 수 있는 것은 아이의 적성이나 관심에는 상관없이 중학교 입학시험에 들어가는 과목인 국어, 산수, 과학 등의 점수에 민감한 반응을 보이고 있다는 점이다. 오빠와 성적을 비교하기도 하고 바보라고 하며 집을 나가라는 말까지 한다. 그리고 ③의 「우리 선생님」에서 어린이들은 일요일까지 숙제하기에 바쁘다. 새벽부터 해가 지도록 공부를 하고 집으로 와야 하니 아이들은 숙제를 과하게 내주는 선생님을 원망하고 있다. 심지어 '공부는 왜 하나'라는 회의감마저 드는 아이들이다. 작가는 여기서 앵무새처럼 무조건 외어야 하는 학교 교육의 문제를 아이들의 입을 통해 말하고 있다.

당시 어린이들의 과열 교육에 대해 교육계와 아동문학계에서 많은 걱정을 하고 있었음을 경향신문 1965.05.05 기사에서 읽을 수 있다. "울고 있는 어린이 憲章, 教育者와 아동문학가들은 이렇게 본다"에서 이원수를 비롯해 여러 아동문학가와 교육자들이 말한 내용을 보면 당시의 상황을 충분히 알 수 있다.

> 어린이날에 또 한 번 「어린이헌장」을 외어본다. 그러나 돌아보면 슬픈 현실들이 마음을 어둡게 한다. 1년 내내 매일 외어야 할 「어른들의 헌장」이기도 한 「어린이 헌장」을 교육관계자와 아동문학가들이 1장씩 놓고 따져 보았다.
>
> (…중략…)
>
> 제4장 어린이는 공부나 일이 몸과 마음에 짐이 되지 않아야 한다.
>
> 이원수(아동문학가)
>
> 매년 어린이날마다 느끼는 것은 어린이들이 너무 많이 일을 하고 있는 것이다. 도시에는 직업 소년들이 어른들도 감당해내기 어려운 일을 하고 농촌에서는 집안일에 너무 사역당하고 있다. 정말 뼈아프도록 괴

로운 현실이다.

공부가 어린이들에게 괴로운 짐이 되어버렸다. 경제적인 문제는 금방 고쳐지기 어렵겠지만 어른들이 좀더 어린이 애호 정신을 가지고 사랑해 주었으면 한다. 입학시험제도를 뜯어고쳐 일류학교 관심을 없애도록 교육자들이 고쳐 생각하는 것은 어렵지 않으리라고 본다.

(…중략…)

제9장. 어린이는 좋은 국민으로서 인류의 자유와 평화와 문화발전에 공헌할 수 있도록 키워야 한다.

조석기(교육가, 배영사 대표)

(…) 그런데 우리의 교육 환경은 어린이의 가능성을 무시하고 성인들의 욕심에 의한 시험 준비 교육으로만 비뚤어지는 것 같다. 이들은 시험 준비에 얽매여 자기들의 개성이나 재주를 펴볼 기회를 갖지 못한다. 어린이를 위한 어린이 교육과 분위기가 하루빨리 성인들에 의해 이룩되어야 하겠다.[24]

이러한 현실에서 어떻게 아동들의 갈등을 풀어갈 것인가? 성인극은 그 극이 관중에게 주는 영향 면에서만 생각하면 되겠지만, 아동극은 그 밖에 극을 하는 출연자인 아동에게 주는 영향까지도 포함해서 생각하는 점이 특색이다.[25] 당시 대부분의 아동이 과중한 공부에 힘들어하고 있었기 때문에 관객뿐 아니라 아동극에 참여하는 아동까지 연극을 하

24) 경향신문 1965.5.5 기사 참고.
최초의 헌장은 동화작가인 마해송(馬海松)·강소천(姜小泉) 등 7명이 성문화하여 1957년 2월 발표했다. 이것을 바탕으로 하여 전문(前文)과 9개 항의 헌장을 마련하여, 같은 해 5월 5일 제35회 어린이날을 기하여 공포하였다. 그 후 주무부서인 보건복지부는 '굶주린 어린이는 먹여야 한다' 등의 피상적인 내용을 전면 개정하고, 이를 1988년 제66회 어린이날을 기하여 다시 공포하였다.

25) 이원수, 「아동문학입문」, 전집 28, 119면.

는 과정에서 갈등을 해소하며 성장하는 기능을 할 수 있어야 한다. 그리고 아동이 이해하기 좋게 하기 위해서는 어떠한 스토리의 전개가 효과적인가, 어떠한 내용이 보다 더 아동들에게 좋은 영향을 주게 되는가 하는 문제들을 고민해야 한다.

① 어머니 : 이것 좀 봐라. 여기 흙 위에다 뭘 이렇게 만들어 놓았니? 오오라! 잔 돌멩이들을 가지고 그림을 그려 놨어. 얘! 정웅아, 이것 좀 봐. 이건 산이고 이건 나무! 이건 사람! 어쩌면 잔돌을 늘어놓아서 이렇게 아름다운 경치를 만들었을까!

정웅 : 어머니, 정이가 울다가 이런 그림을 만들고 놀았나 봐요. 그러다가 잠이 든 게죠.

어머니 : 그런 게지. 우리 정이의 그림 재주가 과연 그럴 듯하구나.[26]

공부를 못하는 딸에게 차라리 없는 게 낫겠다고 혼을 냈던 어머니가 저녁 무렵 없어진 딸을 찾았을 때, 딸이 울면서 땅 위에 그려놓은 그림을 보게 된다. 그리고 잔 돌멩이로 그려 놓은 그림을 보며 그림 그리기를 좋아하는 딸의 마음을 이해하고 안아주게 된다. 성적 문제로 심한 갈등을 일으켰던 딸과 어머니가 상처를 치유할 수 있었던 것은 딸의 재능을 알고 인정해주려 하는 어머니의 생각 변화에 있다. 그런데 「우리 선생님」에서는 반대로 아이들이 선생님의 진심을 이해하면서 갈등을 해소하는 것으로 서사가 진행된다.

---

26) 이원수, 「꼬마 미술가」, 전집 19, 58면.

② 할머니 : 글쎄, 걱정하지 말고 누워 있어야 빨리 낫는다는데 너희 선생은 어떻게 생긴 선생이기에 앓아 누워 가지고도 밤낮 너희들 걱정만 하고 있으니 되겠니? 언제나 밤에도 잠을 안 자고 시험 문제를 내고 점수를 매기고 너희들 공부 성적이 나빠진다고 애를 쓰고……, 입학시험에 떨어질까봐 조바심을 하고 그러니 병이 안 날 수가 있느냐.

(…중략…)

순희 : 할머니, 선생님도 밤에 늦도록 일을 하세요?

할머니 : 다른 사람들은 시간 맞춰 일하고 집에 와서는 다들 쉬는데, 우리 집 너희 선생은 새벽같이 가서 어두워져야 돌아오지. 집에 와서도 밤늦도록 무슨 일이 그리 많으냐? 그렇게 일을 하면서도 늘 걱정하는구나. 너희들 성적 떨어진다고……. 에잇, 극성맞기도 해서.

선생님 : (안방에서 잠꼬대 같은 소리로) 으으…… 으응…… (앓다가 갑자기 급한 소리로) 안 돼, 안 돼. 그러면 안 돼. 너희들 공불 그렇게 해서 뭐가 되려고……. (정신이 나서) 아하[27]

위의 인용은 앓아누워 결근한 선생님을 찾아간 아이들에게 할머니가 이야기를 들려주는 장면이다. 숙제를 많이 내주는 일로 미워했던 선생님인데 밤낮 자신들의 공부와 성적을 걱정하고 시험 준비를 한다니 그동안 미워했던 일이 미안하다. 그래서 아이들은 숙제를 많이 내도 좋으니 선생님이 어서 나아 일어나게 해달라고 기도를 드린다. 그리고 선생님한테 저희들이 잘못 했다고 용서를 빌고 공부를 열심히 하겠다고 한다.

---

27) 이원수, 「우리 선생님」, 전집 19, 77~78면.

이 어린이들은 지금 지나친 교육열 때문에 새벽부터 밤까지 공부를 해야 하며 일요일까지도 숙제를 하느라 놀 시간이 없는 현실을 안고 있다. 그런데 선생님이 이 어린이들의 공부를 위해 밤낮없이 고생하다 병이 났다는 것을 알게 된 것만으로 갈등이 해소된다는 서사가 관중이나 아동극에 참여하는 아동의 마음을 풀어줄 수 있을 것인지는 의문이다. 과열 교육에 대해 근본적인 문제에 접근한 해결의 상상력을 줄 수 있을 때 아동들은 진정으로 갈등을 해소할 마음을 가질 수 있기 때문이다. 등장 인물의 심리적인 변화를 좀더 뚜렷이 보여주는 장치를 마련하는 것이 필요한 부분이다.

「어린이헌장」을 「어른들의 헌장」이라고도 한 것은 어린이의 교육 현실에 대해 어른의 책임을 강조하고 있음이다. 이런 뜻으로 ①의 경우를 보면 아동의 교육 문제에 어른의 책임을 보이는 지점이다. 아이에게 지나치게 시험공부를 강요하다보니 그동안 아이가 미술에 얼마나 관심을 갖고 재능을 가졌는지 생각해보지 못했던 어머니가 그것을 알고 화해의 실마리를 만들어가는 것으로 갈등을 풀었던 것이다. 그러나 ②의 경우는 역으로 열심히 수업 준비를 하는 교사의 마음을 알게 된 아동들이 열심히 공부하겠다는 마음으로 교사와 화해하는 것으로 결말짓고 있다. 어린이 현실은 전혀 바뀔 수 없는데 앓아누울 만큼 고생을 하는 교사의 처지를 알았다는 것만으로 화해를 해나가기엔 아동극이 추구하는 교훈성을 확보하는 데 성공한 작품이라 하기 어렵다.

위의 작품들에서 작가가 아동이 처한 현실의 문제를 아동 자체의 발랄함과 긍정성에서 찾으려 했다는 점은 주제의식을 더욱 부각시키는 역할을 한다. 그것은 인용한 글 20~22의 어린이 대사에서 알 수 있다.

어린이 교육 열풍으로 인해 어른들은 매우 경직된 사고로 어린이를 억압하지만, 이어지는 어린이 대사에서는 당돌할 만큼 발랄한 태도로 자신의 입장을 표한다. 낙제점수를 받은 것을 나무라는 어머니에게 "만점짜리도 있지 않아요?"라 하고, 성적이 나빠 중학교에도 못 들어간다는 어머니께 "안 받아 주면 겁날 줄 아나?"라 한다. 그리고 "공부는 왜 하나"고 되물으며 "우리가 앵무새냐?"고 표현한다. 아동은 주눅 들지 않고 스스로 자신의 입장을 표현함으로써 스스로 어려움을 이겨낼 수 있는 기능을 다하고 있다. 이 대사들이 가지는 말의 재미 또한 아동 관객의 마음을 후련하게 해주어 긍정적으로 일을 헤쳐 나갈 수 있는 가능성의 힘을 갖게 한다.[28)]

2) 분단에 대한 인식과 삶의 변화

문학에서 분단현실에 대한 관심이 본격화된 것은 1960년대 이후라고 할 수 있다. 전후 경제복구기를 거치면서 사회가 점차 안정되고, 또 민주주의에 대한 열망이 거족적으로 표출된 4·19를 체험하면서부터 분단소설은 점차 본 궤도에 올랐다.

이 시기 아동문학에서는 이원수가 전쟁과 분단, 이산가족의 문제를

---

28) 아이들은 극의 전체 줄거리를 보는 것이 아니라 아주 부분적으로만 본다는 것을 말하고 있다. 따라서 극 전체로서는 의미 있는 것을 그리고 있다고 하더라도 부분적으로 끌어당길 수 있는 요소가 없으면 아무 소용이 없다. 또 부분적으로 재미있고 끌어당기게 쓰여져 있을지라도 그것이 극의 주제와의 관계 속에서 구성되어 있지 않으면 가장 중요한 주제를 간과하게 되어버리고 만다. 富田博之, 「學校劇の脚本」, 『兒童文學入門』, 兒童文學者協會, 牧書店, 1957년 9월 18일, 226면(김영순 역)

비롯하여 자주적 국가 건설과 민주주의에 대한 열망을 산문문학을 통해 적극적으로 드러내주고 있었다. 특히 1960년대에는 소년소설 「메아리 소년」과 「민들레의 노래」로 분단과 민족의 문제, 그리고 민주주의에 대한 의식을 표현하였다.

1963년에 『아동문학』잡지에 실린, '반공을 국시의 제일로 삼고 지금까지 형식적이고 구호에만 그친 반공 태세를 재정비 강화한다'[29]는 문구에서 알 수 있듯이 반공성과 교육성은 당시 아동문학이 추구해야 하는 중요한 목표였다. 이 잡지는 아동문학의 원론적 체계를 탐색함으로써 아동문학을 문학의 한 부문으로 자리매김 하는 데 기여했던 만큼 영향력은 대단했다. 그 잡지에서 강조한 반공교육의 중요성이 아동문학 전반을 지배했으리라는 것은 쉽게 짐작할 수 있다.

하지만 이원수 아동 극본에서는 일방적인 반공 교육을 강조하지 않았다. 오히려 6·25전쟁으로 인한 피해가 아이들의 삶에까지 이어지고 있음을 보여 주었고, 이산가족의 절실한 마음을 전함으로써 화해와 사랑으로 아동이 성장하는 플롯을 갖고 있다. 대표적인 작품이 「6월 어느 무더운 날」, 「산 너머 산」, 그리고 「노래하는 여름밤」을 들 수 있겠다. 세 작품의 발표지면과 년도는 알 수 없으나 극적 장면들로 보아 1960년대에 쓴 작품일 것으로 짐작 된다.

만복 : 전 아버지가 다리를 저는 게 싫어요. 아버진 병신이에요. 전 그런 아버지가 있기 때문에 저까지 절름발이라는 별명을 들어요.
정숙 : 그건 영주가 잘못이야. 아버진 아버지고 만복이는 만복인데 왜

29) 김성도, 『아동문학』, 배영사, 1963, 15면.

만복일 보고 절름발이라는 거야?

정숙 어머니 : 그렇지. 아이들의 장난의 말도 너무 심했어. 그럴 수가 있남!

만복 : 정숙 어머니, 전 집에 가서 영주가 다친 걸 얘기해도 이런 얘기는 못할 거예요.

아버지 때문에 제가 절름발이란 별명을 갖게 되었단 얘기는 못 해요. 아버지 듣는 데서 어떻게 그런 얘기를 하겠어요.

정숙 어머니 : 그럴 테지.

만복 : 우리 아버지는 불쌍해요. 남들처럼 바로 걸어 다니지 못하고 절뚝거리는 걸 보면 정말 가엾어요. 그런 다리병신이니까 벌이도 잘 하지 못 해요. 구멍가게나 보고 계세요. 그런 우리 아버지를 흉보고 저까지 절름발이라고 부르는 영주 같은 놈은 가만둘 수가 없었어요. 그렇지만 영주가 발목을 다쳐서 다리병신이 되면…….

(만복, 고개를 떨어뜨린다)[30]

만복의 아버지는 6·25전쟁에서 다리를 다쳐 절름발이로 살아간다. 힘든 일을 할 수 없으니 구멍가게나 보는 실정이어서 생활도 어려울 수밖에 없다. 더욱 고통스러운 일은 자신의 잘못이 아닌데도 불구하고 사람들로부터 절름발이라는 손가락질을 받게 되는 것이다. 그 아들인 만복이까지 친구에게 절름발이라는 별명을 들으며 힘들어하고 있다. 그래서 만복이는 언덕에서 큰 돌을 굴려 자기를 놀리는 영주를 다치게 했다.

---

30) 「6월 어느 무더운 날」: 발표지면과 년도가 명시되지 않아 정확히 알 수 없으나, 만복의 아버지 대사에서 '분하고 원통하던 6·25도 벌써 19년이 지났군. 아픈 상처는 그대로 있어도 세월은 많이 흘러갔어.'라고 한 것으로 보아 1969년에 창작된 것으로 짐작할 수 있다.

전쟁은 가족을 헤어지게도 하여 수많은 이산가족이 헤어진 가족을 그리워하며 살았다. 「산 너머 산」에는 38 이북에 보내는 방송에 노래를 부르게 된 이산가족 아동 준식이가 중심인물로 등장한다. 이 방송은 '이북에서 남쪽을 그리워하면서도 아직 넘어오지 못하고 있는 동포들에게 들려주려는' 목적을 가진 것이다. '대한민국으로 오고 싶어 애태우는 사람들에게 위안과 격려를 주기 위하여 보내는 방송이니까 특별히 잘 불러야' 한다.

1960년대 이원수의 민족분단 문제에 관한 역사인식과 관심은 여러 장르의 작품에서 드러나고 있다. 「산 너머 산」도 같은 맥락에서 당시의 '대북방송'을 실제로 묘사하면서 그의 관심을 드러낸 것으로 보인다. 시대 반응에 민감하게 대응한 작가의 순발력이다. 작가는 이산의 아픔을 겪고 있는 가난한 아동의 삶을 통해 당사자들의 아픔을 넘어 남북 어린이가 함께 이산가족의 결합을 염원하기를 기대했던 것이다.

준식이는 전쟁에 의해 이산가족이 되었으며 아픈 어머니와 찹쌀떡 장사를 해서 먹고 사는 아동이다. 준식이가 전학 온 그 반에는 노래를 잘 부르는 아이가 있었고, 더구나 준식이는 노래를 썩 잘하는 편이 아니다. 그러나 북에 있는 형을 위해서 꼭 노래를 하고 싶었다.

① 준식 : (소리만) 어머니, 오늘 밤엔 팔러 나가지 않아서 어떡해요. 내일 쓸 약값도 모자라겠어.

어머니 : (소리만) 괜찮아. 약만 자꾸 사다 먹으면 그만이냐? 너만 고생시켜서 미안하다. 인제 찹쌀떡 장수도 그만둬야 해. 네 동무들이 알면 흉잡히지 않겠니? 학교에서 찹쌀떡 장수, 찹쌀떡 장수 하고 부르게 될까 봐 걱정이다.

준식 : (소리만) 난 내일 노래 시험에 떨어질까 봐 걱정인걸요. 이북에 있는 형한테 내가 노래를 들려주지 못하게 되면 어쩌나― 그게 걱정이란 말예요.[31]

② 경호 : 준식이가 꼭 불러야 할 노래니까 그렇게 해 주고 싶었어.

누나 : 이북서 온 아이니까 걔가 부르는 게 좋긴 하지.

경호 : 게다가 찹쌀떡 팔러 다니는 아이야. 제 형이 이북서 같이 오질 못했나 봐. 그러니까 이북 동포에게 보내는 방송에서 노래를 부르면 제 형이 혹시 들을까 하고 그냥 몹시 부르고 싶어하지 않어?[32]

위에 인용한 ①과 ②의 대사를 보면 아픈 어머니를 대신해 찹쌀떡을 팔러 다니는 어린이가 남으로 함께 내려오지 못하고 이북에 있는 형을 위해 노래를 부르고자 한 것을 알게 된 같은 반 친구 경호가 남몰래 노래를 양보했다. 그리고 준식이가 자꾸 틀리게 부르는 장면에 대해서는 밤에 경호가 준식의 집 골목에서 몰래 노래를 불러 배우게 하였다. 친구의 따뜻한 마음이 준식에게 용기를 주었고, 준식은 그렇게 형을 생각하며 노래를 불렀다. 그러는 동안둘의 우정은 쌓이게 된다.

절름발이라는 별명 때문에 만복과 영주 사이에 만들어졌던 갈등 역시 한국전쟁 중에 형성된 두 아버지의 전우애로 풀게 된다. 6·25전쟁

31) 이원수, 「산 너머 산」, 전집19, 37면.
이 극본 역시 발표지면과 년도를 알 수 없다. 그러나 1960년대 남한에서는 대북방송을 진행했다. 철조망이 가로 막혀 남·북간에 혹은 동·서 간에 왕래가 불가능 했던 그 시절, 북한 동포들에게 전하던 "자유의 메아리"는 20분 또는 30분으로 제작되어 대북방송으로 진행되었으니, 이 아동극의 내용으로 보아 그와 비슷한 시기에 발표된 것으로 짐작할 수는 있다.

32) 위의 글, 전집 19, 43~44면.

때 영주 아버지를 지키려다 다리에 총알을 맞았던 사람이 만복 아버지임을 알게 된 두 아버지는 서로에게 감사하며 화해를 하고, 아이들도 우정을 쌓아가게 된다. 결국 이 두 무대극에서 주인공이 처한 힘겨운 삶은 민족적 수난으로 인한 것이었으며, 이 과정에서 일어난 갈등은 서로 마음을 나누는 따뜻한 우정으로 풀어가게 하였다.

방송극으로 분류되어 있는 「노래하는 여름밤」 역시 발표지면과 년도를 알 수 없으나 이원수 문학의 상호텍스트성으로 볼 때, 이 작품은 전쟁으로 가족이나 부모를 잃어버린 아이들을 형상화한 동화, 동시와 같은 맥락에서 볼 수 있다. 전쟁 이후 이원수의 작품에는 이웃집에서 얻은 인형을 데리고 놀며 전쟁통에 잃어버린 동생을 생각하는 정이의 이야기를 비롯하여 대부분의 작품 저변에 죽음이 깔려 있다. 죽은 어머니가 그리워 달나라로 꿈 속 여행을 떠나는 영이와 훈이가 죽어서 별이 된 별아기를 만나는데 그 별아기들은 아빠, 엄마, 언니를 다 잃어버렸으며, 전쟁통에 가엾이 죽은 용화라는 아이를 만나기도 한다. 그리고 「꼬마 옥이」에서 옥이가 '나'에게 들려주는 이야기 가운데도 죽음에 대한 이야기가 자주 나온다. 구름이 되어 날아다니는 정이의 물도 산비탈 오막살이에서 전쟁에 나가 돌아오지 않는 오빠가 죽은 것도 모르고 애타게 기다리는 소녀를 보게 되며, 전쟁 중에 돌아가신 엄마를 그리워하는 형제에게 따뜻한 사랑을 전해주는 새엄마도 전쟁 중에 어머니가 죽은 것으로 나온다. 이렇게 이 시기 이원수의 동화는 전쟁으로 인해 가정이 파괴되고 어린이의 삶이 시련을 겪을 수밖에 없는 배경[33]으로 이야기

33) "당시 전쟁이나 분단을 소재로 한 아동문학 작품 중에 전쟁 속의 아동상이나 그 아동이 처해야만 했던 사회 상황을 그 작품의 핵심 내용으로 묘사한 작품은

가 진행되고 있다. 당시의 상황을 이원수는 다음과 같이 말하고 있다.

> 외세에 의해 두 동강으로 잘린 반쪽만의 나라가 선 그 비극은 끝내 동족상잔이란 피비린내 나는 전쟁으로 터져버리지 않았소. 그 전쟁통에 내 문학의 독자는 더욱 처참한 환경 속에 빠져 들었지. 거칠어지고 이기적이기만 한 사회, 그 속에 시달리며 물들어가는 어린 생명들, 그것을 보고 나의 마음은 찢어질 듯 아팠어요.[34)]

인간과 인간 목숨의 살뜰함을 노래하던 작가 이원수에게 전쟁과 그 이후의 파괴된 현실은 실로 견디기 어려운 일이었기에 동화로, 동시로, 소년소설로, 그리고 아동극으로도 그 현실을 드러내 보여주고자 하였던 것이다. 「노래하는 여름밤」도 같은 맥락으로 보아야 할 작품이다. 극의 시작 부분에서 해설자는 "엄마 없는 아기들과 아빠 없는 아기들이 이 세상에는 퍽도 많구나. 엄마나 아빠가 없어도 아기들아, 너희들은 잘 자라야 해. 울지 말고 슬퍼하지 말고, 너희들은 재미있게 노래 부르며 자라야 하는 거야."라고 말을 여는데, 다른 장르의 작품들과 상호텍스트적으로 고려를 하였을 때 이 어린이들은 전쟁 후의 고아들이라 할 수 있겠다.

거의 전무한 실정이었다." – 박화목, 『아동문학 개론』, 민문고, 1989 참고. 그렇게 볼 때 이원수가 당시 동화에서 전쟁으로 인한 아동 삶의 파괴 현상을 구체화하여 보여주고, 그 속에서 서로 기대며 극복의 의지를 주려 한 것은 아동문학사적으로 의미 있는 일이었다.

34) 『월간문학』, 창간 8주년기념호(1976년 11월호) 제9권 11호 통권 93호, 「나의 인생 나의 문학–이원수」, 대담 : 이영호, 16면.

별아기 A : 우리는 줄창 지구에 귀를 기울이고 듣고 있는 거야. 누가 어떻게 살고 있나? 내 동무가 무얼 하고 있나? 엄마가 날 생각하고 있나? ……이런 걸 알고 싶어서.

영이 : 오! 그러니까 별아기도 이 세상에서 살다가 그 곳으로 올라갔구나.

별아기 A : 그야 물론이지.

순자 : 영이, 너희 엄마도 별아기들처럼 하늘나라에서 귀를 기울이고 있겠다.

영이 : 우리 엄마도 내 노랫소리를 들었겠구나. 아! 별아기야, 나 노래 부를게 들어봐. 오늘 밤에는 하늘나라에 계신 우리 엄마가 들으시게 노래를 불러 드리겠다.

(…중략…)

영이 : (노래 들리는 가운데) 아! 저 아름다운 목소리는 내 엄마의 목소리야! 틀림없는 엄마의 목소리야. (노래 그치자) 어머니! 어머니 (소리 높여 부른다) 안녕히 계셨어요?

어머니 : (먼 소리로) 영이야, 내 사랑하는 아기야, 내가 늘 너를 내려다보고 있으니 언제나 즐겁게 잘 자라라.

영이 : 어머니는 제가 보여요?

어머니 : 보이구말구. 빤짝빤짝 빛나는 별처럼 보인다.

영이 : 어머니도 별이 되셨어요?

어머니 : 네 눈에는 별로 보일거야. 마음이 착한 아이는 엄마가 없어도 즐겁게 살 수 있단다. 먼 데서 늘 엄마가 보아주고 있지 않니? 엄마 없는 수많은 아이들도 슬퍼하지 말고 하늘에서 내려다보고 있는 엄마들을 생각하면서 살아야 해.

영이 : 엄마, 잘 알았어요. 인제 슬퍼하지도 않고 엄마가 내 곁에 있는 것같이 생각하고 살 테야.[35)]

35) 이원수, 「노래하는 여름밤」, 전집 19, 202~203면.

이원수 작품에는 여러 가지 자연물이 많이 등장하는데, 특히 별과 달과 해는 작품 속에 끊임없이 등장하는 자연물이다. 사람들은 힘겨운 세상살이에서 달을 보며 위로를 받고, 별을 보며 희망을 안고, 해를 보며 기운을 얻고 싶어 한다. 그에게는 더 절실했을 것이다. 그래서 6·25전쟁 통에 잃어버린 막내아들 용화를 밤하늘의 별이 되게 하고 달나라에서 토끼들과 어울려 놀게 하였다. 전쟁에 죽은 상희 또한 밤하늘의 별이 되어 아름답게 반짝이고 있을 것이라고 믿었다. 그리고 달나라를, 죽은 이들이 마음 모아 사는 고향으로 그렸다.

그는 전쟁에 죽은 아이들의 세계를 하늘에 두고 별이 되어 빛나게 함으로써 마음의 치유를 하고자 했다. 역사 현실은커녕 자기 앞의 현실조차 정면으로 바라보고 맞설 능력이 부족한 아동들은, 환상을 통해 불안과 공포를 해소하고 내적 힘을 기를 수 있다. 그런 점에서 이원수 문학에 가득한 상처와 고통은, 전쟁 과정에서 얻은 어린이 내면의 상처를 외부화 시킬 수 있는 계기를 부여했으리라 본다.

토도로프는 『환상문학서설』에서 환상이 무엇인가에 대한 물음보다 어째서 환상인가에 대해 더 많은 관심을 가졌다. 이는 그가 환상성의 기초를 현실에 두고 있다는 점을 강조하고자 함이다. 문학에서 환상성과 리얼리티를 대립적인 것이 아니라 상호보완적인 것으로 보았다는 말이다.[36] 이원수 역시 전쟁 후의 역사적 현실에서 이 땅의 아동들이 겪는 고통의 양이 너무도 크다는 것을 인식하고, 고통을 극복할 힘을 주는 방법으로 환상성을 택하였다. 전쟁에 죽은 아이들이 별이 되고, 지

36) T. 토도로프, 이기우 역, 『환상문학서설』, 한국문화사, 1996, 293면.

상에서 죄를 저지른 아동이 지옥과 천국을 오가며 느끼게 하는 환상성이, 오히려 전후 아동들의 고아적 결핍의 삶에 관한 리얼리티를 보다 강화시키고 있다는 것을 보면 쉽게 알 수 있다. 환상성이 실존적인 불안 및 불편함과 관련이 있다는[37] 로지 잭슨의 말처럼 그는 실존적인 불안을 안고 있는 어린이를 위한 전복의 상상력을 꿈꾸었다.

「노래하는 여름밤」에서 별이 되어 반짝이고 있는 별아기와 어머니는 전쟁으로 죽어 아름다운 별이 되었지만, 그 이면에는 전쟁의 공포와 가난과 삶의 고통이라는 리얼리티가 강조되고 있다. 별이라는 환상성은 전쟁과 고아의 삶에 관한 리얼리티를 강화하기 위한 보조적 수단으로 사용되고 있음을 발견할 수가 있기 때문이다. 아동들은 환상을 통해 욕망을 마음껏 충족함으로써 현실의 결핍감과 고통을 이겨낼 힘을 얻기도 했을 것이다.

문학에서 현실성은 작중 사건의 인과성이나 자연법칙에 있지 않고 작중 인물의 운명에 대해 독자가 무엇을 구가하는가에 정직하게 대답하는 것이다. 다시 말해 독자의 마음의 진실을 반영하는 데 있다.[38] 그래서 이원수는 힘든 상황에 처한 아동이 고난을 헤쳐 나갈 수 있는 진정한 힘을 '사랑'에서 찾았다. 위 아동극에서도 영이와 순자의 대화에서 그것을 말하고 있다.

> **순자**: 그런데 말야, 하늘나라에 있는 사람과 얘기를 하려면 이 세상 사람이나 짐승이나 풀이나 나무나 다 사랑할 수 있어야 한 대.

---

37) 로지 잭슨, 서강여성문학연구회 역, 『환상성－전복의 문학』, 문학동네, 2002, 41면.
38) 김경중, 『아동문학론』, 신아출판사, 1994, 63면.

영이 : 어떻게 사랑하면 돼?

순자 : 글쎄, 선생님 말씀이 말야, 살아 있는 걸 불쌍히 여기고 위해 주는 게 사랑하는 거래.[39)]

이 부분은 하늘나라에 있는 엄마가 보고 싶어 울고 있는 영이에게 순자가 달래는 장면이다. 이 세상 모든 생명을 사랑하는 마음을 가져야 하늘나라에 있는 어머니와 이야기를 나눌 수 있다. 그리고 사랑하는 것은 바로 살아있는 걸 불쌍히 여기고 위해주는 거라는데 영이는 그게 무슨 뜻인지 쉽게 이해를 할 수 없다. 그 때 개구리들이 우는 소리가 들리고 두 아이가 <개굴 개굴 개구리 노래를 한다>를 부르고, 그 소리를 들은 개구리들도 노래를 따라 한다.

그런데 여기서 노래를 잘 따라 부르던 개구리들이 말은 전혀 할 줄 모르고, 그럼에도 아이들과 동무가 된다는 설정은 쉽게 환상으로 들어가지 못하도록 막는다. 바로 이어 하늘의 별들도 동무처럼 생각하며 노래를 불렀더니, 그 별들은 아이들과 함께 노래를 하고 이야기까지 나눌 수 있게 된다. 그 노래 소리 속에 개구리들의 시끄러운 소리가 들리고 그때 아이들과 개구리는 갑자기 또 서로 말을 주고받을 수 있게 된다. 그때 하늘에서 오색종이가 날아 떨어졌는데, 별나라에 간 어머니들이 지구의 아이들에게 보낸 편지가 내려온다. 이상의 줄거리를 볼 때 작중인물이 원하는 바를 이루기 위해서 '사랑'이라는 진실된 마음이 중요함을 말하는데, 개구리의 등장이 가지는 기능이 분명하지 않아 환상성의 요소를 방해하는 것은 아쉬운 부분이다.

---

39) 이원수, 「노래하는 여름밤」, 전집19, 195면.

3. 자유에 대한 어린이 의지의 표현

4·19혁명은 식민지와 6·25전쟁의 피해의식에서 벗어나지 못하고 있던 우리 사회에, 1950년대부터 시작된 이승만의 독재체제에 저항하여 일어난 민중 항쟁이다. 이원수는 소년소설 「민들레의 노래」에서 4·19 혁명 때 아들을 잃고 인형을 만들어서 생활하는 경희 어머니의 입을 통해 혁명의식 계승의 뜻을 보여주었으며, 6·25전쟁의 후유증에 4월 혁명의 의미를 접목시켜 작가의 역사관을 보여주었다. 더불어 4·19 희생자들의 뜻을 지켜서, 자유당 정치 하에서 부정한 수단으로 재산을 축적하고 그것을 기반으로 혁명의 뜻을 왜곡시키려는 이들이 저지르는 부정에 대해서 비판했다. 아동극에서도 그는 혁명의 계승의식을 말하려 했다. 학생들이 죽음으로 이루어낸 혁명 이후 건설의 문제까지도 생각하였던 것이다.

> 四月學生革命은 實로 世界革命史上 보기 어려운 平和革命으로서 腐敗한 獨裁政權을 물리쳤다.
>
> 悲運에 있는 나라를 건지기 위해 싸운 青少年學生들만이 피를 흘리고 목숨을 잃고 한데 比하여 罪惡의 張本人인 獨裁者들에게는 生命의 保護가 維持된 이번 革命이 앞으로 그 目的한 바를 達成하는 데 있어서 鮮明하지 못한 일이 생기지 않을까 두려웁다.
>
> 입법및 행정부문에 있어서는 방금개혁사업이 선행중이라 그 결과를 주시할 수밖에 없으나, 문학계, 교육계에 있어서의 허다한 폐단들은 고쳐지지 않고 있는 것이 많은데, 이러한 시기에 개혁을 요하는 지대의 실태를 밝혀두는 것은 앞으로의 반성과 혁신에 하나의 참고가 되지 않을까 생각하는 것이다.[40)]

「四月革命과 未改革地帶」라는 칼럼을 통해 그는, 피를 흘리며 혁명의 대열에 섰던 학생들과 달리 독재자들의 생명의 보호가 그대로 유지되고 있으니 목적한 바를 달성하지 못할까봐 두려운 마음이라고 말하고 있다. 이러한 문제를 동화 「땅 속의 귀」에서도 표현하였는데 아동극에서도 같은 화소를 그대로 차용하고 있다. 방송극 「그리운 오빠」가 그것이다.

> ① "꿈이니까 갈 수 있었지. 땅 속이라고 하던데, 이상하게도 흙이 바닷물처럼 환히 들여다보이는 거야. (…중략…)
> 그런데 사람 얼굴이란 몸뚱이는 그림자처럼 희미하고 귀만 또렷이 잘 보이지 않겠니?
> (…중략…)
> 지금 정신이 모두 귀에 쏠려 있기 때문이라는 거야. …… 귀들이 흙 밖에서 나는 소리를 듣고 있는 거야. (…중략…)
> 4월 19일에 총 맞아 죽은 사람들이 그 뒤에 세상이 바로 되어 가나, 또 누가 나라를 망치려 들지 않나, 그게 궁금해서 모두 귀를 기울여 듣고 있는 거래."[41]

> ② "시민들은 떨어진 꽃잎을 주워 들고" "그 피어 보지 못한 미래를 통곡한다……."
> **영순**: 난 이런 오빨 본 일이 있어요. 오빠가 꼭 이 꽃잎 같은 걸…….
> (…중략…)

---

40) 이원수, 「四月革命과 未改革地帶」(문학, 교육면에 대한 메모) 『동아일보』 1960.5.15 칼럼.

41) 이원수, 「땅 속의 귀」, 『국제신보』, 전집5, 1960, 90~91면.

자꾸 부르고 있다 보니까 내 옆에 웬 푸른 옷을 입은 사람이 서서 "얘 얘, 네 오빠 보려거든 땅 속으로 들어가봐." 그러겠지?

(…중략…)

영순 : (혼잣말) 어머나, 꼭 꽃잎인 줄 알았는데……, 꽃잎이 아니야. 웬 사람의 귀가 이렇게도 많을까?

(…중략…)

오빠 : 여기 있는 사람들은 모두 먼 데 소릴 들으려고 귀를 기울이고 있는 거야. 먼 데 소릴 들으려고 애를 쓰니까 귀가 자연 커지더구나.

영순 : 오빠, 무슨 소릴 들으려구 그래?

오빠 : 바깥 세상 소릴 들으려는 거지.

영순 : 왜?

오빠 : 우린 작년 4월 19일에 죽지 않았겠니? 그 후에 세상이 어떻게 돼 가나 그걸 알고 싶어서…….[42)]

위의 인용 ①은 1960년에 발표한 동화이고 ②는 1961년에 발표한 아동극본이다. 두 작품에서는 장르만 다를 뿐이지 같은 화소를 그대로 쓴다. 4월 19일에 죽은 자들이 죽어서도 죽지 않고 민주와 자유를 갈망하며 독재에 저항한다는 내용이다. 혁명은 혁명으로 끝나는 것이 아니다, 이후에 자유와 민주를 도둑질 당하지 않도록 지키는 것이 더 소중하다, 자유와 민주를 도둑질하는 사람이 생기면 끝까지 내쫓아야 한다는 저항의식을 보인 것이다. 일부 세력은 4·19혁명을 잠깐 빛을 내다가 끝나버린 덧없는 일로 보려고 들지만, 그것은 우리의 역사 속에 영원히 살아남아서, 억눌려 괴로움을 당하는 이들에게 용기와 희망을 주는 원

42) 이원수, 「그리운 오빠」, 전집 19, 106~110면.

동력이 되고 있음을 이 작품들에서 보여 주고자 하였다. 즉 그 혁명을 소중한 것으로 이어 받으려고 애쓰는 작가의 정신과 태도를 보여준 것이다.

③ 언니,/ 나는 동무들과 싸움은 안 할래요.//

언니가 피투성이가 되던 4월 19일/ 총을 마구 쏘는 어른들을 향해/ "자유를 달라."……외치며 달려들다가/ 길바닥에 퍽 쓰러져 죽은 4월 19일/ 그 무서운 날 언니의 피를 보고/ 나는 맹세했어요.//

언니가 날 사랑해 주듯/ 나는 내 동무들을 사랑하고/ 같이 뭉쳐서……/ 언니들이 찾던 그것 정 못 찾으면/ 언니처럼 나라 위해 싸우다 죽을래요./ 언니! 언니![43]

④ **어머니** : 꽃잎처럼 지더니 저 세상에 가서도 꽃잎 같은 귀를 가지고, 그래도 안심이 안 돼서 무얼 듣고 있다니, 쯔쯔.

(…중략…)

영순 : 어머니, 오빠는 우리들의 앞잡이예요. 나도 자라면 오빠와 같은 사람이 될 테예요.

(…중략…)

영순 : 어머니, 4·19혁명은 아직도 계속 중이래요. 좋은 나라를 만드는 일이 하루 이틀에 되는 건 아니라지 않아요?

(…중략…)

동무2 : 호호호, 영순 어머니, 이젠 그런 총칼하고 싸우는 게 아니예요. 건설을 위해 싸우는 일이죠.[44]

43) 이원수, <아우의 노래>, 『동아일보』, 1960.
44) 앞의 글, 전집 19, 113~117면.

③의 동시에서 동무들과 같이 뭉쳐서 나라 위해 싸우다 죽겠다는 맹세를 하는데, 그대로 이어서 ④의 아동극에서는 건설을 위해 싸우겠다는 의지로 표현한다. 어머니와 동생들은 오빠의 뜻을 이어받아 혁명 이후의 '건설'을 위해 싸우겠다는 의지를 보인 것이다. ①, ②, ③, ④의 장면을 서로 비교해보면 1960년에 동화와 동시로 혁명의 계승의식을 보였던 것을 한 해 뒤에 거의 같은 내용을 장르만 다르게 아동극으로 발표하였는데, 이들이 장르 간에 상호 교류를 하며 좀더 확장을 한다든지 상상력을 높이지 못하는 것은 소재의 제한으로 볼 여지를 준다.

④의 동극에서 다같이 4·19의 노래를 부르며 그 의지를 다지고, 마지막엔 동생 영순이가 즉흥적으로 '4월의 꽃' 오빠를 그리워하며 용감하게 일하는 새 나라의 소녀가 되겠다는 시를 낭송하며 막을 내림으로써 그 여운을 남긴다. 아동극이 가지는 효용성을 두고 볼 때, 꿈속에서 귀를 위로 하고 있는 오빠를 만나고 오빠의 뜻을 이어가려는 의지를 다지는 장면에서 시를 낭독함으로써 출연자 자신은 물론이고 관중 어린이들에게 미칠 정신적 영향은 크다 할 것이다. 극적 장치로 시 낭송을 곁들임으로써 아동극으로서의 극적 효과를 증폭시킬 수 있다고 보기 때문이다. 극은 문학과 음악과 미술이 함께 동원되는 시간적이요, 공간적인 예술이니만치, 이러한 종합성이 주는 효과는 직접적이요 이상적이다.[45] 따라서 관중이 받는 극의 영향력은 다른 예술에 비해서 강력하므로 아동들의 예술에 의한 교양에 큰 도움을 준다. 그런데 이 아동극에서도 어린이 관객이 쉽게 공감하지 못하도록 하는 요소는 보인다. 바로

45) 이원수, 「아동문학입문」, 전집 28, 121면.

노래를 부르기 전에 선동하는 말—"4월의 사자 영순 오빠를 길러 내신 혁명의 어머니를 위해서 다 같이 4·19의 노래를 부릅시다."—에서 보이는 용어의 사용은 어린이들이 쉽게 이해하고 공감하는 데 문제가 될 수 있다.

4. 맺는 말

희곡은 수많은 관객이 직접 지켜보는 눈앞에서 상연되어 관중에게 큰 영향을 주는 연극으로 이어진다. 이 때문에 이원수도 연극과 희곡에 관심을 가지고 작품을 발표했던 것으로 보인다. 물론 다른 장르에 비해 작품 편수에서 적은 양을 차지하고 있지만 그가 보여주려 했던 역사적 현실과 아동의 처지를 극을 통해 전하려 하였고, 사랑의 정신을 직접적으로 전하는 극의 교육적 효과를 생각하였다.

그의 아동극에는 당시의 시대현실과 아동의 처지가 불우한 양태로 드러나 있다. 당시는 전쟁과 복구의 사회 분위기 속에서 물리적, 정신적으로 어린이에게 많은 것을 강요하던 시기였기에 그러한 사회적 문제에 정직하게 대면하고 극화하려 했다는 것을 알 수 있다. 가난과 지나친 교육열, 민족적 아픔인 전쟁의 상처 등으로 갈등을 일으키는 아동극의 장면들을 볼 때 아동의 삶은 결국 사회적 현실과 동떨어져 있지 않았다. 그런 점에서 그의 아동극에는 아동뿐만 아니라 그 주변 인물인 어머니와 누이를 비롯하여 다양한 기능을 가지는 동무들이 등장하게 되는데, 주인공 아동보다 어머니나 누이의 몫이 더 부각되는 작품이 있는 것은 그에 연유한 것으로도 보인다.

이원수는 아동극에서 힘들게 살아가지만 남을 위해 애써주는 인물을 주인공으로 설정하고 결말에서도 늘 그러한 인물이 성실하게 살아가려는 의지를 다지게 하고 있다. 이와 같은 결말처리는 이원수의 드라마투르기적 특징이라고 할 수 있겠다. 그는 인물의 설정과 성격의 묘사에 있어 항상 가난한 서민 아동이 시련을 이겨내고 사랑으로 극복해 나갈 수 있는 힘을 얻도록 했다. 그리고 대부분의 극에서 아동은 착하기 때문에 어려운 일도 쉽게 풀어 가는데, 당대의 아동 현실을 생각하면 관객의 호응을 얻기도 쉬웠을 것으로 보인다. 이는 그의 문학에서 보여주는 서민성과 휴머니티에서 연유한 것이다. 그 정신은 인간과 인간을 가깝게 하는 동정심으로 나타나고 있는데, 이것은 관객과 출연진이 일체감을 느끼면서 마음을 움직이게 하고 긍정적인 마음을 갖도록 하는 힘을 가진다.

한편 그의 아동극을 극적 긴장감의 측면에서 본다면 본론에서 지적한 대로 드라마투르기적 효과를 충분히 발휘하지 못하였음인지 장면화가 잘 되지 못한 한계를 많이 드러내 보여주고 있다. 가난하다는 것, 착하다는 것으로 모든 일이 용서가 된다는 인상을 지울 수 없는 작품은 작위적인 해결방식이라는 혐의가 짙어 오히려 자연스러운 공감을 얻기가 어렵다. 갈등까지 이르는 장면에서 충분히 인물들 간의 상호교섭이 이루어지면서 자연스러운 해결을 찾는 것보다 주인공과 주변 인물이 가난하지만 착하게 살아간다는 설정만으로 해피엔딩을 맺는 것은 지나치게 교훈성에 얽매인 결과라고 볼 수도 있기 때문이다.

그리고 희곡 전편에 흐르는 정서는 지나치게 진지할 뿐만 아니라 서민 아동이라는 곳에 작가의 시선이 집중됨으로써 경쾌한 재미를 찾기가 어렵다는 아쉬움을 남긴다. 그러한 점은 그의 문학 전반에서 공통적으로 보여주는 문제라 할 수도 있겠다. 그러나 발랄한 모습으로 자신의 입장을 표현하는 아동의 대사는 아동이 처한 현실의 문제를 스스로 헤치며 당당하게 이끌어갈 수 있다는 믿음을 갖게 한다.

출전:「이원수 아동극 연구」, 『아동청소년문학연구』 7호, 2010.

이원수 아동극에 나타난 아동관 연구

1. 서론

이원수는 수많은 아동문학 작품을 남긴 한국아동문학계의 큰 별 가운데 하나이다. 그가 쓴 많은 작품들이 이를 뒷받침하고 있고, 아동문학을 연구하는 이들 또한 대부분 그의 업적을 높이 평가하고 있다.[1] 그런데 아동극(兒童劇) 분야에서는 그 위상이 높지 않아 지금까지 논의된 바를 찾는 것조차 쉽지 않은 실정이다. 예컨대 『이원수 아동문학전집 19』에는 아동극이란 범주로 23편의 작품이 있지만, 교과서에 수록된 적이

* 오판진 / 이화여자대학교 겸임교수

1) 이원수는 일생동안 동요, 동시 293편, 시 56편, 수필 172편, 동화 163편, 소년소설 56편, 아동극 23편, 아동문학론 97편 합께 860편을 발표하였다. 이주영, 「이원수의 문학과 사상－『숲속나라』를 중심으로」, 『동화 읽는 어른』 12월호, 2000, 9면 ; 원종찬, 「이원수와 70년대 아동문학의 전환－한국아동문학가협회의 창립과 아동문단의 재편 과정」, 『문학교육학』 제28호, 한국문학교육학회, 2009.

있는 「우리 선생님」을 제외하고는 널리 알려져 주목받은 작품이 없다. 그래서 이 글에서는 이원수가 쓴 아동극을 검토하여 그 가치나 의의 등에 대해 논의함으로써 앞으로 그의 아동극에 대한 연구의 디딤돌이 되고자 한다. 이 연구의 구체적인 목적은 이원수가 쓴 아동극을 대상으로 하여 인물형과 거기에 담긴 이원수의 아동관이 무엇인지를 밝히는 데 있다. 이를 위해 이원수가 쓴 아동극에는 어떤 유형의 등장인물이 주로 나타나고 있는지를 분석하여 이원수의 아동관(兒童觀)을 구명하고자 한다. 모든 문학 작품이 인간에 관해 해명하고자 하는 것처럼,[2] 아동극에서도 가장 중요한 것은 아동이란 무엇인가에 대한 논의이기 때문이다.

2. 이원수 아동극의 연구 대상

이 연구의 대상 텍스트는 이원수의 아동극 23편으로 『이원수 아동문학전집 19』에 실려 있는 것으로 한정하였다. 이 작품들이 발표된 시기는 대략 1955년에서 1967년이라고 알려져 있지만, 발표 시기를 알 수 없는 것이 12편이나 되기 때문에 확언할 수는 없다. 전집에 표기된 아동극의 영역과 제목, 발표 시기를 표로 정리하면 아래와 같다. 무대극보다 방송극이 많은 것으로 나타나 있다.[3] 이런 사실을 통해 볼 때 이원

---

2) "문학 작품에 관한 모든 논의는 인간에 관한 이야기일 수밖에 없다. 설화나 아동문학 속에 등장하는 주인공이 신(神)이나 동식물이라 해도, 거기에 표현되는 것은 인간의 감정, 모습, 이야기다." — 김봉군, 『문학 작품 속의 인간상 읽기』, 민지사, 2002, 41면.

3) 이 글에서 아동극이란 아동을 대상으로 한 극문학에 대한 논의이므로 라디오대본뿐만 아니라 영화나 텔레비전 대본도 포함한다. "극문학은 희곡·시나리오·

수는 아동극에 대한 관심이 지대하여 아동극을 썼다기보다는 특정한 기회에 라디오 방송을 위해 필요한 대본을 요청받았고, 그 결과 이 방송극본들이 쓰여진 것으로 추정된다.

〈이원수 아동극〉

	영역	제목	발표 시기
1	무대극	6월 어느 더운 날	연대 미상
2	〃	산 너머 산	〃
3	방송극	꼬마 미술가	1955년 HLKY 방송[4)]
4	〃	음악회 전날에 생긴 일	1955년
5	〃	우리 선생님	1957년
6	〃	초록 언덕을 가는 전차	1959년 현대문학
7	〃	소라 고동	1959년
8	〃	그리운 오빠	1961년 HLKY 방송
9	〃	어머니가 제일	1961년 HLKY 방송
10	〃	그림책과 물총	1964년 방송 동극집
11	〃	한양성에 뿌린 눈물	1967년 어깨동무
12	〃	사랑의 선물	〃
13	〃	영희의 편지 숙제	연대 미상
14	〃	매화분	〃
15	〃	노래하는 여름밤	〃
16	〃	8·15 해방의 감격	〃
17	〃	버스 차장	〃
18	〃	얘기책 속의 도깨비	〃
19	〃	눈 오는 밤	〃
20	〃	말하는 인형	〃
21	TV극	나비를 잡는 사람들	〃
22	〃	썰매	〃
23	대화극	골목대장	1958년 연합신문

라디오극·텔레비전극 등으로 나뉜다." 김봉군, 앞의 책, 50면.

3. 이원수 아동극의 등장인물 유형

1) 상처받은 아동

이원수 아동극에 등장하는 아동인물 가운데 대표적인 유형으로 '상처받은 아동'을 들 수 있다. 여기서 말하는 상처는 신체에 생기는 것도 있지만, 그것보다는 마음과 인생에 남아있는 아픔의 흔적을 말한다. 인물에게 상처가 생긴 원인을 살펴보면 개인사나 가족사 차원이라기보다는 우리나라 현대사의 비극적인 사건 등으로 인해 생긴 것이 많다.

이 유형에 해당하는 주요 등장인물로는 「6월 어느 더운 날」에서 1950년 6·25전쟁에 참전한 상이군인(傷痍軍人) 아버지를 둔 만복, 「산 너머 산」에서 남북분단으로 인해 북에 있는 형을 둔 준식, 「그리운 오빠」에서 1960년 4·19혁명 때 죽은 오빠를 그리워하는 영순을 들 수 있다. 이 유형의 아동들은 한국 근·현대사에 해당하는 역사적인 사건들과 관련된 상처와 아픔으로 괴로워하고 있다. 먼저 「6월 어느 더운 날」 가운데 한 부분에서 이를 살펴보자.

> 만복 : 영주가 날 보고 절름발이 절름발이 하고 놀려주길래 한판 싸웠지 않아? 자식이 막 권투로 날 치겠지? 견디다 못해 언덕에서 도망해 오다가 어찌나 분한지 큰 돌을 위에서 굴러 주었어. 그랬더니 돌에 치었나 봐. 아얏 소리가 나는 걸 듣고도 그냥 도망쳐 왔어.

---

4) 1947년 10월 2일 한국방송공사(KBS)의 전신인 서울방송국이 국제무선부호인 HLKA를 부여받아 사용하였다. 텔레비전이 나오기 전 라디오 방송의 영향력은 매우 컸다.

정숙 : (놀란 표정으로) 어머나! 얼마만한 돌인데?

만복 : 커.

정숙 : 그럼 왜 달아나니? 자세보고 많이 다쳤음 데리고 내려가야잖아?

만복 : 그래야 할 걸 못 그랬단 말야. 놀러 나온 사람들이 날 보고 소릴 지르고 하길래 겁이 나서…….

(…중략…)

영주 아버지 : (놀라움에 눈을 크게 뜨고) 아! 이건 정말 기적 같은 일이야. 이런 수도 있군. (벌떡 일어서서 만복 아버지의 두 어깨를 꽉 붙든다.) 박 형! 오랜만이오. 싸움터에서 보고 이제 처음 만나는구려! 어쩌면 한 지방에 살면서 그렇게도 몰랐을까! 내가 바로 그 소위, 지금은 나이만 먹은 하찮은 실업가 명 기원이오.

만복 아버지 : (놀란 듯 일어서서 영주 아버지의 팔을 잡으며) 선생이 바로 그 소위? 아이구, 이게 정말 웬일입니까!

영주 아버지 : 전우는 죽지 않고 살아남았구려. 비록 다리를 절기는 할망정 우리 함께 생명은 꺼뜩도 하지 않고 살아 있구려. 반갑소 (이하 생략)[5] (밑줄 인용자)

「6월 어느 더운 날」에서 영주는 만복이 아버지가 다리를 절기 때문에 만복이를 절름발이라고 놀린다. 이런 영주의 놀림을 참지 못하고, 만복이는 영주의 다리를 다치게 만든다. 그런데 영주의 아버지는 영주가 비웃고 놀리던 대상인 만복 아버지의 도움으로 전쟁터에서 생명을 건졌고, 그 과정에서 다리를 다쳤다. 만복이와 영주가 이 사실을 알게 된다는 것이 중심 내용이다.

중심 내용은 6·25전쟁의 비극이 참전군인은 물론 그들의 자식들에

5) 이원수, 「얘기책 속의 도깨비」, 『이원수 아동문학전집 19』, 웅진출판, 1988, 13~27면.

게까지 이어지고 있다는 것이다. 이 아동극에서 영주라는 인물은 생각이 짧은 부정적인 인물로 그려지고 있는데, 그런 성격으로 인해 만복의 마음에 큰 상처를 주고 있다. 그러던 어느 날 우발적으로 만복은 분노가 폭발하여 영주의 다리를 다치게 한 것이다. 전쟁에서 몸을 다친 상이군인들과 그 가족들의 아픔과 상처가 만복과 만복 아버지를 통해 나타나 있고, 영주를 통해서는 상이군인들과 그 가족에 대한 따뜻한 관심이나 대우는 고사하고, 멸시하거나 조롱하는 옳지 못한 현실이 표현되고 있다. 이렇듯 이 아동극은 아이들끼리 싸운 단순한 다툼이 아니고, 6·25전쟁이라는 민족적 비극으로 인해 발생한 상이군인을 다룬 아동극이다.

개인적인 사건이 아니라 우리나라 전체의 역사와 관련된 커다란 사건으로 인해 상처를 받고 힘들어하는 인물이 등장하는 아동극에는 아래에 인용한 「산 너머 산」도 포함된다.

> 누나 : 너희 동무 집이냐? 이 판자집이.
>
> 경호 : 쉬!
>
> 준식(소리만) : 어머니, 오늘 밤엔 팔러 나가지 않아서 어떡해요. 내일 쓸 약값도 모자라겠어.
>
> 어머니(소리만) : 괜찮아. 약만 자꾸 사다 먹으면 그만이냐? 너만 고생시켜서 미안하다. 인제 찹쌀떡 장수도 고만 둬야 해. 네 동무들이 알면 흉 잡히지 않겠니? 학교에서 찹쌀떡 장수, 찹쌀떡 장수하고 부르게 될까 봐 걱정이다.
>
> 준식(소리만) : 난 내일 노래 시험에 떨어질까 봐 걱정인걸요. 입구에 있는 형한테 내가 노래를 들려주지 못하게 되면 어쩌나…… 그게 걱정이란 말예요.

어머니(소리만) : 내가 어서 나아 일어나야 할 텐데. 에이그!

준식(소리만) : (준식, 노래 또 부른다. 준식, 노래 부르고 있는 동안에) 경호누나! 재가 라디오 방송을 하고 싶어서 선생님한테 말했다는 그 애야.

누나 : 음! 그래? 이북서 온 아이구나.

(이하 생략)[6] (밑줄 인용자)

이 희곡에 등장하는 준식이와 경호는 같은 반 친구인데, 둘 다 노래를 잘 하여 라디오 방송에 나갈 수 있다. 그렇지만 경호가 일부러 포기하고, 준식이 나갈 수 있도록 도와준다. 준식이가 라디오 방송에 나가 노래를 부르려고 하는 까닭이 자기처럼 단순하지 않다는 것을 알았기 때문이다. 경호의 이런 마음을 경호의 누나 또한 인정하고 지지한다. 그래서 겉으로는 준식이와 경호는 경쟁자처럼 보이지만 실상은 준식이가 라디오 방송에 나가는 것을 반대하는 인물이 없다는 것이 이 아동극의 특징이다.

준식이라는 아동을 통해 남과 북이 분단되어 서로 만날 수 없는 이산가족의 아픔을 상징적으로 보여주고 있다. 준식이 사는 집이 판자집이라는 배경을 통해서 경제적으로 어려운 처지에 있는 것이 나타나고 있는데, 이보다 더욱 큰 상처는 형과 헤어져 살아가는 현실이다. 준식이네 집의 이런 딱한 사정을 알고 있는 경호는 생각이 깊어서 라디오 방송에서 노래 부르는 기회를 준식에게 양보하고, 준식이 몰래 돕기까지 한다. 준식이 북한에 있는 형에게 노래를 부를 경우 준식과 그의 가족에게 위

6) 이원수, 앞의 책, 37면.

안과 격려가 될 것이라고 생각했기 때문이다.

「그리운 오빠」에는 1960년 4·19때 독재 정치를 무너뜨리기 위해 데모를 하다가 희생당한 오빠를 둔 영순이라는 아동이 나온다. 4·19혁명이라는 역사적인 사건의 의미와 과제 등이 제시된 대목을 살펴보면 아래와 같다.

> 영순: 오빠, 오빠가 죽고 난 뒤에야 독재 정치는 무너졌다오. 오빠 같은 많은 학생들이 죽고 다치고 하면서도 싸워 주어서 민주주의 정치를 도루 찾게 됐다오.
>
> 오빠: 그건 우리도 알고 있어요.
>
> 영순: 알고 있음 왜 요새도 귀를 기울이구 있는 거야?
>
> 오빠: ……그건, 그건 왜 그러느냐면……, 우리나라가 얼마만치 좋아졌나, 누가 또 나쁜 짓을 하지나 않나……, 그걸 알고 싶어서 그러는 거야.
>
> (…중략…)
>
> 영순: 오빠, 걱정 말어. 잘 될 거야. 살아 있는 사람들이 정신 차리고 잘해 나갈 거야.
>
> 오빠: 영순이도 정신 차리고 나라를 위하는 일을 해야 해. 독재가 나타나거든 싸울 각오를 해야 해.
>
> 영순: 오빠, 걱정 말고 쉬어요.
>
> (이하 생략)[7] (밑줄 인용자)

이원수는 1960년 4·19가 일어난 그 다음 해인 1961년에 이 작품을 써서 HLKA방송에 발표를 한 것으로 기록되어 있다. 아동극에 시대 상황을 발 빠르게 반영하면서 우리나라 민주주의의 발전을 위해 노력한

7) 이원수, 앞의 책, 111면.

모습을 확인할 수 있는 대표적인 작품이라 할 수 있다.[8] 작가가 항상 시대의 흐름을 주시하고 있었고, 역사적으로 높은 안목을 가지고 있었기 때문에 이처럼 상처받은 아동들을 통해 이를 표현할 수 있었다고 판단된다.

이 아동극에는 영순과 영순의 오빠를 통해 4·19 때 희생된 사람들의 의미와 가치 및 앞으로의 과제 등이 나타나고 있다. 하지만 여기서 영순이는 주체적으로 뚜렷하게 추구하는 것이 없고, 주변에 그와 뜻을 같이 하는 지지자들이 있긴 하지만 반대하는 인물은 없다. 그래서 희곡이라 하기에는 갈등이나 인물 설정 등이 미흡하여 극적인 재미가 다소 부족한 한계가 있다.[9]

영순이는 오빠와의 대화를 통해 민주주의를 잘 지켜 나가기 위해 살

---

8) 이오덕에 의하면 4·19 때 독재자에 항거하는 사람들의 이야기를 동화, 동시로 쓴 사람은 이원수 선생뿐이라고 했는데, 이 작품을 통해 이원수가 4·19를 배경으로 한 아동극을 썼다는 사실을 확인할 수 있다.

9) 행위소 모델에 의하면 잘 만들어진 희곡에는 아래와 같은 요소들이 있고, 서로 팽팽한 긴장관계를 형성하고 있다.

(발신자) →(주체) →(수신자)
　　　　　　↓
(협조자) →(대상) ←(반대자)

A. Ubersfeld, 신현숙 역, 『연극기호학』, 문학과지성사, 1988, 66~76면. 안느 위베르스펠드의 행위소 모델은 그레마스의 행동자 모델을 바탕으로 하였다. 참고로 그레마스의 행위자 모델을 살펴보면 아래와 같다. 프롭의 불변소 목록과 수리오의 연극상황 목록으로부터 구성하였다.

발신자 – 대상 – 수신자
　　　　　|
조력자 → 주체 ← 대립자

김성도, 『구조에서 감성으로–그레마스의 기호학 및 일반 의미론의 연구』, 고려대학교 출판부, 2002, 208면 재인용. A. J. Greimas, Semantique Structurale(Paris : Larousse, 1966), 180면.

아있는 사람들이 정신을 차리고 잘 해 나갈 거라는 다소 감상적이고 소극적인 기대치를 드러내고 있다. 그렇지만 영순의 오빠는 독재가 다시 나타나거든 싸울 각오까지 해야 한다며 보다 적극적이고 뚜렷한 행동 방침까지 밝히고 있다. 이원수는 이 두 인물을 통해 우리나라에 민주주의가 정착되기 위해서 정치에 보다 많은 관심을 가져야 하고, 필요할 때에는 희생도 해야 한다는 생각을 보여주었다.

2) 생각이 깊은 아동

이원수 아동극에 등장하는 인물들 중에는 생각이 깊은 아동들이 많이 등장한다. 이들은 마음이 크고 성숙한 아동으로, 일반적인 어른보다 더 뛰어난 생각을 하는 아동들도 있다. 이렇게 생각이 깊은 아동인물들을 통해 작가가 가지고 있는 사상과 정서 등을 추론할 수 있다. 앞에서 인용한 「산 너머 산」의 경호나, 「그리운 오빠」에 나오는 영순의 오빠는 대표적인 인물이다. 실제로 이렇게 배려심이 강하고, 깊은 역사의식을 가진 아동들이 현실 속에 존재했는지는 중요하지 않다.[10] 이런 인물 유형을 통해 생각이 깊지 못한 아동들에게 모범을 보여줄 수 있기 때문에 그리고 선의의 경쟁 속에서 양보할 줄도 아는 넉넉한 마음을 갖게 하는 디딤돌이 될 수 있다. 이렇게 생각이 깊은 아동을 아동극에서 조명함으로써 이를 참고하여 보다 발전된 사회가 이루어지길 바랐던 작가의 바람이나 기대를 읽어낼 수 있다. 「나비를 잡는 사람들」에 나오는 영주 또

10) 아동극을 포함하여 문학이나 예술에서 추구하는 것은 실제 일어났던 '사실'을 보여주는 것이 아니라 현실 속 본질인 '진실'을 보여주는 것이기 때문이다.

한 생각이 깊은 인물이다.

정숙 : (손등으로 눈물을 훔친다) 난 정말 치료 안 받을걸. 다리병신이 돼도 좋아.

정숙 어머니 : (달래는 소리로) 그래, 내가 뭐랬니? 만복이 아버지한테서는 치료비 더 받지 않겠다고 하지 않았니? 내일 아침에 내가 만복 아버지 찾아가서 그렇게 말할 테니 걱정 말란 말야.

정숙 : (여전히 토라진 소리로) 어머닌 왜 첨부터 그렇게 말하지 못해요? 어머닌 구두쇠야. 난 만복이 보기도 부끄러워 죽겠어.

정숙 어머니 : 얘, 얘, 그만둬라, 나도 인제 결심을 했어. 정숙이가 맘씨가 착해. 어미보다 낫단 말야. 나 낼 아침에 만복 아버지 찾아가서 인젠 치료비 걱정 말라고 하겠다. 만일 치료비를 물겠다면 네 말마따나 치료를 안 시키겠다고 해 줄께.

정숙 : 엄마, 정말 그러지?

정숙 어머니 : 암, 정말 아니구…….

(이하 생략)[11]

이 희곡 또한 인물들 사이의 갈등이 적대적으로 나타나지 않고 있다. 희곡에서 볼 수 있는 갈등은 인간의 욕망이 충돌하는 것인데, 여기서는 서로 다른 사람을 배려하면서 스스로 손해를 감수하려고 한다. 주인공인 정숙을 비롯하여 만복 아버지도 그러하고, 정숙 어머니 또한 정숙의 말에 쉽게 마음을 바꾸어 다른 사람에게 피해를 주지 않는다. 이런 인물들과 그들 사이의 관계로 만들어진 서사이기 때문에 희곡이라는 양식에 어울리지 않아 보인다.

---

11) 이원수, 앞의 책, 295면.

정숙이는 만복 아버지의 연탄 손수레를 밀어주다가 그 손수레에 치여 다리를 다친다. 만복 아버지는 자신을 돕다가 다쳤기 때문에 정숙의 치료비를 주려고 하지만 만복이네 집안 형편이 좋지 않은 것을 알고 있는 정숙이는 절대 받을 수 없다고 말한다. 정숙 어머니는 만복 아버지가 치료비를 주시면 사양하지 않고 받을 생각이었는데 정숙이가 강하게 고집을 부리자 포기한다. 정숙이의 이런 착한 마음을 알고 있는 만복 아버지와 만복, 냉차 장수는 정숙이를 위해 나비를 잡아 선물한다는 것이 희곡의 중심 내용이다.

다른 사람을 돕고, 배려하는 마음이 공동체를 형성하는 토대이고, 이 공동체를 원활하게 유지하는 데 필요하다는 것을 모르는 사람은 없다. 그렇지만 어떤 사람들은 생활하면서 이기심이나 다른 이유 때문에 공동체의 안녕과 평화를 위협하거나 간과한다. 그래서 정숙과 같이 깊이 생각하는 등장인물을 만나게 함으로써 아동 관객이나 독자들이 타인을 생각하는 넓고 따뜻한 마음을 가질 수 있도록 하는 데 의미가 있다.

「한양성에 뿌린 눈물」에 등장하는 현룡이란 남자 아이 또한 5살이라는 나이와 어울리지 않게 어른스럽게 행동하며, 생각이 깊은 아동이다. 조선시대 위인 가운데 한 사람인 이율곡의 어린 시절 모습을 보여주는 인물인 데 엄마를 생각하는 마음이 깊고 효성이 지극하다. 인물의 이런 성격이 잘 나타난 대목을 살펴보면 아래와 같다.

> **할머니** : 어서 집으로 가자. 어미도 널 기다리고 있을 게다.
> **현룡** : 할아버지들 혼이 계시니까 엄마 병 낫게 해 주시겠지? 나 한 시각이나 여기 꿇어앉아서 빌었어.

할머니 : 오! 착해라. 우리 현룡이가 정말 효자야. 이 할머니는 그걸 모르고 찾아만 다녔구나.

현룡 : 할머니, 할아버지들이 어머니 병 낫게 해 주실까?

할머니 : 낫게 해 주시겠지. 효자가 이렇게 빌었는데 안 돌봐 주실라구……. 어서 어미한테로 가자.

(M)

(해설) 다섯 살짜리 어린이의 이 놀라운 정성. 이러한 정성을 조상님의 혼령이 어찌 모른 체하겠습니까. 이 어린이는 뒷날 우리나라의 유명한 학자가 된 이율곡입니다. 그리고 이 어린이가 그렇게 정성들여 병이 낫기를 기도한 어머니는 우리나라 여류 화가로 이름 높은 신사임당 바로 그분이었습니다. 현룡 어린이는 그 후 서울로 이사를 했습니다. 남달리 재주가 있어 그는 열세 살 때에 어른들 틈에 끼어 과거를 보았습니다. 수많은 선비들이 들 끓는 시험장에 열세 살짜리 소년이 섞여서 답안을 쓰고 있을 때…….

(이하 생략)12)

다섯 살짜리 어린 아이가 어두컴컴한 사당 안에서 오랜 시간 꿇어앉아서 어머니를 위해 조상님께 기도한 일이나, 열세 살 때 진사 시험에 장원 급제를 한 일 등은 이율곡이라는 비범한 인물의 모습을 보여주기에 충분하다. 이원수는 이렇게 남다르게 생각이 깊고 어른스러운 아동의 모습을 통해 이를 지켜보는 관객이나 독자들이 보다 깊이 생각하고 행동할 수 있기를 바란 것이다. 많은 사람들이 초등학생이었을 때 위인의 모습을 본받아 자신의 정체성을 형성했다는 사실에 비추어 볼 때 현룡이라는 인물처럼 긍정적이고 생각이 깊은 등장인물의 모습을 연극으

12) 이원수, 앞의 책, 153~154면.

로 경험하는 것은 매우 가치가 있다.

현실 속에서 흔히 볼 수 없지만, 「꼬마 미술가」에 등장하는 정이 또한 생각이 깊은 인물로, 자기주장을 끝까지 밀고 나가는 힘이 대단한 아동이다.

어머니 : 어마나! 어쩌면!
정웅 : 어머니! 정이야, 정이!
어머니 : 이게…… 잠이 들었어. 이런 데서 들었어.
정웅 : 어머니, 정이를 깨워요.
어머니 : 얘, 가만 있거라. 요것이 이런 데 엎드려 울다가 잠이 들었구나. 그런데 이건 뭐냐?
정웅 : 뭐예요?
어머니 : 이것 좀 봐라. 여기 흙 위에다 뭘 이렇게 만들어 놓았니? 오오라! 잔돌멩이들을 가지고 그림을 그려놨어. 얘! 정웅아, 이것 좀 봐. 이건 산이지 이건 나무! 이건 사람! 어쩌면 잔돌을 늘어놓아서 이렇게 아름다운 경치를 만들었을까!
정웅 : 어머니, 정이가 울다가 이런 그림을 만들고 놀았나 봐요. 그러다가 잠이 든 게죠.
어머니 : 그런 게지. 우리 정이의 그림 재주가 과연 그럴 듯 하구나.
정웅 : 그러니까 어머니도 정이 그림 그린다고 너무 나무래지 마셔요.
어머니 : 글쎄 말이다. 네 동생 재주는 역시 그림에 있나 보다.
정웅 : 어서 깨우셔요. 감기 들겠어요.
어머니 : 그래. 얘! 정아! 정아! 엄마 왔다. 일어나! 응!
정이 : 어머니! (깜짝 놀라는 소리)
어머니 : 정아! 집에 가자. 엄마 인젠 야단 안 하께.
정이 : 아, 어머니(반쯤 우는 소리). 여기가 어디야?
(이하 생략)[13] (밑줄 인용자)

「꼬마 미술가」에 등장하는 정이는 부모님의 말씀에 무조건 순종하지 않고, 자신의 소질과 능력을 찾아내어 이를 고집 있게 주장하는 인물이다. 어머니가 집안 식구들 모두 공부를 잘 하는데 너는 왜 공부는 안 하고 그림만 그리냐고 꾸중을 하신다. 그러자 정이는 화가 나서 집을 나간다. 그렇지만 정이는 집밖에서도 그림을 그려 결국엔 엄마의 마음을 돌려놓는다. 갖은 타박에도 굴하지 않는 정이의 모습과 아동들의 소질이나 희망은 생각하지 않고 자신의 뜻대로 정이를 교육시키려고 하는 엄마의 모습이 대조를 이룬다.

실제 가정에서 이런 갈등이 있을 때 아동이 부모를 이기는 경우는 매우 드물다. 그렇기 때문에 이 서사가 희곡으로써 의미가 있다. 현실과 다르면서도 바람직한 모습을 상정해 봄으로써 아동들의 미래가 어른들의 획일적인 생각으로만 결정될 수 없다는 것을 생각해 보게 하기 때문이다. 반대로 아동들은 이렇게 강한 고집을 나타내기 위해 스스로 자신에 대해 보다 깊이 성찰하고, 노력하여서 부모를 설득할 수 있도록 해야 할 것이다.

3) 성숙하지 못한 아동

두 번째 인물 유형과 상반되는 인물 유형으로 장난이 심하고, 생각이 깊지 못한 아동들이 있다. 일반적으로 아동이라면 대부분 이런 유형에 속할 터인데, 이원수가 바라본 성숙하지 못한 아동들의 특징은 비록 부족한 점이 있지만 심성만은 착하다는 데 있다. 아래에 인용한 「매화분」

---

13) 이원수, 앞의 책, 58면.

에 등장하는 철수와 영남은 이런 유형에 속한다.

철수 : 할아버지, 좋지 못한 장난을 하다가 그만 할아버지한테 그런 고생을 시켰어요. 용서해 주셔요.

할아버지 : 으음!

순옥 : 네가 그 허방다리 놓았구나. 그래 놓고 시치민 떼고…….

철수 : 미안하다. 우리집에 쓰지 않는 꽃분이 많아. 그래 어머니한테 얘기하고 하나 가져오기로 했어. 아! 저기 온다. (큰 소리로) 영남아, 빨리 가져와.

순옥 : 어쩌면 그런 장난을 다 하니? 누굴 곯릴려고.

할아버지 : 수철이? 아니 철수라고 그랬겠다. 장난들을, 단단히 혼을 내줘야지. 그렇지만 구루마를 밀어 놀리노라고 애를 많이 썼으니 그만하면 혼도 났겠다. 허허.

철수 : 영남아, 이리 가져와.

영남 : 할아버지, 꽃분 쓰세요.

철수 : 얘, 잘못했다고 말씀부터 드려!

영남 : 할아버지, 저희들이 죄를 지었어요. 용서해 주셔요.

할아버지 : 응. 너희 둘이서 허방다리를 놓았구나. 그랬으면 숨어서 구경만 하지 웬 꽃분은 가져왔어?

영남 : 숨어서 보았더랬죠. 그랬더니 저희들이 잘못한 생각이 들어서…….

(이하 생략)[14]

이 희곡의 중심 내용은 무거운 이삿짐을 손수레에 실어 옮기고 있는 할아버지와 손녀가 장난꾸러기들이 만든 허방다리[15]에 빠져 고통 받는

14) 이원수, 앞의 책, 191면.

사건을 중심으로 하고 있다. 장난이 심한 철수와 영남이는 할아버지와 순옥이를 통해 자신들의 잘못을 뉘우치고, 할아버지와 손녀를 도운 다음 잘못을 말하고 용서를 빈다. 아동들은 성숙하지 못하기 때문에 한 순간 생각을 잘못할 수 있다. 그렇지만 그것이 잘못되었다는 것을 깨닫고 반성하는 것 또한 성인들과는 달리 어렵지 않다. 대체로 이 유형에 속하는 아동인물들은 비록 장난꾸러기이긴 하지만 마음은 여전히 따뜻하고 언제든지 개선될 수 있는 가능성이 있다.

처음에 철수와 영남은 길에 허방다리를 놓아 누군가 빠지면 재미있을 거라고 생각한다. 이런 장난을 통해 고통 받을 사람의 입장은 전혀 생각하지 않는다. 그러다 자신들의 장난으로 인해 피해를 보는 할아버지와 순옥이를 보면서 자신들의 장난이 지나쳤다는 것을 깨닫고, 자신들의 잘못을 뉘우치며 사죄할 방법을 궁리한다. 이렇듯 철수와 친구 영남이는 함께 장난을 모의하긴 하지만 곧바로 자신들이 잘못한 것을 깨닫고 뒷수습까지 깔끔하게 하는 인물이다.

「말하는 인형」에서 영숙이와 영민이 또한 이와 같은 유형에 속하는 인물이다. 오빠인 영민이는 동생 영숙에게 모형 비행기를 사주고자 모의를 한다. 인형이 말을 한다고 다른 아동들을 속여 돈을 모으고자 하는데, 쉽게 들통이 나고 만다. 그런데 이를 밝혀낸 아이들 중 한 명이 영민이와 영숙이에게 악의가 없다는 것을 알게 된다. 그래서 자기 집에 있는 모형 비행기를 영숙에게 주는 것으로 사건이 마무리된다. 아래에 인용한 대목에서 사건을 꾸미는 과정과 그 결과가 해소되는 과정을 확

---

15) 함정(陷穽)과 같은 말이다.

인할 수 있다.

영민 : 이 궤짝 속에 네가 들어앉아 있어야 해.

영숙 : 내가 왜 궤짝 속에 들어가? 싫어.

영민 : 그래야 돈 버는 거야. 안 들어가면 돈벌이가 안 돼. 모형 비행기 못 사는걸.

영숙 : 그 속에 들어가서 뭘 하는 거야?

영민 : 이 속에 들어앉아서 말을 하면 돼.

경구 : 아주 쉬운 거다.

영민 : 구경꾼이 오거든 말야, "안녕하세요, 나는 말하는 개올시다." 이렇게 말을 하면 되는 거야.

경구 : 그러면 모두 속아 넘어갈 것 아냐? 럭키가 말하는 줄 알고.

영숙 : 엥이! 난 싫어. 그런 것 안 해.

영민 : 네가 안 하면 경구가 들어가서 할 걸. 그럼 돈 벌어서 경구하고 나하고 둘이서 논는다. 너 모형 비행기 사는 데는 단 일 원도 안 줘. 그렇지, 경구야.

(…중략…)

영숙 : 오빠, 저 봐, 날 막 놀리지 않아? 모두 오빠 때문이야. 들키지 않는다고 해 놓고 뭐야, 뭐야. 잉잉잉…….

아이A : (밖을 향해 큰 소리로) 너희들 잠깐만 기다려. 너희들은 큰소리할 자격도 없단 말야. (혼잣말처럼) 누가 알아냈는데 저희들이 떠들어……. (영숙을 보고) (카메라—이동하여 아이A를 크게) 영숙이도 울 것 없지 뭐. 인형이 되기 싫음 내 말에 대답을 해. 네가 궤짝 속에 들어가서 그런 소리를 한 건 모형 비행기를 사고 싶어서라고 하지만 그건 거짓말이다. 계집아이가 누가 모형 비행기를 갖고 싶어 하느냐 말이다. (카메라—영숙에게 커트)

영숙 : (어색한 얼굴로) 난 커서 여자 비행사가 되고 싶은걸. 비행기는

꼭 남자들만 좋아하남? (눈을 흘긴다.)

아이B : 인형이 날아다니면 그것도 재미있겠다. 날아다니는 인형…….
야, 멋지다.

영숙 : (짜증을 내며) 오빠! 저런 소리 하는 애한테는 돈도 주지 마.

아이A : 그까짓 30원 가지고 모형 비행기 사지도 못해.

영숙 : 오빠하고 둘이 돈 모아 가지고 살랴고 그러는걸.

아이A : 영숙이가 정말 그렇게 좋아한다면 내가 하나 주지.

영숙 : 뭘?

아이A : 우리집에 모형 비행기가 두 개나 있어. 우리 아저씨가 그것 만들어 파는 회사에 있거든.

(이하 생략)[16] (밑줄 인용자)

영민이는 영숙이를 끌어들여 '말하는 인형' 계획으로 다른 아이들을 속인 후 돈을 벌려고 하지만, 결국 호기심이 강한 아이들인 아이A와 아이B 등에 의해 그 계획은 미수에 그치게 된다. 만약 어른들이 이런 일을 했다면 용서 받을 수 없는 큰 범죄가 되겠지만 이 희곡에서는 아이들의 철없는 장난으로 이해되고 마무리된다.

이 과정에서 아이들의 순수한 마음과 미래의 꿈에 대한 강한 확신이 나타나 있다. 그리고 아이들은 서로가 서로를 존중해주며 돕는 기특한 모습을 보여준다. 아동들은 비록 잘못을 하기도 하지만 그것을 통해 자신에 대해 더욱 잘 이해하게 되고, 이런 과정을 거쳐 바르게 성장할 수 있다는 아동에 대한 작가의 넉넉한 마음과 따뜻한 사랑, 기대 등을 확인할 수 있다.

---

16) 이원수, 앞의 책, 263~278면.

「영희의 편지 숙제」에 나오는 영희 또한 성숙하지 못한 대표적인 인물이다. 아래에 인용한 대목에 그런 모습이 잘 나타나 있다.

영희 : 에이! 이게 뭐이 맛있다고…….

어머니 : 왜, 좋지 않으냐?

영희 : 미끈미끈해서……. 어머닌 괜히 이런 걸 뭣하러 해?

아버지 : 여보, 그 찬밥 남은 것 있거던 주오. 나 가루 음식은 싫여.

어머니 : 아이, 그런 줄 모르고 괜히 했네. 저녁 지어 드리께 좀 기다려요.

영희 : 나도 밥 먹을 테야. 어머닌 괜히 칼국순 뭐라고 했어?

영희 : (낭독) 어머니가 미안한 얼굴로 부엌으로 나가시었습니다. 부엌에는 칼국수를 만드느라고 벌여 놓은 그릇들이 보였습니다. 어머니는 그것들을 주섬주섬 집어 치우고 쌀을 이셨습니다. 그때 어머니의 얼굴은 한없이 쓸쓸한 표정이었습니다. 저와 저의 아버지가 좋아할 줄 알고 만든 음식이었을 것입니다. 그런 것을 맛없다고 타박을 준 것이 어떻게나 마음에 언짢은지 모릅니다. 왜 저가 어머니한테 그렇게 섭섭해 할 말을 했을까요?

선생님 : 오! 잘 썼다. 또 그 다음은 뭐였지?

영희 : (낭독) 그 다음은, 이웃집에 다리를 저는 아이가 있는데, 조그만 일로 저와 다투었습니다. 그 애는 저를 보고 욕을 했습니다.

이웃아이 : 너 까불지 마! 건방지다.

영희 : 뭐라구? 건방지다구? 내가 뭐이 건방지냐, 병신 기집애가…….

이웃아이 : 이게 정말 까불어? 누굴 병신이라구?

영희 : 그럼 뭐냐? 절름발이 절뚝절뚝 병신이지 뭐야?

이웃아이 : 그래, 병신이다. 어쩔 테냐? 어쩔 테냐? (우는 소리)

영희 : (낭독) 다리를 절기 때문에 사람 많은 곳에도 잘 나가려 들지 않는 아이였습니다. 다리병신인 걸 얼마나 슬퍼하며 지낼지 모

릅니다. 그런 아이에게 제가 절뚝발이라고 욕을 한 것입니다. 저는 그 일이 생각할수록 후회가 되고 그 애한테 미안해서 견딜 수 없습니다.

선생님: 영희의 숙제 편지는 참 잘 썼다. 그만하면 됐어.

(이하 생략)[17]

영희는 자신을 위해 맛있는 저녁을 준비하려고 칼국수를 장만하신 어머니를 이해하지 못해 어머니에게 핀잔을 준다. 그리고 다리를 저는 이웃 아이의 아픔을 구실로 삼아 욱하는 마음에 '병신'이라는 말을 하는 생각이 깊지 못한 아동이다. 일부러 그렇게 말하려고 해서 그런 것은 아니지만 결국 어머니와 이웃 아이에게 말로써 상처를 입힌다.

피아제와 인헬더의 연구에 의하면 만 7세 이후가 되어야 자기중심적 사고가 '탈중심적 사고(decentering)'로 전환된다고 한다.[18] 그래서 영희처럼 어머니와 이웃 아이의 마음을 헤아리지 못하고 자기 생각만 하는 것은 아동들에게는 흔히 일어나는 일임을 알 수 있다. 이런 언행이 어떻게 문제인지를 깨닫고 뉘우치고 있다는 것은 매우 중요한 성장의 과정이며, 증거라고 할 수 있다. 이렇게 변화하는 인물의 모습은 이를 보는 관객들이나 읽는 독자들 또한 자신의 언행을 반성해 볼 수 있도록 유도하는 효과를 발휘한다. 부족한 점이 없는 아동들보다는 비록 이렇게 문제가 많을 지라도 선한 마음을 가지고 있는 아동인물의 모습은 이

---

17) 이원수, 앞의 책, 177~178면.

18) Piaget, J. & Inhelder, B., 김재은 역, 『삐아제의 兒童心理學』, 益文社, 1972, 102~103면. Piaget, J. & Inhelder, B., *The Psychology of the child*, New York : Basic Books, 1969.

를 읽거나 관람하는 아동들에게 교육적으로 큰 영향을 미친다. 그래서 이원수는 이런 유형의 아동들에 주목한 것이다.

4) 지식이 부족한 아동

네 번째 유형으로 아동극에 지식이 부족한 아동들이 등장한다. 「사랑의 선물」에 등장하는 소녀1과 「얘기책 속의 도깨비」에서 명준과 진이 그리고 「8 · 15 해방의 감격」에 나오는 영자가 대표적인 인물이다. 이 유형의 아동들은 지금 모르고 있거나, 스스로 깨닫지 못했던 역사적 사실이나 지식 등을 어른이나 다른 인물들을 통해 알게 된다. 먼저 「사랑의 선물」 가운데 한 대목에 등장하는 소녀의 대사를 살펴보자.

> 해설 1899년 서울 야주개, 지금의 당주동에서 출생한 방정환은 넉넉지 못한 가정에서 고생하며 자랐습니다. (…중략…) 1923년 3월 1일. 방전환 선생은 새로운 이름의 잡지를 냈습니다.
>
> 소년1 : (낭독하듯이) 씩씩하고 참된 소년이 됩시다. 그리고 늘 서로 사랑하며 도와 갑시다.
>
> 방정환 : 그렇습니다. 다 같이 한 번 외어 봅시다.
>
> 소년소녀들 : 씩씩하고 참된 소년이 됩시다. 그리고 늘 서로 사랑하며 도와 갑시다.
>
> 방정환 : 이것이 이 잡지의 바라는 마음입니다.
>
> 소녀1 : 방 선생님, 이 잡지 이름이 참 이상해요. 어린이……. 어린이라고 했는데…….
>
> 방정환 : 여러분은 어린이라는 말이 귀에 설지요? 그럴 것이오. 지금이 때까지 어른들은 여러분을 아이라고만 했지 어린이라고는 하지 않았으니까요. 어린이란 말은 늙은이, 젊은이 하는

말과 같이 아이 어린 사람을 가리켜 부르는 이름으로 쓴 것 입니다.

(이하 생략)[19] (밑줄 인용자)

「사랑의 선물」은 방정환의 일생을 아동들에게 소개하고 있다. 여기에 있는 해설은 이 대목에서 뿐만 아니라 처음부터 끝까지 계속 등장하는데 등장인물들의 말과 행동을 통해 전달하기 어려운 내용을 등장인물과 관객들이나 독자들에게 전달하는 장치이다. 그리고 등장인물 방정환은 희곡 속에서 등장하는 소년1, 소녀1에게 직접 설명을 하기도 한다. 이것은 관객들이나 독자들을 직접 상대하지는 않지만 그것과 크게 다르지 않는 교술적인 장치라고 할 수 있다. 특별히 강조하고 싶은 내용에 대해서는 위와 같이 소년소녀들에게 "다 같이 한 번 외어 봅시다."라고 하거나 밑줄 친 소녀1의 대사를 바탕으로 답변하는 형식을 취하면서 자신의 생각을 자세히 설명하고 있다.

해설과 방정환은 설명하거나 알려주는 인물이고, 여기에 등장하는 소녀1이나 소년1 등은 어른인 방정환의 가르침을 전적으로 수용하는 인물이다. 이 아동인물들은 등장인물의 이름이 없는 것을 통해 짐작할 수 있는 것처럼 특별한 성격을 갖는 인물이 아니라 해설과 방정환이란 인물을 통해 작가가 전달하고자 하는 바를 소극적이고, 수동적으로 받아들이는 인물이다. 이것은 방송극이라는 매체를 통해 특정한 인물에 대한 지식이나 그의 사상을 명확히 알릴 수 있는 조건을 최대한 활용한 사례라고 볼 수 있다. 아래에 인용한 「얘기책 속의 도깨비」라는 아동극

19) 이원수, 앞의 책, 165~166면.

에서도 이와 같은 인물이 등장한다.

> **명준 · 진이** : (사방을 돌아보고) 도깨비님, 권총왕은 정말 갔어요?
> **도깨비** : 갔다, 갔어.
> **진이** : 아이 혼났어. 마구 쏠라지 않아요?
> **명준** : 전 정말 죽는 줄 알았어요.
> **도깨비** : 그런 나쁜 놈을 왜 찾았느냐 말이다. 아예 가까이 하질 말아야 해. 그 만화책인가 하는 걸 사 보니까 이런 일도 생기는 거다. 알겠나?
> **명준** : 정말 도깨비 아저씨 말이 맞았어요. 인제 다신 그런 것 안 볼 테여요.
> **진이** : (만화책을 멀리 내던지면서) 에잇, 나쁜 책은 가라!
> **도깨비** : 허허허허, 이제야 알겠구나. 알았으면 됐어.
> (이하 생략)[20] (밑줄 인용자)

이 희곡에 등장하는 명준과 진이는 각각 11세, 8세쯤 된 소년들이다. 위에 인용한 대목에서 이 두 아동은 책장수의 만화책을 사서 그 속에 있는 권총왕을 불러냈다가 곤혹을 치르게 된다. 그때 마침 도깨비가 나타나서 아이들을 구해준다 것이 중심 내용이다. 밑줄 친 명준과 진이의 대사에서 알 수 있는 것처럼 이 희곡의 주제는 '만화책, 나쁜 책을 사 보지 말자'라는 것인데, 작가가 전하고자 하는 교훈이 잘 드러나 있다.

여기에서 명준이와 진이라는 인물은 자신의 힘으로 어려움을 극복하지 못하고, 또 자신들의 잘못을 스스로 깨달아 새로운 안목을 형성하는 모습이 없다. 만화책 속에서 권총왕을 불러내는 것은 스스로 선택한 것

20) 이원수, 앞의 책, 239~241면.

이지만 그에게 괴롭힘을 당할 때 이를 해결할 힘은 전혀 없다. 그래서 아동들이 해야 할 사고와 판단을 도깨비가 대신 해 주고, 앞으로의 행동 방침까지도 친절하게 가르쳐주고 있다. 이런 유형에 속한 등장인물들은 자기 삶에 대해 주체적이지 못하고, 피동적인 모습을 보여주고 있다. 아래에 인용한 「8・15 해방의 감격」이라는 희곡에 등장하는 영자 또한 같은 인물 또한 같은 유형에 속한다.

> 이: 영자는 <태극기>를 배웠지?
>
> 영자: 네, <우리나라>에 대한 이야기의 <태극기> 말이죠? 6・25 때 이야기예요.
>
> 이: 6・25 때 이야기였지. 그리고 그 이야기는 우리나라를 위해서 우리가 어떤 마음으로 살아야 하느냐에 대해서 공부가 되었을 거야. 그런데 오늘은 8・15 때 내가 겪은 일을 이야기해 볼까 하는데, 영자는 그때 아직 나지도 않았을 테니까 아주 옛날 얘기 같겠지만 그리 먼 옛날은 아니야.
>
> 영자: 8・15 해방은 그러니까 18년 전이지요?
>
> 이: 그렇지.
>
> 영자: 우리나라는 4천년 역사를 가진 나라니까 18년쯤은 아주 어제 같은 거죠, 뭐…….
>
> 이: 나라를 사랑한다는 것, 즉 애국이라는 것은 왜 우리들이 해야 하는 일인가? ……이걸 잘 알아야 해요. 나라를 사랑하는 것은 국민의 '도리'니까 한다……, 이런 생각만으로서는 옳은 애국이 되기 어려워요.
>
> (이하 생략)[21]

---

21) 이원수, 앞의 책, 206~207면.

'이'라는 인물은 나오는 이들에 '이(李)'라고 되어 있어서 이씨 성을 가진 성인이다. 그런데 아동극을 쓴 이원수의 성씨가 이씨이기 때문에 작가 자신을 지칭하는 것으로 짐작할 수도 있다. 이 아동극에서는 '이'라는 성인이 등장하여 영자라는 아동에게 일제시대 겪었던 자신의 경험을 들려주고 있다. 그 경험의 중심 내용은 3·1 운동과 일제의 수많은 악행 등을 알리는 것과 함께 해방된 나라에서 애국과 건설을 하는 것이 중요함을 강조하고 있다. 연극적인 내용 전개나 형식적 장치가 미흡하고 단순하게 대화를 주고받는 방식으로 훈육을 하고 있어서 극적인 재미나 긴장감이 다소 부족하다. 그리고 영자라는 아동의 성격을 보면 개성이 나타나지 않고, 다만 '이'의 주장을 들어주는 수동적인 역할에 머물고 있다.

4. 이원수 아동극에 나타난 아동관

앞에서 살펴본 바와 같이 이원수는 그의 아동극에서 '상처받은 아동', '생각이 깊은 아동', '성숙하지 못한 아동', '지식이 부족한 아동' 이렇게 네 가지 아동 유형을 주인공이나 주요 인물로 삼아 아동들의 삶과 고민을 담아냈다. 물론 이 네 가지 유형이 그가 주목한 전부라고 할 수는 없겠지만, 연구자의 분석에 의하면 가장 두드러진 유형이다. 이런 네 가지 인물 유형을 분석하여 이원수가 나타내고자 한 바를 추론함으로써 그의 아동관을 살펴보도록 하자.

1) 위로와 격려가 필요한 아동

먼저 '상처받은 아동' 유형에서 추론할 수 있는 것은 아동들 또한 성인들과 마찬가지로 역사와 시대의 아픔을 간직하고 있기 때문에 아동들이 받고 있는 상처에도 관심을 가져야 한다는 견해이다.[22] 역사적인 시련으로 인해 고통 받는 사람들에는 성인들이나 당사자들만 있는 것이 아니라 그들의 자녀들까지도 포함된다는 것이다. 그래서 가족과 마을, 국가 공동체에서 이런 고통 속에서 괴로워하는 아동들을 따뜻하게 감싸주고 위로해 줌으로써 그들이 건강하게 성장할 수 있도록 도와야 한다고 주장한다.

6·25를 비롯하여 남북 분단과 관련된 배경이나 소재를 다룬 아동극을 쓴 작가들로는 이원수 외 다른 작가들도 적지 않다. 그렇지만 다른 작가들의 작품에 나타난 반공주의, 냉전주의적 관점과 이원수의 관점은 뚜렷하게 구별된다. 여기에서 이데올로기보다 인간 자체를 중시하는 휴머니즘적 아동관을 추론할 수 있다.

2) 인격체로 인정받는 아동

이원수가 주목한 두 번째 아동 유형인 '생각이 깊은 아동' 유형들은 아동들을 미숙한 존재가 아닌 성인과 다름없이 존중받아야 할 하나의

---

22) "적어도 아동들의 생활에 영향을 주고 있는 사회적인 모든 현상에 대해서 무관심하거나 아동들이 받고 있는 박해에 대해서 눈감을 수 있는 작가가 아무리 아동을 아름다운 것으로 그리고 그들의 미행(美行)을 찬양하는 글을 썼다 한들, 거기서 느껴지는 것은 위선적인 것 아니면 몸서리쳐지는 비정 그것이 아닐 수 없다. 이원수, 「아동문학의 문제점」, 『아동문학입문』, 소년한길, 2001, 225~226면.

인격체로 보고 있는 이원수의 아동관을 짐작할 수 있다. 아동 스스로 어떻게 살아야 할지에 대해 깊이 생각하고 이를 현실 속에서 구현하는 모습을 보면 어른들이 돌봐주어야 하는 연약한 존재와는 확연하게 차이가 난다. 오히려 어른과 다름없거나 아니면 어떤 경우에는 어른보다 나은 생각과 행동을 함으로써 이 사회의 든든한 구성원 가운데 한 명이라는 사실이 분명하게 나타나 있다.

3) 성장하고 있는 아동

'성숙하지 못한 아동'들은 어떤 상황에서는 부족하거나 문제적인 행동을 하기도 하고, 또 다른 장면에서는 바람직한 행동을 하기도 한다. 특히 부정적인 행동을 포함해서 심한 경우 악행을 하는 아동도 있다. 그러나 이 인물들을 섣불리 악인이라고 단정 지을 수 없다. 그 까닭은 성인극에 등장하는 것과 같은 악인형 인물과는 매우 다른 모습을 보여주고 있기 때문이다. 부족하거나 문제가 있는 아동들에게도 선한 본성은 있고, 그것이 오히려 더 크다는 믿음, 그리고 문제가 되는 말과 행동에 대해 스스로 잘못을 깨닫고 이를 바로잡을 수 있다는 것을 깊이 신뢰하고 있기 때문이다. 이런 점에서 그의 아동극에는 낭만주의적 아동관이 나타나 있다.

5. 이원수 아동극에 나타난 아동관의 함의

앞에서 살펴본 바와 같이 이원수가 쓴 동화나 소년소설에서 볼 수 있는 적극적이고 능동적으로 시대의 문제를 해결하는 아동상이 아동극에서는 발견되지 않는다.[23] 그렇지만 그럼에도 이원수의 아동극에는 휴머니즘, 인격체로의 존중, 낭만주의적 아동관 등이 '총체적'[24]으로 나타나고 있다. 이런 총체성이 이원수 아동극에 나타난 아동상의 미덕이라고 할 수 있다. 즉 특정한 부류의 아동에 편중되지 않고, 당대 현실 속에서 살아가는 다양한 계층의 아동들에게 관심을 가졌다는 점이 그것이다. 2011년 대한민국 초등학교에서는 일제고사, 국제중 등으로 대변되는 학과 성적에 대한 지나친 강조와 이와 관련된 경쟁 풍조는 자칫 다양한 아동들의 여러 가지 특장(特長)들을 간과하게 할 수 있어 많은 비판을 받고 있다. 그런데 일찍이 이원수의 아동극에서는 이런 문제들을 극복할 수 있는 아동관 즉 아동들을 총체적으로 바라보는 안목이 잘 나타나 있고, 이 점을 오늘날 깊이 되새길 필요가 있다.

앞에서 살핀 바와 같이 이원수의 아동극은 그가 쓴 다른 장르의 아동문학 작품들과 마찬가지로 분단을 극복하고, 독재정권의 부당함을 거론하는 등 해방 이후 민족, 민주, 민중의 이념을 지향한 리얼리즘 아동문학의 한 줄기라는 점은 분명하다.[25] 그래서 이원수 아동극 또한 동시,

---

23) 오판진, 「이원수의 '메아리 소년'에 나타난 통일지향성」, 『문학교육학』 제10집, 한국문학교육학회, 2002, 294~305면.

24) "총체성이란 주지하다시피 삶의 다양성과 삶의 구체성과 삶의 구조성을 형상화된 언어로 드러낸 것을 의미한다." 박인기, 『문학교육과정의 구조와 이론』, 서울대출판부, 2001, 253면.

25) 원종찬, 「이원수와 70년대 아동문학의 전환－한국아동문학가협회의 창립과 아동문단의 재편 과정」, 『문학교육학』 제28호, 한국문학교육학회, 2009, 521면. 박종순, 「이원수 아동문학의 리얼리즘 연구」, 창원대학교대학원 박사학위논문, 2009.

동화, 소년소설 등에서 그가 표방한 역사의식과 시대정신, 민주주의와 통일에 대한 열망 등이 작품으로 잘 형상화되었다고 평가할 수 있다.

앞에서 제시한 표와 같이 이원수가 쓴 아동극의 영역을 살펴보면, 무대에서 공연되는 것을 전제로 한 희곡은 두 편이고, 텔레비전용 희곡이 두 편, 그 외 대화극이 한 편인 반면, 라디오 방송용으로 쓴 것은 18편으로 가장 많다. 여기에서 그가 쓴 대다수의 아동극이 라디오 방송용이라는 특이점이 발견된다. 아동극이 무대가 아닌 라디오에서 실현되는 것을 전제로 함으로써 들려주는 측면, 다시 말해 서사적 성격이 강해졌고, 보여주는 연극적 특성이 약화될 수 있었다고 짐작된다.

더불어 이원수의 아동극 중에는 소년소설이나 동화와 장르를 넘나들었던 작품도 발견된다. 「애기책 속의 도깨비」와 「초록 언덕을 가는 전차」가 그것인데, 전자는 「도깨비와 권총왕」이란 이름으로, 후자는 동명의 소년소설로 발표되었다.[26] 전자는 어느 것이 먼저 만들어지거나 발표되었는지 알 수 없지만, 「초록 언덕을 가는 전차」의 경우는 1959년에 아동극으로 만들어져 라디오로 방송되었고, 그 후 1963년에 소년소설로 출판되었기 때문에 아동극이 먼저이다. 이 사실을 통해 볼 때 이원수는 아동극의 장르적 특성보다는 아동문학 전체 속에서 아동극을 바라보았으며, 필요에 따라 아동극이나 소년소설 등의 장르를 서로 융통성 있게 넘나들었다는 것을 알 수 있다. 오늘날 소설과 희곡, 시나리오, 만화, 뮤지컬 등이 같은 내용이면서도 서로 자유롭게 장르를 넘나드는 것을 쉽게 볼 수 있는데, 이것과 유사한 현상이다. 이런 사실을 통해 이원수는

26) 이원수, 『(이원수 소년소설집) 초록 언덕을 가는 전차』, 계진문화사, 1963, 154~172면 ; 이원수, 김중철 엮음, 『도깨비와 권총왕』, 웅진출판, 1999, 86~101면.

아동문학 장르의 특성보다는 아동상을 중심에 놓고 아동극을 만들었다는 것을 추론할 수 있다.

6. 결론

이원수는 1950년대와 60년대 역사의식과 시대정신이 반영된 뛰어난 아동극을 다수 창작하였다. 이원수 아동문학전집에 실려 있는 23편의 희곡이 대표적인데, 이 작품들을 분석의 대상으로 하여 주요한 인물 유형으로 분류해 본 후 거기에서 추론할 수 있는 작가의 아동상에 대해 소략하게나마 논의해 보았다.

이원수의 아동극에 나타난 특징적인 아동 유형에는 '상처받은 아동', '생각이 깊은 아동', '성숙하지 못한 아동', '지식이 부족한 아동' 이렇게 네 가지가 있다. 그리고 여기에 담긴 이원수의 아동관에는 휴머니즘, 낭만주의, 인격체로의 존중 등 긍정적인 아동관이 주로 나타나고 있다. 앞으로 이원수의 아동극에 대한 본격적이고 심도 깊은 연구가 이어지길 기대해 본다.

출전 : 이 글은 「이원수 아동극의 인물 유형 연구」, 『아동청소년문학연구』 9, 2011을 일부 수정하여 수록한 것임을 밝힌다.

제4부

부 록

생애 연보

1911년 11월 17일(음력)에 경남 양산읍 북정리에서 아버지 이문술(李文術)과 어머니 진순남(陳順南)의 외아들로 태어남.

1912년 1세. 생후 10개월 만에 가족이 창원군 창원면 중동리 100번지로 이사.

1915년 4세. 가족이 창원면 북동리 207번지로 이사.

1916년 5세. 창원면 소답리 서당에서 『동몽선습』, 『통감』, 『연주시』 등을 배움.

1918년 7세. 창원면 중동리 559번지로 이사.

1921년 10세. 경남 김해군 하계면 진영리 2410번지로 이사.

1922년 11세. 마산부 오동동 80-1번지로 이사. 마산공립보통학교 2학년에 편입학.

1923년 12세. 아동 잡지 『어린이』, 『신소년』을 애독.

1924년 13세. 마산부 오동동 71번지로 이사. 『신소년』 4월호 '독자문단 동요'란에 「봄이 오면」이 당선되어 게재됨.

1925년 14세. 1월 6일(음력) 부친 이문술 사망. 3월 14일 학생문화운동단체인 마산신화소년회 조직. 3월 23, 24일 이틀간 노동야학교에서 신화소년회 창립 축하회를 가짐. 이때 처음으로 방정환을 만남. 4월 4일신화소년회 주최로 토론회를 가짐. 『어린이』에 동요 「고향의 봄」을 투고.

1926년 15세. 「고향의 봄」이 『어린이』 4월호에 당선. 5월 17일자 『동아일보』의 '어린이 작품'란에 동요 「아기 새」가 게재됨. 마산부 산호동과 양덕동에 있는 야간 강습소에 나가 한글을 가르침

1927년 16세. 윤석중, 이응규, 천정철, 윤복진, 신고송, 이정구, 서덕출, 최순애 등과 아동문학 동인회 '기쁨사'의 동인으로 활동. 『어린이』에 「비누 풍선」 「섣달 그믐밤」 발표. 마산공립보통학교 문집 『문우(文友)』에 「눈 내리는 저녁(雪降ル晩)」이란 단문이 일본어로 게재됨. 작곡가 이일래가 「고향」이라는 제목으로 「고향의 봄」에 곡을 붙임. 1929년 홍난파가 다시 곡을 붙인 「고향의 봄」이 널리 알려짐.

1928년 17세. 『어린이』의 집필 동인이 됨. 마산공립보통학교를 졸업하고 마산공립상업학교 입학.

1930년 19세. 광주학생항일운동을 거치며 『학생』 4월호에 시 「꽃씨 뿌립시다」, 5월호에 「나도 용사」를 발표.

1931년 20세. 마산공립상업학교를 졸업하고 함안금융조합 본점 서기로 취직. 7월 방정환 작고. 『어린이』에 방정환을 생각하여 지은 조시(弔詩) 「슬픈 이별」을 발표

1935년 24세. 2월에 반일 문학그룹 '독서회 사건'으로 경남 함안에서 피검. 나영철, 김문주, 제상묵, 황갑수 등과 함께 치안유지법 위반으로 징역을 언도받도 마산과 부산에서 감옥생활. 옥중에서 동시 「두부 장수」(1981년 발표)를 씀.

1936년 25세. 1월 30일 출감. 6월 「오빠 생각」을 쓴 '기쁨사' 동인 최순애와 결혼해서 마산부 산호 1동 284－1 30통 4반에 신혼살림을 꾸림. 한성당 건재약방 서기로 잠시 근무.

1937년 26세. 장남 경화(京樺) 출생. 함안금융조합 가야 지소에 복직되어 함안으로 이주.

1939년 28세. 차남 창화(昌樺) 출생.

1941년 30세. 장녀 영옥(瑛玉) 출생.

1942년 31세. 『반도의 빛(半島の光)』 8월호에 친일시 「지원병을 보내며」 「낙하산」을 발표.

1943년 32세. 『반도의 빛』 1월호에 친일 수필 「전시하 농촌 아동과 아동문화」, 5월호에 친일시 「보리밭에서—젊은 농부의 노래」, 11월호에 친일 수필 「고도감회(古都感懷)—부여신궁어조영 봉사작업에 다녀와서」를 발표

1945년 34세. 차녀 정옥(貞玉) 출생. 함안군 가야면에서 치안위원, 한글강습소의 강사로 활동. 10월 서울 경기공업학교의 교장이었던 첫째 동서 고백한의 권유로 서울로 올라와 교사로 취직. 아현동 학교 관사에서 생활.

1946년 35세. 동시 「오끼나와의 어린이들」 「너를 부른다」 「부르는 소리」 등을 발표. 새동무사의 편집 자문 역할을 맡음.

1947년 36세. 동요 시집 『종달새』(새동무사)출간. 10월 경기공업학교를 사직. 이후 박문출판사의 편집국장으로 4년간 일함. 아현동 학교 관사를 나와 넷째 동서 김만수의 도움으로 안암동 114번지에 집을 마련.

1948년 37세. 삼녀 상옥(祥玉) 출생.

1949년 38세. 삼남 용화(龍樺) 출생. 모친 진순남 사망. 그림 동화집 『어린이나라』, 『봄잔치』를 박문출판사에서 출판. 『어린이나라』에 장편동화 『숲 속 나라』를 발표.

1950년 39세. 한국전쟁 때 피난을 가지 못하고 경기공업학교에 나가 사무일을 함. 첫째 동서 고백한을 집에 숨겨 보호. 인민군에 협력한 일로 인해 9·28 수복 후 쫓기는 몸이 됨. '정민'이라는 필명을 사용.

1951년 40세. 1·4 후퇴 때 영옥, 상옥, 용화를 잃어버림. 경기도 시흥군 수암면 논곡리(방죽머리)로 피난. 영국군 부대에 노무자로 뽑혀 동두천에서 1년간 천막생활.

1952년 41세. 대구로 피난하여 김팔봉 등 여러 문우들의 도움과 신원 보증으로 한국전쟁 중 서울에서의 생활에 대한 문제를 해결. 7월 오창근, 김원룡 등과 함께 아동 월간지 『소년세계』를 창간하여 편집주간으로 3년간 근무. 장녀 영옥을 제주도 고아원에서 찾음.

1953년 42세. 11월 서울로 돌아옴. 늦게 돌아온 까닭에 안암동 집이 타인의 손에 넘어가 셋방살이를 함. 신구문화사 편집위원으로 일함. 필명으로 '이동원'을 사용. 동화 「꼬마 옥이」를 발표.

1954년 43세. 한국아동문학회 창립 부회장으로 추대됨(회장 한정동, 부회장 김영일 · 이원수), 장편동화 『숲 속 나라』(신구문화사) 출간.

1955년 44세. 자전적 소년소설 『오월의 노래』(신구문화사) 출간. 잡지 『어린이 세계』를 편집.

1956년 45세. 아동월간지 『어린이세계』 주간을 맡음. 7월 광화동 셋집에서 답십리동으로 이사.

1958년 47세. 한국자유문학자협회 아동문학 분과위원장으로 추대됨.

1960년 49세. 부정선거에 항의하여 일어난 마산 3 · 15 의거를 소재로 한 동화 「어느 마산 소녀의 이야기」, 4 · 19혁명을 소재로 한 동시 「아우의 노래」, 동화 「땅 속의 귀」를 발표. 2월~4월 HLKY 기독교방송국에서 동시작법에 대해 방송.

1961년 50세. 4 · 19혁명을 소재로 한 동화 「벚꽃과 돌멩이」, 아동극(방송국) 「그리운 오빠」 등을 발표. 한국전쟁 이후 양민학살사건, 4 · 19혁명을 다룬 장편 소년소설 『민들레의 노래』 (학원사)를 발표. 한국문인협회 결성대회 준비위원으로 참가.

1962년 51세. 한국문인협회 이사로 추대됨.

1963년 52세. 4 · 19혁명을 소재로 한 동시 「4월이 오면」 발표. 독재 정권을 비판한 동화 「토끼 대통령」 발표.

1965년 54세. 4 · 19혁명을 소재로 한 시 「돌멩이 이야기」를 발표. 장남 경화와 장녀 영옥 결혼. 장남 경화와 맏아들 장손 재원(在遠)태어남. 이

때부터 1973년까지 경희여자초급대학에서 아동문학에 관해 강의.

1968년 57세. 「고향의 봄」 노래비가 경남 창원 산호공원에 세워짐. 한국전쟁의 아픔을 담은 장편 소설 『메아리 소년』(대한기독교서회) 출간.

1970년 59세. 전태일의 분신을 그린 동화 「불새의 춤」을 발표. 답십리동에서 사당동 예술인촌으로 이사. 노래동산회, 서울교육대학교에서 수여하는 '고마우신 선생님상' 수상.

1971년 60세. 2월 한국아동문학가협회 창립에 참가하고 초대 회장으로 추대됨. 3월 디스크 발병으로 1개월간 치료 요양. 11월 회갑기념 아동문학집 『고향의 봄』(아중문화사)이 출간됨.

1973년 62세. 3월에 낙상 골절로 입원하여 4개월간 치료. 11월에 한국문학상 수상. 자전적 체험이 반영된 동화 「별」을 발표.

1974년 63세. 12월에 대한민국문화예술상 수상.

1975년 64세. KBS TV 「명작의 고향」 프로그램 제작차 마산, 창원 여행. 동화, 시, 옛이야기, 수필, 편지, (일상생활에서 실제로 겪으며 느낀) 실화를 바탕으로 한 이야기 등 짤막한 글 129편을 모아 묶은 『얘들아, 내 얘기를』(대한기독교회) 출간.

1978년 67세. 9월 대한민국예술원상 문학부문을 수상. TBC-TV 「인간만세」 프로그램 중 「고향의 봄」 편 제작차 마산, 창원 여행. 문우들에 의해서 예술원상 수상 축하 동시·동화집 『이원수 할아버지와 더불어』(유아개발사)가 출간됨.

1979년 68세. 11월 조직검사 결과 구강암 진단을 받고 12월 12일 수술.

1980년 69세. 치료를 위해 입원하여 1월 1차 피부이식수술, 2월 2차 피부이식수술, 6월 구강암 재발하여 5주간 방사선 치료. 10월 병세 악화로 전기 치료. 10월 대한민국문학상 아동문학 부문 본상 수상. 11월 남성교회에서 세례를 받음.

1981년 70세. 마지막 동시 「겨울 물오리」 「때 묻은 눈이 눈물지을 때」 발표. 1월 24일 20시 20분 작고. 1월 26일 가족장으로 용인공원묘지에 안장.

1984년 『이원수아동문학전집』(전 30권, 웅진)이 출간됨. 금관문화훈장이 추서됨. 창원 용지공원에 「고향의 봄」 노래비가 세워짐.

1986년 양산 춘추공원에 「고향의 봄」 노래비가 세워짐.

1990년 「꼬마 옥이」를 비롯한 9편의 동화와 소년소설이 『ちっちゃなオギ コリア 兒童文學選 第1卷』이란 제목으로 일본어로 번역되어 일본 소진사(素人社)에서 출간됨.

1995년 마산 MBC에서 「아동문학의 거목 이원수」가 제작되어 방송됨. 5월 '이달의 문화인물'로 선정됨.

1996년 이원수의 삶과 문학을 다룬 『물오리 이원수 선생님 이야기』(이재복, 지식산업사), 『내가 살던 고향은』(권정생, 웅진) 잇따라 출간됨.

2001년 7월 창원에서 '고향의봄 기념사업 추진위원회' 구성.

2002년 『반도의 빛』에 게재된 이원수 친일 작품에 대한 박태일의 글이 『경남도민일보』3월 5일자에 공개되고, 10월 나카무라 오사무의 연구가 『조선학보(朝鮮學報)』에 발표됨. 창원시 서상동 산 60번지에 고향의 봄도서관 개관.

2003년 창원 고향의 봄 도서관에 이원수문학관 개관.

2008년 창원 고향의 봄 기념사업회사단법인화. 고향의 봄 학술세미나 '분단 이후 이원수의 작품세계' 개최.

2009년 『반도의 빛』에 발표한 일련의 작품 때문에 『친일인명사전』(친일인명사전 편찬위원회 편, 민족문제연구소) 3권에 이름이 오름.

2011년 「고향의 봄」 창작터 '오동동 71번지' 발견. 이원수 탄생 백주년을 기념한 여러 행사와 세미나 및 연구 발표가 이루어짐.

작품 연보

발표 및 출간 시기	분류	제목	발표 지면 및 출판사
1924.4	동요	봄이 오면	신소년
1926.4	동요	고향의 봄	어린이
1926.5.17	동시	아기 새	동아일보
1926.5.21	동시	오리 떼	동아일보
1926.8.19	동시	병든 동생	동아일보
1926.9	동시	외로운 밤	신소년8·9월 합호
1926.9.5	동시	참새	동아일보
1926.10	동시	가을밤	어린이
1926.12.9	동시	겨울 아침	동아일보
1927.1	동시	섣달 그믐밤	어린이
1927.1	동시	저녁길	신소년
1927.4.28	동시	청개구리	동아일보
1927.7	동시	비누 풍선	어린이
1928.5.2	수필	눈 먼 아이와 나무장사	동아일보
1928.6	동화	어여쁜 금방울	어린이5·6월 합호
1928.7	소년시	봄날의 점심 때	신소년
1929.1.12	동시	약 지어 오는 밤	동아일보
1929.1.18	동시	어머님 마중	동아일보
1929.4	동시	바다 처녀	학생
1929.5	동시	봄 저녁	학생
1929.8	동시	해변에서	학생
1929.9	동시	묘지의 저녁	학생
1930	동시	아버지와 아들	미상

1930	동시	설날	어린이
1930	악보	고향의 봄	조선동요백곡집-상 (홍난파, 연악회)
1930.2.12	동시	씨 뿌리는 날	조선일보
1930.2.20	동시	헌 모자	조선일보
1930.3	감상	창간호부터의 독자의 감상문	어린이
1930.3.5	동요동시	자다 깨어	동아일보
1930.3.21	동시	잃어버린 오빠	조선일보
1930.4	동시	꽃씨 뿌립시다	학생
1930.5	동시	나도 용사	학생
1930.5	동요	그네	어린이
1930.5	동요	그림자	어린이
1930.5	전설	방울꽃 이야기	어린이
1930.5	동화	은반지	어린이
1930.5.7	동시	비오는밤	조선일보
1930.8	동시	잘 가거라	어린이
1930.8	동시	보리방아 찧으며	어린이
1930.8.22	동시	화부(火夫)인 아버지	조선일보
1930.9	동시	교문 밖에서	어린이
1930.9.2	동시	광산	조선일보
1930.10.2	동시	일본 가는 소년	조선일보
1930.10.3	동시	일본 가는 소년 기이(其二)	조선일보
1930.10.10	동시	일본 가는 소년 기삼(其三)	조선일보
1930.11	동시	낙엽	어린이
1930.11	동시	찔레꽃	신소년
1931.8	그림동요	장터 가는 날	어린이
1931.8	시	슬픈 이별-소파 선생을 잃고	어린이
1931.12	음반	고향의 봄	콜롬비아 레코드사 (홍난파 곡, 서금영 노래)
1932.4.24	악보	봄바람	중앙일보
1932.8	동시	벌소제-비 오는 날의 르포	어린이
1933	악보	웃음, 비누 풍선	조선동요백곡집-하 (홍난파, 장문당서점)
1933.11.7	악보	비누풍선(홍난파 곡)	조선일보 특간

1934.4	동시	누이와 기차	신소년4·5월 합호
1934.5	동시	이른 봄	우리들4·5월 합호
1934.2	동시	눈 오는 밤에	신소년
1935	동시	두부 장수 / 여항산에서	미상
1935	동시	전봇대	조선일보
1936	동시	공작	신시대
1936	동시	어디만큼 오시나	소년
1936	동시	나무 간 언니	조선일보
1937	동시	자전거	소년
1937	동시	아카시아꽃	소년
1937	동시	우는 소	소년
1938	동시	아침 노래	소년
1938.10.1	동시	보오야 넨네요	소년
1938	악보	고향	조선동요작곡집(이일래)
1939	동시	밤	소년
1939	동시	설날	소년
1939.4.1	동시	고향 바다	소년
1940.12.17	동요	부엉이	소년조선일보
1940.1.14	동시	야옹이	소년조선일보
1940.1.20	동시	염	소년조선일보
1940.1.	동시	밤눈	소년
1940.2.25	동시	전기	소년조선일보
1940.3.17	동시	애기와 바람	소년조선일보
1940.3.31	동시	앉은뱅이꽃	소년조선일보
1940.4.28	동시	돌다리 놓자	소년조선일보
1940.5.26	동시	공	소년조선일보
1940.6.9	동시	밤시내	소년조선일보
1940.6.30	동시	저녁노을	소년조선일보
1940.7.1	동시	자장 노래	소년
1940.7.28	동시	기차	소년일보
1940~41	동시	세우자 새 나라	미상
1941.10.19	동시	언니 주머니	매일신보
1941.10.26	동시	이 닦는 노래	매일신보
1941.11.2	동시	밤	매일신보

1942	동시	꽃 피는 4월 밤에	새동무
1942	동시	자장 노래	소년
1942.6	동시	종달새	반도의 빛
1942.6.1	동시	봄바람	반도의 빛
1942.6.1	동시	빨래	반도의 빛
1942.8.1	소년시	낙하산	반도의 빛
1942.8.1	소년시	지원병을 보내며	반도의 빛
1943.1	수필	전시하 농촌 아동과 아동문화	반도의 빛
1943.5.1	시	보리밭에서-젊은 농부의 노래	반도의 빛
1943.11.1	수필	고도감회-부여신궁조영 봉사 작업에 다녀와서	반도의 빛
1943.9	동시	어머니	아이생활
1946	동시	너를 부른다	어린이신문
1946	동시	부르는 소리	어린이신문
1946	동시	봄 시내	새동무
1946	동시	해바라기	주간 소학생
1946	동시	빗속에서 먹는 점심	주간 소학생
1946.1	소년시	오끼나와의 어린이들	주간 소학생
1946.3	동시	개나리	새동무
1946.3.25	동시	이 닦는 노래	주간 소학생
1946.11	동시	애기와 바람	주간 소학생
1946.12	동시	연	주간 소학생
1947	동시	어린이날이 돌아온다	소학생
1947	동시	송화 날리는 날	아동문화
1947	동요동시집	종달새	새동무사
1947.2	동요	이 골목 저 골목	주간 소학생
1947.3	동요	새봄맞이	주간 소학생
1947.3	동요	민들레	주간 소학생
1947.8	심사평	생활을 노래하라-뽑고나서	소학생
1947.10	동요	달밤	소학생
1947.11	동시	기다림	새동무
1948	소설	새로운 길	소년
1948	동시	삘기	소년세계
1948	동시	누가 공부 잘하나	음악공부

1948	동시	토마토	아동문화
1948	동시	성묘	어린이
1948	동시	가을밤	어린이
1948	동시	눈	새동무
1948.7	동시	밤시내	소년1호
1948.9	동요	저녁	소학생
1948.12	소년시	바람에게	소년5호
1949	자전소설	오월의 노래	진달래
1949	동시	고향은 천리길	어린이
1949.1	동요	설날	어린이나라
1949.2	동시	내 그림자	소년
1949.2~12	동화	숲 속 나라	어린이나라
1949.3	동시	들불	어린이나라
1949.4	동시	진달래	소학생
1949.5	동시	오랑캐꽃	소년
1949.6	동시	빗소리	진달래
1949.8	소설	바닷가의 소년들	어린이나라
1949.8	소설	눈 뜨는 시절	소학생 임시 중간호
1949.9	동시	산길	소학생
1950	소설	어린 별들	아동구락부
1950	수필	친밀감	미상
1950.2	소개글	방랑의 소년-한스 크리스티얀 안데르센	어린이나라
1950~55	동화	구름과 소녀	소년세계
1950~60	동시	불어라 봄바람	HLKA방송
1950~60	동시	산너머 산	HLKA방송
1952	동화	해바라기	모범생
1952	수필	꽃	미상
1952	수필	뻐꾹 시계	소년세계
1952.1	훈화	굉장한 이름	소년세계
1952.2	동시(악보)	꾀꼬리	소년세계
1952.7	동시	올라가는 마음들	소년세계
1952.8	악보	꾀꼬리	소년세계
1952.9	좌담	초가을 지상 좌담회	소년세계

1952.9	동화	정이와 딸래	소년세계
1952.10	동시(악보)	서울 급행차	소년세계(필명 정민)
1952.11	동시	여울	소년세계
1952.11	수필	강한 편과 약한 편	소년세계
1952.12	동시(악보)	달빛	소년세계
1952.7~1954.2	번역	아버지를 찾으러(쥘 베른)	소년세계
1953	동화	정이와 오빠	서울신문
1953.4	사진소년소설	푸른 길	소년세계(필명 이동원)
1953.4	사진만화	영이와 노마	소년세계(그림 김성환)
1953.5	동화	달나라의 어머니	소년세계
1953.7	수필	미학과 유행	새길
1953.7	수필	별을 우러러	소년세계
1953.7~?	번역	삐삐의 모험	소년세계
1953.8	수필	바다	소년세계
1953.8	수필	예술가가 되려는 소년소녀에게	소년세계
1953.10	평론	창작동화에 관하여	소년세계
1953	동시	소쩍새	소년세계
1953	동시	그리움	소년세계
1954	동화	장미 아가씨와 나비 아기	소년세계
1954	동화	약속	소년시보
1954	동화	꽃아기	새벗
1954	동화	그림 속의 나	새벗
1954	동화	이상한 안경과 단추	새벗
1954	번역	돈키호테(세르반테스)	동명사
1954	동화	숲 속 나라	신구문화사
1954.1	수필	눈 덮인 전원	문예
1954.1	수필	독서의 취미-지금 못 가지면 커서는 못 가진다	소년세계
1954.2	동화	뻐꾸기 소년	소년세계
1954.2	동화	꼬마 옥이	학원

1954.3	수필	봄·기(旗)·이슬비	신천지
1954.4	수필	입학과 진급과 졸업	소년세계
1954.5	수필	할미꽃	소년세계(필명 정민)
1954.5	번역	소년 서유기	소년세계(필명 정민)
1954.5.3	소년시	포플러 잎새	조선일보
1954.7	동시	산정(山精)	학원
1954.11	동시	꿈의 플라타너스	소년세계(필명 정민)
1954.12.20	평론	교양과 문학, 새로운 아동문학을 위하여	조선일보
1955	동화	개구리	어린이
1955	동화	새해 선물	서울신문
1955	소설	정이와 하모니카	새벗
1955	소설	가로등의 노래	한국일보
1955	소설	달밤의 정거장	어린이
1955	수필	어린이날에	소년세계
1955	수필	예절	소년세계
1955	수필	아름다운 말	소년세계
1955	수필	나의 향수	심우
1955	동시	나무의 탄생	새벗
1955	동시	개나리	새벗
1955	동시	프리뮬러	새벗
1955	방송극	음악회 전날에 생긴 일	미상
1955	수필	오랑캐꽃	(표준)소년문학독본(이영철, 글벗집)
1955	소년소설	오월의 노래	신구문화사
1955.1	평론	시와 연민의 정	소년세계
1955.1.23	동화	꿈에 본 학교	경향신문
1955.2	악보	고향 바다	소년세계
1955.2.26	평론	아동과 독서	조선일보
1955.3	수필	'그 나라의 문화' 다 같이 알아야 할 일	소년세계(필명 정민)
1955.3	동화	꼬마 옥이의 이야기3	소년세계
1955.4.30	평론	아동문학과 독서운동	조선일보
1955.4~1956.1	연작소설	푸른 언덕	소년세계(이원수 외 4인)

1955.5.10	수필	아동 곤욕의 날	조선일보
1955.6.3	평론	동화와 아동문학과 성인	동아일보
1955.6~12	사진소설	라일락 언덕	학원
1955.6	번역	귀여운 가뜨리	소년세계(필명 이동원)
1955.7.10	동화	엄마의 얘기	경향신문
1956.8.21~9.9	소설	구름과 아이들	경향신문
1956.8.8	서평	이주홍의 『피리 부는 소년』	동아일보
1956.9.4	평론	교양을 위한 노력,8월 아동문학의 성과	조선일보
1956.10	수필	계단	현대문학
1956.10.30	수필	플라타너스	조선일보
1956.11	방송극	꼬마 미술가	소년세계
1956.12	수필	별을 우러러	심우
1956	동화	파란 구슬	평화신문
1956	동화	춤추는 소녀	새벗
1956	동화	꽃마차	연합신문
1956	수필	어린이날의 뜻	대구일보
1956	평론	어머니와 어린이문학	여성계
1956	동시	바람	미상
1956	동시	복사꽃	새싹
1956	동시	맨드라미	방학공부
1956	동시	소녀의 기도	만화소년
1956	동시	저녁달	새벗
1956	동시	맴 맴 매미	방학공부
1956	동시	눈 오는 밤	서울신문
1956	동시	너의 장갑	만화소년소녀
1956	평론	소년소설론	소설연구(이광수 외, 서라벌예술학교출판국)
1956.1	소설	산 너머 산	소년소녀만세
1956.1	수필	새로운 나의 세계를	학원
1956.1.20	평론	정서교육의 위기－ 교육자 제위에게의 간원	조선일보
1956.3	소설	버들강아지	소년세계2·3월합소
1956.3	수필	불운 가운데	문학예술

1956.3.5	동시	프리뮬러	동아일보
1956.3.7~3.8	평론	신인과 패기 근자의 아동문학 점고	동아일보
1956.3.11	평론	다채로운 동시란	중앙일보
1956.4.2~4.9	동화	정숙이 나무	동아일보
1956.6	수필	인생 화원	새가정
1956.6.3	수필	보람 없는 청춘 봉사	협동
1956.7	소개글	세계 명작 다이제스트	학원
1956.7	수필	꿈의 나라를 세워놓고	어린이세계
1956.7.23	동시	가로수들의 얘기	동아일보
1956.8	동화	감장 나비	학원
1956.8	수필	토끼와 친하여	자유문학
1956.9	동화	떡을 먹다가	학원
1956.9.19	동화	저녁놀과 귀뚜라미	조선일보
1956.9.24	동시	비 오는 날에	동아일보
1956.10.5	평론	아문학과 저속성-어린이에게 좋은 작품을 읽게 해주자	대한일보
1956.10~1957.3	동화	바둑이는 어느 곳에	어린이동산
1956.10.17	서평	윤석중『사자와 쥐』	조선일보
1956.11.26	동시	잘 가거라 잘 가라	동아일보
1956.12.21	평론	권토중래의 준비의 해-1956년 아동문학 개관	경향신문
1956.12.27	평론	발휘 못한 소기 목적-1956년 문화계의 수확	평화신문
1957	동화	달과 순회	한국일보
1957	동화	닭	HLKA방송
1957	동화	빵장수	평화신문
1957	동화	박꽃	수도민경
1957	동화	세배	HLKA방송
1957	동화	여름밤의 꿈	현대문학
1957	동화	하늘로 올라간 공	여원
1957	소설	가방	새벗
1957	소설	강물과 음악	만세
1957	소설	꽃불	국제신보
1957	소설	눈 속의 꽃	조선일보

1957	소설	박꽃 누나	새벗
1957	소설	밤골로 가는 길	새벗
1957	소설	아카시아 이야기	학원
1957	소설	약수터와 바둑이	만화세계
1957	소설	유령가의 비밀	만화세계
1957	수필	애국심	평화
1957	수필	재주 있는 손	평화
1957	수필	개구리 소리	HLKA방송
1957	수필	상록수	HLKA방송
1957	수필	열	서울신문
1957	수필	편상(片想)	자유신문
1957	수필	낚시	자유문학
1957	수필	가을과 만돌린	방송문화
1957	수필	안데르센을 생각하면	경향신문
1957	수필	석죽	새길
1957	수필	하국(夏菊)	세계일보
1957	평론	안이한 창작 태도	미상
1957	동시	삼월은	만화소년소녀
1957	동시	석죽(石竹)	소년세계
1957	동시	맨드라미	방학공부
1957	동시	버들붕어	만화학생
1957	동시	바람아 불어오렴	방학공부
1957	동시	바람과 나뭇잎	연합신문
1957	동시	맑은 날	미상
1957	동시	새파란 아기들-어린이날에 즈음하여	국제신보
1957	동시	포도밭 길	방학공부
1957	동시	어둔 밤에 피는 건	방송문화
1957	동시	가을의 그림	한국일보
1957	동시	산새	방학공부
1957	동시	썰매	방학공부
1957	동시	겨울 나무	방학곱우
1957	방송극	우리 선생님	미상
1957	동화	희야의 소라고등	열매

1957.1	동시	송사리	학원
1957.3.18	동시	꽃들의 꿈	동아일보
1957.4.12	평론	아동지도의 이념–'어린이 현장' 제정에 관련하여	조선일보
1957.5.5	수필	소파 선생의 추억	세계
1957.6.16	수필	어항과 낚시	대한교육
1957.7.22~23	평론	소년과 도색잡지	조선일보
1957.8.12	동시	개구리	동아일보
1957.10	수필	매미와 소년	심우
1957.11.5	수필	국화 피다	경향신문
1957.12.5~7	평론	아동잡지에 대하여–간행조치와 내용을 중심으로	조선일보
1958	동화	봄오는 썰매터	새벗
1958	동화	새 식구	자유신문
1958	동화	골목대장	새벗
1958	동화	꽃씨	서울신문
1958	동화	밤 전차의 소녀	서울신문
1958	동화	봄나들이	수도민경
1958	소설	목련 피는 날	새벗
1958	소설	코스코스 핀 철둑	만화학생
1958	수필	내가 생각하는 좋은 학교	새교육
1958	수필	아카시아꽃	자유세계
1958	수필	닭 소동	자유신문
1958	수필	봄·조하·뻐꾸기	HLKA방송
1958	수필	꽃들을 생각하며	HLKA방송
1958	평론	동화 창작 노트	미상
1958	동시	깡충깡충	HLKA방송
1958	동시	새 눈	HLKA방송
1958	동시	파란 세상	수병
1958	동시	산	방학공부
1958	동시	흰 구름	방학공부
1958	동시	피라미	방학공부
1958	동시	5월엔	주간방송
1958	동시	얘기책을 읽으면	한국일보
1958	동시	솔방울	국민학교어린이–456

1958	동시	흰 구름	방학공부
1958	동시	파란 동산	방학공부
1958	동시	겨울 꽃	방학공부
1958	동시	겨울 밤	조선일보
1958	동시	책 속의 두견화	동아일보
1958	대화극	골목대장	연합신문
1958	기타	국민학교 글짓기본	신구문화사
1958.6	동화	강물이 흐르듯이	소년계
1958.6.3	동화	욕심꾸러기 닭	경향신문
1958.12.12	동화	층층대	경향신문
1958~59	소설	산의 합창	새싹
1958~60	소설	꽃바람 속에	국민학교어린이-456
1959~60	동화	아이들의 호수	새벗
1958.1.30	수필	감상의 밤	HLKA방송
1958.2.3	동시	책속의 두견화	동아일보
1958.2.4	서평	강소천 『무지개』	동아일보
1958.2.15	평론	산문화한 동시들	경향신문
1958.5	평론	어린이들에게 권하고 싶은 책, 금하고 싶은 책	새교실
1958.5.7	평론	어린이를 위하는 길-학교와 사회에 드리는 말씀	자유
1958.7.3	평론	아동의 작문력, 양서 교육을 위하여	조선일보
1958.7.9	평론	아동 영화의 제작 문제-언제까지 성인 영화를 몰래 보게 할 것인가	경향신문
1958.8.8	평론	동화에 대한 편견	문화
1958.10	수필	낙엽에 부친다	새노동
1958.10	수필	나의 넥타이	신문예
1958.11	노래소설	노래의 선물	소년생활
1958.11.4	서평	김성환 『세모들이 네모들이』	조선일보
1958.12	평론	문학으로서의 동화를	자유문학
1959	동화	달나라 급행	새벗
1959	동화	달 로케트	서울신문
1959	동화	동나무 그늘	새교실

1959	동화	우리 고양이 나비	새싹
1959	동화	버스 차장	방학공부
1959	동화	용이의 크리스마스	민주신보
1959	동화	용준이의 가는곳	만화학생
1959	소설	진눈깨비 오는 날	세계일보
1959	소설	군밤 장수와 소년	새싹
1959	소설	초록 언덕을 가는 전차	새싹
1959	소설	보리가 패면	연합신문
1959	동시	봄이 오나 봐요	교육자료
1959	동시	햇볕	HLKA방송
1959	동시	파란 초롱	연합신문
1959	동시	나뭇잎	국제신보
1959	동시	어미닭 · 병아리	동아일보
1959	동시	소라고등	방학공부
1959	동시	과꽃	한국일보
1959	동시	강물	동아일보
1959	동시	눈	방학공부
1959	방송극	초록언덕을 가는 전차	현대문학
1959	방송극	소라고등	방학공부
1959.1	소설	아버지의 사진	소년생활
1959.1.22	서평	이영희 『책이 산으로 된 이야기』	동아일보
1959.1.25	동시	연필	동아일보
1959.2	평론	소파 선생의 감화를 받고–고운 세계에서 고운 글 쓰고 싶어	미상
1959.2	소개글	슬픔 속에 씩씩한 소녀–목장의 소녀	학원
1959.2.9	평론	아동문학의 경어 문제–언문일치에 배치	동아일보
1959.3	소개글	불쌍하고 아름다운 코젯트	학원
1959.4	소개글	눈얼음 속에 핀 눈물의 꽃	학원
1959.4	수필	봄 오는 소리	HLKA방송
1959.4.15	평론	사회악과 아동의 정서교육 –아이들을 위하여	동아일보
1959.5	소개글	시계와 생명	학원

1959.6	만평	교육 만평	미상
1959.7	소개글	고집 센 착한 소년 페라치오	학원 6·7월 합호
1959.8	소개글	명작의 소년소녀상	학원
1959.8.11	평론	아동도서 출판과 아동문학 '학부형들의 인식을 촉구한다'	동아일보
1959.9	소개글	명작의 나타난 소년소녀상 : 알프스의 소녀	학원
1959.9.26	평론	방송극과 아동 국어교육 순수한 동극운동을 위하여	동아일보
1959.10	소개글	명작에 나타난 소년소녀상	학원
1959.11	소개글	명작에 나타난 소년소녀상 : 아버지를 찾는 고난의 탐험	학원
1959.12	평론	50년대 아동문학의 결산	국제신보
1959.12.11~12	평론	현실도피와 문학정신의 빈곤—정신세계의 깊이를 갖자	동아일보
1960	동화	수탉	세계일보
1960	동화	바둑이는 어느 곳에	어린이동산
1960	동화	감자밭	방학공부
1960	동화	나비의 슬픔	국민학교어린이—456학년
1960	동화	땅 속의 귀	국제신보
1960	동화	동생과 참새	방학공부
1960	동화	새해의 소원	소년한국
1960	동화	어느 마산 소녀의 이야기	세계일보
1960	소설	방랑의 소년	어린이신문
1960	소설	우정과 이별과	한국일보
1960	동시	소낙비	방학공부
1960	동시	봄꽃	보육협회
1960	동시	씨감자	미상
1960	동시	순회 사는 동네	미상
1960	동시	종다리	소년한국
1960	동시	먼 소리	국제신보
1960	동시	과꽃	국제신보
1960	동시	매미잡이 오빠	세계일보
1960	동시	소리	조선일보
1960	동시	비 오는 밤에	한국일보

1960	동시	달	경향신문
1960	동시	산에서	방학공부
1960	동시	산동네 아이들	평화신문
1960	동시	털장갑	방학공부
1960	동화	동나무 그늘	미상
1960	수필	동대무 밖 외 12편	비 · 커피 · 운치 (이원수 외 2인수필집, 수학사)
1960	동화집	파란 구슬	인문각
1960	재화	한국전래동화집	아인각
1960	동시	고갯길	방학공부
1960	동요	연	국제신보
1960~61	소설	민들레의 노래	새나라신문
1960.2	평론	동시의 길을 바로 잡자 -동요와 동시의 개념	자유문학
1960.3	수필	밤	HLKA방송
1960.3.31	평론	시정해야 할 아동교육 -초등교육을 위한 제언	동아일보
1960.5.1	동시	아우의 노래	동아일보
1960.5.15	시평	사월혁명과 미개혁지대 '문학 · 교육면에 대한 메모'	동아일보
1960.7	수필	불만	해군
1960.7.3	동시	자두	경향신문
1960.8	동시	백합	가톨릭소년
1960.8	동화	흰 백합	국민학교학생
1960.8.17	수필	옮겨온 나무	자유
1960.9	동화	인어	국민학교학생
1960.12	동화	귀뚜라미와 코스모스	가톨릭소년
1960.12	동화	눈보라 꽃보라	국민학교학생
1960.12.20	대담	폭넓어진 어린이문화-탈피 못 한 입시준비교육	조선일보
1960.12.22	평론	자유민주적인 문학에의 노력-현실과 문학정신을 중심으로 '1960년도 아동문학'	동아일보
1960.12.25	동시	종아 울려라	경향신문
1960	번역	일본문학선집 제2권-열쇠 (타니자끼 준이찌로오)	청운사

1961	번역	일본문학선집 제5권-학생시대(쿠메 마사오)	청운사
1961	동화	개나리꽃이 피기까지	매일신문
1961	동화	보리	한국일보
1961	소설	화려한 초대	자유문학
1961	소설	들에는 하늬바람	국제신보
1961	콩트	성운 선생의 꿈	주간방송
1961	수필	만화책만 읽는 소년	조선일보
1961	동화집	구름과 소녀	현대사
1961	번역	(단권 역술) 삼국지(나관중)	진문출판사
1961	평론	아동문학과 교육	새교육
1961	동시	개나리 꽃봉오리 피는 것은	국민학교학생
1961	동시	자박자박자박	HLKA방송
1961	동시	씨름	보육협회
1961	동시	완두콩	조선일보
1961	방송극	그리운 오빠	HLKA방송
1961	방송극	어머니가 제일	HLKA방송
1961	독본	이원수아동문학독본-한국아동문학독본8	을유문화사
1961.	소설	민들레의 노래	학원
1961.1	평론	시와 교육	서울시교위국어강습회 강연초
1961.1	평론	동시론-약론	서울시교위 국어강연회
1961.1.10	평론	아동문학	경성대학신문
1961.1.24	평론	모럴과 리얼리티-전도된 교육적 가치론에 대하여	서울일일신문
1961.1.30	평론	아동문학의 당면 과제-약화와 부진의 원인을 규명한다	경향신문
1961.2	수필	시골의 겨울	새사회
1961.3	수필	세월	새길
1961.3	동시	개나리 꽃봉오리 피는 것은	국민학교학생
1961.3.4.	평론	아동문학과 대중성 안이한 제작태도를 해부해본다	동아일보
1961.4	소설	벚꽃과 돌멩이	가톨릭소년
1961.5	수필	날개	새길
1961.5.10	평론	어린이와 '아동시' 교육 올바르게 인식시키자	동아일보

1961.6	평론	아동문학과 영적 지도	가톨릭청년
1961.7	수필	향기	심우
1961.7	평론	창작동화 노트	교육자료-2학년용
1961.7.2	동화	잠자는 회수	경향신문
1961.10	동화소설	앵문조	가톨릭소년
1961.11	수필	화초를 걷으며	자유문학
1961.12.14	평론	반성과 재출발의 결행-몸부림쳤던 1961년	국제신보
1962	동화	시클라멘과의 대화	새벗
1962	동화	크리스마스 카드	HLKA방송
1962	수필	광명과 문명	미상
1962	동시	오월	국제신보
1962	동시	설	소년한국
1962	번역	복구동화집	계몽사
1962	번역	영국동화집	계몽사
1962	엮음	한국전래동화집	계몽사
1962	기타	초등학교 교과 과정에 의한 생활 작문 지도	교학사
1962	독본	어린이문학독본(전 3권)	춘조사
1962	평론	소년소설론	소설연구 : 작법과 감상(한국교육문화원, 서라벌 예술대학 출판국)
1962	고전소설	한국고대소설전집15	을유문화사
1962	동화, 소설, 동극, 방송극	「숲 속 나라」외 6편	한국아동문학전집5(민중서관)
1962	번역	인류애의 초상화 하인리히 페스탈로찌(로맹 롤랑)	신구문화사
1962	평론	사회악과 아동정서교육문제	가정교육
1962	수필	마산-잔잔한 은빛 바다에	동아일보
1962	소개글	세계명작그림이야기 -아름다운 여왕	학원
1962	연작소설	길	학원(이원수 외 4인)
1962	동시	차장 아이	가톨릭소년
1963	악보집	유치원 노래교본	음악예술사
1963	동화집	초록 언덕을 가는 전차	계진문화사

1963	동화집	한국동화선집	교학사
1963	재화	이원수가 쓴 전래동화집	현대사
1963	동화	토끼 대통령	대한일보
1963	동화	나비 때문에	교육자료
1963	동화	가을 바람의 일기장	학생
1963	동화	글짓기 숙제	한국동화선집
1963	동화	나비를 잡는 사람들	학생
1963	동시	새날의 아이들	국제신보
1963	동시	나는야 일등	HLKA방송
1963	동시	풀밭	HLKA방송
1963	동시	꽃나무의 이사	서울신문
1963	동시	4월이 오면	대한일보
1963	동시	햇살	국제신보
1963	동시	꽃잎은 날아가고	국제신보
1963	수필	버들강아지	일요신문
1963	수필	안팎	새교실
1963	평론	아동문학의 방향	아동문학 6집
1963	평론	의욕과 부정적 사태— 1963년의 아동문학	국제신보
1964	동화	포도송이	소년동아
1964	소설	장미꽃은 피었건만	소년부산일보
1964	동시	자장가	내마음(김동진, 세광출판사)
1964	동시집	빨간 열매	아인각
1964	고전소설	사씨남정기	을유문화사
1964	동화집	우량소년소녀문고	삼성출판사
1964	엮음	한국소년소설선집	교학사
1964	동화	봄이 오는 썰매터	한국아동문학선집(교학사)
1964	동화	큰 세상과 작은 세상	학원
1964	동시	기다리는 봄	경향신문
1964	동시	심부름 가는 길	HLKA방송
1964	동시	꽃잎	미상
1964	동시	다릿목	미상
1964	동시	5월	새소년
1964	동시	수국	서울신문

1964	동시	외로운 섬	성호글집
1964	동시	소꿉놀이	HLKA방송
1964	방송극	그림책과 물총	방송동극집(박일봉 엮음, 아인각)
1964	장편소설	산의 합창	구미서관
1964	동화	당나귀알	새벗
1964	수필	유행가의 정조(情調)	마산일보
1964	서평	최인학 씨의 『벌판을 달리는 아이』를 읽고	아동문학 8집
1964	합평	장욱순, 최인학, 이준연, 방극룡 제 씨의 작품	아동문학 8집
1964	평론	무시하는 부분을 주시해 주었으면	현대문학
1964	장편소년소설	메아리 소년	가톨릭소년
1964	수필	하얀 흑운	마산일보
1964	소년소설	도라지꽃	새소년
1964	평론	아동문학이 교육에 미치는 영향	교육자료
1964	평론	동시를 말함 -동시를 이렇게 본다	아동문학9집
1964	평론	소천(小泉)의 아동문학	아동문학10집
1964	동화	해와 같이	경향신문
1965	동화	오색 풍선	소년한국
1965	동화	떨어져 간 달	서울신문
1965	수필	사계(四季)	사계 (국제펜클럽한국본부 편, 1978)
1965	평론	아동문학 입문	미상
1965	평론	아동문학개관	현대문학
1965	시평	건전한 문화 사회 되도록	마산일보
1965	동시	우리 어머니	방학공부
1965	동시	봄날 저녁	현대문학
1965	동시	아침 안개	새벗
1965	동시	높은 산에 오르면	방학공부
1965	동시	편지	현대문학
1965	동시	가을 바람	중등국어

1965	동시	금빛 들판	초등국어
1965	동시	햇볕	새벗
1965.4	평론	해방 전의 아동상-내 작품에서 그린 일제시대의 아동상	아동문학11집
1965	기타	작품을 읽고	우리 모두 손잡고 (한국글짓기 지도회)
1965	동요 (악보)	산 너머 산 외 2편	다같이 노래를 (한용희, 세광출판사)
1965~66	중편소설	수영의 상경	여학생
1965.4.20	평론	어린이 가슴에 사랑의 선물을	한국의 인간상3 (신구문화사1966)
1965.5.6	평론	현실을 아름다운 것으로 만들기 위해-아동문학이 할일	부산일보
1965.6	시	동화 이제(二(題)	현대문학
1965.7	평론	아동문학 프롬나아드	아동문학12집
1965.8	평론	전란 중의 『소년세계』의 문학운동	현대문학
1965.8.21	동시	푸른열매	경향신문
1965.9.10	수필	나의 서재	을유저어널
1965.11	수필	하추삼제(夏秋三題)	교정
1965.11	소설	가슴에 해를 안고	초등학교어린이-456학년
1965.11.30	평론	소파와 아동문학	소파아동문학전집(삼도사)
1965.12	소설	솔바람 은은한 길	여학생
1966	번역	아아 무정(빅또르 위고)	삼성출판사
1966	동화	나무들의 밤	한국문학
1966	동화	9월에 받은 편지	소년동아
1966	장편소설	눈보라 꽃보라	새소년
1966	평론	아동문학개관2	한국예술
1966	동시	나팔꽃	방학공부
1966	동시	나의 해	새벗
1966	동시	해와 달	방학공부
1966	동시	봄날	강원 거진교 동인지
1966	동시	4월의 나무	시문학
1966	동시	왠지 몰라	미상
1966	동시	싸움놀이	가톨릭소년

1966	동시	까치소리	방학공부
1966	평론	아동문학	해방문학 20년 (한국문인협회편, 정음사)
1966	소년소설	보리가 패면	숭문사
1966.1	시	만목(蔓木)외 1편	현대문학
1966.1	수필	크리스마스와 신정	교정
1966.2	수필	내 생활과 문학	동아방송
1966.3	평론	아동문학의 무제점	문학시대
1966.5	수필	동석	재무
1966.5	평론	한국 아동문학계의 현황	현대문학
1966.6	좌담	한국문학의 제 문제	현대문학
1966.11	수필	여성과 나	새길
1966.11.8	평론	남작(濫作) 없었던 생애— 마해송 선생 영전에	중앙일보
1966.12	수필	밑바닥	동아방송
1966.12	동화	떠나는 송아지	국민학교어린이—고학년
1966.12	시	방황 외 1편	현대문학
1967.12.30	수필	식인(食人)	서울신문
1967	동화	다람쥐와 남주	소년한국
1967	동화	라일락과 그네와 총	어린이자유
1967	동화	오렌지빛 하늘	전남일보
1967	동화	장난감과 토끼 삼 형제	새벗
1967	수필	초목에 대하여	동아방송
1967	동시	봄비	소년동아
1967	동시	해·달·별	시가 있는 산책길
1967	동시	늦잠	미상
1967	동시	나루터	소년한국
1967	동시	산동네 아이들	소년조선
1967	동시	이별	가톨릭소년
1967	동시	산새 물새	방학공부
1967	동시	여름날	방학공부
1967	동시	겨울 대장	방학공부
1967	동시	해님	방학공부
1967	동시	내동무	HLKA방송

1967	방송극	한양성에 뿌린 눈물	어깨동무
1967	방송극	사랑의 선물	어깨동무
1967	수필집	내 어머니	생각하는 실타래 (강원용 외, 동아일보사)
1967	수필집	인생과 아동과 문학 -밤에 쓰는 편지	상아(동아방송국)
1967	독본	아동문학독본5	서울서점
1967	번역	안데르센 동화집	계몽사
1967	동화집	한국창작동화집	계몽사
1967	평론	아동문학	한국예술지2(대한민국예술원)
1967	평론	1966년의 아동문학 개관	한국예술
1967.1	동시	열다섯-새벗 열 다섯 돌맞이에 부쳐	새벗
1967.1~?	소설	걸어가는 동상-안막 이승훈 선생의이야기	어깨동무
1967.1	좌담	우리는 이런 작품을 원한다	어깨동무
1967.1	수필	건강이라는 것	미상
1967.2	동화시	싸움 놀이	가톨릭소년
1967.2	수필	양보와 사양	동아방송
1967.3	수필	약속 시간	동아방송
1967.3	수필	계절	동아방송
1967.4	수필	의상에 대하여	동아방송
1967.4	수필	정다움	동아방송
1967.4	수필	선후	신세계
1967.4	동시	밤안개	초등학교어린이(고학년)
1967.5	수필	아이들	교정
1967.5	수필	꽃 피는 아침	동아방송
1967.5	수필	효성	동아방송
1967.6	수필	이름	신세계
1967.8	수필	말에 대하여	가톨릭청년
1967.8	동시	이별	가톨릭소년
1967.8	수필	아기가 앓을 때	가톨릭청년
1967.8	평론	시와 동시의 관계	교단시지
1967.8	동시	이별	가톨릭소년

1967.8	수필	찻잔을 앞에 놓고	가톨릭청년
1967.10	평론	한글·한자 병용의 의의	교단시지
1968	동화	은이와 나무	가톨릭소년
1968	동화	파란 참새	가톨릭청년
1968	동화	미미와 희수의 사랑	새벗
1968	동화	솔이와 달이	새벗
1968	소설	찬비 오는밤	소년중앙
1968	소설	나의 장미	새소년
1968	평론	어린이 독서 지도	어깨동무
1968	동시	꽃잎 7·5조	새소년
1968	동시	찬란한 해	새벗
1968	동시	달	새소년
1968	동시	나들이	HLKA방송
1968	동시	우리들의 잔치–축시	미상
1968	수필	마음의 문	동아방송
1968	수필	노리개·기타	미상
1968	소년소설	메아리 소년	대한기독교서회
1968	소년소설	민들레의 노래	중앙서적
1968	번역	아이솝 동화집	삼화출판사
1968	재화	한국 동화집	삼화출판사
1968	번역	영국 동화집–영국편1	계몽사
1968.2	수필	신선한 노동	동아방송
1968.2.13	수필	눈물과 울음	동아방송
1968.3	수필	솔바람도 그날 그 소리	여성동아
1968.4	수필	편상 삼제(片想三題)	교정
1968.4	수필	한 마리의 작은 새에도	동아일보
1968.4	평론	한국의 아동문학	사상계
1968.5.4	수필	사치의 근원	동아방송
1968.5.4	수필	지는 꽃과 열매	국제신보
1968.6	수필	외톨 나그네	여행춘추
1968.8	수필	내 생활 주변에서	교정
1968.9	시	산딸기	현대문학
1968.10.6	동화	피리 소리	조선일보
1968.11	평론	아동문학의 결산	월간문학

1968.12	수필	생명과 육체	새가정
1969	소설	찬비 오는 밤	새가정 168호
1969	동화	호수 속의 오두막집	농협신문
1969	동화	사냥개와 굴뚝새	횃불
1969	동화	불꽃의 깃발	어깨동무
1969	동화	나는 달이어요	새어린이
1969	소설	강물과 소녀	새소년
1969	평론	동시작법	새교실
1969	동시	한가위 달	새어린이
1969	동시	유월	어린이자유
1969	동시	9월	새벗
1969	동시	시월 강물	소년중앙
1969	동시	다 함께 그리자	소년한국
1969	동시	꽃과 어린이	소년한국
1969	동시	물 따라 바람 따라	한국방송
1969	위인전	동명성왕	정문사
1969	독본	손자의 교훈	을유문화사
1969	작품집	한국아동문학신작선집3	대한기독교서회
1969	작품집	시가 있는 산책길	경학사
1969	번역	사랑의 요전－프랑스편4	계몽사
1969.1	수필	새해 새 아침에	자유공론
1969.1.9~2.6	동화	별 아기의 여행	미상
1969.2	수필	식물과 우리	동아방송
1969.2	수필	사상(思想)에 대하여	동아방송
1969.2	수필	이야기 백화점 －수수께끼 외 5편	새벗
1969.2.14	평론	외식주의(外食主義)의 종점	대한일보
1969.4	소설	종다리와 보리밭	새벗
1969.4	동화	이야기 백화점 －춤추는 호랑이 외 5편	새벗
1969.4.2	평론	소학 민주주의	대한일보
1969.4.15	평론	진짜의 고독	대한일보
1969.5	평론	민족 구원의 싹을 키우는 마음 －어린이날의 의의	교육평론

1969.5	수필	이파리들의 세계	교육자료
1969.5	동화	엉겅퀴	가톨릭소년
1969.5	동화	들불	아동문학19집
1969.5.1	평론	이파리의 독소	대한일보
1969.5.4	평론	활자가 울고 글이 한숨 짓는다 ―어린이에 미치는 매스컴의 영향	주간조선
1969.5.21	평론	미화와 현실	대한일보
1969.6	수필	이야기 백화점 ―다람쥐와 라디오 외 5편	새벗
1969.7	동화	명월산의 너구리	미상
1969.9	동화	손님 오는 날―달나라 특집	가톨릭소년
1969.9	수필	이야기 백화점 ―하고 싶은 말 한 마디 외 4편	새벗
1969.9	소설	달과 아버지	주간소년경향
1969.10	수필	이야기 백화점 ―달팽이 뿔 위의 싸움 외 5편	새벗
1969.12	대담	1969년의 아동문학을 말한다	교육평론 134호(이원수, 박경용)
1970	동화	미미와 희수의 사랑 외 2편	아동문학선집1 (강소천 외, 어문각)
1970	위인전	아데나워 수상	한림
1970	기타	중국 고사의 샘	경학사
1970	재화	한국전래동화집 ―한국편 한국현대동화집	계몽사
1970	동화선집	한국현대동화집	계몽사
1970	지도	시와 아동시	생활문의 지도법 (홍문구, 교학사)
1970	번역	상신(喪神) (마쯔모또 세이쪼오)	세계베스트셀러북스 5~6 (삼경사)
1970	선집	아동문학선2	어문각
1970	동화	나그네 풍선	새벗
1970	동화	불새의 춤	주간 기독교
1970	소설	들불	월간문학
1970	동시	가슴에 안은 것이	주간조선
1970	평론	동화창작법	창작기술론(보진재)
1970	방송극	버스 차장	학교극 지도법(주평, 교학사)

1970.2	동시	봄눈	새가정 179권
1970.3	수필	수목들 눈 트듯이	여학생
1970.5	수필	잊혀지지 않는 선생님	교육자료
1970.5.25	평론	동화를 통한 정서 지도	가서학보
1970.11	동시	두견	현대문학
1970.11	동화	진달래 꽃길	샘터
1970.12	동시	여울물 소리	월간문학
1970.12	수필	강아지보다는 인간이	월간중앙
1971	동화	유리성 안에서	새벗
1971	평론	1970년의 아동문학 개관	한국예술
1971	동시	새 눈의 얘기	미상
1971	동시	눈	미상
1971	동시	산길 들길 10리를	새소년
1971	동시	그리운 선생님 -소파 동상 제막식에서	미상
1971	동시	한밤중에	어깨동무
1971	작품집	고향의 봄-이원수 선생 회갑 기념 아동문학집	아중문화사
1971	소설	민들레의 노래	대광
1971	고전소설	사씨남정기(김만중)	을유문화사
1971	번역	영국동화집	계몽사
1971	번역	왕자와 거지	계몽사
1971	번역	사랑의 요정	계몽사
1971	번역	안데르센 동화집	계몽사
1971	재화	한국전래동화집	계몽사
1971	재화	한국현대동화집	계몽사
1971	수필	두견, 여름날	한국현대시선 (한국현대시인협회, 성문각)
1971.1	동화	불의 시	새가정
1971.1	동시	불에 대하여	가톨릭소년
1971.1	수필	남의 글을 훔친 죄	여성동아
1971.4	동시	우리 원이 보고지고	가톨릭소년
1971.5.20	평론	아동과 문학	가서학보
1971.7	평론	노래 고개 넘는 데 예순해가	여성동아

1971.7	수필	나의 독서 편력	독서신문
1971.8	평론	문학지에 자리한 아동문학	현대문학
1971.8	동시	이상도 해라-음악에게	가톨릭소년
1971.8	동시	쑥	월간문학
1971.8~1973	장편동화	잔디숲 속의 이쁜이	가톨릭소년
1971~?	장편소설	바람아 불어라	소년조선일보
1971.11	수필	열 살 때의 결심	샘터
1972	수필	가장 아름다운 것 (신편) 생각하는 생활	독서신문사
1972	동화	대표작가동화선집2	동민문화사
1972	번역	즐거운 무민네(토베 얀손)	계몽사
1972	악보	가을의 그림 외 26편	세광동요 1010곡집(세광출판사)
1972	동화	너구리 올비스의 기타	어깨동무
1972	동화	안주리 아가씨	소년한국
1972	수필	어머니	영원한 고향 어머니 (피천득외 ,민예사 1978)
1972	수필	세대의 주인	미상
1972	소년소설	꽃바람 속에	경학사
1972.1.5	심사평	환상·공상에 머무르지 말도록 -신축문예 동화 심사평	조선일보
1972.2.3	평론	어린이와 동요	중앙일보
1972.7.11	좌담	상반기 아동문학 -환상 아닌 생활적 소재를	조선일보(이원수 외 3인)
1972.9	대담	지상(誌上)의 오분 대담	한국아동문학 1집 (이원수·이영호)
1972.9	평론	낙원과 현실	한국아동문학 1집
1972.9	평론	동화의 판타지와 리얼리티	한국아동문학 1집
1972.10.25	수필	자아	조선일보
1972.11.1	수필	음악	조선일보
1972.11.8	수필	제 값어치	조선일보
1972.11.15	수필	원근	조선일보
1972.12	수필	의상 철학	여성중앙
1972.12	수필	부끄러움	새가정 209호
1973	동극	얘기책 속의 도깨비	범학관
1973	번역	태양의 계절 외 2편	현대일본문학전집4(평화출판사)

1973	재화	박씨전	계몽사
1973	위인전	이순신 장군	한국자유교육협회
1973	번역	플루타크 영웅전(전10권)	을유문화사(이원수 · 이주홍 · 손동인 공역)
1973	수필	물을 노래함, 참새	한국현대시선(한국현대시인협회, 성문각)
1973	동화	갓난 송아지	중앙일보
1973	동화	귀여운 손	샘터
1973	동화	찬란한 해	샘터
1973	동화	늙은 바위의 얘기	유아발달
1973	동화	하얀 오빠	소년조선
1973	동화	소라	샘터
1973	동화	아기 붕어와 해나라	현대아동문학
1973	동화	참새가 되었다가	소년동아
1973	동화	요정 난이의 얘기	대한일보
1973	동시	4월 어느 날에	학생중앙
1973	동시	5월	소년중앙
1973	동시	파랑	시문학
1973	동시	싸리꽃	시문학
1973	동화	외로운 쮸삐	미상
1973	동화	잔디숲 속의 이쁜이	계몽사
1973.5	동화	아기 붕어	샘터
1973.5	수필	어린이와 아이	교육자료
1973.5	수필	사농공상	청해
1973.5.5	동화	원이와 감나무	경향신문
1973.5.5	동화	어린이 동산의 요술 아저씨	조선일보
1973.6	수필	군가를 부르는 아이들에게	문학사상
1973.9	평론	주제의식과 사실성 -아동문학의 당면 문제	한국아동문학3집
1973.9	동시	여름밤에	풀과 별
1973.9.23	수필	풀 한 포기와 제 위치	조선일보
1973.11.15	인터뷰	예순 넘어 첫 상	조선일보
1973.12	동화	별	현대문학
1974	선집	소년소녀 한국의 문학-현대편1	신구문화사(방정환 외)
1974	고전소설	효녀 심청-고전시리즈1	대양출판사

1974	위인전	김유신 장군	한국자유교육협회
1974	동화집	삼돌이 삼 형제	김영일 선생 회갑기념 대표작가 작품선집 (이원수 엮음, 세종문화사)
1974	번역	수호지	한국독서문화원
1974	번역	알프스의 소녀7	대양
1974	위인전	을지문덕	정문사
1974	번역	플루타크에 관하여	을유문화사
1974	엮음	한국동화선집2-소년소녀 세계 고전전집 총서(이원수·박홍근·이석현 엮음)	한국자유교육협회
1974	평론	서민성·전통성으로서의 긍지	아동문학의 전통성과 서민성(한국아동문학가협회, 세종문화사)
1974	평론	민족문학과 아동문학	아동문학의 전통성과 서민성 (한국아동문학가협회)
1974	동화	아이와 별	어린이새농민
1974	동화	꽃 수풀 참새 학교	새마을
1974	동화	개미와 진디	새농민
1974	동화	장미 101호	소년동아
1974	동시	문	소년중앙
1974	동화집	눈보라 꽃보라	대광출판사
1974	소년소설	바람아 불어라	대광출판사
1974	동화	나홀로와 젊어지는 약	현대문학
1974	동화집	불꽃의 깃발	교학사
1974.1	시	그리움	소년(가톨릭소년사)
1974.1	수필	나의 대표작	소년
1974.1	수필	동일(冬日) 승천(昇天)한 나비 최병화 형	신동아
1974.1.6	심사평	신춘문예 동화 심사평	조선일보
1974.2	평론	나의 문학 나의 청춘	월간문학
1974.2	수필	마음 속의 스승	여성동아
1974.4	수필	향기 매운 찔레꽃, 박순녀	현대문학
1974.5.5	평론	전국민이 아동보호 다짐을 -나는 이렇게 생각한다	조선일보
1974.9	동화	도깨비 마을	소년

1974.10.9	인터뷰	문화예술상 세얼굴-문학 이원수, 미술 남관, 음악 정희석	조선일보
1975	수필	풀 한 포기와 제 위치 외 6편	한국대표수필문학전집6(국제펜클럽한국본부 편, 을유문화사)
1975	재화	꾀 많은 토끼	신진
1975	수필집	얘들아 내 얘기를	대한 기독교서회
1975	재화	콩쥐팥쥐	신진
1975	동화	호수 속의 오두막집	세종문화사
1975	재화	혹부리 영감님	신진
1975	재화	흥부와 놀부	신진
1975	재화	효녀 심청	신진
1975	재화	홍길동전	신진
1975	재화	개와 고양이와 구슬	신진
1975	평론	동시와 유아성	동시, 그 시론과 문제성(한국아동문학가협회, 신진출판사)
1975	동화	장난감 나라 가는 길에	소년동아
1975	동화	쑥	소년생활
1975	동화	미동이의 모험	샘터
1975	동화	겨울·갈가마귀	어린이새농민
1975	동화	그림자 같은 사람들	어린이자유
1975	동화	바둑이의 사랑	주부생활
1975	수필	하늘 아래 떳떳한 사람	어린이새농민
1975	수필	가슴을 가득 채우자	소년
1975	수필	어린이 마음 스승의 마음	대한기독교서회
1975	수필	부부의 정	미상
1975	수필	젊은이여 부를 멸시하라	미상
1975	동시	오늘,5월의 어린이날은	부산일보
1975	동시	푸른 나무-소년조선 창간 10주년에	소년조선
1975	동시	우리 세상	유치원교육
1975	재화	효녀 심청	신진
1975	동화	오월의 노래	을유문화사
1975.4	수필	서비스	그레이하운드
1975.5	수필	첫 양복을 입던 그때 그 시절	복장
1975.5.5	평론	어린이를 멍들이지 말자	중앙일보

1975.6	동화	사비수 강가의 원귀들	소년
1975.8	수필	어린이들에게	소년
1975.10	수필	사경감상(四更感想)	여성동아
1975.10	수필	달이 내게 묻기를	세대
1976	동화	불칼 선생의 불칼	서울신문
1976	동화	희수와 라일락	열매
1976	동화	바람과 소년	소년동아
1976	동화	어린이날과 아지날	어린이새농민
1976	평론	아동문학 산책길	아동문학평론 12호
1976	동시	쑥	소년동아
1976	동시	나의 여름	소년동아
1976	수필집	영광스런 고독	범우사
1976.3	동화	루루의 봄	가정의 벗
1976.5.2	평론	서명과 성명의 뒤안에서	독서신문
1976.6.26	기타	한정동 선생을 보내며	조선일보
1976.8	동화	나의 그림책	현대문학
1976.9	평론	향파(向破)의 문학	미상
1976.10	수필	의상(依裳)적 표현	세대
1976.12	동시	아카시아 꽃이 필 때	강원문학 5집
1976.12.1	수필	꽁초 아닌 꽁초-사치와 낭비는 몰락해가는 자의 모습	민주공화보
1977	위인전	장보고	소년소녀 한국전기전집3(계몽사)
1977	재화	혹부리 영감 외 6권	어린이가정도서관(중앙문화사)
1977	번역	엄마하고 나하고(전 12권)	대하출판사
1977	재화	옛날이야기-한국전래동화집	법사원
1977	동화	발가벗은 아기	별들의 잔치(한국아동문학가협회, 세종문화사)
1977	수필	나의 여름	한국현대시선(한국현대시인협회, 근역서제)
1977	동화	고부자와 아이들	불교신문
1977	동화	굴뚝새와 찔레꽃	불교신문
1977	동화	나리의 첫 여행	새교실
1977	동화	엄마 없는 날	유치원

1977	동화	파랑 편지	여원
1977	동화	해님	한국일보 캐나다 뉴스
1977	장편	지혜의 언덕	소년한국
1977	중편소설	해와 같이 달과 같이	소년
1977	수필	가난 속에서도 즐겁던 시	새농민
1977	수필	잃어버린말, 감사합니다	나나
1977	동시	새 세상을 연다	소년조선
1977	동시	솔개미	소년중앙
1977	동시	겨울 보리	어린이새농민
1977	동화집	꼬마 옥이	창작과비평사
1977.1	수필	어느 음악 편지	향장
1977.1	동화	공부 못한 언년이	가정의 벗
1977.1.5	심사평	모두 놓치기 싫은 '동심'들 –특집 본사신춘문예77	조선일보
1977.2	수필	어둠과 광명	불광
1977.2	수필	사철나무 열매	소설문예
1977.2	수필	생명	법륜
1977.2	수필	끝없는 시련 속에 일생을 즐거이	국제신보
1977.2	평론	무학과 이야기(정진채)	아동문예
1977.3	평론	동심과 목적의식–나는 왜 아동문학을 택했나	한국문학
1977.4	머리말	책머리에	시정신과 유희정신 (이오덕, 창작과비평사)
1977.5	수필	인생의 앙상블	수필문학
1977.5	평론	청소년을 생각한다	교육자료
1977.5.4	동화	나뭇잎과 구두닦이와 ······	경향신문
1977.6	수필	비몽사몽	신동아
1977.7.3	수필	가장 아름다운 것	독서신문
1977.7	수필	청순한 동심의 여인들	한국문학
1977.10	수필	기다림	법륜
1978	동시동화집	이원수 할아버지와 더불어(예술원상 수상 축하 동시동화집)	유아개발사

1978	수필	아카시아 향기 속에 피고진 사랑	명사들의 첫사랑-저명인사33인의 고백서(태창출판사)
1978	사전	중국고사성어사전	경학당
1978	동화	떠나간 가오리연	샘터
1978	동화	새 친구	축산진흥
1978	동시	어머니 무학산	소년한국
1978	수필	박차기 박 군	새교실
1978	동화집	귀여운 손	예림당
1978.1	동화	장손이 만세	법륜
1978.1.7	심사평	정연한 형식-본사 신춘문예 동화 심사평	조선일보
1978.1.8	심사평	자연스런 사건 진전에 풍부한 위트-신춘문예 심사평	조선일보
1978.3	소설	별에서 온 스스	창작과비평
1978.4	수필	뺏는사람, 주는 사람	세대
1978.5	수필	훈풍의 계절에	치과계
1978.5.14	평론	불량만화, 사면 저버린 월간지··· 어른들의 돈벌이 수단으로 삼아선 안돼	조선일보
1978.6	동화	동생과 아기 참새	가정의 벗
1978.7	수필	나의 좌우명-아침 이슬같이 맑게 추한 흔적 없기를	새마음
1978.7	수필	공기에게	종근당
1978.10	수필	차창 감상	한국철도
1978.10	수필	상사화(相思花)	나나
1978.12.15	평론	독서의 생활화	마을문고
1979	동화	가 버린 달	엄마랑 아기랑
1979	동화	도깨비와 권총왕	어린이 새농민
1979	동화	고모와 크레파스	교육상담
1979	동화	밤에 우는 새	국제그룹 사보
1979	동화	즐거운 이별	미상
1979	동화	여울목	주간 새시대
1979	소설	찌순이와 찌남이	새소년
1979	수필	한국의 어린이들에게 부탁하는 글	새마을

1979	수필	팽이와 참새와 시(時)와	미상
1979	동시	아이들이 간다	한국일보
1979	수필	어린이와 독서	어린이와 생활
1979	수필	내 사랑하는 아내에게	아내를 테마로 한 37인의 수상(박종화, 태창문화사)
1979	소년소설	지혜의 언덕	분도
1979	동화집	꽃불과 별	예림당
1979	동화집	오색 풍선	견지사
1979	재화	선녀바위	견지사
1979	공저	어린이 생활	계몽사
1979	수필	내 사랑하는 아이들	꿈을 차 올리는 아이들(한국수필가협회, 범조사)
1979	악보	겨울 나무 외 10편	동요 명곡집(현대악보출판사)
1979	악보	세광동요 1,200곡집	세광출판사
1979	동시집	너를 부른다	창작과 비평사
1979	동시	해님이 보는 아이들-1979년 세계 아동의 해를 맞으며	소년한국
1979	시평	문학교육, 외국문학, 문학활동의 제 문제	미상
1979	소년소설	해와 같이 달과 같이	창작과비평사
1979.1	시	약속	소년
1979.1	평론	어릴 때의 행복을 위해	크리스챤신문
1979.1	평론	낭비	크리스챤신문
1979.1	평론	소년 문화	크리스챤신문
1979.1.6	평론	장난감과 놀이	크리스챤신문
1979.5	대담	어린이의 벗 이원수 씨와의 만남	가정의 벗
1979.5	동시	당신은 크십니다	소년
1979.5	수필	엄마와 함께 읽는 동화	국제(사보)
1979.5	동화	나리의 첫 여행	새교실 보너스북 『어린이만세』(세계 아동의 해 · 어린이날 기념동화집)
1979.5.1	평론	아동의 해와 어른	서울신문
1979.5.6	평론	아동은 점수 따기 선수 아니다	한국일보
1979.5.8	평론	행사와 할 일	서울신문

1979.5.22	평론	고발	서울신문
1979.5.22	평론	시집의 용도	서울신문
1979.5.29	평론	TV와 어린이	서울신문
1979.8	수필	행복이 있는 곳	여고시대
1979.9	수필	가까이에 행복의 파랑새	밀물
1979.10	수필	내가 한 일의 값어치	한일약품
1979~80	위인전	화랑정신의 꽃송이	동아교재사(이선근 · 이원수 · 신지현 공편)
1979~80	위인전	임 향한 일편단심	동아교재사(이원수 · 신지현 · 이영호 공편)
1980	동화집	갓난 송아지	삼성당
1980	위인전	김구	계몽사
1980	수필	참되게 살기 위해	한국 지성 58인이 말하는 독서법의 결정서(박종화 외, 이산)
1980	수필	내 고향의 여름	고향(김동리, 민예사)
1980	재화	구두쇠와 구두쇠 —우리나라옛날 이야기	견지사
1980	수필	사계	사계(이희승 외, 민예사)
1980	수필	내가 살던 고향은 꽃피는 산골	털어 놓고 하는 말2 (정석해, 뿌리깊은나무)
1980	재화	홍길동전, 금방울전	금성출판사
1980	재화	흥부놀부 외	금성출판사
1980	동화	한국전래동화집	창작과비평사
1980	동화	날아다니는 사람	신세계
1980	동화	토끼와 경칠이	여성동아
1980.5	동화	수은등 이야기	가정과 에너지
1980	수필	일하는 사람에게 겸손하라	엄마랑 아기랑
1980	수필	내 어리던 날을 생각하며	아동복지(홀트아동복지회)
1980	수필	태업생(怠業生)의 후일담	중학시대
1980	수필	참말과 거짓말	새소년
1980	동시	빨간 장갑	엄마랑 아기랑
1980	동시	나이	어린이새농민
1980.5.2	동시	나뭇잎과 풍선	일간스포츠
1980.5	동시	대낮의 소리	새벗

1980	동시	스무 해의 높다란 키 -소년한국 창간 20주년에	소년한국
1980	동시	의젓한 나무-소년 20돌기념 축시	소년
1980.1	수필	즐거운 인생	유모아
1980.5	수필	나의 수업기-문학을 즐기고 사랑하는 마음으로	백조
1980.7	수필	초목과 사는 즐거움	여성동아 부록
1980.8	수필	내 나이의 반과 반	불광
1980.8	기타	지혜로워 지자 -어린이들에게 주는 글	소년
1980.8	수필	내 이름에 얽힌 에피소드	주부생활
1980.10	수필	귀한 내 아들딸을	주부생활
1980.10	수필	수만 리 길을 온 계란	새마음
1980.10~1981.2	동화	흘러가는 세월 속에	소년
1980.11	동화	비행 조끼	가정의 벗
1980.12	동화	찐 씨앗	새농민 부록 어린이판
1980.12	심사평	튼튼한 자리에 있어야 할 동시	소년
1981	동시	겨울 물오리	엄마랑 아기랑
1981	동시	설날의 해	어린이 새농민
1981	수필	산 외 63편	한국수필문학대전집8(한국수필가협회 편, 범조사)
1981	동극	산너머 산	청개구리는 왜 날이 궂으면 우는가(유치진 외, 계몽사)
1981	동화	밤 전차의 소녀	한국명작동화 (김영일 엮음, 경원각)
1981	동요	달밤 외 48편	한국동요전집 (전 5권, 세광출판사)
1981.1	수필	해님처럼 -어린이에게 주고 싶어요	아동문예
1981.2	동시	때 묻은 눈이 눈물지을 때	어린이문예
1981.2	동시	아버지	열매(저축추진중앙위원회)
1982	재화	한국의 동화(전15권)	계몽사
1984	전집	이원수아동문학전집(전30권)	웅진
1999	동화	바닷가의 소년들	눈뜨는 시절(보라)

연구 목록

학위 논문

공재동, 「이원수 동시 연구」, 동아대학교 교육대학원, 1990.

권나무, 「초등 문학교육에 있어 판타지 수용에 관한 연구—이원수 판타지 동화를 중심으로」, 서울교육대학교 대학원, 2004.

권영순, 「한국 아동문학의 양면성 연구—강소천과 이원수의 소년소설을 중심으로」, 이화여자대학교 교육대학원, 1985.

김미정, 「이원수 동시 연구」, 아주대학교 교육대학원, 2006.

김보람, 「윤석중과 이원수 동시의 대비적 연구」, 제주대학교 교육대학원, 2002.

김성규, 「이원수의 동시에 나타난 공간 구조 연구」, 한국교원대학교 대학원, 1995.

김영순, 「1960年代に日本と韓国で描かれた家族像—山中恒と李元壽を中心に—」, 바이까여자대학교 대학원, 2003.

김용문, 「이원수 문학 연구—동시와 동화의 제재 관련성을 중심으로」, 전주교육대학교 교육대학원, 2002.

김용순, 「이원수 시 연구—동요, 동시를 중심으로」, 성신여자대학교 교육대학원, 1988.

김은영, 「이원수 동시 연구」, 한국교원대학교 교육대학원, 2007.

나카무라 오사무(仲村修) 「이원수 동화·소년소설 연구」, 인하대학교 대학원, 1993.

류티 씽(Luu Thi Sinh), 「이원수의 『잔디숲 속의 이쁜이』연구—세계의 동물 모험 판타지와 관련하여」, 인하대학교 대학원, 2011.

박동규, 「이원수 동시 연구」, 계명대학교 교육대학원, 2001.
박숙희, 「이원수 동시에 나타난 사상적 특징」, 고려대학교 인문정보대학원, 2010.
박순선, 「이원수 동시 연구」, 창원대학교 대학원, 2005.
박종순, 「이원수 동화 연구-사회의식을 중심으로」, 창원대학교 대학원, 2002.
박종순, 「이원수 문학의 리얼리즘 연구」, 창원대학교 대학원, 2009.
선안나, 「1950년대 동화·아동소설 연구-반동주의를 중심으로」, 성신여자대학교 대학원, 2006.
송연옥, 「이원수 동시 연구」, 제주대학교 교육대학원, 2006.
송지현, 「이원수 동화 연구-『숲 속 나라』, 『별아기의 여행』을 중심으로」, 단국대학교 대학원, 2005.
우미옥, 「한국 아동문학의 알레고리 연구-이원수와 마해송 동화의 공간과 인물을 중심으로」, 명지대학교 대학원, 2011.
이옥근, 「이원수·이오덕 동시의 현실 수용 양상 연구」, 전남대학교 대학원. 2008.
이용순, 「이원수·박목월 시와 동시의 비교 연구」, 영남대학교 대학원, 2003.
정연미, 「이원수 장편 판타지 동화 연구」, 대구교육대학교 교육대학원, 2007.
조은숙, 「이원수의 동화 『숲 속 나라』연구」, 고려대학교 대학원, 1996.
채찬석, 「이원수 동화 연구」, 숭실대학교 대학원, 1986.
한 연, 「한·중 동화문학 비교 연구」, 전남대학교 대학원, 2002, 『한·중동화 문학 비교연구』, 한국학술정보 2005.

▎연구논문 ▎

고향의봄기념사업회, 이원수탄생 100주년기념 학술세미나 : 박종순 「지역에서의 삶과 문학」 ; 우무석 「친일 작품의 내적 논리」 ; 오인태 「이원수 동시와 한국 어린이의 삶」, 『동원 이원수의 삶과 문학』(2011.4.1).
김명인, 「이원수의 해방기 동시에 관하여」, 『한국학연구』(2003); 『자명한 것들과의 결별』, 창비 2004.
김민령, 「한일 아동문학의 판타지 시공간 비교 연구-이원수의 『숲 속 나라』, 사또오 사또루의 『아무도 모르는 작은 나라』」, 『아동청소년문학연구』 2010년 하반기호.
김상욱, 「겨울 들판이 부르는 봄의 노래-이원수 초기 시의 상상력」, 『초등국어 교육 논문집』 6집(2000.9).

김상욱, 「이원수 문학을 보는 세 가지 시선」, 탄생 100주년기념문학제 발표문(2011.4.7).
김성규, 「이원수의 동시에 나타난 공간 구조 연구」, 『청람어문학』 12집(1994.7).
김이구, 「시의 길, 노래의 길—근대문학으로서의 동시의 성격」, 『어린이문학』 2001년 3월호, 『어린이문학을 보는 시각』, 창비 2005.
김이구, 「전통과 계승—근대아동문학과의 황홀한 만남」, 『작가들』 1999년 겨울호, 『어린이문학을 보는 시각』, 창비 2005.
김제곤, 「우리 동시가 걸어온 길」, 『아동문학의 현실과 꿈』, 창작과비평사 2003.
김종헌, 「해방기 이원수 동시 연구」, 『우리말글』 25집(2002.8).
김종헌, 『아동문학의 이해와 독서지도의 실제』, 민속원 2003.
김화선, 「대동아공영권의 전쟁동원론과 병사의 탄생—일제 말기 친일 아동문학 작품을 중심으로」, 『인문학연구』 2004년 하반기호.
김화선, 「식민지 어린이의 꿈, 병사되기의 비극」, 『창비어린이』 2006년 여름호.
김화선, 「아동의 '국민' 편입과 식민주의의 내면화」, 『어린이와문학』 2008년 8월호.
김화선, 「이원수 문학의 양가성—『반도의 빛』에 수록된 친일 작품을 중심으로」, 김재용 외 『친일문학의 내적 논리』, 역락 2003.
김화선, 「일제 말 전시기의 아동문학 및 아동담론 연구」, 김재용 외 『친일문학의 내적 논리』, 역락 2003.
나카무라 오사무(仲村修), 「硏究ノート 李元寿の親日作品」, 『朝鮮学報』 2002년 겨울호.
류덕제, 「현실주의 아동문학과 교육성」, 『초등국어교육연구』 6호(2006.2).
박성애, 「1950년대 아동 산문문학에 드러나는 이념과 윤리의식—이원수의 『아이들의 호수』를 중심으로」, 『아동청소년문학연구』 2011년 상반기호.
박영기, 「일제 강점기 동요, 동시명의 시대적 고찰」, 『아동청소년문학연구』 2009년 상반기호.
박종순, 「이원수 아동극 연구」, 『아동청소년문학연구』 2010년 하반기호.
박종순, 「생태학적 사유와 「잔디 숲속의 이쁜이」」, 『한국아동문학연구』 19(2010.12).
박종순 외, 「탄생 백주년에 다시 보는 시인 윤석중과 이원수」, 창비어린이, 2011.
박태일, 「나라 잃은 시기 아동문학 잡지로 본 경남・부산 지역 아동문학」, 『한국문학논총』 37집(2004.8).
박태일, 「나라 잃은 시기 후기 이원수의 아동문학」, 『어문논총』 47호(2007.12).
박태일, 「이원수의 부왜문학 연구」, 『배달말』 2003년 상반기호.
배덕임, 「「꼬마 옥이」내의 그림자 모티프 연구」, 『동화와번역』 2008년 하반기호.
여을환, 「현단계 아동문학 장르론에 대한 비판적 고찰—원종찬의 이원수 장르론 해석을 중심으로」, 『아동청소년문학연구』 2010년 상반기호.

오판진, 「이원수의 『메아리 소년』에 나타난 통일지향성」, 『문학교육학』 2002년 하반기호.
원종찬, 「아동문학과 비평정신－이원수와 이오덕의 평론」, 『우리어린이문학』 4호(1996).
원종찬, 「이원수와 마산의 소년운동」, 『인하어문연구』 3호(1997.6).
원종찬, 「이원수의 현실주의 아동문학」, 『인하어문연구』 창간호(1994.5).
이균상, 「이원수 소년소설의 현실수용 양상 연구」, 『청람어문학』 18집(1997.1).
이승후, 「이원수의 동화 연구－장편 동화 『숲 속 나라』를 중심으로」, 『새국어교육』 2004년 하반기호.
임성규, 「아동문학 비평의 문학교육적 작용 원리」, 『아동문학 비평과 초등 문학교육』, 한국문화사 2008.
조은숙, 「이원수의 친일아동문학과 작가론 구성 논리에 대한 재검토」, 『우리어문 연구』 40집(2011.5).
채찬석, 「이원수 동화의 특징」, 이재철 편 『한국 아동문학 작가 작품론』, 서문당 1991.
채찬석, 「이원수 동화의 현실대응 양상」, 『아동문학평론』 1987년 봄호.
한국아동청소년문학학회 2011년 여름 학술대회 : 박종순 「이원수 서민문학의 뿌리를 찾아서－해방 이전 지역에서의 삶과 문학을 중심으로」 ; 원종찬 「윤석중과 이원수－아동문학의 모더니즘과 리얼리즘」 ; 최은경 「이원수, 윤석중의 동요·동시 독자 반응 연구」 ; 오세란 「1950년대 이원수 동화 소고－죄의 문제를 중심으로」 ; 오판진 「이원수 아동 희곡에 나타난 아동관 연구」(2011.8.27).
한정호, 「광복기 경남·부산 지역의 아동문학 연구」, 『한국문학논총』 40집(2005. 8).

작가·작품론

강희근, 「이원수의 「부르는 소리」」, 『경남 문학의 흐름』, 보고사, 2001.
김상욱, 「겨울 들판에서 부르는 희망의 노래－이원수론」, 『숲에서 어린이에게 길을 묻다』, 창작과비평사, 2002.
김상욱, 「끝나지 않은 희망의 노래」, 『동화읽는어른』 2000년 12월호.
김용성, 「이원수」, 『한국현대문학사탐방』, 현암사, 1984.
김자연, 『아동문학 이해와 창작의 실제』, 청동거울, 2003.
김철수, 「이원수」, 『아동문학의 이해와 교수학습』, 한글 2009.
김현숙, 「이원수의 동시문학과 동시에 대한 자의식 탐색－이원수의 동시들」, 『두 코드를 가진 문학 읽기』, 청동거울, 2003.
박경용, 「회갑문인기념－이원수 문학」, 『월간문학』 1971년 8월호.

박종순, 「아동문학의 영원한 고향—이원수」, 고향의봄기념사업회, 『창원이 낳은 한국대표 예술가』, 동학사, 2010.

송희복, 「이원수의 아동문학관」, 『전환기의 문학교육』, 두남, 2001.

어린이도서연구회 역사편찬위원회 편, 『방정환·이원수』, 어린이도서연구회 2005.

원종찬, 「발굴 작품 소개—이원수의 해방기 소년소설」, 『(우리 말과 삶을 가꾸는)글쓰기』 1998년 3월호.

원종찬, 「이원수의 판타지 동화와 민족현실」, 『어린이문학』(1996).

유경환, 「이원수와 김영일」, 『한국 현대 동시론』, 배영사, 1979.

유영진, 「오리가 된 아이들—이원수의 『아이들의 호수』」, 『작가들』 2003년 상반기호 ; 『몸의 상상력과 동화』, 문학동네, 2008.

윤삼현, 「박목월과 이원수의 동시 세계」, 『아동문학 창작론』, 시와사람 2005.

이문희, 「꿈, 그리고 사람과 자유의 나라 건설—이원수론」, 『아동문학시대』 2001년 여름호.

이상현, 「티 없는 동심 아동문학 개척—타계한 이원수 씨의 문학세계」, 『조선일보』 1981년 1월 27일자.

이오덕, 「어린이 마음의 문학—이원수 선생의 문학에 대하여」, 『삶·문학·교육』, 종로서적 1987.

이오덕, 「죽음을 이겨낸 동심의 문학—이원수 선생의 만년의 동시에 대하여」, 『어린이를 지키는 문학』, 백산서당 1984.

이재복, 「'기쁜 슬픔'의 세계—이원수 문학 이야기」, 『우리 동화 이야기』, 우리교육 2004.

이재복, 「늘 푸른 이원수의 동화 세계」, 『삶, 사회 그리고 문학』 1995년 여름호.

이재복, 「마법의 문학, 이원수의 『숲 속 나라』」, 『판타지 동화의 세계』, 사계절, 2001.

이재복, 「발굴 조명—이원수의 시 「잃어버린 오빠」외 4편」, 『아침햇살』 1996년 가을호.

이재복, 「얼음 어는 강물의 겨울 물오리 이원수 이야기」, 『우리 동화 바로 읽기』, 한길사, 1995.

이재복, 「이 달의 강연—이원수 문학의 뿌리」, 『동화읽는어른』 1995년 6월호.

이재복, 「인물경남문학사②—이원수」, 『경남작가』 8호(2005.7).

이재복, 「장차 기쁨을 가져올 슬픔의 노래—이원수 동요 동시의 세계」, 『우리 동요 동시 이야기』, 우리교육 2004.

이재철, 「1930년대의 중요 작가들—이원수」, 『한국현대아동문학사』, 일지사, 1978.

이재철, 「이원수의 문학세계(附·年譜)」, 『아동문학평론』 1981년 봄호.

이종기, 「이원수론—한국아동문학과 그 가능성」, 『횃불』 1969년 2월호.

이주영, 「이원수의 문학과 사상」, 『경남문학연구』 5호(2008.6).

이주영, 「이원수의 문학과 사상」, 『동화읽는어른』 2000년 12월호.

임신행, 「이원수 선생의 작품에 나타난 고향의 의미」, 『경남문학연구』 5호(2008.6).

임인수, 「새로운 아동상을 찾아서—『숲 속 나라』에 나타난 아동상, 이원수 동화 세계의 일단면」, 『아동문학』(1965.4).

조월례, 「이원수의 소년소설 읽기」, 『동화읽는어른』 2000년 12월호.

채찬석, 「이원수의 아동문학의 이해와 인문서」, 『아동문학평론』 1998년 겨울호.

『이원수아동문학전집』(전 30권, 웅진 1984) ; 이오덕, 「자랑스런 우리의 고전이 된 수많은 명편들」, 『고향의 봄(전집 1권)』 ; 이오덕, 「동심의 나라와 자전적 소설」, 『숲 속 나라(전집 2권)』 ; 신경림, 「전쟁에 대한 미움, 인간에 대한 사랑」, 『구름과 소녀(전집 3권)』 ; 이원섭, 「『아이들의 호수』를 읽고」, 『아이들의 호수(전집 4권)』 ; 박홍근, 「동물 세계로 빗대어 표현한 오늘의 삶」, 『토끼 대통령(전집 5권)』 ; 이현주, 「인정·사랑·아픔으로 짠 비단 같은 이야기들」, 『별 아기의 여행(전집 6권)』 ; 신경림, 「올바른 삶을 위한 지혜와 사랑」, 『잔디숲 속의 이쁜이(전집 7권)』 ; 김종철, 「어린이의 참다운 삶을 위하여」, 『날아다니는 사람(전집 8권)』 ; 이주홍, 「설움받는 사람들을 지켜주는 자애로운 마음」, 『가로등의 노래(전집 9권)』 ; 손춘익, 「도도하고 큰 강물 같은 작품들」, 『박꽃누나(전집 10권)』 ; 김도연, 「가난, 올바른 삶을 위한 지혜」, 『보리가 패면(전집 11권)』 ; 김정환, 「사회의 잘못된 점에 대한 분노와 극복 의지」, 『꽃바람 속에(전집 12권)』 ; 김종철, 「어른도 감동시키는 소년소설」, 『민들레의 노래(전집 13권)』 ; 송기원, 「슬픈 전쟁의 슬픈 이야기」, 『메아리 소년(전집 14권)』 ; 김창완, 「사랑으로 어우러진 사람들」, 『눈보라 꽃보라(전집 15권)』 ; 염무웅, 「빛이 어둠을 이긴다는 믿음」, 『바람아 불어라(전집 16권)』 ; 박태순, 「올바르게 살아가려는 어린이의 마음, 『지혜의 언덕(전집 17권)』 ; 김종철, 「가난, 그리고 고통과 싸우는 어린이들」, 『해와 같이 달과 같이(전집 18권)』 ; 김정환, 「가난하고 슬픈 사람들의 의지를 그린 아동극」, 『얘기책 속의 도깨비(전집 19권)』 ; 김명수, 「바르게 사는 길을 깨우쳐주는 수필」, 『얘들아, 내 얘기를(전집 20권)』 ; 손동인, 「전래동화를 읽는 어린이를 위하여 1」, 『금강산 호랑이(전집 21권)』 ; 손동인, 「전래동화를 읽는 어린이를 위하여 2」, 『땅 속 나라의 도둑귀신(전집 22권)』 ; 손동인, 「고전동화를 읽는 어린이를 위하여」, 『임금님 귀는 당나귀 귀(전집 23권)』 ; 신경림, 「역사를 올바르게 보는 눈을 심어주려는 노력」, 『임 향한 일편단심(전집 24권)』 ; 신경림, 「장수들의 삶을 통해 배우는 나라 사랑」, 『일장검 짚고 서서(전집 25권)』 ; 김병걸, 「민중적 역사를 확신하는 시」, 『이 아름다운 산하에(전집 26권)』 ; 이오덕, 「인간애의 서정과 윤리」, 『솔바람도 그날 그 소리(전집 27권)』.

서평 · 촌평

권정생, 「두 권의 동화집—이원수 동화 소설집 『호수 속의 오두막집』, 조대현 창작동화집 『범바위골의 매』」, 『창작과비평』 1976년 여름호.

김윤덕, 「이원수 선생님이 들려주는 을지문덕」, 『조선일보』 2003년 11월 18일자.

박경용, 「이원수동시집 『빨간 열매』」, 『아동문학』 12집(1965. 7).

어린이도서연구회, 「악당 물리치는 노마와 영희 『숲 속 나라』」, 『조선일보』 1997년 11월 11일자.

어린이도서연구회, 「저학년 아이들 위한 단편모음」, 『조선일보』 1997년 5월 12일자.

오승희, 「잔디숲 속의 이쁜이」, 『동화읽는어른』 1995년 11월호.

오춘식, 「물오리 이원수 선생님 이야기」, 『동화읽는어른』 1996년 6월호.

이승하, 「이원수의 동화 · 동시집」, 『신간뉴스』 26권(1995년 6월호).

이오덕, 「다시 읽고 싶은 책—이원수 동요 · 동시 전집 『고향의 봄』」, 『한국인』 1988년 1월호.

이오덕, 「역사를 살아가는 동심—이원수 동시 전집 『너를 부른다』」, 『창작과비평』 1980년 봄호.

이오덕, 「이원수 창작동화」, 『은행나무』 1997년 10월호.

이오덕, 「이원수 창작동화」, 『은행나무』 1997년 4월호.

이오덕, 「이원수 창작동화」, 『은행나무』 1997년 8월호.

이종택, 「이원수 동화집 『오월의 노래』」, 『동아일보』 1955년 1월 23일자.

이현주, 「이원수 저 『애들아, 내 얘기를』」, 『아동문학평론』 1976년 창간호.

조대인, 「참다운 삶은 어떤 것일까?—『숲 속 나라』를 읽고」, 『동화읽는어른』 1995년 5월호.

조월례, 「「밤안개」—우리 아동문학의 아버지 이원수 동화 읽기」, 『내 아이 책은 내가 고른다—저학년용』, 푸른책들 2002.

조월례, 「『5월의 노래』—어린이는 겨레의 주인이다」, 『내 아이 책은 내가 고른다—고학년용』, 푸른책들 2003.

조월례, 「『숲 속 나라』—자유와 평화를 꿈꾸는 세상 이야기」, 『내 아이 책은 내가 고른다—고학년용』, 푸른책들 2003.

조월례, 「『아동문학 입문』—아동문학 길라잡이」, 『내 아이 책은 내가 고른다—고학년용』, 푸른책들 2003.

조월례, 「『잔디 숲 속의 이쁜이』—자유를 찾는 개미의 여정」, 『내 아이 책은 내가 고른다—고학년용』, 푸른책들 2003.

한겨레, 「이원수 창작동화집」, 『출판정보』 281호(1997.12).

홍효민, 「이원수 옮김 『아버지를 찾으러』」, 『동아일보』 1955년 1월 30일자.

산문 · 에세이

고승하, 「함께 만드는 노래-「겨울 물오리」 이원수」, 『작은 것이 아름답다』 1998년도 2월호.
권오삼, 「1943년의 이원수와 안태석 청년」, 『아동문학평론』 2004년 봄호.
김상욱, 「시의 얼굴, 시의 이름-이원수 「대낮의 소리」」, 『빛깔이 있는 현대시 교실』, 창비, 2007.
김소원, 「이원수 전기를 준비하며」, 『동화읽는어른』 1995년 11월호.
김용택, 「「찔레꽃」-이원수」, 『어린 영혼들은 쉬지 않는다』, 마음산책, 2006.
김용희, 「나의 삶에 영향을 준 동시」, 『너의 가슴에 별 하나 빠뜨렸네-김용희 · 박덕규의 동시 여행』, 청동거울 2000.
김종상, 「현장 조사를 철저히 하고 작품 쓴 이원수 선생」, 한국문인협회, 『문단유사』, 월간문학 출판부, 2002.
나태주 · 김명수, 「이원수」, 『국민학교 시문학 교육』, 대교출판사 1993.
박소희, 「애기보따리-평생을 어린이 문학에 몸 바치신 이원수 선생님」, 『인천-평화와 참여로 가는 인천연대』 준비 6호(1999.2).
박운미, 「'5월의 인물' 어린이의 영혼을 동화로 만든 이원수」, 『지방행정』 1995년 5월호.
박홍근, 「고 이원수 선생 추모-희유의 문재」, 『월간문학』 1981년 4월호.
백님파, 「겨울 나무와 이원수 할아버지」, 『소년』 1981년 3월호.
백창우, 「이원수 시에는 좋은 세상으로 가는 길이 숨어 있습니다」, 『노래야, 너도 잠을 깨렴』, 보리, 2003.
성기조, 「겨울 물오리와 이원수 선생」, 『문단기행 1』, 한국문학사 1996.
손춘익, 「이원수-풍우에 시달림을 슬퍼할 초목이 있으랴-들판처럼 살다간 만년소년」, 『깊은 밤 램프에 불을 켜고』, 책만드는집, 1996.
손춘익, 「풍우에 시달림을 슬퍼할 초목이 있으랴-들꽃처럼 살다간 이원수 선생」, 『한국문학』 1995년 가을호.
어효선, 「이원수 지음 「봄시내」(명작 · 동요 · 동시 감상)」, 『동아일보』 1960년 4월 17일자.
여을환, 「이원수의 친일 행위가 던진 물음들」, 『동화읽는어른』 2008년 12월호.
원종찬, 「이원수 친일시를 둘러싼 논쟁」, 동화아카데미(http://www.dongwhaac.org) 동화칼럼 2002년 12월 9일자 ; 『동화와 어린이』, 창비, 2004.

원종찬, 「짚고 넘어갑시다—이원수와 참된 겨레의 노래」, 『동화읽는어른』 1995년 5월호.
이기영, 「이원수 동화에 담긴 사랑」, 『동화읽는어른』 2000년 12월호.
이상현, 「「고향의 봄」으로 간 이원수」, 『궁핍한 시대의 꿈을 위하여—저널리스트가 본 오늘의 문학, 문단 그 문제점』, 한국양서 1983.
이선희, 「노래로 불리어 더 아름다운 이원수 선생님의 시」, 『배워서 남주자』 2001년 4월호.
이영호, 「파벌 대립과 갈등의 긴 여정—한국아동문학가협회의 어제와 오늘」, 한국아동문학가협회 자료집(2008).
이오덕, 「이원수 선생」, 『거꾸로 사는 재미』, 범우사 1983.
이재철, 「이원수 선생의 일제 말기 문필 활동—남쪽에서 들려온 소식」, 『아동문학평론』, 2003년 봄호.
이주홍, 「먼 길을 떠난 이원수 형」, 『진달래를 주제로 한 명상』, 학문사 1981.
이청준, 「고향의 봄과 이원수 선생」, 『야윈 젖가슴』, 마음산책, 2001.
이혜옥, 『이원수 · 어린이 문학을 꽃피운 작가』, 월드베스트 2011.
이효성, 「이원수—영원히 빛날 별 다섯」, 우리문학기림회, 『내가 뭐 논문감이 되나』, 문학시대사, 2002.
임신행, 「이원수—눈물 지으며 부르는 그 노래」, 한국문인협회 마산지부 편, 『마산문학』 29호(2005.12).
장석주, 「(현대시 100년 연속 기획) 한국인의 애송 동시(1) 고향의 봄—이원수」, 『조선일보』 2008년 5월 12일자.
정규웅, 「60년대 문단 이야기」, 『글동네에서 생긴 일』, 문학세계사 1999.
조월례, 「우리 아동문학의 산맥 이원수 선생님」, 『내 아이 책은 내가 고른다—고학년용』, 푸른책들, 2003.
최모운, 「문단산책—영원한 동심의 세계 '무호(無芦) 이원수 선생'」, 『예술공보』 1989년 여름호.
하종오, 「어린 시절 마음의 고향, 『이원수아동문학전집』」, 『열린마당』 창간호(1995.5).
한국서정시연구회, 「「봄시내」—이원수」, 『(별 총총 자고 가는)구름 둥둥 고인 하늘』, 한국서정시연구회, 2004.

▌대담 · 인터뷰▐

「나의 인생 나의 문학—이원수」, 『월간문학』 1976년 11월호.
「문화예술상 세 얼굴—문학 이원수, 미술 남관, 음악 정희석」, 『조선일보』 1974년 10월 9일자.
권오삼·원종찬, 「이원수 이오덕 권정생이 남긴 숙제」, 『창비어린이』 2008년 가을호.
이재복, 「겨레의 삶 보여주는 '교과서' 역할 이원수 창작동화 16권 새롭게 출간 "선생의 글은 곧 한국아동문학사"」, 『조선일보』 1997년 12월 16일자.

탐방기 · 기행

곽경호, 「이색 작가 이원수」, 『엘레강스』 1983년 3월호.
권갑하, 「나의 살던 고향은 꽃 피는 산골-양산의 이원수 「고향의 봄」 노래비」, 『문학공간』 1997년 5월호.
김학동, 「잔잔한 고향바다 합포만에 어린 향수-이은상, 김용호, 이원수」, 『(문학기행) 시인의 고향』, 새문사 2000.
신민경, 「독서 여행-이원수님의 고향을 찾아서」, 『동화읽는어른』 1995년 2월호.
신정희, 「이원수 문학기행」, 『해돋이』 15집(2002.12).
유경환 「작가 탐방-이원수 선생님을 찾아서」, 『아동문예』(1978.11).
최진욱, 「이원수 문학기행을 다녀와서」, 『동화읽는어른』 2000년 3월호.
편집실, 「내가 찾은 곳-이원수 문학 큰 잔치 네 번째」, 『동화읽는어른』 1995년 7월호.

추모글

김종상, 「이원수 할아버지」, 『아동문학평론』 1981년 봄호.
박홍근, 「안녕히 가십시오」, 『아동문학평론』 1981년 봄호.
신현득, 「편히 쉬셔요」, 『아동문학평론』 1981년 봄호.
이영호, 「봄 동산에 노니소서」, 『아동문학평론』 1981년 봄호.
이오덕, 「참된 영생을」, 『아동문학평론』 1981년 봄호.
이원섭, 「영원한 동심」, 『아동문학평론』 1981년 봄호.
이주홍, 「고향의 봄」, 『아동문학평론』 1981년 봄호.

▌기타 ▌

「5월의 문화 인물 고 이원수 선생」, 『양산소식』 3권(1995.6).

「5월의 문화인물－이원수」, 『복지』 1995년 5월호.

「양산이 낳은 이원수 시인」, 『은혜심기』 19권(2000.3).

「역사 속의 인물 탐구 「고향의 봄」의 작사가 이원수」, 『학원교육』 1997년 2월호.

「이 달의 문화인물－아동문학가 이원수」, 『카네이션』 321권(1995.5).

「이 달의 문화인물－아동문학가 이원수」, 『학원교육』 1995년 5월호.

「이 달의 문화인물－이원수」, 『시사경북』 1995년 5월호.

「이 달의 문화인물－이원수」, 『영상음반』 1995년 5월호.

「이 달의 문화인물－이원수」, 『자원재생』 1995년 5월호.

「이 달의 문화인물－이원수」, 『홍주소식(洪州消息)』 1995년 5월호.

강승숙, 『행복한 교실－강승숙 선생님이 도시 아이들과 살아가는 이야기』, 보리, 2003.

경남문인협회 편, 「「고향은 천리길」－이원수」, 『손끝으로 세상을 열다－시각 장애인을 위한 경남 시인들의 사랑 노래』(2008).

경남인물지 편찬위원회, 『경남인물지』, 전국문화원연합회 경상남도지회, 1999.

권정생, 『내가 살던 고향은』, 웅진주니어, 1996.

김영순, 「「아동의 '국민' 편입과 식민주의의 내면화」에 대한 토론문」, 『어린이와 문학』 2008년 8월호.

김우미, 「아동문학의 거목 이원수」, 『마산 MBC저널』 1995년 6월호.

김제곤, 「친일아동문학이라는 미답지」, 『어린이와문학』 2008년 8월호.

김혜린, 『이원수－동심을 노래한 아동문학가』, 한국슈바이처, 2007.

마산문인협회 편 「「고향의 봄」－이원수」, 『마산 시인들의 노래－현대시 100주년 마산시의 도시 선포시념 사화집』(2008).

마산문학관, 『문향(文香) 마산의 문학인』(2006).

마산문화방송, 「아동문학의 거목 이원수」, 『문화방송』 1995년 8월호.

문화체육부 편, 「이원수」, 『한국인의 재발견5』, 대한교과서, 1996.

손춘익 편, 『이원수』, 웅진, 1996.

우리누리, 『이원수』, 한국프뢰벨, 2003.

윤석준, 「시비총조사」, 『나그네』 7호(1984.10).

이영호, 『이원수－한국의 문화인물』, 교원, 2002.

이영호, 『현대인물전기－이원수』, 청화, 1987.

이재복, 『물오리 이원수 선생님 이야기』, 지식산업사, 1996.

이창규, 「경남아동문학문단-한국문단 거목 이원수에 이어 거작·문제작·다작의 군웅할거」, 『아동문학평론』 1994년 가을호.

주미령, 「이 달의 좋은 프로그램-마산 MBC 「아동문학의 거목 이원수」」, 『방송과 시청자』 1995년 7월호.

친일인명사전편찬위원회 편, 『친일인명사전』, 민연, 2009.

해초(海草), 「한우현 동무의 「고향의 봄」은 이원수 씨의 원작」, 『동아일보』 1930년 4월 11일자.

* 생애 연보, 작품 연보, 연구 목록은 『이원수 아동문학전집』(웅진, 1986)과 『이원수와 한국아동문학』(창비, 2011)을 참조하였음.

필자(가나다순)

김명인 / 인하대학교 교수
김종헌 / 대구대학교 외래교수
박성애 / 서울시립대학교 강사
박종순 / 창원대학교 강사
박태일 / 경남대학교 교수
배덕임 / 조선대학교 강사
오판진 / 이화여자대학교 겸임교수
원종찬 / 인하대학교 교수
이승후 / 인천재능대학교 교수
장수경 / 목원대학교 조교수
장영미 / 한국체육대학교 강사
정진희 / 성신여자대학교 강사
최미선 / 경상대학교 강사

편자

장영미

성신여대에서 박사학위를 받았다. 2005년 『아동문학평론』에 평론으로 등단하였으며, 아동문학과 아동문화에 꾸준한 관심을 갖고 있다. 『국어 교과서와 국가 이데올로기』(공저), 『한정동 선집』(역저), 『보통학교학도용 국어독본』(편역), 『근대 국어 교과서를 읽는다』(공저), 『스토리텔링, 영상을 만나다』(공저) 등을 펴냈다.

작가 사진 출처

이원수문학관 http://www.leewonsu.co.kr

글누림 작가총서

이원수

초판 발행 2016년 6월 30일

엮은이 장영미
펴낸이 최종숙

책임편집 이태곤
편집 문선희 박지인 권분옥 오정대
디자인 안혜진 이홍주
마케팅 박태훈 안현진
펴낸곳 글누림출판사
등록 제303-2005-000038호(등록일 2005년 10월 5일)
주소 서울시 서초구 동광로46길 6-6(반포4동 577-25) 문창빌딩 2층(우06589)
전화 02-3409-2055 | **FAX** 02-3409-2059 | **이메일** nurim3888@hanmail.net
홈페이지 http://www.geulnurim.co.kr
ISBN 978-89-6327-343-3 94810
978-89-6327-084-5(세트)
정가 24,000원

* 잘못된 책은 바꿔 드립니다.
* 이 도서의 국립중앙도서관 출판예정도서목록(CIP)은 서지정보유통지원시스템 홈페이지(http://seoji.nl.go.kr)와 국가자료공동목록시스템(http://www.nl.go.kr/kolisnet)에서 이용하실 수 있습니다.(CIP제어번호: CIP2016013862)